Ante

늘 행복하세요♡

줄리엣의 로맨스를 위하여

안 테

장 편 소 설

줄리엣의 로맨스를 위하여

1

O U L I M R O M A N C E N O V E L

목차

1. 열일곱, 새 학교, 새 학기

새 학교, 새 학기의 시작은 언제나 늘 그렇듯 말썽이 많다.

첫 단추를 잘 끼워야 한다는 엄마의 잔소리가 또 한 번 절실하게 느껴지는 시점이다. 입학식 첫날부터 지각이라니. 지금 이 사실을 엄마가 안다면 분명 고등학교 진학 문제에 대해 끝이 난 이야기를 또다시 들먹거리며 혀를 찰 게 분명했다.

예술 고등학교로 진학 하고 싶다는 말을 했을 때부터 집 가까운 학교 놔두고 왜 굳이 먼 곳까지 가는 거냐고 말이 많았었다. 엄마가 걱정하는 부분이 어떤 건지 잘 알고 있었다. 아침잠이 많은 내가 집에서 차로 40분 거리의 학교에 간다고 했으니, 등교가 가장 문제가 될 거라고 생각하셨겠지.

하지만 그때 당시 이재희에게는 아침잠이 많은 불치병 같은 건 고등학교 진학의 걸림돌이 될 수 없었다. 일어날 수 있을 줄 알았다. 일어나겠지, 일어날 거라고 생각했었는데… 결과는 보시는 바와 같이, 참혹 그 자체다.

역시나도 예상했던 대로 교문은 휘휘하다 못해 인적조차 보이지 않았다.

택시에서 내리자마자 나를 가장 먼저 반긴 건 철문 너머로 보이는 운동장에서 들려오는 낯선 남자의 마이크 에코소리였다.

"하아……."

깊은 한숨과 함께 가방을 고쳐 메고 홀로 교문을 통과했다. 걸음걸이가 가벼워야 할 신입생이 죽으러 가는 것처럼 새하얀 운동화 밑창이나 끌고 있다. 웅웅 울리는 에코소리가 가까워질수록 눈동자에는 긴장이 서렸다.

"아… 내가 못살아, 진짜."

운동장의 풍경은 역시나도 암담했다. 조회대 앞을 향해 일렬로 빼곡하게 서 있는 수많은 인원들에 덜컥 겁이 났지만 애써 최대한 소리를 죽이며 걸음을 옮겼다. 한 발자국씩 뗄 때마다 쓸리는 모래소리에 뒤에 서 있던 몇몇 아이들이 고개를 돌려 나를 바라보는 게 느껴졌다.

대충 눈대중으로 3반인 것을 감안해, 오른쪽부터 줄을 세었다. 하나, 둘, 셋… 줄의 맨 끝에 보이는 키 큰 남자아이에게 다가가 조심스럽게 교복을 잡아당겼다.

"저기… 미안한데, 여기 3반 맞아? 미술과."

내 물음에 남자아이는 나를 내려다보며 작게 고개를 끄덕였다. 그제야 참고 있던 숨을 내몰아쉬며 어깨에 힘을 뺐다. 몸에서 긴장이 빠지자 에코소리에 불과했던 남자의 목소리가 또렷하게 들려오기 시작한다. 늦게 온 지각생이라는 타이틀 때문에서라도 허리를 펴고 조회대 앞에 서 있는 남자의 말을 경청했다.

얼마나 시간이 지났을까. 갑자기 멀리서 들려오는 모래소리는 누군가의 발걸음으로 인한 것이었다. 하지만 나와는 비교도 되지 않을 정도로 조심성 없는 발소리였다. 나보다 더한 지각생이 있다는 안도감이 들면서도, 당돌하다 못해 대담하기까지 한 걸음을 가진 인물의 얼굴이 궁금해 고개를 돌렸다.

시선에 닿은 남자는 분명 신입생이 맞았다. 하지만 그렇게 생각할 수 있던 것은 오로지 새것처럼 보이는 교복 하나 때문이었다. 운동장에 모여 있는 아이들 모두가 가지고 있는 긴장이라는 게, 저 남자애한테는 존재하지 않는 듯 보였다. 입학식에 한 시간 가까이 늦은 주제에 긴장은커녕 발걸음이 가볍기만 하다. 불어오는 바람에 작게 욕을 뇌까리며 손을 올려 하나로 쓸어 올린 앞머리를 매만지기까지 한다. 뭐, 저런 애가 다 있나 싶었다.

다시 앞을 향해 고개를 돌리려고 하는데, 순간 앞머리를 매만지며 걸어오던 녀석과 눈이 마주치고 만다. 1초, 2초, 3초. 그리고 나를 바라보며 씨익 웃는다. 그 웃음에 살포시 인상을 구기며 먼저 고개를 돌렸다.

이상하게, 마주친 눈동자에 덜컥 겁을 먹고 말았다. 사람을 꿰뚫어 보는 듯한 강렬한 눈동자… 쟤는 원래 사람을 저런 식으로 쳐다보는 걸까. 추위에 얼어붙은 손을 모아 입김을 불어넣으며 비비적거리고 있을 무렵이었다.

"야."

바로 등 뒤에서 느껴지는 낯선 목소리에 고개를 돌리기도 전에 주욱, 가방이 뒤로 잡아당겨졌다. 덕분에 가만히 서 있던 발이 한 발자국 밀려났다. 하마터면 넘어질 뻔한 상황에 입술을 깨물며 고개를 뒤로 돌렸다.

"여기 연극영화과 줄 맞지?"

그리고 그곳에는 그 남자애가 있었다. 방금 전 운동장을 유유히 걸어 들어올 땐 언제고 어느덧 내 뒤로 와 서 있다. 머리를 올려 훤히 드러난 이마 밑으로 자리 잡은 짙은 눈썹이 아까와 달리 유하게 내려가 있다.

"여기 미술과야."

나는 그 모습을 바라보며 옅게 표정을 구겼다. 이유는 나도 모른다. 그냥 다짜고짜 다가와 내 가방을 잡아당긴 걸로도 모자라 늦게 온 주제에 실실 웃는 게 마음이 들지 않아서일지도 모른다.

내 말에 얌전하던 눈썹 하나가 아래로 일그러진다. 기분 좋게 올라갔던 입술을 죽이고, 조금 더 걸어가 내 앞에 있는 키 큰 녀석의 얼굴을 본다. 그리고 그 앞의 얼굴도, 그 앞에 앞의 얼굴도. 세 명의 얼굴을 확인한 녀석이 주머니에 손을 꽂아 넣으며 다시 나를 향해 걸어왔다.

"어, 어. 씨발… 진짜네."

도대체 뭘 보고 온 건지 표정이 짜증에 가깝게 일그러져 있었다. 주머니에 꽂아 넣었던 손을 빼며 눈썹 위를 긁적인다.

"난 또. 너 존나 예쁘게 생겼기에 연기 하는 줄 알았지."

이건 또, 무슨 소리야.

남자에게 예쁘다는 말을 이렇게 직접적으로 들은 건 이번이 처음이었다. 인상을 찡그리는 내 표정을 보기나 한 건지, 짧게 웃음을 터트리며 나를 바라본다.

"얼굴로 사람 낚네."

재미있다는 듯이 웃다가, 이내 눈을 가늘게 뜨며 심각한 얼굴을 했다.

"감히 날, 얼굴로 낚아?"

마치 지금 이 상황이 신기하다는 듯이 진중한 눈동자로 나에게 되묻는다. 그 말에 나 역시 묻고 싶었다.

니가 뭔데, 내가 너한테 뭘 어쨌는데.

입학식 첫날부터 처음 보는 남자애가 왜 나에게 이러는지 이해가 되질 않았다. 무슨 말이라도 하려고 했는데 그보다 내 어깨 위로 닿은 손길이 먼저였다. 한 손으로 두어 번, 가볍게 두드렸다. 그 녀석이 내 어깨를.

"또 보자, 강태공."

말도 안 되는 소릴 또 웃으면서 하고선. 녀석은 곧장 몸을 돌려 미련 없이 1반으로 추정되는 줄로 향했다. 방금 전 손길이 닿았던 어깨에 괜스레 기분이 찝찝해진다.

제멋대로 생각하고선 나보고 강태공이라고.

졸지에 난 사람을 낚은 낚시꾼이 되었다.

눈동자를 굴려 맨 끝줄에 서 있는 녀석을 바라보았다. 버릇인 건지 하품을 하며 또다시 태연하게 머리카락을 만지작거린다. 시선을 옮겨 앞을 바라보았다. 자꾸만 녀석의 손길이 닿았던 오른쪽 어깨가 따가웠다. 이유 모를 알싸한 여운에 자꾸만 신경이 곤두선다.

쭈뼛, 소름이 돋았다.

역시나 지각을 한 나에게 자리를 고를 수 있을 만한 선택권이 남아 있을 리 없었다. 교실 뒤편에 서서 40개나 되는 책상들 중 비어 있는 공간을 찾기 위해 열심히 눈동자를 굴리자 내 사정이 딱해 보였는지 뒷자리에 앉아 있던 여자애가 말을 걸어왔다.

"자리 없어?"

"아, 응."

"저기, 자리 있는 것 같던데."

여자아이의 말대로 1분단 맨 앞자리는 텅 비어 있었다. 고맙다는 말을 건네고 천천히 자리가 있는 쪽으로 걸어가자, 그곳에는 왜소해 보일 정도로 마른 체구를 가진 남자아이가 앉아 있었다. 내가 자리에 멈춰 서자 핸드폰을 꾹꾹 눌러대던 남자애가 고개를 들어 나를 바라본다.

"여기 자리 있어?"

"어, 아니… 없어."

나를 위에서부터 아래로 훑어보는 눈동자에 애써 입술을 잡아당기며 의자를 빼내었다. 가볍기만 한 가방을 책상 고리에 걸고 주변을 한 번 둘러보았다.

미술과 특성상, 남자보다 여자가 많은 건 당연한 이치였다. 옆 반은 어떨지 모르겠지만 내가 속해 있는 3반의 남자는 내 옆에 앉아 있는 아이를 포함해 5명이 전부였고, 뒤쪽에는 이미 4명의 남자아이들끼리 짝을 이뤄 저들끼리 떠들어대고 있었다.

홀수라서 혼자 앉은 건가.

그래도 보통은 같은 남자아이들끼리 모여 앉을 텐데 내 옆에 있는 아이는 그들과 멀찍이 떨어져 앉아 있었다. 괜스레 애꿎은 핸드폰만 꾹꾹 눌러대고 있는 남자아이의 모습이 문득 다른 여자아이들과 동떨어져 홀로 앉아 있는 내 모습과 그다지 다를 바 없다는 생각이 들었다.

특별할 것 없던 수업 시간들이 지나고 어느덧 4교시를 마치는 종소리와 함께 점심시간이 시작되었다. 점심은 학교 건물 밖 식당에서 학년별로 이루어지는데 3학년이 제일 먼저 움직이고, 그다음은 10분 간격으로 2학년과 1학년이 움직이는 식이었다. 벽에 걸린 시계를 보며 남겨진 20분 동안 무엇을 할까 하다가 결국에는 자리에 앉아 있는 걸 택했다.

중학교 때만 해도 쉬는 시간이나 점심시간만 되면 뭘 하던 간에 교실을 벗어나는 게 일반적이었지만, 이곳의 사정은 조금 달랐다. 교실 밖으로 나갔다 하면 마주치는 선배들에게 고개 숙여 인사를 해야 했기 때문이다.

원래 예체능 계열의 선후배의 관계는 일반 사람들이 보기에는 이해할 수 없는 부분들이 꽤 많다. 눈이 마주쳤다는 이유만으로 머리를 맞는가 하면, 선배 말이라면 무조건적으로 뭐든지 해야 하는 경우도 있다. 하지만 그것도 전공 나름이었다. 내가 속해 있는 미술 쪽은 다른 과에 비하면 양반에 속했다. 인사를 안 해서 욕을 먹은 적은 있지만, 아직까지 맞은 적은 없다.

어찌 되었든, 점심시간을 제외한 쉬는 시간에도 괜히 밖으로 나가 선배와 마주치고 싶지 않은 게 신입생의 마음이다. 결과적으로 모두 교실에 앉아 시시콜콜 잡다한 얘기들만 떠들어대고 있었다. 어느덧 20분이 지나고, 아이들이 하나둘씩 밖으로 나가는 게 보였다. 나 역시 자리에서 일어나자 옆에 앉아 있던 남자아이가 나를 바라보며 다급하게 말했다.

"저기, 난 김경태."

"……."

"같이 점심 먹으러 갈래?"

불쑥 튀어나온 이름에 당황스러운 것도 잠시, 눈동자를 굴리면서 어찌할 바를 모르는 경태의 표정에 눈을 두어 번 깜빡였다. 그리고 경태가 용기 내어 건네준 말에 웃으며 작게 고개를 끄덕였다. 예고 첫날, 친구가 생겼다.

식당에 도착을 하고 줄을 서 있는 동안 귓가에는 온통 인사를 하는 아이들의 목소리만 들렸다. 학과마다 인사하는 방식은 달랐지만 제일 요란스러운 것은 연극영화과였다. 우렁찬 목소리로 몇 기부터 시작해 이름까지 모조리 다 붙인 인사는 허리를 90도 가까이 굽히면서 이루어졌다. 고개를 살짝 숙이며 하는 '안녕하세요'가 전부인 우리 과와는 차원이 다른 인사법이었다.

"재들 진짜 오바한다. 그치?"

옆에 서 있던 경태가 슬쩍 혀를 찼지만, 딱히 그런 생각은 들지 않았다. 재네들은 그렇게 하지 않으면 맞을 테니까. 그러니까 맞지 않기 위해서라도 목이 쉬도록 큰소리를 내며 인사를 하고, 또 해야 하는 걸지도 모른다.

"안녕하십니까, 연극영화과 24기 최지훈입니다!"

그때였다. 바로 옆에서 들리는 커다란 목소리에 놀라 어깨가 크게 흔들렸다. 경태 역시 그런 나를 보며 괜찮냐는 말을 건넸다. 손을 들어 얼얼해진 귀를 만지작거리며 소리가 난 쪽으로 고개를 돌리자 바로 옆, 허리를 숙여 인사를 하고 있는 남자의 뒷모습이 보인다.

불순한 내 시선을 느낀 것인지 삐죽삐죽 날이 선 머리가 나를 향해 고개를 틀었고, 우리는 꽤 가까운 거리에서 눈이 마주치고 말았다. 기분 나쁜 내 시선에 남자의 짙은 눈썹이 구겨지는 것도 잠시, 천천히 내 얼굴을 위아래로 훑어보더니 이내 위협적으로 구기고 있던 눈썹에 힘을 풀며 웃는다. 그 웃음에, 나 역시 아무런 말도 할 수 없었다.

"어, 낚시꾼."

또, 그 녀석이다.

"또 만나네. 밥 먹으러 온 거야?"

자연스럽게 말을 이어가면서 이번에는 내 어깨 위로 팔을 올린다. 얼떨결에 어깨동무를 한 모습이 되자, 경태가 의문 가득한 얼굴로 나와 녀석을 번갈아 바라보았다. 그 시선을 느낀 건지 나에게 향해 있던 고개가 경태가 있는 쪽으로 틀어졌다. 시원하게 드러난 이마 밑으로 자리 잡은 눈썹을 손으로 문지르며, 머리부터 발끝까지 경태의 모습을 훑어보기 시작한다.

"뭐야, 친구?"

입학 첫날, 내 옆에 있는 게 여자도 아닌 남자인 것이 신기했는지 의외라는 식의 목소리로 말한다. 그리고서는 이내 '아, 아…' 저 혼자 감탄사를 내뱉으며 엄지와 검지를 부딪쳐 딱, 딱 소리를 냈다.

"또 얼굴로 낚았나보네."

"…뭐?"

"그치, 너도 얘 얼굴 보고 먼저 다가온 거지."

어이없어하는 내 표정을 바라보며 슬쩍 웃더니, 이내 또다시 경태에게로 시선을 옮긴다. 어이없는 질문은 경태를 향해 있었고, 경태는 그런 녀석의 질문에 당황스러운 표정을 지었다. 솔직히, 대답할 필요도 없는 질문이었다. 무시해도 상관없을 정도로 유치한 질문이었지만, 녀석은 꽤 진지한 표정으로 경태를 바라보며 대답을 기다리고 있었다.

"왜 대답이 없어, 맞잖아."

웃고 있던 입술을 죽이며 사람을 잡아먹을 듯한 강렬한 눈동자로 경태를 주시한다. 녀석의 시선이 닿으면 닿을수록 경태의 고개는 아래로 내려갔고, 안 그래도 왜소해 보이는 경태가 더 작아진 기분이 들었다.

"쓰읍, 내숭 떨긴."

끝끝내 대답을 하지 못하는 경태를 향해 제법 매서운 소리를 낸다. 내뱉은 말에 악의가 있는 것은 아니었지만 녀석이 아무 생각 없이 한 말에 경태는 죄인처럼 고개를 숙이며 어쩔 줄 몰라 하고 있었다. 불편한 상황에 결국 참고 있던 숨과 함께 입술을 열었다.

"하고 싶은 말이 뭐야?"

"어? 어, 나 좀 껴줘라."

결국, 원하는 건 이거였다. 아침에 잠깐 마주친 게 전부인 녀석이 나에게 친숙하게 어깨를 둘러오고, 괜스레 내 옆에 있는 경태에게 시비 아닌 시비를 걸면서까지 시간을 때웠던 이유가 모두 줄에 있었다.

어느덧 짧아진 줄에 녀석은 작게 휘파람을 불며 앞에 놓인 식판을 집어 들었다. 그리고서는 수저와 젓가락을 쥐더니 식판 위에 올리고 나에게 건네주었다. 가만히 그 식판을 바라보고만 있자, 여전히 자신의 손에 머물러 있는 무게가 의아했는지 녀석이 고개를 돌려 나를 바라보았다.

"왜 안 받아?"

"나도 손 있어. 그리고 새치기하지 말고 뒤로 가서 줄 서."

"싫은데?"

웃으면서 말하는 녀석의 얼굴이 순간 조금은 무섭게 느껴졌다.

"나 밥 빨리 먹고 싶단 말이야. 수업 내내 배고파 뒤지는 줄 알았어."

그러다가도 또 안 어울리게 눈가를 푹 죽이며 무겁다는 듯이 식판을 아래로 기울인다. 그 행동에 결국에 내가 식판을 받자, 다시 몸을 돌리고 자신의 식판을 챙긴다.

경태는 지금 내 앞에 있는 녀석이 불편한 게 틀림없었다. 그건 나도 마찬가지였다. 녀석의 말대로 어찌 되었든 자리를 껴주었으니, 급식을 받은 뒤 자연스럽게 떨어져 나갈 줄 알았다.

급식을 다 받고 어디에 앉을까 주변을 둘러보며 자리를 찾던 중 먼저 급식을 받고 창가 쪽에 앉은 녀석이 나를 바라보며 손짓을 하는 게 보였다. 그 모습에 애써 못 본 척 시선을 옮기자, 짧게 웃음을 터트리며 녀석이 커다란 의자소리를 내며 자리에서 일어난다. 그리고 성큼성큼 걸어와 내 손에 들려 있는 식판을 잡아 뺏었다.

"못 본 척 진짜 못하네."

그 목소리에 제멋대로 얼굴이 구겨졌다. 내 식판은 인질이 된 채로 녀석이 앉아 있던 자리 맞은편으로 끌려갔다. 어쩔 수 없이 식판을 내려놓은 자리로 가서 앉자, 뒤늦게 급식을 받은 경태가 주춤주춤 내 옆으로 다가와 내 옆 의자를 빼내어 앉았다.

순간 같이 점심을 먹으러 가자고 먼저 말을 꺼내주었던 경태에게 미안한 마음이 들었다. 이 녀석 때문에, 경태는 졸지에 마주 보는 사람 하나 없이 홀로 앉아 밥 먹는 꼴이 되었다. 그걸 아는지 모르는지 녀석은 뻔뻔할 정도로 나를 바라보며 급식을 먹고 있었다. '이것 좀 먹어봐' 하며 젓가락으로 햄을 집어다가 내 밥 위로 올려준다. 정말, 미칠 노릇이었다.

밥이 입으로 들어가는지, 코로 들어가는지 알 수 없을 정도로 최대한 빨리 식판을 비웠다. 그건 경태도 마찬가지였다. 지금 이 상황을 피할 수만 있다면 배가 부르지 않아도 좋을 것만 같았다. 대충 비워진 서로의 식판을 확인하고 내가 먼저 자리에서 일어나자, 경태도 함께 의자를 뒤로 뺐다. 그 소리에 고개를 박고 밥을 먹던 녀석이 나를 올려다보며 입술을 열었다.

"다 먹었어?"

그 말에 작게 고개를 끄덕이자, 미련 없이 자리에서 일어나 아직 음식이 많이 남아 있는 식판을 든다. 배고프다고 할 땐 언제고, 남겨진 음식물에 내가 '더 안 먹어?' 하자 손으로 배를 두어 번 쓸어내리더니 먼저 자리를 빠져나갔다.

식당 밖으로 나오자 앞서 걸어가던 녀석이 멈춰서더니 주머니 안으로 손을 밀어 넣고 무언가를 뒤적거리기 시작한다. 그리고 주머니 속에서 손이 빠져나왔을 때, 손바닥 위로는 꽤 여러 개의 동전이 있었다.

"딱 칠백 원 있다."

숫자를 세던 녀석이 나를 바라보며 웃는다.

"새치기시켜 줬으니까 내가 음료수 쏜다. 뭐 마실래?"

그 목소리에 내 옆에 있던 경태가 슬쩍 또다시 눈치를 본다. 녀석이 말한 음료수라는 단어에는 하나라는 숫자가 내포되어 있었다. 그러니 옆에 있던 경태가 불편함을 느끼는 건 당연한 처사였다.

경태 입장에서 본다면 녀석은 편하게 먹을 수 있었던 점심을 방해한 걸로도 모자라 소외감마저 느끼게 만들고 있었다. 굴러 들어온 건 저 애인데, 왜 경태가 눈치를 봐야 하는지 이해가 가지 않았다.

"안 마셔."

나의 말에 손 안의 동전을 짤랑거리던 녀석이 눈동자를 굴려 경태를 바라보며 짧게 웃음을 터트린다. 그리고서는 몸을 돌려 자판기 쪽으로 다가가 동전을 하나둘씩 넣기 시작한다. 그 뒷모습을 바라보며, 경태와 함께 교실로 돌아가려고 할 때였다.

"저기… 나 괜찮으니까, 그냥 너 음료수 마시고 와."

"어? 아… 저기."

"먼저 가 있을게."

나와 제대로 눈조차 마주치지 못하고, 고개를 숙인 채 제 할 말만 한 경태가 먼저 몸을 돌려 걸었다. 그 모습에 당황한 것도 잠시, 경태를 따라가기 위해 발걸음을 움직이자 뒤에 있던 녀석의 목소리가 또다시 나를 붙잡았다.

"야."

입술을 깨문 채 고개를 돌리자 녀석이 나를 보며 주먹으로 자판기 위를 쿵, 쿵. 두드린다.

"뭐 마실 거냐고."

동전을 다 넣은 것인지 빨갛게 불이 들어와 있는 자판기에 하는 수 없이 경태를 바라보던 시선을 거두고 자판기 앞으로 걸어갔다. 위아래로 음료수를 훑어보고, 다시 한 번 경태가 사라졌던 길목으로 고개를 돌리며 작게 한숨을 내뱉었다.

"아무거나."

"아무거나, 아무거나, 아무거나… 어? 아무거나 없는데."

'아무거나'라는 내 말에 녀석은 진지한 표정으로 세 줄이나 되는 음료수들을 꼼꼼하게 바라보고 있었다. 장난하는 것도 아니고, 결국에는 손을 뻗어 아무 음료수 버튼을 누르자 쾅 하는 거친 소리와 함께 음료수가 아래로 떨어졌다. 허리를 숙이고 손을 넣어 음료수를 움켜쥐자 차가운 기운에 손바닥이 얼얼해졌다.

"이제 됐지?"

보란 듯이 녀석이 보는 앞에서 음료수를 두어 번 흔든 뒤, 몸을 돌려 조금 빠른 걸음으로 경태가 사라졌던 길목으로 걸어갔다. 하지만 그 걸음도 몇 발자국 떼지 못하고 멈춰 섰다. 녀석이 나보다 더 빠른 걸음으로 걸어와 내 앞을 가로막았기 때문이다.

"또, 왜?"

"나 한 모금만."

이제는 저 웃는 얼굴이 뻔뻔하게 느껴졌다. 작은 한숨과 함께 들고 있던 음료수를 녀석에게 내밀었다.

"너 다 마셔."

"아니, 나 한 모금 먹는 거 좋아해."

"……."

"원래 뺏어 먹는 게 맛있거든."

도대체, 나한테 왜 이러는 건데.

어이없어하는 내 표정은 보이지도 않는 건지 녀석은 내 손에 들려 있는 음료수를 가져가 꼭지를 딴 뒤, 고개를 뒤로 젖혀 정확히 한 모금을 자신의 입안으로 털어 넣었다.

목울대가 크게 움직이고, 다시 고개를 앞으로 젖힌 녀석이 눈썹을 일그러뜨리며 인상을 쓴다. 아무렇게나 눌렀던 음료수에 탄산이 들어가 있는 모양이다.

"무슨 과라고 했지, 미술과?"

"어."

"그림 잘 그려?"

음료수를 내밀며 묻는 녀석의 질문에 어이없는 웃음이 터졌다. 미술을 하면서 가장 많이 들었던 뻔한 질문들이 녀석의 입에서 똑같이 흘러나오고 있었다.

"못 그렸으면 여길 어떻게 왔겠어?"

"아, 그건 그러네."

뭐가 그렇게 재미있는지, 바보처럼 웃으며 박수까지 친다. 그다음 이어질 질문 역시 예상 가능했다.

그럼 내 얼굴 좀 그려봐.

미술을 한다고 하면 백이면 백, 모두가 저 말을 하곤 했다. 하지만 녀석은 내가 생각했던 것처럼, 그렇게 뻔한 인간은 아니었다.

"그럼 누드도 그려봤어?"

누드라는 말에 꾹 다물고 있던 입술이 힘없이 벌어졌다.

"나체 말이야, 나체. 홀딱 벗은 거."

그걸로도 모자라 아예 나체라는 적나라한 단어까지 꺼내든다. 솔직히 말해서 조금 놀란 건 사실이다. 보통 미술을 한다고 말했을 때, 누드도 그려봤냐고 묻는 사람은 지금까지 단 한 명도 없었으니까. 아니, 정확하게 말하자면 이제 막 17살이 된 나에게 그렇게 묻는 대담한 인물은 내 주변에

단 한 명도 없었다.

"…아니."

힘없이 늘어져 있던 입술에 때아닌 미소가 그려졌다. 웃겼다. 그렇게 묻는 녀석이나.

"왜, 니가 모델 해줄래?"

그걸 듣고 이렇게 대답하는 나나. 과감하기까지 한 내 발언에 녀석이 놀라 떨어져 나갔으면 하는 마음도 없지 않아 있었지만, 녀석은 내가 생각하는 것만큼 그렇게 만만한 상대가 아니었다. 한쪽 눈썹을 치켜세운 녀석이 나를 향해 입술을 움직인다.

"얼마 줄 건데? 나 비싼데."

그 목소리에 순간 심장이 내려앉으면서, 얼굴 위로 때아닌 긴장이 서렸다. 누드라는 단어의 의미를 모르는 것도 아닐 테고, 오늘 처음 본 여자애한테 이런 얘기를 스스럼없이 할 수 있다는 것 자체가 신기하게 느껴졌다.

원래 이런 성격인걸까, 대담하다 못해 위험하다고 생각될 정도다. 옅게 인상을 쓰는 내 표정을 바라보던 녀석이 이내 작게 웃음을 터트린다.

"나 진심이야."

"……."

"레알이라고, 레알."

웃으면서 말하는데, 이상하게도 거짓말처럼 들리지가 않아서 더 문제였다.

녀석의 눈에 지금 내 모습은 수위 높은 발언에 잔뜩 겁을 먹은 아이처럼 보일지도 모른다. 녀석의 시선을 먼저 피한 걸로도 모자라 애꿎은 음료수 캔만 구겨져라 꽉 움켜쥐고 있었다. 녀석은 그런 내 옆에 서서 혼자 떠들어대고 있었다.

"못 믿겠어? 진짜라니까, 내가 누드모델 해줄게. 니가 나 그려줘, 어?"

그런 말을, 아무렇지도 않게 큰소리로 말하고 있다. 결국에는 참지 못하고 녀석을 바라보며 팍 인상을 구겼다.

"조용히 안 해? 다른 애들 듣잖아."

식당 바로 옆에 자리 잡은 자판기 앞이라서 그런지 다른 학생들이 꽤 많았다. 그러자 뒤늦게 녀석이 눈썹을 구기며 주변을 둘러보더니, 조금 전보다 작아진 목소리로 나에게 속삭인다.

"아, 비밀로 해야 돼? 나 비밀 얘기 좋아하는데."

"…말을 말자."

"왜? 얘기하자니까."

변태 같아서 작게 한숨을 내뱉자, 녀석이 내 얼굴 앞으로 불쑥 다가왔다. 너무나도 가까운 거리에서 마주한 시선에 내가 숨을 멈추자, 녀석이 짙은 눈동자로 나를 바라보며 말했다.

"대답 듣고 싶다고."

진짜.

"나 그려줄 거지."

얘 뭐야.

그때였다. 웃고 있는 녀석 뒤로 3명의 남자 무리들이 다가오더니 녀석의 어깨를 두어 번 두드린다.

"야, 최지훈. 밥 다 먹었냐?"

녀석이 나에게 기울였던 허리를 펴 고개를 뒤로 돌리자 나 역시 놀란 가슴을 억누르며 뒷걸음질 쳤다.

"어? 어."

"배신자 새끼. 혼자 먼저 먹으니까 좋냐?"

뭐야, 친구가 없는 게 아니었어? 아까 식당에서 나와 경태 사이를 끼어들었던 녀석의 행동에 잠깐이나마 친구가 없는 건 아닐까 하고 생각했던 내가 우스워지는 순간이었다. 4교시 내내 친구 한 명을 사귄 나와 달리 녀석은 꽤 붙임성이 좋은 편이었는지 세 명의 친구를 뒤에 달고 있었다.

최지훈이라… 처음 보는 남자아이들 덕분에 저 대단한 인물의 이름을 주워들었다. 그러고 보니 아까 식당에서 마주쳤을 때에도 최지훈이라는 이름을 외치면서 인사를 하고 있었다.

최지훈, 최지훈.

이상할 정도로, 녀석과 제법 잘 어울리는 이름이었다.

"어, 근데 누구?"

최지훈 뒤에 서 있던 남자애 하나가 나를 보며 물었고, 덕분에 최지훈에게 향해 있던 나머지 두 명의 시선 역시 나에게 쏠렸다. 그러자 최지훈이 식당에서처럼 자연스럽게 내 어깨 위로 팔을 올리며 재미있다는 듯이 웃었다.

"예쁘게 생겼지, 내가 오늘 얘한테 낚였잖아."

"무슨 소리야?"

"아, 그런 게 있어. 니들은 몰라도 돼."

약 올리는 것도 아니고 살금살금, 최지훈은 아침에 나와 마주했던 순간들을 궁금증처럼 뿌려놓고 있었다.

알지 못하는 낯선 사람들의 시선을 받는다는 게 그리 좋은 것만은 아니다. 그건 과 특성상, 어쩔 수 없는 거였다. 선천적으로 남들에게 주목 받는 걸 좋아하는 연영과 아이들과 달리 나는 이런 분위기에 친화적이지 못했다.

그걸 아는지 모르는지, 나를 뚫어져라 쳐다보는 아이들의 시선에 최지훈이 장난스럽게 손바닥을 펼쳐 내 얼굴을 가린다. 손에 뭘 바른 건지, 코끝에는 이름을 알 수 없는 달짝지근한 로션냄새가 났다.

"그만 봐, 닳아."

그 목소리에 앞에 서 있던 녀석들의 입에서 저마다 안 좋은 소리가 흘러나왔다.

진짜, 뭐하자는 거야.

서둘러 입술을 깨물며 손을 올려 내 얼굴을 가린 최지훈의 손을 잡아 내렸다. 내 표정이 좋지 못한 걸 알았는지 최지훈이 웃으며 입술을 열었다.

"왜 그래, 장난한 거 가지고."

장난이고 뭐고, 괜한 놀림거리가 된 것만 같아 기분이 제법 나빴다.

"그러고 보니 이름을 모르네."

"……."

"이름이 뭐야, 강태공."

엄연한 이름을 놔두고 낚시꾼이라느니, 남자에게나 어울릴 법한 강태공이라느니 하는 소리는 이제 제법 지겨워졌다. 하지만 그렇다고 해서 최지훈에게 내 이름을 말해주고 싶은 생각은 들지 않았다. 이름을 말해주면 왠지 내가, 이 이상한 애와 친구가 될 것만 같은 기분이 들었기 때문이다.

대답이 없는 내가 이상했는지 최지훈이 또 한 번 '이름' 한다. 그래도 대답이 없자, 이번에는 뒤에 있던 친구 하나가 최지훈의 어깨를 툭툭 쳤다.

"최지훈 가자, 선배들이 너 데려오래."

"아, 알았으니까 잠깐만."

대답이 없는 내 모습에 오기가 생겼는지, 최지훈은 짙은 눈썹을 구기며 꽤 위협적인 모습으로 친구들을 향해 기다리라는 말을 던지고 또다시 나를 바라보았다. 정확하게 말해서, 내 입술을.

"이름, 빨리."

친구들의 말대로 정말 선배들을 만나러 가야 되는지, 최지훈이 참을성 없는 얼굴로 재촉을 했다.

말해주고 싶지 않은데, 말해줄 생각 따윈 없었는데.

나를 바라보는 끈질긴 눈동자에 그만 나도 모르게 입술이 벌어졌다.

"…이재희."

내 입술에서 흘러나온 이름에 최지훈의 구겨졌던 눈썹이 천천히 위로 올라간다. 그리고 작게 웃으며 말했다.

"뭐야, 이름은 더 예쁘잖아."

힘없이 흘러나오는 목소리에 살포시 인상을 구겼다. 그 목소리는 마치 상상했던 것 이상을 마주했을 때 나오는 황홀함과 비슷했다. 태어나서, 이재희란 이름을 예쁘다고 말한 사람은 부모님을 제외하고 최지훈이 처음이었다. 그것도 저렇게 달콤한 목소리로 속삭이는 것도 처음.

"점심 맛있었어."

"……."

"다음에 또 같이 먹어."

오늘 홀로 남겨졌던 경태를 생각해서라도 싫다고 말했어야 했는데, 이상하게 입이 열리지 않았다. 최지훈은 내 손에 들린 음료수 캔을 손으로 톡톡 두들기며 꼭 혼자 다 마실 것을 강조했다. 그리고 또 무슨 말을 하려고 했는데 뒤에 있던 친구들의 재촉에 벌어졌던 입술을 아쉬운 듯 다물었다.

갈게.

그 한 마디에 이상하게 심장이 간지러웠다.

최지훈은 그렇게 등을 돌리고 기다리고 있던 친구들과 함께 사라졌다. 그 뒷모습을 바라보다가, 이내 시선을 내려 손에 들린 음료수 캔을 바라보았다. 탄산음료는 좋아하지 않는 편이라 평소 같았으면 버리는 게 맞았지만, 이상하게 한 모금밖에 마시지 않은 음료수를 버릴 수 없었다.

알고 보니 최지훈은 학교에서 꽤 유명한 편이었다. 그렇지 않고서야 과가 다른 우리 교실에서, 최지훈의 이름이 하루에도 수십 번씩 흘러나올 수 없을 거다.

아이들의 말을 들어보자면 무용과의 어떤 여자애가 최지훈에게 선물을 줬고, 사진과의 어떤 여자애는 핸드폰 번호를 물어봤단다. 그걸로도 모자라 오늘은 3교시가 끝나고 연영과 중 어떤 여자아이가 최지훈과 함께 단둘이 매점을 갔다고 했다.

아이들의 소식통이 놀라운 반면, 하루에도 몇 번씩 여자아이들의 입에 이름이 올라올 정도로 많은 사건을 만들어 내는 최지훈이 신기하게 느껴졌다. 최지훈이 의도했든, 의도하지 않았든 간에 중요한 것은 그의 사사로운 일 하나하나까지 학교 내에 소문처럼 퍼지고 있다는 것이었다.

잘생긴 얼굴이었나… 생각해본다면 평범한 얼굴은 아니었다. 연기를 지향하는 아이들이 모두가 그러하듯이 남들과는 다른 섬세한 이목구비를 최지훈 역시 가지고 있었다.

쌍꺼풀이 없지만 강렬한 눈동자나, 날렵하게 잘 빠진 코와 얇지 않은 입술. 그리고 남자이면서도 선이 여린 턱선. 그러고 보니 키도 꽤 컸던 것 같다. 정확하게 재어보진 않았지만 나와 마주섰을 때 아무렇지도 않게 고개를 숙여 나를 내려다보았다. 넓은 어깨를 가지고 있었지만 그렇다고 해서 체구가 큰 것도 아니었다.

그래, 생각해보니 여자아이들이 좋아할 만한 걸 다 갖추고 있긴 했다.

반 아이들의 입에서 최지훈의 이름이 흘러나올 때마다 소리 없이 반응하는 건 나뿐만이 아니었다. 최지훈과 마주쳤던 점심시간 이후부터 이상할 정도로 경태와 나 사이에 벽이 생긴 기분이 들었다. 원래 친한 사이는 아니었지만, 처음 나에게 먼저 말을 걸어 점심을 먹으러 가자고 말했던, 용기 있는 경태의 모습은 더 이상 볼 수 없었다.

그래서 하는 수 없이 내가 먼저 했다.

점심 먹으러 가자, 매점 같이 갈래?

그때마다 경태는 못 이기는 척 자리에서 일어나 내 뒤를 따라와 주었다. 혹시라도 그때 점심시간에 있었던 일을 아직도 마음에 담아두고 있는 걸까 생각했지만, 최지훈과 헤어지고 교실로 돌아오자마자 경태에게 미안하다고 말했었다. 경태는 내 손에 들린 음료수 캔을 힐끗 쳐다보며 괜찮다고 말했다. 뭔가 이상했지만 미안하다고 말했으니 그걸로 된 줄 알았다.

“명찰은 한 사람당 두 개씩이다. 잃어버리면 따로 제작해야 하니까 잘 관리하고.”

7교시 수업을 마친 뒤, 찾아온 종례 시간에 담임이 반 아이들을 한 명씩 호명해 명찰을 나눠주었다. 입학한지 일주일이 지나서야 받은 명찰은 파란색 줄에 미술과라는 글자가, 그 밑엔 이재희라는 이름이 적혀 있었다.

담임은 명찰 속 파란색 줄이 학년을 구별하는 색이라고 말했다. 내일부터는 명찰을 하지 않고 교문을 통과할 시, 벌을 받을 수 있으니 명찰을 꼭 하고 다니라는 당부에 두 개밖에 되지 않는 명찰을 가방에 밀어 넣어 두었다.

평소에는 번호 순으로 청소를 했는데, 오늘은 무슨 변덕에서인지 분단별로 청소를 하는 것으로 규정을 바꾼 담임이 1분단을 지목했다. 갑작스러운 결정에 나와 경태를 제외한 1분단 아이들의 아우성이 이어졌지만, 담임이 나가자 아이들은 꽤 빠를 정도로 사물함 뒤쪽으로 가 청소 도구를 챙겨댔다.

내가 뒤쪽으로 갔을 때 남은 건 바닥을 닦는 대걸레가 전부였다. 선택권이 없는 상황에 하는 수 없이 대걸레를 잡고 주변을 둘러보자 옆에 서 있던 경태의 손에 들린 빗자루가 보였다.

"어, 대걸레 집었어?"

"응."

"귀찮겠다… 이거 빨아 와야 되는 거 아니야?"

아쉽다는 듯한 표정을 짓는 경태를 향해 괜찮다는 듯이 웃으며 화장실로 가 대걸레를 적시고 교실로 돌아가 걸레질을 시작했다. 나를 제외하고 모두가 빗자루였다.

청소는 내가 걸레질을 마치고 아이들 모두가 책상 줄을 맞추는 것으로 끝이 났다. 집으로 돌아가도 좋다는 담임의 말에 자리로 돌아가 고리에 걸어두었던 가방을 올려 오늘 숙제가 있는 국어 책을 꺼내 가방 지퍼를 열었을 때였다.

"……."

종례 시간에 넣어두었던 명찰이 이상하게 보이지 않았다. 혹시라도 가방 안쪽에 있는 건 아닐까, 손을 넣어 들어 있던 책을 모두 다 꺼내보았지만 가방 속은 여전히 명찰로 추정되는 그 무엇도 들어 있지 않았다.

"이상하다, 분명히 넣어두었는데."

서랍 안쪽으로 손을 밀어 넣는 것도 모자라 가방에 있는 지퍼란 지퍼는다 열어보았지만 결과는 마찬가지였다. 혹시나 누가 훔쳐간 걸까 생각했지만 그럴 만한 이유가 없는 게, 방금 전 반 아이들 모두가 자신의 명찰을 받은 상태였다. 그러니까 굳이 내 가방을 열고 명찰을 가져갈 만한 이유가 없다는 거다.

"왜, 뭐 없어졌어?"

나에게 악의가 없다는 것만 제외한다면. 옆에서 가방을 챙기던 경태가 나를 바라보며 물었고, 나는 입술을 깨물며 열어두었던 가방 지퍼를 마저 닫았다.

"…아니."

"그래?"

"응."

"아니, 난 그냥… 니가 뭐 찾는 거 같아서."

손으로 뒷머리를 긁적거리던 경태가 이내 가방을 어깨에 메며 어수룩하게 말했다.

"난 먼저 갈게, 오늘 서점에 들러야 돼서……."

"…그래, 내일 봐."

서점에 들러야 한다는 경태의 말이 기분 탓인지 몰라도 핑계처럼 들렸다. 하지만 무턱대고 경태를 의심하자니, 그건 내가 싫었다. 그렇게 생각하게 되면 경태가 나를 미워하는 거라고 인정하는 꼴밖에 되지 않는다.

가방에 넣었다고 생각하고 바닥에 흘렸을지도 모를 일이고, 그걸 청소를 하던 아이들이 쓸어 담아 버렸을지도 모른다.

하아.

짧은 한숨과 함께 가방을 메고 뒤로 가 쓰레기통 뒤져보았지만 역시나도 그곳에 명찰은 없었다.

"야아아아, 빨리 나와! 문 잠글 거야."

주번을 맡게 된 여자아이가 참을성 없는 얼굴로 나를 재촉했다. 결국에는 하는 수 없이 제일 마지막으로 교실을 빠져나갔다. 밖으로 나와 주변을 둘러보았지만 역시나도 경태는 없었다.

그나저나 당장 내일이 문제였다. 오늘까지는 명찰이 없었기에 그렇다고 쳐도, 내일부터는 교문에서 명찰 검사를 한다고 하니 걱정이 무겁게 밀려왔다.

하아…….

깊은 한숨과 함께 인상을 찡그리며 숙였던 고개를 들었을 때였다.

"뭐야, 웬 한숨?"

언제 온 건지, 눈앞에는 최지훈이 서 있었다. 갑작스레 가까운 거리에서 마주한 얼굴에 놀란 내 표정을 본 건지 제법 즐거운 표정으로 숙였던 허리를 핀다. 그리고 웃으며 손에 들고 있던 막대사탕을 입에 문다. 도르륵, 도르륵 하는 소리를 내며 입안에서 이리저리 사탕을 옮겨대던 녀석이 고개를 들어 내 머리 위에 있는 팻말을 바라보았다.

"반 여기야? 3반?"

"……."

"난 1반인데."

녀석이 1반인 건 입학식 날 알고 있던 사실이었다. 내가 서 있던 곳이 3반이었고, 거기서 한 줄 넘은 곳에 최지훈이 있었으니까. 하지만 최지훈은 내가 3반인 걸 알지 못했는지 꽤 오랜 시간 팻말을 바라보더니 눈썹을 살짝 일그러뜨리며 나를 향해 입술을 열었다.

"바로 옆인데 몰랐네. 화장실 가려고 여기 맨날 지나갔는데."

최지훈은 제법 아쉬운 말투와 표정으로 나를 향해 말했다. 최지훈은 내가 3반인지 몰랐겠지만, 나는 모조리 다 알고 있었다. 최지훈이 지나갈 때마다 반에 있던 여자아이들이 소리를 꽥꽥 질러댔으니까. 그게 화장실을 가기 위해 지나간 건지는 오늘 처음 알았지만.

눈썹을 구긴 채 주변을 둘러보던 녀석이 이내 물고 있던 사탕을 빼며 나를 바라보며 웃는다.

"앞으로 자주 놀러와야겠다."

방금 이 얘기를 우리 반 여자애들이 들었다면 아마 좋아 난리를 쳤을 거다. 하지만 나는 다른 여자애들처럼, 최지훈에게 호의적이지 못하다. 웃고 있는 최지훈을 바라보며 살포시 인상을 구기자, 최지훈이 '왜?' 한다. 몰라서 저러는 걸까 아니면 모르는 척하는 걸까.

"오지 마."

"왜?"

"너 오면 시끄러워."

최지훈이 어디를 갔는지, 누구와 뭘 했는지 같은 사사로운 이야기가 시도 때도 없이 흘러나오는 교실에 최지훈이 나를 만나러 온다면 시끄러워질 게 뻔했다. 여자아이들은 어쩔 줄 몰라 하며 난리를 칠 거고, 최지훈이 나간 뒤에는 나에게 온갖 질문 세례를 퍼붓겠지. 그걸 아는지 모르는지, 시끄럽다는 나의 말에 최지훈이 한쪽 눈썹을 찡그리며 알 수 없다는 표정을 지었다.

"내가 뭘 했는데?"

구겨져있던 눈썹을 위로 올리며, 짧게 웃음을 터트린다.

"나 아무것도 안 했는데."

"……."

"왜. 누가 너한테 뭐라고 했어?"

내가 이런 말을 한 게 어이가 없는지 최지훈은 웃고 있던 입술도 죽인 채 나를 향해 진중하게 묻고 있었다. 생각해본다면, 맞는 말이긴 했다. 최지훈이 그 많은 여자애들에게 자기를 좋아해달라고 말한 적도 없을 거고, 관심을 가져달라고 부탁하지도 않았을 거다. 그냥 저들끼리 혼자 좋아하고, 혼자 관심을 갖은 거다. 그걸 정작 최지훈 자신은 모르고 있는 것 같지만.

오지 말라는 그 말 한 마디가 최지훈에게 어떻게 작용한 건지, 최지훈은 무표정에 가까운 얼굴로 나를 뚫어져라 바라보았다. 할 말이 없어 입술을 다물고 있었던 것뿐인데 최지훈은 내 침묵이 정말 누군가가 나에게 뭐라고 했다고 생각했는지 제법 매서워 보이는 얼굴로 물었다.

"누군데, 누가 너한테 뭐라고 했는데. 누가 나랑 만나지 말래?"

쉴 새 없이 쏟아지는 질문세례에 결국에는 꾹 다물고 있던 입술을 열었다.

"그런 거 아니야."

"근데 왜 오지 말라고 해."

"그냥, 다른 과가 교실 찾아오는 거 싫어."

다른 과라는 말이 최지훈의 귓가에 어떻게 들렸는지 표정이 좋지 못하다. 원래 예고라는 곳이 전공 별로 반이 나누어져 있어, 사실상 타 과와는 친분이 없는 편이었다.

그 이유는 과마다 특성이나 성격이 달라서도 있지만 더 확고한 이유는 각자 나눠진 과마다 알게 모르게 누가 더 잘났나 식의 유치한 경쟁 구도가 있기 때문이기도 했다. 원래 끼리끼리 논다고. 하지만 최지훈에게 있어 각자 나눠진 과는 그다지 중요하지 않아 보였다.

"싫은데? 아니면 니가 우리 반 오던가."

"내가 거길 왜 가야 되는데?"

내가 미술과라든지, 자신이 연영과라든지의 경계는 그저 최지훈에게 있어서 우스운 문제 같았다. 답답함에 인상을 구기자, 최지훈이 태연하게 말했다.

"내가 보고 싶으니까."

"……."

"니가 오지 말라며. 그러니까 니가 오라고."

보고 싶다는 말에 정확히 구겨져 있던 미간 사이의 주름이 하나 더 늘었다. 보통 만난 지 며칠 되지도 않는 이성에게 저런 식의 말은 잘 하지 않기 때문이다.

"내가 왜 보고 싶은데?"

"재미있으니까."

"뭐가?"

"그냥 다. 니가 하는 건 다 재미있어."

최지훈이 하는 말의 의미를 정확하게 알 수 없었다. 뭐가 재미있다고 하는 건지도, 단순히 재미있다는 이유 하나만으로 어떻게 보고 싶다는 말을 저렇게 쉽게 하는지도 모르겠다.

최지훈은 뒤늦게 손에 들고 있던 사탕을 다시 입안에 집어넣으며 이리저리 사탕을 옮겨대다가, 이내 무언가가 생각났는지 웃으며 사탕을 오른쪽 볼로 밀어 넣으며 입술을 연다.

"명찰 받았지."

"……."

"어? 명찰 좀 줘봐. 구경 좀 하자."

내 앞으로 손바닥을 내밀고 위아래로 흔들며 재촉을 한다. 고개를 들어 최지훈을 바라보자, 왼쪽 가슴에 붙은 명찰이 보인다.

연극영화과, 최지훈.

그 모습에 저절로 입술이 꾸욱 짓눌러졌다.

잊고 있었는데, 명찰을 보여 달라는 최지훈 덕분에 또다시 생각나 버렸다. 대답이 없는 내가 이상했는지 최지훈이 위아래로 흔들어대던 손을 멈추고 나를 가만히 바라보았다.

"좀 보여 달라니까, 어?"

"…없어."

"왜?"

"잃어버렸어."

"두 개 다?"

그 물음에 고개를 끄덕이는 걸로 대답을 대신했다. 최지훈은 오른쪽 볼만 불룩 튀어나온 우스꽝스러운 모습을 한 채로 심각한 표정을 짓고 있었다.

잠깐의 정적이 흐르고, 뒤늦게 최지훈이 물고 있던 사탕을 손에 쥐며 다른 한 손으로는 주머니를 뒤적거리기 시작한다. 그리고 주머니 안에서 손이 빠져나왔을 땐 파란색 명찰 하나가 내 앞에 불쑥 다가와 있었다.

"자."

"…이게 뭐야?"

"뭐긴 뭐야, 명찰이지."

내 물음에 시큰하게 웃으며 명찰 뒤에 있는 핀을 만지작거린다. 한 손에는 명찰을 들고, 또 다른 손으로는 내가 입고 있는 마이를 잡아당긴다. 예고도 없이 다가온 손길에 몸이 앞으로 쏠리자, 최지훈이 눈동자를 올려 나를 향해 짧게 웃음을 터트렸다.

"다리에 힘 줘."

그 말에 나도 모르게 몸이 움직이지 않도록 똑바로 서자, 나를 바라보던 강렬한 눈동자가 얌전히 아래로 내려간다. 이번에는 제법 약하게 깃을 잡고 왼쪽 포켓 위에 명찰을 끼워 넣는다.

혹시라도 내 가슴에 손이 닿을까봐 그런 건가, 내 몸에 손이 닿지 않도록 마이를 최대한 잡아당긴 채 핀을 끼워 넣기 위해 열중하고 있는 최지훈의 모습에 기분이 이상했다.

얼마나 시간이 지났을까.

구겨져 있던 눈썹을 펴며 최지훈의 손이 떨어져나갔을 때 내 왼쪽 가슴에는 아까는 없던 명찰 하나가 달려 있었다. 그 모습을 바라보던 최지훈이 만족스러운 웃음과 함께 입술을 연다.

"넌 이제 연극영화과 최지훈이야."

"……."

"존나 웃긴다, 그치."

최지훈은 웃었지만, 나는 웃을 수 없었다. 어찌 되었든 최지훈 덕분에 내일 아침 어떻게 등교를 해야 할까 난감하기만 했던 걱정거리가 사라졌다. 고맙다는 말을 하려는 찰나에 최지훈이 고개를 돌리며 뒷주머니에서 무언가를 꺼내 내 앞으로 불쑥 내민다.

"고맙지?"

"……."

"고마우니까 핸드폰 번호."

고맙다고 말하려고 했던 입술을 꾹 다물며 최지훈의 손에 들린 핸드폰을 내려다보았다. 최지훈 역시 명찰이 두 개밖에 없었을 것이고, 그 중 하나를 나에게 준 거다. 베풀어준 호의에 거절할 수가 없어 짧은 한숨과 함께 최지훈의 핸드폰에 내 번호를 차례대로 눌렀다.

액정 위에 떠 있는 11자리의 번호를 다시 한 번 확인하고 내밀자, 건네받은 최지훈이 무언가를 누르더니 얼마 가지 않아 주머니 속에 있던 핸드폰이 진동하며 울기 시작한다.

"전화 갔지?"

"…응."

"내 번호. 저장해놔."

"야, 최지훈!!"

그때였다. 복도 끝 쪽에서 큰소리로 어떤 여자애 하나가 최지훈을 부르자 등을 돌린 채 서 있던 최지훈의 눈썹이 살벌하게 구겨졌다. 좋지 못한 최지훈의 표정에 시선을 옮겨 소리가 난 쪽을 바라보자 1반 앞에는 꽤 여러 명의 아이들이 이쪽을 바라보고 있었다.

"아, 또 걸렸네."

"……."

"도망가려고 했는데 너 때문에 까먹었고 있었어."

핸드폰을 집어넣으며 최지훈이 아쉽다는 식으로 말했다. 그러고 보니 아까부터 메고 있던 가방이 집에 가려고 한 것 같기는 하다. 순간 최지훈을 가지 못하게 막은 못된 역할이 된 것만 같았지만… 최지훈은 그렇게 생각하지 않는지 웃으며 나를 향해 입술을 열었다.

"집에 갈 거야?"

"응."

"집 어딘데?"

"목동."

"아, 나랑 정반대네. 난 역삼인데. 전철 타?"

"응."

"그럼 역까진 같이 갈 수 있겠다."

"……."

"아, 오늘 말고. 나중에. 오늘은 들켜서 안 되고."

최지훈은 또다시 아쉬운 표정으로 나를 향해 중얼거렸다. 같이 간다는 소리도 안 했는데, 저 혼자 떠들고 저 혼자 나중이라는 약속을 잡는다. 하지만 싫은 표정은 짓지 않았다. 일단은, 받은 것도 있으니까.

또 한 번 자신을 부르는 목소리에 최지훈이 입에 물고 있던 사탕을 빼내며 신경질적으로 고개를 돌린다.

알았어, 간다고!!

큰소리로 그렇게 외치고 나에게 자신이 들고 있는 사탕을 건네주었다. 얼떨결에 그 사탕을 받자, 최지훈이 어깨 위 가방을 다시 고쳐 메며 입술을 열었다.

"그거 가다가 좀 버려줘라."

"……."

"아니면 너 먹던가. 그거 맛있어."

농담이라고 느껴지지 않을 진지한 목소리로 맛있다고 하는 최지훈은 그렇게 잘 가라는 인사와 사탕을 남겨둔 채 1반이 있는 복도 끝 쪽으로 걸어갔다. 그 뒷모습을 바라보다가 시선을 내려 손에 들린 사탕을 바라보았다.

크기가 반으로 작아진 핑크색 사탕에서는 달짝지근한 딸기향이 났다. 주변을 둘러보다가 복도에 있는 쓰레기통으로 가 사탕을 버렸다. 몸을 돌려 계단으로 내려가는데, 맛있다고 말했던 최지훈의 목소리가 생각나 설핏 인상을 구겼다. 남의 타액이 묻은 딸기 사탕이라니, 어느 누가 그걸 입에 넣을까.

교문을 통과하는 내내 가슴이 두근거려 터질 것만 같았다. 그 이유는 당연지사, 명찰에 적힌 최지훈이라는 이름이 여자라고 생각하기에는 무리가 있었기 때문이다. 하지만 다행스럽게도 머릿속으로 몇 번이고 떠올렸던 최악의 상황은 일어나지 않았다.

무사히 교문을 통과하자마자 긴 안도의 한숨과 함께 고개를 들고 구부정하던 허리를 펴자, 그와 동시에 주머니 속에 넣어두었던 핸드폰이 짧게 진동한다. 메시지 한 건이 와 있었다. 친숙하지 않은 11자리의 숫자에 인상을 찡그렸다가 이내 저장된 이름을 보고 '아' 하고 입술을 벌렸다.

[세이프?]

어제 저장했던, 최지훈에게서 온 문자였다. 교문을 통과하자마자 문자 온 걸로도 모자라 그 내용이 세이브라니. 우연이라곤 무리가 있어 보이는 상황에 1반으로 추정되는 가장 왼쪽을 바라보았다.

"……."

그리고 그곳에는 최지훈이 있었다. 먼 거리에 있어도 저 형체가 최지훈이라고 알 수 있었던 이유는 앞머리를 세운 머리 모양 때문일지도 모른다. 학교 내에 저런 식으로 머리를 올리고 다니는 사람은 최지훈밖에 보지 못했으니까.

최지훈은 창문 밖으로 손을 내밀고선 무언가를 만지작거리고 있었다. 그리고 머지않아 내 손에 들린 핸드폰이 또다시 짧게 울렸다.

[왜 대답이 없어.]

그 문자에 답장을 했다.

[너 그러다 떨어져.]

내 문자가 도착했는지, 창가에 한가롭게 앉아 있던 최지훈의 고개가 이리저리 움직이다 이내 한곳에 고정된다.

내 예상과 달리, 최지훈의 다음 행동은 참으로 이상했다. 내가 자신을 바라보고 있다는 것을 알게 된 최지훈은 꽤 빠른 속도로 모습을 숨겼다. 갑작스럽게 창문에서 사라진 모습에 의아한 것도 잠시, 건물 내로 들어가 계단을 올라갈 때쯤 손에 들고 있던 핸드폰이 또다시 울렸고 도착한 메시지는 역시나도 최지훈이었다.

[아, 쪽팔려.]

최지훈이 보낸 문자를 바라보며 살포시 인상을 구겼다. 그리고 다시 계단을 올라가며 무엇이 최지훈을 쪽팔리게 했을까에 대해 생각했다.

교실 안에 들어가자, 이상하게 앉아 있던 반 아이들이 일제히 나를 바라보는 게 느껴졌다. 기분 탓이라고 생각하기에는 이상할 정도로 내가 걷는 방향대로 시선이 함께 따라온다. 의아함에 빠른 걸음으로 1분단 앞으로 걸어가자 경태가 고개를 들며 나를 바라보았다.

"어, 왔어?"

대답 대신 고개를 끄덕이며 가방을 책상 고리에 걸고 자리에 앉았다. 경태에게 어제 서점에서 책은 잘 샀냐고 물어보려던 찰나였다.

"어, 명찰……."

경태의 시선이 내 왼쪽 가슴에 향해 있었다. 그 시선에 서둘러 포켓 안으로 명찰을 집어넣었지만 때는 이미 늦은 후였다. 경태는 명찰에 새겨진 최지훈의 이름을 본 건지 알 수 없는 표정을 했다.

"많이 친한가봐. 명찰도 달고 다니고……."

"그런 거 아니야."

반사적으로 날카롭게 튀어나온 내 대답에 경태가 조금 놀랐는지 벙 찐 표정을 짓는다. 뒤늦게 말을 뱉고 나서 후회를 했다.

조금 더 침착하게 말을 할걸.

하지만 이미 내뱉어진 말에, 경태가 무슨 생각을 하던지 간에 그것은 이제 내가 어떻게 해볼 수 있는 문제가 아니었다.

"근데, 그래 보여."

내가 어떻게 해볼 수 있는 문제가 아니다. 경태는 그렇게 말하고 시선을 돌려 다시 핸드폰을 만지작거렸다.

고작 최지훈과는 입학식 때 불미스럽게 마주친 것과 밥을 한 번 같이 먹었을 뿐인데, 그건 정말 내 기준에서 친한 게 아니었다. 친분으로 따지자면 오히려 경태 쪽이 더 우세했다. 우린 과도 같고, 같이 옆에 앉는 짝이니까.

"저기……."

순간 때아닌 목소리에 고개를 틀자, 핸드폰을 꾹꾹 눌러대던 경태 역시 슬쩍 고개를 들었다. 목소리의 주인공은 이름도 잘 알지 못하는 여자애였다. 짧은 단발머리에 제법 수줍은 미소를 띠우면서 나를 바라보는데, 그 모습에 뒤쪽으로 몰려 있는 여자애들이 어뜩하냐며 저들끼리 소란을 떨었다.

"재희야, 너 연영과 최지훈 알아?"

"어?"

"어제 주연이가 문 잠그면서 너랑 둘이 있다는 거 봤다던데. 진짜야?"

내 이름을 알고 있다는 것도 놀라웠지만 어제 나와 최지훈의 모습을 본 목격자가 있다는 것도 신기했다. 그러고 보니 어제 주번이었던 여자애 이름이 주연이었던 것 같았다. 문을 잠그고 간 줄 알았는데, 옆에서 나와 최지훈을 지켜보고 있었다는 사실이 당황스러워 내가 얼떨떨한 표정을 짓자 앞에 서 있던 여자애가 나를 향해 기분 좋게 웃었다.

"저기, 많이 친해?"

"…아니. 별로 안 친해."

"아… 정말? 주연이 말로는 너네 둘, 친해 보였다는데. 그러지 말고, 지훈이랑 우리 좀 인사시켜 주면 안 돼? 소혜가 걔 되게 좋아하는데."

"그거 그냥 최지훈이 말 건 거야. 친한 거 아니야."

도대체 최지훈이 뭐라고 지금 나한테 이러는 걸까. 정작 난 최지훈과 친하다고 생각하지 않았기에 지금 이 상황이 답답하기만 했다. 거기다가 연결 다리 역할이라니. 난 그런 살가운 성격과 거리가 멀었다.

여자애는 제법 실망한 표정을 지었지만 재빨리 서랍에서 책을 꺼내 책상 위로 올려두는 내 행동에 더 이상 말을 걸진 않았다. 뒤돌아서서 자리로 돌아가는데, 기다리고 있던 무리가 득달같이 달려들며 뭐라고 했냐고 큰소리로 묻기 시작한다. 그 모습에 짧게 한숨을 내쉬며 고개를 돌리자, 나를 바라보고 있던 경태와 눈이 마주쳤다.

"왜 그래?"

내 물음에 경태가 시선을 피하며 다시 고개를 돌린다.

기분이, 이상했다.

1교시였던 사회가 끝나고, 3시간 연속으로 들어 있는 실기 수업에 경태와 함께 학교 건물 뒤에 있는 실기동으로 자리를 옮겼다. 수업은 소묘였는데, 첫날부터 석고상을 꺼내와 3시간 내에 완성을 해보라는 식의 과제를 내주었다. 나눠준 종이를 받고, 진열대 위에 자리 잡은 석고상을 중심으로 이젤을 펴 둥그렇게 둘러앉았다.

그때였다. 아직 자리를 잡지 못했는지 종이를 들고 주변을 두리번대던 경태와 눈이 마주쳤고, 내 옆은 비어 있는 상태였다. 나는 자연스럽게 경태에게 눈짓으로 내 옆자리를 가리켜 주었지만 경태가 종이를 들고 향한 곳은 내 옆이 아닌 남자아이들이 모여 있는 자리였다.

저들끼리 떠들어대며, 내 시선을 느꼈는지 몇몇 남자아이들이 등을 돌려 나를 바라본다. 그리고 그 시선은 내가 자리에서 일어나 연필을 깎는 순간까지도 계속되었다. 등 뒤로 닿는 시선에 괜스레 허리가 뻐근해졌다.

3시간 내내 계속되었던 실기 수업이 끝이 나고 교실이 있는 층의 화장실에 들러 연필 가루가 묻어 있는 손을 닦고 교실로 향하자, 앞자리에 홀로 서 있는 경태가 보였다. 그 모습에 심호흡과 함께 굳어져 있던 입술로 애써 웃으며 경태에게 다가가 아무렇지도 않게 말을 걸었다.

"경태야, 점심 먹으러 가자."

갑작스럽게 들려온 내 목소리에 놀랐는지, 경태가 제법 당황한 표정으로 뒤를 돌아 나를 마주했다. 마치 만나면 안 될 사람을 만난 것처럼 경태의 얼굴이 좋지 못하다.

"저기, 미안… 나 오늘 성준이네랑 먹기로 했는데."

성준이라는 이름에 아까 실기 실에서 경태와 함께 섞여 있던 남자 무리들의 얼굴이 하나둘씩 떠올랐다. 두 명이었으니, 아마 그 둘 중 하나가 성준이라는 이름을 가진 아이일 거다.

그때였다. 내 앞에서 어쩔 줄 몰라 하던 경태가 자신을 부르는 목소리에 고개를 들어 내 어깨 너머로 시선을 옮긴다. 그곳에는 아까 실기 실에서 보았던 익숙한 얼굴들이 자리 잡고 있었고, 경태는 미안하다는 말과 함께 내 시야에서 사라졌다.

"……."

갑작스럽게 벌어진 상황에 당황스러우면서도, 한편으로는 지금 이 상황이 오기까지 아무것도 할 수 없었던 내 자신이 한심하게 느껴졌다.

하아.

작은 한숨과 함께 자리로 가 가방 속에 넣어두었던 급식카드를 꺼냈다. 손에 쥐고, 둘이 아닌 혼자가 되어 교실을 빠져나갔다.

경태를 원망하는 건 아니었다. 오히려 잘못이 있다면 내 쪽에서 찾는 게 맞았다. 사람은 누구나 지금보다 더 나은 상황을 찾기 마련이고, 그게 경태에게는 내가 아닌 성준이라는 같은 동성의 친구일지도 모른다.

여자인 나와는 잘 통하지 않았던 얘기가 성준이와는 잘 통했다든가, 아니면 내가 가지고 있지 않는 부분을 그 아이가 가지고 있는 걸 수도 있다. 그래서 경태의 지금 같은 행동에 욕을 한다거나 원망을 할 수 없었다. 미워한다고 해서 달라지는 건 아무것도 없기 때문이다.

하나둘씩 무리를 지어 서 있는 급식줄 앞으로 경태와 성준이의 모습도 보였다. 멀뚱히 서서 그 모습을 바라보다 이내 시선을 내려 손에 들고 있던 애꿎은 핸드폰만 꾹꾹 눌러댔다. 메시지 함에 들어갔다가, 아침에 받았던 최지훈의 문자를 아무 생각 없이 읽고 또 읽었다.

그때였다. 갑작스럽게 어깨 위로 팔이 둘러지고 고개를 들자 그곳에는 신기하게도 최지훈이 있었다. 핸드폰 속 최지훈이 아닌, 진짜 최지훈.
"왜 혼자 있어? 그 새낀 어디 가고."
홀로 줄을 서 있는 내가 이상했는지 최지훈은 한쪽 눈썹을 찡그리며 고개를 이리저리 돌려댔다. 최지훈이 말한 '그 새끼'는 아마 경태가 맞을 거다. 주변을 둘러보던 최지훈의 눈동자가 한곳에 멈추고, 미간 사이를 구기며 시야를 좁히더니 이내 나를 바라보며 의아한 듯 묻는다.
"어, 저기 있네. 왜 따로 줄 서?"
최지훈이 고개 짓으로 가리킨 곳에는 경태와 성준이가 있었다. 왜 따로 줄을 서는지 설명을 하자니 입이 아플 것 같아 그냥 입술을 꾹 짓누르며 대답을 피했다. 그런 내 표정을 본 것인지, 최지훈은 다른 한 손으로 머리를 몇 번 긁적이더니 이내 어깨에 둘렀던 팔을 내리며 내 손목을 붙잡았다.
"이리 와. 새치기 시켜줄게."
최지훈은 내 손목을 힘주어 잡고, 보란 듯이 경태 앞을 지나갔다. 경태와 아주 잠깐 눈이 마주쳤지만 그것은 순간일 뿐이었다. 최지훈은 경태가 서 있는 곳보다 조금 앞선 곳으로 나를 데려가 줄 사이로 밀어 넣었고, 그 순간 벽 쪽에 서 있던 키가 큰 남자와 눈이 마주치고 만다.
최지훈과는 사뭇 다른 분위기의 남자는 주머니에 손을 넣은 채 나를 바라보다가 시선을 내려 최지훈이 붙잡은 내 손목을 유심히 바라보았다.
"누구야?"
"어, 넌 처음 보겠다. 재희도 처음이겠네."
최지훈은 웃으며 남자와 나를 번갈아보더니, 이내 붙잡고 있던 손목을 놓고 내 어깨 위로 팔을 둘렀다. 그리고서는 꽤 진지한 목소리로 남자를 향해 입술을 열었다.
"형수님이니까 앞으로 잘해."

"형수?"

그 말에 앞에 서 있던 남자가 의아한 표정으로 나를 바라보았고, 난 서둘러 최지훈을 향해 인상을 찡그렸다.

"그런 말 하지 마."

"장난이지, 뭘 또 그렇게 정색을 하냐."

무게감 있던 목소리는 어디 갔는지, 최지훈은 재미있다는 듯이 저 혼자 끅끅대며 내 얼굴 위로 장난스럽게 손을 가져와 구겨진 미간 사이를 엄지로 꾹꾹 눌렀다. 한 번, 두 번. 힘이 들어가 있지 않은 손으로 나를 바라보며 꾹꾹.

"주름 생긴다, 주름."

나를 걱정하는 것처럼 내려앉은 눈썹을 보니 순간 기분이 이상했다. 가까이에서 마주한 최지훈의 얼굴에, 뒤늦게 내가 이마에 닿아 있는 손을 밀어내자 최지훈이 웃으며 못 이기는 척 내 어깨 위로 둘렀던 팔을 치운 뒤 남자를 향해 설핏 고갯짓을 했다.

"얜 이민호. 나랑 중학교 때부터 연기 학원 다니던 애야."

"……."

"존나 잘생겼지? 얘 최근에 드라마에도 나왔었어."

최지훈은 자랑처럼 앞에 서 있는 남자를 나에게 소개했다. 최지훈의 말대로, 다른 아이들 틈 속에 파묻혀 있어도 눈에 띌 정도로 잘생긴 얼굴이긴 했다.

얼굴도 웬만한 여자들보다 작았고, 큰 눈을 깜빡일 때마다 긴 속눈썹이 함께 내려왔다. 오뚝한 콧날에 그 밑으로 자리 잡은 입술 역시 반듯했으며 최지훈보다도 큰 키를 가지고 있었다.

그러고 보니 엄마가 요즘 매일 챙겨보는 드라마에서 본 것 같기도 하다.

이름은 잘 기억나지 않지만 꽤 인기가 많은 드라마인 건 확실했다. 어쩌다가 한 번 거실에 앉아 드라마를 볼 때면 엄마가 입버릇처럼 참 잘생겼다고 말을 했던 아이가 이제 보니 최지훈의 옆에 서 있는 남자였다.

TV 속에서만 보던 얼굴을 가까이에서 보니 신기한 기분도 없지 않아 들었지만 정작 본인은 최지훈의 자랑에 그만하라는 말을 하며 인상을 구겼다. 최지훈은 그런 이민호의 말에 재미있다는 듯이 웃으며 이번에는 나를 바라보았다.

"이쪽은 이재희. 내가 말했었지?"

나에 대해서 어떤 말을 주고받았는지는 몰라도, 그 목소리에 순간 나를 바라보는 이민호의 시선이 제법 흥미롭게 변했다.

"아, 그 낚시꾼?"

내려앉아 있던 입술을 가볍게 올리며 말을 하는데, 그 모습에 이상하게 심장이 간지러웠다. 이민호의 말에 최지훈은 뭐가 그렇게 웃긴지 저 혼자 끅끅대며 애꿎은 이민호의 등을 치며 웃음을 참았다. 그러면서 간신히 입술을 열고 말한다는 게 '얘 그 말 싫어해'란다.

그러자 이민호가 웃던 입가를 천천히 내리며 미안하다고 나에게 사과를 건넸다. 괜스레 나만 홀로 이상한 사람이 된 것만 같은 기분이 들었다.

"어, 명찰 어디 갔어?"

아직 웃음기가 남아 있는 입술로 최지훈이 내 왼쪽 가슴을 바라보며 물었다. 그 목소리에 오늘 아침 경태 때문에 명찰을 포켓 안으로 넣어두었던 게 뒤늦게 생각이 났다.

"그냥, 넣어놨어."

"왜. 내가 쪽팔려?"

한쪽 눈썹을 찡그리며 묻는 최지훈의 말에 고개를 내저었다.

"그런 거 아니야."

"근데 왜 숨겨. 어디 있는데?"

"주머니 안에."

내 말이 떨어지기가 무섭게 최지훈이 손을 뻗어 내 왼쪽 가슴에 있는 비좁은 포켓 안으로 손가락을 넣고 바깥으로 명찰을 꺼냈다. 그리고 자신의 이름이 박힌 명찰이 내 왼쪽 가슴에 달린 것을 확인하고 나서야 만족스러운 웃음을 지으며 삐뚤어진 명찰을 만지작거린다.

"준 사람 성의가 있지, 숨기지 말고 하고 다녀."

명찰에서 손을 떼고, 나를 바라보며 짙은 눈썹을 살짝 구긴다.

"알았어?"

그 목소리에 입술을 깨물며 숨을 죽였다. 최지훈은 내가 자신의 명찰을 숨겼다는 것에 기분이 상했던 건지 꼭 중요한 일인 것처럼 제법 무서운 표정으로 나에게 명찰을 하고 다닐 것을 강조했다. 차마, 싫다는 말은 할 수 없었다. 준 사람의 성의를 생각해서라도 최지훈의 말을 따라야 하는 게 맞는 것이었다. 그게 왜 최지훈에게 중요한 건지는 알 수 없지만.

"최지훈 명찰이네."

옆에서 최지훈과 나를 지켜보고 있던 이민호가 내 왼쪽 가슴에 붙어 있는 명찰을 보더니 제법 궁금한 표정을 했다. 그러자 최지훈이 이민호를 향해 웃으며 입술을 열었다.

"아, 잘됐네. 너도 명찰 하나 기증해."

"왜?"

"두 개 다 잃어버렸대. 그것도 어제, 받자마자 몽땅."

아무렇지도 않게 말하는 최지훈의 말에 순간 내가 주의 깊지 못한 사람이 된 것만 같은 기분이 들었지만 틀린 말이 아니었기에 반박할 수도 없었다.

최지훈의 말에 이민호가 내 가슴에 붙어 있는 명찰을 바라보더니, 이내 주머니 속에 넣어두었던 손을 빼 자신의 왼쪽 가슴으로 가져갔다. 그리고 얼마 가지 않아 나에게 팔을 뻗은 이민호의 손에는 방금 전까지만 해도 가슴에 붙어 있던 명찰이 들려 있었다.

"자."

"아니, 안 줘도 돼. 괜찮아."

불쑥 내 앞으로 다가온 명찰에 살포시 인상을 구기며 손사래를 치자, 옆에서 지켜보고 있던 최지훈이 나를 향해 입술을 열었다.

"받아둬. 나중에 또 잃어버리면 어떡하냐."

'그럼, 너네 둘은.'이라고 묻고 싶었다. 잃어버렸다는 말에 명찰을 준 최지훈이나, 명찰을 하나 주라는 최지훈의 말에 아무렇지도 않게 자신이 하고 있던 명찰을 떼서 주는 이민호나. 나에게 주고 나면 명찰이 하나밖에 없게 될 텐데, 만약에 잃어버리게 되는 상황이라도 오면 너네야말로 어떡하려고.

하지만 최지훈은 그런 걱정 따윈 없는 건지 내 뒤로 와 두 손으로 내 두 팔을 잡은 뒤 제멋대로 이민호 손바닥 위로 가져갔다. 그리고 뭐가 그렇게 재미있는지 장난스러운 목소리로 내 귓가에 입술을 가져와 작게 속삭인다.

"자, 빨리 쥐어."

귓바퀴 안으로 밀려오는 목소리에 결국에는 웅크리고 있던 손가락을 펼쳐 명찰을 쥐었다. 그러자 최지훈이 잡고 있던 내 팔을 놓으며 잘했다고 내 머리 위를 가볍게 흔들어주었다. 헝클어진 머리카락 사이로 이민호를 바라보며 손에 들린 명찰을 꼬옥 움켜쥐었다.

"잘 쓸게, 정말 고마워."

그냥 겉치레로 하는 말이 아니라, 정말로 고맙게 느껴졌다. 최지훈과 이민호가 준 명찰이 없었다면 나는 아마 매일 아침마다 교문을 통과하기 위해 일찍 학교에 와야 하는 수고스러움을 겪었을지도 모른다. 고맙다는 내 인사에 이민호는 작게 고개를 끄덕이는 것으로 대답을 대신했다. 그러자 옆에 서 있던 최지훈이 또 무언가가 생각났는지 웃으며 입술을 연다.

"야, 존나 이러니까 인기투표 같다."

"……."

"내 거랑 이민호 거랑 명찰 두 개잖아."

최지훈의 말대로, 이제 나에게는 최지훈과 이민호 이름이 적힌 명찰 두 개가 있었다. 최지훈은 힐끗 이민호를 바라보더니 이내 허리를 숙여 내 귓가로 입술을 가져와 작게 속삭였다.

"이민호 거 말고 내 거 하고 다녀."

귓바퀴 안으로 최지훈의 작은 웃음소리와 숨소리가 적나라하게 엉켜 들어왔다.

"얘 건 그냥 보험이라고 생각하고, 어?"

이상하게, 심장이 빠르게 뛰었다. 최지훈은 그 말을 끝으로 내 귓가에서 입술을 떼고 아무렇지도 않게 발개진 내 귓불을 손으로 만지작거렸다. 귀가 얼얼해졌다. 손이 떨어지자 벽에 기대어 있던 이민호가 살포시 인상을 찌푸리며 나와 최지훈을 번갈아 바라보았다.

"무슨 말 했는데."

"넌 몰라도 돼."

"얘 무슨 말 했어?"

최지훈이 대답해주지 않자 기대어 있던 등을 떼며 나를 향해 묻는다. 성큼 앞으로 다가온 이민호의 모습에 아무런 말을 하지 않자 한 걸음 더 가까이 다가와 입술을 연다.

"어?"

나를 똑바로 바라보는 그 눈빛에 더더욱 아무런 말을 할 수 없었다. 그러자 작게 한쪽 눈썹을 찡그린 이민호가 이내 허리를 숙이며 고개를 돌려 자신의 귀를 좀 더 내 입술 가까이 가져왔다.

"자."

"……."

"이제 말해봐."

그 모습에, 말을 할 수 있을 리 없었다.

2. 이상한 두 남자

이민호는 나와 최지훈이 귓속말로 무슨 말을 했는지 궁금했던 건지 꽤 오랫동안 그 자세로 내 앞에 서 있었다. 결국에는 옆에서 지켜보고 있던 최지훈이 장난스럽게 이민호의 머리를 밀고 나서야 상황이 정리되었다.

어느덧 짧아진 줄에 이번에도 최지훈이 나에게 식판을 내밀었고, 나는 이제 별다른 거부감 없이 그것을 받아들었다. 이번에는 경태가 아닌 이민호와 함께 셋이 앉아 점심을 먹었다.

그때와 마찬가지로 먹는 순간에도 최지훈과 이민호는 몇 번이고 자리에서 일어나 큰소리로 선배들에게 인사를 했으며, 그 사이에 앉아 있던 나는 별다른 거부감 없이 그 상황을 받아들이며 점심을 먹었다. 빠르게 식판을 비워야 한다는 생각도 없었으며, 이상하게 최지훈 역시 저번과 달리 음식을 남기지 않고 모두 다 먹어 치웠다.

점심을 먹은 뒤 이번에도 자연스럽게 최지훈은 주머니 속에서 동전을 꺼내 손바닥에 놓고 세며 나에게 '뭐 마실래'라고 물었다. 그 물음에 이번에는 '아무거나'라고 대답하는 대신 자판기 앞으로 가 먹고 싶은 음료수를 골랐다.

나를 대신 해 허리를 숙여 차가운 음료수 캔을 꺼낸 최지훈이 먼저 캔을 따고, 이번에도 마찬가지로 한 모금을 입안에 털어 넣었다. 자연스럽게 음료수는 다음 타자인 이민호에게로 넘어가 한 모금 마신 뒤 나에게 도착했다. 평소 같았으면 다른 누구와 무언가를 나눠먹는 걸 좋아하지 않았겠지만, 이상하게도 이번만큼은 기분 나쁘지 않았다.

2층에 도착하고 화장실을 지나자 보이는 1−3 팻말에 최지훈이 가던 길을 멈추고 나를 바라본다. 그 시선에 내가 반 정도 남은 음료수 캔을 내밀자 최지훈이 웃으며 그거 말고, 한다.

"오늘도 청소해?"

"아니."

"그래? 잘됐네."

복도에는 점심시간이라는 말에 어울릴 정도로 많은 아이들이 지나다니고 있었다. 최지훈이 서 있는 곳은 우리 반 앞이었고, 그랬기에 평소 관심을 보이던 아이들이 문과 복도 쪽 창문에 다닥다닥 몰려와 붙었다. 평소 같았으면 최지훈을 보며 가라고 말했겠지만, 이번만큼은 그렇게 말하지 않았다.

"이따 수업 끝나고 교실 앞으로 올게."

최지훈은 나를 바라보며 작게 웃었고, 나 역시 그런 최지훈을 보며 조심스럽게 입술을 잡아당겼다.

"같이 가자."

이상하게 더 이상 최지훈을 밀어내야 하는 이유를 찾을 수 없었다.

내가 안으로 들어가는 것을 확인하고 나서야 최지훈과 이민호는 교실로 돌아갔다. 그 모습을 목격한 여자아이들은 점심시간 내내 저들끼리 모여 숙덕거렸고, 꽤 가까운 거리였기에 본의 아니게 그 내용을 들을 수밖에 없었다.

그 목소리들 사이로는 최지훈이 아닌 이민호의 이름도 꽤 여러 번 거론되고 있었는데, 뒤늦게 안 사실이지만 최지훈과 함께 다니는 이민호 역시 꽤 많은 여자아이들의 관심을 받고 있었다. 그래서 더더욱 나를 향하는 아이들의 시선이 곱지 않았다. 아마 친하지 않았다고 말한 게 걸림돌이 된 게 분명하다.

점심시간을 마치는 종이 울리고, 서랍 속에서 다음 과목의 책을 꺼내 책상 위로 올리자 경태가 다가와 자리에 앉았다. 선생님이 들어오고, 7교시 수업이 끝날 때까지 몇 번이고 경태의 시선이 닿는 게 느껴졌지만 나는 경태를 바라보지 않았다.

조금 길다 싶을 정도로 이어지던 종례가 끝이 나자, 아이들은 저마다 빠르다 싶을 정도로 가방을 메고 교실을 빠져나갔다. 나 역시 가방을 메고 자리에서 일어나자, 순간 옆에 앉아 있던 경태와 눈이 마주치고 만다. 그 시선을 애써 피하며 걸음을 옮기려 했지만 경태가 일어나 내 앞을 가로막았다.

"저기, 재희야."

"……."

"아까 점심시간에는 미안… 성준이가 같이 먹자고 해서."

고개를 숙인 채 말을 이어가는 경태의 입에는 또다시 성준이의 이름이 흘러나오고 있었다. 내가 아무런 대답이 없자, 고개를 숙이고 있던 경태가 힐끗 나를 바라본다. 그 시선에 다물고 있던 입술을 열었다.

"뭐가 미안해, 나 혼자 점심 먹었을까봐 그러는 거야?"

솔직히 말해서, 지금 내 앞에서 이런 말을 하는 경태의 의도를 이해할 수 없었다. 뭐가 미안하고, 누구 때문에 그랬다는 식의 자신을 변호하는 말은 나에게 할 필요가 없는 것이었다.

"너도 봤잖아. 나 혼자 안 먹었어."

분명 아까 급식실 앞에서 최지훈과 함께 있는 나를 보았을 거다. 바로 몇 줄 뒤에 경태와 성준이의 무리가 있었으니, 아마 급식을 받고 자리를 찾으면서도 함께 앉아서 밥을 먹는 나와 최지훈을 보았을지도 모른다.

"그러니까 미안해 할 필요 없어. 나 괜찮아."

처음 생긴 친구에, 먼저 말을 걸어주었다는 고마움이 커 무엇보다 잘해주고 싶었지만 그런 나를 먼저 밀어낸 건 경태였다. 나는 바보가 아니었기 때문에 경태의 행동이 나에게서 점점 멀어지고 있다는 것쯤은 잘 알고 있었다. 차라리 이유라도 말해줬으면 노력했겠지만 경태는 줄곧 침묵했고 나는 거기에 원망도, 미움도 하지 않는다. 그것은 선택일 뿐이었다.

경태는 내가 아닌 다른 쪽을 선택한 거고, 나는 그런 경태의 선택에 구질구질하게 엉켜 붙어 눈치 없이 굴고 싶지 않았을 뿐이다. 혼자가 되더라도, 상관없는 일이었다.

"나 먼저 갈게. 내일 보자."

이대로 경태를 등지면 돌이킬 수 없을 정도로 우리 사이가 멀어질 거라는 걸 알고 있었지만, 이상하게 미련은 남지 않았다. 여전히 고개를 숙이고 있는 경태를 지나자, 뒤에 서 있던 성준이를 포함한 남자아이들 무리들과 눈이 마주쳤다.

하지만 그것도 잠시, 교실 뒷문에서 들리는 익숙한 목소리에 고개를 돌리자 그곳에는 최지훈이 있었다. 청소를 하기 위해 빗자루를 들고 있던 여자아이를 붙잡고 말을 하고 있다.

"여기 이재희 어디 있어?"

"어, 어?"
"불러주라."
친숙하게 들려오는 내 이름을 듣고 멈추었던 걸음을 옮겨 뒷문으로 향했다. 내 발걸음 소리에 고개를 든 최지훈이 나를 보며 인상을 찡그렸다.
"뭐야, 여기 있었네."
"왜?"
"아까 창문으로 봤는데 너 안 보였거든. 자리가 어디야?"
말을 걸었던 여자애는 안중에도 없는 건지, 최지훈은 나를 바라보며 내 자리를 물어왔다. 손끝으로 1분단 맨 앞쪽을 가리키자, 최지훈이 그제야 고개를 끄덕이며 '안 보일 만하다' 한다.
"니네 담임 쓸데없이 말 겁나 많더라. 기다리는데 죽는 줄 알았네."
"그럼 먼저 가지 그랬어."
"뭘 먼저 가. 말이 그렇다는 거지."
샐쭉 웃는 최지훈을 바라보며 교실에서 빠져나오자 이민호가 보였다. 내 시선을 느낀 건지 핸드폰을 만지작거리던 이민호가 고개를 들며 내가 나온 것을 확인하고서는 벽에 기대고 있던 몸을 똑바로 폈다.
"같이 기다렸어?"
"응."
"먼저 가지, 진짜."
아무렇지도 않게 대답하는 최지훈을 보며 입술을 꾹 깨물었다. 최지훈은 그렇다고 쳐도, 아무런 상관없는 이민호는 졸지에 15분 동안 복도에 서서 나를 기다린 거나 마찬가지였다. 하지만 정작 기다린 이민호는 아무렇지도 않은지 주머니에 손을 넣은 채 나와 최지훈을 바라보며 입술을 열었다.
"안 가?"

그 목소리에 결국에는 짧은 한숨과 함께 구겨져 있던 인상을 펴며 걸음을 옮겼다.

셋이 함께하는 하교는 생각보다 나쁘지 않았다. 최지훈이 쉴 새 없이 옆에서 떠들긴 했지만 시끄럽다는 기분보다는 지루하지 않다는 생각이 지배적이었다.

역에 도착하고, 잠시 노선표를 바라보며 정거장 수를 세었다. 3정거장 뒤 환승하는 역에서 최지훈은 위로 올라가고, 나와 이민호는 옆으로 가는 식이었다. 지하철을 타기 위해 걸음을 옮기자, 최지훈이 깊은 한숨과 함께 입술을 열었다.

"아, 외롭다."

"뭐가?"

"너랑 이민호는 같이 가는데, 난 혼자 가잖아."

최지훈은 심통이 난 어린아이처럼 입술을 비죽거리며 아쉬운 듯 말했다. 지하철이 도착하고 오르는 순간에도 최지훈은 하교를 할 때처럼 떠들지 않았다. 홀로 문에 기대어 나와 이민호를 번갈아 바라보더니, 이내 또다시 푸욱 한숨을 내쉬는 것을 반복한다.

어느덧 빠르다 싶을 정도로 3정거장이 지나고, 환승하는 역에서 나란히 내리자 최지훈이 나를 바라보며 입술을 열었다.

"나 갈 때 심심하니까 문자해줘."

주머니 속에서 MP3를 꺼내 이어폰을 귀에 꽂으며 말하는 최지훈을 향해 못 이기는 척, 고개를 끄덕이자 최지훈이 눈썹을 찌푸린다.

"또 씹지 말고."

"…알았어."

6교시쯤 받았던 '뭐해?'란 시답지 않은 문자에 답장을 하지 않았던 게 마음에 들지 않았는지 내 대답을 듣고 나서야 구겨져 있던 눈썹을 편다.

간다.

최지훈은 그 말을 끝으로 사람들 틈 속으로 걸어갔다. 그 뒷모습을 바라보다가 이내 지하철이 오는 소리에 이민호와 함께 걸음을 옮겼다.

지하철을 갈아타기 위해 걸어야 하는 최지훈과 달리 나와 이민호는 내린 곳 바로 옆에서 지하철을 타면 되는 것이었다. 도착한 지하철에 오르고 혹시나 하는 마음에 주변을 둘러보았지만 역시나도 빈자리는 남아 있지 않았다. 하는 수 없이 문 옆에 서서 고개를 들어 노선표를 바라보며 정거장 수를 세었다.

솔직히 말해 몇 정거장 뒤에 내리는지는 보지 않아도 알 수 있었다. 하지만 최지훈이 사라진 지금, 이민호와 나 사이에는 왠지 모를 어색함이 흐르고 있었다.

그건 어쩌면 당연한 것이기도 했다. 자주 마주쳤던 최지훈과 달리 이민호는 오늘 점심시간 때 처음 본 걸로도 모자라 서로 말을 많이 하는 성격이 아니었다. 하교를 하는 내내 최지훈 혼자 떠들었지, 이민호와 나는 그 얘기를 묵묵히 듣고만 있었으니까.

그때였다. 문에 기대어 있던 이민호가 작게 웃음을 터트렸고, 소리를 들은 내가 시선을 내리자 이민호가 나를 향해 입술을 열었다.

"어색해?"

멀뚱히 서서 노선표를 보는 내 행동을 눈치챈 건지, 이민호는 웃음을 머금은 입술로 느리게 말했다.

"그럼 내가 말할까?"

이민호가 문에 기대고 있던 몸을 똑바로 세우며 주머니에 넣어 두었던 손을 뺐다.

"얘기로만 듣다가 오늘 만나니까 알겠다."

"……."

"최지훈이 왜 좋아하는지."

나를 보며 말하는 목소리에 살포시 인상을 구겼다. 그 이유는 단순했다. 최지훈이 좋아한다는 말의 의미를 정확하게 이해할 수 없었기 때문이다.

"무슨 소리야?"

내 물음에 이민호가 나를 바라보며 웃는다.

"재희야."

갑작스럽게 들려오는 내 이름에, 순간 제멋대로 심장이 두근거렸다. 이민호가 처음 부르는 내 이름이 '이재희'가 아닌 '재희야'일 줄 몰랐기 때문이다.

"지훈이가 너 많이 좋아해."

"……."

"맨날 나한테 니 얘기해."

천천히 그리고 느리게 또박또박 말하는 이민호의 목소리는 이상할 정도로 귓가에 아주 가까이 와 닿았다.

"그래서……."

덜컹거리는 지하철 소리도, 시끄럽게 울어대며 다음 정거장을 알리는 알림소리도. 지금 이 순간만큼은 아무것도 들리지 않았다.

"나도 이제 너 좋아졌어."

나를 바라보며, 아무렇지도 않게 좋아한다는 말을 서슴없이 꺼내는 목소리에 제멋대로 펼쳐두었던 손을 꼬옥 움켜쥐었다. 최지훈이나 이민호나 왜 둘이 친구인지 이제야 알 것만 같았다.

사람 눈을 똑바로 바라보며, 남들은 쉽사리 꺼낼 수 없는 말들을 너무나도 쉽게 내뱉는다. 좋아한다는 말에 의미를 알고나 저러는 걸까 아니면 별 의미 없이 그냥 재미삼아서 이러는 걸까. 온갖 잡다한 생각들이 머릿속을 활개 치다 입술로 옮겨갔다.

"너네 둘, 원래 이래?"

"뭘?"

"만난 지 얼마 되지 않은 여자애한테, 아무렇지도 않게 좋아한다는 말 하고 그러냐고."

고작 만난 지 며칠도 되지 않는 나에게 서슴없이 다가오는 최지훈이나 옆에서 내 얘기를 들었다는 이유만으로 오늘 처음 본 나에게 좋다고 말하는 이민호가 낯설기만 했다.

어떤 식으로 최지훈이 나에 대해서 이민호에게 말했던 간에 그건 중요하지 않았다. 그냥 기분이 이상하니까. 중학교 때부터 지금까지 알고 지내는 친구들도, 나에게 좋아한다는 말 같은 건 하지 않았으니까.

내 물음에 이민호가 웃음을 터트리며 고개를 숙였다. 그리고 다시 나를 향해 고개를 들었을 땐, 웃음이 사라진 표정으로 변해 있었다.

"아니. 한 번도 한 적 없는데."

"……."

"근데 너 보니까 나오네."

굳어져 있던 입술로 작게 웃으며, 반쯤 접힌 눈으로 나를 바라본다.

"나도 낚인 건가."

달짝지근한 목소리가 귓가에 닿아 계속해서 윙윙거렸다. 이제는 정말 내가 최지훈의 말대로 무슨 낚시꾼이라도 된 것만 같은 기분이 들었다.

그때였다. 주머니 속에 넣어두었던 핸드폰이 짧게 진동한다. 손을 넣어 핸드폰을 꺼내자 최지훈에게서 온 메시지 하나가 도착해 있었다.

둘이 가니까 좋냐.

아직도 심통이 난 건지 글자가 퉁명스럽다. 그 문자에 답장 버튼을 눌렀다. 어찌 되었든, 문자한다고 약속 했었으니까.

"최지훈?"

핸드폰을 꾹꾹 눌러대는 내 모습에 문에 기대어 있던 이민호가 한 걸음 앞으로 다가와 묻는다. 그 물음에 고개를 작게 끄덕이자 얼마 가지 않아 커다란 손이 핸드폰 액정 위를 덮더니, 그대로 움켜쥐고 가져간다. 의아함에 고개를 들어 올리자 이민호가 내 핸드폰을 쥔 채 나를 향해 입술을 열었다.

"문자하지 마."

"……."

"애 좀 태워. 최지훈 그런 거 좋아해."

그 목소리에 내가 이해가 가지 않는다는 표정을 짓자, 이민호가 작게 웃으며 액정 위로 손가락을 움직였다. 얼마 가지 않아 길게 울리는 진동소리에 이민호가 뒷주머니에서 자신의 핸드폰을 꺼냈다. 진동소리가 멈추고, 나에게 핸드폰을 건넸다.

"내 번호."

돌려받은 핸드폰 액정 속, 부재중으로 찍혀 있는 숫자를 확인하고 고개를 들자 이민호가 자신의 핸드폰을 뒷주머니에 넣으며 나에게서 등을 돌렸다. 어느덧 도착한 역에 문이 열리고, 이민호가 발걸음을 옮겨 지하철에서 내린 뒤 몸을 돌려 나를 바라본다.

"나한테는 문자 바로바로 해."

차가운 바람에, 이민호의 머리카락이 제멋대로 휘날린다.

"난 그런 거 좋아해."

웃으면서 말하는 그 목소리가 귓가에 닿자마자 느리게 문이 닫혔다. 자그마한 유리창 너머로 이민호가 나를 바라보며 천천히 뒤로 걸음을 옮긴다.

한 발, 두 발, 세 발. 이민호의 걸음이 멈추자 문이 닫힌 지하철이 느리게 움직였고, 그와 동시에 이민호도 몸을 돌려 장난스럽게 내가 타고 있는 지하철이 움직이는 방향으로 걷기 시작했다.

점점 더 속도를 올리는 지하철에 맞춰 빠른 걸음으로 걷다가, 이내 이민호의 모습이 유리창에서 보이지 않게 되었다. 그 모습에 들고 있던 핸드폰을 꼬옥 움켜쥐었다.

진짜, 뭐하는 거야.

어제 이민호가 내리고 얼마 가지 않아 최지훈에게 문자가 왔었다. 왜 대답이 없냐는 식의 참을성 없는 글자에 잠깐이나마 이민호가 했던 말이 떠올라 텀을 두고 답장을 하자, 최지훈이 내일 아침 8시까지 학교가 있는 역 앞에서 만나자는 말을 했다.

시간까지 딱 정해서 통보하는 식의 발언에 거절을 할 수 없어 알았다고는 했지만 학교로 가는 내내 계속해서 시계를 바라보며 초조해 하는 나를 보니 뒤늦게 후회가 되었다.

하아.

작은 한숨과 함께 고개를 들어 남은 정거장의 수를 세었다. 3정거장, 지금은 7시 54분. 아슬아슬하게 도착할 것 같다.

혹시라도 기다리고 있으면 어쩌나 싶어 빨리한 발걸음이 허무하게 느려진다. 만나기로 약속한 역 앞 시계탑에는 나와 비슷한 교복을 입은 아이들이 많았지만 그곳에 이민호와 최지훈은 존재하지 않았다.

오는 내내 불안해 하던 게 억울해져 핸드폰을 꺼내자 저 멀리서 이민호가 걸어왔다. 그 모습에 들고 있던 핸드폰을 내리며 한숨을 푹 내쉬었다.

"언제 왔어?"

"방금."

"아, 최지훈 아직 안 왔지?"

"응."

주변을 둘러보지도 않고 당연하다는 식으로 말하는 이민호의 목소리에 살포시 인상을 구기며 되물었다.

"왜?"

"걔 아침잠 많아."

"그래?"

"어."

"……."

"이제 우리 둘이 맨날 최지훈 기다려야 될걸."

태연하게 웃으면서 말하는 이민호의 목소리에 내려두었던 핸드폰을 다시 올려 최지훈에게 문자했다.

빨리 와.

용건만 눌러 적은 문자를 보낸 뒤 핸드폰을 집어넣고 발개진 손끝을 꼼지락거리자 이민호가 나를 향해 묻는다.

"왜, 추워?"

"응. 아침이라서 그런지 날씨가 좀 춥네."

더위는 참을 만한데, 추위에는 정말 약했다. 중학교 때는 3월에도 코트를 입고 다녔던 것 같은데, 어제 종례 시간에 코트를 입지 말라고 말했던 담임의 경고에 결국에 마이만 달랑 입은 채 집을 나섰던 게 화근이었다.

매서울 정도로 얼굴 위로 부딪혀오는 차가운 바람에 고개를 푹 숙이자, 그걸 지켜보고 있던 이민호가 주머니에 넣었던 손을 빼 내 손목을 잡고 자신의 등 뒤로 끌어당겼다.

"뒤로 와."

얼떨결에 이민호의 손길에 이끌려 걸음을 옮기자, 신기하게도 방금 전 내 얼굴에 부딪쳐오던 바람이 조금 멎은 듯한 느낌이 들었다.

"덜해?"

고개를 돌려 등 뒤에 있는 나를 향해 묻는 목소리에 작게 고개를 끄덕이자, 이민호가 내 손목을 놓고 다시금 앞을 바라보며 주머니 속에 손을 넣었다. 앞에 서서 바람을 막아준 덕분에 오들오들 떨던 몸이 조금은 멎어진 기분이 들었다.

얼마나 시간이 지났을까. 앞에 서 있던 이민호가 고개를 돌려 '최지훈 왔어' 한다. 그 말에 고개를 빼꼼 내밀자 저 멀리서 최지훈이 급하게 뛰어오는 게 보였다.

"하아, 후으… 아, 진짜 미안. 빨리 나오려고 했는데……."

"늦잠 잤지?"

"어? 어, 어."

이민호의 말대로 아침잠이 많은 건지, 최지훈은 인상을 구긴 채 급하게 숨을 내몰아 쉬고 있었다. 어딘가 모르게 평소와 달라 보이는 모습이다.

"머리 안 말렸어?"

가만히 보니, 평소 왁스로 머리를 올린 최지훈의 모습이 아니었다. 훤히 드러나 있던 이마가 머리카락에 가려져 보이지 않았고, 그 길이도 제법 길었다. 나의 물음에 손을 올려 아직 물기가 남아 있는 머리를 매만지던 최지훈이 눈썹을 구겼다.

“아 그게, 늦게 일어나는 바람에… 이상하지?”
“아니.”
“그럼?”
“너 머리 얼었어.”
“아, 이거 괜찮아.”
“괜찮긴, 그러다가 감기 걸리면 어쩌려고.”
머리를 내린 최지훈의 모습도 의외였지만, 머리카락이 얼어 뻣뻣하게 굳어져 있는 모습이 더 마음에 걸렸다. 꽁꽁 얼어서, 머리를 빗는다면 새하얀 서리가 나올 것만 같았다. 딱딱하게 굳은 머리를 만지작거리던 최지훈이 손을 내리며 나를 향해 물었다.
“걱정해주는 거야?”
“어?”
“방금 나 걱정해 준 거냐고.”
직설적으로 묻는 최지훈의 말에 내가 아무런 대답을 하지 않자, 최지훈이 그런 나를 보며 천천히 입술을 올리며 웃는다.
“왜, 니가 녹여주게?”
그 말에 순간 나도 모르게 앞에 서 있는 이민호의 마이를 꼬옥 움켜쥐었다. 그러자 힐끗 고개를 돌려 나를 바라본 이민호가 이내 걸음을 옮기며 최지훈의 머리를 툭 쳤다.
“아, 뭐야.”
“버스 왔어.”
무섭게 인상을 구기며 이민호의 손이 닿은 머리를 만지던 최지훈이 이민호의 마이를 잡고 있는 내 손을 바라본다. 그 시선에 서둘러 손을 떼자 최지훈이 짙은 눈썹을 구기며 고개를 갸웃거렸다.

도착한 버스에 올라타자 입구서부터 꽉 막힌 사람들에 좀처럼 움직일 수 없었다. 내 뒤에 서 있던 최지훈이 내 어깨 위로 턱을 올리며 장난스럽게 깔려죽겠다는 소리를 한다. 최지훈의 말대로, 지금 이대로 학교까지 간다면 깔려 죽거나 숨 막혀 죽거나 둘 중 하나일 것만 같았다.

아직 추운 날씨에 버스 안에서는 히터가 나오고 있었지만 따뜻하다는 생각보다 사람들의 체온에 섞여 숨이 막힐 정도로 답답하게 느껴졌다.

하아.

갑갑함에 흘러나온 한숨에 앞에 서 있던 이민호가 고개를 돌려 나를 바라본다. 잠깐 동안 마주한 시선에 의아한 것도 잠시, 다시 고개를 돌린 이민호가 조금씩 앞으로 움직이며 사람들 틈을 비집고 안쪽으로 몸을 옮긴다. 그 행동에 최지훈이 내 어깨 위에 대고 있던 턱을 들며 입술을 열었다.

"이민호가 길 뚫는다."

워낙 양옆으로 빼곡히 사람들이 서 있던 터라 그 사이를 비집고 지나가는 것은 여간 어려운 게 아니었다. 이민호의 등을 보며 무작정 걸음을 옮기던 중, 갑자기 가만히 서 있던 남자가 몸을 돌려 내 앞을 가로막았다.

너무나도 갑작스러운 상황에 피하지도 못하고 남자의 커다란 등에 얼굴을 부딪칠 줄 알았는데, 얼굴에는 남자의 등이 아닌 차가운 손이 제일 먼저 닿았다. 반사적으로 감았던 눈을 조심스럽게 뜨자 이마를 감싸고 있던 손이 조심스럽게 뒤쪽으로 끌어당긴다.

오른쪽 어깨 위로 최지훈의 가슴이 닿고, 이마를 덮고 있던 머리카락이 최지훈의 손가락 사이사이에 엉켰다.

"뭐야, 갑자기."

남자의 행동이 마음에 들지 않았는지 거칠게 흘러나오는 최지훈의 목소리에 순간 손이 닿은 이마가 뜨거워지는 것만 같았다.

"괜찮아?"

언제 그랬냐는 듯이 부드럽게 목소리가 내려앉는다. 고개를 돌려 괜찮다고 말하고 싶었지만, 이상하게 가까운 거리에서 최지훈의 얼굴을 볼 용기가 생기지 않았다. 그래서 하는 수 없이 무작정 고개를 끄덕이는 걸로 대답을 대신했다.

"아, 죽겠다."

무사히 버스 뒤편으로 온 최지훈이 손잡이를 잡으며 지친 얼굴을 했다.

졸려.

내 기분도 모르고 하품을 하면서 그런 소리나 하고 있다.

역에서 학교까지는 5정거장밖에 되지 않았지만 출근 시간과 맞물려 버스가 설 때마다 많은 인원이 타고 내리는 것을 반복하면서 꽤 시간이 지체되었다. 그 시간이 지루했는지 최지훈이 따분한 표정을 지으며 나를 바라보다가 갑자기 손을 들어 길게 늘어진 내 머리카락 끝을 만졌다.

갑작스러운 행동에 내가 고개를 올려 최지훈을 바라보자, 최지훈이 웃으며 '느낌 좋다' 한다.

"넌 어떻게 머릿결이 이렇게 좋냐, 난 빗자루 같은데. 우리 누나보다 더 좋다."

"…누나 있어?"

"응. 우리 누나… 아, 아니다."

갑자기 말을 끊는 최지훈의 행동에 내 옆에 서 있던 이민호가 짧게 웃음을 터트린다. 의아함에 내가 살며시 표정을 찡그리자 최지훈을 대신 해 이민호가 입술을 열었다.

"얘네 누나 최지연이야."

"……."

"알지? 영화배우."
"야, 그걸 왜 말해?"
이민호의 말에 최지훈이 꽤 무서운 표정으로 신경질을 냈다. 하지만 이미 들어버린 이름에 난 꽤 놀란 상태였다.
최지연은 대한민국에서 모르는 사람이 없을 정도로 어린 나이에 영화 주연으로 발탁돼, 영화가 흥행하면서 한순간에 스타덤에 오른 배우였다. 그 후로 찍는 영화마다 흥행작에 올라 작년에는 최연소 여우주연상을 받기도 했었다.
최지훈에게 누나가 있다는 것도 의외였는데, 그 누나가 유명한 영화배우였다는 사실에 벌어진 입이 좀처럼 다물어지지 않았다. 최지훈은 그런 내 표정을 보더니 한숨과 함께 인상을 구기며 말했다.
"아, 씨발… 말 안 하려고 했는데."
"왜?"
"그냥 색안경 끼고 나 볼까봐."
머리를 긁적이며, 최지훈이 마저 말을 잇는다.
"예전부터 그랬거든."
덤덤하게 말을 했지만 '예전부터'란 의미는 좋은 방향의 것이 아니었다. 과거의 안 좋은 기억 때문인지 지금 이 사실은 비밀인 듯 보였다. 학교 내에서 최지훈의 누나에 관한 얘기는 단 한 번도 들어본 적 없으니까.
"…말 안 할게."
"어?"
"너 누나 있다는 거, 말 안 한다고."
구겨져 있던 최지훈의 눈썹이 힘없이 풀어졌다.
"그리고 너 별로 안 닮았어."

이번에는 최지훈의 입술이 가볍게 올라갔다. 뭐가 그렇게 웃긴 건지, 이민호마저 짧게 웃음을 터트리며 고개를 옆으로 돌렸다. 좁은 버스 안에서 최지훈과 이민호는 그렇게 꽤 오랜 시간 나를 사이에 두고 서로 웃기에 바빴다.

나중에 버스에서 내리고 난 뒤 이민호 때문에 알게 된 거지만 그렇게 말을 한 사람이 내가 처음이었다고 한다. 그리고 나지막하게 고맙다는 말을 했다.

"아, 오늘 급식 맛없는 건데."

교실로 가기 위해 계단을 올라가던 중, 문득 오늘 급식 식단표가 생각난 건지 최지훈이 인상을 찡그리며 툴툴댔다.

편식을 하는 건지 최지훈은 오늘 식단표는 정말 최악이라며 2층에 다다른 순간까지 투정을 부렸다.

무말랭이에 된장국, 김치에 샐러드.

최지훈의 입에서 흘러나온 음식은 내가 생각해도 별로이긴 했다. 3층에 도착하자, 최지훈이 생각을 마친 표정으로 이민호를 향해 말했다.

"오늘 점심 빵으로 때우자."

"……."

"괜찮지?"

빵으로 때우자는 소리는 이민호를 보고하고, 괜찮냐는 말은 나를 보며 말한다. 밥이나 빵이나 무엇을 먹던 별 상관없었기에 고개를 끄덕이며 입술을 열었다.

"난 상관없어."

"그래, 그럼 빵으로 결정."

"나한테는 왜 안 물어봐?"

"넌 그냥 먹어. 아님 급식 먹던가."

"……."

"빵 먹을 거지?"

제멋대로인 최지훈의 행동에 이민호가 허무하게 웃으며 고개를 두어 번 휘휘 저었다. 어느덧 다다른 교실에 최지훈이 손을 뻗어 내 머리 위를 푹 누르더니 '문자해' 한다. 이제는 저 말이 버릇이 된 것만 같았다.

교실 안으로 들어서자 어제와 같은 공기는 여전히 내 숨통을 조이고 있었다. 반 아이들의 시선이나 그리고 내 옆자리에 앉아 있는 경태가 그 이유였다. 나는 느리지도 빠르지도 않는 걸음걸이로 자리까지 걸어가 앉았다.

그래도 나는 적응을 빨리하는 편이었다. 아니라고 생각되는 것에 미련을 갖지 않으며 그 후에 적응하는 것도 빨랐다. 경태와의 사이도, 어제 이후로 달라진 아이들의 시선도 나에게 그리 커다란 문제가 아니었다. 아이들과 말을 섞지 않는다고 해서 내가 미술과가 아닌 건 아니니까.

어제와 다른 분위기를 가진 공간속에서 이루어지던 첫 수업이 끝나고 다음 시간 책을 꺼내기 위해 서랍을 뒤적거렸지만 이상했다. 어제 수업을 마치고 책상 서랍에 넣어두었던 걸로 기억하는데, 수학책이 보이질 않았다. 안쪽에 있어 잘 보지 못한 걸까. 다시 한 번 안에 넣어두었던 책을 뒤적거리는 걸로 모자라 사물함까지 찾아보았지만 수학책은 그 어디에도 없었다.

"아… 뭐지."

자리에서 돌아와 앉은 뒤 살포시 입술을 깨물었다. 명찰에 이어 벌써 두 번째다. 원래 무언가를 잘 잃어버리는 성격이 아니었기에 잃어버렸다는 표현보다 사라졌다는 표현이 더 어울렸다.

옆자리에 앉아 있는 경태를 바라보다가, 시선을 돌려 반 전체 앉아 있는 아이들을 하나둘씩 훑어보았다. 그러다가 결국에는 짧게 한숨을 내쉬며 주머니 속에 넣어두었던 핸드폰을 꺼내들었다.

[수학책 있어?]

꾹꾹 눌러쓴 문자를 전송 하고 핸드폰을 뒤집으며 책상 위로 얼굴을 파묻었다. 눈을 감고 행방이 묘연해진 수학책을 찾기 위해 열심히 어제의 시간을 하나둘씩 짚어보던 중이었다.

얼마나 시간이 지났을까. 시끄럽게 들려오는 여자아이들의 목소리에 고개를 들자 순간 눈동자가 제멋대로 커졌다.

"내가 못살아……."

눈앞에는, 최지훈이 한 손에 수학책을 든 채 나에게 천천히 걸어오고 있었다.

갑작스럽게 나타난 최지훈의 모습에 놀라 뒤집어 놓았던 핸드폰을 확인했지만 역시나도 문자 하나, 전화 한 통 아무것도 온 것이 없었다.

"손님, 배달 왔습니다."

최지훈은 내 자리 앞으로 와 무릎을 굽혀 쭈그려 앉은 자세로 내 책상 위에 팔을 올렸다. 그 위로 턱을 댄 모습에 표정을 구긴 채 입술을 열었다.

"왜 말도 없이 와?"

"빌려달라는 소리 아니었어?"

"맞긴 맞는데……."

"그럼 됐지, 뭐가 문제야. 직접 배달까지 와 줬구만."

최지훈은 내 반응이 시원찮았는지 제법 아쉬운 표정을 지으며 나를 올려다보았다. 사방에서 느껴지는 반 아이들의 관심 어린 시선에 절로 한숨이 흘러나왔다. 반포기 상태로 손을 내밀자, 최지훈이 그런 내 손을 보며 끅끅 웃기 시작한다.

그 웃음에 의아한 것도 잠시, 최지훈이 동그랗게 말려 있는 수학책을 팔 밑으로 누르며 다른 팔 하나를 움직여 내 앞으로 내밀었다. 그리고 손바닥을 편 채 나를 향해 입술을 연다.

"손님, 서명 좀 해주시겠어요?"

"장난치지 마."

"장난 아닌데, 원래 서명 안 하면 못 주는데요."

웃음기가 섞인 진지한 목소리에 내가 표정을 찡그리자, 최지훈이 펼친 손바닥을 책상 위로 두어 번 두드리며 재촉한다. 그 모습에 결국 시선을 내리며 최지훈의 새하얀 손바닥을 보았다.

"뭐로 해?"

"손가락으로 해줘도 되고, 펜으로 해줘도 되고."

"……."

"아니다, 펜으로 해줘라."

그러면서 내 책상 위에 올려져 있던 필통을 제멋대로 뒤적거리기 시작한다. 이리저리, 안을 파헤치던 최지훈이 얼마 가지 않아 네임펜 하나를 꺼내 나에게 내밀었다.

"이걸로."

"…이거 안 지워질 텐데."

내 말에 최지훈이 기분 좋게 웃었다.

"안 지워지니까 해달라는 건데."

그 말에 내가 잠깐 동안 아무런 말이 없자, 이상했는지 최지훈이 들고 있던 네임펜으로 내 손을 꾹꾹 눌렀다. 뒤늦게 최지훈의 손에 들린 펜을 쥐고 뚜껑을 열자 기다렸다는 듯이 손바닥을 펼친다.

"뭐라고 써?"

"아무거나. 최지훈 짱 같은 거."

설마 하는 생각에 최지훈을 바라보았지만 최지훈은 제법 진지해진 표정을 한 채로 나를 바라보고 있었다.

"그것도 싫으면 최지훈 최고? 아니면 잘생긴 최지훈."

유치한 발언들이 쏟아져 나오는 가운데, 최지훈이 무언가가 생각났는지 어깨를 떨며 끅끅 웃기 시작한다.

"아, 나 써줄 말 생각났어."

"뭐?"

내 물음에 최지훈의 웃고 있던 입가를 손으로 가리더니, 이내 내리며 차분하게 말했다.

"이재희 거."

그 말에 순간 심장부근이 간지러웠지만 겉으로 내색하진 않았다. 살포시 인상을 구기며, 펜을 쥐고 있던 손에 힘을 더했다.

"싫어."

"왜?"

"유치하게, 니가 왜 내 거야?"

"그냥 장난이지, 뭐가 유치해. 빨리 써줘."

최지훈은 눈썹을 푹 죽인 채 나를 올려다보며 어린아이처럼 졸라댔다. 그 말에 대꾸를 하지 않고 최지훈의 손바닥 위로 펜을 대자 언제 그랬냐는 듯이 바쁘게 움직이던 입술이 얌전해진다.

힐끗 최지훈의 얼굴을 보자 긴 속눈썹을 내린 채, 제법 진지한 표정으로 내 손끝에 집중하고 있는 게 보였다.

이.재.희.

한 글자 한 글자 최지훈 손바닥에 내 이름을 쓰고 펜을 떼자 최지훈의 표정이 일그러진다.

"거는?"

"싫다니까."

"와, 치사하다."

"……."

"그럼 내가 하면 되지."

내려놓았던 펜을 빠르게 움켜쥐더니 오른쪽 손바닥에 무언가 적기 시작한다. 그리고 얼마 가지 않아 내 앞으로 내민 손바닥에는 '이재희 거'라는 글자가 적혀 있었다. 이해할 수 없다는 표정을 한 나와 달리 최지훈은 펼쳤던 손을 접으며 기분 좋게 웃었다.

"이민호한테 가서 자랑해야지."

도대체, 그걸 왜…….

목구멍까지 올라온 말을 억지로 집어삼키자 최지훈의 들고 있던 수학책을 내민다.

"여기 있습니다, 손님."

"…고마워. 끝나고 바로 가져다줄게."

"귀찮게 뭐하러. 내가 가지러 올게."

"……."

"근데 왜, 책 안 가져왔어?"

마음에 드는지 글자가 적힌 손바닥을 빤히 내려다보던 최지훈이 이내 시선을 나에게 옮기며 물었다. 그 물음에 잠깐 동안 고민을 하다가, 사실대로 말했다.

"…잃어버렸어."

"또?"

"응."

"마이너스의 손인가, 왜 맨날 잃어버려."

최지훈이 보기에도 명찰에 이어 이번엔 책까지 잃어버린 내가 의외였는지 마이너스의 손이라는 별명을 지어주며 내 손목을 잡았다. 그리고 이리저리 돌려보며 살포시 눈썹을 구긴다.

"이렇게 예쁜데."

내 손을 바라보며 안타깝다는 식으로 말한다. 그 목소리에 입술을 꾹 누르며 손목을 빼내었다.

"그런 소리 좀 하지 마."

"뭐가. 예쁜 걸 예쁘다고 하지 뭐라고 그래."

"됐다, 말을 말자."

더 이상의 대화는 피곤할 뿐이었다. 하지 말라고 해도 최지훈은 왜라는 질문을 계속 퍼부을 거고, 말한다고 해서 설득당할 인물도 아니었다. 아직도 내 책상에 턱을 괴고 있는 최지훈을 힐끗 바라보았다.

최지훈이 원하는 대로 유치한 짓도 해줬고, 그 대가로 수학책도 받았는데 최지훈은 나에게 아직 무슨 용건이 남아 있는지 계속해서 내 앞에 앉아 있었다.

"왜?"

"나 다음 시간 체육이야."

"응."

"나 다음 시간 체육이라니까?"

"그래서 뭐 어쩌라고?"

최지훈이 회색 체육복을 입고선 교실에 들어올 때부터 다음 시간이 체육이라는 것 정도는 대충 알 수 있었다. 최지훈이 내 물음에 눈동자를 굴려 내 옆에 있는 창문을 보다가 다시 고개를 돌려 나를 향해 웃었다.

"창가 쪽이니까, 나 좀 훔쳐봐주라."

그 말에 나도 모르게 실소가 터졌다. 물론 수업 시간에 종종 창가를 바라보는 편이긴 했지만, 최지훈의 말에 고개를 끄덕일 수 없었던 이유는 어쩌면 당연한 것이었다.

"너만 체육복 입어? 저기서 어떻게 널 찾아."

다 똑같은 회색 체육복을 입고 운동장 안에서 최지훈을 찾는 건 말도 안 되는 이야기였다. 최지훈이 제법 진중해진 표정으로 말했다.

"나 그럼 교복 입고 나갈까?"

"미쳤어, 진짜."

체육시간에 교복을 입고 나가면 어떤 곤혹을 치르는지 잘 알고 있었다. 엎드려뻗쳐에 잔소리까지. 순간 머릿속에 1시간 내내 벌을 받고 있는 최지훈의 모습이 떠올라 최지훈에게 꼭 체육복을 입고 나가라는 말을 했다. 그러자 최지훈이 골똘히 무언가를 생각하는가 싶더니만 이내 굽히고 있던 무릎을 펴며 자리에서 일어났다.

"나 간다."

"응, 빨리 가."

내 말에 최지훈이 강압적으로 손가락을 세워 창문 쪽을 가리킨다. 못 이기는 척 알았다고 고개를 끄덕이는 걸 보고 나서야 최지훈은 교실을 빠져나갔다. 그 뒷모습을 바라보다가 창문 밖으로 시선을 돌렸다.

어차피, 못 알아볼 텐데.

수업이 시작되고, 살짝 열어둔 창문 틈 사이로 새어 들어오는 아이들의 목소리에 고개를 돌리자 운동장 한가운데에서 축구를 하고 있는 남자아이들이 여럿 보였다. 다행스럽게도 교복을 입은 아이는 보이지 않았지만 역시나도 똑같은 회색 체육복에, 누가 누군지 분간이 잘 가지 않았다.

무의미하게 몇 안 되는 아이들의 모습을 하나씩 훑다가 순간 시선이 한 곳에 멈췄다. 미간 사이를 좁히며, 운동장 한가운데 서 있는 남자를 뚫어져라 바라보았다.

그곳에는 회색 체육복을 입은 남자아이가 하나 서 있었다. 하지만 그 남자에게서 시선을 뗄 수 없었던 이유는 등 전체에 매직으로 쓴 듯한 글자 때문이었다. 작게도 아닌 멀리서 봐도 한눈에 보일 정도로 아주 큰 글자에, 두껍게 여러 번 덧칠까지 했다.

"내가 못살아, 진짜……."

작게 터져 나오는 한숨과 더불어 입가에는 어이없는 웃음이 그려졌다. 등 전체에 적혀 있는 글자는 다름 아닌 최지훈. 이름 세 글자였다.

어느 누가 체육복에 자기 이름을 저렇게 크게 적을 생각을 할까. 최지훈다운 생각에 어이가 없으면서도, 아까까지만 해도 멀쩡했던 체육복 뒷면에 이름을 적은 이유가 고작 나 때문이라는 것에 웃음이 터졌다.

덕분에 내 예상이 빗나가긴 했다. 못 알아볼 줄 알았는데 최지훈이 크게 적은 이름 덕분에 수업 내내 창문 너머로 시선을 옮길 때마다 최지훈이 한눈에 들어왔다.

축구공을 차거나, 숨이 차 뛰던 걸음을 멈추고 허리를 굽히고 있거나. 그러다가 가끔씩 내가 있는 창문 쪽을 올려다보는 듯한 느낌이 들 때면 최지훈은 팔을 들어 손을 흔들며 기분 탓이 아니라는 것을 증명시켜 주었다.

수업이 끝나고 점심시간이 되자 최지훈에게서 문자가 왔다.

[운동장 벤치로 나와.]

핸드폰을 들고 운동장으로 향하자, 저 멀리 나무 아래에 있는 벤치에 앉아 있는 최지훈과 이민호가 보였다. 둘 다 똑같은 회색 체육복이었지만 뒤에서 본다면 아마 얘기가 달라질 거다.

얼어붙은 모래를 밟으며 도착하자 의자에 기대어 고개를 뒤로 젖히고 있던 최지훈이 턱을 앞으로 당긴다. 얼마나 뛴 건지, 추운 날씨임에도 불구하고 최지훈의 얼굴이 발갛게 달아올라 있었다. 그에 비해 이민호는 멀쩡한 상태였다.

혼자 뛰었나.

그러고 보니 창문 너머로 볼 때마다 매번 뛰는 모습이긴 했다.

"나 잘 보였지?"

거친 숨을 내몰아쉬며 웃는 최지훈을 바라보다가, 이내 시선을 옮겨 이민호를 향해 입술을 열었다.

"왜 안 말렸어."

"얘 원래 병신짓 잘해."

"이게 왜 병신짓이야."

등받이에 기대 축 늘어져 있던 최지훈이 벌떡 몸을 일으키며 거세게 반발했지만 안타깝게도 나 역시 이민호의 말에 공감하는 바였다. 그러자 최지훈이 짙은 눈썹을 구기며 나를 바라본다.

"원래는 이재희 거 하려고 했는데, 니 이름 홍보하고 다니는 것 같아서 안 했어. 나 잘했지?"

"잘하긴 뭘 잘해? 너 그거 적었으면 내가 체육복 뺏었어."
"아, 왜!"
또 한 번 눈썹을 팍 하고 구기며 최지훈이 거칠게 반응한다. 그런 투정을 옆에서 지켜보고 있던 이민호가 말없이 빵과 우유를 꺼내 나에게 건네주며 내가 앉을 만한 자리를 만들어주었다.
이민호와 최지훈 사이에 마련된 자리에 앉기 위해 몸을 돌리자, 최지훈이 눈썹을 찡그리며 '잠깐만' 한다. 그리고서는 자리에서 일어나 이민호 옆으로 가 앉는다.
"여기 앉아."
자신의 옆자리를 손으로 툭툭 두들기며, 나를 바라본다. 그 모습을 지켜보던 이민호가 짧게 웃음을 터트리며 가볍게 고개를 내젓는다.
최지훈의 알 수 없는 행동에 내가 떨떠름한 표정으로 자리에 앉자, 그제야 최지훈이 만족스러운 듯 구겼던 인상을 폈다. 이민호에게 건네받은 빵 봉투를 쭉 찢고 한입 베어 물며 최지훈이 버릇처럼 오른팔을 내 어깨 위로 올렸다.
축구로 힘을 빼서 그런지 다른 날보다 최지훈의 팔이 유난히 무겁게 느껴졌다. 고개를 옆으로 돌리자 추운 날씨에 딱딱하게 굳은 빵을 별 생각 없이 씹고 있던 최지훈이 움직이던 턱을 멈추며 고개를 돌려 나를 바라보았다.
"아, 미안. 땀냄새 나지."
아직 열이 덜 빠진 얼굴로 제법 미안한 표정을 짓는다. 그 모습에 손에 들고 있던 빵을 한입 베어 물었다.
"상관없어."
최지훈이 씨익 웃으며 어깨에 두른 손으로 내 볼을 조심스럽게 톡 건드린다. 그 행동에 순간 입안에서 퍽퍽하게 부서지던 빵이 부드러워진 기분이 들었다.

낮이라서 그런지 바람이 차갑긴 했지만 그리 춥다는 생각은 들지 않았다. 어느새 빵 하나를 뚝딱 해치운 최지훈이 고개를 젖히며 우유 한 팩을 금세 비우더니, 빈 우유 곽을 구기며 손등으로 입술을 훔쳤다.

"너 점심 먹고 바로 가야 되지?"

최지훈의 시선이 이민호에게로 향하고, 이민호는 빵을 씹으며 무미건조하게 고개를 끄덕였다.

"왜, 민호 어디 가?"

"오늘부터 영화 찍는대."

"그걸 또 왜 말해."

"뭐 어때, 어차피 알게 될 거."

이민호가 마지막 남은 빵 한 조각을 입에 넣으며 표정을 고요히 구겼다. 그러고 보니 보통은 무슨 촬영을 한다 하면 자랑할 만한데, 이상하게 이민호는 그런 말을 잘 하지 않았다. 드라마에 나왔다든지 지금처럼 영화 촬영을 한다든지의 내용은 모두 최지훈에게 들었지, 이민호가 먼저 말한 적은 단 한 번도 없었다.

학교에 다니면서도 브라운관에 얼굴을 비추는 이민호가 신기하면서도, 그걸 입 밖으로 잘 내지 않는 모습은 어쩌면 조금 어른스럽게 보이기도 했다.

"일하러 가는데, 빵 먹고 가도 돼?"

"괜찮아."

혹시라도 배가 고프지 않을까하는 생각에 물었지만 이민호는 별 상관없어 보이는 듯했다. 내가 마지막 한 조각을 입에 넣는 것을 확인하고 이민호가 자리에서 일어났다. 그 모습에 최지훈이 기지개를 쭉 펴며 자리에서 일어나 나에게 손을 내밀었다.

의아함에 빤히 그 손을 쳐다보다 최지훈이 짧게 웃음을 터트리며 '쓰레기 줘' 한다. 그러면서 제멋대로 내 손에 있는 봉투와 우유를 들고 먼저 걷기 시작했다. 그 뒷모습을 바라보다가 조금 늦게 자리에서 일어나자 옆에서 있던 이민호가 넌지시 입술을 열었다.

"최지훈 진짜 대책 없지."

"어?"

"체육복."

"아… 응."

앞서 걸어가는 최지훈의 뒷모습을 바라보며 이민호가 살짝 눈썹을 찌푸렸다.

"나도 저러는 거 처음 봐."

그러면서 나를 향해, 조심스럽게 웃기 시작한다.

"조심해."

조심하라는 말에 알 수 없다는 표정을 지었다. 그런 내 반응에 이민호는 또 한 번 웃으며 주머니에 손을 넣은 채 걸음을 옮겼다. 이민호의 발밑으로 아직 차가운 계절에 얼어붙은 모래가 부서지는 소리를 낸다.

그 소리가 점점 더 멀어질수록 이상하게 최지훈의 이름이 적힌 체육복이 눈앞에서 위태롭게 흔들려 보였다.

수업 시간표에 실기가 들어 있는 예고 수업에 어느 정도 익숙해질 무렵, 아침 조회 시간부터 담임이 새로운 소식을 전했다. 오늘 수업이 끝난 뒤부터 야간 실기를 한다는 말이었다. 고등학교에 들어오면 누구나 다 하는 야간 자습을 대신해 실기를 한다고 하니, 문득 학년이 올라갈수록 공부를 따로 어떻게 해야 하나 걱정이 들었다.

하지만 나와 달리 반 아이들은 공부 걱정보다 당장에 수업이 끝난 뒤 집에 가지 못하고 늦은 시간까지 남아야 한다는 사실에 저마다 싫은 소리를 냈다. 이제부터 고생문이 열린 셈이었다.

7교시가 끝난 뒤 점심이 아닌 석식을 먹기 위해 반 아이들은 책가방을 매고 저마다 죽어가는 발걸음으로 식당으로 향했다. 뒤늦게 사물함에 넣어두었던 연필과 지우개를 챙겨 들고 교실 밖으로 나가자 앞에는 최지훈이 서 있었다.

“끝났어?”

나를 바라보며 웃는 최지훈의 모습에 입술이 반쯤 벌어졌다. 점심시간에 오늘부터 야간 실기가 있다고 말하려고 했는데 까마득하게 잊고 있었다.

어쩌면 좋아.

졸지에 최지훈을 기다리게 한 걸로도 모자라 같이 갈 수도 없게 되었다.

“미안… 나 오늘부터 야실 있어.”

미안함에 말이 잘 나오지 않는 걸 간신히 내뱉고 나서야 최지훈의 표정을 살피기 위해 눈동자를 굴렸다. 나의 말에 역시나도 예상했던 대로 최지훈의 표정이 조금 어두워진다.

“야실이 뭔데?”

“야간 실기.”

나의 말에 그런 건 미리 말을 해줘야 하는 거 아니냐고 뭐라고 할 줄 알았는데, 최지훈은 입술을 굳게 다문 채 일그러진 눈썹 위를 손으로 긁적였다. 그리고 어깨에 걸쳐 있는 가방끈을 한 손으로 고쳐 메며 입술을 열었다.

“몇 시에 끝나.”

"몰라. 대충… 7시쯤 끝나려나."

실기가 몇 시간 동안 진행되는지 말은 해주지 않았지만, 첫 시간인 것을 감안해 오래 걸리진 않을 것 같다는 생각이 들었다. 내 대답에 최지훈이 기분 좋게 웃으며 손으로 장난스럽게 내 오른쪽 볼을 쭈욱 잡아당겼다. 덕분에 미안함에 어쩔 줄 몰라 하던 얼굴이 조금은 풀어졌다.

"그럼 기다릴게."

"뭐? 그냥 먼저 가. 그 시간까지 할 것도 없잖아."

"나도 내일 있을 실기 연습이나 하고 있지, 뭐."

"……."

"밥은 먹어?"

"응. 지금 식당 가서……."

"같이 가줄까?"

잡아당겨 발개진 볼을 손으로 문지르며 됐다고 하자, 최지훈이 제법 아쉬운 표정을 지었다. 함께 계단을 내려가 나는 식당으로 향했고, 최지훈은 실기동으로 향했다.

식사 후 실기실로 향하자 수업 때와 다르게 반 배정이 새롭게 이루어졌다. A, B, C, D, E까지 선생들이 임의로 아이들을 정해 5반으로 나누어 가르치는 방식이었다. B반이 된 나는 칸막이로 나누어진 실기 실에서 선생님이 배정해준 자리에 앉아 준비해온 연필을 꺼내 들었다. 벽에 걸려 있는 시계를 한 번 보고, 기다린다던 최지훈을 잠깐 생각했다.

하지만 내 예상과 달리 첫 시간부터 한 번도 그려보지 않았던 줄리앙을 꺼내오더니, 무작정 그만하라고 할 때까지 그려보라는 식의 과제를 내준다. 처음 그려보는 석고상에, 형태를 잡는 데만 꽤 오랜 시간이 걸렸다.

간신히 연달아 하던 지우개질을 멈추고 고개를 돌려 시계를 바라보자 어느덧 시간이 7시에 가까워져가고 있었다. 하는 수 없이 가방 속에 넣어두었던 핸드폰을 꺼내 조심스럽게 문자를 썼다.

[나 기다리지 마. 늦게 끝날 것 같아.]

숨어서 몰래 문자를 보낸 뒤 바라본 선생의 얼굴에서는 좀처럼 그만하자는 소리가 나오지 않을 것 같았다. 이젤을 두고 빙 둘러앉은 아이들의 종이를 바라보니 다들 아직까지 형태에서 넘어가지 못하고 연필만 깨작대고 있었다. 그리고 기다렸다는 듯이 최지훈에게 문자가 왔다.

[왜, 언제 끝나는데.]

모르니까 기다리지 말고 먼저 가라고 답장을 했다. 문자를 보내고 난 뒤, 깊은 한숨을 내몰아 쉬며 다시 그림에 몰두하기 위해 애를 썼다.

시간이 지날수록 답장이 오지 않는 핸드폰에 불편했던 마음이 조금씩 가벼워졌다. 그냥 가라고 했다고 삐졌나 싶어, 나중에 밥이라도 한 번 사줘야겠다는 생각을 하며 머릿속에 아직 남아 있던 최지훈을 지워냈다.

실기는 8시 30분이 돼서야 끝이 났다. 종이 모퉁이에 이름을 적고 제출한 미완성된 그림은 내일 또다시 이어서 하는 식으로 수업이 진행될 거란 말에 이 그림을 언제까지 더 그려야 하나 걱정이 밀려왔다. 가방을 메고 실기 실을 빠져나오자마자 핸드폰을 꺼내 최지훈에게 문자를 했다.

[오늘 미안. 집에 잘 들어갔어?]

문자를 보낸 뒤, 얼마 가지 않아 핸드폰이 진득하게 울리기 시작한다. 전화였다. 통화 버튼을 누르고 귓가에 핸드폰을 가져가자, 수화기 너머로 최지훈의 목소리가 들렸다.

—지금 끝났어?

"응. 집이야?"

—아니, 나 집 아닌데.

그 목소리에 순간 천천히 걸어가던 발걸음이 제멋대로 멈춰 섰다.

"그럼 어디야?"

—나? 역.

"뭐? 기다리지 말고 가라고 했잖아."

—별로 안 기다렸어. 아 존나 추워, 너 옷 따뜻하게 입고 나왔어?

별로 안 기다렸다면서 춥다는 건 또 뭔데. 입술을 꾸욱 짓누르며 최지훈에게 기다리라는 말과 함께 전화를 끊었다. 그다음은, 정말 무작정 뛰었던 것 같다. 숨이 차다는 것도 택시에 올라탄 뒤에야 느꼈다.

창밖으로 보이는 익숙한 풍경에 돈을 지불하고 내려 역 안까지 또 뛰었다. 카드를 찍고, 계단을 내려가 최지훈을 찾기 위해 고개를 두리번거리자 저 멀리서 익숙한 형체가 하나 보였다. 한숨과 함께 걸음을 옮겼다.

"어, 왔어?"

다가오는 발소리를 들은 건지 고개를 숙이고 있던 최지훈이 마이 안쪽으로 팔짱을 낀 채 나를 보며 웃는다. 그 모습에 울컥, 안에서 뭔가가 치밀어 오르는 기분이 들었다.

"기다릴 거면 안에서 기다리지, 왜 밖에 있어?"

"너 빨리 올 줄 알았지."

"……."

"표정이 왜 그래. 무슨 일 있었어?"

평소에는 눈치도 빠르더니만, 이럴 땐 왜 이렇게 눈치 없이 구는지 모르겠다. 결국에는 꾹 다물고 있던 입술을 열었다.

"…너 때문이잖아."

그 말에 웃고 있던 최지훈의 입술이 고요하게 내려앉았다.

"왜 사람 미안하게 만들어. 춥지도 않아?"

말하는 목소리가 떨리더니, 지금 내 앞에 최지훈만 없었더라면 눈물이라도 흐를 것처럼 기분이 이상했다. 그런 내 말에 최지훈이 새하얀 입김을 옅게 흘리며 입술 끝을 올려 웃었다.

"괜찮은데."

"몇 시간이나 기다린 거야?"

"그게 뭐가 중요해."

"……."

"너 보고 싶어서 기다린 건데, 결국엔 너 봤잖아."

웃으면서, 아무렇지도 않게.

"지금 너 보잖아."

그런 가슴 떨리는 말이나 하고 있다. 귓가에 시끄럽게 울려 퍼지는 심장소리에, 내가 아무런 말을 하지 않자 최지훈이 팔짱을 끼고 있던 팔을 푼다. 그리고 마이 안쪽에서 나온 양손에는 커피캔이 들려 있었다.

"일찍 올 줄 알고 사놨는데 다 식었다."

"……."

"그래도 아직 차갑진 않네."

그러면서 나를 향해 커피 캔을 건네준다. 온기가 남아 있는 캔을 움켜쥐자 나를 향해 웃으며 입술을 연다.

"감동이지."

그래, 최지훈의 말대로… 아주 조금은 감동이긴 했다.

지하철이 도착하고, 오르자 추위에 떨던 최지훈은 그제야 한결 가벼워진 표정을 지었다. 평소 같았으면 텁텁하게 느껴졌을 법한 지하철 내부의 온기가 최지훈 걱정 때문인지는 몰라도 오늘따라 따뜻하게 느껴졌다.

"그림 잘 그렸어?"

"아니."

"왜?"

"오늘 처음 그리는 거라 좀 헤맸어."

그런 나의 말에 최지훈이 설핏 웃었다.

"잘했을 거면서, 말은."

단 한 번도 내가 그림을 그리는 모습도, 그림도 본 적 없으면서 당연하다는 듯이 말하는 최지훈의 목소리에 기분이 이상해져 고개를 숙이며 시선을 피했다.

그건 그렇고 앞으로가 문제였다. 나는 매일 학교 수업이 끝난 뒤 야간 실기를 할 테고, 최지훈은 보나마나 또 오늘처럼 나를 기다리려고 할 거다. 고작 함께 갈 수 있는 정거장은 3개뿐인데, 괜한 곳에 고집을 부리는 최지훈이 이해가 가지 않아 살포시 인상을 구기며 입술을 열었다.

"오늘처럼 기다리지 말고 내일부터는 먼저 가."

"싫어."

"그럼 맨날 이렇게 기다릴래?"

역시나도 기다렸다는 듯이 싫다고 말하는 최지훈의 목소리에 인상이 한껏 더 구겨졌다. 그것은 어쩌면 나를 위해서기도 했다. 오늘처럼 최지훈이 밖에서 나를 기다린다면 마음이 초조해 실기를 제대로 할 수 없을 것만 같았다. 하지만 내 생각과 달리, 최지훈에게는 또 다른 이유가 있나 보다.

"걱정하지 마, 나도 이제부터 야간에 실기 수업 있어."

"…언제부터?"

"모레부터였나. 그럴 거야, 아마."

그 말에 구겼던 인상을 조심스럽게 펴자 최지훈이 웃었다.

"그러니까 이제부터는 밤에 같이 가자."

창문 너머로 화려하게 빛나고 있는 네온사인 불빛이 우리 둘 사이를 빠르게 스쳐 지나갔다.

"그리고 인상 좀 쓰지 마, 여자애가 빡하면. 주름 생긴다고 몇 번 말해."

그럼, 너는. 한쪽 눈썹을 구긴 채 말하는 최지훈의 표정을 보며 입술을 비죽였다. 얼마 가지 않아 최지훈의 내려야 할 역을 알리는 목소리가 울려 퍼지고 최지훈은 내일은 진짜 안 늦을 거라는 신빙성 가지 않는 말을 내뱉으며 지하철에서 내렸다. 그 모습을 바라보며 짧게 웃음을 터트렸다. 늦지 않는다는 말은, 어제도 했었다.

3. 관계의 신호

오늘 아침도 역시나 꼴찌는 최지훈이었다. 이젠 저 멀리서 뛰어오는 모습만 봐도 와서 할 말과 표정까지도 대충 예상을 할 수 있을 정도였다.

늦게 일어나서, 그것도 아니면 일찍 일어났는데도…라고 시작할 최지훈의 말은 오늘도 여전했다. 이젠 그 핑계 아닌 핑계를 듣는 것도 재미가 없을 정도니, 옆에 있던 이민호가 먼저 등을 돌려 버스정류장으로 걸음을 옮겼다.

점심을 먹고 난 뒤의 5교시 수업 시간은 잠을 참기 위해 항상 곤혹을 치르기 마련이다. 하필이면 깐깐한 국사 선생의 수업이었기에 자칫 잠깐이라도 조는 모습이 포착되면 무조건 뒤로 나가 수업 시간 내내 서 있어야만 했다. 느긋한 국사 선생님의 목소리가 자장가처럼 들려와 쏟아지는 졸음을 억지로 참아내기 위해 혀를 깨물었던 터라 입안이 엉망이었다.

"다음 시간이……."

반쯤 내려앉은 눈으로 시간표를 확인하자, 하필이면 또 필기가 많은 국어

수업이다. 이런 과목은 한 번 필기를 놓치면 시험 기간 때 골치 아파진다.

축 늘어진 허리를 억지로 똑바로 세우며 잠에서 깨기 위해 세수라도 해야겠다 싶어 사물함 속에 넣어두었던 수건을 챙겨 화장실로 갔다. 차가운 물로 잠을 깨우고 반쯤 젖은 앞머리를 대충 수건으로 문지르며 나가자 교실 앞, 익숙한 형체 하나가 보인다. 최지훈이었다.

최지훈은 평소와 달리 반 안으로 들어가지 않고 복도 쪽 창문에 달라붙어 무언가를 바라보고 있었다. 나를 찾는 걸까…라고 생각했지만 그런 것 치고는 꽤 표정이 좋지 않았다. 의아함에 걸음을 옮겨 옆으로 다가갔지만, 최지훈은 여전히 창문 너머의 교실을 바라보고만 있었다. 결국에는 들고 있던 수건으로 최지훈의 허리를 툭 치자, 그제야 고개를 돌려 나를 바라본다.

"뭐 봐?"

"어, 잠깐만."

아주 잠깐의 시선으로 나를 마주치더니 또다시 교실 안쪽을 바라본다.

도대체 뭘 보는 거야.

의아함에 최지훈의 시선이 닿은 쪽으로 고개를 돌리려고 하던 찰나에 최지훈이 짙은 눈썹을 구기며 다짜고짜 나를 지나 교실 안으로 들어갔다.

그 모습이 당황스러워 잠깐 동안 넋을 놓고 있다가 뒤늦게 최지훈을 따라 안으로 들어가자, 최지훈이 내가 앉는 1분단 맨 앞에 서 있는 게 보였다.

"야."

제법 묵직한 최지훈의 목소리는 다름 아닌 경태에게 향해 있었다. 자리에 앉은 경태가 최지훈을 올려다보며 잔뜩 겁을 먹은 표정으로 어쩔 줄 몰라 한다. 그 모습에 최지훈이 '후욱' 짧은 한숨과 함께 또다시 입술을 열었다.
"너 방금 가방 속에 넣은 것 좀 봐봐."
그 말에 이번에는 내가 경태를 바라보았다. 경태는 고리에 걸려 있는 가방을 꼭 움켜쥔 채 아무런 미동이 없었다. 그러자 최지훈이 참을성 없는 표정으로 책상을 걷어찼고, 커다란 굉음과 함께 줄 맞춰 붙어 있던 경태의 책상이 옆으로 밀려났다.
그 소리에 엎드려 있던 아이들이 하나둘씩 허리를 펴더니 흥미로운 표정으로 이쪽을 바라보았다. 다른 곳도 아니고, 우리 교실에서. 그것도 최지훈이 경태에게 왜 이러는지 이유를 알 수가 없었다.
"무슨 일인데? 왜 그러냐고."
"넌 가만히 있어봐."
최지훈의 교복을 꼭 움켜잡으며 말했지만 화가 난 건지 최지훈이 그런 내 손을 잡고 냉정하게 떼어냈다. 날렵하게 올라간 머리처럼 매서운 얼굴이 다시금 경태에게로 향했다.
"꺼내보라니까?"
"……."
"시발, 손이 없으면 내가 해주랴?"
사납게 내려앉은 목소리는 섬뜩할 정도였다. 어느덧 주변에는 반 아이들이 몰려와 그 모습을 지켜보고 있었고, 문 쪽과 창문에는 다른 과 아이들까지 모여 술렁이고 있었다.
최지훈의 말에도 경태가 여전히 의자에 앉아 고개를 푹 숙이고만 있자, 최지훈이 짧게 웃음을 터트리며 손을 뻗어 고리에 걸려 진 경태의 가방을 들어 올렸다. 반사적으로 경태가 일어나 자신의 가방을 필사적으로 움켜잡았지만 최지훈을 이겨내기엔 역부족이었다.

힘적으로나 키나 모든 면에서 경태보다 최지훈이 우위였다. 가방을 지키려는 경태의 노력에도 불구하고 결국에는 최지훈이 가방 지퍼를 열었고, 뒤집어 책상 위로 가방을 털었다.

시끄러운 소리를 내며 쏟아진 가방 속 내용물 속에는 놀랍게도 다음시간에 들은 내 국어책이 있었다.

미술과, 이재희.

책 표면에 또박또박 적혀진 내 글씨를 확인하자 머릿속이 새하얘졌다.

최지훈은 가벼워진 가방을 미련 없이 바닥으로 던지고 몸을 돌려 교실 뒤쪽에 있는 사물함으로 향했다. 40개가 족히 넘는 사물함을 일일이 하나둘씩 훑어보다가, 이내 사물함 하나를 열더니 그 안을 헤집어 무언가를 들고 온다. 그리고 경태의 책상 위로 하나둘씩 던지며 말했다.

"이재희 수학책에, 명찰에, 국어책에."

"……."

"죄다 여기 있었네."

소름 끼치도록 차가운 목소리였다. 책상 위로 이리저리 놓인 책과 명찰에는 모두 다 내 이름이 적혀 있었다.

이제 도대체, 어떻게 된 일이지.

흐려진 눈동자로 경태를 바라보자 경태는 의자에 앉지도, 그렇다고 해서 똑바로 서 있는 모습도 아니었다. 가슴까지 고개를 푹 숙인 모습은 쓰러질 듯 위태롭기만 했다.

하지만 그런 모습을 안쓰럽게 생각하는 건 이 공간 안에 오로지 나 하나뿐인 것만 같았다. 반 아이들은 암묵적으로 최지훈의 다음 행동을 궁금해 했지, 지금의 경태를 도와준다거나 편을 들어줄 마음 따윈 조금도 없어 보였다.

"야, 도둑놈."

"……."

"핑계라도 대 봐, 나 존나 빡치기 전에."

서늘한 목소리에는 조금의 거짓말도 스며 있지 않았다. 정말 이번에도 말을 안 한다면 최지훈의 손이 위로 올라올 것만 같았다. 목소리에서 느껴지는 마지막 인내를 경태도 느꼈는지, 조심스럽게 고개를 들어 최지훈이 아닌 나를 바라본다.

"그게… 재희야."

"이재희 이름 부르지 말고 나한테 말하라고, 새끼야."

경태의 입에서 흘러나온 내 이름이 최지훈의 심기를 건드린 건지 인상이 험악할 정도로 구겨진다. 그 모습에 결국에는 참다못해 최지훈의 옷깃을 꽉 움켜쥐며 잡아당겼다.

"최지훈, 그만해."

"뭘 그만해. 너 옆에 있으면서 몰랐어? 아니면 꼴에 친구였다고 봐준 거야?"

"……."

"어, 그랬어?"

최지훈의 눈에는 지금 내 행동이 경태를 위한 걸로 보인 걸까. 적나라하게 쏟아지는 그 말에 힘주어 입술을 깨물며 최지훈을 데리고 교실 밖으로 빠져나갔다.

무작정 복도를 걷다가, 인적이 드문 끝 쪽 계단에 도착하고 나서야 꽉 움켜쥐고 있던 최지훈의 옷깃을 놓으며 몸을 돌렸다. 그리고 아직도 화에 못

이겨 잔뜩 일그러져 있는 최지훈을 향해 입술을 열었다.

"니가 나설 일 아니야."

"왜 내가 나서면 안 되는데. 내가 봤잖아. 봤는데 못 본 척할까, 그냥?"

차갑게 내려앉은 최지훈의 목소리를 들으며, 왜 하필이면 최지훈이 경태의 범죄 현장을 목격했을까 생각했다. 차라리 나였더라면 못 본 척 넘어갔을지도 모른다. 그것은 경태가 무서워서도 아니었고, 불쌍해서도 아니다.

솔직히 말해서, 명찰을 잃어버린 순간부터 혹시라도 경태가 가져간 게 아닐까 생각했었다.

결과적으로 경태가 가져간 게 맞았지만, 그래서 그게 뭐. 어쨌다고.

"봐줬냐고? 그래, 알면서도 모르는 척해줬어. 근데 그게 뭐?"

"……."

"알면, 지금처럼 이런 상황밖에 더 돼?"

내가 입을 다물고 상황을 방치했던 이유 중 하나는 바로 이거였다. 이런 식으로 상황이 벌어지게 되면 결과는 안 봐도 뻔하니까, 나는 그저 사실을 알게 된 후 시끄러워질 관계와 주변이 싫었을 뿐이다.

함께 옆자리에 앉아 있는 경태와의 사이도 껄끄러워졌을 테고, 반 아이들이 이 사실을 모두 알게 되는 것도 싫었다. 그리고 무엇보다 경태가 내 물건을 가져갔다고 단정 짓고 싶지 않았던 큰 이유는 바로 나를 위해서이기도 했다.

그러면 정말 경태가 나를 미워하는 게 되니까.

상처 받기 좋아하는 사람이 어디에 있을까. 나도 그랬을 뿐이다.

최지훈이 의도했든, 의도하지 않았든 간에 경태를 둘러싼 아이들 중 경태의 편은 아무도 없었다. 그리고 그런 분위기를 조성한 것에 최지훈은 큰 몫을 차지하고 있었다. 본인은 모르겠지만 우리 반 내에서 최지훈의 입지는 꽤 두터운 편이었고, 그건 우리 반을 떠나서 다른 과도 마찬가지였다.

그런 아이들에게 경태보다 최지훈의 하는 말이 더 귀에 와 닿는 게 당연했다. 잘못을 했다면 당사자인 나와 해결을 하면 될 일이지, 굳이 최지훈이 나서서 이 일을 키울 필요가 없다는 거다. 하지만 최지훈은 그렇게 생각하지 않는지 내 말에 한쪽 눈썹을 구기며 불만스럽게 입술을 열었다.

"그래도 이건 아니지. 왜 뺏기고 살아. 뭐가 모자라서, 니가 뭘 잘못했는데."

이상하게, 최지훈은 우리 부모님이나 할 법한 말을 하고 있었다. 틀린 말은 아니었기에 딱히 반박할 수 없어 입술을 구기자 최지훈이 짧은 한숨과 함께 조금 유해진 목소리로 말을 이었다.

"저 새끼 지금 저게 처음일 거 같아? 도둑질도, 해본 새끼들만 해."

"……."

"처음에는 명찰, 책. 그러다가 돈, 계속 이어나가다 보면 그게 곧 습관이 되서 나중에는 별 어려움 없이 하게 될 거야. 그런 새끼가 나중에 크면 뭐가 되는 줄 알아? 범죄자야, 범죄자. 너 쟤 TV에서 보고 싶어?"

경태가 무슨 이유에서 내 물건을 훔쳤는지는 몰라도, 최지훈이 말한 것은 내가 생각해보지 않았던 부분이었다. 처음부터 끝까지 틀린 게 하나 없는 말에 반박할 수 없어 작게 한숨을 내뱉자, 최지훈이 짧게 혀를 차며 팔을 뻗어 내 어깨를 잡았다.

"왜 이렇게 어깨에 힘이 없어."

아래로 내려가 있는 어깨를 곧게 펴는 손길에 내가 고개를 들자 가까이에서 마주한 최지훈이 나를 향해 입술을 연다.

"니가 뭐라고 해도 난 저 새끼 열 받아."

"……."

"교실에, 발 못 붙이게 해주고 싶어."

어떻게 보면 무서운 말들을, 최지훈은 아무렇지도 않게 내 앞에서 하고 있었다.

"그리고."

나를 바라보며 작게 속삭인다.

"니가 말려도 난 그렇게 할 거야."

쉬는 시간 종을 마치는 종소리가 울려 퍼지고, 최지훈은 곧바로 자기 교실이 아닌 우리 반으로 향했다. 교실 안으로 들어가 아직도 자리에 몰려있는 아이들을 지나 경태의 책상에 늘어져 있는 내 물건들을 하나둘씩 집어 내 책상으로 옮겨주었다.

헝클어져 있는 책상 줄을 맞춰 내가 앉는 것까지 확인한 최지훈이 그제야 교실 밖으로 나가기 위해 몸을 돌렸고, 그 순간 수업을 하기 위해 교실 안으로 들어온 선생과 마주쳤다. 선생님들 사이에서도 최지훈은 제법 유명했는지 국어선생이 최지훈을 바라보며 의아한 듯 물었다.

"야, 최지훈. 니가 왜 여기 있어?"

"왜긴요, 잠깐 놀러 왔어요."

"얌마, 종친 것도 몰라? 빨리 교실로 안 가?"

"네네. 갑니다, 가요."

능청스럽게 말을 하며 최지훈이 교실을 빠져나가자 아이들 사이로 무거운 침묵이 감돌았다. 입만 열지 않았지, 수많은 시선들이 나와 경태에게 닿는 것이 느껴졌다. 경태의 가방 속에 들어가 있던 국어책을 펼치고 시선을 돌리자, 고개를 푹 숙인 채 입술을 깨물고 있는 경태의 모습이 보였다.

수업이 끝날 때까지 경태는 줄곧 그 상태였다.

수업이 끝나고 선생이 교실 문을 열고 나가자 기다렸다는 듯이 최지훈이 교실 뒷문을 열고 들어왔다. 최지훈의 등장에 제법 시끄러웠던 교실이 고요해졌고 나 역시 긴장을 했다. 어느새 경태의 앞자리까지 다가와 멈춰선 최지훈이 나를 한 번 바라본 뒤, 시선을 옮겨 경태를 내려다보았다.

"야, 비켜."

"어, 어……?"

무게감 있는 목소리에 경태의 고개가 조심스럽게 올라갔다. 얼굴을 마주한 최지훈은 한쪽 눈썹을 구기며 아직도 자리에 앉아 있는 경태의 책상 다리를 발로 툭 찼다.

"얘기 좀 하게 자리 비켜달라고."

그 말에 잠깐의 침묵이 이어지고, 얼마 가지 않아 경태는 고개를 숙이며 자리에서 일어났다.

끼이이익—

뒤로 밀려나는 의자소리가 처량 맞게 내 귓가에 와 닿았다. 최지훈은 뻔뻔할 정도로 경태가 일어난 자리에 앉아 경태를 가만히 바라보았다.

그 시선이 견디기 힘들었는지 멀뚱히 서 있던 경태가 결국 몸을 돌려 걸음을 옮겼고, 그제야 최지훈이 고개를 돌려 나를 바라보았다. 최지훈의 지금 행동은 고의성이 짙었다.

"너 방금 이거 일부러 그런 거지."

"뭘."

"뭐긴, 내가 해결한다고 했잖아."

"뭐라고 하는지 모르겠는데."

"유치하게, 이럴래?"

"유치해?"

"어. 아주 많이."

내 말에 눈썹을 구기고 있던 최지훈이 짧게 웃음을 터트린다.

"그래, 유치한 놈도 나쁘진 않지."

"…무슨 말이야?"

인상을 찡그리며 묻는 나와 달리 기분 좋게 웃으며 경태의 책상에 팔을 올린 최지훈이 그 위로 얼굴을 기대어 누운 채 나를 바라보았다. 그리고 천천히 입술을 움직였다.

"니가 말하는 유치한 놈, 내가 하겠다고."

그 목소리에 최지훈을 바라보던 시선을 옮겼다. 더 이상 대화가 통하지 않을 것 같다는 생각에서였지만, 갑자기 답답해진 가슴 때문이기도 했다.

최지훈은 경태의 책상에 엎드린 채 별다른 말없이 시간을 보냈다. 가끔가다가 가만히 있는 나를 툭툭 건드리기도 했으며, 그때마다 내가 최지훈을 향해 인상을 구기면 손을 뻗어 내 미간 사이를 꾹꾹 누르기도 했다.

그러다가 갑자기 무언가가 생각났는지 다짜고짜 나를 향해 손을 뻗더니 무언가를 달라는 식의 모션을 취한다. 그 모습에 내가 최지훈을 바라보자 최지훈이 나를 향해 입술을 연다.

"명찰 줘."

아, 명찰. 그 말에 뒤늦게 서둘러 가슴에 달려 있던 최지훈의 명찰에 손을 가져가자 최지훈이 살풋 웃음을 터트렸다.

"아니, 내 꺼 말고."

"……."

"니 꺼 달라고."

그 말에 명찰을 떼기 위해 움직이던 손을 멈추고 최지훈을 바라보았다.
"왜?"
"왜긴 왜야, 나도 너한테 줬었잖아."
"그러니까 돌려준다고."
"싫어. 그냥 니 꺼 주고 내 꺼 떼지 말고 해."
이해가 가지 않는 나와 달리 최지훈은 꽤 완강했다. 결국에는 짧은 한숨과 함께 가방 속에 넣어두었던 명찰을 꺼내 최지훈의 손바닥 위에 올려놓자, 최지훈이 누워 있던 몸을 일으키며 자신의 왼쪽 가슴에 붙어 있는 명찰을 뗀 후 내 이름이 적힌 명찰을 끼워 넣었다. 그리고서는 만족스러운 웃음을 띠우며 나를 바라본다.
"나 미술과 같아?"
말도 안 되는 소리를 하는 최지훈이 어이가 없어 실소를 터트리자, 최지훈이 제법 진중해진 표정으로 손을 뻗어 내 왼쪽 가슴에 붙어 있는 명찰을 만지작거린다.
"너도 연영과 안 같아."
그 말에 의미를 알 수 없어 눈가를 살며시 구기자, 최지훈이 나를 바라보며 재미있다는 듯이 입술 끝을 올려 작게 웃는다.
"근데……."
명찰을 만지던 손길을 멈추고, 나에게 작게 속삭인다.
"내가 이거 왜 하라고 했게?"
순간 그 목소리에 아무런 말도 할 수 없었다. 나를 바라보는 최지훈의 짙은 눈동자가 수업 시작을 알리는 종소리에 흐트러지더니, 이내 만지작거리던 손을 뗀 후 자리에서 일어났다.
"수업 잘 들어."

웃으면서 말하는 최지훈의 말에도, 등을 돌려 교실을 빠져나가는 뒷모습에도 아무런 말을 할 수 없었다. 내 명찰을 찾은 시점에서도 최지훈이 자신의 이름이 적힌 명찰을 나에게 왜 하라고 한 건지, 그 의미를 조금 알았기 때문이다.

최지훈의 말했던 대로, 경태는 그날 이후부터 교실에 붙어 있는 시간보다 밖으로 나도는 시간이 더 많아졌다. 그 이유는 반 아이들의 시선도 있었지만 쉬는 시간만 되었다 하면 교실로 찾아오는 최지훈 때문에 경태는 수업을 제외한 시간에는 볼 수 없게 되었다.

상황은 거기서 멈추지 않았다. 학교 내에서 최지훈의 입지가 두터운 만큼 이번 사건은 꽤 흥미롭게 아이들의 입에서 오르고 내리고 있었다. 안 그래도 최지훈의 사소한 일까지도 예민하게 떠들어대는 여자아이들이 이런 사건에 가만히 있을 리 없었다.

거기다가 돈은 아니지만 남의 물건을 훔쳤다는 것에 한하여 다른 과 아이들까지 경태의 얼굴은 몰라도, 이름은 모두 다 알고 있는 상태였다. 벌써 이름을 대신해 도둑이라는 별명까지 얻게 됐으니, 경태와 함께 어울리던 성준이 무리까지도 경태에게 아예 손을 뗀 상태였다.

영화 촬영 때문에 뒤늦게 이 사실을 알게 된 이민호마저도 최지훈에게 잘했다는 말을 했다. 자신과 같은 입장인 이민호의 말에 최지훈이 기세등등한 표정으로 나에게 그것보라며 오히려 당돌하게 굴었다.

시간은 꽤 빠르다 싶을 정도로 지나갔다. 평소와 달리 아침 일찍, 집에서 나와 역 앞의 시계탑에 도착하자 웬일인지 이민호가 먼저 도착 해 앞에 서 있었다.

"웬일이야, 이렇게 일찍 나오고."

"그냥, 오늘 빨리 깼어."

"몇 시?"

"새벽 4시."

피곤해 보이는 얼굴을 보니, 일찍 깬 게 아니라 잠을 아예 못 잔 것 같다. 요즘 들어 영화 촬영 때문에 학교에서도 자주 마주치지 못했음에도 불구하고 이민호는 아침 시간에는 꼭 역 앞 시계탑에 나와 우리와 함께 등교를 하곤 했다. 오늘도 어김없이 늦는 최지훈을 기다리던 중 이민호가 살포시 인상을 구기며 입술을 열었다.

"아, 오늘 만우절이네."

이민호가 핸드폰을 주머니 속으로 밀어 넣으며 잠깐 동안 아무런 말이 없더니, 이내 나를 바라보았다.

"야, 강태공."

꽤 오랜만에 듣는 별명에 내가 이민호를 올려다보자, 이민호가 재미있다는 듯이 웃는다.

"최지훈 한번 낚아볼래?"

강태공이라는 말로도 모자라, 최지훈을 낚아보자니. 원래 이렇게 장난치는 걸 좋아하는 성격이었나 생각하면서도 오랜만에 보는 웃는 얼굴이어서 딱히 싫다는 말도 할 수 없었다.

"뭘, 어떻게 낚아?"

내 물음에 이민호가 제법 진지한 표정으로 고민을 했지만 그것도 오래가지 못했다. 생각할 새도 없이 저 멀리서 걸어오는 최지훈의 모습에 내가 다급하게 이민호를 바라보자 이민호가 짧게 혀를 차더니 손을 뻗어 내 손을 잡았다.

갑작스러운 행동에 놀란 나와 달리 이민호는 내 손을 꼭 움켜잡는 걸로 모자라 자신이 입고 있는 마이 주머니 안쪽으로 내 손을 밀어 넣었다. 좁은 주머니 속으로 이민호의 손과 내 손이 구겨지듯이 엉켰다.

"그냥 내가 하는 거에 맞춰."

그 말과 동시에 고개를 들어 최지훈을 바라보는 이민호와 달리, 나는 당황스러운 표정을 감추기 위해 고개를 푹 숙여야만 했다.

얼마 가지 않아 바닥을 향해 있던 내 시야에 최지훈의 운동화가 들어왔다. 아무 말도 없는 게 이상해 고개를 들었는데, 최지훈은 내가 아닌 나와 이민호의 손이 함께 들어가 있는 주머니를 바라보고 있었다.

"니네 둘 뭐냐?"

"뭐가?"

"손."

"아, 이거."

최지훈이 한쪽 눈썹을 구긴 채 묻자 이민호가 내 손을 꽉 움켜잡으며 주머니 밖으로 꺼냈다. 내 손가락 사이사이에 끼워 맞춰져 있는 이민호의 손가락을 본 최지훈의 눈썹이 정확히 한 뼘 더 내려갔다.

"우리 둘이 사귀어."

"…뭐?"

"그렇게 됐어."

그 말과 동시에 최지훈의 표정이 구겨졌고, 나 역시 눈동자가 한 움큼 더 커졌다.

"진짜야?"

나를 바라보며 묻는 최지훈의 목소리에 하는 수 없이 반쯤 벌어진 입술을 다물며 작게 고개를 끄덕이자, 최지훈이 나와 이민호를 번갈아 보더니 이내 구겼던 눈썹을 펴며 짧게 웃음을 터트렸다.

"야, 뭐야. 니네 둘. 오늘 만우절이라고 장난치는 거지?"

"장난은 무슨. 이게 왜 장난이야."

"……."

"왜. 우린 사귀면 안 돼?"

내 손을 꼭 움켜쥐고 제법 진지하게 말하는 이민호의 목소리에 덩달아 나 까지도 지금 이 상황이 진짜처럼 느껴졌다. 눈을 마주하고도 당돌하게 굴었던 이민호 덕분에 연기가 먹힌 건지, 웃고 있던 최지훈의 입술이 내려와 진중해졌다.

이민호는 내 손을 잡은 채 먼저 등을 돌렸고, 버스 정류장으로 걸어가면서 슬쩍 나를 바라보며 웃었다. 그 모습에 잠깐 동안 진짜처럼 느껴졌던 상황이 조금은 느슨하게 풀어졌다.

버스를 타고 학교에 도착할 때까지 최지훈은 아무런 말없이 꽤 복잡한 표정을 하고서 나와 이민호의 손을 바라보고만 있었다. 최지훈이 말이 없다는 것이 어색하게 느껴지면서도, 이민호와 내가 의도했던 대로 속고 있는 최지훈의 모습이 재미있어 나 역시 붙잡은 손에 힘을 주며 꼭 잡았다.

만우절이라는 것에 한하여 지금 이 상황이 즐겁게 느껴졌지만 당하고 있는 최지훈은 그렇지 않았는지 교문 앞에 다다르자 오랜 시간 다물고 있던 입술을 열었다.

"야, 손 좀 떼."

서늘한 목소리에 결국 내가 먼저 잡고 있던 손을 놓았다. 최지훈이 짧게 혀를 차며 홀로 빠른 걸음으로 우리를 앞질러 나갔다. 갑작스러운 행동에 멀뚱히 그 모습을 바라보다가 이민호를 올려다보자 이민호가 어깨를 으쓱

거리며 알 수 없다는 표정을 지었다.

"지훈이 왜 저래?"

"글쎄."

"화난 거 같은데."

"뭘 했다고."

걱정스러운 내 목소리와 달리 이민호는 설핏 웃음을 터트리며 저 멀리 혼자 걸어가고 있는 최지훈을 바라보았다.

"근데, 내가 예상했던 반응이 아니긴 해."

이민호의 말에 따르면 최지훈의 반응이 영 시원찮았단다. 니네 둘이 뭐냐며 시끄럽게 떠들어대면 떠들어댔지, 심각한 표정을 짓고 그 모습을 멀뚱히 바라보고만 있는 최지훈은 평소에도 볼 수 없었던 모습이었으니까. 어느새 희미하게 보이던 뒷모습마저 보이지 않게 되자 옅은 한숨과 함께 이민호를 향해 입술을 열었다.

"지훈이한테 사실대로 말해야겠다."

"왜?"

"응?"

"아직 만우절 안 지났잖아."

그 말에 내가 이해가 가지 않는 표정을 짓자 이민호가 나를 향해 손을 내밀었다.

"손."

앞에 놓인 커다란 이민호의 손을 바라보고, 시선을 올리자 이민호가 내 눈동자를 마주하며 작게 웃는다.

"나 5교시에 촬영 가니까 그때까지만 해."

달콤한 목소리와 함께 내밀어진 손을 거절할 수 있을 리 없었다. 민호 말대로 오늘은 만우절이니까.

나에게로 내밀어진 커다란 손을 향해 조심스레 손을 뻗자 이민호가 내 손을 꼬옥 움켜잡는다. 느슨하게 풀어져 있는 손가락 사이사이로 자신의 손을 밀어 넣으며 힘주어 잡았다.

"손 차갑다."

"원래 손발이 좀 차."

내 말에 걸음을 옮기던 민호가 앞을 바라보며 옅게 고개를 끄덕인다. 원래 손이 찬 나에 비해 이민호의 손은 뜨거울 정도로 따뜻했다. 마주한 온기에 금세 얼어붙은 손이 녹는 것만 같았다.

"장갑이라도 껴. 맨날 못 잡아주니까."

순간 아무렇지도 않게 흘러나온 이민호의 말에 잡고 있는 손이 발갛게 부풀어 오르는 기분이 들었다. 뒤늦게 살포시 웃음을 터트리며 4월에 장갑은 어울리지 않다고 말을 하자 이민호가 앞을 향해 있던 시선을 내리며 나를 바라보았다.

"그럼 맨날 잡아줄까?"

조금의 장난도 섞이지 않은 진중한 표정으로 내뱉어진 말에, 이번에는 내가 고개를 내저었다.

"싫어. 애들이 뭐라고 생각하겠어."

이민호는 모르겠지만 손을 잡고 걷는 이 순간에도 우리 둘에게 날아와 꽂히는 시선들은 꽤 많았다. 최지훈과 마찬가지로 민호 역시 학교 내에서 모르는 사람이 없을 정도였으니, 아마도 다른 아이들의 눈에 내가 곱게 보이지 않을 거다.

민호는 내가 걱정하는 것이 무엇인지 잘 알고 있는 듯 보였다. 잠깐 동안 말이 없더니, 이내 고개를 끄덕이며 내 말에 수긍을 한다.

"그것도 그러네."

"……."

"그럼 몰래 잡지, 뭐."

몰래는 또 뭔데.

이민호의 말에 내가 그만 웃음을 터트리자 이민호 역시 짧게 웃으며 마주 잡은 손에 힘을 더했다.

오전부터 실기 수업이 있어 3교시 내내 실기 동에 있던 터라 점심시간이 되고 나서야 최지훈을 만날 수 있었다. 이민호의 말대로 5교시까지 애인 행세를 해야 했기에 어김없이 내 손은 이민호의 커다란 손 안에 잡혀 있어야 했다.

평소 거짓말을 잘하지 못하는 성격이었는데, 태연하게 최지훈 앞에서 연기를 하는 이민호 덕분에 나 역시 덩달아 아무렇지도 않게 그 행동에 가담할 수 있게 되었다.

"언제부터 사귀었는데?"

꽤 긴 시간 입을 다물고 나와 이민호를 번갈아 바라보던 최지훈이 꺼낸 첫마디는 '언제부터'였다. 그 물음에 나를 대신해 이민호가 대답을 해주었다.

"어제. 내가 사귀자고 했어."

"왜?"

"왜가 어디 있어. 좋은데 이유가 필요해?"

한 치의 표정 변화 없이 태연하게 흘러나오는 진짜 같은 거짓말에 감탄을 하는 나와 달리 최지훈은 깊은 한숨과 함께 고개를 돌렸다. 괜스레 그 모습에 마주 잡은 손이 따끔거리며 아파왔다. 최지훈은 더 이상 그 어떠한 말도 하지 않았다. 아침처럼 손을 떼라는 말도 하지 않았으며, 밥을 먹는 내내 가끔씩 잠깐의 시선으로 나를 바라볼 뿐이었다.

5교시 수업이 끝나고 오늘도 어김없이 최지훈이 내 자리에 찾아왔지만 안타깝게도 오늘은 경태가 학교에 오지 않았다. 조회 시간에 담임이 경태가 몸이 좋지 않다고 말하는 걸 넌지시 들었던 것 같다. 하지만 최지훈은 경태가 오늘 학교에 왔는지 안 왔는지에 대해 관심도 없는지 책상 위가 깨끗이 비어 있음에도 불구하고, 별다른 말없이 자리에 앉아 팔을 책상 위로 올린 채 턱을 괴고 나를 바라보았다.

"왜 그렇게 쳐다봐?"

"그냥."

평소와 달리 한쪽 눈썹을 구기고 꽤 오랜 시간 내 얼굴을 바라보는 최지훈의 시선에 결국에는 짧은 한숨과 함께 입술을 열었다.

"아까, 그거 장난이야."

"뭐가?"

"사귄다는 거."

"아, 진짜?"

그제야 어두웠던 최지훈의 표정이 밝아지더니 자리에 없는 이민호를 욕하기 시작한다.

시발, 이민호. 그럴 줄 알았다니까.

아침에 혹시나 하는 생각을 했었지만 연기에 속아 넘어가 진지하게 그 상황을 받아들였나보다. 보통 연기를 하는 사람들을 속이는 건 쉽지 않다고들 하는데, 민호에게 속다니. 그런 면에서 최지훈은 조금 무른 편인 것 같았다.

"나랑 민호가 그렇게 안 어울렸어? 표정 장난 아니더라."

"아니, 안 어울려서가 아니고. 니가 아무렇지도 않게 이민호 손잡고 있었잖아."
"……."
"그래서, 그냥 기분이 이상했어."
순간 최지훈의 말에 가볍게 웃고 있던 입술이 딱딱해진다. 내 예상과 달리 최지훈이 줄곧 표정을 굳히고 있었던 이유가 이민호와 사귄다고 말해서가 아니라, 내가 아무렇지도 않게 민호와 손을 잡고 있었기 때문이라고 한다.
기분이 이상했다고 말하는 최지훈의 표정이 제법 알 수 없다는 식으로 구겨졌다. 그 모습에 조심스럽게 입술을 열었다.
"왜 이상해?"
"몰라, 그냥."
"……."
"그냥 그랬어."
그냥 그래서, 그랬어.
참으로 단순한 말들뿐이었지만 어떤 의미인지 알 수 없었기에 나 역시 기분이 이상했다. 최지훈은 괜스레 멋쩍은 듯 뒷머리를 긁적거리더니, 이내 턱을 괴고 있던 팔을 풀며 입술을 연다.
"그러니까 다음부터 그런 장난 하지 마."
"……."
"하려면 나랑 해. 어?"
진지한 표정으로 말하는 최지훈을 바라보며 느낄 수 있었다.
최지훈이 민호에게 속은 건 물러서가 아니었나. 나, 때문이었나.
야간 실기를 마치고 최지훈과 단둘이 역까지 걸어갔다. 오늘 있었던 일이 모두 다 거짓말이었다고 고백했음에도 불구하고 유난히 최지훈은 말이 없었다. 심각한 얼굴이 걱정돼 조심스럽게 무슨 일이 있냐고도 물었지만 잠깐 동안 나를 쳐다보다가 이내 아니라고 말하는 게 전부였다.

세 정거장 뒤, 최지훈과 헤어지고 집으로 돌아가는 내내 최지훈에게서는 단 하나의 문자도 오지 않았다. 갑작스러운 변화에 이유를 알지 못한 나는 민호에게 최지훈이 이상하다는 문자를 보냈다. 그리고 집에 도착할 때쯤 되서야 민호에게 문자가 아닌 전화가 왔다.

"여보세요."

—최지훈이 왜?

아직도 촬영장인지 주변이 꽤 시끄럽다. 민호의 물음에 도착한 엘리베이터 오른 뒤 작게 한숨을 내쉬며 입술을 열었다.

"몰라. 장난이었다고 말했는데 아까 집에 올 때 이상했어."

—어땠는데.

"말도 없고, 표정도 안 좋고."

—그래?

나의 말에 수화기 너머의 민호가 작게 웃음을 터트리며 말을 이었다.

—나한테는 별욕을 다하던데.

그 말에 옅게 인상을 찡그리며 물었다.

"뭐라고?"

—두 번 다신 그딴 장난치지 말라고.

"……."

—정신 나간 애처럼 화내던데.

민호의 말에 순간 나에게는 아무렇지도 않게 굴었던 최지훈의 모습이 떠올랐다.

도대체 뭐야.

의중을 알 수 없는 최지훈의 행동을 이상하게 생각하며 현관문 도어록 비밀번호를 차례대로 눌렀다.

"왜 그러는지 혹시 알아?"

—걔 원래 이해 못할 짓 잘해. 내버려 둬. 그러다 말겠지.

최지훈과 중학교 때부터 알고 지낸 사이여서 그런지 민호는 태연하게 말했지만 그 순간에도 내 걱정은 쉽게 사라지지 않고 있었다. 민호에게는 남은 촬영도 힘내라는 말을 건네고 통화를 마칠 수 있었다.

샤워를 하고, 소파에 앉아 머리를 말리며 멀뚱히 엄마가 틀어놓은 브라운관을 바라보았다. 그럼에도 불구하고 자꾸만 생각나는 최지훈을 향한 의문에 반쯤 포기를 한 상태로 일찍 침대에 누워 잠이 들려는 찰나였다.

침대 한편에 놓아두었던 핸드폰이 갑작스레 시끄럽게 울더니 감고 있던 눈을 뜨자 익숙한 번호와 이름이 들어왔다.

[최지훈]

그 글자에 두어 번 눈을 깜빡인 뒤 짧은 심호흡과 함께 전화를 받았다.

"여보세요."

—자?

"…아직."

잠긴 내 목소리에 날 깨웠다고 생각했었는지 최지훈이 묻는다. 나는 애써 목을 가다듬으며 말했다.

"왜?"

—아니, 그냥.

고요하게 내려앉은 수화기 너머로는 침착하게 흐르는 최지훈의 숨소리가 또렷하게 들려왔다. 무슨 말을 하려는 걸까. 혹시라도 아침에 나와 이민호가 작당한 일에 대하여 화를 내려나 싶었다. 나에게 내지 않았던 짜증을, 민호에게는 부렸다고 했으니까.

—재희야.

하지만 수화기 너머로 최지훈이 처음 꺼낸 건 다름 아닌 내 이름이었다.

—나 너 좋아.

그리고 들려오는 목소리에.

—좋은 것 같아, 니가.

적나라하게 쏟아진 고백을 들은 내 머릿속이 새하얘졌다. 어느 정도 시간이 지나자 의문으로만 남았던 최지훈의 이해 못할 행동들이 이것 때문인 걸까 하는 생각이 들었다. 하지만 지금 이 상황을 있는 그대로 받아들일 수도 없는 게, 오늘은 만우절이니까. 내 손을 잡았던 이민호와 다를 바 없는 거니까. 작게 떨리는 심장을 애써 억누르며 조심스럽게 입술을 열었다.

"…내일 늦지나 마."

긴 시간의 침묵을 깨고 내뱉은 말에 수화기 너머로의 최지훈이 짧게 웃음을 터트린다.

—그게 끝이야?

그럼, 더 뭐가 있어야 하는 걸까.

실망한 듯한 최지훈의 목소리에 내가 아무런 말을 하지 않자 최지훈이 곧 이어 '아니다'라고 말했다.

"만우절 장난치곤 시시하다."

—아, 그래?

"응. 다음번엔 좀 더 획기적인 걸 해봐."

—그래야겠네.

웃음이 섞인 최지훈의 목소리에 금세 날뛰던 심장이 얌전해졌다. 오늘 나와 민호가 했던 장난에 복수가 하고 싶어서 늦은 밤, 나에게 전화를 한 걸까. 생각해보니 그게 또 최지훈다운 행동인 것 같아 기분 좋게 벌어진 입술로 작게 속삭였다.

"내일 정말 늦지 마."

—알았다니까. 지금 잔다, 자.

"내일 봐."

—어, 잘 자.

그 말을 끝으로 짧았던 통화를 마치고 핸드폰 액정 위로 떠오르는 시간을 본 나는 얼굴이 딱딱해지는 걸 느꼈다.

"……."

4월 2일, 12시 34분. 만우절이 지난 시간이었다.

다음 날, 어떻게 최지훈을 마주해야 할지 걱정했지만 다행스럽게도 어느 날과 다를 바 없는 모습이었다. 어김없이 지각을 했으며, 평소와 마찬가지로 떠들기 바빴다. 그래서 나 역시 어제의 일을 장난으로 생각하며 웃어넘길 수 있었다.

"어제 시간 봤지."

웃어넘길 수 있을 줄 알았는데, 아니었다. 점심을 먹고 난 뒤 무작정 어깨에 팔을 두르고 어딜 가나 싶었는데 최지훈이 날 데리고 도착한 곳은 운동장 한편에 위치한 벤치였다. 그곳에 날 앉힌 최지훈은 손에 들고 있던 음료수 캔을 따 한 모금 마신 뒤 나에게 내밀며 평소와 다를 바 없는 목소리로 말했다.

"내 고백을 아주 무차별하게 씹더라."

아무렇지도 않게 말한 것치곤 뼈가 있는 말이라서, 머릿속이 순식간에 고요해졌다. 내가 그 어떤 말도 하지 못하자 최지훈이 무릎을 접으며 내 앞에 주저앉아 음료수를 들려주었다. 내가 혹시라도 놓칠까 걱정했는지, 손가락 하나하나를 잡고 움직이며 캔을 움켜잡도록 조율했다.

"그냥, 한 소리 아니었어?"

"고백을 그 시간에 전화해서 그냥 하는 애가 어디 있어?"

최지훈이 짙은 눈썹을 거칠게 구겼다가 이내 살살 펴며 말했다.

"뭐, 전화로 말하는 건 좀 별로긴 했지."

수긍한다는 듯이 고개를 끄덕이는 최지훈의 모습에 자꾸만 눈앞이 일렁였다. 부드럽게 스치고 지나가는 바람이 오늘따라 포근하게 뺨 위를 두드리며 지나갔다. 최지훈은 바닥에 깔린 모래를 운동화 밑으로 문지르며 무언가 고민하나 싶더니 이내 고개를 들어 나를 향해 웃었다.

"재희야."

유난히도 간지럽게 와 닿는 그 목소리에.

"나랑 사귀자."

심장이 크게 한 번 두근거렸다. 장난이 아니라는 것을 증명이라도 하려는 듯이 최지훈은 제법 진지한 표정으로 나를 바라보고 있었다. 어젯밤처럼 웃어넘길 수도 없는 게, 지금 이 상황은 전화가 아닌 서로를 향해 마주 보고 있는 상황이었다. 내 눈을 바라보면서 웃으며 입술을 연다.

"왜 대답이 없어?"

그 목소리에 뒤늦게 반쯤 벌어진 입술을 움직여 말을 했다.

"…뭐라고 해야 돼?"

"그걸 왜 나한테 물어."

내 대답에 최지훈은 짧게 웃음을 터트렸지만 나는 결단코 웃을 수 없었다. 당황스러움에 두어 번 눈을 깜빡이자, 최지훈이 크게 숨을 내몰아쉬었다.

"그럼 싫어랑 좋아 둘 중에 하나만 말해. 심플하지?"

그 말에 오히려 난 울상이 되고 말았다. 도대체 뭐가 심플하다는 건지 모르겠다. 머릿속이 복잡해 쉽사리 결론을 내릴 수가 없었지만 분명한 건, 최지훈이 말한 말처럼 지금 이 상황이 간단한 게 아니라는 거다.

나에게 최지훈은 어디까지 친구였고, 좋다고 말한다면 우리 둘 사이가 어떻게 되는 건지조차 상상할 수 없었다. 그리고 무엇보다도 지금 내 감정이, 최지훈이 나에게 느끼는 감정과 같은 무게일지가 의문이었다.

좋다고 말해야 하나, 싫다고 말해야 하나. 쉽사리 결정을 내릴 수 없는 게, 둘 다 정답이 아니기 때문이었다. 좋긴 하지만 그것이 남녀 사이에서 느끼는 애정과는 조금 거리가 멀었고, 싫다고 말하기엔 평소 최지훈이 버릇처럼 내 어깨 위로 올리는 팔에 거부감은 들지 않기 때문이다.

도대체 지금 이 상황에 어떻게 말을 해야 할까. 초조하게 입술을 깨물며 눈동자를 굴렸다가, 결국 답을 찾지 못해 작게 한숨을 흘렸다.

"난… 잘 모르겠어."

솔직하게 말했음에도 불구하고 최지훈의 얼굴을 바라보며 눈치를 살펴야만 했다. 혹시라도 내가 한 말에 최지훈이 상처 받진 않을까 걱정했지만, 내 생각과 달리 최지훈은 여전히 웃는 얼굴로 나를 향해 있었다.

"너 나 싫어?"

"좋고, 싫고의 문제가 아니잖아."

"난 너 좋은데."
"그런 문제가 아니라고."
캔을 잡고 있던 손끝에 힘을 주었다. 손에 닿는 온도는 차가웠지만 이상하게도 내 손톱은 발갛게 물들어 있었다.
"그럼 이렇게 하자."
최지훈은 결단을 내린 것처럼 비장한 얼굴로 나에게 말했다.
"일단 나랑 사귀는 걸로 해."
"그게, 해답이야? 난 아직 모르겠다니까."
"난 좋다고 말했잖아."
"너 나에 대해서 얼마나 안다고 그런 말을 해?"
"뭘 얼마나 안 게 중요해? 앞으로 알아가면 되지."
"무슨……."
대체, 무슨 논리가 이래. 일단은 만나고선 서로에 대해서 알아가자니.
이해할 수 없다는 듯이 구겨지는 내 눈가를 본 최지훈이 캔을 움켜잡고 있는 내 손 위로 자신의 손을 덧대었다. 갑작스럽게 밀려오는 따스한 온기에 손끝이 작게 흔들렸다.
"내 말, 끝까지 들어봐. 사귀는 전제 조건 깔고 만나자고. 그래도 나한테 안 빠지면 내가 깔끔하게 너 포기할게."
"뭐?"
"그렇잖아. 나는 너 좋아하고, 너는 잘 모르겠다니까 일단 사귀는 걸로 하고 내가 그동안 너 나 좋아하게 만들면 되잖아. 세 달만 지켜보자. 그때까지도 너 나 싫으면 그냥 친구하고."
무슨 자신감에서인지 최지훈은 그 어느 때보다 확신에 찬 강한 눈동자로 나를 바라보며 말을 하고 있었다. 마치, 내가 자신을 좋아하게 될 것처럼.

하지만 그런 태도와 달리 세 달이라는 시간은 꽤 길기만 했다.
"왜 세 달이야?"
"니 말대로 우리가 아직 서로에 대해서 잘 모르는 것 같기도 하고. 그러니까 천천히 한 번 다가가 보자고."
"그럼 사귀는 건 그때 가서 해도 상관없잖아."
"싫어."
"뭐가 싫은데?"
나는 이해할 수 없다는 듯이 최지훈을 바라보았다. 이런 얘기는 서로의 감정이 같은 무게가 되었을 때 해야 하는 게 맞는 법이다. 그런데 일단은 사귀는 걸로 하고, 나중에 감정이 안 생기면 없던 일로 하자니. 이해가 안 가는 게 당연했지만 최지훈은 그럴만한 이유가 있는 듯 보였다.
"너 때문이잖아."
사납게 일그러진 최지훈의 눈썹에 그만 눈동자가 크게 한 번 파도쳤다.
"어제 니가 이민호 손잡아서, 불안해졌다고."
내 손을 잡은 최지훈의 손에 때아닌 힘이 들어갔다.
"너 이대로 다른 애한테 빼앗길까봐 무서워졌어. 그러니까 일단 사귀는 걸로 해."
바라보는 눈동자 역시 그랬다. 무엇이 그렇게 최지훈을 조바심 나게 한 걸까, 분명 장난이었다고 말했는데 최지훈에게 있어서 그건 결단코 가벼운 무게가 아니었나보다. 이제와 생각해본다면 어제 최지훈이 나에게 전화를 걸었던 시간 속엔 이미 그 마음이 녹아 있었던 건지도 모른다. 보통은, 그런 늦은 시간엔 아무에게나 전화를 하진 않으니까.
"니가 나 좋다고 할 때까진 다른 애들한텐 사귀는 거 비밀로 할게."
"그러니까, 지금 이건 사귀는 게 아니라……."

"싫어. 사귀는 거야."

막무가내로 밀어붙이는 최지훈의 행동에 내가 살포시 눈가를 구기자, 최지훈이 부드럽게 웃으며 나에게만 들릴 자그마한 목소리로 속삭였다.

"남자 친구, 해봐."

순간 불어오는 바람에 머리카락이 흩날리자 최지훈이 손을 뻗어 나풀거리는 머리카락을 가지런히 귀 뒤로 넘겨주었다.

"응? 여자 친구."

온전히 나에게로 향해 쏟아지는 말이 간지러웠다.

"나랑 사귀는 거다."

두근거려, 아무렇게나 손을 올려 최지훈을 밀어냈다.

"그러니까, 그렇게 말하지 말라고."

"알았어, 그럼 내가 너 좋아하게 만든다?"

"……."

"이건 돼?"

"……."

"응? 허락해주라."

웃고 있는 입술이 얄밉기만 해, 나는 꾹 다물고 있던 입술을 풀며 한숨처럼 말했다.

"…해볼 수 있으면 해보던가."

"어, 허락한 거야?"

"그래. 그 대신 니 말대로 내가 세 달 뒤에도 아무런 감정 없으면 친구로 돌아가는 거야. 알았어?"

"응, 알았어."

최지훈이 내건 조건을 정확하게 상기시키는 나와 달리 최지훈은 뭐가 그리도 좋은지 바보처럼 웃고만 있었다.

"올라가야 하는 나무."

기분 좋게 올라간 입술 끝이 나를 그렇게 정의했다. 그 말과 함께 최지훈은 자리에서 일어나 긴 팔을 높이 뻗어 기지개를 켰다. 그 모습을 올려다보자 문득 최지훈의 팔이 태양에 닿을 것만 같은 기분이 밀려왔다. 손을 내리며 등을 돌린 최지훈이 걸음을 옮기며 말했다.

"기다려, 줄리엣."

줄리엣이라는 단어에 내가 살포시 눈가를 구기자, 최지훈이 연극대본을 읽는 것만 같은 강한 목소리로 나를 바라보지 않은 채 말했다.

"내가 당신을 만나러 곧 그 성벽 위로 올라가리오."

눈이 부셔, 최지훈의 뒷모습을 바라보던 눈동자가 이따금씩 따가워졌다. 점점 멀어지는 최지훈의 뒷모습이 봄날의 아지랑이처럼 흐릿해졌다. 최지훈의 발아래에 쓸리는 모래알이 태양 아래에 유리처럼 반짝거리기만 했다.

최지훈은 도대체 내 어디가 좋아 고백을 한 걸까. 생각해본다면 첫 만남은 그리 썩 좋지 않았지만 그건 어디까지나 내 입장이었지, 최지훈은 그때 나에게 낚였던 사실을 줄곧 재미있어 하고 있었다.

낚았다.

혹시 그게 최지훈의 마음속 어딘가에 감정을 싹틔우게 했던 걸까.

최지훈의 말대로 사귀기로 했지만 전과 크게 달라진 건 없었다. 어디까지나 우리 둘 사이에서 진행되고 있는 조건은 다른 누군가에겐 비밀이었고, 그건 민호에게도 마찬가지였다. 겉으로 보기엔 우린 평소와 다를 바 없이 친구 그대로였기에 나 역시 최지훈이 말했던 세 달을 크게 신경 쓰지 않았다. 그저 친해지는 과정이라 생각했다. 그렇게, 무뎌지고 있다가도…….

"자기야."

한 번씩 이런 최지훈 때문에 소스라치게 놀라곤 했다.

"뭘 그렇게 놀래, 그냥 한 번 불러본 건데."

놀라 크게 눈을 뜬 날 보며 최지훈은 태연하기만 했다. 혹시라도 반 아이들이 듣기라도 했을까, 빠르게 눈동자를 굴리며 주변을 살폈지만 다행히도 누가 듣진 않은 것 같았다.

"너 자꾸 이런 식으로 하면 없던 일로 할 거야."

"알았어, 실수라니까. 한두 번도 못 봐줘?"

실수라고 생각하기엔 고의성이 다분해 보였지만 뻔뻔한 얼굴로 그렇게 말을 하니 더 이상 추궁할 수도 없는 노릇이었다.

"얜 도대체 언제 나와? 맨날 없네."

경태의 자리에 앉으며 손에 들고 있던 MP3의 이어폰을 휘휘 돌렸다. 5일 내내 결석을 하던 경태는 오늘도 학교에 오질 않았다. 아니, 앞으로도 오지 않을 거다. 최지훈에게 애써 떨어지지 않는 입술을 움직여 조회 시간에 담임이 말했던 충격적인 사실을 전했다.

"…전학 갔어."

"그래? 언제."

"모르겠어, 오늘 담임이 아침 조회 때 들은 거라."

갑작스러운 경태의 전학 소식에 알 수 없는 죄책감을 느끼는 나와 달리 반 아이들은 무덤덤하게 그 사실을 받아들였다. 그건 최지훈도 마찬가지였다.

"잘됐네, 이제 이 자리 내 꺼."

씨익 웃는 입가가 어이가 없어 살포시 눈가를 구겼다.

"넌, 애가 전학을 갔다는ㄷ……."

"나 어제 완전 좋은 노래 찾았는데, 같이 듣자."

최지훈이 내 귀에 제멋대로 들고 있던 이어폰을 끼우며 노래를 틀었다. 덕분에 내 말은 커다란 음량으로 흘러나오는 음악소리에 하릴없이 묻혀야만 했다. 최지훈이 반대쪽 이어폰을 자신의 귀에 꽂으며 나에게 '좋지?'라고 물었다.

최지훈은 경태가 전학을 가자 본격적으로 쉬는 시간마다 내 옆자리를 찾아왔다. 이제는 주인이 없어진 텅 빈 자리에 맘 편히 앉는 걸로도 모자라 책상 서랍에는 제가 좋아하는 군것질거리 같은 것을 넣어두기도 했다.

이름표만 붙어 있지 않았지, 경태의 자리에 새로운 주인은 최지훈이나 마찬가지였다. 하지만 그것도 오래가진 못했다. 얼마 가지 않아 새로운 전학생이 왔기 때문이다.

경태와 마찬가지로 전학생 역시 남자였지만, 유난히 밝은 표정으로 담임 뒤를 따라 교실에 들어오는 걸 보고 경태와는 많이 다른 부류라고 느껴졌다. 보통 전학생은 저런 표정보다는 긴장한 채 어깨를 쪼그리는 게 정상인데 말이다.

"안녕, 오늘 새로 전학 오게 된 김가람이라고 해. 전주에서 왔는데 사투리는 안 써. 아무튼 잘 부탁해."

첫 인사도 긴장한 기색 하나 없이 여유롭게 웃으며 손까지 흔든다. 하는 행동마저도 귀엽게 생긴 얼굴과 제법 잘 어울렸다.

짧은 소개를 마치고 전학생은 담임의 지시에 따라 자연스레 빈 내 옆자리에 앉게 되었다.

안녕.

작게 속삭이듯이 건네는 인사에 얼떨결에 고개를 끄덕이고 말았다.

담임의 조회가 끝나고, 아직은 경계를 하는 반 아이들의 시선에도 전학생은 아랑곳하지 않고 묵직하게 싸온 책들을 가방에서 꺼내 서랍에 넣었다.

"어, 이게 뭐야?"

안에 무언가가 걸렸는지 책을 넣던 손길을 멈추고 이내 서랍 안쪽으로 팔 하나를 쑥 집어넣는다. 그 목소리에 문제집을 풀던 손이 뚝 하고 멈췄다.

아, 최지훈.

전학생이 오기 전까지 제 것처럼 책상을 썼던 터라 최지훈의 물건이 아직 서랍에 남아 있을 거다. 손에 쥐고 있던 펜을 내려놓으며 재빨리 서랍 안쪽으로 팔을 뻗었다.

"아, 미안. 내가 치울게."

"전학 간 애가 책상 정리 안 하고 갔나보다."

"아니, 그건 아니고……."

장난스럽게 살포시 인상을 구기며 말하는 전학생을 올려다보며 애써 손을 헤집는데, 쓰레기를 비롯해 온갖 막대사탕과 초코바가 손 한가득 움켜져 나왔다. 그걸로도 모자라 손끝에 닿는 묵직한 네모 갑에 나는 눈을 감고 입술을 깨물어야만 했다.

내가 못살아, 담배까지 넣어두면 어쩌자는 건데.

"아직 더 남았어?"

"어, 아니… 잠깐만."

이걸 어떻게 해야 하나 눈동자를 굴리며 눈치를 보고 있는데 전학생이 제 손을 집어넣더니 문제의 담뱃갑을 움켜잡는다. 그리고 꺼내보더니 저도 놀랐는지 재빠르게 다리 사이로 담뱃갑을 밀어 넣었다. 그 모습에 내가 당황해 어쩔 줄 몰라 하자 장난스럽게 웃으며 다리 안쪽에 숨긴 담뱃갑을 두어 번 흔든다.

"아직 남았는데?"

그 목소리에 결국 짧게 웃음을 터트리고 말았다.

1교시, 2교시가 지날 때마다 반 아이들이 하나둘씩 김가람에게 말을 걸어왔고 옆자리에 앉아 있었기에 본의 아니게 김가람이 하는 이야기를 하나도 빠짐없이 들을 수 있었다.

원래 사는 집은 전주인데, 예고에 진학하고 싶었지만 멀다는 이유로 부모님의 반대가 심해 시험은 보지 못했다고 했다. 그러다가 결국에는 자리가 하나 남는다는 얘기를 듣고 이제야 오게 되었다는 구구절절한 사연에 이어, 지금은 학교 근처에 집을 얻어 혼자 자취를 한다는 이야기까지.

예고 자체가 전국에서 오는 아이들이 많았기에 자취를 한다는 건 그다지 놀라운 건 아니었지만 부모님의 반대를 꺾고 온 것은 조금 의외이긴 했다. 그것도 경태가 전학을 가고 남은 빈자리에. 운이 좋은 것 같기는 하다.

4교시를 마치는 종소리가 울리고 그와 동시에 시작된 점심시간에 책을 덮은 가람이가 나에게 식당이 어디냐고 물었다. 나는 건물 뒤쪽에 있다는 말과 동시에 학년별로 나눠져 있는 먹는 시간까지 가람이에게 알려줘야만 했다. 그러자 가만히 그 얘기를 듣고 있던 가람이가 웃으며 말했다.

"점심 같이 먹자."

"어?"

"점심 같이 먹자구."

보조개가 쏙 들어간 귀여운 얼굴로 웃으며 말을 건네는데, 솔직히 다른 아이들과 서슴없이 대화를 나눴던 가람이가 나에게 점심을 먹으러 가자고 말을 할 줄은 꿈에도 몰랐다.

내 대답을 기다리고 있는 모습에 빠르게 머릿속으로는 최지훈과 이민호를 떠올렸다. 민호는 오늘 학교에 있을 거고, 지훈이는 단막극 촬영으로 인해 오전 수업은 못 나온 상태였다.

점심시간 때까지는 온다고 했는데 아직까지 교실에 나타나지 않는 걸로 보아 아직 학교에 도착하지 못한 것 같았다.

어떻게 해야 하나.

난감함에 입술을 살포시 깨물자 가람이가 금세 풀이 죽은 표정을 한다.

"싫어?"

그 물음에 나는 고개를 내저으며 입술을 열었다.

"그래, 같이 먹자."

내 대답이 떨어지기가 무섭게 가람이가 기분 좋게 웃으며 고개를 돌려 시계를 바라보았고 난 서둘러 핸드폰을 꺼내 들었다. 오늘만 점심을 따로 먹자고 말하려고 했는데 이미 문자 하나가 핸드폰에 와 있는 상태였다. 그것도 최지훈에게서.

[나 지금 다 와가.]

내용을 확인하고 보낸 시간을 보니 온 지 얼마 되지 않은 문자였다. 답장 버튼을 눌렀다가, 결국 최지훈이 아닌 민호에게 문자를 했다. 오늘 전학생이 있어 같이 점심을 먹지 못할 것 같다고 문자를 보내자 얼마 가지 않아 답장이 왔다.

같이 와.

고민하고 보낸 나와 달리 참으로 단순한 대답이었다.

"저기, 있잖아."

"응?"

"나 원래 점심 같이 먹던 애들 있는데, 같이 먹어도 괜찮아?"

"누구?"

내 물음에 가람이 고개를 두리번거리며 반을 둘러본다. 그 모습에 애써 웃으며 말을 이었다.

"다른 과야."

"아, 상관없어. 밥만 먹으면 되지, 뭐."

가람이는 신기하게도 '왜'라는 질문을 하지 않았다. 반 아이들과 먹지 않는 나 역시 이상하게 생각하지 않는 듯 보였다. 가람이의 대답에 알았다고 민호에게 문자를 보낸 뒤 핸드폰을 책상 위로 올려놓자, 가만히 앉아 있던 가람이가 뒤늦게 무언가가 생각났다는 식의 표정을 지으며 나를 바라보았다.

"아, 맞다. 그러고 보니 아직 이름도 모르네. 이름이……."

가느다랗게 눈을 뜨며 말 꼬리를 길게 늘이다 이내 내 왼쪽 가슴을 바라본다.

"최…지훈?"

그 목소리에 서둘러 손을 뻗어 명찰을 포켓 안으로 밀어 넣자 가람이가 의아한 표정을 했다.

"이건 친구 꺼야."

"아 어쩐지, 너무 남자 이름이더라. 그럼 이름이 뭐야?"

"이재희."

"아, 이름이 재희구나."

"……."

"재희, 재희. 이름 귀엽다."

내 이름을 두 번 부르더니, 귀엽다고 말한다. 이상하게 그 목소리에 간지러운 느낌이 들었다.

얼마나 시간이 지났을까, 줄 서 있으니 밑으로 내려오라는 민호의 문자에 가람이와 함께 교실을 나와 식당 앞으로 가 길게 늘어서 있는 줄을 쭉 훑어보았다. 한가운데 가장 높게 튀어나온 머리를 확인하고 가람이와 함께 걸음을 옮겼다. 전봇대처럼 등을 돌리고 서 있는 민호의 마이를 쭉 잡아당기자 고개를 돌려 나와 가람이를 번갈아 바라본다.

"지훈이는?"

내 말에 민호가 몸을 옆으로 비켰고 벽에 기대어 있는 최지훈과 순간 눈이 마주쳤다. 한 손에 핸드폰을 든 채 나를 바라보고, 시선을 옮겨 내 뒤에 서 있는 가람이를 바라보더니 한쪽 눈썹을 치켜세운다.

"쟨 또 뭐야?"

최지훈은 꽤 사나운 표정으로 만지작거리던 핸드폰을 주머니 속으로 밀어 넣으며 벽에 기대어 있던 몸을 똑바로 폈다. 내가 민호를 향해 입술을 열었다.

"말 안 했어?"

"아직."

"누군데?"

참을성 없이 치고나오는 최지훈의 물음에 결국에는 내가 짧은 한숨과 가람이를 보자, 가람이가 웃는 얼굴로 나를 대신해 입술을 열었다.

"안녕, 오늘 전학 왔어. 김가람이라고 해."

"전학?"

"……."

"그럼 재희 짝인가 보네."

매일 우리 반으로 출근하다시피 했던 최지훈은 나보다도 우리 반 사정을 빠삭하게 알고 있었기에 새로운 전학생이 앉게 될 자리까지도 이미 파악하고 있었다.

웃는 가람이와 달리 최지훈은 시종일관 한쪽 눈썹을 구긴 채 건조한 표정으로 가람이를 빤히 쳐다보았다. 그런 최지훈의 시선에도 가람은 당황하지 않고 꿋꿋이 최지훈과 눈을 마주치고 있었다. 1초, 2초, 3초, 4초…….

"야."

갑작스럽게 튀어나온 목소리에 가람이가 놀랐는지 눈을 깜빡였고, 그 모습에 최지훈이 혀로 입술을 훑으며 말을 이었다.

"거기 원래 내 자리야."

"아, 담배 주인이 너였구나."

담배라는 말에 최지훈이 살포시 인상을 구겼다가, 이내 자신이 넣어둔 것이 생각났는지 구겼던 표정을 살살 편다. 가람은 그런 최지훈을 바라보다가 이내 왼쪽 가슴으로 시선을 내려 입술을 열었다.

"재희 명찰 하고 있네."

"……."

"그럼 니가 최지훈이구나."

"뭐, 재희?"

친근하게 흘러나오는 내 이름이 마음에 들지 않았는지 최지훈의 짙은 눈썹이 한껏 더 구겨졌고, 심상치 않은 기류를 느낀 내가 걸음을 옮겨 최지훈 앞을 가로막고 섰다.

"가람아, 줄 서."

"어, 응. 나 여기 서면 돼?"

"응."

금세 웃는 얼굴로 말하는 가람이의 손목을 잡고 내 앞으로 끌어당긴 뒤,

뒤돌아서 최지훈의 배를 손으로 툭 쳤다. 그러자 최지훈이 나를 보며 구겨져 있던 표정을 편다.

"왜 그래?"

"내가 뭘?"

작게 움직이는 내 입모양에 도리어 최지훈이 묻는다. 지금 이 상황에서 내가 뭘 어쨌냐는 식의 대답이 나오는 것도 신기했다. 누가 봐도 최지훈은 지금 가람이에게 이유도 모를 히스테리를 부리고 있었다. 말투하며, 표정하며. 말하지 않아도 겉으로 뻔히 드러난 것들뿐이었다. 입술을 깨물며 최지훈을 바라보자 최지훈이 먼저 고개를 돌렸다.

"어, 나 얘 TV에서 봤는데."

가람이의 목소리에 등을 돌리자, 가람이가 제 키보다 큰 민호를 올려다보며 말을 이었다.

"그치, 재희야. 얘 TV에 나오는 애 맞지."

"어, 응."

"이름이 뭐였지. 이… 이……."

TV에서 본 기억은 있지만 이름이 잘 기억나지 않는지 가람이 손으로 머리를 움켜쥐며 답답한 표정을 지었고, 그 모습을 지켜보고 있던 민호가 대신 입술을 열었다.

"이민호."

"어, 맞아. 이민호!"

머리를 쥐어뜯던 손으로 박수까지 치며 가람이는 금세 입가에 웃음을 띠우고 신기한 듯 민호를 바라보았다.

"와, 우리 넷째 누나가 너 되게 좋아하는데."

"……."

"드라마 다운 받아서 니 얼굴만 캡처한다니까, 한 수백 장 돼. 가끔 바탕 화면에도 해놓더라."

바탕 화면에 해놓는다는 말에 민호가 살포시 인상을 구겼고 나는 또 그 모습에 웃음이 터졌다. 민호는 자신의 얼굴이 TV 나오고, 그것을 자랑처럼 떠들어대는 걸 좋아하지 않는 편이었지만 그것을 알 리 없는 가람이는 계속해서 민호를 보며 신기하다고 했다.

자신의 누나를 자꾸만 거론시키며, 나중에는 사인을 해달라고 했는데 그 이유가 누나에게 주려고도 아닌 누나를 부려먹는 데 쓰기 위함이란다. 그 말에 줄곧 대답이 없던 민호도 한 마디 거들었다.

종이 가져와, 해줄게.

민호가 저런 식으로 말하는 건 아마 처음일 거다. 아마도 누나를 부려먹는 데에 쓸 거라는 가람이의 의도가 큰 영향을 끼친 것 같다.

점심 식사는 평소와 다를 바 없이 꽤 시끄러웠지만 그건 최지훈 때문이 아닌 가람이 때문이었다. 항상 우리들 중 떠드는 것을 맡고 있던 최지훈이 오늘따라 유난히 입을 다문 채 밥만 먹었고, 그 빈 공백을 오늘 처음 전학을 온 가람이 대신 채웠다.

이민호나 나나 떠드는 목소리에 익숙해 있던 터라 별다른 어색함 없이 식사를 마쳤지만 아까부터 표정이 좋지 않은 최지훈이 밥을 먹는 내내 마음에 걸리긴 했다. 식사를 마친 뒤 남은 반찬과 식판을 버리고 뒤를 돌아보자 물을 마시고 있는 최지훈이 보였다. 눈이 마주치자 최지훈이 마시던 컵을 개수대에 버리며 나에게 걸어왔다.

"오늘 밥 왜 이래."

"맛없었어?"

"어. 존나."

인상을 찡그리며 말하는데, 그게 괜히 음식 탓만은 아닌 것만 같다. 어깨에 팔을 두른 채 최지훈은 평소와 다를 바 없이 나를 자판기 앞으로 데려갔다. 주머니 안으로 짤랑거리는 동전 소리가 불규칙하게 귓가에 닿았다.

"재랑 내일도 같이 먹을 거야?"

"뭐, 점심?"

"어."

"…먹자고 하면."

"매일, 매일?"

동전을 자판기 안으로 밀어 넣으며 무미건조한 목소리로 말한다. 그 모습에 고개를 돌려 최지훈을 바라보자 최지훈이 나를 향해 입술을 연다.

"음료수 뭐?"

하아…….

나도 모르게 흘러나오는 한숨에 손을 들어 아무렇게나 음료수 버튼을 눌렀다.

덜컹.

커다란 굉음과 함께 나온 음료수를 꺼내기 위해 최지훈이 허리를 숙이자 뒤늦게 식당을 빠져나온 민호와 가람이의 모습이 보였다. 허리를 펴고 꺼낸 음료수를 내 앞으로 내미는 최지훈을 보며 꾹 다물고 있던 입술을 열었다.

"최지훈, 너 오늘 무슨 일 있어?"

"무슨 일?"

"아니면 나한테 무슨 불만 있어?"

"없는데."

"근데 왜 이렇게 가람이한테 틱틱대, 아까부터."

밥을 먹는 내내 궁금했던 것 중 하나다. 처음 만났을 때부터 노골적으로 마음에 들지 않는다는 식으로 쳐다보는 시선이나, 던지는 말투나 차갑게 날이 서 있는 최지훈의 모습이 무슨 이유 때문인지 감조차 잡히지 않았다. 내 물음에 최지훈이 고개를 돌려 주변을 둘러보더니 이내 허리를 숙여 내 얼굴 가까이 다가온다.

"왜, 틱틱대면 안 돼?"

"……."

"딱 봐도 그냥 말 붙이는 거잖아, 저 새끼."

최지훈은 지금 경태와 비슷하게 가람이를 생각하고, 얘기를 하고 있었다. 최지훈이 건네준 음료수를 꼭 움켜쥐며 내가 입술을 열었다.

"그냥 말 붙이는 거면 어때?"

"뭐?"

"그건 걔 마음이지, 니가 뭐라고 할 문제가 아니야."

"왜 뭐라고 하면 안 되는데?"

"……."

"솔직하게 말해줄까? 나 걔 마음에 안 들어."

"왜?"

"그 새끼처럼 너 엿 먹일까봐."

역시나도 문제는 경태였던 걸까.

"니가 경계 안 하니까 나라도 해야지."

무슨 말이라도 하고 싶은데, 이상하게 목구멍에 커다란 돌덩이가 내려앉은 것처럼 무겁기만 하다. 최지훈은 도대체 그동안 나를 바라보며 무슨 생각을 했던 걸까.

병신? 뭐가 그렇게 병신 같았는데, 친구라고 말했던 경태에게 보기 좋게 당한 거? 그것도 아니면 내가 혼자서는 아무것도 못 하는 걸로 보여서? 그래서 나를 대신해 옆에서 경계를 해주는 거라고. 그렇게 말하고 있는 거잖아, 너 지금.

"…됐어. 그만하자."

울렁거리는 바다 위에 떠 있는 것처럼 속이 어지러웠다. 고개를 숙인 채 등을 돌렸다. 뒤에서 최지훈이 내 이름을 불렀지만 이상하게 그 목소리에 발은 점점 더 속도를 빨리했다. 귓가엔 나와 멀어진 거리를 좁히려는 듯 넓은 보폭으로 다가오는 거친 소리가 들렸다.

"이재희."

도망가지 못하게 내 손목을 힘주어 움켜쥐고, 억지로 나를 돌려세워 또 다시 마주하게 만든다. 얼굴을 보고 싶지 않아 고개를 숙였는데 이상하게 아무런 대답이 없는 최지훈 때문에 고개가 점점 위로 향했다. 그리고 마주한 얼굴에서 최지훈은 알 수 없는 표정을 하고 있었다. 입술을 깨문 채 짙은 눈썹을 구기며 나를 바라본다.

"니가 답답한 게 아니고, 너한테 손대는 게 답답하다고."

후으…….

깊은 한숨과 함께 또박또박 한 글자 말한다.

"내가."

"……."

"화병 날 거 같다고."

그 목소리에 내가 아무런 말이 없자 최지훈이 잡고 있던 내 손목을 놓으며 인상을 찡그린다. 아무런 대답이 없는 나를 향해 최지훈이 무슨 말을 하려다가 이내 뜨거운 한숨과 함께 구겼던 눈썹을 편다. 그리고 나를 향해 허탈하게 웃었다.

"진짜, 시발… 내가 너 때문에 참을성이 자꾸만 늘어난다."

"……."

"이게 좋은 거야, 나쁜 거야?"

좋은 건지, 나쁜 건지 솔직히 말해서 나도 잘 모르겠다.

"더 이상 말 안 할게, 문자할게."

"……."

"내가 한 말… 무슨 말인지 알지?"

이게 좋은 거야, 나쁜 거야?

4. 서로의 무언가가 특별해질 때

최지훈은 그 말을 끝으로 먼저 등을 돌렸다. 새하얘진 머릿속에, 점점 더 멀어지는 최지훈의 뒷모습을 바라보고 있는데 괜스레 눈물이 날 것만 같았다. 뒤늦게 뒤에서 상황을 지켜보고 있던 민호가 다가와 나에게 말을 건넸다.

"괜찮아?"

나는 그 말에 느리게 두어 번 고개를 끄덕였다.

"니가 이해 좀 해줘."

민호는 내가 최지훈과 어떤 이야기를 주고받았는지 이미 다 알고 있는 듯 보였다. 민호를 바라보며 힘없이 입술을 열었다.

"…너도 가람이 별로야?"

"난 괜찮은데."

"……."

"전에 있던 놈보단 훨 나아."

그 말에 작게 웃음을 터트리자 민호가 주머니 안으로 손을 밀어 넣으며 말을 이었다.

"재희야."

민호는 항상 그런 식이었다.

"최지훈 다 알아."

다정한 목소리로.

"매일 니네 반에 갔는데, 니 상황을 모를까."

최지훈이 인내로 집어삼켰던 말들을 나에게 한다.

덤덤하게 내뱉는 말투에서 나는 무언가를 들킨 것처럼 가슴 한편이 따가워졌다. 매일, 매일 내 옆자리에 앉아 있으면서 최지훈은 무슨 생각을 했을까. 쉬는 시간임에도 불구하고 아무도 나에게 다가오지 않는 상황들을 바라보면서 무슨 생각을 했던 걸까.

그러고 보니 최지훈이 올 때마다 나는 매일 문제집을 풀거나, 귀에 MP3를 꽂은 채 책상에 엎드려 있던 게 전부였다. 그 누구와도 말하지 않았으며, 그 누구도 나에게 먼저 말을 건네지 않았다. 내 주변에 벽이 둘러싸인 것처럼 아무도 좀처럼 쉽게 나에게 다가오지 않았다.

"그게 자기 때문인 것도 알아."

나와 얘기를 나누면서, 그것도 아니면 내가 잠들어 있을 때 내 옆자리에 앉아 반 아이들이 주고받는 이야기 몇 개 정도는 주워들었을 거다. 그리고 얼마 가지 않아 내가 혼자라는 것도 알았을 테고, 그게 최지훈과 조금의 연관성을 가지고 있다는 것도 알 수 있었겠지.

"그래서 저래."

하지만 최지훈은 단 한 번도 내 앞에서 그런 내색을 하지 않았다. 친구도 없냐는 식의 장난 섞인 말도, 하다못해 민호와 셋이 함께 있을 때에도 자신의 반 아이들의 이야기를 꺼내지 않는다. 내가 모르는 얘기도 하지 않을 뿐더러 내가 알지 못하는 얘기도 하지 않는다.

"잠깐 저럴 거야. 이해 좀 하자."

그래서 그래, 최지훈은. 그래서 그랬어.

"먼저 갈게, 가람이랑 와."

하아…….

작은 한숨과 함께 민호를 올려다보자 손을 들어 내 어깨를 두어 번 두드린다. 고개를 돌리자 그제야 뒤에 서 있던 가람이가 내 옆으로 다가왔다.

얘기 다 끝났어?

고개를 끄덕이자 가람이가 웃으며 입술을 열었다.

"미안한데, 기다리는 동안 대충 얘기 들었어."

"무슨 얘기?"

"그 경태라는 애 얘기."

최지훈과 있는 동안 가람이와 민호가 무슨 얘기를 주고받는 것 같았는데, 그 얘기가 경태와 관련됐다는 것은 조금 의외였다. 하지만 둘이서 내 얘기를 했다는 것에 대해 조잡한 기분은 들지 않았다. 틀린 말도 아니었고, 그건 민호가 아니었더라도 반 아이들에게서 들었을 법한 얘기였다. 경태가 전학을 간 마당에, 더 이상 반 아이들이 뒤에서 수근 거리며 조심스럽게 말해야 할 이유는 그 어디에도 없으니까.

"얘기 들어보니까 최지훈이 나한테 저러는 것도 이해는 돼."

"……."

"저렇게 무섭게 생겼는데 여자애들은 왜 좋아한대, 그치. 이민호가 더 잘생겼는데."

가람이는 나와 최지훈의 사이를 까마득하게 몰랐기에 내 앞에서 최지훈에 대해 서슴없이 말했다. 아무렇지도 않게. 그렇다고 해서 심기를 거스르지도 않을 정도의 선을 지켰다. 덕분에 어지러웠던 머릿속이 한결 나아진 기분이 들었다.

나를 데리고 가람이가 향한 곳은 교실이 아닌 운동장 한편에 위치해있는 스텐드였다. 그곳에 앉아 가람이가 나에게 처음 꺼낸 말은 '말해봐'였다.

가람이는 확실히 말을 잘하는 편이긴 했다. 그렇지 않고서야 내가 오늘 처음 만난 가람이 앞에서 경태의 얘기를 꺼내며 내 생각을 말할 수 없었을 거다. 가람이는 묵묵히 내 얘기를 들어주었고, 나는 처음으로 최지훈에게도 다 하지 못했던 속 이야기를 후련하게 꺼내놓을 수 있었다.

입학 첫날, 나와 함께 간 식당에서 경태가 최지훈과 마주쳤던 일들이나 내 물건에 손을 댄 게 경태인 것 같은 기분은 들었지만 말하지 않고 상황을 넘겼던 순간들. 그것을 알게 된 최지훈이 나를 대신해 경태에게 했던 일들과 갑작스럽게 경태가 전학을 가게 된 얘기까지도. 가만히 이야기를 듣고 있던 가람이가 표정을 찡그리며 입술을 열었다.

"그럼 넌 아직도 왜 경태가 니 물건을 훔친 건지 알지 못하는 거네?"

"응."

그러자 가람이 웃으며 입술을 연다.

"난 알겠는데."

"……."

"반 아이들도 뭐, 경태와 비슷할 거 같고."

가람이는 너무나도 쉬운 문제였다는 듯이 말했다. 가람이의 말에 내가 알 수 없는 표정을 짓자 앉아 있던 자세를 고치며 나에게 가까이 다가와 두 손을 내민다.

"예를 들어줄게. 왼손은 A, 오른손을 B라고 하자. 어느 날 A와 B가 만났는데 A가 너무 잘난 거야. 그럼 B는 부러움과 동시에 질투를 느끼겠지."

"……."

"근데 B는 A와 닮을 수 없어. 그럼 거기서 오는 게 뭔지 알아?"

가람이의 물음에 아무런 대답도 하지 못하고 멀뚱히 바라만 보자 가람이가 설명을 위해 들고 있던 손을 펼치며 어깨를 으쓱였다.

"열등감이지, 뭐."

"……."

"부러움과 동시에 나타나는 거지. 자기와 다른 모습에 괜히 주눅 들다가, 나중에는 화가 나는 거야. 왜 나는 저렇게 될 수 없지 하면서."

"……."

"그럼 여기서 C 등장. C는 A와도 알고 B랑도 알고 지내는 사이야. 여기서 문제, B가 A한테 느낀 열등감을 A에게 풀까, C에게 풀까."

"…C?"

"딩동댕동, 잘난 A에게는 다가가지 못하니까 A에게 느낀 열등감을 자기와도 가깝고, A와도 가까운 C에게 푸는 거지. 성질부리고, 괴롭히고. 그렇게라도 A와 친구인 C를 대하면서 나도 A와 같다고 만족하고 뭐."

가람은 경태가 나에게 느꼈던 것을 열등감으로 정의 내렸다.

찌질한 새끼.

그걸로도 모자라 이제는 아예 반 아이들 전체를 두고 열등감 집단이라는 표현까지 아끼지 않는다.

"이래서 안 돼, 예고가. 지네가 제일 잘난 줄 알았는데 막상 잘난 애들만 뭉쳐 논 학교에 오니 그게 아니라서 성질이 나는 거지."

가람이의 말에 의하면 최지훈은 그들이 함부로 가질 수 없는 A가 된다.

그리고 B가 된 아이들은 그런 A에게 느낀 열등감과 부러움을 C인 나에게 풀고 있는 거고. 아예 다가오지 않거나, 경태처럼 내 물건에 손을 대거나.

문득 그런 최지훈과 내가 서로 만나고 있다는 걸 아이들이 안다면 어떻게 될까. 가볍게만 생각했던 최지훈과의 관계가 순간 무겁게 느껴졌다.

"너가 잘못한 거 하나도 없어. 그냥 잘나서 그런 거라고 생각하자, 엉?"

그 말에 생각에 잠겨 있던 표정이 조금은 느슨하게 풀어졌다. 가람이는 '으으…' 앓는 소리와 함께 두 팔을 펼치며 크게 기지개를 켰다. 그리고 입을 벌리며 쭈욱 내뱉는 하품까지.

그 모습에 순간 경태로 하여금 지금까지 내가 걱정했던 게 어쩌면 별것도 아닌 문제였을지도 모른다는 생각이 들었다. 경태가 없는 지금에서야 그냥 그런 아이였구나 생각한다. 더 이상 경태가 전학을 간 이유에 대해서 내가 죄책감을 느끼며 미안해 할 이유가 없었다. 그래, 경태는 그냥 그런 아이였을 뿐이다. 내가 친구라고 불렀지만, 친구일 수 없었던 아이.

"이제 들어갈까? 좀 춥다."

"그래."

봄이라고 하지만 아직 포근하지만은 않은 변덕스러운 날씨에 가람이 몸을 부르르 떨며 자리에서 일어났다. 가람이는 괜스레 장난처럼 발밑에 부서지는 작은 모래들을 걷어차며 걸었고, 나는 그 소리를 들으며 손에 들고 있던 음료수 캔을 한 번 더 힘주어 움켜쥐었다.

아까 최지훈에게 그러는 게 아니었나.

괜한 히스테리라고 생각하고 최지훈을 바라보았던 게 조금은 후회스러웠다. 최지훈의 눈에는 경태나 새로 전학을 온 가람이나 똑같이 보였겠지. 내 옆자리라는 이유만으로 말을 걸었을 지도 모를 일이고, 나중에 어떤 식으로 나를 곤란하게 만들 수도 있을 거라고 생각하고 있을 거다.

하지만 이상하게 나는 경태와 가람이가 동일한 선상 위에 서 있다는 생각은 들지 않았다. 그것은 단순히 가람이가 말을 잘하고 친화력이 좋다는 이유에서만은 아니었다.

"고마워. 얘기 들어줘서."

"고마울 거 없어."

경태에게 느낄 수 없었던 게, 가람이에게는 있다.

"친구 사이에 무슨."

그리고 그걸 최지훈도 알아주었으면 한다.

가람이는 전학 온 지 일주일 만에 미술과 아이들 전부와 말을 텄다. 그것은 남녀 성별 구분 없이 너무나도 쉽게 이루어졌다.

가람이는 여자아이들과 있을 때면 드라마 얘기나, 여자들이 좋아할 법한 외모에 대한 칭찬을 아끼지 않았으며 남자들과 있을 때는 요즘 잘나가는 온라인 게임들을 줄줄이 늘어놓거나 컴퓨터 얘기를 하며 자신이 하는 얘기를 화젯거리로 만들어 놓곤 했다.

남자이면서도 여자아이들 무리 속에서도 곧잘 말하는 가람이가 신기해 하루는 어떻게 그렇게 말을 잘하냐고 물었던 적이 있었는데, 가람이는 나의 물음에 아무렇지도 않게 위로 누나가 4명이나 있다고 말했다.

하지만 가람이는 아이들과 말을 나눴다고 해서 그 속에 포함된 모습은 보이지 않았다. 굳이 소속을 찾자면 가람이는 다른 누구도 아닌 나를 택했는데, 그 이유가 단순히 내가 처음 본 상대였기 때문이란다.

보기완 다르게 미신처럼 가람이는 처음이라는 것에 꽤 목매는 스타일인 것 같았다. 첫인상, 첫 만남, 첫 느낌. 가람이는 자신이 처음인 것에 예민하다는 것이 자신의 단점이자 장점이라고 했다. 단점은 첫 상대가 안 좋을 때가 있다는 의미였고, 장점은 그게 다행히도 나였다고 한다.

가람이는 그날 이후부터 줄곧 나와 같이 점심을 먹었는데, 당연히 최지훈과 민호도 그 자리에 함께였다. 최지훈은 그날 민호에게 무슨 소리라도 들은 건지 눈에 보일 정도의 날카로운 말들을 가람에게 직접적으로 내뱉진 않았다. 간혹 가다가 가람이와 눈이 마주칠 때면 불만스럽게 한쪽 눈썹을 찡그리다가도 나를 한 번 쳐다본 후 식사에 열중하는 모습을 보였다.

같은 과라는 유리한 조건으로 가람이는 최지훈보다 내 옆에 있는 시간이 많았고, 항상 같이 다녔기에 어쩔 수 없이 최지훈은 점심시간을 제외하고도 가람이와 자주 마주쳤다. 하다못해 최지훈이 자기 자리처럼 여겼던 내 옆자리에 가람이가 있으니 날 보러 올 때마다 싫어도 얼굴 한 번은 꼭 봐야 했다. 좋든, 싫든 자주 부딪치는 둘을 보니 민호가 말했던 조금만 기다려 보자는 시간이 생각했던 것보다 그리 멀게 느껴지지 않았다.

"난 수채화는 정말 적성에 안 맞아."

서양화 실기 수업을 마치고 나오면서 가람이가 작게 투덜댔다. 입고 있던 앞치마를 풀어 신경질적으로 들고 있던 팔레트와 붓을 보기 싫다는 듯이 앞치마에 넣고 둘둘 싼다. 그 모습을 보며 짧게 웃음을 터트리자 가람이가 입술을 비죽였다.

"넌 재미있어?"

"잘하는 건 아닌데 딱히 싫은 것도 아니야."

"아, 난 정말 싫어."

"처음이니까 그렇지."

"그래, 처음. 처음부터 별로라서 계속 별로일 것 같다고."

그 말에 나는 또 한 번 가람이가 처음에 민감하다는 것을 실감했다. 실기 건물을 벗어나 계단을 오르고 어느덧 교실이 있는 층에 다다르자 가람이가 자신이 들고 있던 앞치마를 나에게 건네주었다.

"먼저 교실에 가 있어."

"어디 가게?"

"아, 화장실. 급해, 급해."

서둘러 화장실로 향하는 가람이를 보고 걸음을 옮기자 교실 앞, 익숙한 형체 하나가 눈에 들어온다. 입에는 막대 사탕을 물은 채 복도 쪽 창가에 서서 지나가는 아이들을 하나둘씩 훑어본다. 그러다가 시선이 마주쳤다. 나를 보고 웃는다. 최지훈이었다.

"오."

최지훈은 나를 발견하고 큰 보폭으로 내가 서 있는 곳까지 단숨에 걸어왔다. 사탕으로 인해 한쪽 볼만 불룩 튀어나온 우스꽝스러운 얼굴로 나를 위아래로 훑어보더니, 이내 내 얼굴을 보며 씨익 웃는다.

"색다른데?"

"뭐가?"

내가 묻자 최지훈이 막대부분을 잡고 입안에서 사탕을 빼 그걸로 내 앞치마를 가리켰다.

"앞치마 한 거."

"처음 봐?"

"엉."

다시 입안으로 밀려들어간 사탕을 쭉쭉 빨며 최지훈이 느리게 대답했다. 그러고 보니 앞치마를 하고 최지훈을 보는 것은 처음인 것 같기도 했다.

"너 이러니까 진짜 미술과 같긴 하다."

신기하게 날 바라보고 있는 최지훈의 모습이 낯설게만 느껴졌지만 뒤늦게 그런 모습이 이해가 되었다. 최지훈은 지금까지 내가 그린 그림이라든지, 그리는 모습… 하다못해 내가 연필을 깎는 모습조차 보지 못했다. 최지훈을 보는 건 항상 교실이 아니면 점심을 먹기 위해서였고, 수업이 끝난 뒤에도 각자의 야간 실기를 마친 뒤였기 때문이다.

"예쁘다."

너무나도 서슴없이 흘러나온 말에 살며시 인상을 구기자, 최지훈이 전체적으로 나를 훑어보며 웃었다.

"여자 앞치마 한 거 섹시해."

도대체, 쟤는 어떻게 저런 말을 아무렇지도 않게 할까.

"이건 일부러 묻힌 거야?"

최지훈이 앞치마에 이리저리 묻어 있는 물감 자국을 보며 신기한 듯 물었다. 미쳤다고 이걸 그냥 묻힐까, 내가 아니라고 고개를 젓자 최지훈이 웃는다.

"나 그거 빌려줘라."

"뭘?"

"앞치마."

"이걸 왜?"

"그냥 나도 하고 싶어서. 두 개 있잖아."

최지훈이 내 손에 들린 앞치마를 바라보며 물었다.

"이건 가람이 꺼야."

앞치마 주인이 가람이라는 말에 정확히 최지훈의 한쪽 눈썹이 제멋대로 구겨졌다. 예전 같았으면 싫은 소리를 했겠지만, 내가 최지훈의 입을 바라보고 있는 한 그런 일은 아마 없을 거다.

최지훈이 눈썹을 구긴 채 아무런 말없이 사탕을 이쪽저쪽, 요란스럽게 움직이며 빨더니 이내 한 손으로는 내가 입고 있는 앞치마를 쭈욱 잡아당겼다.

"그럼 니 꺼 줘. 입을래."

"……."

"엉? 이민호 보여주게."

쭈욱, 쭉, 쭉 잡아당기는데 별것도 아닌 거 가지고 괜히 고집을 부린다. 결국에는 하는 수 없이 입고 있던 앞치마를 풀어 최지훈에게 건네주었고 최지훈은 엇갈려 있는 앞치마 끈을 이리저리 맞추며 팔을 끼워 넣었다.

"이렇게 입는 거야?"

허우적대는 모습에 결국에는 내가 최지훈의 뒤로 가 엉켜 있는 줄을 풀어주어야만 했다. 앞치마를 입은 최지훈은 만족스러운 얼굴로 나에게 물었다.

"나도 섹시하지."

"별로."

"왜. 앞치마 한 남자 별로야?"

"잘 모르겠는데."

"너 진짜 보는 눈 없다."

최지훈이 설핏 웃더니 손을 뻗어 내 뺨을 슬쩍 건드리고 지나갔다.

"근데 그게 또 매력 있어, 짜증나게."

그 말과 함께 최지훈은 등을 돌려 곧장 자신의 교실로 향했다. 그 뒷모습을 바라보는 내 표정은 창문 너머로 투영되어 들어오는 햇살처럼 부서질 듯 위태롭기만 했다.

4교시 수학이 끝이 나고 점심시간이 시작되자, 오늘도 어김없이 가람이와 함께 식당으로 향했다. 평소 같았으면 길게 늘어선 줄에, 민호의 큰 키를 이용해 찾았겠지만 오늘은 민호의 키보다 유난히 익숙한 앞치마 하나가 눈에 더 잘 띄었다. 이리저리 물감 자국이 난무한, 어떻게 보면 조금 더러워 보이기까지 한 내 앞치마였다.

"너 최지훈한테 앞치마 줬어?"

화장실을 다녀오느라 상황을 모르고 있던 가람이가 별반 대수롭지 않게 웃으며 물었지만, 지금 이 문제는 가람이의 웃는 입술처럼 쉬운 게 아니었다. 부끄럽다는 생각이 제일 먼저 들었으며, 그걸 떳떳하게 입고 민호와 웃고 떠들고 있는 최지훈의 주변 시선부터 의식되기 시작했다.

최지훈이 큰소리로 웃으며 고개를 젖힐 때마다 쏠리는 아이들의 시선 속 함께 어우러져 있는 내 앞치마가 위태롭게 흔들렸다.

"왜 아직도 입고 있어?"

다가가 등 뒤로 쿡 찌르는 내 손길에 최지훈이 눈썹을 구긴 채 고개를 돌렸다가 이내 내 얼굴을 확인하고 구겼던 인상에 힘을 풀며 웃는다.

"어, 왔어?"

"왜 입고 있냐고."

"왜, 입으면 안 돼?"

최지훈은 주머니에 손을 넣은 채 나를 보며 물었다. 나는 괜스레 앞치마를 쭉 잡아당겼다.

"이거 더러워. 교복에 묻으면 어쩌려고."

"진짜? 묻은 데는 없는데."

고개를 이리저리 돌리며 교복을 내려다보는 걸로 모자라 주머니에 넣었던 손을 빼 물감이 묻어 있는 부분을 문질러보기까지 한다.

"자, 봐. 안 묻잖아."

내 마음도 모르고 새하얀 손바닥을 펼치는 최지훈의 행동에 앞치마를 잡아당기던 손에 힘이 빠진다.

눈치가 빠른 것 같으면서도, 이럴 땐 아닌 것 같기도 하고.

니가 내 앞치마를 하고 다니면 애들이 어떻게 생각하겠어. 이 말이 목구멍까지 차올랐다.

"놔둬. 쟤 이러고 수업도 들었어."

옆에서 지켜보고 있던 민호가 한마디 했다. 그 말에 나는 손에 힘을 더하며 꽉 앞치마를 잡아당겼다.

"진짜야?"

"어? 응."

"미쳤어?"

"아니?"

"……."

"뭐 어때."

다급한 내 목소리와 달리 태평스러운 최지훈의 말투에 내가 표정을 구기자 최지훈이 스읍 하는 소리와 함께 눈썹을 구기며 손을 뻗었다.

"또, 또 그런다. 주름 생긴다고 이 답답아."

검지로 내 미간 사이를 꾹꾹 누르며 진지한 표정을 짓는다. 내가 손을 들어 최지훈의 팔을 쳐내자 씨익 웃는다.

"까칠하긴."

그 한 마디에 이상하게 구기고 있던 눈가에 힘이 빠졌다.

"그게 또 매력적이야, 짜증나게."

정말… 최지훈을 어떻게 해야 할까.

아직도 길게 늘어선 줄에 최지훈이 앞치마 주머니 속에서 사탕하나를 꺼내 들었다.

부스럭.

껍질을 벗기고 딸기향이 나는 사탕을 입에 넣는다. 그 모습에 손을 뻗어 주머니 안으로 넣어보니 별별 것이 다 만져졌다.

내가 연필이나 지우개를 넣는 데 쓰는 주머니를 최지훈은 생각치도 못한 용도로 쓰고 있었다. 사탕, 라이터, 핸드폰. 밥 먹고 난 뒤 담배를 필 생각인지 흐물흐물, 구겨질 대로 구겨진 담배 한 개비도 만져졌다.

"주머니 크고 좋더라. 나도 하나 장만할까."

최지훈이 슬쩍 허리를 숙여 내 귓가에 다가와 작게 속삭였다.

"너랑 커플로."

비밀로 하자더니, 왜 이렇게 티를 내는 거야.

혹시라도 들었을까, 다급하게 민호와 가람이의 눈치를 보자 최지훈이 여전히 내 귓가에 대고 작게 속삭였다.

"근데, 재희야."

마치 비밀 얘기를 속삭이듯 나를 향해 입술을 열었다. 아주 작게, 내 귓가에만 들릴 정도로.

"여기에 니 냄새 나."

눈동자가 한 번.

"수업 내내 앞치마에서 니 냄새 났어, 향수처럼."

두 번, 세 번… 숨소리와 함께 파고드는 최지훈의 목소리에 내 눈동자가 제멋대로 크게 떨렸다. 말이 끝난 후 평소처럼 웃었더라면 적어도 내가 이렇게 손을 꼭 움켜쥐진 않았을 거다. 이상하게 귓가가 웅웅거렸다. 크게 울리는 고동소리와 함께 가슴이 답답해졌고, 나는 그것이 곧 내 심장소리임을 알 수 있었다.

"너 변태야? 그걸 맡게."

팔꿈치로 최지훈의 배를 툭 치며 참아왔던 숨을 한꺼번에 내뱉었다. 아무렇지도 않은 척, 고개를 돌리자 최지훈이 능청스럽게 내 목에 팔을 두르며 나를 끌어당겼다.

"그런가?"

최지훈은 푸스스 기분 좋게 웃었다.

"어떡해. 나 변태 맞나봐. 방금 너한테 맞은 곳도 좀 짜릿했어."

이번에는 드문드문 귓가에 키득거리는 웃음소리가 들려왔다. 그리고 바람 빠지는 듯한 가벼운 소리도.

"어쩔 거야. 어? 변태 새끼 어쩔 거냐고."

하지만 최지훈이 내뱉는 말들은 나에게 결단코 가볍게 느껴지지 않았다.

"장난이고."

최지훈이 금세 웃는 얼굴로 한숨을 푹 내쉬었다.

"아, 나도 이런 냄새만 맡고 싶다. 난 맨날 실기실에서 땀냄새만 맡는데."

여자애들 향수냄새랑.

웃으면서 그렇게 말하는데, 순간 이상하게 최지훈이 땀으로 젖어 있는 모습이 궁금해졌다.

다음 날 아침, 역시나도 시계탑 꼴찌는 최지훈이었다. 버스를 타고 학교에 가면서 어제 받지 못했던 앞치마 얘기를 최지훈에게 꺼냈다.

"나 실기 있어서 오늘 앞치마 필요해, 2교시 전까지 가져다줘."

"알았어."

최지훈은 뚱한 표정으로 대답했다. 마치 원래 자기 것인데 내가 억지로 뺏어 가 심통이 난 듯한 말투다. 나는 애써 그런 최지훈의 얼굴을 보지 않기 위해 창문 너머로 시선을 옮겼다.

2교시 전까지 꼭 가져다 달라고 했는데, 1교시가 끝난 쉬는 시간이 돼서도 최지훈의 모습은 보이지 않았다. 2교시 실기 수업에 아이들은 저마다 재료를 챙겨들고 교실을 빠져나가고 있었고, 교실은 점점 더 황량하게 변해갔다. 텅 빈 책상들을 바라보며 답답함에 손에 들고 있던 핸드폰을 만지작거리자, 옆에 서 있던 가람이가 벽에 걸린 시계를 바라보며 나에게 물었다.

"내가 먼저 가서 자리 맡아놓을까?"

빨리 도착하는 순서대로 자리에 앉는 식이었기에 어쩌면 그게 더 나을 것 같다는 생각에 하는 수 없이 고개를 끄덕이자 가람이가 내 어깨를 툭툭 두드리며 먼저 교실을 빠져나갔다.

앞치마는 실기 수업 때 꼭 필요한 준비물이나 마찬가지였다. 안 해도 상관은 없는데, 없으면 욕먹는 그런 것. 체육 시간에 체육복을 꼭 입어야 하는 것과 같은 맥락이다. 최지훈은 그걸 아는지 모르는지 여전히 소식이 없었다. 이미 주번을 맡은 아이가 뒷문을 잠그고 나에게 다가와 '안 나가?' 한다. 결국에는 내가 대신 문을 잠그고 가겠다는 조건으로 열쇠를 건네받았다.

교실 열쇠까지 건네받고, 큰 교실에 홀로 남게 되자 초조함에 이미 두 번이나 보낸 문자를 또 한 번 쓰기 시작한다.

[너 진짜 빨리 안 와?]

글자를 꾹꾹 눌러쓰는데, 평소에 안 나던 오타까지 난다. 엉망이 된 글자를 고치고 전송 버튼을 누르려고 하는 찰나, 교실 앞문이 커다란 굉음과 함께 열렸다.

"너, 진짜…….”

최지훈은 텅 빈 교실 안에서 홀로 서 있는 나를 보더니 그제야 분위기를 파악했는지 빠른 걸음으로 내가 있는 곳까지 걸어왔다.

"아, 미안. 1교시에 가져다주려고 했는데.”

"말은, 빨리 줘.”

"거짓말하는 거 같아? 진짜라니까, 선배한테 불려갔었어.”

최지훈이 거친 숨소리와 함께 손에 들고 있는 앞치마를 나에게 건네주며 눈썹을 구겼다. 급하게 온 건 맞는지 어깨가 크게 위아래로 흔들린다. 그나저나 선배에게 불려갔다니, 무슨 일이라도 있는 걸까 걱정이 되긴 했다. 요즘 들어 후배들 군기 잡는다고 과마다 선배들에게 불려가는 아이들이 꽤 많았기 때문이다.

아침 조회 시간에 선배들 얘기가 나올 정도로 예고 자체에선 흔하게 벌어지는 일이었지만, 소문으로는 연영과와 무용과가 유난히 선배들 히스테리가 심하다고 들었다. 말로만 끝나는 게 아니라 폭력까지 서슴지 않게 일어난다고 하니, 내 시선이 최지훈의 머리부터 발끝까지 훑고 내려가는 것도 당연했다.

"왜? 무슨 잘못했어?”

"아니, 그건 아니고.”

혹시라도 어디 맞은 건 아닐까, 훑어보던 시선이 최지훈의 말 한마디에 뚝 멈춘다. 하지만 최지훈은 맞은 것보다 더 심각한 표정을 하고 있었다. 골치 아픈 듯 머리를 긁적이더니 이내 입술을 연다.

"2학년에 존나 예쁜 선배 있는데, 걔가 내 번호 따갔어. 짜증나게 선배라서 어쩔 수 없이 줬네."

걱정으로 구겨졌던 입술이 힘없이 풀어진다.

하아.

허탈한 한숨과 함께 괜스레 잠깐이나마 걱정했던 내가 바보처럼 느껴졌다.

"좋겠네."

"좋긴, 넌 왜 그렇게 말을 해?"

"내가 뭘?"

내 대답에 최지훈이 짧게 웃음을 터트리며 주변을 한 번 둘러보았다. 아무도 없다는 걸 다시 한 번 확인하고선 최지훈이 나를 향해 한쪽 눈썹을 구기며 우리 둘만 있을 때 말하는 단어를 꺼냈다.

"넌 남자 친구가 다른 여자한테 억지로 번호 준 게 좋아?"

"니가 준 거잖아."

"'어쩔 수 없이'라고 했잖아."

책상에 내려놓았던 재료를 챙겨 든 뒤, 옆에 서 있는 최지훈을 바라보았다.

"그렇게 싫었으면 주기 싫다고 말했음 되잖아."

"연기 쪽은 그러면 까여."

"……."

"얼굴 빼고, 맞는다고."

누가 맞는 걸 옆에서 보기라도 했는지 최지훈은 사색이 된 얼굴로 말했다. 진지하게 말하는 최지훈의 목소리와 달리 지금 이 상황은 내가 느끼기에 그다지 심각한 문제가 아니었다. 그냥 단순하게 생각하면 될 일이었다. 최지훈은 같은 학년들 사이에서도 유명한 인물이었고, 그 명성이 이제는 선배들에게까지 미친 것뿐이다. 원래 예고처럼 선후배 관계가 두터운 곳에선 어렵지 않게 종종 일어나는 일이다. 새로 들어온 후배들 중에 괜찮은 아이가 있나 보고, 마음에 들면 선배라는 이름으로 다가가 거절을 하지 못하게 하는 거. 하지만 최지훈은 선배에게 어쩔 수 없이 번호를 내어준 것보다 내 태도가 더 속상한 듯했다.

"넌 여자 친구로서 질투도 안 해줘? 이런 상황일수록 날 위로해줘야지."

"나 아직 너 친구 이상으로 안 보여."

"그래서 못해줘?"

"나 지금 너 때문에 수업 늦었어. 비켜, 빨리."

별것도 아닌 거 가지고. 고작 그런 일 때문에 앞치마를 늦게 가져다준 최지훈이 순간 원망스러워졌다.

그런 일이 있다면 민호에게 대신 가져다주라고 부탁을 하던가. 내가 최지훈의 교실을 쉽사리 찾아가지 못하는 걸 잘 알면서. 문자도 없이, 이런 식으로.

고개를 들어 시계를 보니 고작 4분밖에 남지 않은 시간에 내가 작은 한숨과 함께 걸음을 옮기자, 최지훈이 내 뒤를 따라오며 입술을 연다.

"다음 수업 뭔데?"

"실기야."

"어, 나도 실긴데. B동?"

"……."

"B동 맞지."

내 뒤를 강아지처럼 쫄래쫄래 따라오면서 뭐가 그렇게 좋은지 실실 웃기까지 한다. 눈치가 없는 건지, 짜증이 난 내 목소리를 듣고 일부로 저러는 건지 알 수가 없었다.

"근데 김가람 새끼는 어디 갔어?"

앞문으로 나와 문을 닫은 후 걸어 잠그는데, 최지훈이 주변을 둘러보더니 묻는다. 그 말에 콧잔등을 찡그리며 잠근 문을 두어 번 잡고 흔든 뒤 고개를 돌렸다.

"새끼라고 하지 마."

"아, 알았어. 김가람 그놈은 어디 갔는데?"

장난하는 것도 아니고. 새끼라고 하지 말라고 했더니 곧바로 놈이라고 한다. 아직도 가람이를 싫어하는 것 같아 한숨과 함께 걸음을 옮기자 또 뒤로 최지훈이 따라붙는다.

"어? 어디 갔는데 너 혼자 가냐고."

최지훈은 심각한 얼굴을 한 채 나에게 물었다. 생각해보니 예전에도 이런 비슷한 상황이 있었던 것 같다. 매번 점심을 같이 먹던 경태가 어느 날 갑자기 다른 아이들과 같이 점심을 먹게 되었다고 말했고, 나 홀로 점심을 먹기 위해 식당에 갔을 때 마주쳤던 최지훈이 지금처럼 나에게 물었었다.

"왜 혼자 있어? 그 새낀 어디 가고."

그때 나에게 말했던 최지훈의 표정과 말투가 지금과 비슷하다. 하지만 가람이는 경태와 다르다.

"너 늦게 와서 먼저 내려갔어. 내 자리 맡아준다고."

텅 빈 교실에, 주번도 아닌 내가 혼자 문을 걸어 잠그고 가는 게 다 누구 때문인데.

힐끔 눈꼬리를 길게 늘이며 최지훈을 흘겨보았다.

"아, 그래?"

그제야 무거웠던 최지훈의 표정이 한결 가벼워졌다. 솔직히 말해서 이쯤 되면 미안해하는 표정을 지을 줄 알았다. 그것도 아니면 가람이를 비꼬아 말했던 말투 정도는 잘못했다고 생각할 줄 알았다. 하지만 최지훈은 내 말에 오히려 더 기분 좋은 표정을 지으며 웃었다.

"늦게 오길 잘했네. 내가 데려다 줘야지."

그러면서 작게 콧노래를 부르며 내 어깨에 팔을 두른다.

진짜, 이게.

평소 같았으면 받아줬을 행동들이 오늘따라 거슬린다. 눈치 없게 구는 거나, 가람이를 말하는 거나 그리고 내 앞치마를 늦게 가져다 준 것도.

입술을 꾹 깨물며 손을 들어 어깨에 둘러진 최지훈의 팔을 떼어내자 툭 하고 힘없이 떨어져나간다. 그리고 잠깐의 침묵. 나는 계속해서 계단을 밟고 내려갔고 등 뒤로 얼마 가지 않아 빠른 속도로 내 걸음을 따라잡는 최지훈의 발소리가 들려왔다.

"왜 그래, 싫어?"

아무렇지도 않게 내 팔을 붙잡고 잡아당겼고, 덕분에 나는 계단 중턱에 멈춰 서게 되었다. 고개를 돌려 한 계단 위에 있는 최지훈을 바라보자 나를 향해 그는 굳었던 표정을 풀고 웃는다. 반쯤 휘어진 눈을 보니 이상하게 최지훈의 손을 뿌리칠 수 없었다.

"데려다줄까?"

"……."

"데려다준다?"

두 번의 물음. 그리고 이어질 내 대답은 아마 최지훈에게 중요하지 않을 거다. 싫다고 하면 또다시 내 손을 붙잡을 거고, 그러면 정말 나는 수업에 늦을지도 모른다. 하는 수 없이 붙잡힌 팔목을 힘주어 비틀자 최지훈의 손이 조심스럽게 떨어져나간다. 그 행동에 잠깐이나마 최지훈의 웃던 입가가 딱딱하게 굳었다.

"빨리 와. 나 늦었어."

다시 멈춰 섰던 걸음을 옮기자, 최지훈이 아까와는 다른 가벼운 발걸음으로 나와 걸음을 맞춘다. 그리고 또다시 제 것처럼 내 어깨 위에 팔을 두른다.

"미안하다니까."

귓가 가까이 와 닿는 최지훈의 웃음 섞인 목소리에 목구멍까지 올라왔던 감정들이 빼근하게 아래로 내려갔다.

"근데 진짜 질투 안 해?"

사실 조금 열 받긴 했다.

"실기 시험 언제부터야?"

최지훈은 아무런 대화 없이 걷고만 있는 것이 따분했는지 나에게 질문을 던졌다. 그러고 보니 얼마 가지 않아 중간고사가 있고, 그 일주일 전부터 각 실기마다 실기 시험이 있었다. 머릿속으로 날짜를 세어보다가 입술을 열었다.

"다음 주."

"어, 벌써 그거밖에 안 남았어?"

최지훈은 시험 날짜를 모르고 있었는지 '벌써'라는 말을 꺼냈다. 그건 나도 마찬가지였다. 날짜만 들었을 땐 아직 여유가 있겠구나 생각했는데 막상 숫자를 세어보니 그것도 아니었다.

예고에선 과목 시험과 실기 시험을 이 주에 걸쳐 보는데 그래서 더 걱정이었다. 처음 배워보는 실기가 4개나 된다. 80명이나 되는 아이들 속에서 내 등수가 나올 거고, 그 성적은 과목 석차보다 더 떨린 일이었다. 하지만 그건 나뿐만이 아니었나보다. 최지훈이 골치 아프다는 식으로 눈썹을 구긴 채 나를 향해 입술을 열었다.

"넌 뭐 시험 봐?"

"디자인, 조소, 소묘, 서양화, 동양화. 넌?"

"나 연기랑 연극 그리고 탭 댄스랑 가창."

"별걸 다하네."

"너도."

우리는 잠깐 동안 서로 아무런 말없이 마주했고, 그리고 얼마 가지 않아 동시에 웃음을 터트렸다.

"진짜, 별걸 다한다. 그치, 씨발."

욕은 좀 빼주었으면 했지만, 지금 이 심정을 표현할 수 있는 단어가 딱히 그것 말곤 없는 것 같기도 하다.

"아, 시험 얘기 나와서 그런데 나 이따가 점심 먹고 연극 대사하는 것 좀 봐줘라."

"친구들한테 해. 나 그런 거 잘 몰라."

"그냥 괜찮은지만 보면 돼. 알았지?"

싫다고 말하려는데 타이밍 좋게 수업 시작을 알리는 종소리가 울렸다. 그 소리에 최지훈은 내 대답도 듣지 않고 등을 돌려 B동 옆에 있는 A동을 향해 뛰었다.

나 역시 걸음을 빨리해 실기실 문을 열고 들어가자 다행히도 아직 선생님은 오지 않은 상태였다. 가람이는 내 모습에 손을 들어 나를 불렀고, 자리에 가서 앉자 타이밍 좋게 선생님이 들어와 출석을 불렀다.

"타이밍 끝내주는데?"

웃으며 작게 속삭이는 가람이의 목소리에 나 역시 짧게 웃음을 터트리며 내려놓았던 앞치마를 입었다.

실기가 끝나고 점심을 먹고 난 뒤, 최지훈은 민호와 가람이를 떼어낸 뒤 나를 데리고 운동장 벤치로 향했다. 그리고 자리에 앉자마자 점심을 먹을 때부터 손에 들고 있던 대본을 한 장, 한 장 넘기며 바라본다. 그 모습에 몸을 당겨 최지훈이 보고 있는 걸 내려다보았다.

빽빽하게 적혀 있는 대사들 위로 듬성듬성 파란색 형광펜이 쭉쭉 그어져 있었다. 아마 그 부분이 최지훈이 해야 할 대사인 것 같았다.

"무슨 작품이야?"

"셰익스피어의 햄릿."

익숙한 이름에 작품명까지. 셰익스피어의 작품은 중학교 때 묶어둔 전집으로 읽은 기억이 있었다.

"알아?"

나를 향해 묻는 최지훈의 목소리에 내가 고개를 끄덕이자, 기특하다는 듯이 손을 들어 내 머리를 쓰다듬었다.

"내가 제일 좋아하는 작가야."

최지훈은 여전히 대본을 바라보며 내 머리를 쓰다듬던 손을 내려 이번에는 내 어깨 위로 팔을 올렸다.

"셰익스피어가 한 말 중에 이런 게 있어. 속으로는 생각해도 입 밖에 내지 말며, 서로 사귐에는 친해도 분수를 넘지 말라."

"……."

"그러나……."

말을 길게 늘이더니, 내려다보고 있던 대본에서 시선을 떼 나를 바라본다. 때아닌 시선에 내가 의아한 표정을 짓지 최지훈이 살짝 벌어져 있던 입술을 끌어 올리며 웃는다.

"일단 마음에 든 친구는 쇠사슬로 묶어서라도 놓치지 말라."

나를 바라보는 시선에, 속삭이는 입술에. 시선이 닿는 곳마다 오로지 나를 향하고 있는 것들뿐이라서, 그래서 순간 심장이 크게 한 번 뛰었다. 나를 놀라게 한 것은 그것뿐만이 아니었다.

마음에 든 친구.

수줍은 고백이라도 하는 것처럼 최지훈이 내뱉은 말속에는 눈으로는 볼 수 없는 떨림이라는 게 있었다.

웃고 있던 입술이 점점 내려가고, 최지훈은 어느덧 감정을 읽을 수 없는 묘한 표정으로 나를 바라보고 있었다. 그 시선에 잠깐 동안 침묵이 흘렀고 그걸 먼저 깬 건 역시나도 최지훈이었다.

"왜 그런 표정을 해, 여자 친구."

무겁게 내려앉아 있던 입술을 가볍게 올리며 웃는다. 그러면서 손에 쥐고 있던 대본을 또다시 내려다본다.

"내가 아니라 셰익스피어가 그랬다고."

대본을 넘기면서 이상하게 최지훈은 더 이상 나와 눈을 마주치지 않았다. 시선을 내리자 아까와 달리 힘주어 종이를 잡고 있는 최지훈의 손이 보였다. 구겨진 종이를 넘길 때마다 긴장이라도 한 것처럼 부자연스러운 거친 소리가 났다.

부끄러웠던 걸까, 평소 최지훈답지 않은 모습에 그만 짧게 웃음을 터트리고 말았다. 최지훈이 시선을 올려 나를 바라본다. 그 시선에 나는 느슨해진 입가로 내 어깨 위로 있는 최지훈의 팔을 툭툭 쳤다.

"쇠사슬 좀 내려줄래?"

나의 말에 최지훈의 표정이 또 한 번 묘해졌다. 그리고 나는 잠깐이나마 최지훈의 눈동자가 흔들리는 것을 볼 수 있었다. 짙게 그을려진 잘생긴 눈썹을 꿈틀거리더니, 이내 최지훈이 웃으며 나에게 입술을 열었다.

"어, 들켰다."

그 목소리에 이상하게 심장이 간지러웠다. 불어오는 바람에 이리저리 흩어져 얼굴에 부딪히는 머리카락 역시 간지럽게만 느껴졌다.

"대사나 해. 무슨 역인데?"

"누구겠냐, 당연히 햄릿이지."

"니가?"

"어."

"거짓말 치지 말고."

"어허, 진짜라니까."

못 미더워하는 나를 한번 바라보더니, 이내 종이를 넘기며 제일 앞장을 펼친다.

"재희가 오빠를 너무 모르는데."

최지훈이 펼친 제일 맨 앞장에는 햄릿이라는 타이틀을 비롯해 배역과 이름이 써져 있었다. 10개가 더 돼 보이는 이름들 속에서 가장 위.

햄릿, 최지훈.

"것 봐, 진짜라니까."

그 말에 나는 살포시 인상을 구겼다.

"잘하면서 왜 봐달라고 해?"

"나 못 한다니까."

"못 하긴, 잘하니까 주인공 맡은 거 아니야."

"다른 애들이 못 해서지, 내가 잘해서 따낸 거 아니라니까?"

겸손한 건지, 자신감인지.

분간이 가지 않는 말에 내가 입술을 꾹 다물자 최지훈이 뻔뻔한 표정을 한 채 나를 향해 '왜?' 한다. 최지훈은 아무렇지도 않게 말로써 다른 아이들을 깔아뭉개고 있었다. 그의 배역 밑으로 적혀 있는 아이들이 지금 이 말을 들었더라면 아마 자괴감에 빠졌을지도 모를 일이다.

"잘난 척 그만하고, 연기하는 거 봐달라고 했잖아. 어느 부분 봐달라는 거야?"

내 말에 최지훈이 보고 있던 대본을 반쯤 접으며 벤치 끝으로 툭 하고 던졌다.

"솔직히 이건 핑계고. 그냥 너랑 둘이 있으려고 거짓말한 거야."

멀리 날아간 대본으로 내가 시선을 옮기자 최지훈이 나를 향해 웃는다.

"방해꾼 없이."

방해꾼이라는 단어에 순간 가람이가 떠올랐지만 말로 내뱉진 않았다. 분명 말하게 된다면 최지훈과 쓸데없는 논쟁을 해야 될 것만 같은 기분이 들었기 때문이다. 민호 말대로 조금만 더 기다리다 보면 최지훈의 고집이 무뎌질 줄 알았지만 날이 가면 갈수록 그는 가람이를 받아들이긴커녕, 이런 식으로 나와 가람이 사이를 떼어놓을 궁리만 하고 있었다.

둘 사이를 어떻게 해야 하는 걸까 고민하다가 자그마한 한숨이 흘리자 최지훈이 눈썹을 죽였다.

"나랑 같이 있는 거 싫어?"

고개를 돌려 최지훈을 바라보자 동그랗게 눈을 뜬 채 입술을 삐죽 내민다. 진짜, 이럴 때 보면 생긴 거랑 안 어울리게 애 같기도 하고.

"연습 진짜 안 할 거야?"

"안 해, 지겹게. 방금 전에까지만 해도 3시간 내내 목 터져라 하던 건데."

최지훈이 투정 비슷하게 툴툴거렸다.

그러고 보니 전 시간이 전공 수업이라고 했었지.

실기동으로 뛰어가던 그의 뒷모습이 떠올랐다. 그래도 연기를 보여준다는 말에 조금은 기대하고 있었던 터라 아쉬움이 밀려왔다.

연기를 하는 최지훈의 모습을 단 한 번도 본 적 없었기에 어떤 표정을 하며 어떻게 연기를 할지 궁금했었는데, 최지훈도 나처럼 내가 앉아서 그림 그리는 모습이 궁금할까.

"아, 너랑 이러고 있으니까 좋다."

최지훈이 나른한 듯 고개를 뒤로 젖히며 눈을 감았다.

"그냥 계속 이대로 있고 싶다."

불어오는 바람결이 기분 좋았는지 최지훈이 입술 위로 잔잔한 미소를 그리며 내 어깨에 두른 팔에 조금 더 힘을 주었다.

"영원히 이러고 있고 싶어졌어."

넌 어떻게 그런 말들을, 아무렇지도 않게 하는 걸까.

한가로운 오후. 운동장 전체를 내리쬐는 햇빛이 오늘따라 눈부시게 느껴졌다. 커다란 나무 밑 벤치에 앉아 있었기에 운동장에서 축구를 하는 아이들보단 덜했지만 바람이 불 때마다 흔들리는 나뭇가지로 인해 간간이 나뭇잎 사이를 파고든 햇빛이 떨어져 얼굴에 부딪쳤다. 그때마다 눈을 감았지만 이번에는 꽤 오랜 시간 불어오는 바람에 결국에는 손을 들어 햇빛을 가려야만 했다. 그 모습을 옆에서 지켜보던 최지훈이 짧게 웃음을 터트렸다.

"왜. 눈부셔?"

"응. 근데 넌 왜 웃어?"

"아니, 그냥. 갑자기 뭐가 생각나서."

최지훈은 햇빛을 가리기위해 손을 뻗은 내 팔을 대신해 어깨에 둘렀던 팔을 세워 내 눈 가까이 자신의 손바닥을 가져다 대었다. 자신의 손으로 인해 그늘진 내 얼굴을 바라보며 무언가를 생각하는 듯한 표정을 짓더니 이내 웃으며 입술을 열었다.

"셰익스피어가 한 말 중에 또 이런 게 있어."

"……."

"반짝이는 모든 것이 금은 아니다."

그 말에 제멋대로 눈동자가 두어 번 흔들렸다.

"역시 셰익스피어는 옳아."

그리고 최지훈은 내 눈 앞에 찾아온 그림자만큼이나 짙은 목소리로 나에게 속삭였다.

"넌 금이 아니잖아."

팔 안쪽에 작게 소름이 일어났다. 그것은 최지훈의 말 한 마디가 나의 어딘가를 감동시켰기 때문이다. 내 의지와 상관없이, 오로지 최지훈으로 인해 일어난 반응이었다.

잠깐 동안 멈춰 있던 눈을 두어 번 깜빡이며, 뒤늦게 살포시 인상을 구기며 손을 들어 최지훈이 만들어주었던 그림자를 밀어냈다.

"너 지금 일부러 이러는 거지?"

바람이 멈춘 덕분에 더 이상의 햇빛은 벤치 밑으로 오지 않았지만 이번에는 햇빛보다 더 한 최지훈의 목소리가 내 귓가에 다가왔다.

"어."

그것은 손으로 가릴 수도 없었으며.

"일부러 그런 거야."

눈을 감는다고 해도 소용이 없었다. 그때였다. 앉아 있던 벤치에서 때 아닌 진동이 느껴졌고, 그것은 주머니 속 최지훈의 핸드폰에서 나는 소리였다.

윙, 윙.

계속해서 울어대는 통에 최지훈이 주머니 속에서 핸드폰을 꺼내 들었다가 이내 발신자가 적혀 있는 액정을 보더니 잠시 머뭇거린다. 고개를 돌려 내 얼굴을 한 번 바라보고, 이내 손에 들고 있던 핸드폰의 버튼을 눌러 진동소리를 멈춘다.

"왜 안 받아?"

"됐어. 별거 아니야."

대수롭지 않게 말을 하기에 그저 받기 싫은 전화라고 생각했는데, 얼마 가지 않아 또다시 진동이 울렸고 발신자를 확인한 최지훈이 입술 사이로 작게 욕을 뇌까렸다. 방금 전화했던, 같은 사람인가 보다.

"누군데?"

"어? 아니, 넌 신경 쓰지 마."

신경을 쓰지 않자니 지나치게 초조해 보이는 표정이 문제였다.

웅, 웅.

손바닥 안에서 계속 울고 있는 핸드폰은 끈질기게도 최지훈을 괴롭히고 있었다. 입술을 깨물고, 초조하게 핸드폰을 든 채 받을까 말까 갈등하는 모습에 결국 내가 입술을 열었다.

"그냥 받아. 받을 때까지 계속 올 거 같은데."

보통은 1분을 꽉 채워서, 그것도 2번이나 전화를 하지 않는다. 한 번 전화했을 때 받지 않는다면 무슨 급한 일을 하고 있구나 생각하고 전화를 하지 않았겠지만, 지금 최지훈의 핸드폰 속 발신자는 그런 생각을 하지 않는 듯 보였다.

길게 울리던 진동소리가 멈추고, 또 얼마 가지 않아 핸드폰이 새롭게 웅, 웅 울린다. 세 번째 전화였다. 결국 최지훈은 구겼던 눈썹에 힘을 풀며 핸드폰을 귓가에 가져갔다.

후으.

거의 반포기 상태의 한숨소리와 함께 말이다.

"아, 선배. 안녕하세요."

누굴까에 대한 의문은 전화를 받는 최지훈의 첫마디에 너무나도 쉽게 해결되었다. 최지훈은 표정과는 상반되는 꽤 밝은 목소리로 통화를 했다. 억지로 쥐어짠 듯한 목소리가 영업을 하는 사람과 비슷했다.

"아, 핸드폰 책상 위에 올려놓고 있어서요."

최지훈은 말도 안 되는 핑계를 댔다. 하지만 그 어쭙잖은 핑계가 먹혔는지 상대방은 그 문제에 대해 더 이상 말하지 않는 듯 보였다. 그다음부터 최지훈의 입술은 연실 '네, 네'만 외치고 있었다. 그러다가 '지금요?' 하면서 고개를 돌려 나를 바라본다. 지금 오라고 부르는 것 같았다.

"미안. 가봐야겠다."

통화를 마친 최지훈이 또다시 인상을 구겼다.

선배들이 불러?

나의 말에 최지훈이 머리를 긁적이며 '어, 어'거렸다. 뭔가 대답이 시원치 않다.

최지훈은 가기 싫은 건지, 통화를 마친 뒤에도 자리에서 일어날 생각을 하지 않았다. 결국에는 내가 먼저 가자고 말을 꺼냈으며, 자리에서도 내가 먼저 일어났다. 운동장을 가로질러 걸어가는데 최지훈이 계속 좋지 않은 표정으로 시끄럽게 운동화 밑창을 질질 끌어댔다.

무슨 잘못을 해서 선배한테 불려가는 걸까. 괜찮은 거냐고 물어볼까 하다가 이내 어둡게 내려앉은 최지훈의 표정에 그만두었다.

5. 적색 신호

최지훈은 내가 교실로 올라가는 것을 확인하고 나서야 실기동 쪽으로 걸음을 옮겼다. 선배가 후배를 부르는 것은 예고에서는 아주 흔한 일이었기에 최지훈의 뒷모습에 걱정이 되면 됐지, 그 외의 다른 생각은 들지 않았다. 하지만 내 걱정과 달리 최지훈은 그날 맞지 않았다. 며칠 뒤, 나는 최지훈이 선배에게 불려간 이유를 알 수 있었다.

그날도 어김없이 5교시부터 있는 전공 수업을 듣기 위해 준비를 마치고 교실을 나오자 저 멀리 복도에 서 있는 최지훈이 보였다. 하지만 혼자가 아닌 다른 누군가와 함께였다. 복도 쪽 창문에 붙어서, 평소 잘 만지지도 않는 머리를 손으로 계속 쓸어대며 이리저리 고개를 돌려 주변을 살핀다. 그러다가 우연히 나와 눈이 마주쳤다.

그와 동시에 살짝 구겨지는 눈썹에, 평소답지 않게 먼저 고개를 돌려 내 시선을 피한다. 그 모습에 나 역시 당황을 하고 말았다.

"어, 나 저 여자 아는데."

뒤늦게 교실에서 나온 가람이가 내 시선이 닿아 있는 곳을 똑같이 바라보며 입술을 연다. 그 말에 내가 '누구?'라고 묻자 가람이가 최지훈 쪽으로 고갯짓을 했다.

"최지훈 옆에 있는 여자. 2학년 선배잖아."

"……."

"아역 배우 출신인데, 이름이 뭐였더라… 특이했는데, 아무튼. 드라마에 나온 거 본 적 있어."

드라마에서 보았다는 가람의 말에 의아했다가 이내 누나가 넷이라는 사실을 떠올리며 고개를 끄덕였다. 함께 있는 여자가 같은 반 친구인줄 알았는데 아니었나보다. 2학년이라는 말에 순간 최지훈이 며칠 전, 어떤 선배에게 연락처를 주었다고 했던 게 생각났다. 어쩌면 얼마 전 벤치에 앉아 있었을 때 온 전화도 저 선배일지 몰랐다.

그것은 옆모습뿐인 여자의 반쪽 얼굴을 보고 확신할 수 있었다. 최지훈이 말했던 대로, 정말 예쁘긴 했다. 앞머리가 없는 긴 생머리에, 새하얀 얼굴. 버선처럼 부드럽게 휘어진 코에, 입술은 멀리서 봐도 예쁘다는 생각이 들 정도로 앙증맞게 작았다. 웃을 때 버릇처럼 손으로 입가를 가리는데, 길고 가느다란 게 우아하기까지 했다.

여자를 보며 예쁘다는 생각을 하는 나와 달리, 가람이는 최지훈과 여자를 번갈아 바라보다가 이내 혀를 차며 '웬일이야'를 두 번이나 말했다. 그 모습에 내가 '왜?'라고 묻자 가람이가 심각한 얼굴로 입술을 열었다.

"완전 순진하게 생겼는데, 하는 짓 좀 봐."

"무슨 짓?"

"교실까지 내려와서 껄떡거리잖아."

"생긴 게 무슨 상관이야."

"왜, 의외로 저렇게 생긴 여자들이 여우같고 그런다니까?"

이상하게 여자에 관해서 말하는 가람이의 말에는 신빙성이 느껴진다. 가람이는 지금까지 누나들 밑에서 쌓아온 내공을 경력 삼아 말하는 건데, 저런 여자쯤은 딱 봐도 답이 나온다고 말했다. 수줍은 듯 웃지만 저것이 가장 큰 무기라고 했다.

웃는 얼굴에 침 못 뱉는다는 속담이 있듯이, 남자들이 가장 거절하기 힘든 것이 웃으면서 말하는 여자란다. 그것도 순진한 얼굴을 하고서 아무것도 모른다는 듯한 표정으로 실실 웃으면 거기서 게임 오버. 남자는 결단코 거절을 할 수 없단다.

그 말을 가만히 들으며 최지훈의 얼굴을 보니, 가람이의 말이 틀린 것만은 아닌 것 같았다. 최지훈은 계속 부자연스러운 행동을 하면서 시선을 굴려 주변을 의식하고 있었지만 그럼에도 불구하고 아직도 여자는 최지훈 앞에 서 있었다.

그건 딱히 최지훈이 거절을 하지 않았기 때문이다. 아니, 거절할 수 없는 입장이려나. 연영과는 특히나 선후배 관계가 절대적이었다.

"진짜 아주 작업을 치네, 쳐."

가람이는 마치 자기 일처럼 최지훈의 모습에 열을 올리고 있었다. 그것이 딱 봐도 여우에게 붙잡혀 거절을 못하는 최지훈의 행동이 답답해서인지, 아니면 여우로부터 그를 구해내고 싶은 건지는 알 수가 없었다.

"그냥 얘기하는 거잖아."

아무 생각 없이 내뱉은 말에 가람이가 표정을 찡그리며 나를 바라본다. 그 표정에 순간 실수를 한 것만 같아 도르륵 눈동자가 굴렀다.

"야, 너 같으면 그냥 핸드폰으로 얘기해도 될 거 굳이 1학년 교실까지 내려와서 얼굴 보면서 하겠냐?"

"……."

"그것도 남녀 사이에? 뭔가 있다니까."

가람이는 아무것도 알지 못하는 순진무구한 어린양을 보는 표정으로 나를 바라보더니 이내 시선을 거두고 다시 최지훈에게로 시선을 옮겼다. 흥미진진한 드라마를 보는 것처럼 가람이의 표정은 제법 진지했다. 그러다가 이내 한쪽 입술을 끌어 올리며 '오호라' 한다.

"저것 봐라, 재 지금 뭐하는지 알아?"

"뭐가?"

여자를 끈질긴 시선으로 관찰하던 가람이가 뭔가 알아냈는지, 고개를 돌려 나에게 다급하게 말했다.

"영역 표시하잖아, 지금."

"어?"

"내 거니까 건들지 마라, 그런 식이잖아. 지금, 저거."

영역 표시라는 말에 내가 의아해 하자 가람이가 설명을 덧붙인다. 가람의 말에 따르면 여자가 굳이 1학년들만 있는 교실로 내려와 복도에 서서 최지훈과 얘기를 나누는 것은 모두 의도된 계획이라고 했다.

그건 지나가는 아이들을 일일이 바라보는 여자의 시선에서 알 수 있었다. 보란 듯이 제 앞에 최지훈을 세워두고, 자신의 이름표를 내세워 지나가는 아이들이 자기를 보고 멈춰서 인사를 하게끔 만드는 것이다. 그러면서 아이들은 자연스럽게 여자가 선배고, 그 앞에 서 있는 게 최지훈이라는 걸 알게 되면서 무의식중에 선배와 최지훈을 묶어서 생각하게 된다는 게 가람이의 의견이었다. 그리고 그것은 최지훈에게 마음이 있었던 여자아이들에게 경고나 마찬가지일 테다.

선후배 관계가 깍듯한 예고에서, 선배와 다정하게 함께 있는 최지훈을 보았으니 앞으로의 괜한 접촉은 자신에게 해가 될지도 모른다는 생각을 할 것이다. 가람이가 내세운 이론에 따르자면 여자는 순진한 얼굴을 하고서는 아주 영악한 방법을 저지르고 있다는 것이다. 불편한 듯 보이는 최지훈의 모습에도 아랑곳하지 않고 꿋꿋하게 최지훈을 붙잡아 두고 있는 셈.

처음에는 별생각이 없었는데, 가람이의 얘기를 듣고 보니 순간 최지훈이 안타깝게 느껴졌다. 겉으로 보이는 행동만 해도 평소 최지훈과는 거리가 먼 모습이었기에 더더욱 그랬을지도 모른다.

“지금 봤어? 최지훈 너 쳐다본 거. 근데 막 시선 돌린다?”

옆에 있던 가람이가 손으로 내 등을 두드리며 다급하게 말한다. 그 모습에 고개를 돌려 가람이를 바라보자, 여전히 최지훈과 여자를 바라보며 심각한 표정을 짓고 있다.

“그래, 근데 가람아.”

내가 손을 뻗어 가람이의 교복 셔츠를 쭉 잡아당기자, 그제야 고개를 돌려 나를 바라본다.

“우리 늦겠어.”

핸드폰을 꺼내 시계를 보자 실기실까지 꽤 촉박한 시간이었다. 그 말에 가람이는 마치 흥미로운 장면에서 뚝 끊어진 드라마를 본 것처럼 아쉽다는 표정으로 발걸음을 옮겼고, 나 역시 그런 가람이를 따라 가려고 했다.

그때 잠깐 최지훈과 눈이 마주쳤다. 몸을 반쯤 돌린 내 모습에 이번에는 시선을 피하지 않고 계속 나를 바라본다. 1초, 2초, 3초, 4초, 5초. 꽤 긴 시간 동안 최지훈이 바라보고 있는 곳이 궁금했는지, 이번에는 등 돌려 서 있던 여자가 몸을 돌려 나를 바라본다. 그 시선에 나는 무언가를 들킨 것처럼 빠르게 몸을 돌렸다.

도망치듯이 걸음을 옮기는데, 이상하게 얌전했던 심장이 빠르게 뛰었다. 참 이상했다.

가람이의 말대로 여자의 이름은 특이한 편에 속했다.

최율.

성이 최 씨고 이름이 율이란다. 궁금한 것을 못 참는 성격이었는지 어제 집에서 인터넷을 찾아본 모양이다.

최지훈과 선배의 이야기는 아이들의 입을 통해 꽤 빠르게 퍼져나갔다. 그것은 하루에도 몇 번씩 그 선배가 최지훈의 반 앞으로 찾아왔기 때문이다. 장소는 매번 최지훈의 교실 앞 복도, 눈에 잘 띄는 공간에 서 있었기에 보지 않으려고 해도 그게 쉽지 않았다.

하지만 예전처럼 우두커니 서서 그 모습을 빤히 바라보진 않았다. 안 그래도 아이들의 시선을 의식하는 최지훈에게 나까지 짐이 되는 것만 같아서였는데, 그런 나와 달리 가람이는 쉬는 시간마다 고개를 쭉 빼고 최지훈의 반을 바라보곤 했다. 그리고서는 내 옆으로 와 그 상황을 매번 중계했다.

여우 같은 년.

뭐가 그렇게 뒤틀리는 건지 욕까지 서슴없이 꺼낸다.

“왜 그렇게 말해.”

“그냥. 저렇게 눈에 보이는 행동 하는 게 짜증나잖아.”

가람이는 단순히 여자의 행동이 맘에 들지 않는다고 했다. 몰래 만나는 것도 아니고, 당당하게 교실 앞까지 찾아온다는 게 가람이의 심기를 건드린 듯 보였다.

한 번은 점심을 먹을 때 가람이가 최지훈에게 그 선배에 대한 얘기를 꺼낸 적 있었는데, 최지훈은 우리들 사이에서 그 여자 선배의 얘기가 나왔다는 것에 적지 않게 당황한 듯 보였다. 평소 같았으면 가람이의 말에 꿈쩍도 안 했겠지만 그날의 최지훈은 왜 그렇게 바보 같았는지 모르겠다. 놀란 듯 눈을 동그랗게 뜨고, 모른다는 말로만 상황을 피하려고 했다. 가람이는 그런 어수룩한 최지훈의 행동에 힘입어 경고처럼 말을 꺼냈다.

"다른 데서 만나면 안 돼? 보기 싫다, 진짜."

그것은 가람을 제외한 모든 아이들의 입장을 대변한 말이기도 했다. 하지만 최지훈은 대답을 하지 않았다. 그게 최지훈의 마음처럼, 쉽지 않은 듯했다.

아이들은 예전처럼 최지훈의 이야기를 할 때마다 기쁜 얼굴로 말하지 않았다. 그것은 우리 반 여자애들만 봐도 알 수 있었다. 예전 같았으면 최지훈이, 최지훈이… 이름을 내뱉을 때마다 벌게졌던 입술이 이제는 폭삭 삭아버린 꽃잎처럼 시들시들 힘이 없었다. 선배인 것도 억울한데 거기다가 연기자라는 타이틀까지 더해져 상대조차 되지 않을 거라 생각했는지, 아이들은 최지훈에게 품었던 환상을 하나둘씩 포기해야만 했다.

그것을 본 가람이가 여자들은 겉으로 보이는 외모나 영역에 대해 예민한 편이라고 말했다. 그러고 나서 또 한 번 그 선배 욕하는 걸 잊지 않았다.

"열 받아, 그년이 의도한 대로잖아."

가람의 말에 나는 속으로 비밀스럽게 최지훈과의 관계를 되짚어봤다. 나는 아직도 애매한 마음을 갖고 있었지만 어찌 되었든 우리는 지금 사귀는 사이었고, 내가 질투를 해야 하는 것도 맞았지만 나는 어찌 된 게 선배에게 붙잡힌 최지훈이 안쓰럽다는 미지근한 생각을 하고 있었다.

선배의 등장은 우리들 사이에서도 작은 균열을 일으켰다. 매번 함께했던 등굣길에 최지훈이 불참을 하기 시작한 것이다. 매일매일은 아니어도 일주일에 한두 번 정도, 그걸로도 모자라 점심시간 역시 예외가 될 수 없었다.

그럴 때마다 최지훈은 나에게 매번 미안하다고 했다. 원치 않게 흘러가는 상황에, 최지훈도 짜증이 났는지 답답해 하는 표정을 하고 있었지만 최지훈이 거절할 수 없는 입장인 걸 이미 나는 다 이해하고 있었다. 하지만 선배가 개입하면서 우리 둘 사이에서 지속돼 오던 일들을 하나둘씩 포기해야 하자 묘하게 싫은 느낌이 들었다. 최지훈을 뺏기는 기분, 좋지 않았다.

오늘도 어김없이 점심을 먹기 위해 내려간 식당에서 최지훈은 볼 수 없었다. 홀로 줄을 서 있는 민호의 모습에 가람이가 최지훈을 찾았고, 민호는 선배와 함께 밥을 먹으러 갔다는 말을 대신 전했다.

"걔 병신이래? 왜 말을 못 해."

참다못한 가람이가 민호에게 한마디 했다. 민호는 꽤 알 수 없는 표정으로 그런 가람이를 바라보고 있었다.

"싫어하면서 왜 자꾸 상대를 해. 그러니까 여자가 더 그러지."

내가 해야 할 말을 가람이가 대신하고 있었다.

"왜 같이 붙어 있냐고, 그럴 거면 싫은 티를 내지 말던가."

가람의 말속에 최지훈은 아무런 말도 하지 못하고, 그저 상황에 질질 끌려가는 답답한 인간 그 이상이었다. 쉴 틈 없이 최지훈의 대한 행동을 질책하던 가람이를 가만히 지켜보고 있던 민호가 이내 주머니 안으로 손을 밀어 넣으며 벽에 몸을 기댔다.

"우린 그래, 원래."

"원래 그런 게 어디 있어?"

"나 같아도 지훈이처럼 했을 거야."

"뭐? 지금 같은 과라고 편들어주냐? 너도 병신이야, 어?"

가람이는 꽤 높은 목소리로 민호의 말에 인상을 구기며 반박했다. 그 모습에 가만히 서 있던 내가 그만하라는 식으로 가람이의 팔을 잡자 도리어 민호가 내 팔을 잡으며 나를 제지한다.

"야."

민호가 짧게 웃음을 터트리더니, 진중해진 표정으로 입술을 열었다.

"생각을 좀 해봐. 너 같으면 학교를 2년 동안 욕 처먹으면서 다니고 싶겠어?"

그 말에 순간 거침없이 말을 쏟아내던 가람이의 입꼬리가 힘없이 내려갔다. 그것은 지금까지 나온 얘기들 중 가장 현실적으로 와 닿는 말이기도 했다. 최지훈은 거절하는 법을 몰라서 하지 못하는 게 아니었다. 거절을 했을 때, 자신에게 오게 될 것들을 너무나도 잘 알고 있었던 것이다.

거절을 한다면 당장에 편하긴 하겠지, 하지만 그 후에 일어날 일들은 그리 녹록지 않았다. 그 선배는 최지훈의 학교생활을 말 한 마디로 괴롭게 만들 수도 있었다. 나아가 학교를 졸업한 후에도 같은 바닥이라 한 번은 마주칠 사람.

순간 예전에 최지훈이 우스갯소리로 선배가 죽으라고 말한다면 죽는 시늉까지 해야 한다고 했던 말이 떠올랐다. 그만큼 선배라는 단어가 지금 1학년인 우리에겐 크게만 느껴질 시기였다. 과마다 다르긴 했지만, 최지훈이 속해 있는 연영과는 예고 내에서도 선후배 관계가 가장 절대적인 곳이었다.

"최지훈도 눈에 띄고 싶어서 띄었겠냐."

그래, 민호의 말대로 최지훈도 지금과 같은 상황을 원하진 않았을 거다. 그건 곤란해 하는 표정이나 걸려온 전화에도 쉽사리 받지 못하고 갈등하는 모습을 보면 알 수 있었다.

나는 지금 질투를 해야 하는 걸까, 배려를 해줘야 하는 걸까.
알 수가 없었다.
"니 말대로라면 그 여자가 사귀자고 하면 최지훈은 사겨야 된다는 거네?"
"그건 모르겠고. 아직 거절할 단계는 아니라는 거지."
사귄다는 말에 순간 내 어깨가 흠칫 오르고 내렸다. 그걸 본 가람이와 민호의 시선이 나에게로 향했다.
"왜 그렇게 놀래?"
"어? 아니, 그냥."
내가 어수룩하게 상황을 넘기려 하자 가람이가 눈가를 푹 죽이며 말했다.
"그치, 니가 들어도 충격적이지."
아니라고는 말할 수가 없었다.
"이해 좀 해줘. 최지훈은 지금 이게 최선이야."
민호는 가람이와 달리 최지훈의 입장과 가장 가까운 답안을 내놓고 있었다. 가람이가 열을 올리고 말한, 겉으로 보이는 남녀 사이의 문제가 아닌 지금 최지훈이 처해 있는 상황 같은 거 말이다.
가람이는 민호의 말에 이해는 하지만 그래도 마음에 들지 않은가보다. 옅은 한숨과 함께 짜증난다는 말을 하며 먼저 고개를 돌린다. 그 모습에 새삼 가람이가 최지훈을 나보다 더 생각하고 있을지도 모른다는 기분이 들었다. 나는 그냥 이해하려고만 하는데, 가람이는 최지훈의 상황을 어떻게든 바꾸려고 했기 때문이다.
어느덧 짧아진 줄에 조금씩 걸음을 옮겨 식당 건물 앞까지 다다랐을 때였다. 주머니에 넣어두었던 급식카드를 꺼내자 옆에 있던 민호가 순간 허리를 접으며 누군가에게 인사를 했다.
"안녕하세요."

그 모습에 고개를 들어 앞을 바라보자 그곳에는 최지훈이 있었다. 하지만 민호가 최지훈을 향해 인사를 한 건 아니었다. 문제는 그 옆에 있었다.

"어, 안녕. 민호야."

최지훈의 옆에는 그 선배가 함께 있었다. 민호의 인사에 계단을 내려오던 최율이 웃으며 손을 들어 인사를 한다. 애써 시선을 피하려 눈동자를 굴리다가 순간 최지훈과 눈이 마주쳤다.

최지훈은 지그시 눈썹을 구긴 채 나를 바라보고 있었고, 그 시선에 얼마 지나지 않아 최율도 나를 쳐다보았다. 최율은 웃던 입가를 조금 푼 채 나를 바라보았다.

위아래로 훑어보다가 이내 내 왼쪽 가슴을 바라본다. 그 모습에 나는 서둘러 내 왼쪽 가슴에 손을 올려 명찰을 가려야만 했다. 그 이유는 나도 모른다. 그냥, 그렇게 해야 될 것만 같았다.

하지만 이미 내 왼쪽 가슴에 붙어 있는 최지훈의 명찰을 본 건지 최율이 제법 흥미로운 표정으로 나에게 물었다.

"니가 이재희야?"

"네?"

"미술과, 이재희냐고."

최율의 입에서 흘러나온 내 이름에 순간 당황했지만 이내 침착하게 눈동자를 굴려 최지훈의 왼쪽 가슴을 바라보았다. 그곳에는 여전히 미술과 이재희의 이름표가 달려 있었다.

"…네."

발뺌을 할 수 없는 상황이기에 하는 수 없이 대답을 하자 최율이 웃으며 입술을 열었다.

"그런데, 왜 인사를 안 해?"

"네?"
"과가 달라도 선배 보면 인사는 해야지."
최율은 내가 인사를 하지 않은 것이 마음에 들지 않았던 건지, 웃고 있는 입술과는 어울리지 않을 정도로 차가운 목소리로 말했다. 어떻게 해야 하나 잠깐 동안 눈동자를 굴리다가 이내 고개를 숙여 인사를 하려고 하는데 순간 옆에 있던 최지훈이 최율의 손목을 잡는다. 고개를 숙이기 위해 아래로 향했던 내 눈에 적나라하게 들어왔다.
"빨리 가요."
"어, 왜? 나 쟤한테 인사 받고 싶은데."
최율은 가람이가 여우같다고 말했던 웃음을 최지훈한테 보이며 못 이기는 척, 최지훈의 손길에 끌려 자리를 떠났다. 잠깐 사이였지만 커다란 폭풍이라도 지나간 것처럼 최지훈과 선배가 있던 곳엔 침묵만이 맴돌았다.
나는 아무런 말도 하지 못한 채 멍청하게 서 있었고, 민호 역시 그런 나를 바라보며 무슨 말을 꺼내야 할지 몰라 하는 것 같았다. 알싸한 침묵 속에서 가람이가 먼저 짧은 웃음과 함께 입술을 열었다.
"존나, 어이없네."
악센트가 들어간 목소리와 함께 가람이는 어이없다는 듯이 웃고 있었다.
"진짜 꼴값들을 떤다, 떨어."
그리고 혀를 차며 멍하니 서 있는 내 손목을 잡고 식당 안으로 들어갔다. 가람이의 손이, 왠지 모르게 뜨겁게만 느껴졌다.

밥을 먹으면서도 아까 최지훈과 마주쳤던 상황들이 계속 머릿속에 떠올랐다. 그 선배의 손목을 잡은 최지훈의 손도, 이상하게 계속 눈앞에 아른거렸다. 점심을 먹고 교실로 올라가자, 그곳에는 최지훈이 있었다. 언제부터 내 자리에 앉아 있었는지 몰라도 아까 점심을 먹고 나오던 시간을 생각하면 못해도 15분은 기다렸을 거다.

"진짜 미안."

"뭐가?"

"아까 식당에서."

"뭐가 미안해, 내가 잘못한 거 맞잖아. 인사 안 해서 그런 건데 너보고 당황해서 그랬어."

"니가 뭘 잘못을 해? 그렇게 생각하지 마. 너 잘못한 거 하나도 없으니까. 원래 그 선배 다른 과한테 그런 말 안 하는데……."

최지훈이 말을 길게 늘였다가 이내 한숨과 함께 말했다.

"나 때문이야. 내 명찰 보고 선배가 누구냐고 했었거든, 그래서 너 보고 그런 거야. 평소에 궁금해 하긴 했어."

평소라… 나는 여전히 최지훈의 가슴에 붙어 있는 내 명찰을 바라보며 물었다.

"너 그거 계속 하고 다녔어?"

"어? 어."

"그 선배 만날 때에도?"

"어, 뗀 적 없어."

최지훈이 나를 보며 힘없이 웃었다.

"넌 맨날 가리고 다니느라 바쁘겠지만."

그 말이 문득 슬프게 들린 건 기분 탓만이 아니었다. 최지훈이 무작정 손을 뻗어 내 손목을 잡았다. 그리고 고개를 한 번 숙였다가 다시 나를 바라보며 답답한 듯 입술을 열었다.

"그냥, 아까 너 많이 놀란 거 같아서."

"……."

"놀랐지, 어?"

나를 바라보며 달래고 어우르는 듯한 말투에 꾹 다물고 있던 입술을 열었다.

"…그렇게 미안하면 가람이한테 잘해줘."

"……."

"가람이 맨날 너 걱정해."

내가 말을 내뱉고도 순간 비겁하다는 생각이 들었다. 그것은 최지훈이 나에게 미안해 하는 마음을 이용하는 거나 마찬가지였다. 나의 말이 뜬금없었는지 최지훈이 눈썹을 구기며 입술을 연다.

"무슨 걱정. 걔가 내 걱정할 게 뭐가 있는데?"

그 물음에 마음 같아서는 최율에 대해 가람이가 열을 올리고 있다는 말을 하고 싶었지만, 그걸 듣는다고 최지훈이 가람이를 좋게 생각할 것 같진 않았다. 최지훈의 물음에 딱히 대답을 찾지 못해 내가 입술을 꾹 다물자 최지훈이 구겼던 눈썹을 펴며 잡고 있던 내 손목을 조였다.

"그래, 알았어. 그렇게 할게."

"……."

"노력해볼게."

기대하지 않았던 말이 최지훈에 입에서 흘러나온 것은 나 역시 의외였다. 아마 내가 생각하는 것 이상으로 최지훈은 아까 그 순간을 미안하게 생각하고 있었나보다. 노력해본다는 말에 내가 웃으며 가람이의 자리에 앉자 최지훈이 책상 위로 팔을 올리고 턱을 괸 채 나를 바라본다.

"점심은 잘 먹었어?"

"응."

"진짜? 내가 없는데?"

최지훈은 너무나도 빨리 튀어나온 내 대답에 놀란 듯 눈을 동그랗게 뜨고 나를 바라보았다.

밥이 들어가?

그 물음에 대답 대신 고개를 끄덕거리자 최지훈이 실망한 듯 눈꼬리를 푹 죽인다.

"좋겠네. 난 2학년들 사이에서 밥 먹느라 체하는 줄 알았는데."

최지훈이라고 선배의 손에 이끌려 2학년밖에 없는 식당에서 앉아 밥을 먹고 싶었을까, 그건 아마 최지훈에게 고문이나 마찬가지였을 거다. 밥 한 숟가락 떠먹고, 허리 굽혀 인사하고. 국 한 번 떠먹고, 허리 굽혀 인사하고. 안 봐도 뻔한 레퍼토리였다. 밥이 코로 들어가는지, 입으로 들어가는지 모르게 밥을 먹었을 것이며 식판을 비우기에 급급했겠지. 그 모습이 자꾸만 아른거려 작게 입술을 열었다.

"…같이. 안 먹으면 안 돼?"

"어?"

조심스럽게 흘러나온 내 말에 놀랐는지 최지훈이 괴고 있던 손을 빼며 넋이 나간 얼굴을 했다. 그 표정에 괜스레 가슴이 시끄럽게 울어댔다. 그냥 해본 소리라고 말을 하려고 했는데, 최지훈이 갑자기 팔을 뻗어 내 손을 잡았다.

"그럴까? 나 같이 먹지 말까?"

왜인지 몰라도 최지훈은 민호가 말했던 안 좋은 상황들 따윈 아무래도 좋다는 식의 표정을 하고 있었다.

"응? 자기야, 나 같이 먹지 말까?"

"너, 그 단어 꺼내지 말랬지."

"아, 맞다. 학교지. 실수, 실수."

내가 놀라 주변을 살피자 최지훈은 또 바보처럼 웃으며 보이지 않게 의자 밑으로 가져간 손을 꼭 잡았다.

"말만 해. 니가 싫으면 안 할 테니까."

그러기 힘들 텐데…….

내가 싫다고 한다면 최지훈은 내일부터라도 당장에 그 선배와 안 먹을 것처럼 굴었다. 민호가 했던 말들 중 마음에 걸리는 게 한두 개가 아니었다. 이해는 하지만 그럼에도 불구하고 가슴 한편이 자꾸만 답답하기만 했다. 두 번 다신 그 선배의 손을 잡는 최지훈은 왠지 보고 싶지 않았다.

"응, 하지 마."

나 지금, 질투하고 있나.

"알았어, 안 할게."

그리고 너한테는 그게 또 보인 걸까. 최지훈은 부드럽게 웃으며 날 지그시 바라보았다.

"내 여자 친구."

비밀처럼 작게 흘러나온 그 단어에 내가 살며시 잡고 있던 손끝을 떨자 최지훈이 그보다 더 설렘 가득한 목소리로 말했다.

"질투, 좋다."

보였지.

"진작 좀 해주지. 기다렸잖아."

보인 거 맞잖아.

순간 최지훈을 바라보던 눈동자가 제멋대로 흔들렸고, 그건 아마 최지훈의 눈에도 또렷하게 보였을 거다. 나도 모르게 얼굴에 열이 올라 고개를 숙이자, 최지훈의 긴 손가락이 다가와 뺨을 톡 건드리고 지나갔다.

'으으…' 하는 소리와 최지훈이 두 팔을 위로 뻗어 기지개를 켜더니 이내 허리를 굽혀 책상 위로 펴질러진 두 팔 중 한 짝을 베고 기대어 눕는다.

"이제 좀 사귀는 것 같네."

그 말에 내가 고개를 돌리자 최지훈이 눈을 감은 채 느리게 입술을 열었다.

"내가 나 좋아하게 만든다고 했잖아."

최지훈은 한가로운 오후 햇살에 노곤해진 숨을 한 번 크게 내몰아쉬며 느린 목소리로 띄엄띄엄 말했다.

"그거, 얼마 안 남은 것 같아."

그 말을 끝으로 최지훈은 편안하게 눈을 감은 채 아무런 미동이 없었다. 커튼을 치지 않아 창가를 통해 들어온 햇빛이 그대로 그의 얼굴 위로 쏟아졌고, 최지훈은 그 느낌이 싫지 않은지 별다른 말없이 계속 그 자리에 누워 있었다.

머리를 올려 훤히 드러난 이마와 그 밑으로 자리 잡은 짙은 눈썹이 지금 이 순간만큼은 숨죽여 고요하기만 했다. 햇빛 사이로 보이는 미세한 먼지들이 나풀나풀 거리며 차분하게 내려앉은 최지훈의 속눈썹 위로 주저앉는다. 햇빛 아래에서 본 최지훈은 평소 보던 모습과 사뭇 달랐다. 왁스로 범벅이 된 머리카락은 몇 번의 염색을 거쳤는지 군데군데 갈색빛이 돌았으며, 귀에는 귀걸이를 하진 않았지만 2개의 구멍이 뚫려 있었다. 만지면 부드러울 것만 같은 피부 위로는 그 흔한 점 하나 없었으며 미세한 솜털도 눈에 보였다.

"잘 거야?"

내 목소리에 차분하게 내려앉아 있던 눈썹이 작게 꿈틀거린다. 그리고 얼마 가지 않아 맞물려 있던 입술이 느리게 벌어졌다.

"나 졸려."

밥을 먹고 난 뒤라서 그런지, 아니면 창가를 통해 들어온 햇빛 때문인지는 몰라도 최지훈은 졸음에 취한 듯한 목소리로 간신히 말을 뱉고선 흐리게 웃었다.

"여기서 이러고 있으니까 니 숨소리 들린다."

너무나도 허물없이 흘러나온 말에 나도 모르게 부드럽게 흐르던 숨을 뚝 멈추자, 최지훈의 눈썹이 살며시 구겨졌다.

"들려줘. 자장가 같단 말이야."

정말, 널 어떡하면 좋을까.

뒤늦게 식사를 마친 반 아이들이 들어와 최지훈을 보고선 웅성거렸지만 이상하게 그 어떤 것도 들리지 않았다. 떨림처럼 토해내지는 숨과 그걸 들으며 편히 눈감고 있는 최지훈의 모습만 잔상처럼 눈에 박혀들었다.

실기 시험이 진행되었던 일주일은 꽤 정신없이 지나갔다. 그건 최지훈도 마찬가지였다. 예고에 들어와 처음 보는 시험이기도 했고, 곧바로 다음 주에 있을 중간고사에 틈틈이 공부를 해야 했기 때문이다.

금요일에 치른 동양화 시험을 마지막으로 실기 시험이 끝이 났고, 숨을 돌리기가 무섭게 중간고사 시험표가 나왔다. 월요일부터 시작해 목요일까지… 첫날은 그나마 수월한 국어와 도덕이었다. 그동안 수업 시간에 필기에 소홀해 않았던 터라 별다른 걱정은 없었는데 최지훈은 아니었나보다.

"오늘 우리 집 가서 같이 공부하자."

종례를 마치고 책을 가져가기 위해 사물함 뒤쪽으로 향하자 뒷문에 서 있던 최지훈이 나에게 와 무턱대고 본론부터 꺼내들었다.

"왜?"

"너 필기한 것 좀 보게."

"필기도 안 했어?"

"손 아프잖아."

최지훈은 태평하게 그렇게 말하고서는 몸을 뒤로 젖혀 사물함에 기댔다. 당장 다음 주가 시험인데 필기를 안 한 것치고는 태연하기 짝이 없다.

"어? 갈 거지?"

아무런 말이 없는 나를 바라보며 최지훈이 대답을 재촉한다. 그 모습에 책을 꺼낸 뒤, 사물함 문을 닫으며 말했다.

"가면서 복사해줄게, 그거 봐."

어떤 대답을 바랐던 건지, 내 말에 최지훈의 눈썹이 순간 픽 하고 구겨졌다. 손이 아파서 필기를 하지 않았다는 최지훈을 생각해서 한 말이었는데, 정작 본인은 그게 아니었나보다. 책을 들고 걸음을 옮기자 최지훈이 기대어 있던 몸을 펴며 내 뒤로 따라붙는다.

"나 필기 봐도 하나도 몰라. 니가 가르쳐줘."

"수업 시간에 뭐했는데 하나도 몰라?"

"아, 몰라. 기억 안 나."

"……."

"어? 니가 가르쳐 달라고."

자리에 도착하고 가방 안으로 책을 넣는 동안에도 최지훈은 내 옆에서 어린아이처럼 칭얼거렸다. 결국에는 하는 수 없이 알았다고 고개를 끄덕이자, 최지훈이 그제야 풀이 죽어 있던 입술로 웃으며 나를 대신해 책상에 쌓아두었던 교과서들을 가방 속에 집어넣었다. 지퍼까지 잠그고, 가방을 손에 든 채 나를 바라본다.

"빨리 가자."

순식간에 정리가 된 상황에 당황스러운 것도 잠시, 최지훈의 말에 서둘러 뒷문으로 시선을 옮겼다.

"잠깐만."

"왜?"

"가람이 기다려야 돼."

"걜 니가 왜 기다려, 어디 갔는데?"

"교무실."

학기 도중에 전학을 온 가람이를 배려해 담임이 프린트물을 준다고 했었다. 정문까지긴 했어도 항상 함께하는 하굣길이었기에 내가 교무실에 간 가람이를 기다리는 건 어쩌면 당연한 거였지만, 최지훈은 내 기다림이 탐탁지 않았는지 인상을 구기며 곤란한 표정을 지었다.

"아, 빨리 가야 되는데."

"왜?"

내 물음에 최지훈이 구겼던 눈썹을 슬쩍 펴며 입술을 열었다.

"선배 때문에. 오늘 같이 가자고 했었거든."

선배라는 단어에 최지훈이 왜 그렇게 급한 표정을 지었는지 알 것만 같았다.

"나랑 공부할 거면 말해야지."

"말해도 안 통해, 요즘 자꾸 거절해도 들러붙어."

"……."

"그러니까 그냥 빨리 가자. 어?"

요즘이라… 그러고 보니 내가 한 말 때문인지 요 며칠 최지훈은 점심시간을 우리와 함께했었다. 최지훈이 한 말에 그 선배가 무슨 태도를 보였을 테고, 거기서 온 결론이 지금처럼 피해 도망가는 걸까.

그게 최선이라니… 나중에 나서 무슨 말이 나올 것만 같은 기분에 내가 주저하자, 최지훈이 고개를 돌려 뒷문과 나를 번갈아 바라보더니 이내 손을 뻗어 내 손목을 움켜잡았다.

"빨리 와."

무슨 말을 하기도 전에, 힘주어 잡아당긴 덕에 멀뚱히 서 있던 다리가 최지훈의 발에 맞춰 제멋대로 움직였다. 그 순간 이상하게 가람이를 기다려야 한다는 생각도, 잠깐만 멈춰 보라는 말조차 나오지 않았다.

그것은 내 손목을 강하게 잡고 있는 최지훈의 손 때문이기도 했다. 적나라하게 느껴지는 최지훈의 온기에, 순간 얌전했던 심장이 빠르게 뛰었다. 언제부터였을까… 조금씩, 느리게 무언가가 달라지고 있었다.

6. 관심을 넘어서… 끌림에 관하여

최지훈은 여전히 끌려가는 내 생각은 하지 않은 채 빠른 걸음으로 무작정 걷고 있었다. 처음에는 최지훈의 말대로 선배 때문이었다고 하지만 학교를 벗어 난 지금 이 시점에서 왜 아직도 최지훈은 내 손목을 잡고 있으며, 도망자처럼 걸음을 빨리하는지 이해가 가지 않았다.

"잠깐만."

"왜?"

"손목 아파, 다리도 아프고."

그제야 걷던 걸음을 멈춰 잡고 있던 손목을 슬쩍 놓는다. 얼마나 힘주어 잡고 끌었으면 손목이 최지훈의 손 크기만큼이나 발갛게 부풀어 올라 있었다.

"아, 미안. 아팠어?"

최지훈은 제법 당황한 눈초리로 나와 내 손목을 번갈아 바라보고 있었다. 엄지를 세워 손목 위를 두어 번 문지르더니, 그래도 붉은 기가 가시지 않자 최지훈이 심란한 표정으로 나를 향해 물었다.

"어떡해, 이거 약 발라야 돼?"

이런 상황이 처음인 건지 내 손목에 난 붉은 자국에 최지훈이 제법 어수룩한 모습을 보였다. 그 모습에 작게 한숨을 내뱉으며 최지훈 손 위에 감긴 내 손목을 슬쩍 빼내었다.

"시간 지나면 괜찮아져."

"아… 진짜 미안. 아팠지."

"학교 나왔으니까. 이제 걸어가도 되지?"

"어? 어, 어."

그 말과 동시에, 순간 주머니 속에 넣어두었던 핸드폰이 길게 진동한다. 서둘러 핸드폰을 꺼내자 역시나도 가람이의 이름이 선명하게 떠 있었다. 슬쩍 시선을 올려 최지훈을 노려본 뒤, 통화 버튼을 눌러 귓가에 핸드폰을 가져갔다.

"응, 가람아."

―너 어디 갔어?

"그게… 미안, 지훈이가 급하게 어디 가자고 해서 먼저 왔어."

―어디 가는데?

"시험 공부하러."

―그래? 최지훈은 그 선배 어쩌고 너랑 가냐. 오면서 보니까 최지훈 교실 앞에서 기다리고 있던데.

그 선배가 교실 앞에 있다는 말에 최지훈을 바라보자, 아무것도 알지 못하는 그는 굳게 내려앉아 있던 얼굴을 풀며 나를 향해 강아지 같은 표정으로 바보같이 웃었다.

"그게… 그렇게 됐어."

다시금 앞으로 고개를 돌리며 입술을 열자, 수화기 너머로 가람이가 잠깐 동안 말이 없더니 이내 작은 웃음소리와 함께 입술을 열었다.

—오, 혹시 사랑의 도피?

'사랑'이라는 단어도 놀라운데, '도피'까지 붙으니 지금 내 모습이 그렇게 비춰질까 당황스러웠다. 내가 서둘러 아니라고 말을 하자, 가람이가 웃으며 장난이라고 했다.

—알았어, 시험공부 잘하고 월요일 날 보자.

"응, 너도. 이따가 밤에 연락할게."

—그래, 데이트 잘해.

데이트는 무슨.

전화를 끊고 핸드폰을 다시금 주머니 안으로 밀어 넣자 그제야 뒤따라오던 최지훈이 큰 보폭으로 다가와 내 옆에 섰다.

"뭐래?"

"그냥 잘 가래."

"것 봐, 먼저 가도 상관없다니까."

가람이가 베푼 호의를 너무나도 당연하게 생각하는 최지훈의 행동에 내가 작게 인상을 구기자, 최지훈이 입안의 혀를 쓸며 엄지로 내 미간 사이를 꾹 누른다.

"쓰읍, 진짜. 주름 생긴다니까."

"……."

"우리 애기, 진짜 말 안 듣는다."

심각한 표정으로 날 바라보면서 말하는데, 순간 머리에 커다란 무언가가 툭 하고 떨어진 것만 같았다. 그건 최지훈의 입에서 흘러나온 간지러운 단어 때문이었다.

"누가 니 애기야?"

"왜. 너 하는 짓이 애 같잖아."

"……."

"말해도 또 하고, 또 하고. 내가 주름 생긴다고 몇 번 말해."

최지훈은 내 미간 사이를 바라보며 제법 심각한 표정으로 말했지만 나는 '우리 애기'라는 단어 때문에 머릿속이 새하얘진 상태였다. 그런 단어는 초등학교 입학과 동시에 우리 엄마도 내뱉지 않았었다. 순간 최지훈이 내뱉은 단어가 마치 연인 사이에 부르는 애칭 같은 기분이 들어 가슴 한구석이 묘하게 꿈틀댔다.

"아님, 자기라고 해줄까?"

"너, 그렇게 부르지 말랬지."

"뭐 어때, 밖이잖아. 학교도 아니고."

학교 내에선 비밀로 하는 관계였지만, 밖이라고 한들 나는 아직 이런 것들이 잘 적응이 되지 않는 상태였다. 아직 내 마음도 잘 모르겠는데 무작정 일단 사귀는 걸로 하자고 말했던 최지훈이나 거기에 또 어쩔 수 없이 최지훈과 그런 관계가 된 나나 정상은 아니었다. 내가 최지훈을 좋아할 때까지 이어질 애매한 이 관계는 세 달이라는 조건을 갖고 있다. 이제 고작, 한 달이 되어 가고 있었다.

"가방 줘."

학교를 벗어났음에도 불구하고 여전히 최지훈은 내 가방을 제 손에 들고 있었다. 한숨과 함께 손을 뻗자 가방을 들고 가던 최지훈이 두어 번 가볍게 앞뒤로 가방을 흔들었다.

"별로 무겁지도 않은데 내가 들고 가지, 뭐."

"내 가방인데 니가 왜 들어?"

"왜 또 그래. 그냥 '알았어' 하면 되는 걸 가지고."

최지훈은 설핏 한쪽 눈썹을 구기며 연애와 어울리지 않는 딱딱한 내 말투를 지적했다. 그 말에 마음대로 가방을 뺐었다간 더 한 소리를 들을 것 같아 반포기 상태로 어깨에 힘을 풀자 그것을 본 최지훈이 슬쩍 웃으며 내 가방을 내려다보았다.

"근데 여자 가방은 참 신기해. 이렇게 쪼끄만데, 책이 다 들어가?"

아까 교실에서 자신이 내 가방에 책을 넣었음에도 불구하고 신기하다는 듯이 말한다. 팔을 들어 내 가방을 보더니, 금세 고개를 돌려 투박하게 큰 제 가방을 본다. 그리고서는 한다는 소리가 '내 가방에다가 니 가방 넣어도 들어갈 거 같아'란다.

그 말에 속으로는 제발 그런 짓은 하지 말아줬으면 했지만 얼마 가지 않아 최지훈이 가던 걸음을 멈춰서 자신의 가방을 어깨에서 풀어냈다.

내가 못살아.

그 모습에 이번에는 내가 서둘러 최지훈의 손목을 잡았다.

"제발, 그냥 좀 가."

두꺼운 손목을 잡고 한 걸음, 두 걸음. 너무나도 쉽사리 끌려오는 게 의아해 뒤를 돌아보자 최지훈이 나를 향해 푸스스 웃는다.

"왜 웃어?"

"어, 아니. 지금 니가 내 손 잡았잖아."

최지훈의 말에 시선을 내리자 최지훈의 손목을 감싸고 있는 내 손가락이 보였다.

"어? 니가 잡은 거다?"

그러면서 최지훈이 내 손목을 잡은 뒤 느리게 쓸어내리더니, 이내 조심스럽게 내 손을 잡았다.

"니가 먼저 내 손 잡은 거야."

그 말을 내뱉으며 최지훈은 또 한 번 시큰하게 웃었다. 커다란 최지훈 손에 잡히자 이상하게 힘이 들어가지 않았다. 그건 최지훈도 마찬가지였다. 방금 전, 내 손목을 잡았던 힘과는 비교도 되지 않을 정도의 약한 힘으로 손을 잡고 한 걸음씩 느리게 발을 뗀다. 봄처럼 느껴지는 포근한 바람이 불어왔고, 교복을 입고 하교를 하는 수많은 학생들 틈에서 우리 둘은 그렇게 걷고 있었다. 조금씩 나아갔다.

평소 같았으면 민호와 나는 같은 방향으로 가고, 최지훈은 다른 방향으로 갔겠지만 오늘은 달랐다. 항상 최지훈과 헤어졌던 역에서 내가 함께 걷자 최지훈이 안타깝다는 식으로 말을 이었다.

"아, 이민호가 있었어야 했는데."

"왜?"

"그래야 그 새끼도 매일 혼자 갔던 내 고충을 이해하지."

최지훈은 항상 혼자 갔던 자신의 외로움을 민호에게도 느끼게 하고 싶었는지 표정을 구기며 아쉽다는 식으로 말을 했다. 오늘 영화 촬영으로 인해 학교에 나오지 못한 민호였지만, 나는 오히려 민호가 지금 이 자리에 없다는 것에 안도했다. 만약 민호가 있었더라면 지금처럼 최지훈의 손을 잡고 걷는 일은 일어나지 않았을 거다.

"앉아."

지하철에 오른 최지훈은 빈자리로 나를 데려가 앉혔다. 텅 빈 무릎 위가 허전해 최지훈의 손에 들린 내 가방으로 손을 뻗자, 최지훈이 그걸 또 냉큼 뒤로 뺐다.

"내가 든다니까."

"앉았으니까 줘."

"싫어."

"책도 많은데, 안 무거워?"
"어, 하나도."
최지훈은 단호하게 그렇게 말한 뒤, 얼굴 옆에 있는 둥그런 손잡이를 가볍게 그러쥐었다. 고개를 들어 그런 최지훈을 올려다보는데 새삼 키가 크다는 걸 실감했다. 머리와 그리 멀지않은 천장도 그랬고, 나를 위해 반이나 접은 허리도 그랬다.
"나 이런 거 되게 하고 싶었는데."
"뭘?"
"여자 가방 들고, 앉혀두고. 남자는 거기 앞에 서 있고."
내가 조금 더 고개를 들자, 최지훈의 눈동자가 흔들림 없이 나를 똑바로 마주했다.
"마주 보고 이러고 있는 거."
고요하게 흘러나온 그 목소리에, 이상하게 가슴이 간지러웠다.
"내가 니 남자 친구인 거 티 나는 행동이잖아."
그 말에 내가 살며시 눈가를 구기며 주변을 둘러보자, 하교를 하던 다른 교복을 입은 학생들과 사람들의 시선이 한 번씩 최지훈에게 닿는 게 느껴졌다. 단조로운 지하철 안에서도 최지훈의 존재는 학교에서처럼 독보적이었고, 그런 최지훈이 날 바라보며 웃고 있는 덕분에 난 처음 보는 사람들에게 부러운 시선을 받고 있었다.
"아……."
최지훈이 답답하다는 듯이 나를 향해 눈가를 푹 구겼다.
"너랑 사귄다고 여기서 소리 지르고 싶다."
진짜, 얘는 왜 이런 걸까.
"질러줄까?"

"너, 맞을래?"

"때리면 좋지, 난 너한테 맞는 거 좋아."

"너 진짜 변태 같아."

"응, 니가 그렇게 만들었어."

웃는 최지훈의 입술이 이번만큼은 가볍게 느껴지지가 않았다.

—이번 역은 강남역, 강남역입니다.

지하철 내부에 울리는 친절한 여자의 음성에 최지훈과 함께 내리자 꽤 많은 사람들이 즐비해 있었다.

"이리 와."

좁은 계단에 많은 인파가 몰려 최지훈이 나를 제 등 쪽으로 끌어당기며 내 손을 힘주어 잡았다. 눈앞, 가까이 닿은 최지훈의 등을 바라보며 끝없이 펼쳐진 계단을 다 오르자 개찰구로 나가기 위해 최지훈과 손을 놓아야만 했다.

카드를 찍고 통과하자 먼저 나가 있던 최지훈이 기다렸다는 듯이 나를 향해 손을 뻗었다. 그 손을 가만히 바라보다가 이내 조심스럽게 손을 내밀며 말했다.

"…혹시나 해서 하는 말인데, 민호랑 가람이 앞에서 티 내기만 해."

지하철에서 최지훈이 했던 말들을 떠올리며 걱정해 말을 하자, 내 손을 꼭 잡으며 최지훈이 고개를 끄덕였다.

"걱정 마, 비밀로 할게."

"말로만 그러지 말고."

"알았다니까. 조심할게."

아직 내 마음의 갈피도 못 잡았는데 혹시 소문이라도 이상하게 날까봐 걱정이었다. 안 그래도 최지훈은 학교 내에서 모르는 사람이 없었고, 난 지금도 그런 그의 덕분에 반에서 그리 환영받는 존재가 아니었다. 내 마음이 확실해지기 전까진 뭐든지 조심하고 싶었다. 내가 최지훈을 감수할 수 있을 만큼, 감정이 커지게 된다면 그때…….

"근데, 민호한테도 말하면 안 돼? 걔 입 무거운데."

"그럼 가람이한테도 말하게?"

"아니? 민호만."

"왜 얘기가 그렇게 돼? 니가 민호한테 말하면 나도 가람이한테 말해야 하는 상황이 되잖아."

"뭘 또 그렇게 생각을 해?"

"니가 친한 애한테 말을 한다는데, 그래야 비등하다는 거야. 그러니까 그냥 말을 안 하는 게 맞는 거고."

"우리 재희는 뭐 하나 쉽지가 않네."

"그냥 하는 소리 아니야. 모를까봐 하는 말인데, 나 아직 너 안 좋아해."

"그럼 이 손은 뭔데?"

최지훈이 잡고 있던 손을 올리며 웃었다.

"응? 동정?"

그 웃음에 내가 걷던 걸음을 늦추자, 최지훈이 다시금 손을 내리며 허공에 가볍게 흔들었다.

"뭐, 그것도 좋지만."

최지훈은 내 손을 꼭 움켜잡으며 부드럽게 웃었다.

"이래서 먼저 좋아하면 손해야."

미소와 달리 내뱉는 말이 어딘가 모르게 마음에 걸려, 조심스럽게 입술을 열었다.

"아직, 알아가는 중이잖아. 그러니까 애들한테 말해서 괜히 분위기 이상하게 만들지 마."

"민호한테만 말하자는 거잖아."

"그러니까 왜?"

내 질문에 최지훈이 나를 바라보며 말했다.

"니가 말한 그 분위기라는 거 빨리 이상하게 만들고 싶어서."

도대체 왜 최지훈은…….

"나만 초조한가봐, 재희야."

민호에게 말을 하고 싶은 걸까.

내가 의아해 하자 최지훈이 금세 내려앉은 표정을 풀며 내 손을 흔들었다. 역에서 빠져나오자 많은 사람들 속에서 우리 둘만 같은 교복을 입고 있었다.

괜스레 학교와 집이 아닌 다른 지역에 오자, 모든 것이 낯설게만 느껴지는 나와 달리 최지훈은 제 동네에 왔다는 것에 한하여 학교에 있을 때보다 더 편한 모습을 보였다.

얼마나 더 가야 될까.

최지훈의 손을 지표 삼아 끝없이 펼쳐져 있는 아스팔트 위를 걷고 있던 중 나를 내려다보며 최지훈이 입술을 열었다.

"영화 보고 갈래?"

그 말에 작게 한숨을 내뱉으며 최지훈을 올려다보았다.

"넌 다음 주가 시험인데 그런 말이 나와?"

"뭐 어때. 데이트 좀 하자."

기대에 찬 표정으로 날 바라보며 말하는 최지훈의 모습에 나도 모르게 표정을 구겼다.

"니가 그런 말해서 더 보기 싫어."

"왜?"

"그냥 보자고 하면 되지, 왜 데이트라는 말을 해."

내가 유난히 가람이에게도 들었던 그 단어에 예민하게 굴자, 최지훈이 마치 나에게 작당이라도 한 것처럼 입술을 연다.

"부담 좀 가지라고."

"……."

"내가 너 좋아하는 것 좀 느끼라고."

그 말에 내가 작게 인상을 구겼다. 나는 아직 최지훈에 대한 감정을 알아가는 단계인데, 최지훈은 이미 저 멀리 날 앞질러 가서 빨리 오라며 재촉하고 있었다.

"왜 이렇게 조급하게 굴어? 기다려줄 것처럼 말했잖아."

아직, 한 달도 채 되지 않았는데.

심란한 내 마음을 알지 못하는지, 최지훈은 멈춰서 빨간 신호등을 바라보며 태연하게 입술을 열었다.

"세 달까지 기다리기 싫어졌어."

"……."

"그게 싫으면 빨리 나 좀 좋아해주라."

그리고서는 고개를 돌려 나를 내려다보며 웃는다. 내 손을 꼭 잡으면서 구겼던 눈가도 유하게 피면서.

"응? 나 좀 좋아해 주세요."

그렇게 말을 했다.

최지훈은 벙찐 내 얼굴을 가만히 바라보다가 이내 파랗게 바뀐 신호등에 내 손을 잡고 영화관으로 향했다. 정신을 차려보니 어느덧 최지훈이 번호표를 뽑고 요즘 잘나가는 영화들을 쭉 훑어보고 있었다.

"뭐 볼까, 어떤 거 좋아해?"

그 물음에 뒤늦게 내가 두어 번 눈을 깜빡이며 작게 한숨을 내쉬었다.

"아무거나."

"아무거나, 아무거나… 어, 아무거나 없는데."

최지훈은 진지한 얼굴로 8개나 되는 영화들을 훑어보며 그 속에서 내가 말한 아무거나를 찾고 있었다. 장난하는 것도 아니고… 예전에도 이런 식으로 굴었던 전적이 있었기에 나는 다시 한 번 내가 내뱉은 말을 정정해야만 했다.

"너 보고 싶은 거 봐."

"너 보고 싶은 거 볼 건데. 여자들은 보통 멜로 좋아하지 않나?"

여자라면 누구나 다 멜로를 좋아할 거라는 사고방식에 순간 최지훈이 그동안 만나왔던 여자들의 취향을 떠올려보았다.

그 선배처럼, 청순가련의 결정체였을까. 슬픈 멜로영화를 보면서 눈물을 뚝뚝 흘리고 최지훈은 그걸 옆에서 아무렇지도 않게 닦아 주었을까.

최지훈이 손가락 끝으로 가리킨 건 유명한 영화배우가 두 명이나 나오는 구구절절한 사랑 이야기였다. 홍보를 많이 했기에 TV에서 대충 줄거리를 들었던 것 같기도 하다. 시한부 인생을 사는 여자와 그걸 옆에서 지켜볼 수밖에 없는 남자의 눈물겨운 스토리. 하지만 안타깝게도 내가 손끝으로 가리킨 건 액션과 총기가 난무하는 스릴러 영화였다.

"어, 이거 보고 싶어?"

"응."

내 대답에 최지훈이 의외라는 식의 표정을 지었다. 아직도 자신이 가리킨 영화에 미련이 남는 건지 손끝으로 톡, 톡. 이름마저도 '단 한 번뿐인 사랑'이라는 재미없는 영화 제목을 두드린다.

"보통은 이런 거 보자고 하던데."

"세상에 슬픈 일이 얼마나 많은데, 왜 그걸 굳이 돈 주고 봐?"

최지훈은 태연하게 흘러나온 내 사상에 놀란 건지, 잠깐 동안 아무런 말없이 나를 내려다보더니 이내 시큰하게 웃으며 고개를 뒤로 젖혔다.

아, 진짜… 내가 못산다.

웃음으로 반쯤 벌어진 입술로 내 손을 꼭 잡으면서 그렇게 말하는데, 그 말에 순간 내가 문제아라도 된 것만 같은 기분이 들었다.

"니 감성은 정말 사막이야."

"왜 얘기가 그렇게 돼?"

"표현도 잘 안 하고. 팍팍하게 구는 거 맞잖아, 너."

"그래서. 싫어?"

"아니. 니가 사막이라면 난 낙타하겠다고."

그 말에 내가 눈동자를 떨자, 최지훈이 부드럽게 풀어진 입술로 말했다.

"나도 액션 좋아하는데, 취향이 같네."

날 녹일 것만 같은 목소리로 말을 했지만 안타깝게도 내 취향은 약간의 사심이 가미되어 있었다.

"나 이 배우도 좋아해."

"누구?"

"크리스찬 베일, 주연으로 나오잖아. 보려고 했는데 마침 잘됐다."

평소 액션이나 스릴러를 좋아하긴 하지만 거기에 잘생긴 배우까지 나온다니, 이걸 싫어할 여자가 어디에 있을까. 거기다가 배트맨 시리즈를 감명 깊게 본 나로서는 크리스찬 베일의 영화를 마다할 이유는 그 어디에도 없었다. 솔직히 말해서, 액션이라는 영화 장르보다 크리스찬 베일의 이름이 영화를 고른 데 큰 영향을 끼친 건 사실이었다.

"이 사람 어디가 좋은데?"

최지훈은 옆에 놓인 있는 영화 팸플릿을 꺼내 크리스찬 베일의 얼굴을 바라보며 설핏 인상을 구겼다. 그 말에 나는 당연하게 입술을 열었다.

"잘생겼잖아."

"……."

"목소리도 좋고, 키도 크고. 몸도 좋고. 눈빛도 좋고."

단 한 번의 망설임 없이 술술 흘러나오는 장점들에 최지훈의 짙은 눈썹이 점점 더 아래로 내려갔다. 그걸로도 모자라 좋아하는 배우의 예찬에 나도 모르게 웃으며 말했는지 그 모습에 최지훈이 쓰읍 혀를 말며 나를 향해 제법 무서운 표정을 지었다.

"좋다는 얘기가 도대체 몇 번이 나오는 거야?"

웃음에 보기 좋게 살이 올라간 내 오른쪽 뺨을 쭉 잡아당기며 말을 하는데, 이상하게 혼이 나는 것 같은 기분이 들었다. 최지훈은 자신의 손으로 인해 우스꽝스럽게 변한 내 얼굴에 구겼던 눈가를 펴며 웃더니, 손바닥으로 발개진 내 뺨을 두어 번 문질러주었다.

그리고 한숨과 함께 들고 있던 포스터를 다시금 제자리에 꽂아 넣으며 나를 원망스러운 시선으로 바라보았다.

"아, 외국인은 너무하잖아."

"……."

"경쟁이 돼?"

심각한 표정으로 나를 향해 말하더니, 이내 들고 있던 번호표의 숫자가 매표소에 떴는지 내 손을 잡고 걸음을 옮긴다.

"꽤 힘드네, 이재희."

시큰하게 웃으면서 말하는데, 왜 최지훈의 경쟁 상대가 크리스찬 베일이 되어야만 하는지 잘 이해가 가지 않았다.

그냥, 좋아하는 건데.

최지훈은 내가 가지고 있는 동경의 감정마저도 나눠 갖는 게 싫은 모양이다.

바로 20분 뒤에 시작하는 영화가 있었기에 우리는 별다른 기다림 없이 영화를 볼 수 있었다. 최지훈의 입맛에 따라 치즈맛 팝콘과 콜라를 사고, 표에 커다랗게 적혀진 좌석 번호로 가 앉자 최지훈이 기다렸다는 듯이 팔걸이를 위로 올리며 넓은 어깨를 내 쪽으로 가깝게 갖다 붙였다.

허공에서 흔들리던 손은 차분하게 최지훈과 내 다리의 한가운데 자리 잡았고, 그것을 내려다보며 내가 작게나마 손가락 끝을 움직였다. 그러자 최지훈이 앞을 향했던 고개를 돌려 나를 바라본다.

"손 좀 놓자, 영화 볼 때 불편해."

영화를 보면서 팝콘도 먹어야 하고 음료수도 마셔야 하고… 이것저것 손으로 해야 할 일이 많았기에 놓자는 것이었는데 최지훈은 그 말에 한쪽 눈썹을 찡그리며 단호하게 말했다.

"안 돼."

"왜?"

"손까지 놓으면 내가 너무 불공평하잖아."

"그게 무슨 말이야?"

나의 물음에 최지훈이 심각한 표정으로 지금 이 상황이 자기에게 불리하다고 말했다. 자기는 고작 내 옆에 앉아 있는 게 전부인데, 1시간 40분 동안 크리스찬 베일은 커다란 스크린으로 제 얼굴을 비추며 내 시선을 빼앗는 거라고 말했다.

그러면서 한다는 소리가 이 불합리한 상황의 유일한 합의점은 내 손을 잡고 있는 거란다. 말도 안 되는 논리에 내가 설핏 입술을 비죽이자, 최지훈이 그 모습을 가만히 바라보더니 한참 뒤에야 짧게 웃음을 터트리며 고개를 내저었다.

“아… 진짜.”

웃음으로 반쯤 풀어진 입술로 한숨을 내쉬며, 한쪽 눈썹을 찡그린 채 나를 향해 심각한 얼굴로 말한다.

“왜 이렇게 예쁘냐, 니가.”

나 어떡해?

그 물음에 나는 또 멍하니 최지훈의 얼굴을 바라봐야만 했다. 아니, 정확히 말하자면 그런 낯 뜨거운 말들을 시도 때도 없이 내 앞에서 말하는 최지훈의 입술을 바라보았다.

결국에는 손을 놓지 못하고 마주 잡고 있는데 영화가 시작되었다. 내용은 역시나도 그동안 많이 접해왔던 액션 영화와 별다를 바 없는 뻔한 스토리였다. 위기를 맞은 세계를 구하는 히어로물. 솔직히 말해 액션 영화에서 색다른 소재와 전개를 기대하긴 어려웠지만 이 정도면 괜찮은 편이었다. 돈을 부은 것도 적당히 티가 났고, 공중에서 이루어지는 와이어 액션신은 그동안 접해보지 못했던 것이며 CG 역시 스케일이 크고 화려했다.

“영화 어땠어?”

“볼 만했어.”

그 말과 함께 내가 환해진 주변을 둘러보자, 밖으로 나가는 사람들의 입에서 저마다 크리스찬 베일의 이름이 흘러나왔다. 크리스찬 베일로 시작해 크리스찬 베일로 끝이 난 영화라고 말해도 손색이 없을 정도로 영화 속 캐릭터의 임팩트가 크긴 했다. 사람들 틈에 억지로 껴 나가고 싶지 않아 제일 나중이 되서야 최지훈과 함께 자리에 일어나 걸음을 옮겼다.

"너 표정 가관이더라."

"뭐가?"

"영화 보는 내내, 아주 눈에 하트 백만 개는 날아다니던데."

최지훈은 영화는 안 보고 내 얼굴만 보았던 건지, 내 눈에 하트 백만 개가 날아다녔다는 유치찬란한 말을 했다. 그 말에 내가 할 수 있는 말은 딱 하나였다.

"잘생겼잖아."

모든 여자들이 공감하는, 그리고 절대적이기도 한 말에 최지훈이 설핏 웃음을 터트리며 입술을 열었다.

"잘생긴 건 모르겠고 연기는 잘하더라. 그건 인정."

나는 영화 속 흘러가는 전개에 푹 빠져 배우가 연기를 잘했는지 어땠는지 잘 알 수 없었지만 연기가 전공인 최지훈은 영화를 보는 내내 오로지 그 생각만 했나보다. 특히 크리스찬 베일이 자신의 연인이 위기에 처했을 때 보여주었던 눈빛 연기가 그렇게 기가 막혔단다.

어떤 대사도 하지 않고, 오직 눈동자 하나로 자신이 처한 상황과 감정들을 표현해 내는 게 얼마나 어려운지에 대해 최지훈은 설명을 늘어놓았고 그 말에 나는 신기한 듯 고개를 끄덕여야만 했다. 그러고 보니, 그 장면이 유난히 절절하긴 했다. 내가 마치 저 상황이 된 것처럼 감정이입도 잘됐고, 그건 크리스찬 베일이 연기를 잘했다는 증거이기도 했다.

"아, 나도 빨리 유명해져야겠다."

깊은 한숨과 함께 최지훈이 내 손을 힘주어 잡으며 슬쩍 나를 바라보았다.

"그때 되면 하트가 몇 개나 날아오려나."

그 말에 내가 대답대신 작게 웃음을 터트리자 최지훈이 띄엄띄엄, 잡고 있던 내 손에 힘을 주었다 뺐다를 반복하며 나에게 물었다.

"몇 개 날려줄 거야?"

"어?"

"하트."

"……."

"몇 개?"

어린애처럼 별것도 아닌 일에 진지하게 묻는 최지훈의 행동에, 콧잔등을 찡그리며 입술을 열었다.

"그게 나오라면 나와? 니가 잘해야 나오지."

하트 한 개 나와 주세요, 두 개요… 아, 아니 한 스무 개 정도 나와 주세요.

주문하는 것처럼 말하는 대로 눈에서 하트가 나오면 얼마나 좋겠냐만은 그건 무의식중에 흘러나오는 것들 중 하나였다. 난 전혀 느끼지 못했지만 최지훈의 눈에는 내 눈동자에 하트 백만 개가 보였던 것처럼 말이다.

최지훈은 내 말에 어느 정도 수긍이 갔는지 고개를 끄덕이더니 비장한 표정으로 열심히 해야겠다는 소리를 했다. 아마 오늘 본 영화가 최지훈에게 꽤 자극이 되었나보다.

최지훈의 집은 영화관에서 그다지 멀지 않은 곳에 위치해 있었다. 강남역 앞 즐비해 있는 번화가에서 걸어서 5분 정도, 번화가에서 안쪽으로 조금 들어가자 바로 보이는 아파트 단지에 밤에 시끄럽지 않냐는 질문을 건네자 최지훈은 잘 모르겠다는 표정으로 어깨를 으쓱였다.

"나 여기서 태어났어."

초, 중학교 역시 이 근방에서 나왔다고 한다. 어려서부터 소음에 익숙해 있었던 건지, 내가 느끼는 소음들을 최지훈은 못 느끼는 것만 같았다.

최지훈의 집은 18층이었다. 엘리베이터에 오르자 그제야 온몸에 긴장이 서렸다. 남자의 집에는 초등학교 이후로 처음 방문하는 것이었다. 집에 어머니가 계실 줄 알았는데, 도어록 비밀번호를 누르고 들어간 현관에는 고요한 적막만이 맴돌았다. 고개를 두리번거리면서 신발을 벗은 뒤, 최지훈을 향해 조심스레 물었다.

"어머니는 집에 안 계셔?"

"엄마 학교에 수업 있어."

"…공부하셔?"

"어, 아니. 교수님."

"아……."

"아버지는 공돌이."

"공돌이?"

"공대 교수."

낯선 단어에 의아해 하는 나를 향해 재미있다는 듯이 웃는다. 최지훈은 나를 거실 소파에 앉힌 뒤 화장실 좀 다녀오겠다며 어디론가 사라졌다. 새삼스레 최지훈이 교육자 집안에서 자랐다는 사실에 놀라운 것도 잠시, 천천히 눈동자를 굴려 집 안을 둘러보았다.

부모님 중 한 분이 식물 키우는 것에 취미가 있으신 건지 바로 옆 드넓은 베란다에는 꽤 많은 난초들이 즐비해 있었고, 바닥에 깔린 대리석은 내 얼굴이 희미하게 비칠 정도로 말끔한 상태였다.

어머니가 엔틱한 걸 좋아하시는지 집 안은 대체적으로 베이지 톤의 고풍스러운 가구가 늘어서 있었다. 우리 집보다 훨씬 더 넓은 거실에 홀로 덩그러니 앉아 있으니 괜스레 몸이 불편해진다.

언제 오는 거야…….

초조하게 눈동자를 굴리며 적막이 맴도는 집 안을 둘러보자, 이내 저 멀리 안쪽 방에서 교복이 아닌 편안한 차림의 옷을 입은 최지훈이 나왔다.

"옷 갈아입고 왔어?"

"어? 어, 불편해서. 배고프지, 뭐 시켜줄까?"

최지훈은 홀로 집에서 무언가를 시켜먹는 것에 익숙해져 있는 건지 소파 앞 탁자 위에서 전단지 책자를 집어 들며 내 옆에 앉았다.

"흐음… 뭐 먹을까."

깊은 한숨과 함께 나란히 최지훈이 넘기는 책자를 보고 있는데 온통 중국집에, 분식… 그것도 아니면 찌개 종류가 전부다. 최지훈이 한 장, 한 장 종이를 넘길수록 내 표정은 점점 더 어두워져만 갔다. 강남이라서 그런지 몰라도 배달 음식 가격이 심할 정도로 건방지다. 이 돈을 주고 음식을 시켜먹는 것보단 차라리 집에서 라면을 먹는 게 더 나을 것 같다는 생각에 최지훈을 향해 물었다.

"집에 라면 있어?"

"어? 있지."

"라면 먹자, 그냥."

"나 라면 못 끓이는데."

"…라면도 못 끓여?"

"엉."

'응'도 아니고 무려 '엉'이란다. 그래도 나에게 라면도 못 끓이는 남자로 낙인찍히는 건 또 싫었는지 뒤늦게 물 조절을 잘 못한다며 핑계를 둘러댄다. 그 말에 내가 옅은 한숨과 함께 소파에서 일어나 최지훈을 내려다보았다.

"주방 어디야?"

그 말에 최지훈은 꽤 당황한 표정을 했다.

"니가 하게?"

"못 할 건 또 뭔데?"

소파에 마이를 벗어두고 최지훈을 따라 주방에 도착한 뒤 손목에 감겨 있던 끈으로 길게 늘어선 머리를 하나로 묶었다. 혹시라도 새하얀 셔츠에 뭐라도 튈까, 앞치마까지 집어 매었다.

"아……."

나지막하게 쏟아진 탄성에 끈을 묶던 손을 멈추고선 고개를 돌리자 최지훈이 날 바라보며 심각하게 눈썹을 구긴 채 말했다.

"완전 섹시해."

진짜. 잰 왜 저럴까.

주방 구조를 잘 알지 못했기에 최지훈은 내가 말한 것들을 가져다주는 역할이 되었고 나는 그런 최지훈이 가져온 재료들로 라면을 끓였다. 파도 넣고, 계란도 그릇 위로 깨 젓가락으로 휘저어 넣자 옆에 서 있던 최지훈이 신기한 듯 나에게 물었다.

"라면 잘 끓여?"

"응. 집에서 자주 해먹어."

하나밖에 없는 외동딸이면서도 부모님 두 분 다 오래전부터 맞벌이를 하셨기에 학교가 끝난 뒤 내가 매번 해먹던 것은 라면이었다. 다른 음식을 도전해볼 법한데 워낙 손재주가 없었던 터라 내가 한 음식들은 죄다 짜거나 간이 안 맞았다.

맛없는 음식을 먹느니, 차라리 안전한 라면을 먹는 게 나아 끓여 먹던 게 어느덧 눈감고도 할 수 있을 정도의 단계까지 왔다. 면이 퍼지는 것이 싫어 적당히 끓인 뒤 불을 끄고 냄비를 들려고 하자 최지훈이 '내가 할게' 한다.

나란히 식탁에 앉은 뒤 최지훈이 나에게 잘 먹겠다는 인사와 함께 라면을 한입 먹었다. 괜스레 대단한 요리를 한 것도 아닌데 최지훈의 평가가 어떨지 궁금해 먹는 모습을 가만히 바라보고 있자 그런 내 시선을 느낀 건지 입안에 넣은 라면을 다 씹은 뒤 나를 향해 웃으며 말했다.

"어, 맛있다."

"안 짜?"

"딱 좋은데."

그제야 나 역시 젓가락을 들어 라면을 먹었다.

"너랑 결혼하는 남자는 좋겠다."

"왜?"

"라면 잘 끓이잖아."

도대체 저런 사고방식은 어디서 나오는 걸까. 우리 엄마는 그런 요리 실력으론 절대로 시집 못 간다고 말하곤 했는데… 최지훈은 정반대다. 내가 작게 실소를 터트리며 말했다.

"라면만 잘 끓인다니까."

"그래도 맛있잖아."

"라면도 하루 이틀이지, 어느 남편이 맨날 라면만 주는데 좋아하겠어."

"그런가."

"……."

"난 라면만 줘도 잘 먹는데."

그러면서 숙였던 고개를 들어 나를 향해 웃는다.

"나랑 결혼할까?"

그 말에 들고 있던 수저로 식탁을 두어 번 두드리며 인상을 찡그렸다.

"잔말 말고 빨리 먹기나 해."

"뭐야, 이젠 놀라지도 않냐?"

"빨리 먹으랬다. 공부 언제 할 거야?"

"네, 네."

최지훈은 너무나도 태연한 내 행동에 실망했는지 한쪽 눈썹을 구기며 다시금 고개를 숙여 식사에 열중했다. 그 모습에 나도 다시금 고개를 숙여 먹었다. 괜스레, 가슴이 두근거리는 걸 숨기기 위해서였다.

밥을 먹고 난 뒤 최지훈에게 설거지를 시키고 그릇 정리까지 다 마치고 나서야 방에 들어올 수 있었다. 최지훈의 방은 꽤 큰 편에 속했는데, 굳이 내 방과 비교하자면 2배 정도는 더 큰 것 같았다.

한쪽에는 늘씬하게 빠진 기타가 세 개 정도 있었고, 벽에는 꽤 커다란 TV도 걸려 있었다. 침대, 책상, 옷장, 컴퓨터, 화장실. 거기다가 자그마한 냉장고까지. 이쯤 되면 방이 아니라 원룸이라고 불러도 손색이 없다.

"너도 편한 옷 줄까? 교복 안 불편해?"

밖에서 의자를 끌고 들어온 최지훈이 나를 향해 묻자 고개를 내저었다.

"아니, 괜찮아. 니가 주는 옷 입는 게 더 불편할 거 같아."

"우리 누나 옷 있어. 그거 입어."

"됐다니까."

내 편의를 생각해 하는 말이겠지만 서도 오늘 처음 온 집에 옷까지 갈아입는다는 생각을 하니 실례도 이런 실례가 없다. 뒤늦게 책상으로 다가가 최지훈이 가져다 놓은 의자에 앉자 그 역시 내 옆으로 와 앉았다. 바닥에 내려다 두었던 가방 속에서 책을 꺼내자 최지훈 역시 책을 꺼내 들었다.

"진짜, 하나도 안 했네."

최지훈의 책을 한 장, 한 장 넘기는데 민망할 정도로 새하얀 종이에 절로 인상이 찡그려졌다. 그래도 최지훈이 처음부터 필기를 안 한 건 아니었다. 앞장으로 넘어가니 군데군데, 필기를 한 흔적이 남아 있었다.

그러면 뭐해… 뒤로 가면 갈수록 하얗다 못해 새 교과서 같은데.

안 그래도 범위도 넓은데 이걸 언제 다 가르쳐주나 싶어 한숨이 절로 나왔다.

"왜 필기 안 했어?"

"대본 외우느라 못 했어."

"그게 핑계가 돼?"

"진짜라니까."

최지훈은 제법 억울했는지 삐딱하게 고개를 틀며 나에게 왜 필기를 못 했는지에 대해 해명했다. 하루도 빠짐없이 든 전공에 대본 외우랴, 이번에 단막극 촬영 때문에 요 며칠은 아예 수업을 듣지도 못했다고 한다.

"이민호는 나보다 더 심해."

괜히 저 혼자 밉보이는 게 싫어 민호까지 끌어오는 모습에 후읏! 짧게 한숨을 내뱉었다.

"시험 범위는 알지?"

"어, 그건 알아."

"그럼 니가 지금 필기해야 될 게 얼마나 되는지도 알겠네."

"어."

"얼마나 되는데?"

"…많지."

"그래… 니 말대로 많으니까 집중해. 알겠어?"

최지훈이 고개를 끄덕이며 손을 뻗어 내 필통에서 펜을 꺼내 든다.

"펜도 없어?"

"꺼내기 귀찮아."

괜한 말싸움을 하고 싶지 않아 첫 페이지부터 차례대로 필기를 보여주며 설명을 해 주었다. 공부에 대해선 좀 깐깐한 편이었던 터라, 혹시라도 최지훈이 내 방식에 못 따라와주면 어떡하나 걱정했는데 다행스럽게도 최지훈은 교육자 집안의 자제답게 남들에 비해 이해력이 빨랐다. 보통은 설명을 하면 왜 그런지 묻기 마련인데, 최지훈은 왜라는 말 대신 그저 적혀진 것들을 이해하고 머릿속에 흡수시켰다. 단점은, 그 집중력이 오래가지 못한다는 거다.

"여기 점 있네."

그 말에 책 위로 동그라미를 치던 손이 뚝 하고 멈추었다. 고개를 들어 옆을 바라보니 최지훈의 눈동자가 내 귀 밑에 가 있었다. 평소에는 머리를 풀어 보이지 않았던 점 하나가 최지훈의 시선을 끌어당겼나보다. 쓸데없이. 그게 하필 왜 공부를 하는 이 시점에서인지는 모르겠지만서도.

"여기 안 봐?"

쥐고 있던 펜에 힘을 더하며 최지훈을 향해 제법 매섭게 말을 하자 최지훈이 설핏 웃으며 손으로 턱을 괸 채 입술을 열었다.

"보고 있어."

"안 보고 있잖아."

"보고 있다니까."

끈질기게 나를 바라보면서.

"제대로 잘 보고 있어."

저런 소리나 하고 있다. 뭐가 그렇게 웃긴지 끅끅대며 웃음을 참는 얼굴이 괜스레 얄밉게만 느껴졌다.

하아.

늘어진 입술에서 제멋대로 허탈한 한숨이 흘러나왔다. 한쪽 입술을 깨물며 교과서 위를 두들기자 그제야 최지훈이 웃던 입가를 죽인 채 시선을 내려 잔뜩 힘이 들어간 내 손을 봤다.

"너 자꾸 이러면 나 그냥 간다?"

"알았어, 장난 좀 친 거 가지고."

최지훈은 그냥 간다는 내 말이 제법 무섭게 들렸는지 금세 턱을 괴고 있던 팔을 푸르며 정자세를 했다. 집중해도 모자를 판에, 자꾸만 최지훈은 딴짓에 얼마 남지도 않은 시간을 할애하고 있었다. 내 얼굴을 보거나, 내 손끝을 보거나. 그걸로도 모자라 방금 전에 집중하라고 말했음에도 불구하고 또 금세 잊어버렸는지 설핏 한쪽 눈썹을 구기며 입술을 연다.

"머리 묶은 거 예쁜데 왜 안 묶고 다녀?"

"뭐?"

"평소에 안 묶잖아. 묶은 거 오늘 처음 봐."

그랬던가. 워낙 사소한 것들 중 하나라 최지훈 앞에서 머리를 묶었는지 풀었는지 기억이 나질 않는다. 전공 수업 땐 길게 늘어진 머리카락이 거슬려 매번 묶곤 했는데 습관처럼 전공이 끝나면 풀었던 것 같기도 하다.

묶은 게 훨씬 더 예쁘다는 말에 괜스레 묶은 머리가 신경 쓰이기 시작한다. 잔머리가 삐져나오진 않았을까, 헐겁게 묶었는데 풀었다가 다시 묶을까… 잡다한 생각이 늘어지기 시작한 건 날 바라보는 최지훈의 눈동자가 강렬했기 때문이다.

오로지 나를 바라보는 데에만 제 시선을 쓴다. 그런 관심을 계속해서 받다보면 자꾸만 신경이 쓰이는 게 당연했다. 괜스레 눈동자를 굴리며 손으로 머리를 매만지자 느슨하게 묶은 탓인지 머리카락 몇 가닥이 반쯤 흘러내려왔다.

"어, 여기 머리카락."

"……."

"내가 해줘야지."

제멋대로 흘러내린 머리카락에 내가 손쓸 새도 없이 최지훈이 손을 뻗어 조심스레 귀 뒤로 넘겨주었다. 그 손길에 내가 고개를 돌려 그를 바라보자 순간 귀 밑에 닿아 있던 최지훈의 손이 숨을 죽인다. 멈췄다. 우리는 꽤 가까운 거리에서 서로를 마주 보고 있었다.

그 잠깐 사이에 방 안을 메우고 있던 공기가 무거워졌다. 그래서 숨조차 쉽게 내쉴 수 없었다. 어깨를 짓누르는 적막, 조여 오는 떨림.

"너 내가 좋아하게 만든다고 말했던 거 기억하지."

나지막이 쏟아진 목소리. 내가 옅게 인상을 구기자, 귀 밑에 닿아 있던 최지훈의 손이 느리게 옮겨가 내 턱 쪽으로 다가왔다.

"난 지금이 그 순간이라고 생각하는데."

엄지를 세워 턱 밑을 꾹 누르더니 슬쩍 벌어지는 내 입술에 굳게 다물어져 있던 최지훈의 입술이 부드럽게 밀려 올라갔다.

"어때."

입술 가까이 내려앉아 있던 최지훈의 시선이 올라와 나를 바라보았다.

"심장 좀 떨려, 재희야?"

그 말에 엄지가 닿은 입술이 불에 덴 듯 뜨거워졌다. 심장도, 마찬가지였다.

숨을 내뱉을 수도 없을 정도로 날뛰는 심장소리를 들은 걸까. 최지훈이 내 턱을 잡고 있던 손에 힘을 주며 천천히 내 쪽으로 다가왔다. 최지훈의 잘 빠진 콧날이 왼쪽 뺨에 닿았고 도톰한 입술이 내 입술에 닿았다 벌어졌고, 귓가에는 그의 턱이 움직이는 소리가 적나라하게 들려왔다. 그때였다.

"야, 최지……!"

"…아, 저게."

"어, 혼자가… 아니네."

나도 모르게 꾹 감았던 눈을 떠 소리가 난 쪽으로 시선을 옮기자 그곳에는 어떤 한 여자가 방문을 잡은 채 놀란 얼굴로 서 있었다. 뒤늦게 내가 손으로 최지훈의 어깨를 밀어내자 표면만 닿았던 입술이 금세 멀리 밀려났다.

범죄 현장을 들킨 것처럼 얼굴이 발개지다 못해 심장이 튀어나올 것처럼 두근거렸다. 서둘러 고개를 돌리며 손등으로 입술을 꾹 짓누르자 최지훈이 그런 내 모습에 신경질적으로 머리카락을 헤집으며 책상에서 일어났다.

"야, 노크 안 해?!"

"혼자 있는 줄 알았지, 미안… 놀랐어?"

등 뒤로 느껴지는 최지훈은 꽤 성질이 나 있었다. 여자의 등장으로 인해 한순간 무겁게 내려앉아 있던 방 안의 공기가 거짓말처럼 가벼워졌다. 입술을 누르고 있던 손등을 옮겨 발개진 뺨을 꾹꾹 누른 뒤, 애써 웃는 얼굴로 고개를 돌려 여자와 마주했다. 그러자 그녀가 커다란 눈을 깜빡이며 나에게 물었다.

"지훈이… 친구?"

"네… 아, 안녕하세요."

"안녕, 뭐야. 여자 친구?"

금세 보기 좋은 미소를 그리며 최지훈을 향해 여자 친구냐고 묻는 말에 안 그래도 발개진 얼굴이 더욱더 열을 가한다.

"웬일이야, 지훈이 여자 친구 처음 봐."

"안 꺼져?"

"집에 데려온 것도 처음이잖아."

그녀는 내 침묵에서 우리 사이를 확신한 건지, 날카로운 최지훈의 반응에도 웃으며 신기하다는 듯이 말했다. 최지훈 역시 여자 친구라는 단어에 부정을 하지 않으며 다른 문제에 열을 올렸다.

"쓸데없이 방해질이야, 왜 왔어?"

"저게, 말하는 싸가지하곤. 엄마 보러 온 거야. 오는 중이라고 했거든."

"그럼 나가, 짜증나게 굴지 말고."

날카롭게 말하는 최지훈의 모습이 낯설게 느껴졌지만 그녀는 어느 정도 그 말투에 익숙한 듯 보였다. 최지훈의 말을 가볍게 무시하고 그녀가 나를 향해 물었다.

"이름이 뭐니?"

"아, 이재희요."

"그래, 재희야. 이름 예쁘다. 잘 놀다 가."

새하얀 손바닥을 내비치며 흔드는 인사에 얼떨결에 고개를 숙여 앉은 채로 인사했다. 문이 닫히고, 아까보다 더한 침묵이 공간 전체를 휘감았다. 참을 수 없는 정적에 내가 먼저 애써 웃으며 입술을 열었다.

"누나… 맞으시지?"

"어."

아깐 당황해서 제대로 얼굴도 못 봤는데, 이제 와 생각해보니 그녀는 다름 아닌 영화배우 최지연이었다. 브라운관에서 볼 때와는 다르게 실물로 보니 얼굴도 더 작고, 이목구비가 또렷하다 못해 입체감이 있었다. 피부는 또 얼마나 좋은지, 화장을 하지 않았음에도 불구하고 얼굴에 생기가 가득했다.

"…진짜 예쁘긴 하시다."

"누가? 재가?"

감탄으로 흘러나온 내 말에 최지훈이 의자를 빼 옆에 앉으면서 인상을 찡그렸다.

"저게 예뻐?"

"응, 실물이 더. 완전 예쁘시던데."

"여자들 눈은 참 신기해, 저게 뭐가 예뻐."

최지훈은 4살 차이 나는 누나에게 험한 말을 쏟아내는 걸로 모자라 내 앞에서 매도를 하고 있었다.

"실체를 알면 그런 말 안 나올걸, 완전 마녀야. 미친 마녀. 저거 다 이미지라니까."

그 말에 쉽사리 고개를 끄덕일 수 없는 건 청순하기 그지없는 그녀의 얼굴 때문이기도 했다. 키는 큰 편이 아니었지만 전체적인 뼈대가 가늘다 못해 톡 건드리면 부서질 것처럼 생겼는데 미친 마녀라니… 최지훈의 말이 머릿속에서 성립되지 않는 게 당연했다.

"같이 살아?"

"아니, 오늘은 엄마한테 볼일 있어서 온 것 같은데."

"아……."

"왜 하필, 지금 오고 난리야."

"……."

"아, 짜증나."

그 순간이 안타까워 인상을 팩 하고 구기는 최지훈과 달리 나는 느리게 눈동자를 굴리며 애써 마른침을 삼켰다. '왜 하필, 지금'이라는 문장은 꽤 많은 걸 내포하고 있었다. 그녀가 오지 않았더라면 난 아마도 최지훈과 입술을 부딪쳤을 거고, 그다음은 어떻게 되었을지 뻔했다.

빼도 박도 못하고 최지훈과 사귀는 사이가 됐을 게 분명하다. 아직 마음도 없으면서, 뿌리치면 그만이라고 생각했었지만 아까 그 순간은 나도 어찌할 도리가 없었다. 그렇게 짙은 눈동자로 오로지 나를 바라보면서 다가오는데, 어떤 여자가 매몰차게 밀어낼 수 있었을까.

여자가 분위기에 약하다는 걸 아는 건지, 내가 옴짝달싹도 못하게 그런 분위기를 만들어 낸 건 모두 다 최지훈이었다. 그래, 나도 모르게 그의 페이스에 휘말린 거다. 그래서 나는 최지훈처럼 그녀의 등장에 욕을 할 수가 없었다. 나에게 그녀는 구세주나 다름없었다. 분위기에 휩쓸려 코가 꿰지 않도록 도와준 구세주.

"시끄럽고, 빨리 다시 공부나 하자."

이번에는 그 어떤 구실도 주고 싶지 않아 머리를 풀어 귀를 덮고, 내려두었던 펜을 잡으며 비장한 목소리로 말했다. 그러자 최지훈이 설핏 웃음을 터트리며 입술을 연다.

"너 지금 나한테 시위해?"

"뭐가?"

"머리. 그렇게 풀면 내가 딴짓 안 할 거 같아?"

그리고서는 펜을 쥐고 있던 내 손목을 잡고 눈 깜짝할 사이에 내 얼굴 앞까지 다가온다.

"자 봐."

갑작스레 다가온 얼굴에 나도 모르게 눈을 크게 뜨며 숨을 참자, 최지훈이 내 입술을 바라보다가 얼굴을 타고 올라와 눈동자를 마주한다.
"난 하고 싶으면 해."
그 말에 일순간 온몸에 작게 소름이 돋아났다. 최지훈이 잡은 손목을 뿌리치고 싶었는데, 자꾸만 나에게로 닿는 그의 숨에 온몸이 굳어버린 것처럼 아무것도 할 수 없었다.
"넌 허점이 너무 많아."
"……."
"그리고 난 그게 너무 잘 보여."
느리게 잡고 있던 손에 힘을 풀며 장난스럽게 검지로 내 살결 위를 문지른다. 띄엄띄엄, 두드린다. 그 손길에 가슴이 뛰는 것만 같았다.
"나 마음만 먹었다 하면 너 하나, 얼마든지 어떻게 할 수 있다고."
웃으면서 말하는데, 그 말이 좀처럼 장난처럼 느껴지지가 않았다. 닿을 듯 아스라한 위치에서 움직이고 있는 입술에 때아닌 진중함이 서려 있었다.
"그러니까 피하지 마."
나를 바라보는 네 눈동자가 너무나도 짙고, 깊어서…….
"나 자극하지 말란 소리야. 재희야."
어떻게 해야 할지 모르겠어.

최지훈은 가느다랗게 흔들리는 내 눈동자를 가만히 바라보더니 이내 작은 웃음과 함께 멀어졌다. 그제야 참고 있던 숨을 내몰아쉬며 입술을 반쯤 깨물었다. 머리가 멍하다 못해 얼얼해 손을 올려 이마를 덮자 최지훈이 언제 그랬냐는 식으로 장난기 넘치는 얼굴로 나를 향해 입술을 열었다.

"너 이런 거에 약하구나. 저돌적인 거."

그 말에 내가 옅게 인상을 구기자 최지훈이 펜을 쥐면서 책을 내려다보았다.

"이용해 먹어야지."

진짜, 계속 이런 식이면 곤란하다.

"공부 안 해?"

"…해."

내가 애써 달아오른 숨을 내몰아쉬며 대답을 하자 최지훈이 턱을 괴고선 들고 있던 펜을 빙글빙글 돌렸다. 얼굴 옆으로 느껴지는 뜨거운 시선에 괜스레 책 안에 빼곡하게 담긴 글자들이 파도처럼 울렁거렸다.

"빈틈 보이면 또 할 거야."

"뭘 해?"

"글쎄."

놀란 내가 고개를 들어 바라보자 최지훈이 돌리던 펜을 뚝 하고 멈추며 말했다.

"뭐할지 궁금하면 또 머리 묶어봐."

진짜… 두 번 다신 묶나봐.

내가 비장하게 시선을 돌려 책에 박자 최지훈이 푸스스 웃었다.

"그렇게 나랑 하기 싫어?"

그게 아니라, 아까 상황이 너무 갑작스러웠다고.

놀라서 심장이 너무 빨리 뛰었었다. 차마 하지 못할 말들을 빠근하게 목 뒤로 넘기자 최지훈이 돌리던 펜을 움켜쥐며 자세를 똑바로 했다.

"근데, 그게 또 귀엽다니까."

"……."

"귀여워서 봐준다."

그 말에 어이가 없어 짧게 웃음이 터졌다.

그거, 고마워해야 하는 거니?

간략하게 범위까지 설명을 해주고 최지훈에게 필기를 시키자 대충 휘갈겨 쓴다. 지렁이처럼 꿈틀거리는 글씨를 지적하며 예쁘게 좀 쓰라고 잔소리를 하자 최지훈이 제법 손에 힘을 줘 글자를 또박또박 쓰려 노력했다.

얼마나 시간이 지났을까. 문 밖이 소란스러워져 고개를 돌리자 집에 누군가가 온 것만 같았다. 대화를 하는 목소리가 꽤 컸기에 듣지 않으려고 해도 들을 수밖에 없었다.

지훈이 여자 친구 데려왔어.

그 말에 얼마 가지 않아 문을 두드리는 노크 소리가 울렸다.

"아, 엄마."

노크 소리와 함께 열린 문틈 사이로는 중년의 여성이라고 믿기 어려울 정도로 젊어 보이는 여자가 서 있었다. 최지훈의 입에서 흘러나온 '엄마'라는 단어에 내가 서둘러 자리에서 일어나 허리를 숙이며 인사를 했다.

"안녕하세요. 지훈이 학교 친구예요."

"응, 그래. 어서 오렴. 뭐라도 가져다줄까?"

그녀는 제법 호기심 넘치는 눈동자로 나를 바라보며 물었다. 하지만 그건 그녀뿐만이 아니었다. 그녀의 등 뒤로 최지연마저 똑같은 눈동자로 나를 바라보고 있었다. 그 시선들에 당황해 내가 어쩔 줄 몰라 하자 앉아 있던 최지훈이 한숨과 함께 자리에서 일어나며 내 어깨를 짓눌렀다.

앉아 있어.

그 말과 함께 문밖으로 나갔다.

목소리가 큰 건 집안 내력인 걸까, 닫은 문이 무색할 정도로 대화소리가 다 들려왔다.

“여자 친구니?”

“여자 친구 맞지?”

동시에 터져 나오는 어머니와 누나의 물음에 최지훈이 짜증을 부렸다.

“왜 이렇게 난리야?”

“그야, 신기하니까 그렇지.”

“그래. 니가 집에 누구 데려온 게 좀 흔해야지.”

적나라하게 들려오는 대화에 괜스레 앉아 있는 자리가 가시방석처럼 불편하다.

…괜히 온 건가.

최지훈의 집에 온 게 그렇게 대단한 일인 줄은 꿈에도 몰랐다. 그리고 여자 친구인 것도.

대충 필기만 봐주고 가려고 했는데, 최지훈의 어머니께서 꼭 저녁을 먹고 가라고 간곡히 부탁을 했다. 어른의 말을 거절 할 수 없어 하는 수 없이 함께 앉아 저녁 식사를 하게 되었다. 그래도 여자가 두 명이라 괜찮다고 생각했는데, 식탁에 앉자마자 최지훈의 아버지까지 오셨다. 졸지에 최지훈의 집에 처음 온 날 가족 모두와 함께 밥을 먹게 되었다.

얼굴도장도 이만한 것도 없을 것이다. 식사를 하는 내내 최지훈의 아버지마저도 나에게 여자 친구냐는 말을 했다. 그 물음에 최지훈은 들고 있던 숟가락을 내려놓으며 인상을 구겼다.

아, 좀. 그만들 좀 합시다.

부담스러워 하는 나를 알고 한 말일 텐데, 그 말에 최지훈의 누나는 웃으며 지 여자 친구라고 또 챙긴다는 말을 했다.

밥이 코로 들어가는지, 입으로 들어가는지 알 수 없을 정도로 재빨리 식사를 마치고 방으로 들어가자 최지훈이 나에게 미안하다는 말을 했다.

"니가 이해 좀 해, 궁금해서 저러는 거야. 내가 집에 여자 데려온 적 없었거든."

멋쩍은 듯 뒷머리를 매만지며 말을 하는데 최지훈 역시 지금 이 상황이 당황스러운 듯 보였다. 모두가 놀라 할 정도로 최지훈이 처음 집에 데려온 게 나라서, 기분이 조금 묘했다.

어느 정도 필기가 마무리될 때쯤 시간은 어느덧 저녁 8시를 훌쩍 넘어가 있었다. 토요일임에도 불구하고 늦은 귀가 시간에 엄마에게서 지금 어디냐는 식의 문자가 한 통 왔다. 친구와 함께 시험공부를 하고 있다고 답장을 쓰고 있는데 최지훈의 핸드폰에도 전화가 왔다.

"어, 어. 가져왔다고. 지금 와."

친숙한 목소리로 간결하게 끝이 난 통화에 엄마에게 문자를 보낸 뒤 최지훈에게 물었다.

"민호야?"

"어, 응. 나한테 민호 책 있거든, 오늘 학교 못 나왔잖아. 내가 대신 챙겨줬지."

최지훈이 제법 늠름한 표정으로 말을 했다. 그러고 보니 바닥에 반쯤 열려진 최지훈의 가방 속에는 혼자의 것이라고 생각되지 않을 만큼 꽤 많은 양의 책이 들어가 있었다.

"지금 촬영 끝났대?"

"어, 책 받으러 지금 우리 집 들른데."

오늘 촬영 때문에 아예 학교에 나오지 않은 민호를 떠올리며 문득 최지훈이 자신의 새하얀 교과서와 민호의 교과서가 별반 다를 바 없다고 말했던 게 생각났다.

이럴 줄 알았으면 복사라도 미리 해둘 걸 그랬나.

당장에 월요일부터 시험인데 촬영 때문에 공부를 제대로 할 수나 있을지 의문이었다.

"잘됐네. 민호한테 너 집 데려다 주라고 해야겠다."

"……."

"안 그래도 밤길에 혼자 보내기 좀 그랬는데. 같은 방향이지?"

매번 함께했던 지하철에서 나와 민호가 같은 호선을 타고 간 것을 염두에 두어 한 말이었지만 괜스레 피곤한 민호에게 짐이 되는 것 같아 고개를 내저었다.

"번거롭게 무슨, 그냥 지하철 타고 가면 돼."

그 말에 최지훈이 눈썹을 팩 하고 구겼다.

"뭐가 번거로워. 걔가 운전하는 것도 아닌데."

"그래도."

"내가 싫다니까."

"……."

"아니다, 그럼 그냥 내가 데려다 줄까?"

최지훈은 그 말을 하면서 금세 구겼던 눈썹에 힘을 풀며 웃었다.

너 어디 역이라고 했지.

집 앞 역까지도 아니고 우리 집이 있는 역까지 데려다줄 작정이었는지 금세 핸드폰 어플로 지하철 노선을 띄우며 나에게 묻는다.

그 말에 내가 옅은 한숨과 함께 그냥 민호와 함께 간다고 말을 했다. 가까운 거리도 아니고 정반대인데, 언제 날 데려다 줬다가 집에 오려는 건지 정말 대책이 없다.

민호는 최지훈의 집으로 오면서 전화를 한 건지 얼마 가지 않아 집 앞에 도착했다는 문자가 왔다. 긴 시간 최지훈의 책상 위에서 지분을 차지하고 있던 교과서를 가방 속으로 밀어 넣고 어깨에 메자 최지훈이 제 옷장에서 잠바 하나를 꺼내 입은 뒤 방문을 열었다.

거실에는 최지훈의 부모님 두 분이 소파에 앉아 있었다. 허리를 숙여 인사를 하면서 조심스레 최지훈에게 물었다.

"누나는?"

"몰라."

"아, 지연이는 집에 갔어요. 내일 새벽부터 또 스케줄이 있어서."

"인사도 못 드렸는데……."

"괜찮아요, 다음에 또 놀러 와서 보면 되지. 그땐 내가 더 맛있는 거 해 줄게요. 자주 와요."

"네, 감사합니다. 늦은 시간까지 있다 가서 죄송합니다."

나의 말에 최지훈의 어머니께서 예의가 참 바르다는 말을 했다. 우리 엄마가 들었으면 참 좋아했을 말이다.

엘리베이터를 타고 밖으로 나가자 비상등을 킨 승용차 한 대가 보였다. 최지훈은 익숙한 듯 그 차로 가 벌컥 문부터 열었다. 활짝 열려진 문틈 사이로 시트에 편히 기대어 앉아 있는 민호의 모습이 보였다.

"놀랐잖아."

"뭐가? 형, 오랜만이네요."

"어, 그래. 지훈이 잘 지냈냐."

민호의 매니저와도 친분이 있는 건지, 최지훈은 특유의 사교성 짙은 얼굴로 매니저에게도 인사를 했다. 몇 차례 대화를 주고받더니 이내 등 뒤로 서 있는 나를 차에 태운다. 얼떨결에 차에 올라 매니저에게 인사를 한 뒤, 살포시 입술을 깨물며 민호를 바라보았다. 최지훈은 내가 민호의 옆 자리에 앉은 것을 확인하고 나서야 제법 내려앉은 표정으로 민호를 향해 말했다.

"집 앞까지 조심히 잘 모셔다드려. 알았지?"

그 말에 나를 바라보고 있던 민호의 시선이 옮겨가 최지훈에게 향한다. 그리고 짧게 웃음을 터트리며 대답 대신 고개를 두어 번 끄덕였다. 최지훈은 문자하라는 말과 함께 차 문을 닫아주었고 얼마 가지 않아 멈춰 있던 차가 천천히 움직였다.

작게나마 틀어놓은 라디오에서 흘러나오는 이름 모를 외국 노래가 내려앉은 차 내부에 고요하게 울려 퍼졌다. 괜스레 무겁게만 느껴지는 분위기에 내가 작게 숨을 내뱉자, 시트에 편히 기대어 있던 민호가 먼저 입술을 열었다.

"뭐야, 니네 사겨?"

그 말에 나도 모르게 놀라 바락 소리를 내질렀다.

"무슨, 아니야!"

"아니야?"

"그래, 너. 갑자기… 왜 그런 말을 해."

"아니. 사귀는 거 같아서."

놀란 심장이 급박하게 빨리 뛰었다. 최지훈이 말한 건 아닐 테고, 민호의 빠른 눈썰미가 우리 둘 사이에서 이상함을 감지한 듯싶었다. 나는 꾸욱 입술을 짓누르며 기어 들어가는 목소리로 말했다.

"진짜… 아니라고."

작게 말하는데, 이상하게 입안이 물컹거리는 기분이 들었다.

이런 말도 민호에겐 통하지 않으려나.

반포기 상태로 속눈썹을 아래로 내리자 그는 가만히 내려앉았던 입술로 웃으며 느리게 말했다.

“그래, 아니야.”

그 목소리에 무게감이 느껴지던 속눈썹이 가볍게 올라가 민호에게로 향했다. 방금 전까지 치솟았던 불안한 감정들이 일순간 숨죽여 내려앉는다. 민호는 내 얼굴을 가만히 바라보다가 이내 입술을 열어 나에게 물었다.

“커피라도 마실래?”

“…커피? 난 괜찮은데, 너 안 피곤해?”

“피곤하니까 마시는 건데.”

짧게 웃음을 터트리며 시트에 기대고 있던 허리를 펴 운전석 가까이 다가간다.

형, 나 커피. 목동 근처로 가줘.

우리 집 근처로 가 마실 생각인지 목동이라는 단어에 괜스레 앉아 있던 몸에 긴장이 서렸다.

민호는 운전을 하고 있던 매니저 형에게 목적지를 말하고 난 뒤 다시금 허리를 뒤로 젖히며 시트에 편히 기댔다. 정말 피곤한 건지 등을 기대자마자 눈을 감더니 좀처럼 뜰 생각을 하지 않는다.

자려는 걸까.

작은 소리라도 민호의 귓가에 들리게 하고 싶지 않아 다리 위로 가지런히 모아두었던 손끝에 힘을 뺀 뒤, 라디오에서 흘러나오는 나긋한 목소리에 귀를 기울였다.

"최지훈이랑 오늘 뭐했어?"

"어, 어?"

"왜 그렇게 놀래."

갑작스레 들려온 목소리에 내가 제법 놀란 듯 말하자 민호가 짧게 웃음을 터트리며 감았던 눈을 떠 나를 바라본다. 그 모습에 괜스레 머리카락을 쓸어 넘기며 입술을 열었다.

"아니, 그냥… 자는 거 아니었어?"

"안 자."

"……."

"뭐했어?"

민호는 나와 최지훈이 학교가 아닌 다른 공간에서 무엇을 했는지 제법 궁금한 듯 보였다. 피곤한지 또다시 눈을 감고 있으면서, 입술은 나를 향해 있었다. 그 물음에 오늘 무엇을 했더라 생각하다가 최지훈의 입술이 떠오르자, 순식간에 이마가 뜨거워졌다. 하지만 그걸 내 입으로 말할 수 있을 리 없다. 더군다나 민호 앞에서. 할 수 없었다.

"그냥 영화 보고, 라면 끓여먹고. 그리고 공부도 하고……."

입술을 부딪쳤던 순간을 도려낸 채, 하나둘씩 오늘 스쳐 지나갔던 일과들을 되짚어보며 말을 하자 민호가 의아한 듯 눈을 떠 나를 바라보며 입술을 연다.

"데이트?"

"데이트 아니야!"

데이트라는 단어에 나도 모르게 바락 목소리를 높이자 민호가 가만히 내려앉았던 입술로 웃으며 느리게 말했다.

"그래, 아니야."

그 목소리에, 안 그래도 뜨거웠던 이마에 열이 오른다. 히터를 틀어 놓은 것도 아닌데 차 안에 맴도는 공기가 답답하게만 느껴졌다.

"영화 뭐 봤어?"

"일렉. 이번에 나온 거."

"아, 나도 보고 싶었던 건데."

민호는 제법 아쉽다는 듯이 작게 인상을 구기며 말했다. 예매율 1위를 달리는 것도 모자라 관객들의 반응도 좋은 편이라 궁금해 할 만도 했다. 최지훈이 말했던 것처럼 배우들 하나하나가 출중한 연기력을 자랑하는 영화이기도 했으니까. 그와 같은 맥락으로 민호도 그런 면에 있어서 보고 싶은 걸까.

"나중에 시험 끝나고 나랑 같이 봐줘라."

하지만 그게 왜 나랑 보고 싶은 건지는, 모르겠지만서도.

"…알았어."

한 번 봤던 영화를 또다시 반복해서 보는 걸 좋아하는 편은 아니었지만 차마 민호의 말은 거절할 수가 없었다. 안 그래도 학교와 촬영을 병행하는 터라 시간적 여유가 없을 텐데, 얼마나 보고 싶으면 저런 말을 하나 싶기도 했다.

왜인지는 모르겠지만 지금 이 순간, 민호가 하고 싶다는 것들 중 내가 할 수 있는 일이 있다면 뭐든지 다해주고 싶은 마음이 들었다. 저렇게 피곤한 얼굴로, 제 생활에 지친 듯한 모습을 보고 있으니 더욱 그랬다.

민호는 알았다는 내 대답에 옅게 웃으며 고개를 끄덕였다.

약속했다.

그 말에 나는 민호를 향해 무슨 일이 있어도 꼭 같이 영화를 봐주겠다는 말을 했다.

그때였다. 시트에 기대어 있던 민호의 머리가 느리게 움직이더니, 옆으로 내려와 내 오른쪽 어깨에 닿았다. 순간 그 모습에 놀라 고개를 틀자 민호의 머리카락이 뺨에 부드럽게 쓸렸다.

"피곤해."

그 목소리에 순간 긴장해서 딱딱하게 굳어져 있던 어깨에 힘이 빠진다. 민호가 지금처럼 어리광을 부리는 행동은 처음이라 당황스러웠지만 그 모습에 안쓰러운 마음이 드는 건 어쩔 수 없었다. 많이 힘들겠지, 느리게 숨을 내쉬고 뱉는 떨림 하나까지 무겁게만 느껴졌다.

"촬영 많이 힘들었어?"

"어."

"……."

"졸려."

"좀 자. 다 오면 깨워줄게."

"응."

조심스럽게 손을 뻗어 민호의 머리를 좀 더 내 쪽으로 끌어당기며 편하게 기댈 수 있을 만한 자리를 만들어 주었다. 정말 졸린 건지, 민호는 그 뒤로 어떠한 말도 없이 나에게 작은 숨소리만을 들려주었다.

창문 너머로 빠르게 스쳐 지나가는 환한 불빛들과 어둠이 민호의 새까만 머리카락 위로 흐트러지면서 덮었다가 사라지는 걸 반복했다. 주머니 속에 넣어두었던 핸드폰이 짧게 진동했지만 쉽사리 팔을 움직일 수 없었다. 한 번, 두 번… 계속되는 진동에도 빛으로 얼룩이 진 민호의 머리를 가만히 바라보고만 있었다.

얼마나 시간이 지났을까. 커피를 마실 거라는 민호의 말을 기억하는 듯 차가 멈춘 곳은 목동에 있는 한 프랜차이즈 커피 전문점 앞이었다. 곤히

자고 있는 민호를 깨우는 것이 마음이 걸려 쉽사리 손을 대지 못하자 나를 대신해 매니저가 팔을 뻗어 민호의 다리를 두드렸고 그제야 고개를 움직이며 민호가 몸을 일으켰다.

후으!

짧게 숨을 내뱉으며 퍽퍽해진 눈가를 손으로 꾹꾹 누르더니, 이내 손을 뻗어 머리가 닿아 있던 내 오른쪽 어깨를 두어 번 주무른 뒤 차 문을 열었다.

"수고했어."

스치듯 닿은 민호의 목소리에 손길이 닿았던 어깨가 순식간에 물렁해졌다.

"뭐 마실래."

민호를 뒤따라 가게 안으로 들어서자 늦은 시간임에도 불구하고 꽤 많은 사람들이 공간을 메우고 있었다. 민호 옆에 서서 복잡하게 나열된 커피 이름들을 쭉 훑어보다가 결국에는 커피가 아닌 페퍼민트를 시켰다.

워낙 어려서부터 커피와 친하지 못했기 때문에 한 잔이라도 마시는 날이면 밤에 잠이 안 와 뒤척이는 나와 달리 민호는 카페인에 익숙해질 대로 익숙해져 면역이 된 상태인 것 같았다. 하루에 5잔을 넘게 마셔도 잠만 잘 온다고 말할 정도니… 그 정도면 중독이 아닐까 싶다.

종업원에게 진동벨을 건네받은 뒤, 빈자리에 가서 앉아 주변을 둘러보았다. 민호는 촬영으로 인해 사복을 입고 있었기에 지금 이 공간 안에서 교복을 입은 사람은 나밖에 없었다. 그래서인지는 몰라도 자꾸만 다른 테이블에 앉은 사람들의 시선들이 나에게 닿는 듯한 기분이 들었다.

교복 때문인가 생각하다가 이내 울리는 진동 벨에 민호가 자리에서 일어서자 그 시선들의 이유를 알 수 있었다. 적나라하게 민호가 걸어가는 방향대로 따라 움직이는 얼굴들과 저들끼리 숙덕이는 소리를 들은 난 다시 한 번 민호가 타인들에게도 얼굴이 알려진 배우라는 것을 실감할 수 있었다.

나와 동갑인데 민호는 겉모습이나 행동, 말하는 것부터가 같은 나이라고 생각되지 않을 정도로 무게감이 있는 편이었다. 일찍이 사회생활을 해서 그런가, 일반적인 또래 아이들과 달리 성숙하다. 지금처럼 나는 차를 마시는데 민호는 쓰디쓴 아메리카노를 마시는 것처럼.

"필기는 다했어?"

들고 온 쟁반을 테이블 위에 내려놓은 뒤, 차를 내 앞으로 가져다 놓는 민호의 모습에 내가 묻자 민호가 설핏 눈가를 구겼다가 자리에 앉으며 입술을 열었다.

"대충은."

"지훈이가 너도 안 했다고 하던데."

"필기?"

"응."

커피를 한 모금 마시더니, 이내 작게 웃음을 터트리며 말한다.

"아, 들켰네."

그 말에 걱정돼 조심스레 물었다.

"촬영 언제까지야?"

"좀 걸려. 이제 반 정도 찍었어."

최지훈에게 듣기론 최고의 감독과 잘나가는 배우들이 함께하는 영화에 주연급으로 나온다는데, 그래서인지는 몰라도 촬영 분량이 많긴 했다. 어린 나이에 그런 사람들과 함께 활동을 하는 민호가 대단하게 느껴지면서도 한편으로는 학생이라는 신분 때문에 두 가지 일을 병행해야 하는 민호가 안쓰러웠다.

"학교 다니느라 힘들겠다."

"안 그래도 그거 때문에 말 많아."

민호는 꽤 골치 아픈 표정으로 나에게 처음으로 제 얘기를 해주었다. 회사 측에서는 자꾸만 촬영을 잡는데, 학교에서는 아무리 예고라지만 최소한으로 지켜야 할 수업 일수가 있다고 했단다. 그것 때문에 회사 측에서는 전학이나, 아니면 더 나아가 자퇴까지 염두에 두고 있다고 하는데 민호의 부모님께선 그건 또 반대를 하신단다.

회사 쪽에서는 민호의 학생 신분보다 지금 당장에 배우로서 성장해 나갈 수 있는 이 시점이 중요하겠지만, 부모님은 아무리 그래도 학생이 공부를 게을리 하면 안 된다는 입장인 듯 보였다.

"근데 그건 내가 잘못한 거야."

"왜?"

"내가 부모님께 두 개 다 잘할 수 있다고 말했거든."

어려서부터 연기 쪽에 재능이 있어 활동을 해왔지만, 부모님은 연기보다야 민호가 공부를 했으면 하는 마음을 가지고 있는 듯 보였다. 그랬기에 민호는 어쩔 수 없이 양쪽을 다 똑같이 소화해내야만 했다. 연기는 하되 공부도 잘해야 하는 거. 그런 속사정까지 모두 다 듣고 나니 점점 더 민호의 시험이 걱정되는 건 어쩔 수 없는 일이었다.

"시험 잘 볼 수 있겠어?"

"잘 봐야지."

"…내가 뭐 도와줄 건 없어?"

막연해 보이는 민호의 말에 조금이라도 도움이 되고 싶어 한 말이었다. 필기 하나는 무슨 일이 있어도 빼먹지 않고 했었기에 원한다면 책을 프린

트해줄 수도 있는 것이었고, 모르는 것이 있다면 가르쳐 줄 수도 있었다. 하지만 민호는 내가 생각했던 것들과는 전혀 다른 방향으로 나에게 웃으며 입술을 열었다.

"도와줄 거라……."

"……."

"그럼 나 자극 좀 해줘라."

자극이라는 단어에 의아해 마시려고 들었던 차를 도로 내려놓으며 물었다.

"그게 무슨 말이야?"

"시험 잘 보게 자극 좀 해달라고."

"…예를 들면?"

"예를 들자면, 평균 몇 점 넘으면 뭐해주는 거."

지금 민호가 말하는 것은 부모님이 아이에게 시험 점수를 잘 받아오면 갖고 물건을 사준다고 하는 꼬드김과 다를 바가 없었다. 원하는 물건을 가운데 놓고, 점수로 저울질하는 거.

"너 그런 거 좋아해?"

"응."

"……."

"재미있잖아. 조건이 있어야지 할 맛이 나지."

겉으로 보기에는 어른스러운 면이 가득한데, 이럴 때 보면 또 제 나이에 맞게 보이기도 했다. 장난스럽게 웃으며 말하는 민호의 모습에 하는 수 없이 고개를 끄덕이며 입술을 열었다.

"그래, 뭐해줄까?"

"먼저 나한테 해줄 수 있을 만한 거 말해봐."

무작정 제가 원하는 것을 말하는 게 아니라 나에게 먼저 해줄 수 있을 만한 것들을 묻는다. 그 물음에 눈동자를 굴리며 생각을 해보았다. 어떤 걸 해줘야 할까, 물론 민호가 물질적인 선물을 갖고 싶어 이러는 건 아니라는 가정 아래 난 내가 민호에게 해줄 수 있을 만한 것들을 생각해야만 했다.

"너 하기 싫은 일 있으면 내가 대신 한 번 해줄게."

"약한데."

"그럼 고민 상담 들어주기."

"약해."

"심부름시키기."

"약하다니까."

민호는 재미있다고 웃는 걸로 모자라, 의자에 편히 등을 기대어 팔짱을 낀 채 나를 바라보고 있었다. 자꾸만 내가 내뱉은 것들이 약하다고 말하면서.

"재희야, 내 안에 오기 좀 끌어내봐."

나를 자극한다. 그 말에 욱해 나도 모르게 머릿속에 떠다니는 말을 아무렇게나 내뱉었다.

"소원, 들어줄게."

그 말을 내뱉고 나서 아차 싶었지만 말이 떨어지기가 무섭게 민호가 의자에 기대어 있던 등을 앞으로 세우며 입술을 열었다.

"그래, 하자."

"……."

"기준 정해."

민호가 원하는 게 뭔지 알고… 겁도 없이. 순간 불안한 기분이 밀려 왔지만 그래도 민호니까, 이상한 건 시키지 않을 것 같단 생각도 들었다. 이게 다 최지훈 때문이다. 하도 시도 때도 없이 이상한 짓을 하니, 최지훈을 마주할 때마다 드는 초조함이 민호에게까지 전이가 된 거다.

애써 머릿속에 가득 찬 최지훈에 대한 생각을 지우며 민호가 말한 기준에 대해 고민했다. 촬영으로 인해 학교에 잘 나오지 못하고 공부 할 시간조차 없는 것을 염두에 둬 적당한 선에서 숫자를 정해 말했다.

"평균 80점."

내가 말한 점수에 민호가 커피를 한 모금 마시며 말했다.

"더 올려."

"82점."

"더."

"…83?"

그러자 민호가 입술에 닿아 있던 잔을 조금 떨어뜨리며 짧게 웃음을 터트렸다. 그리고 나를 바라보며 느리게 입술을 연다.

"배팅 좀 올려."

진중하게 내려앉은 눈동자로.

"너 나한테 그렇게 안 낮아."

나를 향해 말을 한다. 그 말에 힘입어, 내가 생각해도 꽤 높은 숫자를 말했다.

"88점."

"숫자 애매한데."

"……."

"90점 해."

"…너무 높은 거 아니야?"

아무리 성적을 올리기 위한 조건이라지만, 지금 민호의 상황을 따졌을 땐 불가능에 가까운 숫자였다. 필기도 제대로 못 했는데, 과연 저 점수를 맞을 수 있을까… 걱정하는 나와 달리 민호는 태연하게 마시던 커피를 테이블 위로 내려놓으며 아무렇지도 않게 말했다.

"너한텐 그만큼 해도 안 아까워."

지나가는 것처럼, 너무나도 자연스럽게 흘러나온 말에 나도 모르게 눈을 동그랗게 뜨자 민호가 웃으며 '진짠데' 한다.

높은 숫자에 걱정을 하는 나와 달리 민호는 그 숫자가 내가 내건 조건에 가장 적합하다고 생각하는 듯 보였다. 괜스레 높은 점수를 얻은 여자가 된 것처럼 기분이 들뜨면서도, 겉으로 내색하고 싶지 않아 가만히 내려두었던 차를 마셨다. 물론 갑자기 마셔서 입천장이 뜨겁다 못해 녹을 것만 같았지만.

"나만 하긴 좀 그런데. 나도 너 시험 잘 보면 뭐 하나 해줄게."

"……."

"갖고 싶은 거 있어?"

먼저 나에게 해줄 수 있는 것들을 물었던 것과 달리, 민호는 처음부터 기준을 정해 나에게 묻고 있었다. 갖고 싶은 거, 물질적인 걸 말하는 것 같았다.

"갖고 싶은 거 없어."

손사래를 치는 걸로 모자라 됐다며 고개까지 내젓자 민호가 아쉽다는 식으로 말했다.

"없어?"

"응, 진짜 없어."

"없으면 그냥 내가 정해서 사고."

"어? 아니야, 안 사줘도 돼."

“전부터 사주고 싶은 거 있었어.”

“…….”

“시험은 핑계.”

나에게 도대체 무엇을 사주고 싶었던 건지, 시험은 핑계에 불과하다고 말한다. 하지만 그 말을 들은 이상 가만히 있을 수도 없는 일이었다.

“난 85점.”

“…….”

“열심히 해.”

그 선물이 뭔지, 궁금해서라도 점수를 넘어야겠다. 괜스레 불타는 의욕에 내가 제법 비장한 표정을 지었는지 민호가 웃으며 궁금해(?) 한다. 애써 아니라며 고개를 내저었지만 궁금하지 않을 수가 있나, 벌써부터 머릿속에는 그것이 무엇일까에 대한 예측이 난무하고 있었다.

그때였다. 시끄럽게 울리는 벨소리에 내가 소리가 난 쪽으로 시선을 옮기자, 민호가 입고 있던 점퍼 안쪽에서 핸드폰을 꺼내 들었다. 발신자를 가만히 내려다보다가, 고개를 들어 나를 바라보며 통화 버튼을 누른다.

“어, 왜.”

—너 지금 어디야, 재희 데려다 줬어?

나에게까지 들릴 정도로 핸드폰을 비집고 흘러나오는 커다란 목소리에, 뒤늦게 주머니 속에 넣어두었던 핸드폰을 꺼내 들었다. 하지만 배터리가 나간 건지 불 꺼진 액정이 전부인 핸드폰으론 아무것도 확인할 수 없었다.

“지훈이야?”

익숙한 목소리였기에 물은 건데, 민호가 대답 대신 나를 바라보던 시선을 옮기며 입술을 열었다.

"지금 나랑 있어."

그러면서 최지훈이의 목소리가 들리지 않도록 손가락으로 버튼을 눌러 음량을 낮춘다. 그 모습에 얌전히 벌어졌던 입술을 꾹 짓누르며 가만히 민호를 바라보고 있었다.

최지훈과의 통화에 민호의 대답은 꽤 드문드문 간결하게 이뤄졌다.

목동. 커피. 왜 안 되는데. 그건 니가 알바 아니고.

뚝뚝 끊어지는 말들에 주워들으며 둘이 어떤 대화를 주고받는지 알아내기 위해 눈동자를 굴렸다. 하지만 생각보다 통화는 빨리 끝이 났다. 그것은 민호의 한 마디와 함께 너무나도 일방적으로 끊어진 대화였다.

"방해하지 말고 끊어."

그 한 마디와 함께 종료 버튼을 누르며 핸드폰을 내려놓는 민호의 모습에 내가 설핏 인상을 구기자, 민호가 나를 바라보며 입술을 열었다.

"왜."

"……."

"이렇게 끊으면 안 돼?"

그 시선에 순간, 머릿속에 자리 잡은 꺼져 있는 핸드폰처럼 모든 것이 까마득해졌다.

커피를 다 마신 뒤, 민호는 혼자서 갈 수 있다고 말했음에도 불구하고 고집스럽게 나를 차에 태워 우리 집 앞까지 데려다 주었다. 그것이 최지훈의 당부 때문인지, 아니면 늦은 시간 홀로 보내는 것이 마음에 걸려서인지는 잘 알 수 없었다.

차에서 내린 뒤 빨리 가라고 말했지만 민호는 꿋꿋이 반쯤 내린 창문으로 내 얼굴을 가만히 바라보고만 있었다.

"왜?"

"너 가는 거 보고."

창문 너머로 보이는 민호의 눈이 살포시 휘어진다. 그 말에 하는 수 없이 인사와 함께 등을 돌려 먼저 걸음을 옮겨야만 했다. 계단에 오르고, 비밀번호를 눌러 아파트 안으로 들어가고 나서야 민호가 타고 있던 차가 느리게 움직이며 시야에서 사라졌다.

집에 도착하자마자 가장 먼저 한 것은 핸드폰에 충전기를 꼽는 것이었다. 얼마나 마음이 급했으면 잭이 핸드폰 연결 부위에 들어가지 않고 자꾸만 엇나갔다. 안 그래도 작기만 한 구멍에 긴 머리카락마저 눈치 없이 흘러내려 시야를 방해한다.

전원 버튼을 누르고 로딩이 되는 동안에도 마음이 초조하기만 했다. 민호와 함께 있으면서도 자꾸만 미련처럼 머릿속을 헤집고 다닌 건 다름 아닌 최지훈이었다.

역시나도 민호와의 통화에 일방적으로 끝이 난 마무리가 불안했던 걸까. 아니면 그 뒤로 울리지 않았던 벨소리가 문제였을까. 그것도 아니면 핸드폰이 꺼져 있는 걸 몰랐던 내 잘못인 걸까. 누구에게 책임이 있던 건지 모르겠다.

아니나 다를까, 전원이 들어온 액정 위로 도착한 메시지가 5건이나 된다. 발신자는 모두 최지훈.

[집에 갔어?]

[왜 답장이 없어.]

[잘 간 거야?]

[핸드폰 왜 꺼져 있어.]

[핸드폰 켜면 바로 전화해.]

마지막 문자 시간을 보니 얼마 되지 않았다. 평소와 다를 바 없는 폰트가 오늘따라 왜 이렇게 딱딱하고 무섭게 보이는지 모르겠다.

전화해.

최지훈의 말대로 곧바로 통화 버튼을 눌러 귓가에 핸드폰을 가져갔다.

잠깐 동안의 연결음이 울리고 얼마 가지 않아 소리가 뚝 끊기더니 수화기 너머로 아무런 말이 없다.

연결이 된 건가.

귓가에서 핸드폰을 떼 바라보자, 여전히 흘러가는 시간에 작게 한숨을 내쉬며 내가 먼저 입술을 열어야만 했다.

"미안… 핸드폰 배터리가 나가 있었어."

—알아.

평소와 달리 내려앉은 목소리에 이상함을 느낀 눈동자가 느리게 구른다. 무슨 말을 해야 하나 생각하고 있는데 이번에는 최지훈이 먼저 입술을 열었다.

—지금 집에 들어갔어?

"응."

—너 지금이 몇 시야?

"…11시 40분."

—나랑 헤어진 게 몇 신데.

"글쎄… 몇 시였는데?"

—9시.

9시에서 지금까지… 최지훈은 자신의 눈이 닿지 않는 시간에 연락이 없었던 나에게 불만이 많은 듯 보였다. 대답이 없는 수화기 너머로의 침묵은 마치 아이를 혼내는 부모가 그러하듯이 잘못을 느끼고 반성하길 바라는 듯 보였다.

민호와의 통화에 나와 함께 있다는 걸 알았으니 괜찮다고 생각했는데 그것도 아니었나.

자꾸만 지속되어지는 침묵의 무게를 견디지 못하고 결국에는 내가 먼저 조심스레 입술을 열었다.

"…걱정 많이 했어?"

—어.

"…너 지금 화났어?"

—어.

"왜?"

—왜?

"……."

—야, 너 같으면 니가 좋아하는 애가 연락도 안 되고, 겨우 연락 됐는데 딴 놈이랑 같이 있으면 기분이 어떨 거 같냐.

"……."

—어?

최지훈은 아무리 내가 자신과 친한 민호가 있었다고 한들 남자로 치부하는 것 같았다. 나와 민호 사이 역시 친구였지만, 이 늦은 시간에 있는 것까진 이해를 못하는 듯 보였다.

—내가 짜증이 나겠어, 안 나겠어?

최지훈이 내걸었던 조건 속에 이런 것도 포함되었던 걸까.

—적당히 해.

내가 그 말도 안 되는 조건을 받아들인 순간부터, 한쪽에선 일방적일 수밖에 없을 텐데 나는 어쩌면 너무나도 쉽게 최지훈과 사귀겠다는 말을 한 걸지도 모른다. 세 달이라는 유예기간이 있었지만 이미 한쪽으로 치우쳐진 관계는 조바심을 내고, 불안해 할 수밖에 없었다. 나는 그동안 너무나도 안일하게 나에게 향해 있는 최지훈의 마음이 나와 같을 거라고 생각했었다.

—오빠 화나지 않게. 어?

사실, 넌 나처럼 가벼운 입장이 아닐 텐데. 내가 민호와 함께 있는 것조차 불안해 견딜 수 없었던 것처럼 말이야.

통화는 일방적으로 최지훈이 먼저 제멋대로 끊었다.

피곤하니까 잔다.

제법 쌀쌀맞은 말을 툭 내뱉고 통화는 그렇게 끝이 났다. 차갑게 꺼져버린 핸드폰을 내리자 충전을 하기 위해 연결해 두었던 길게 늘어진 선이 괜스레 눈에 밟혔다.

화가 조금 풀린 뒤에 전화할 걸 그랬나, 그랬더라면 최지훈은 아마 화가 덜 났을까. 아마 내가 민호와 내기를 한 걸 알게 된다면 그는 지금보다 더 화를 내겠지.

종일 들여다보았던 국어책 속, 작가의 의도를 파악하려는 것보다 더 복잡하고 어려운 문제였다.

일요일 아침 일찍, 잠에서 일어나 책상에 앉았다. 시험 공부 잘하고 있냐고 문자를 한 민호와 달리 최지훈은 보란 듯이 나에게 그 어떤 연락도 하지 않았다. 그래서 나 역시 오기가 생겼는지 모른다.

확실하게 행동하자. 아직까지는 친구 사이야.

그렇게 생각하며 얌전하기만 한 핸드폰에 닿은 시선을 옮겨 교과서를 바라보았다.

월요일 아침, 난생처음으로 최지훈이 시계탑 앞에 먼저 와 있는 경이로운 광경이 눈앞에 펼쳐졌다. 매번 지각을 담당하던 그가 오늘은 무슨 바람이 불은 건지 약속 시간보다 10분 먼저 와 기다리고 있었다.

아직 오지 않은 민호의 모습에 괜스레 최지훈에게 다가가는 걸음이 무겁게 늘어지기만 한다. 무슨 말을 해야 할까 생각하다가 곧 그 고민이 쓸데없는 일이었음을 알 수 있었다.

"손."

"…어?"

"손 줘봐. 두 개 다."

가까워진 거리에 멈춰 서자 최지훈이 기다렸다는 듯이 나를 보며 손을 요구했다. 그것도 양손 다. 매섭게 바라보는 시선에 하는 수 없이 두 손을 펼쳐 앞으로 내밀자, 안 그래도 내려앉아 있었던 최지훈의 눈썹이 한 뼘 더 어두워졌다.

"손은 멀쩡하네."

"무슨 소리야?"

"난 너 손가락이라도 부러진 줄 알았지."

"뭐?"

"문자. 전화."

"……."

"아무것도 없기에 너 어디 다친 줄 알았다고."

어제 아무런 연락이 없었던 내가 손이라도 부러진 줄 알았단다.

"너도 나한테 연락 안 했잖아."
"왜 늘 내가 너한테 먼저 해야 되는데?"
"뭐?"
"아, 깜빡했다. 내가 더 많이 좋아하지."

태연하게 흘러나온 말치곤 뭔가 말에 뼈가 있다. '응'이라고 대답하기엔 어제 자꾸만 핸드폰을 노려보고 있었던 내 행동에 맞지 않았고 아니라고 말하자니 그건 마음이 이상했다. 꾸욱 입술을 짓누르며 결국에는 합의점을 찾아 애매모호한 말들을 꺼내놓는다.

"공부하느라 정신없었어."
"아, 그래."
"…넌 왜 연락 안 했는데?"
"나도 공부하느라 정신 없었나보지."
"……."
"……."
"그래서 공부는 많이 했어?"
"어."
"……."
"……."
"……."
"이민호 왔네."

자꾸만 뚝뚝 끊기는 대화 속 숨어 있는 어색함이 견디기 힘들었는지 민호가 등장하자, 나도 모르게 안도의 숨이 흘러나왔다. 민호 역시 시계탑 앞에 서 있는 최지훈의 모습이 낯설게만 느껴졌는지 오자마자 나와 최지훈을 번갈아보더니 '내가 지각?'이라고 물었다.

그 말에 최지훈이 대답 대신 먼저 몸을 돌려 버스정류장으로 향했고 그 모습을 가만히 바라보던 민호가 설핏 웃으며 나를 향해 양쪽 어깨를 들썩였다. 쟤 왜 저래 혹은 모르겠다는 의미다.

사람이 득실득실한 버스에 민호가 먼저 오르고, 그다음은 나와 최지훈이 차례대로 탔다. 좁은 버스에 도대체 얼마나 사람을 쑤셔 넣을 생각인지 한 발자국도 앞으로 갈 수 없음에도 불구하고 자꾸만 더 들어가라며 앞쪽에서 밀어대는 통에 풀었던 머리가 사람들의 옷에 쓸려 이리저리 헝클어졌다.

따가운 정전기에 나풀나풀, 이리저리 얼굴에 머리카락이 달라붙는다. 사방에서 조여 오는 압박에서 벗어나기 위해 억지로 발걸음을 옮기자, 갑자기 아무런 신호도 없이 출발하는 버스에 몸이 앞으로 쏠렸다.

"아!"

중심을 잃은 몸은 민호의 등으로 얼굴을 기대는 걸로 모자라 체중까지 실리게 만들었다. 갑작스러운 부딪힘에 민호가 넘어지면 어쩌나 했지만 다행스럽게도 앞에 서 있던 민호가 손잡이를 잡아 중심을 잡아주었다.

"으, 진짜……."

민호의 교복을 꼬옥 움켜쥐며 애써 반쯤 기울어진 몸을 똑바로 세우려고 하자 민호의 손이 나에게 다가와 내 어깨를 감쌌다.

"괜찮아?"

그 목소리에 애써 고개를 끄덕이려고 하는 찰나에, 등 뒤로 살벌한 목소리가 들려왔다.

"야, 비켜."

"……."

"내가 할 거야."

그 말을 끝으로 목 주변으로 커다란 팔 하나가 둘러지더니 내 몸이 최지훈 쪽으로 쏠리는 건 순간이었다. 등 뒤로 느껴지는 최지훈의 몸에 고개를 뒤로 젖히자, 민호에게 향해 있는 그의 시선이 적나라하게 느껴졌다. 그것은 마치 전투 직전의 늑대처럼 매서운 모습을 하고 있었다. 이빨만 내세우지 않았지, 둘 사이에 엉키는 기류는 결단코 얌전하지 않았다.

최지훈은 제 것처럼 내 목에 두른 팔에 힘을 실었다. 경계를 하는 모습에 민호가 어이가 없었는지 짧게 웃음을 터트리며 입술을 열었다.

“나 뭐 잘못했어?”

“어.”

“뭘?”

설핏 인상을 구기며 묻는 민호의 목소리에 내가 최지훈의 팔을 떼어내려 애썼지만 그는 여전히 민호를 바라보며 방금 전보다 더 강한 힘으로 내가 움직이지 못하게 나를 조여 왔다.

“나 얘 좋아해.”

“…….”

“그러니까 행동 좀 조심해줘라. 거슬려.”

갑작스레 내뱉어진 고백에 당황한 내가 서둘러 민호를 바라보자, 민호의 표정이 어둡다 못해 심각하게 내려앉아 있었다.

“만지지 마. 알겠어?”

진짜… 지금 민호에게 무슨 말을 하는 거야.

놀란 눈동자가 제멋대로 흔들리며 민호의 표정을 살피기 위해 빠르게 움직였다. 등 뒤로 서 있는 최지훈이 지금 어떤 얼굴을 하고 있는지 볼 순 없었지만 지금 민호보다 더 심각하진 않을 거다. 단 한 번도 민호의 저런 표정을 본 적 없었기에 기분이 이상했다.

“민호야, 그게 아니라…….”

"너네 지금 사겨?"

"……."

"아니지."

내 말을 뚝 자르고 최지훈을 향해 민호가 내려앉은 목소리로 거침없이 말을 쏟아냈다. 사귀냐는 말에 최지훈은 차마 하지 못할 말들을 억지로 집어삼켰다. 하지만 그 모습에 힘을 입었는지, 민호가 짧게 웃음을 터트리며 입술을 열었다.

"근데 왜 나한테 이래라 저래라야, 어이없게."

다른 사람들에게는 보이지 않겠지만 지금 내 눈에는 둘 사이의 신경전이 적나라할 정도로 또렷하게 보였다.

"그런 말, 사귀고나 말해."

"……."

"알았어?"

그 말에 조금은 내 목에 휘감은 최지훈의 팔이 느슨해지는 것 같았다.

버스에서 내린 뒤, 최지훈에게 무슨 말이라도 하려고 했지만 막상 얼굴을 보니 목구멍까지 차올랐던 말들이 신기하게도 흩어졌다. 평소 장난스럽거나 혹은 거침없었던 모습과는 판이하게 다른 얼굴이다. 그렇게 생각하니 평소 넓게만 느껴졌던 어깨도 힘없이 풀이 죽어 보였다. 먼저 앞서 걸어가는 민호의 뒷모습을 바라본 뒤, 최지훈에게 다가가 입술을 열었다.

"표정이 왜 그래?"

"뭐가?"

"딱 봐도 안 좋잖아."

"……."

"왜 민호한테 그런 말을 해? 비밀로 한다고 했잖아."

왜 하필 그 상황에서 그런 말이 나왔는지 아무리 생각해도 갑작스럽기만 하다.

민호가 어이없어할 만도 해. 날 위한답시고 잡아준 행동에 도리어 욕을 먹은 거나 마찬가지니 민호 역시 기분이 좋지 않을 거다. 거기다가 좋아하는 말까지.

하지만 최지훈은 자신이 내뱉은 말이 문제가 아니라는 듯 짙은 눈썹을 구기며 나를 바라보았다.

"내가 쟤한테 너랑 사귄다고 말했어?"

오히려 나에게 원망스러운 시선을 보내며, 무겁게 내려앉은 목소리로 말한다.

"좋아한다고만 말했어."

그 상황에 솔직하게 말할 수 없었던 게 화가 난 건지, 그 말을 내뱉고 나서 최지훈이 고개를 돌리며 작게 욕을 뇌까렸다.

씨발, 짜증나네.

주머니에 넣어두었던 손으로 왁스로 쓸어 넘긴 머리까지 헝클어트리며 짜증을 토해낸다.

"너 진짜, 왜 그렇게 말……."

"아, 그만. 내 앞에서 이민호 편들어 줄 거면 말하지 마. 나 지금 안 그래도 충분히 화났으니까."

진짜로 화가 머리끝까지 난 건지 최지훈은 내 말을 뚝 자르며 구겼던 눈썹 위로 손가락을 세워 두어 번 문질렀다.

후읍!

화를 삭이기 위해 안간힘을 쓰는 최지훈의 눈썹이 고단해 보인다.

"아, 씨발… 화가 안 가라앉네."

"……."

"먼저 간다. 시험 잘 봐."

최지훈은 더 이상 내 앞에서 좋지 않은 모습을 보여주고 싶지 않았는지 먼저 간다는 말을 했다. 그리고 그건 평소 무슨 일이 있어도 내 옆을 지켰던 최지훈이 한 발언치고는 믿기 어려운 말이기도 했다. 내가 그 말에 어리둥절. 대답 대신 눈을 깜빡이자 등을 돌려 걸어가던 최지훈이 다시금 몸을 돌려 나에게 걸어왔다.

"혼자 가. 이민호랑 같이 가지 말고."

"……."

"알았어, 몰랐어?"

그 물음에 '왜?'라고 묻고 싶었지만 그 말을 내뱉었다간 안 그래도 구겨진 최지훈의 얼굴이 더욱더 난잡해질 것만 같았다.

그냥 알았다고 말을 해야 하는 걸까… 그럼 민호는?

정답을 찾지 못해 아무런 말도 하지 않자, 결국에는 최지훈이 깊은 한숨과 함께 손을 뻗어 내 손목을 잡았다.

"아, 불안해서 안 되겠네. 그냥 빨리 와."

"……."

"진짜, 씨발… 이게 뭔 짓이야."

나도 지금, 이게… 무슨 짓인지 모르겠다.

최지훈은 보란 듯이 내 손목을 잡고 걷고 있던 민호를 스쳐 지나가 빠른 걸음으로 학교 건물 안까지 나를 끌고 갔다. 손이라도 놓고 가라고 말을 하고 싶었지만 괜스레 화가 났다는 최지훈의 말이 마음에 걸려 벌어졌던 입술이 하릴없이 내려앉는다. 먼저 걸어가는 우리 둘의 모습을 보고 민호가 이상하다고 생각했을지도 모를 테지만 이해해주겠지, 지금의 최지훈에겐 이해가 필요하다.

교실 앞에 도착을 하고 나서야 끈질기게 붙잡고 있던 최지훈의 손이 떨어져나갔다. 아무런 말없이 가만히 선 채 나를 바라보는 통에 내가 먼저 작은 한숨과 함께 교실에 들어가자 그제야 걸음을 옮긴다.

반에 들어가자마자 날아와 꽂히는 아이들의 시선에 의아한 것도 잠시, 순간 활짝 열려진 뒷문 앞에 서서 내 손목을 잡고 있던 최지훈의 얼굴이 떠올랐다.

아, 진짜…….

뒤늦게 입술을 짓누르며 학교 내에서 손을 잡은 것에 대해 후회를 해야만 했다. 손 좀 놓으라고 말을 하는 게 맞았다.

"시험 잘 봤어?"

종소리와 함께 뒷자리에 앉아 있던 아이들이 일어나 OMR 카드를 걷는 것을 끝으로 시험 첫날이 끝이 났다. 카드가 책상을 떠나자마자 시험을 보기 위해 일렬로 줄을 맞춰 내 뒤로 자리 잡게 된 가람이가 불쑥 내 어깨 너머로 얼굴을 들이밀며 물었다. 비교적 쉬웠던 과목이었기에 '그럭저럭'이라고 말하자 가람이가 눈가를 푹 죽였다.

"아, 난 도덕 망한 거 같아."

"왜? 뭐 어려운 거 있었어?"

"다 어려웠어. 난 이 세상에 도덕이 제일 싫어, 존나 아리송하잖아."

"뭐가 애매해?"

"아, 몰라. 난 그래. 초등학교 때는 바른생활, 슬기로운 생활 같은 것도 싫어했어. 공부를 해도 머리에 안 들어와, 안 외워져."

보통은 제일 쉬운 과목이 뭐라고 묻는다면 당연지사 도덕이라고 말할 텐데, 가람이는 그와 정반대인 듯 보였다.

"내가 삐뚤어졌나? 난 왜 도덕이 이해가 안 되지."

가람이는 곧 울 듯한 표정으로 답을 맞춰보는 아이들을 향해 한숨을 푹 내신 뒤 시험지를 아무렇게나 구겨 서랍에 쑤셔 넣었다. 그와 동시에 담임이 들어와 회의가 있다는 말로 청소 당번을 전해주고 교실을 빠져나간다. 순식간에 끝이 난 조회에 반 아이들이 모두가 벙쪄 있다가 이내 가람이 나를 향해 해맑게 웃으며 '노래방 갈래?' 한다.

빨리 끝났겠다, 도덕으로 피격당해 너덜해진 마음을 노래로 달래야 한다며 나를 설득하는데 내일 제일 취약한 수학이 있어 고개를 내저을 수밖에 없었다.

미안, 시험 다 끝나고 가자.

나의 말에 가람이가 금세 웃던 입가를 죽이며 또다시 도덕 얘기를 꺼냈다.

"저기… 재희야."

그때였다. 갑자기 들려오는 목소리에 가람이에게로 향해 있던 시선을 옮기자 반 여자아이가 나를 바라보며 제법 난처한 표정을 지었다.

"응? 왜?"

"누가 너 좀 불러달래."

"누가?"

"그건… 어쨌든, 뒷문으로 가봐."

말끝을 늘리는 걸로 모자라 어색한 미소를 지으며 말하는 모습에 왠지 모르게 이상한 기분이 몰려왔다.

누구지.

혹시라도 최지훈일까 생각했지만 평소 우리 교실을 제 집처럼 드나드는 그가 나를 누군가를 시켜 부를 리 없었다.

"누군데?"

"몰라. 잠깐 기다려."

의아한 듯 묻는 가람이에게 그 말을 내뱉고 여자애가 말한 뒷문으로 걸어가자 그곳에는 의외의 인물이 서 있었다. 얼굴을 확인하고 딱딱해진 허리를 애써 굽히며 인사를 했다.

"아, 안녕하세요."

최율, 그 여자 선배였다.

7. 질투

선배는 내 인사에 작게 웃으며 '시간 좀 있니?'라고 물었다. 이미 종례를 마친 반 아이들의 절반 정도가 가방을 메고 교실을 빠져나가고 있었기에 시간이 없다는 말은 결단코 내뱉을 수 없었다.

최지훈에 대한 인지도가 두터운 만큼, 1학년 복도에 자주 등장하던 선배를 반 아이들 역시 모두 다 알고 있었다. 불편한 상대를 마주하고 있는 것보다 호기심으로 무장한 아이들의 시선을 견디는 것이 더 힘들어 눈동자를 굴리자 선배가 먼저 입술을 열었다.

"좀 시끄럽네, 자리 좀 옮길까?"

그 말에 작게 고개를 끄덕이며 먼저 걸음을 옮기는 선배의 뒤를 따라갔다. 긴 복도를 걷는 내내, 선배는 제 왼쪽 가슴에 차고 있는 명찰의 위상에 힘입어 모든 1학년 아이들의 인사를 받고 있었다. 그 모습을 보며 일단은 가슴에 달려 있는 최지훈의 명찰부터 포켓 안쪽으로 밀어 넣었다.

선배가 나를 데려간 곳은 최지훈의 교실과 정반대인 복도 끝이었다. 보통은 하교를 할 때 양쪽 끝에 위치한 계단보다 교문과 가까운 중앙계단을 이용하기 때문에 수업이 끝났음에도 불구하고 계단을 이용하는 아이들은 극히 드물었다.

"저기, 저한테 무슨 할 말 있으세요?"

사람을 불러다 놓고 긴 머리를 쓸어 넘기며 여유를 부리는 모습에 결국에는 내가 먼저 입술을 열어야만 했다. 내 물음에 머리카락을 매만지던 가느다란 손가락이 아래로 내려와 팔짱을 낀다.

톡, 톡.

검지를 세워 가볍게 팔 위를 두드리더니 이내 나를 바라보던 눈가가 곱게 휘어졌다.

"너 지훈이랑 무슨 사이니?"

웃는 얼굴과 다르게 제법 무거운 발언에 내가 놀라 반문했다.

"네?"

"무슨 사이냐고. 궁금해서 그래."

그녀가 내뱉은 말에 대답 대신 입술을 꾹 짓눌렀다. 그녀는 지금 단순히 나와 최지훈이 친구 사이라는 뻔한 대답이 궁금해 묻는 게 아니었다. 질문의 요지를 파고든다면 그녀가 말한 것은 남녀 사이의 문제에 더 가까웠다. 딱 잘라서 말하자면 사귀는 거니, 아니니 그런 식의 물음.

"…아무런 사이도 아닌데요."

결단코 사귄다는 말을 할 수가 없어 말을 하자 웃고 있던 그녀의 입술이 조금은 매서워졌다.

"요즘은 아무런 사이도 아닌데 손 붙잡고 그러니?"

"……."

"응? 원래 그런 거야?"

손이라는 단어에 작게 인상을 구겼다가, 이내 아침에 내 손목을 붙잡고 내 교실 앞까지 왔던 최지훈의 얼굴이 떠올랐다.

혹시라도 그걸 본 걸까.

해명이라도 해야겠다 싶어 입술을 벌렸지만 순간 지금 이 상황에서 최지훈이 그랬다고 말한다면 오히려 나에게 더 마이너스가 될 것만 같은 기분이 들었다.

기분이, 더 나쁘겠지.

'제가 한 게 아니라 최지훈이 일방적으로 잡은 거예요'라고 말한다면 그녀의 기분이 어떨지 같은 여자였기에 나 역시 조금은 알 수 있었다.

"명찰도 그렇고, 손도 그렇고. 매일 등교도 같이하는 것 같던데, 요즘은 아무 사이도 아닌데 다 그런가보네."

"……."

"내가 몰랐네. 그렇지?"

원래 연기를 하는 사람들은 모두가 다 이럴까.

정작 본인은 웃으면서 아무렇지도 않게 말을 하는데 그 말들이 겉모습과는 판이하게 다르게 날카로운 모습을 하고 있었다. 지독한 포커페이스였지만 대사에 실려 있는 온갖 잡다한 감정들이 똘똘 뭉쳐 나에게 향해 있었다.

"하고 싶은 말이 뭐예요……?"

나는 연기에 대해 잘 알지도 못하지만 그녀가 지금 말하고자 하는 게 어떤 건지는 잘 알고 있었다. 굳이 배배 꼬아서 말을 하지 않아도 알아들을 수 있는 나이였고, 시간이 길게 늘어질수록 불리한 것도 나라는 걸 알고 있다. 내 물음에 그녀가 기다렸다는 듯이 서론을 접어두고 본론으로 다가선다.

"나 지훈이 볼 때마다 가슴에 붙어 있는 니 이름에 기분 나쁘거든. 그것부터 지훈이랑 바꿔."

그 말에 마주 잡고 있던 손가락 끝에 제멋대로 힘이 들어갔다. 우리 둘 사이에 명찰이 어떤 의미인지 알지 못하는 선배에게 있어 그것이 방해물처럼 느껴졌나 보다.

좋아하나, 최지훈을.

"그것도 그렇고. 친구라고 생각하기엔 지훈이랑 너, 너무 붙어 있는 것 같아서 보기 불편해. 조금만 거리 좀 두었으면 좋겠어."

좋아하는 거겠지. 그러니 지금 날 불러서 이런 얘기들을 하고 있는 걸 거다.

처음 최지훈의 교실 앞에서 마주했을 때에도 기분이 묘했었는데 그게 지금 이런 결과물을 불러온 듯싶었다. 그녀는 내가 모르는 사이에 최지훈을 향한 감정을 키워나가고 있었다. 아니, 어쩌면 처음 최지훈에게 접근했을 때부터 줄곧 이런 감정이었을 거다.

"너 지훈이랑 매일 아침 등교 같이하더라, 그것도 좀 안 했으면 좋겠고."

이제는 우리의 등교까지 침범해 조율하려든다. 그녀의 말에 입술을 더욱 더 깨물어야만 했다. 그녀가 먼저 등교를 자기와 함께하자고 말을 하면 더 빠를 텐데 아직까지 그녀는 최지훈에게 이것저것을 요구할 만한 위치는 못 되는 것 같았다. 그러니 지금 나에게 와 이런 말들을 하고 있는 거겠지.

"나 지훈이한테 관심 있어. 넌 아무런 사이 아니라고 했으니까 이 정도 말, 좋아하는 입장에서 내가 할 수 있는 거지?"

좋아해서, 최지훈에게 예쁘게만 보이고 싶은 거겠지.

순간 그녀의 말에 입술을 꾹 짓누르는 일밖에 하지 못하는 내가 비참하게만 느껴졌다. 사실대로 말하자니 그녀의 기분을 나쁘게 할 만한 소재가 다분했다. 사귄다는 말을 하면 어떤 일이 펼쳐질지, 보지 않아도 뻔히 다 알 수 있었다. 그렇다고 해서 알겠다고 말하자니 나 역시 기분이 이상했다.

"무슨 말하시는지 잘 알겠어요. 잘될지는 모르겠지만… 노력해 볼게요."

긴 시간 다물고 있던 입술을 열어 소신껏 내가 할 수 있는 최선의 말을 내뱉자 그제야 그녀가 내려앉아 있던 입술을 끌어 올리며 기분 좋게 웃었다.

"그래, 노력해서 못 하는 게 어디 있어."

그 말과 함께 시선을 내려 내게 손을 뻗은 뒤, 포켓 안으로 넣어두었던 명찰을 조심스레 잡아당긴다.

"안 하는 거지."

살벌한 그녀의 눈동자가 나를 베어낼 것처럼 노려보았다. 명찰을 잡은 아귀엔 감정이 실려 있어 옷핀으로 고정이 되어 있지 않았더라면 아마 힘없이 떨어져 나갔을 거다. 그때였다. 인적이 없었던 계단에서 누군가가 내려오더니 일정하게 흐르던 발소리가 소리가 뚝 멈춘다. 그 소리에 의아해 고개를 들자 계단 중턱에 멈춰 있는 남자가 보였다.

"어… 민호야, 안녕."

황급히 나에게서 손을 뗀 그녀가 민호를 보며 어색하게 웃었다.

"……."

민호의 시선이 잠깐 동안 그녀에게 닿고, 옮겨와 나에게 닿는다. 순간 마주한 민호의 얼굴에 꾹 짓누르고 있던 감정들이 불규칙하게 날뛰기 시작했다.

인적이 드문 복도 끝에 최율과 내가 서 있는 게 이상했는지 멈춰 있던 민호가 마저 계단을 내려왔다. 그리고서는 나를 마주했을 때 민호의 표정은 어딘가 모르게 강해 보였다.

"촬영 가?"

"네."

"부럽다, 우리 민호 잘나가네."

지금까지 내 앞에서 당당하게 굴었던 태도는 도대체 어디로 간 건지, 그녀는 범죄 현장을 들킨 것처럼 민호의 앞에서 적지 않게 당황해 흔들리고 있었다. 애꿎은 머리카락을 자꾸 쓸어 넘기는 걸로도 모자라 예뻐 보이는 웃음을 실없이 흘리며 이리저리 눈동자를 굴린다.

"그런데, 재희랑 무슨 일 있어요?"

"응? 아, 그게 아니라 지나가다가 만났어. 그렇지?"

해맑게 웃으며 나를 바라보며 묻는데, 그 얼굴에 대놓고 고개를 내저을 수 있을 리 없었다.

"그런데… 원래 여기로 나가니?"

"차가 후문에 있어서요."

그녀의 입장에서 본다면 지금 이 상황은 그다지 좋지 못한 것이 분명했다. 인적이 잘 드나들지 않는 공간을 의도적으로 노리고 왔는데, 그곳에서 마주한 인물이 왜 하필 다른 누구도 아닌 최지훈과 절친한 민호인 걸까에 대해 그녀는 아마 진땀을 빼고 있을 거다.

"선배랑 있을 줄은 몰랐네요. 안 그래도 찾았는데."

그 말에 내가 당황해 '어?'라고 묻자, 민호가 설핏 눈썹을 구겼다.

"오늘 나랑 같이 가기로 했잖아."

"…무슨."

"또 잊었나보네. 오늘 아침에 같이 가자고 말했는데."

지금 이 상황에서 나를 꺼내줄 요량인지 민호가 부드럽게 웃으며 뻔뻔한 거짓말을 했다.

"먼저 가볼게요."

"아, 응. 촬영 잘하고. 재희도 잘 가."
"…안녕히 계세요."
허리를 숙여 인사를 하자 민호가 기다렸다는 듯이 내 어깨 위로 팔을 두르며 제 쪽으로 나를 끌어당겼다. 천천히 걸음을 옮기는데, 이상하게 자꾸만 가슴이 두근거려 한발 한발 내딛는 것조차 쉽지 않았다. 민호는 밖으로 나오자마자 나를 학교 건물 벽으로 밀어붙이더니 깊은 숨과 함께 입술을 열었다.
"괜찮아?"
내가 아무런 말을 하지 않자 민호가 나지막하게 입술을 열었다.
"…차에 가 있어. 역까지 데려다줄게."
내 얼굴을 천천히 살피던 민호가 이내 허리를 펴 손으로 내 어깨를 가볍게 꾹 누르더니 몸을 돌려 어디론가 전화를 하기 시작한다.
"어, 형. 학교 위로 올라와줘."
매니저에게 전화를 한 건지 학교 위까지 올라오라는 말에 내가 애써 손을 뻗어 민호의 마이를 쭉 잡아당겼다.
"됐어, 나 괜찮아."
"……."
"너 촬영 가. 괜히 나 때문에 늦지 말고."
그 말에 민호가 들고 있던 핸드폰의 종료 버튼을 누르며 나를 향해 한쪽 눈가를 구겼다.
"안 괜찮아 보이는데."
"괜찮다니까."
이건 내 잘못이 아니라 최지훈에게 관심을 둔 그녀가 벌인 해프닝이나 마찬가지였다. 그냥, 최지훈은 학교에서 인기가 많으니까. 그러니까 태연하게 생각하고 넘어가야 한다.

"그럼 교실까지 데려다 줄게."

민호는 말을 하지 않았지만 나와 복도에서 우연히 마주쳤다는 그녀의 말을 믿지 않는 듯 보였다. 외진 공간에, 벽에 기대어 일방적으로 이야기를 듣고 있던 내 모습을 우연이라고 가장하기에는 모순이 많았다. 민호는 이미 우리 둘 사이에 어떤 식의 이야기가 오고 갔는지 어렴풋하게 짐작하고 있는 것 같았다.

교실로 향하는 내내 몇 번이고 시선을 내려 내 표정을 살피는 민호의 행동에 나는 애써 내려앉아 있던 입술에 힘을 풀어야만 했다.

그 잠깐 사이에 모두가 청소를 끝내고 집으로 돌아간 건지 가람이가 교실에 혼자 남아 나를 향해 손을 흔들고 있었다.

나를 기다리기 위해 주번에게 열쇠를 받아둔 걸까.

손가락 사이에 끼워져 흔들리는 교실 열쇠에 괜스레 미안한 마음이 들어 빠르게 걸음을 옮기자 가람이가 앉아 있던 책상에서 내려왔다. 그와 동시에 가람이 등 뒤로 익숙한 형체가 보였다.

"……."

내 자리에 앉은 채, 잔뜩 눈썹을 구기며 나를 바라보고 있는 건 다름 아닌 최지훈이었다. 시선이 잠깐 동안 나에게 닿았다가 내 어깨 너머로 옮겨간다. 그리고 정확히 내 뒤에 있는 민호의 얼굴에 최지훈의 미간 사이에 주름이 하나 더 늘었다.

후읍.

한숨과 함께 고개를 뒤로 젖혔다가 다시 앞으로 당기며 나를 향해 매서운 목소리로 말한다.

"아, 빡치게."

한쪽 고개를 삐딱하게 틀고선, 이번엔 내가 아닌 민호를 바라보며 입술을 연다.

"왜 또 둘이 붙어 와?"

화를 참는 듯한 최지훈은 어딘가가 뒤틀렸다는 표현이 어울렸다. 최지훈이 자리에서 일어났고, 그 모습에 옆에 서 있던 가람이가 입술을 동그랗게 말아 휘파람을 불었다.

남자들의 우정이라는 게 원래 함께한 시간과는 상관없이 이런 식으로 매서워지곤 하는 걸까. 매번 붙어 있던 둘 사이에 보기 어려운 모습들이 눈앞에서 펼쳐지자 절로 온몸에 긴장감이 서렸다.

지금 이 순간, 내 머릿속을 비장하게 울리고 있는 건 다름 아닌 적색경보였다. 머릿속을 통틀어 귓가에까지 윙윙 울려대는 현란한 소리에 살포시 입술을 깨물며 최지훈과 민호를 번갈아 바라보았다.

"야, 너. 이재희 잠깐 화장실 갔다며."

"어? 어, 응."

"근데 왜 여자 화장실에 가서 이민호를 붙이고 오냐고."

최지훈은 꽤 거친 말투로 가람이에게까지 신경질을 부리고 있었다. 화장실에 갔다는 말에 의아해 가람이를 바라보자, 가람이가 나에게 눈빛으로 무언의 신호를 보냈다. 내가 그렇게 사라지고 난 뒤, 교실에 남겨져 있던 아이들이 내가 누구와 어딜 간 건지 떠들어댔나 보다. 최지훈이 알면 난리가 날 거라는 생각한 가람이가 눈치 빠르게 나를 찾아 온 최지훈에게 대충 핑계를 둘러댄 거고.

"왜 너네 둘, 말이 없어?"

그 목소리에 가람이에게 닿았던 시선을 옮겨 최지훈을 바라보았다.

"무슨 말이라도 해봐. 뭘 어떻게 해야 촬영 간다고 나간 애랑 화장실 간 애랑 같이 오는지 궁금하잖아."

참을성이 부족한 사람처럼 새빨간 한숨을 내뱉으며 최지훈이 내 등 뒤로 서 있는 민호를 노려보았다. 지금 최지훈은 극심한 히스테리에 시달리는 사람처럼 모든 것에 불쾌지수가 높았지만 최지훈을 제외한 우리 셋의 정적에는 다 그만한 이유가 있었다. 사실대로 말하자니 그 뒤로 어떤 상황이 펼쳐질지 모두 짐작 가능했다. 예고에서의 그 선배의 입지나, 지금 삐뚤어져 있는 최지훈이나. 상황이 불처럼 나쁘게 번질 가능성이 다분했다.

"진짜 말 안 해?"

저를 제외하고 서로의 눈치만 보고 있는 상황이 마음에 들지 않았는지 최지훈이 짧게 웃음을 터트리며 짙은 눈썹을 한 뼘 더 구겼다. 어둠으로 뭉쳐진 눈동자가 나와 민호를 번갈아 바라보더니, 이내 목표물을 정하고 입술을 연다.

"넌 촬영 간다는 애가 왜 이재희랑 오는데."

안타깝게도, 첫 번째 희생양은 내가 아닌 민호였다. 민호는 한쪽 눈가를 구기며 잠깐 생각에 잠겨 있다가 얼마 가지 않아 느리게 입술을 열었다.

"할 말이 있어서."

"무슨 할 말?"

"그건 알 거 없고."

"핸드폰은 폼이야? 무슨 얘기기에 얼굴 보고 말해야 돼?"

"야, 최지훈."

최지훈이 내뱉은 말들 중 어느 부분이 민호의 심기를 건드린 건진 모르겠지만 아무런 표정 변화 없이 꿋꿋이 최지훈이 던지는 말들에 차분하게 대답하던 민호가 낮은 목소리로 말했다.

"내가 왜 너한테 이런 얘길 해야 돼? 내가 핸드폰으로 전화를 하든, 얼굴 보고 얘길 하든. 니가 무슨 상관인데."

그리고 지금 이 상황은 아침과 별반 다를 바 없는 모습을 하고 있었다. 교실 안을 채우고 있던 공기가 무거워지면서 덩달아 내 옆에 머물러 있던 뜨거웠던 공기마저도 둘 사이에 흐르는 기류에 차가워지는 것만 같았다.

"왜. 할 말 없지?"

아마 최지훈은 지금 이 순간도 나와 사귀고 있다는 말이 목구멍까지 차올라 있을 거다. 하지만 짧게 웃음을 터트리는 최지훈의 모습은 오늘 아침과는 사뭇 달랐다. 똑같을 뻔한 상황을, 최지훈은 어이없다는 식의 웃음 하나로 뒤바꿔놓았다.

"아니. 내가 기분 더러워서 짜증내는데, 왜 할 말이 없어. 존나 많지."

방금 전보다 더 사나워진 눈동자는 표적을 향해 거침없이 달려들었다. 친구라는 이름을 떠올렸더라면 결단코 내뱉을 수 없었을 말을, 친구였기에 이해를 바라는 목소리로 말한다.

"다시 말해줘? 나 이재희 좋아한다고."

"……."

"좋아하는데 내가 너한테 이 정도 말도 못 해?"

사귄다는 것을 제외하고선, 최지훈은 이제 민호와 가람이에게 날 향한 감정을 고스란히 드러내고 있었다. 이번에는 민호가 말이 없었다. 둘 사이에 절대적일 수밖에 없는 친구라는 단어를 최지훈이 먼저 꺼내 들었기 때문이다.

"…민호야, 그만하고 촬영 가. 이러다가 늦겠어."

"……."

"빨리 가."

작은 한숨과 함께 등을 돌려 민호의 얼굴을 올려다보았다. 민호는 여전히 인상을 구긴 채 내가 아닌 최지훈을 바라보고 있었고, 그건 등 뒤로 서 있는 최지훈도 마찬가지일 거다.

하는 수 없이 손으로 민호의 팔을 잡고 미약하게나마 흔들어보았다.

빨리, 가라니까.

한시라도 빨리 숨이 막힐 듯 갑갑한 이 공간에서 그를 꺼내주고 싶었다. 아까 그 선배에게 꼼짝없이 당하고 있었던 나를 구해준 순간처럼, 이번에는 내 차례였다. 촬영은 핑계라고 해도 좋다. 덕분에 돌아선다고 해도 진 게 아니다. 그러니까 빨리…….

…어?

내 자그마한 목소리에 그제야 최지훈을 향했던 민호의 시선이 내려와 나에게 닿았다. 하지만 그것도 잠깐이었다. 다시금 위로 올라간 민호가 최지훈을 향해 말했다.

"그럼, 니 말대로라면."

힘주어 말하는 목소리가 이상하게.

"나도 이재희 좋아하면 돼?"

귓가에 또렷하게 박혀왔다.

"그럼 너도 친구로서 이해해줄래?"

그 말에 딱딱하게 굳은 최지훈을 본 민호는 구겨진 인상을 애써 펴며 주머니 안에서 핸드폰을 꺼내들었다. 아까부터 희미하게 귓가에 닿았던 진동소리의 출처는 보지 않아도 알 수 있었다. 민호는 핸드폰에 찍힌 부재중 전화에 전화를 걸어 매니저에게 지금 내려간다는 말을 했다. 짧은 통화와 함께, 민호가 교실을 빠져나가고 나서야 내려앉은 정적은 한층 더 무거워졌다.

"너 지금, 재가 말하는 거 들었어?"

정적을 처음 깬 건 최지훈이었다. 어이없다는 듯이 살벌하게 흘러나오는 목소리와 더불어 날 바라보는 짙은 눈동자에 절로 긴장이 서렸다. 갑작스럽게 민호의 입술에서 흘러나온 말은 나에게도 충격적이었지만 최지훈이 받아들이는 무게는 그보다 더 컸을 거다.

"…가람아, 열쇠 줘."

"어?"

"집에 가자."

심란한 마음에 결국에는 내가 먼저 발을 뺐다. 내 말에 지금 이 상황을 흥미롭게 관람하고 있던 가람이가 제법 아쉬운 듯 책상 위에서 내려오며 아직 굳건하게 그 자리에 서 있는 최지훈을 향해 말했다.

안 가?

그 물음에도 여전히 최지훈은 움직이지 않았다.

그 선배가 나를 찾아와 내 기분을 망가뜨린 건 최지훈의 잘못이 아니지만 상황 자체가 날 힘들게 하는 건 부정할 수 없는 사실이었다. 더 이상 우리의 관계는 내 감정만의 문제가 아니었다. 그녀가 최지훈을 좋아한다는 사실을 알게 된 후부터, 나는 만약 내 마음이 기울어 우리가 정말 사귀게 된다면 어떤 일들이 펼쳐질지 먼저 생각해보았다.

학교 내에 최지훈의 입지만큼이나 소문이 퍼질 테고, 그녀는 배신감에 이를 악물겠지. 민호가 걱정했던 것처럼 기를 쓰고 나와 최지훈에게 온갖 방법을 동원해 학교생활을 힘들게 할 수도 있을 거다. 난 지금보다 더 반 아이들의 시선을 견뎌내야 할 거다.

나는 가방을 가져오기 위해 최지훈을 스쳐지나 내 자리로 가 책상 고리에 걸려 있던 가방을 움켜쥐었다. 그리고 뒷문 쪽으로 몸을 돌리자 그와 동시에 최지훈이 나에게로 손을 뻗었다.

"야, 이재희."

최지훈이 내 손목을 붙잡았다. 시선을 돌리자 방금 전과 달리 잔뜩 풀이 죽은 얼굴이 보였다. 어울리지 않게, 정말 방금 전까지 살벌한 분위기를 만들어냈던 게 무색할 정도로 짙은 눈썹이 얌전하기만 하다.

"나 오늘 하루 종일 기분 안 좋았어. 아침에 그 일 때문에, 진짜 기분 별로였다고."

나도, 그랬어.

"…화내서 미안."

그 선배 때문에, 그리고 또 방금 알 수 없는 말을 한 민호 때문에.

"잠깐, 제어가 안 됐어."

최지훈은 저도 왜 이러는지 모르겠다는 식으로 한숨을 푹 내쉬며 인상을 구겼다.

"그냥, 아침에도 기분 안 좋았는데 너랑 이민호가 둘이 들어오는 거 보니까 화났어. 나 혼자 이러는 거 아는데, 조절이 안 됐나봐."

주절주절… 가람이가 있다는 것도 잊은 건지 제 감정을 솔직하게 꺼내놓는 최지훈은 목소리는 형편없었지만 그와 비례하게 내 안에 축적되어 있던 조잡한 감정들은 조금씩 깎여져 내려갔다.

"미안. 이제 예쁜 짓만 할게, 어?"

미안한 듯 일그러진 얼굴과 서투른 목소리와 떨어질까 초조하게 잡고 있는 손가락에 나는 자꾸만 서글퍼졌다.

"…나 내일부터 시험공부 때문에 아침 일찍 올 거야."

왜 좋아하는 마음만으로는 아무것도 되지 않는 걸까.

"나도 갈래."

"너 일찍 못 일어나잖아. 그냥 혼자 와."

너는 나를 이렇게나 주저 없이 많이 좋아해주는데, 난 왜 내 감정을 다른 사람들의 눈치를 보며 조율당해야 하는 걸까.

"…아니면 그 선배랑 같이 오던가."

그 말에 최지훈의 눈동자가 한 움큼 떨렸다. 애써 시선을 아래로 내리며 최지훈이 꼭 잡고 있는 내 손을 가만히 바라보았다.

"몇 시에 갈 건데. 나 일찍 일어날 수 있어."

"싫어, 시간 정해두고 만나서 오는 거 신경 쓰여서 불편해. 시험 기간만이라도 혼자 오고 싶어."

문득 지금 이 상황이, 그렇게 나쁜 것만은 아닐 수도 있다는 생각이 들었다.

이건 테스트다.

내 마음이 어떤지 결정을 내리기 위해선 우리 둘 사이엔 지금 같은 상황이 한 번 정도는 필요했다.

"예쁜 짓 한다며."

지훈아, 나에게 넌 너무나도 먼 것 같아. 네가 있는 곳까지 도달하려면, 나는 아주 많이 걸어야 할지도 몰라.

"그러니까 며칠간만은 그 선배랑 같이 가."

뛰어갈지, 그만 포기할지. 이제는 결정을 해야 할 것 같아.

"알았지."

"……."

"내 말대로 할 거지, 너."

내 말에 최지훈은 '후읏' 짧은 숨을 내뱉더니 이내 힘없이 고개를 두어 번 끄덕였다. 뒷문 앞에 서서 우리 둘의 모습을 지켜보고 있던 가람이가 타이밍 좋게 문을 툭, 툭 짧게 두드리며 집에 좀 가자는 식의 말을 했다.

그 모습에 애써 웃으며 최지훈의 손을 살짝 떼어내며 고개를 돌렸다.

가자.

내 말에 최지훈은 어딘가 모르게 불편해 보이는 얼굴로 내 뒤를 따랐다. 나는 결심을 한 듯, 가방 끈을 힘주어 잡아당기며 무거워진 눈꺼풀을 한 번 감았다가 밀어 올렸다.

조금만 견뎌내 줘. 니가 지금처럼 날 좋아하는 마음으로만 버텨 준다면 나도 널 위해서 장애물을 하나둘씩 넘어가 볼 테니까. 너에겐 시련이겠지만, 나에겐 이번이 준비의 과정이 될 거다.

최지훈은 정말 내 앞에서 예쁜 짓을 할 생각인 건지, 민호에게 전화해 먼저 미안하다는 말을 했다. 그건 최지훈이 아닌 밤늦게 걸려온 민호와의 통화에서 듣게 된 이야기였다. 민호는 최지훈과 수도 없이 싸웠지만 사과를 듣는 건 이번이 처음이라고 했다.

매번 싸움을 거는 것도 최지훈이었고, 대판 싸운 다음 날이면 언제 그랬냐는 식으로 태연하게 먼저 얘기를 건네는 것도 그였다고 한다. 그런 최지훈의 막무가내인 행동에 어느 정도 익숙해져 있던 민호는 이번에도 그런 식으로 상황이 넘어갈 줄 알았다고 했다.

어떻게 구슬렸어?

실력 좋은 조련사에게 비법을 묻는 듯한 민호의 달짝지근한 목소리에 나는 책상 위로 펼쳐두었던 교과서에 밑줄을 쭉 그으며 '몰라'라고 말했다.

"…근데, 너 아까 나 좋아해도 되냐는 말은 뭐야?"

—아, 그거.

그 이후부터 내려앉은 침묵에 괜스레 마음이 초조해졌다. 혹시라도 민호도 이 관계에 끼게 될까, 조바심이 나 먼저 입술을 열었다.

"별, 의미 없는 거지?"

—응, 최지훈이 자꾸 긁잖아.

긴 시간 말이 없던 민호가 내 말에 곧바로 말을 붙였다.

—나도 열 받아서 그랬어.

마치 핑계를 찾지 못하고 있던 것처럼, 너무나도 쉽게 내 말에 수긍을 했다. 나는 애써 떨어지지 않는 입술로 웃으며 한숨처럼 말했다.

"둘 다, 그만 좀 싸워."

최지훈의 예쁜 짓은 그것뿐만이 아니었다. 이른 아침, 텅 빈 교실로 어색함을 느끼며 자리로 가 앉아 책을 펼치고 시험공부를 하고 있는데 우연치 않게 고개가 창문으로 향했다. 그리고 우연치 않게, 익숙한 인영 하나가 눈에 들어왔다. 아직 채 해가 뜨지 않아 푸르스름한 풍경 너머로 텅 빈 교문에 단둘이 걸어오는 모습은 누가 봐도 최지훈과 그 여자 선배였다.

내가 창문에서 시선을 뗀 건 그 둘의 모습이 사라지고 난 뒤였다. 더 이상 시야에 보이지 않게 되자 자연스레 시선이 교과서로 옮겨왔지만 말 그대로 바라보기만 할 뿐, 교과서 위로 나열된 글자들을 몇 번이나 읽고 또 읽어도 자꾸만 최지훈과 선배가 떠올라 어쩌면 시험에 나올지도 모르는 문장들은 머릿속에 채워지지 못한 채 줄줄 새어나갔다.

시련에 빠진 건 어찌 보면 내 감정이었다. 내 마음에 확신을 가지기 위해 최지훈을 일부러 그 선배에게 밀어붙였지만 결과는 참혹했다. 최지훈과 그 선배가 단둘이 걸어오는 모습이 머릿속에 떠나지 않을 정도로 나는 예전과 달리 강한 질투를 느끼고 있었다. 그때였다. 갑자기 닫혀져 있던 뒷문이 거친 소리와 함께 열렸다.

"…어."

갑작스러운 소리에 놀란 내 얼굴이 문을 연 상대방을 확인하자 힘없이 풀어졌다.

"진짜 있네."

최지훈이었다. 심란했던 마음을 들키지 않기 위해 내가 서둘러 고개를 앞으로 돌리자, 최지훈이 설렁설렁 느린 걸음으로 걸어왔다. 신경 쓰지 않으려고 해도 자꾸만 운동화 밑창이 끌리는 소리가 귓가에 닿아 거슬리기만 했다.

"나 일찍 일어났지."

최지훈은 아직 비어 있는 가람이의 자리의 의자를 쭉 내빼며 제 자리처럼 편히 앉았다. 그리고선 책상 위로 팔을 올리고 턱을 괴어 내 대답을 기다리고 있었다.

"응? 왜 아무 말이 없어."

최지훈은 아무런 대답이 없는 내 모습에 실망한 건지 턱을 괴고 있던 팔을 푸르며 푸욱 한숨을 내쉬었다.

나 좀 봐봐.

그런 말을 하면서 내 옆에서 칭얼거렸다.

"말 걸지 마, 나 지금 공부하고 있잖아."

"어? 그럼 나도 할래."

"니네 반 가서 해."

"싫어. 니 옆에서 할래."

“니 교실에 가서 하라고.”

가방을 내려놓으며 태연하게 책까지 꺼내 책상 위로 펼치는 모습에 펜을 꾹 움켜쥐며 최지훈을 바라보았다. 그러자 최지훈이 나를 향해 느슨하게 웃는다.

“이제야 나 보네.”

그 말에 꾹 입술을 짓누르며 다시금 시선을 돌렸다. 또 그 문장, 읽고 또 읽어도 머릿속에 들어오지 않는 글자들을 억지로 머릿속에 되새긴다. 최지훈은 또다시 늘어지는 침묵에 이번에는 손을 뻗어 길게 늘어져 있는 내 머리카락 끝을 매만졌다. 보슬보슬, 아침 일찍 나오느라 제대로 말리지도 못해 엉망인 머리카락이 최지훈의 손길에 문질러져 작게 부서지는 소리를 냈다.

“우리 재희, 왜 또 기분 안 좋을까.”

최지훈은 한숨처럼 그 말을 내뱉었다. ‘왜’라는 말에 기분이 아래로 향했다가 ‘또’라는 말에 더 바닥으로 치닫는다. 내가 언제 또 이런 식으로 심란해 하는 걸 최지훈에게 내비친 적 있었던 걸까. 그것도 아니면 그동안 나조차 알 수 없었던 자그마한 변화들이 최지훈의 눈에는 보였을까.

“어?”

너는 어떻게…….

“나 때문에 그래?”

다 알아?

“내가 또 이상한 짓 했어?”

좋아하면, 다 알게 돼?

최지훈은 내 머리카락 끝을 매만지다가 드문드문 시선을 올려 나를 바라보며 물었고, 나는 여전히 대답을 하지 않았다.

사실은… 그 선배와 함께 등교하는 네 모습이 정말 싫었다고. 기분이 이상했다고.

말을 하지 않기 위해 더더욱 입술을 힘주어 짓눌렀다. 그러자 최지훈이 내 머리카락을 매만지던 손길을 멈추고 팔을 책상 위로 아무렇게나 늘어뜨리며 그 위로 고개를 파묻었다.

"말 좀 해줘. 목소리 듣고 싶어."

깊은 한숨과 함께 나를 향한 마음을 고스란히 드러내는데, 이상하게 그 말들이 귓가에 또렷하게 박혀왔다. 아니, 정확히 말하자면 최지훈의 숨소리와 목소리가. 더 이상 교과서 속 늘어져 있는 글자는 핑계에 불과했다. 눈이 아팠다, 최지훈 때문이었다.

8. 학교 축제

5일이나 되는 시험 기간 내내, 나는 해가 뜨기도 전에 집에서 나와야 했고 교실 문을 가장 먼저 여는 사람이 되어 있었다. 정적을 지나 자리에 앉자마자 책을 펼치고 그와 동시에 커튼을 쳐 드넓은 창문을 꽁꽁 숨긴다. 그리고 어느 정도 펼쳐놓은 책에 집중을 할 때면 뒷문을 열고 우리 반에 두 번째로 들어오는 건 바로 최지훈이었다.

최지훈은 공부를 핑계 삼아 꿋꿋하게 내 옆에 앉아 공부를 하곤 했다. 매번 교실에 들어오자마자 커튼을 쳤기에 아침 등교를 누구와 한 건지 알 수 없었지만 첫날 맡았던 여자 향수 냄새는 더 이상 나지 않았다.

그날뿐이었던 걸까.

안도하는 내 모습에서 두근거림 역시 함께 느껴졌다.

"최지훈이 너 좋아하지?"

"어?"

"그때 교실에서 민호랑 싸웠을 때."

이미 한 차례 최지훈이 주변 생각하지 않고 나에게 쏟아냈던 말 때문인지 가람이는 조심스러우면서도 당연하다시피 물었다. 누가 봐도 그때 교실에서 최지훈이 한 말은 관심 있는 남자가 한 발언이었기에 어쩔 수 없이 내가 고개를 끄덕이자 가람이는 '흐음' 하는 소리를 내며 별반 대수롭지 않은 표정으로 말했다.

"그럴 줄 알았는데, 진짜였네. 그럼 넌?"

그 질문에 나는 대답을 할 수가 없었다. 이미 마음 한구석에선 '나도'라는 말이 강하게 튀어나오려 발버둥치고 있었다. 최지훈과 선배가 함께 등교했던 모습에서 질투를 느꼈다는 건 갈피를 잡지 못했던 내 마음이 이제 한곳에 정착했다는 걸 의미했다.

시험이 끝나기가 무섭게 학교 전체가 축제 준비로 떠들썩해졌다. 각 반마다 과가 정해져 있었기에 암묵적으로 준비를 하는 과정에서부터 기 싸움이 치열하게 이뤄지곤 했다. 그건 학교 시스템이 문제였는데, 말이 축제지 각 종목별마다 학년 상관없이 과별로 나누어 점수를 줬기에 단 하나의 우승 자리를 놓고 6개의 과가 어쩔 수 없이 다투어야만 했다.

종목은 꽤 여러 개였다. 줄다리기부터 시작해 축구, 농구, 계주까지. 그리고 늦은 저녁에는 장기자랑 식의 뒤풀이도 준비되어 있었다. 예고에서의 학교 축제가 색다를 수 있는 건 축제에 관해 선생들의 개입이 전혀 없다는 것이었다. 작년에는 연영과가 2년 연속으로 우승을 차지했다고 하는데, 이번만큼은 그 독주를 막기 위해 나머지 과들이 투합해 바짝 벼르고 있었다. 그리고 그 선배들의 독기에 희생양은 다름 아닌 1학년인 우리였다.

"야, 니들 중에 달리기 잘하는 사람 손들어."

각 종목마다 출전할 선수들은 학년과 상관없이 과별로 이루어졌고 덕분에 쉬는 시간마다 1학년 교실에 3학년 선배들이 찾아와 설명을 늘어놓는 일이 축제를 준비하는 내내 빈번하게 일어나곤 했다.

'너 뭐 잘해?', '이거 해볼래?'가 아니라 '잘 뛰는 애 손들어봐', '공 잘 차는 애들 손들어'. 그리고 쭈뼛쭈뼛 손을 드는 아이들에게 무자비하게 시키곤 했다. 하지만 자발적인 아이들의 참여가 없을 때에는 무작정 겉모습만을 보고 판단하기도 했다. 그 희생양이 바로 나와 가람이었다.

"너, 달리기 나가. 잘 뛰게 생겼네."

"네?"

"그리고 그 옆에 앉은 애는 농구랑 축구."

"에? 저요?! 저 키 작은데요?"

"남자 몇 명 없으니까 잔말 말고 나가."

그 이유 하나만으로 난 졸지에 여자 계주에 나가게 됐고, 가람이는 미술과에 몇 없는 남자라는 이유 하나만으로 농구와 축구에 나가야만 했다.

하지만 그것뿐만이 아니었다. 워낙 선천적으로 운동과 친하지 못한 가람이가 죽을상으로 골골 거리고 있을 무렵, 한 3학년 선배의 날카로운 눈동자가 1분단 맨 앞에 앉아 있는 나에게 향했다.

"너 이름이 뭐야?"

"…네?"

"너, 이름이 뭐냐고."

혹시나 하는 마음에 물었던 건데 이제는 아예 교탁에서 내 앞 자리까지 친히 걸어와 나에게 묻는다. 그 물음에 내가 당황해 잠깐 동안 말을 하지 않자 그녀의 시선이 내 왼쪽 가슴에 닿았다.

"최지훈? 니 명찰 어디 있고, 왜 연영과 명찰을 하고 있어?"

그녀는 꽤 불편한 얼굴로 내 가슴에 붙어 있는 명찰에 적혀 있는 연극영화과 글자를 노려보았다. 하필이면 시기가 좋지 못했다. 축제 땐 가뜩이나 다른 과와 사이가 좋지 않은데 미술과인 내가 떡하니 연영과의 명찰을 붙이고 있으니 선배의 눈에 곱게 보일 리 없었다. 서둘러 손을 올려 명찰을 포켓 안으로 밀어 넣으며 다급하게 입술을 열었다.

"아, 제 거 잃어버려서……."

"……."

"…이재희요."

이름을 말하자 그제야 표정을 구기고 있던 그녀가 옅게 입술을 끌어 올리며 명찰을 바라보던 시선을 올려 나를 바라보았다.

"그래, 재희야."

"……."

"넌 치어리더 해."

그 말에 나는 당황해 두어 번 눈을 깜빡였다.

그건 또, 뭔데요.

이제야 알게 된 거지만 축제 때마다 선배들의 선택으로 각 과마다 5명의 치어리더가 선발되곤 했다. 그건 춤을 잘 추는 것과는 상관없이 선배들의 변덕으로 정해지는 사안 같았다. 우리 반에선 나와 어떤 여자애가 선발되고, 4반에서는 3명의 여자애가 뽑혔다고 했다. 얼떨결에 불려나와 복도에서 마주하게 된 나머지 아이들의 얼굴은 다들 얼떨떨함 반 그리고 불안한 기색이 반이었다.

선배들은 5명인 우리들을 복도에 쭉 세워놓고 심사를 하듯 얼굴과 몸을 기분 나쁠 정도로 세밀하게 뜯어보았다.

"이번 애들은 괜찮네."

"……."

"여기, 뭐 춤 못 추는 애들 있어?"

그 말이 떨어지기가 무섭게 나와 다른 아이 두 명이 눈치를 보며 손을 들었다. 다른 아이들은 그저 하기 싫다는 이유에서 손을 들었을진 모르겠지만 나는 정말 절박했다.

중학교 때에도 체력장을 할 때면 스트레칭 종목에서 매번 마이너스가 나오곤 했고 워낙 몸이 뻣뻣해 춤과는 거리가 멀었다. 바싹 긴장에 굳어 있는 마른침을 삼키며 선배에게 최대한 이해를 바라는 눈동자로 간절하게 바라보았지만, 그녀의 입에서 흘러나온 말은 내 팔을 힘없이 흘러내리게 만들었다.

"못 하면 이참에 배우면 되겠네. 연습해서 안 되는 게 어디 있어, 안 그래?"

그 말에 순간 예전에 최율 선배가 나에게 했던 말이 불현듯 떠오른다. 그리고 나는 작게 표정을 일그러뜨리며 이곳 선배들의 마인드는 참으로 거침없다는 생각을 했다.

"아, 그리고 이거 치어리더. 3년 내내 해야 되는 거 알지? 매년 축제 때마다 애들 앞에서 춤추면 돼. 세 번만 하면 되니까 너무 부담 갖지 말고."

그 말에 나를 비롯해 아이들의 얼굴이 딱딱하게 경직됐다.

"오늘부터 수업 끝나고 야실 가기 전에 3학년 3반으로 올라와. 한 명이라도 빠지면 내일 기합 받을 줄 알아라."

살벌한 경고를 듣고 나서야 복도에 일렬로 서 있던 우리는 각자의 교실로 들어갈 수 있게 되었다. 터덜터덜, 걱정 가득한 발걸음으로 아직도 반쯤 정신이 나가 있는 가람이 옆자리로 가 나 역시 책상에 엎드렸다. 말이 축제지, 도대체 누굴 위한 행사인지 모르겠다.

치어리더가 싫은 건 비단 춤을 못 춘다는 이유 때문만은 아니었다. 1학년도 모자라 2, 3학년까지 뭉쳐 앉아 있는 곳에 서서 그 많은 시선들을 받아가며 춤을 출 생각을 하니 창피하다 못해 쪽팔려 미칠 것만 같았다. 춤이라도 잘 추면 자신감이라도 있을 텐데 나는 정말 선천적으로 몸이 나무토막이었다. 물 위에서도 맥주병, 정말 몸을 움직이는 데에 있어선 걷는 것 빼곤 아무것도 못한다.

점심시간에 우울해 죽을 것 같은 얼굴로 가람이와 식당으로 내려가니, 미리 줄을 서 있던 민호와 최지훈이 나와 가람이의 표정을 보며 눈치를 살폈다. 그러다가 최지훈이 먼저 입술을 열었다.

"얘 왜 이래?"

우중충한 먹구름을 잔뜩 머리 위로 몰고 있는 나에게 직접적으로 묻지 못하고 제일 만만한 가람이에게 묻는다.

"왜긴 왜야, 빌어먹을 축제 때문이지."

가람이는 잔뜩 성이 난 사람처럼 까칠하게 최지훈에게 대답했다. 그 말을 기점으로 가람이는 억울한 심정을 가득 담아 쉴 새 없이 최지훈과 민호 앞에서 제 신세 한탄을 했다.

"축구는 그렇다고 쳐도 가뜩이나 키 작은 것도 억울해 죽겠는데 농구가 뭐야, 농구가. 장신들 틈에 섞여서 나 얼마나 작은지 몸으로 뼈저리게 느껴보라는 거냐고."

짜증이 잔뜩 묻어나는 가람이의 말에 옆에 가만히 서 있던 민호가 느리게 말했다.

"나 농구랑 축구 나가는데."

"나도."

덩달아 최지훈까지 말을 하자 가람이의 표정이 한 차례 더 어두워졌다. 가람이는 멀대같이 큰 둘을 바라보며 깊은 한숨을 푸욱 내쉬었다.

이리저리 치이다가 끝나겠구만.

가람이의 말에 나 역시 '하아' 작게 한숨을 내쉬었다.

"넌 뭐하는데?"

내 한숨소리를 들은 건지, 최지훈이 나를 보며 제법 심각한 표정으로 물었다. 그 말에 또 절로 한숨이 푸욱 흘러나온다.

"왜. 뭐 이상한 거 해?"

두 번 연달아 터지는 내 한숨에 최지훈이 한층 더 어두워진 낯빛을 한다.

"…달리기."

"어, 계주?"

"응."

"뭐야, 고작 그거 하나?"

"고작…이라고 했어. 지금?"

나는 최지훈의 입술에서 흘러나온 가벼운 말들에 눈을 치켜세우며 최지훈을 노려보았다.

그래, 달리기는 그냥 눈 딱 감고 뛰면 그만이다. 장거리도 아니고 계주인데 그거 얼마나 하겠어. 그런데 문제는 달리기가 다가 아니란 거다.

"…나 치어리더도 해."

"어? 뭐?"

"치어리더… 한다고."

나의 말에 최지훈이 한쪽 눈썹을 찌푸렸다가 이내 힘을 풀며 입을 벌렸다.

치어리더?

입술을 모아 그렇게 말하더니 이내 두근거리는 얼굴을 했다.

"옷 뭐 입는데?"

"넌 지금 그게 중요해?"

"아니, 궁금하잖아."

"아, 진짜 나 죽을까. 나 정말 춤 못 춘단 말이야."

할 수만 있다면 바닥에 주저앉아서 엉엉 울고 싶은 심정이었다. 그만큼 나는 정말 자신이 없었다. 많은 사람들 앞에서 창피도 그런 창피가 없을 테지, 정작 보는 사람들은 한 번 웃고 끝날 테지만 이 사건은 내 인생 대대로 커다란 트라우마가 될지도 모를 일이었다.

나도 모르게 울 것만 같은 표정을 했는지 최지훈이 미간 사이를 좁히며 손을 뻗어 달래듯 내 머리 위를 쓰다듬어 주었다.

"내가 도와줄까?"

"…니가?"

내가 못 미더워하는 눈빛으로 최지훈을 바라보자 옆에 서 있던 민호가 '얘 춤 잘 춰' 하면서 최지훈의 말에 힘을 실어준다. 전공 중에 탭댄스를 배우는데 거기서도 선생님이 인정할 정도로 박자 감각 하나는 타고났단다.

몸도 남자에 비해 유연하다고 하니, 최지훈이 나를 도와준다면 어쩌면 한치 앞도 보이지 않는 절망 속에 가느다란 빛줄기 하나 정도는 생길지도 모른다.

"연습 몇 시까지 하는데."

"수업 끝나고 야간 실기 하기 전까지."

"그러면 야간 실기 끝나고 잠깐씩 봐줄게."

"……."

"그럼 돼?"

최지훈의 말에 내가 작게 고개를 끄덕이자 그제야 덩달아 심각한 표정을 짓고 있던 최지훈도 설핏 웃었다. 그러자 옆에 서 있던 가람이가 눈을 번득였다.

"나는, 나는?!"

"너 뭐?"

"나도 농구 좀 봐줘."

"그건 니가 알아서 해."

최지훈의 매정한 말에 가람이의 애절한 시선이 곧바로 민호에게 닿았지만 오후부터 촬영이 있는 민호가 도와줄 수 있을 리 만무했다. 이것이 바로 우리나라에서 빈번하게 일어나는 남녀 차별의 실태다. 나는 그 참혹한 현실을 눈으로 확인하며 남자인 가람이에게 마음속으로 애도를 보냈다.

점심을 먹고 난 뒤, 내 어깨 위로 팔을 두르고 날 위로하는 최지훈의 달콤한 말들에 한결 나아진 얼굴로 교실에 돌아갈 수 있었다.

"걱정 말라니까, 오빠가 도와줄게."

평소 같았으면 무슨 오빠냐며 입술을 툴툴거렸겠지만 이번만큼은 그런 최지훈이 듬직하게 느껴졌다.

수업이 끝나고 야간 실기를 하러 가기 전, 3학년 교실에 들러 충격적인 소식을 듣게 되었다. 우리가 소화해야 할 곡이 무려 4곡이며, 그 장르마저도 다양했다.

"귀여운 거 하나, 섹시한 거 하나, 신나는 거 하나, 응원곡 하나."

친절하게 노래는 니네가 하고 싶은 거 하라는데, 정 할 거 없으면 자기네들이 정해준다고 했다. 왠지 그 말이 더 무섭게 들려 아이들의 표정이 하나같이 어두워졌다.

"안무는 알아서 짜고, 매일 이 시간마다 3학년 교실로 올라와 검사를 맡을 테니까 연습 빡세게 해와. 이상하게 하면 개인 교습할 거니까 그렇게 알고."

3학년 선배와 일대일 개인 교습이라니, 이보다 더 겁나는 일이 또 어디 있나 싶었다. 실기 수업을 들어가기 전까지 밥을 포기한 채 나머지 아이들과 어쩔 수 없이 곡을 정하는 것에 대하여 이야기를 나눠야만 했다. 각자의 의견들이 쏟아지고, 그래도 이왕 하는 거 괜찮은 걸로 하자는 심정으로 꽤 그럴싸한 안무가 있는 노래들로 폭이 좁혀졌다. 일단은 이번 주 주말부터 학교에 모여 안무 연습을 하고, 쉬는 시간마다 틈틈이 호흡을 맞춰보는 걸로 이야기를 끝낼 수 있었다.

실기 수업 내내, 그림은 안 그리고 다시금 밀려오는 걱정에 한숨만 푹푹 내쉬다 결국 아무것도 그리지 못한 채 수업이 끝났다. 형태만 겨우 잡은 종이를 제출하고 가람이와 함께 실기 실을 나왔다.

나 지금 끝났어.

핸드폰으로 꾹꾹 자판을 눌러 최지훈에게 문자를 보낸 뒤 또 한 번 푸욱 한숨을 내쉬자 가람이가 또 죽을상을 하고 나를 바라보았다.

"야, 그래도 넌 최지훈이 도와주잖아. 난 진짜 미치겠다고."

가람이는 안 그래도 아까 점심을 먹고 난 뒤, 다른 남자아이들과 함께 선배들에게 불려가 농구 한 게임을 했던 모양이다. 그리고 결과는 참혹 그 자체였다. 개중에 키가 제일 작은 것도, 공을 튀길 줄 모르는 것도 가람이었다.

남자라면 누구나 공으로 하는 운동을 즐겨 했을 법한데 가람이는 선천적으로 땀 흘리는 운동과는 거리가 멀었다. 아니, 질색을 한다는 표현이 더 어울릴지도 모른다.

숨차고, 덥고. 공 하나 보고 이리저리 우르르… 그보다 더 무식한 게 또 어디 있을까.

내일부터 점심시간마다 이어질 특훈에 가람이는 벌써부터 반쯤 정신이 나가 있었다. 그것도 같은 학년도 아니고 3학년 선배에게 1:1로 강습을 받는다고 하니, 가람이의 고충도 어느 정도 이해가 갔다.

"최지훈은?"

"아, 지금 온대."

실기실 앞으로 나오겠다는 최지훈이의 문자를 확인하며 핸드폰을 내리자 가람이가 느리게 눈동자를 굴리며 입술을 열었다.

"그래. 연습 잘하고 내일 보자……."

"…응, 힘 좀 내고."

"아 몰라, 나 내일 학교 안 나오면 죽은 줄 알아."

가람이는 꽤 무서운 발언을 하며 등을 돌려 터덜터덜, 기운이라곤 찾아볼 수 없는 넋 빠진 걸음으로 내 앞에서 멀어졌다. 그 뒷모습을 가만히 바라보다가 이내 집으로 가기 위해 하나둘씩 사라지는 아이들 틈 속에서 최지훈을 기다렸다.

계절이 어느덧 봄 중반에 접어들어 그런지는 몰라도 더 이상 밤공기가 차갑지 않았다. 고개를 들어 어둡지만 푸른색이 스며들어 있는 밤하늘을 물끄러미 바라보았다. 습한 기운이 공기에 조금씩 스며 있어 이제 얼마 가지 않아 무더운 여름이 시작되겠구나 생각했다.

"뭐하고 있어, 혼자."

갑작스레 들려오는 목소리에 하늘을 쳐다보고 있던 고개를 내리자 어느덧 옆에는 최지훈이 와 있었다. 지금까지 뭘 하고 있었던 건지 교복이 아닌 트레이닝복 차림에, 땀에 흠뻑 젖은 듯한 머리카락에 제일 먼저 눈에 들어왔다.

"운동했어?"

"어, 아니. 조명 때문에. 연극 연습했어."

최지훈은 가볍게 손으로 눅눅하게 젖어 있는 제 머리를 털더니 이내 나를 바라보며 고갯짓했다.

"가자."

그러면서 제가 먼저 걸음을 옮기더니, 이내 몇 발자국 가지 않아 멈춰선 뒤 몸을 돌려 나를 향해 웃으며 손을 뻗었다.

"뭐해, 이리 와."

손가락 끝이 작게 나를 부른다. 그곳으로 끌리듯 손을 내밀자 최지훈의 커다란 손이 서슴없이 내 손을 잡고 한가득 덮어주었다. 흔들흔들, 장난스럽게 앞뒤로 손을 흔드는 최지훈의 팔 때문에 덩달아 내 팔까지 제멋대로 흔들렸다.

음, 음음.

작게 흥얼거리는 최지훈의 콧노래 소리가 부드럽게 귓가에 와 닿는다. 지금 이 모습을 그 선배나 아이들이 본다면 또 무슨 얘기가 나올지 모르겠지만 일단은 마주 잡은 손이 너무나도 포근해 놓고 싶지 않았다.

큰일이다, 이제는.

최지훈의 손을 잡는 게 편해지고 있었다. 너무나도 멀게만 느껴졌던 거리도 어느 순간 정신을 차려보니 달려가고 있었다.

"왜 그렇게 쳐다봐?"

내 시선을 느낀 건지 최지훈이 설핏 웃으며 나를 내려다보았다. 그 모습에 나는 손을 꼬옥 움켜잡으며 말했다.

"아무것도 아니야."

새 운동화가 필요할 것 같다. 오래 뛰어도 망가지지 않는 걸로, 너에게 가는 길은 아마 꽤 험난할 테니까. 널 좋아하면서 감수하기로 마음먹었으니, 네 주변에 있는 장애물도 한 번 잘 넘어봐야겠다.

화장실에서 체육복 바지로 갈아입은 뒤, 최지훈과 향한 곳은 운동장 외곽에 있는 구령대였다. 야간 실기가 끝이 난 늦은 시간임에도 불구하고 3주 뒤에 있을 학교 축제에 벌써부터 다른 과 학생들이 운동장 곳곳에서 공을 차거나 그 밖의 연습을 하고 있었다. 최지훈은 구령대 앞으로 걸어가 난간에 서서 쭉 운동장을 한 번 둘러보더니 이내 고개를 돌려 나를 내려다보았다.

"뭐 어떻게 하기로 했어?"

"아직 곡 정하고 있어. 연습은 이번 주 주말부터 하기로 하고."

"흐음, 그렇구만."

"……."

"근데 표정이 왜 그래?"

무슨 일 있어?

자꾸만 말할 때마다 반쯤 어두워지는 내 표정을 보았는지 최지훈이 슬쩍 눈썹을 구기며 묻는다. 그 물음에 또 '하아…' 절로 한숨이 흘러나온다.

"3학년 선배들이 매일 교실로 불러서 검사 맡는대."

"……."

"나만 엄청 혼날 거 같아."

2학년도 불편해 죽겠는데 무려 3학년이라니… 아까 불려가 이야기를 들었을 때에도 얼굴도 마주치지 못하고 푹 숙이고 있었다. 선배가 중요시 생각되는 예고에 있다 보니 3학년은 우리에게 있어 선생님보다 더 무시무시한 존재였다. 분명 못한다고 쓴 소리 들을 게 뻔한데, 그 모진 수모들을 어떻게 견뎌내야 하나 벌써부터 눈앞이 컴컴하다.

잔뜩 겁을 먹은 듯한 내 말에 최지훈은 '후으' 짧게 숨을 내뱉으며 인상을 찡그렸다. 내 우울한 얼굴만큼이나 날 걱정하는 눈치다.

"그럼 일단 몸부터 풀자."

워낙 유연성이라고는 찾아볼 수 없는 신체를 갖고 있었던 터라 최지훈의 말에 일단은 걱정을 뒤로하고 알았다며 고개를 끄덕였다. 시작이 반이라고, 몸이라도 조금 풀어지면 그래도 어느 정도 흉내는 낼 수 있겠다 싶었는데 생각보다 그 단계가 쉽지만은 않았다.

"이게 안 닿아?"

최지훈이 한쪽 눈썹을 구기며 이해할 수 없다는 표정으로 말했다. 허리를 굽히고 바닥에 손을 짚는데, 손끝도 아니고 손바닥 전체가 바닥에 닿는 최지훈과 달리 내 손은 바닥은커녕 애꿎은 허공만 내젓고 있었다.

아, 아으…….

입술 사이를 비집고 흘러나오는 소리는 나이 지긋하신 어르신들에게서나 들을 법한 사운드였다. 그 안쓰러운 모습에 최지훈이 다가와 구부러지지 않는 내 허리를 꾹 아래로 짓눌렀다.

"아! 아파, 아파!"

"어, 어… 미안."

제 나름대로 도와주겠다고 눌렀는데 그 힘이 좀 셌어야지, 최지훈 덕분에 잠깐이나마 손이 바닥에 닿았지만 그와 동시에 다리를 타고 척추까지 찌르르 울리는 고통에 내가 바닥에 주저앉자 놀란 최지훈이 뒤따라 앉으며 내 표정을 살폈다.

“아… 진짜.”

“괜찮아? 야, 너 몸 진짜 둔하다.”

최지훈은 딱딱한 내 몸이 새삼 경이로웠는지 입을 벌리고 태연하게 그런 소리를 했다. 너무나도 당연한 것을 내가 못한다는 식으로 말하는 최지훈이 얄미워 눈가를 쭉 찢어 노려보자, 최지훈이 구겼던 표정을 펴며 ‘괜찮아. 괜찮아’ 한다.

“안 쓰던 근육 써서 그래, 매일 하면 괜찮아져.”

말이야 쉽지, 하루 이틀 한다고 해서 몇 십 년 동안 나무토막이었던 내 몸이 유연해질 거란 생각은 전혀 들지 않았다.

그에 비해 최지훈은 여자인 나보다 더 유연했다. 전공 시간에 수업을 하기 전, 버릇처럼 무조건 스트레칭부터 시작해서인지는 몰라도 내가 하지 못하는 것들을 그는 너무나도 쉽게 하곤 했다. 그 모습에 괜스레 오기가 생기기 시작한다. 쟤는 하는데 왜 나는 못 해, 그런 식의 유치한 경쟁심리가 발동된 거다. 최지훈은 어린애들을 가르치는 것처럼 앉아서 몸을 트는 식의 가벼운 스트레칭을 나에게 시켰다. 한 번, 두 번 따라 하다… 이러다가 언제 느나 싶어 콧잔등을 찡그리며 입술을 열었다.

“이래 가지고 늘겠어?”

“너가 아프다며.”

“아파도 괜찮으니까 빨리 다른 거 가르쳐 줘.”

고집스러운 내 말에 잠깐 동안 최지훈이 아무런 말이 없더니, 이내 앉아 있는 나에게 다가와 내 앞에 앉더니 나를 향해 짙은 눈썹을 구긴 채 입술을 열었다.

“다리 좀 벌려봐.”

그 말에 꾹 다물고 있던 내 입술이 힘없이 벌어졌고, 최지훈은 그런 날 보며 아무렇지도 않은 표정을 지었다. 1초, 2초, 3초… 느리게 흘러가는 시간과 비례하게 길어지는 정적의 이유를 안 최지훈이 뒤늦게 작게 욕을 뇌까리며 인상을 구겼다.

"어, 아 씨발… 미안. 방금 말이 좀 야했다."

그치?

최지훈은 뒤늦게 제가 내뱉은 말에 민망한 듯 웃었지만 나는 결단코 웃을 수 없었다. 괜스레 그 말 한 마디에 머리카락 사이로 숨겨져 있던 귀가 새빨갛게 달아오른다.

다리 좀 벌려보라니, 충분히 그런 의미가 아니었다는 건 잘 알고 있었지만 방금 전 그 말을 내뱉을 때 최지훈의 표정과 목소리가 아찔하게만 느껴져서 심장이 제멋대로 날뛰다 못해 크게 쿵쿵거렸다.

"벌릴 수 있는 만큼 벌려ㅂ… 아니, 아씨. 이걸 뭐라고 말해야 돼."

"그냥, 벌리라고 말해. 나 괜찮아."

애써 태연한 척, 머리카락을 쓸어 넘기며 말을 했지만 눈동자가 최지훈과 시선을 마주치지 못하고 자꾸만 딴 곳으로 향한다. 최지훈 역시 짧게 헛기침을 했고 나는 두 팔을 바닥에 짚고 쭉 최대한 다리를 양쪽으로 벌릴 수 있는 만큼 벌렸다.

"…이게 다야?"

"…왜?"

"어, 아니. 좀만 더 해봐."

"……."

"…끝?"

"…응."

최대한 벌리라고 해서 벌린 건데, 최지훈의 표정이 좋지 않다.

왜 그래?

나의 물음에 최지훈은 '이재희 진짜 대단하다'라는 말을 했다. 비아냥거리는 듯한 말에 내가 입술을 비죽이자 최지훈이 금세 내려앉았던 입술을 끌어 올리며 웃었다.

"손 줘."

나에게 팔을 내밀며 최지훈이 자신의 오른쪽 다리와 왼쪽 다리를 나란히 벌려 내 양 발목에 가져다 대었다. 얼떨결에 내민 손을 잡자 최지훈이 '후읍' 깊은 한숨과 함께 입술을 열었다.

"내가 지금부터 너 끌어당기면서 다리 밀 건데, 아프면 말해. 바로 놓을 테니까."

나를 걱정해 한 말일 텐데, 오히려 나는 그 말에 단호한 표정을 지으며 최지훈의 손을 보란 듯이 꽉 움켜쥐었다.

"놓지 마."

"어?"

"놓지 말라고."

"이거 되게 아플 텐데."

"아픈 거 아니까 절대로 놓지 마."

아프다고 봐주다 보면 언제 늘겠어, 당장에 내일이라도 소파에 앉아서 태평하게 지켜보았던 아이돌의 춤을 내가 추게 될지도 모를 일인데 어떻게든 되겠지…라는 안이한 생각은 오히려 독이 될 뿐이었다. 적어도 쪽팔림은 당하지 말아야지, 그 생각에 오기가 생겨 최지훈에게 다시 한 번 말했다.

진짜, 놓지 마.

내 말에 최지훈은 걱정스러운 얼굴로 알겠다고 대답했다.

"한다?"

"응."
"숨 들이마시고."
"……."
"…뱉어."
그 말에 깊게 들이마시던 숨을 뱉자 그와 동시에 최지훈이 내 팔을 자신의 쪽으로 잡아당기며 내 다리를 발로 밀었다. 순간 머릿속이 새하얘지면서, 허벅지 사이에서 찢겨져나가는 듯한 무서운 소리가 귓가에 웅웅 울렸다.
악!
턱에 힘을 줘 고통에 제멋대로 비집고 나오는 소리들을 간신히 막았지만 자꾸만 잡아당기는 통에 이제는 다리가 아니라 최지훈이 잡고 있는 팔까지 부들부들 떨렸다. 조금이라도 참아보려고 손끝을 구겼는데 길게 자란 손톱이 푹푹 그의 살갗 위로 깊게 패여 들어갔다.
으… 아아.
결국에는 고집스럽게 짓누르고 있던 입술을 놓으며 아무렇게나 말했다.
"악, 아파, 아프다고!!"
"놔?"
"아… 으, 진짜… 아……."
"어? 재희야, 놔?"
"씨, 야… 아, 빨리 놔!"
참지 못해 바락 소리를 내지르는 내 목소리에 최지훈이 서둘러 제 다리를 굽히며 내 손을 놓아주었고 그와 동시에 꾹 참고 있던 숨을 내몰아 쉬며 나는 고개를 푸욱 아래로 숙였다.

더 이상 내 팔다리를 잡아당기는 손길이 없음에도 불구하고 잔상처럼 남아 찌르르 울리는 고통에 이제는 서러운 감정까지 밀려온다. 내가 뭐 때문에 왜 이런 짓을 해야 해…로 시작해 왜 나는 이렇게 몸이 딱딱한 걸까 별별 원망이 자꾸만 밀려왔다.

"하아, 윽……."

"왜 그래, 울어?"

입술 사이로 흘러나오는 가파른 숨에 최지훈이 놀라 재빨리 내 얼굴 가까이 다가왔다. 길게 넝쿨처럼 엉켜 있는 내 머리카락을 손으로 조심스럽게 넘기며, 푹 숙이고 있는 내 얼굴에 맞춰 제 고개를 낮춘다.

"재희야, 나 좀 봐봐."

심각한 얼굴로 걱정스레 내 표정을 살핀다. 서로의 숨이 느껴질 만한 거리에서 울려 퍼지는 작은 목소리에 내가 울먹이는 목소리로 말했다.

"…어떡해, 나 다리 찢어진 거 같아."

내 말에 최지훈이 걱정스레 내려앉아 있던 입술로 짧게 웃음을 터트리며 커다란 손으로 내 한쪽 뺨을 슬슬 매만져 주었다.

"안 찢어졌다니까."

"……."

"봐봐. 멀쩡하지?"

그러네.

분명 어디 하나 찢어지는 소리가 났었는데 멀쩡하네. 최지훈이 다른 한 손으로 내 다리를 꾹꾹 눌러주며 보란 듯이 멀쩡하다는 것을 증명시켜줬다.

더 이상의 스트레칭은 무리였다. 사람이 안 하던 짓을 하면 죽는다는 말이 괜히 있는 게 아니구나 싶었다. 결과적으로 난 아직도 통증을 느끼고 있었고, 일어설 엄두조차 내지 못할 정도로 다리에 힘이 없었다. 자꾸만 매가리 없이 푹푹 허리가 앞으로 쏠리자 보다 못한 최지훈이 옆으로 다가와 앉아 내 얼굴을 제 어깨에 기대게 해주었다.

"아, 진짜."

"……."

"널 어쩌면 좋냐."

최지훈은 그 잠깐의 스트레칭에 온몸의 힘을 다 소진한 사람처럼 힘없이 늘어져 있는 내 모습에 자꾸만 웃음을 터트리곤 했다.

놓지 말라고 했다가, 빨리 놓으라고 소리를 질렀다가. 별 소득도 없었는데 아파죽겠다고 하고.

생각해보니 내가 봐도 웃기긴 했다. 뭐 이런 여자애가 다 있어, 그렇게 생각하고 있겠지.

"우리 재희 혼나면 안 되는데."

그것도 아니면, 내 걱정을 해주거나… 깊은 한숨과 함께 최지훈이 나를 바라보면서 '내가 대신 춰줄까?' 한다. 그 말에 나는 '응'이라고 대답하고 싶은 걸 꾹 참아야만 했다.

최지훈과의 스트레칭은 며칠 동안 계속되었다. 그사이 춰야 할 곡들이 정해지고 안무 영상들을 보며 아이들과 연습하고, 밤에는 그와 구령대 앞에서 저주 받은 내 몸을 원망하며 억지로 몸을 늘어뜨렸다.

그래도 어느 정도 최지훈과의 스트레칭이 효과가 있긴 한가보다. 평소 같았더라면 절대로 이루어질 수 없는 몸의 곡선들이 완벽하진 않았지만 어느 정도 엇비슷하게 나오고 있었다.

하지만 선배들의 눈에는 그런 내 미세한 변화나 노력 따윈 보이지 않는 게 분명했다. 5명을 세워놓고 춤을 시키면 딱 봐도 가장 눈에 띄는 건 역시

나도 나였다. 그러다보니 매일 혼이 나는 것도, 당연히 나.

"너 그것밖에 못 해? 답답하게, 왜 이렇게 몸이 딱딱해?"

원래 춤을 잘 못 춘다고 말은 했지만 선배들에게 그런 건 중요하지 않는 듯 보였다.

연습이 어느덧 일주일 하고도 반으로 접어들 무렵, 어느 날 갑자기 최지훈이 문자로 선배들에게 올라가 검사를 맡는 시간이 언제냐고 물었다. 아무 생각 없이 수업 끝나고, 라고 말을 했고 곧이어 몇 반에서 모이냐는 물음에 역시나도 별다른 의심 없이 3학년 3반이라고 답장을 보냈었다. 하지만 그 문자가 화근이 될 줄은 그때의 난 꿈에도 몰랐었다.

그날도 평소와 다름없이 수업이 끝나고 3학년 교실로 올라가 다른 아이들과 일렬로 쭉 서 연습했던 안무를 선배들 앞에서 추고 있었다. 매서운 눈동자로 바라보고 있던 선배가 역시나도 흐르던 음악을 뚝 끄고 나를 향해 손가락질 했다.

"야, 너 진짜 왜 그게 안 돼? 연습 안 하냐?"

매번 지적받던 저주받은 몸 덕분에 오늘도 어김없이 혼이 난다. 박자를 놓친 것도 아닌데 다른 아이들이 워낙 잘해 개중에 못하는 내가 매번 눈에 띄는 것이었다. 선배도 답답했는지 책상에서 내려와 내 등을 툭툭 손으로 쳤다.

"더 숙여봐."

그 말에 나는 입술을 꾹 짓누르며 죽을힘을 다해 몸을 숙였다.

그때였다.

똑똑.

닫혀 있던 뒷문을 두드리는 소리에 공간 안에 있던 선배들과 아이들의 시선이 일제히 문 쪽으로 향했다. 그리고 문을 열고 모습을 드러낸 건 다름 아닌 최지훈이었다.

"너 뭐야?"

책상에 앉아 있던 다른 선배가 최지훈의 등장에 물었고, 최지훈은 잠깐의 시선으로 놀라 눈이 휘둥그레진 날 보더니 이내 웃으며 입술을 열었다.

"안녕하십니까, 1학년 연극영화과 최지훈입니다."

허리를 굽히며 정중하게 말하는 최지훈의 인사에 신기하게도 살벌하기만 했던 공간이 금세 유하게 풀어졌다.

웬일이야.

갑작스러운 등장도 놀라운데 그 인물이 번듯한 얼굴을 가지고 있으니 표정을 굳히고 앉아 있던 선배들의 입술이 하나같이 기분 좋게 올라갔다.

"연영과 1학년이 여긴 웬일이야?"

"아, 잠시만요."

내 옆에 서 있던 선배의 물음에 최지훈이 몸을 돌려 문 바깥쪽으로 나가더니 곧 얼마 가지 않아 배달 헬멧을 쓴 남자가 커다란 피자를 들고 교실 안으로 들어왔다. 그것도 하나도 아니고, 무려 다섯 박스나.

놀란 내가 어리둥절 그 모습을 가만히 바라보고 있자 최지훈이 딱 봐도 영업용처럼 보이는 미소를 얼굴에 걸치고선 선배들에게 말을 했다.

"배고프실 것 같아서 피자 좀 가져왔는데, 뭘 좋아하실지 몰라서 일단은 제일 잘나가는 걸로 준비했습니다."

"어머, 뭐야. 이거 니가 사는 거야?"

"아, 네. 계산 다 끝낸 겁니다."

계산을 다 끝냈다는 말에 3학년 선배 한 명이 깔깔 웃으며 '센스 좀 봐' 한다.

"웬일이야, 마침 배고팠던 참이었는데 잘됐네."

이곳저곳에서 터져 나오는 선배들의 반응에 내가 초조하게 눈동자를 굴리다가 우연찮게 최지훈과 눈이 마주치고 말았다. 나는 소리가 나지 않게 입을 모아 최지훈에게 '뭐하는 거야'라고 물었고 최지훈은 뻔뻔하게 웃는 얼굴로 '왜'라고 했다.

"근데 이걸 니가 왜 사?"

"아, 부탁드릴 게 좀 있어서요."

사물함 위로 차곡차곡 쌓여진 피자를 들춰보던 한 선배가 묻자, 최지훈은 기다렸다는 듯이 나를 바라보며 입술을 열었다.

"저희 재희, 원래 몸이 딱딱해서 춤도 잘 못 추는데 너무 혼내지 마시고 잘 좀 부탁드립니다."

"어, 뭐야. 재희 남자 친구?"

지금 이 사태가 몸치인 날 위해 벌인 해프닝이라는 것도 당황스러워 죽겠는데, 남자 친구냐고 묻는 선배의 물음에 답하는 최지훈의 말이 더 가관이었다.

"그 비슷해요."

"어머, 뭐야. 진짜야?"

비밀이라고 했으면서, 그렇게 애매하게 말을 하는 게 어디 있어.

일제히 선배들과 아이들의 시선이 나에게로 향한다. 선배들은 최지훈에 대해 잘 모를 테지만 나와 같은 학년인 아이들은 최지훈에 대해 잘 알다 못해 광적으로 찬양하는 무언가가 있었다.

그런 가운데에 최지훈은 지금 커다란 핵폭탄을 투여한 거나 마찬가지였다. 놀란 입을 떡 벌리고, 아이들의 시선에 진짜냐고 묻는 호기심이 잔뜩 배어 있었다.

"그럼 전 방해 말고 그만 가보겠습니다. 맛있게 드세요."

최지훈이 허리를 숙여 정중하게 인사를 하자 그 무서운 선배들이 웃으며 손까지 흔들어준다.

도대체, 피자가 뭐기에 살벌했던 그녀들을 한순간에 녹인 걸까.

그리고 사라진 최지훈의 모습에 그놈 참 잘생겼다고 말하는 선배의 목소리에서 나는 커다란 다섯 개의 박스를 바라보던 시선을 거두고 입술을 꾹 짓눌렀다. 피자 때문이, 아니었나.

최지훈이 남겨두고 간 피자 덕분에 연습은 뒷전으로 미뤄두고 모여 앉아 교실에서 때아닌 식사를 해야만 했다. 물론 나는 제대로 먹지도 못한 채 쏟아지는 질문들을 홀로 감당해내야만 했다.

"진짜 남자 친구야?"

나에게 매번 짜증을 부렸던 선배가 제일 먼저 웃는 얼굴로 묻는다. 그 물음에 괜스레 얼굴에 열이 올랐다. 최지훈을 감수하기로 했지만 이렇게 갑작스러운 걸 예상한 건 아니었다.

"아, 아니요. 친한 친구예요."

어수룩하게 그 말을 내뱉자 가슴 한쪽이 움찔거렸다. 큰일이다, 이젠 다른 누군가에게 최지훈과 친구 사이라고 말하는 게 싫어지고 있다.

최지훈의 이벤트 덕분인지는 몰라도 그날 이후부터 선배들은 더 이상 나에게 쓴소리를 하지 않았다. 정작 내가 원래 춤을 잘 못 춘다고 말했을 땐 듣지도 않더니 최지훈이 한 말은 기억하는지 내 뻣뻣한 움직임에 '너 원래 춤 못 춘다고 했었지?'라고 친절하게 물었다.

그리고 이해한다는 표정을 짓곤 했다. 나도 원래 못 춰, 그런 말을 하며 최대한 다른 아이들 하는 만큼만 따라 하라고 포옹력 넓은 얼굴로 나를 보듬어 주었다.

시간은 참으로 빨리 흘러갔다. 제발 오지 않길 바랐던 축제는 금세 코앞으로 다가와 있었고 밤을 새 연습을 하고 난 뒤에야 D-day가 되었다.

집에 가지 못하고 학교에서 밤새 연습을 했기 때문에 퀭해진 눈으로 푸르스름하게 해가 뜨는 창밖을 바라보며 아이들과 함께 화장실에서 대충 세수만 했다. 학교 축제의 시작을 알리는 조회가 있었음에도 불구하고 교실에서 마지막까지 안무를 맞춰보고 선배들의 손에 이끌려 화장까지 해야만 했다.

의상은 축제 당일에 나눠줄 거라는 말에 설마 했지만 화장을 마치고 건네준 의상을 받아보니 역시나 입이 떡하고 벌어졌다. 배꼽이 훤히 드러날 만한 짧은 핑크색 탑에, 자칫 잘못하다간 속옷이 비칠 것만 같은 하얀색 주름치마. 옷을 받고 경악을 하는 건 나뿐만이 아니었다. 다른 아이들까지 손바닥만 한 티와 치마에 어쩔 줄 몰라 하는 표정을 짓고 있었다.

"왜, 마음에 안 들어? 너네 귀여우라고 엄청 신경 쓴 건데."

생글생글 웃으며 말하는 선배의 말에 저들끼리 눈치를 보는 아이들의 얼굴은 더욱더 심란해져만 갔다. 무슨 말이라도 하고 싶은데 3학년 선배가 직접 고르고 샀다는 의상에 감히 꼬투리를 잡을 수 있을 리 없었다. 말은 못 하겠고, 그냥 입자니 민망할 정도로 짧고. 도르륵… 어쩔 줄 몰라 하는 아이들의 눈동자가 조용히 굴러 일제히 나에게 향한다.

니가 좀 말해봐, 딱 그런 식의 눈빛이다. 그나마 최지훈 덕분에 요즘 들어 나를 가장 예뻐 했던 선배들이었던 터라 아이들의 시선이 이해가 가지 않는 건 아니었다. 하아… 결국에는 내가 총대를 메어야만 했다.

"저기… 치마 길이가 너무 짧은 것 같아서요."

조심스럽게 말한다고 한 건데, 선배의 표정이 좋지 못하다. 들고 있던 의상을 푹 내리며 팔짱을 낀 채 표정이 좋지 못한 아이들을 향해 입술을 연다.

"야, 이게 뭐가 짧아. 무용과는 거의 다 벗고 추는데. 왜, 너네도 그럴래?"

그 말에 아이들의 고개가 빠르게 양옆으로 움직였다.

"이 정도면 양반이야, 알았어?"

그 말에 또 힘없이 일제히 끄덕끄덕.

의상은 그게 다가 아니었다. 화장실에서 억지로 옷을 갈아입고 교실로 돌아오자 선배들이 우리에게 내민 건 핑크색 토끼 귀 머리띠였다. 그것도 귀가 엄청나게 크고 빳빳하게 서 있는. 멀리서 누가 봐도, 아 저건 토끼다 할 만한.

평소 간지럽단 이유 하나만으로 귀여운 걸 끔찍이도 싫어했던 내가 졸지에 핑크색 토끼 귀에 핑크색 배꼽티를 입게 되자 절로 몸이 쭈뼛거린다. 오늘 하루가 끝날 때까지 절대로 의상에 손을 대지 말라는 무서운 선배의 발언에 어쩔 수 없이 고개를 끄덕여야만 했다.

이제 보니 응원을 할 때 손에 들고 할 폼폼까지 핑크색이다. 옷을 갈아입고 어색하게 거울 앞에 서서 핑크로 도배된 모습을 살펴보는데 자꾸만 시선이 허옇게 드러난 배에 닿는다. 안 그래도 치마가 짧아 안에 속바지를 입었음에도 불구하고 신경에 거슬렸는데 그보다 더 심한 게 배였다.

이걸 어떻게 가려야 하나, 눈동자를 굴려 다른 아이들을 바라보자 아이들 역시 전부 다 폼폼을 들고 자신들의 배를 가리고 있었다. 이 모습으로 많은 사람들 앞에서 춤을 출 생각을 하니 벌써부터 눈앞이 캄캄했다.

"어, 조회 끝났나보다."

"……."

"이제 내려가서 준비해. 스탠드 앞에 무대 있어, 거기 앞줄에 가서 앉아서 기다려."

어제 밤새도록 학교에 있어 운동장이 어떤 설치물들이 있는지 창문 너머로 봤었기에 선배가 말하는 곳이 어디인지 대충은 예상할 수 있었지만 쉽사리 교실 밖으로 발을 뗄 수 없는 건 역시나도 짧은 옷 때문이었다.

"아, 진짜. 너네 빨리 안 나가? 나가서 한번 봐보라니까. 다른 과가 더 심해. 너넨 귀여워서 덜 벗긴 거라니까."

쭈뼛거리는 우리를 보며 답답하다는 듯이 말을 하는데, 다른 과가 얼마나 옷이 심한지 그게 중요한 게 아니었다. 당장에 부끄러운 건 어쩔 수 없는 거니까. 하지만 더 이상 지체했다가는 선배들의 화를 살 것만 같아 결국에는 아이들과 함께 조심스레 뒷문을 열고 교실을 나서야만 했다.

제발 가는 내내 아무도 안 마주치길 바랐는데, 가는 길마다 족족 선생님이건 학생들이건 수도 없이 마주치고 말았다. 그리고 그들이 하나같이 입에 올린 건 다름 아닌 머리 위로 쭈욱 뻗어 있는 토끼 귀였다.

토끼, 토끼.

이곳저곳에서 터져 나오는 그 단어에 아이들과 최대한 뭉쳐서 빠르게 계단을 내려갔다. 그래도 하나면 정말 쪽팔렸을 텐데, 다섯이나 똑같은 의상을 입고 있으니 그나마 부담이 덜하긴 했다.

고개를 푹 숙이고 앞서 걸어가던 아이의 뒤만 따라가고 있었는데 갑자기 앞에 애가 멈춰서더니 작게 '안녕하세요' 인사를 한다.

선배인 걸까.

뒤늦게 고개를 들어 나 역시 인사를 하자 그곳에는 그 여자가 서 있었다. 최율, 그리고 그 옆에는…….

“어, 이게 뭐야.”

다름 아닌 최지훈이 있었다.

“웬 토끼 한 마리?”

왜 하필, 지금 이 순간에 만난 게 최지훈일까.

마주친 눈동자에 온갖 잡다한 생각들이 머릿속에 정신없이 활개 쳤다. 우스꽝스러운 모습을 한 나를 어떻게 생각할까, 쪽팔리다 못해 쥐구멍이라도 들어 가 숨고 싶어졌다.

부끄러움에 입술을 꾹 짓누르며 조심스레 최지훈의 표정을 살피자, 역시 나도 지금 내 모습에 제법 놀랐는지 평소보다 한 뼘 정도 커진 눈이 나를 반긴다. 그리고 힘없이 벌어진 입술 사이로 나온 첫마디는.

“와, 진짜 귀여워.”

그냥도 아니고, 진짜 귀엽단다. 웃으며 손을 뻗어 내 토끼 귀를 만지작거리는데 당황스러움에 눈동자가 순간 제멋대로 흔들렸다. 내 예상과 달리 최지훈은 지금 내 모습에 연신 귀엽다는 말을 내뱉으며 어쩔 줄 몰라 하는 얼굴을 했다. 취향이 이런 쪽이었나. 생긴 거와 다르게 귀여운 거에 사족을 못 쓰는 부류 같았다. 그것도, 핑크색 토끼 귀에 말이다.

이미 나와 함께 있던 아이들은 저들끼리 먼저 사라졌고, 그 뒤를 따라가지 못한 나는 계단 중턱에 서서 이러지도 못하고 저러지도 못한 채 멈춰 있었다. 어제 밤새 학교에 있어 오늘 아침에 날 보지 못했던 최지훈은 지금 내 모습이 신기한지 자꾸만 내 얼굴을 보며 실없이 웃기만 했다. 결국 옆에서 있던 선배가 꾹 짓누르고 있던 입술을 열어 최지훈에게 말했다.

“지훈아, 빨리 가자.”

“아, 잠시만요.”

“…….”

“왜 이렇게 귀여워? 진짜 못살겠다.”

최지훈은 눈가를 푹 죽인 채 못살겠다고 말했지만 그건 내가 하고 싶은 말이었다. 최지훈은 옆에 있는 선배는 안중에도 없는 건지 연신 내가 하고 있는 토끼 귀를 조물조물했다. 그러면서 한다는 소리가…….

“재희야, 토끼토끼 해봐.”

“…뭐?”

“아니면 당근당근.”

진짜… 그만 좀 하지.

눈치가 없는 건지, 아니면 사태 파악이 안 되는 건지 나는 적나라하게 느끼는 그 선배의 기분을 최지훈은 전혀 모르는 듯 보였다. 한차례 자신의 말이 무시당했으면 화를 내거나 그냥 먼저 갈 법한데 그 선배는 꿋꿋이 최지훈 옆에 서서 나를 바라보고 있었다.

“어, 뭐야. 왜 배를 다 내놨어.”

내 토끼 귀에 정신을 못 차리던 최지훈의 시선이 이제야 내 옷에 닿은 건지, 뒤늦게 배를 가리고 있는 내 두 팔을 보며 사납게 묻는다. 그 말에 드러난 배를 더욱더 팔로 가리며 입술을 열었다.

“옷이, 원래 그래.”

“그러고 춤 춰?”

“…응.”

그러자 최지훈이 짙은 눈썹을 구기며 마음에 들지 않는다는 표정을 지었다.

“아, 다른 애들이 보는 거 싫은데.”

“…….”

“춤 언제 추는데?”

"…몰라. 일단 가 있으래."

"아, 이거 거슬리네……."

심각한 듯 표정을 구기고 있던 최지훈이 잠깐 동안 말이 없더니, 이내 자신이 입고 있던 트레이닝복 상의를 벗어 내 어깨 위로 걸쳐주었다.

다른 사람이 보지 못하도록 내 앞으로 가까이 다가와 조심스럽게 배를 가리고 있던 내 손목을 잡고 오른쪽, 왼쪽 차례대로 옷에 팔을 집어 넣어주더니 마무리로 지퍼를 목까지 끌어 올린다.

"이제 됐다."

"……."

"할 때까지 그거 입고 있어."

최지훈은 그제야 만족스러운 듯 구겼던 표정을 펴며 웃었다. 고개를 내려 최지훈이 입혀준 트레이닝복을 바라보자 헐렁헐렁, 커다란 소매에 손가락이 채 빠져나오지도 못했다. 어른 옷을 뺏어 입은 아이처럼 우스운 모습이었지만 덕분에 짧은 치마가 완전히 가려지긴 했다.

괜히 이거 입고 있었다고 혼이라도 나는 건 아닐까 하는 걱정에 표정을 옅게 찡그리자, 최지훈이 눈치 빠르게 이러면 '혼나나?' 하고 묻는다. 그 물음에 옅게 고개를 끄덕이며 옷을 벗으려고 했는데 최지훈이 금세 그런 내 손을 저지했다.

"뭐라고 하면 내가 억지로 입혔다고 말해."

"……."

"어? 내가 대신 혼날 테니까."

도대체 저런 마인드는 어디서 나오는 건지, 최지훈은 자신이 대신 혼이 나겠다는 말을 스스럼없이 내뱉었다. 선배의 얼굴은 표정 관리가 되지 않을 정도로 심각하게 내려앉아 있었다. 그날 이후로 날 찾아오지 않았지만 그건 어디까지나 민호에게 들켜 조신하게 행동하기 위함 같았다. 할 말이 많은 것처럼 심기 불편한 눈동자가 날카롭게 나를 바라보더니, 이내 손을 뻗어 최지훈이 입고 있는 과 티를 쭉 잡아당겼다.

"지훈아, 빨리 가자니까."

"아, 네. 이따가 너 춤 보러 갈게."

"……."

"잘해."

그러면서 아무렇지도 않게 내 머리 위로 손을 올려 작게 두어 번 쓰다듬는다. 따뜻했던 손이 머리 위에서 사라지고 나서야 고개를 돌려 마저 계단을 밟으며 올라가는 최지훈과 그 선배의 뒷모습을 가만히 바라보았다.

아깐 트레이닝복을 입고 있어서 몰랐는데 최지훈과 선배는 둘 다 똑같은 옷을 입고 있었다. 같은 하얀색에, 똑같이 프린팅이 된. 과마다 맞춘 티셔츠일 텐데 왠지 모르게 두 사람이 같은 옷을 입고 같이 걷는 모습을 보니 흡사 커플티를 입고 있는 듯한 기분이 들었다.

순간 최지훈이 귀엽다고 말했던 내 옷이 비참하게만 느껴졌다. 이상하게도, 그 선배가 입고 있는 티셔츠에 진 것만 같았다.

안타깝게도 최지훈의 트레이닝복은 그리 효력을 발휘하지 못했다. 스탠드로 도착한지 얼마 되지 않아 선배가 우리를 무대로 올려 보냈다. 내 옆쪽엔 다름 아닌 연영과가 앉아 있는 곳이었다. 그리고 그 맨 앞, 내 시선이 틀리지 않았더라면 날 뚫어져라 바라보고 있는 건 분명 최지훈이 맞았다.

힐끗.

정면을 바라봐야 할 눈동자가 자꾸만 그가 앉아 있는 왼쪽으로 향한다. 쪽팔리게, 진짜 보고 있어.

발개진 얼굴에 애써 입술을 깨무는데 그와 동시에 커다란 스피커에서는 익숙한 음악이 흘러나왔다.

세뇌라는 게 무섭긴 한가 보다. 아니, 연습이라는 건 정말 하면 되는 건가 보다. 수많은 시선들에 머릿속이 새하얘졌다가도 신기하게도 음악이 흘러나오자 팔다리가 자동적으로 움직였다.

피땀 흘려가면서 노력한 결과가 바로 이거다. 아무 생각 없이 몸이 움직이는 거. 물론 딱딱했던 몸이 유연해지는 기적 같은 일들은 일어나지 않았지만 적어도 박자를 놓치거나 아예 아이들에게 피해가 갈 정도는 아니었다.

어렸을 적 유치원에서 열렸던 장기자랑에서 재롱을 떨 때에도 이정도로 떨리진 않았었다. 긴장감에 얼마나 내 자신을 혹사시켰는지 노래가 끝나자마자 땀으로 범벅이 된 걸로도 모자라 숨이 턱까지 차 눈앞이 어지러웠다. 연달아 이어지던 세 곡을 모두 다 마치고 아이들과 함께 인사를 한 뒤, 무대에서 내려오다가 순간 최지훈과 눈이 마주치고 말았다.

아니, 정확히 말하자면 최지훈이 들고 있던 핸드폰 카메라와 정면으로 마주했다. 1초, 2초, 3초… 길게 늘어가는 시간과 비례하게 최지훈은 여전히 미동이 없었고, 나는 그 모습에 불길한 확신을 할 수 있었다.

그건 마치 유치원 때 장기자랑에서 보았던 우리 엄마의 모습과 흡사했다. 나에게 추억거리를 만들어 준답시고 내 장기가 끝날 때까지 캠코더를 들이밀고 있었던 것처럼, 최지훈 역시 사진이 아닌 동영상으로 나를 찍고 있었다.

내가 움직이는 대로, 프레임에 오로지 나 하나만을 담았지만 난 이 추억거리의 단점을 너무나도 잘 알고 있었다. 자기 딴에는 추억거리겠지만, 당사자인 나에게는 그건 두고두고 숨기고 싶은 과거가 될 게 분명했다. 우리 엄마가 자랑처럼 틀어준 그 비디오가 내 인생 유일한 부끄러움이 된 것처럼.

하지만 안타깝게도 지금의 나에겐 최지훈에게 뭐라고 할 힘도 없었다. 1시간 정도 쉬라는 선배의 말에 최지훈에게 다가가 트레이닝복을 건네주고 곧바로 아이들과 함께 교실로 올라갔다.

아이들은 텅 빈 교실에 도착하자마자 제일 먼저 책상 위에 올려두었던 핸드폰을 손에 쥐었고, 나 역시 핸드폰을 집어 들었다. 도착한 메시지는 2건. 하나는 섹시하다 못해 끝내준다는 가람이의 짧고 굵은 문자였고, 또 하나는 잘했다는 민호의 위로가 느껴지는 문자였다. 그리고 핸드폰을 내려놓기도 전에 도착한 한 건의 메시지.

[혼날 줄 알아. 누가 그렇게 예쁘래.]

최지훈이었다. 그 문자를 보자 순간 날 바라보았던 최지훈의 얼굴이 떠올라 뺨 위로 열이 올랐다.

"아, 목말라……."

옆에서 들려오는 한 아이의 목소리에 나 역시 이마에 맺혀 있던 땀을 손등으로 문질렀다. 그렇게 더운 날씨가 아님에도 불구하고 긴장에, 실전이라는 압박이 더해져 평소 연습 때보다 많은 땀을 흘린 아이들은 더위를 식히기 위해 너 나 할 것 없이 책상 위로 널브러져 있던 책들을 주워 부채질을 하고 있었다.

"음료수라도 마실래? 내가 사올게."

"어, 진짜? 같이 가자, 그럼."

"아니야. 앉아 있어, 혼자 빨리 다녀올게."

"그래도……."

"괜찮아, 나 혼자 너무 눈에 띄게 못해서 미안해서… 그래."

내가 미안함에 어쩔 줄 몰라 하는 얼굴을 하자 아이들이 그제야 웃으며 부탁한다는 말을 했다.

처음에는 의상이 부담스럽고 쪽팔리기만 했는데 무대에 한 번 서서 수많은 시선들을 견뎌내고 나니 이제는 그런 조잡한 감정들은 날아가 버린 뒤였다. 혼자서 토끼 귀에 배까지 훤히 드러내고 나는 뛰지도, 그렇다고 해서 느리지도 않은 여유로운 걸음으로 식당 앞 자판기로 향하고 있었다.

이리저리 주변을 배회하던 아이들과 마주쳐도 뻔뻔하기만 하다.

그래, 볼 테면 봐라.

내 귀를 빤히 바라보는 아이들의 시선에도 '그래그래, 나 토끼 귀 했어' 태연하다 못해 도인이 된 것만 같았다.

음료수는 어떤 게 좋을까, 더우니까 탄산 보다야 넘기기 편한 이온음료가 나으려나.

종류가 여러 개가 되는 음료수들을 하나둘씩 떠올리며 학교 건물을 나와 식당 앞 내리막길을 걸어가고 있는데 옆에서 누군가가 나를 불러 세웠다.

"헤이, 토끼."

토끼라는 말에 무의식적으로 고개가 소리가 난 쪽으로 돌아갔다. 그리고 차마 얼굴을 확인하기도 전에 넓은 가슴이 빰 위로 닿더니, 뭉개지도록 두 팔이 꼬옥 내 등을 껴안는다. 당황스러움에 두어 번 눈을 깜빡이자 순식간에 환했던 주변이 붉은색으로 가려진다.

사실, 누구인지 얼굴을 보지 않아도 알 수 있었다. 익숙한 목소리, 품 안에서 느껴지는 특유의 체향. 그리고 나에게 입혀주었던 빨간색 트레이닝복. 이 모든 것의 주인을 내가 모를 리 없었다.

"잡았다."

끅끅.

뭐가 그렇게도 재미있는 건지 최지훈은 연신 작은 목소리로 숨죽여 웃고 있었다. 어미 새가 새끼를 품는 것처럼 최지훈은 나를 제 품에 안고 트레이닝복을 커튼 삼아 내 얼굴을 꽁꽁 숨겨주었다. 아니, 정확하게 말하자면 훤히 드러난 내 살결을 가리고 있었다.

"내가 숨겨줘야지."

시끄러웠던 주변 소리 따위는 아무것도 들리지 않고 오직 재미있다는 듯이 작게 웃고 있는 최지훈의 목소리가 지독하게 귓가에 와 닿았다.

"…숨 막혀."

최지훈은 정말 토끼잡이 사냥꾼처럼 나를 잡아 움직이지도 못하게 힘주어 껴안고 있었다. 간신히 품속에서 숨이 막힌다는 말을 하자 그제야 팔을 느슨하게 풀어 날 내려다본다. 그 순간을 기회 삼아 재빠르게 손으로 최지훈의 가슴을 밀어내 품에서 벗어날 수 있었다.

"뭐야, 놀랬잖아. 여기 왜 있어?"

"땡땡이."

"뭐?"

"너 하는 것도 봤고, 재미없어서 나왔어."

최지훈은 날 감싸느라 늘어난 트레이닝복 주머니 안으로 손을 밀어 넣으며 심드렁하게 말했다.

"응원하는 것도 재미없고, 이래저래 귀찮은 것도 있고."

느리게 구르는 최지훈의 눈동자가 심상치 않다. 그러고 보니 최지훈이 학교 건물 뒤, 매점도 문을 닫아 인적도 드문 공간에 있다는 건 무슨 볼일이 있다는 것보다 그저 몸을 숨기기 위한 걸로밖에 생각되지 않았다.

귀찮은 거라… 천천히 최지훈이 내뱉은 그 단어를 곱씹어 보는데 이상하게도 내 머릿속에 떠오른 건 다름 아닌 그 선배였다. 그 선배의 성격에 최지훈을 가만히 둘 린 없고, 역시나 핑계를 대고 도망쳤나보다.

"넌 여기 왜 왔어, 아까 교실 간 거 아니야?"

"아… 애들 음료수 뽑아 주려고."

"왜 그걸 니가 해?"

"미안해서 내가 사온다고 했어. 너도 봤잖아, 나만 엄청 못한 거."

"아, 난 또."

내 실수로 인해 자발적으로 움직인 거라 말하자 순간 매섭게 내려앉아 있었던 최지훈의 눈썹이 유하게 풀어진다. 그 모습에 의아해 내가 반문했다.

"또 뭐?"

"아니, 그냥. 애들이 너 시킨 줄 알았잖아."

"너 아직도 그래?"

"뭐가?"

"…됐다, 말을 말자."

한숨과 함께 내가 먼저 등을 돌려 걸음을 옮기자, 곧바로 커다란 발자국 소리가 내 뒤를 따라붙는다. 최지훈은 아직도 경태가 그랬던 것처럼 다른 아이들 역시 나를 이용해 먹는 거라고 생각하고 있는 듯 보였다.

내가 어린애도 아니고, 제 손길이 없으면 자꾸만 엇나가는 아이를 바라보는 것처럼 최지훈은 무의식 적으로 날 향한 걱정들을 이런 방식으로 드러내곤 했다. 그리고 그 말들에 내가 화가 나 아예 대화를 단절시키면 지금처럼 내 등 뒤를 쫄래쫄래 따라온다.

"그렇잖아, 괜히 지들 부끄러우니까 너 혼자 보낸 것처럼 보였다고."

잔뜩 풀이 죽은 목소리로 주절주절.

입이라도 다물면 혼이라도 안 나지.

끝까지 잘못한 게 없다는 듯 불쌍한 목소리로 말한다.

자판기 앞에 서서 음료수를 훑은 뒤, 지갑을 열어 지폐를 한 장, 한 장 조심스레 밀어 넣었다. 그리고 팔을 뻗어 제일 꼭대기 층에 있는 이온 음료 버튼을 누르자, 내 뒤에 서 있던 최지훈이 단숨에 내 옆으로 와 팩! 하고 성질을 부렸다.

"아 좀, 가리고 다녀!"

"……."

"여자가 배 다 드러내고. 잘하는 짓이다, 아주."

그 말에 의아해 최지훈을 바라보자, 최지훈의 시선이 훤히 드러난 내 배에 가 있었다. 팔을 뻗으면서 옷이 위로 올라갔던 건지 득달같이 화를 낸다. 그 모습에 작게 인상을 구기며 버튼을 연달아 눌렀다.

"왜 니가 난리야? 아깐 귀엽다며."

쾅, 쾅. 쾅.

둔탁한 소리와 함께 떨어진 음료수를 꺼내기 위해 주저앉자, 이번에는 짧은 내 치마가 마음에 걸렸는지 금세 내 뒤로 와 가려주면서 짜증 섞인 말투로 말한다.

"그건 토끼 귀가 그렇다는 거고."

"……."

"아까 봤어? 너 춤출 때 우리 과 남자 새끼들 다 너 쳐다본 거."

최지훈의 말에 내 표정은 순식간에 걱정으로 변했다. 하나둘씩 꺼내던 음료수도 마다한 채 고개를 들어 최지훈을 올려다보았다.

"…왜? 나 그렇게 못 췄어?"

"아니, 그게 아니고. 니가 걔네들 중에서 가장 하얬어."

얼마나 못 췄으면 날 쳐다봤을까 했는데, 그게 아니었나보다. 최지훈은 옅은 한숨과 함께 날 골칫덩이처럼 바라보았다.

"그래서 더 눈에 띄고."

"……."

"내 눈에만 예뻐 보이는 줄 알았는데 아닌가봐."

푹푹, 땅이 꺼질 것처럼 깊은 한숨을 내뱉는 통에 주저앉아 있던 내 등허리마저 묵직해지는 기분이 들었다.

난 또 뭐라고.

대수롭지 않게 멈춰 있던 팔을 움직여 5개의 음료수들을 차례대로 꺼내 품에 안자 뒤에서 옷깃이 스치는 소리가 들려왔다. 그리고 내가 자리에서 일어나 몸을 돌리기도 전에 내 배 밑으로 둘러진 건 다름 아닌 최지훈의 팔이었다.

"늑대 새끼들 때문에 오빠 무서웠어, 재희야."

허리를 반으로 접어 오른쪽 어깨 위에 제 턱을 내려놓는다. 순간 몸 전체의 털이 바싹 서는 것만 같은 알싸한 기분과 함께 숨이 턱 하고 막혔다.

적나라하게 느껴지는 최지훈의 손에 당황스러우면서도 그 마주한 체온이 내가 가지고 있는 온도보다 따뜻해서, 항상 마주 잡았던 손이 아닌 다른 곳에 최지훈의 손길이 닿는 건 처음이라 나도 모르게 애꿎은 입술을 꾹 짓눌러야만 했다.

"그러니까 좀 가리자, 어?"

그리고 작은 숨소리와 함께 내 몸에 닿아 있던 최지훈의 손이 멀어졌고 남겨진 건 골반에 단단하게 묶여 있는 빨간색 트레이닝복이었다. 방금 전까지만 해도 최지훈이 입고 있던 옷이 언제 내 몸에 묶인 건지 알 수 없었다. 마술을 보는 것처럼 뜬눈으로 코를 베인 것만 같은 복잡한 기분이 밀려왔다.

그만큼 난 예상치 못했던 접촉에 정신이 반쯤 흐트러져 있었다. 뒤늦게 지나간 순간들을 자세히 떠올려보자 최지훈이 날 끌어안으면서 바쁘게 손을 이리저리 움직였던 것 같기도 하다. 그게 지금 이 유치찬란한 복장을 완성시킨 거였지만.

"난 니가 제일 무서우니까, 저리 좀 비켜."

빈번하게 일어났던 스킨십에 이제 어느 정도 내성이 생겼다고 생각 했는데 이번 건 정말 컸다. 평소와는 비교할 수 없을 정도로, 아주 많이. 나는 애써 품에 안고 있던 차가운 음료수 캔을 밑으로 내리며 뜨거워진 배를 식혀야만 했다.

"아, 이제 좀 안심이 되네."

쫄래쫄래, 계속해서 내 뒤를 따라오던 최지훈은 내 골반에 걸쳐진 자신의 트레이닝복에 꽤나 만족을 했는지 뜬금없이 박수를 쳤다. 겉으로 보기엔 어머니들께서 나들이 나가실 때나 선보이시는 패션과 다를 바 없었지만 그에 비해 실속은 있는 편이었다.

팔 부분을 동여매 드러난 배를 조금이나마 가리고, 엉덩이 뒤로 길게 늘어진 옷에 짧은 치마도 가리고. 어찌 보면 일석이조였다.

갈 생각은 안 하고 교실 앞까지 따라오는 통에 하는 수 없이 최지훈에게 밖에서 기다리라고 말을 하고 아이들에게 사온 음료수들을 나눠주었다. 그리고 무슨 말이라도 해 최지훈을 돌려보내려고 나왔는데 혼자였던 최지훈 옆에는 어느새 민호가 함께 서 있었다. 그 모습에 절로 한숨이 흘러나왔다. 돌려보내려고 했는데 혹이 하나 더 늘었다.

"넌 또 왜 여기 있어?"

"교실에 뭐 좀 두고 와서."

하지만 민호는 내 물음에 당당하게 손가락 사이에 끼워져 있는 열쇠를 내게 보이며 누구와 달리 자신은 쓸데없는 방황을 하는 게 아니라는 것을 내 앞에서 증명해 보였다. 내 시선이 자연스레 그 누구에게 향하자 찔리는 구석이 있는지 최지훈이 슬슬 내 시선을 피한다.

"오늘 촬영 안 가?"

"가는데 너 보려고."

민호의 말에 순간 도착해 있던 문자가 떠올랐다. 맨 앞줄에서 나를 바라보았던 최지훈과 달리 민호는 앞줄이 아닌 다른 곳에 앉아 나를 봤나보다. 멀리서 보았으면 더 잘 보였으려나, 어쩌면 전체적인 모습이 중점적으로 보여 내가 못하는 게 더 적나라하게 보였을지도 모른다.

아, 쪽팔려…….

그렇게 생각하자 괜스레 귓가가 발개진다.

"나 좀 많이 못했는데……."

"응, 알아."

태연하게 흘러나온 민호의 말에 절로 눈가에 푹 죽는다. 역시나 예상했던 대로 멀리서 보는 게 더 눈에 띄었던 거다. 이럴 줄 알았으면 민호에게도 그냥 앞에서 보라고 말할걸, 좀 더 좋은 모습을 보여주지 못한 것 같아 한숨을 내뱉자 민호가 작게 웃으며 나를 향해 입술을 열었다.

"그래서 너밖에 안 보였어."

귓가에 부드럽게 흘러 들어오는 목소리에 무겁게만 느껴졌던 목에 힘이 빠진다. 가벼워진 고개가 저절로 민호에게 향했다. 그리고 날 바라보며 웃고 있는 모습에 순간 침울했던 뺨 위로 열이 올랐다.

최지훈이 그토록 입으라고 말했던 트레이닝복을 걸치고, 농구 결승전을 응원했다. 농구는 가람이가 포함되어 있는 우리 과와 최지훈과 민호가 포함되어 있는 연영과의 대결이었는데, 내 관심사는 승패보다야 가람이었다.

다행스럽게도 최지훈과 민호는 좁은 코트 위에서 가람이와 엉키지 않았다. 그래서 가람이 역시 패배를 했음에도 불구하고 이리저리 치여 느끼는 좌절감보다야 웃으며 나에게 드디어 끝났다는 말을 할 수 있었다. 그 모든 게 내가 무의식중에 최지훈에게 흘린 가람이의 걱정 때문이었다는 건 경기가 끝난 뒤에 알 수 있었다.

최지훈은 노골적으로 '일부러'라는 단어로 시작해 '노력해서, 애를 써서, 어떻게 해서든, 너 하나 때문에'라고 말했다. 나로 인해 경기 중 의식해서 가람이와 부딪치지 않으려 했다고 하니, 이럴 때보면 참 고맙고 배려 있게 느껴졌다.

점심을 먹고 난 뒤 민호는 촬영 때문에 자리를 비웠고, 운동회의 마지막을 장식할 이어 달리기마저 끝내고 나서야 내가 할 일은 모조리 다 끝이나 있었다. 그제야 긴 시간, 내 머리 위로 하나가 되어 있던 토끼 귀와도 작별할 수 있었다.

이번 년도 역시 우승은 연영과였다. 다른 과들이 기를 쓰고 막으려고 했던 독주는 아무래도 쉽지 않았나보다. 승패와 상관없이 오후 6시부터 진행될 무대는 축제의 하이라이트였다.

각 과마다 신청해 자신의 장기를 선보이는 건데, 예고였던 터라 중학교 때 수련회에 가서 보았던 것들과는 차원이 다를 것 같은 기분이 들었다.

그리고 또 다른 놀라운 사실 하나가 장기자랑이 시작되기 전, 최지훈의 입에서 흘러나왔다.

"나 오늘 노래 불러."

그 말에 교실로 올라가던 내 몸이 뚝 하고 멈췄다. 잠깐의 정적, 최지훈의 눈동자가 천천히 움직이며 그런 내 표정을 재미있다는 듯이 보고 있었다. 아마 지금 내 반응이 그가 그토록 긴 시간을 고대하며 기다렸을 법한 모습일 거다.

"뭐, 그걸 왜 이제 말해?"

"놀라게 해주려고."

말 안 할 걸 따로 있지, 단지 놀라게 해주고 싶었다는 이유 하나만으로 지금 이 사실을 꽁꽁 숨기고 있었던 최지훈이 순간 대단하게만 느껴졌다. 언제 연습하고, 또 언제부터 준비했던 걸까. 민호에게서도 들은 적 없었고, 그렇다고 해서 그가 좀처럼 내 옆에서 노래를 부르는 모습을 본 적이 없었기에 더욱더 얼떨떨하기만 했다.

무슨 말을 해야 할까, 오늘 무대에 올라가 노래를 부른다는 걸 알았으니 힘내라고 말을 해줘야 할까, 뭘 어떻게 해줘야 하지. 그동안 난 춤 못 춘다는 이유 하나만으로 최지훈에게 투정을 부린 걸로 모자라 도움까지 받았는데.

정작 나는 아무것도 모르고 있었단 사실에 미안함이 파도처럼 밀려왔다. 하지만 정작 그에게 중요한 건 따로 있는 듯 보였다.

"영어 잘해?"

"…그건 갑자기 왜?"

뜬금없는 물음에 내가 반문하자, 최지훈이 살며시 인상을 구긴다. 마치 내가 못 알아들으면 어쩌지 하는 표정이다.

"노래가 영어야."
"외국 노래?"
"응."
"제목 뭔데?"
"그건 말 안 하고, 영어 알아듣지?"
"너보다 내가 더 잘할걸."
구겨진 자존심에 조금은 건방지다 싶을 정도로 말을 했는데, 내 말에 오히려 최지훈은 다행이라는 식의 표정을 지었다.
"그럼 됐네."
"……."
"가사 잘 들어."
최지훈이 그토록 내 영어 실력에 목을 맸던 이유는 따로 있었다. 어떤 노래를 부르느냐가 중요한 게 아니라, 그 노래 속 가사가 중요했던 거다. 그리고 그건 어쩌면…….
"너한테 하는 말이야."
날 위한 것일지도 모른다.
도대체 어떤 가사기에 이렇게 두 번, 세 번 확인을 하는 걸까.
옅게 인상을 찌푸렸다가 이내 입술을 비죽이며 말했다.
"니가 발음을 잘해야 알아들어."
그러자 최지훈이 짧게 웃음을 터트리며 '네, 네' 했다.
현지인처럼 한번 해볼게요.
비아냥거리는 듯 보이면서도 내 비위를 거스르지 않을 정도의 적정한 선에서 멈춘다.
슬슬 무대 준비를 해야 되는지 최지훈은 손목에 채워진 시계를 확인하며 이따가 보자는 말을 했다. 그리고 몸을 돌려 계단 두 칸을 내려갔다가, 무언가가 생각났는지 다시금 두 칸 올라와 내 앞에 섰다.

"아 그리고 토끼 귀, 하고 있어."

그 말에 나는 옅게 인상을 찌푸리며 입술을 깨물었다. 도대체 뭐 때문에 토끼 귀까지 하라는 걸까.

"그래야 너 찾아."

마치 엄청난 무언가를 작정이라도 한 사람처럼 말이다.

9. 첫사랑

가람이와 나란히 교실에서 의자를 들고 내려와 운동장에 자리를 잡고 앉았다. 앞줄에 앉을 생각은 없었는데 최지훈이 무대에서 노래를 부른다는 말에 가람이가 무작정 앞자리를 사수해야 한다고 기를 썼다. 나보다 더 들떠 있는 듯한 가람이의 모습에 얼떨떨하면서도 과연 최지훈이 어떤 노래를 부르게 될지 못내 궁금해졌다.

확실히 예고답게, 다른 학교에서는 볼 수 없는 진귀한 무대들이 펼쳐졌다. 운동장 전체를 울릴 만한 큰 성량으로 성악을 하는 아이도 있었고, 현대무용을 하는 아이도 있었다.

단연 무대에서 가장 많이 볼 수 있었던 건 노래와 춤이었는데, 대부분의 학생들이 연영과였다. 듣기로는 연영과에 가수를 준비하는 학생들이 몇 있다고 들었는데 그래서인지는 몰라도 일반 학생들이 하는 장기라고 생각할 수 없을 정도로 차원이 다르긴 했다.

하나둘씩 그들의 무대를 볼 때마다 최지훈이 걱정이 되는 건 어쩔 수 없는 일이었다. 잘할 수 있을까, 전교생이 모여 있는 이 자리에서 혹시라도 최지훈이 떨기라도 해 실수라도 할까 내가 더 겁이 났다. 한 번도 최지훈이 부르는 노래는 듣지 못했기에 더더욱 그랬다. 다른 아이들에 비해 못하기라도 할까봐, 웃음거리라도 될까봐 초조함에 들고 있던 핸드폰 표면 위를 꾹 짓누르자 때 마침 짧은 진동소리가 울렸다.

[나 다음번에 올라가.]

문자를 보낸 사람은 역시나도 최지훈이었다. 다음이라… 그 글자 하나에 괜스레 내 심장이 더 쿵쾅거린다. 긴장감에 잔뜩 눅눅해진 손을 빨간 트레이닝복 위로 문지르며 답장을 했다.

떨지 말고 잘해.

내 문자에 곧이어 그의 문자가 왔다.

[잘 들어야 돼.]

하지만 최지훈은 지금 내가 느끼는 떨림이나 걱정들은 안중에 없는 게 분명하다. 잘하겠다는 말 대신 잘 들으라는 말을 한다. 오로지 그의 초점은 나에게 맞춰져 있었다. 잘하든, 못하든 다른 사람들이 노래를 어떻게 듣고 판단할지 중요하지 않은 듯 보였다.

[두 번째 고백이야.]

그저 내가 들으면 그만인 것처럼. 최지훈은 자신의 무대가 두 번째 고백이라 말했다. 그와 동시에 무대 위에서 흘러나오던 노래가 멈추고 박수소리와 함께 노래를 부르던 아이가 무대에서 내려갔다.

조명이 어렴풋하게 꺼지고, 나는 최지훈의 말대로 준비해두었던 토끼 귀를 다시금 머리 위로 썼다. 그리고 다시금 밝아진 무대 위, 홀연하게 서 있는 최지훈의 모습에 손가락을 잔뜩 구겼다.

두 번째 고백, 순간 오래전 최지훈이 운동장 벤치에서 나에게 했던 말들이 문득 머릿속을 스치고 지나간다. 바람결에 흐트러지는 나무아래에 있어 그늘에 있음에도 불구하고 자꾸만 햇빛이 새어 들어와 나와 최지훈을 덮었던 순간 말이다. 그때 그는 나에게 처음으로 제 마음을 말로 표현했다. 따뜻한 봄바람보다 더 포근한 웃음으로, 봄내음보다 더 달큰한 목소리로. 그때 그 장소, 그 장면은 아직까지 내 머릿속에 액자처럼 여전히 또렷하게 남아 있었다.

지울 수도, 잊을 수도 없다. 왜냐하면 그때의 최지훈과 주변을 이루고 있던 모든 것들은 내 인생에서 있어 몇 안 되는 가슴 떨리는 순간이었으니까.

—연영과 최지훈 학생이 부릅니다.

그리고 지금, 최지훈의 두 번째 고백이 시작되고 있었다.

—Bruno Mars의 Just The Way You Are.

사회자의 말이 끝나자마자 조명등이 최지훈을 향해 쏟아졌고 천천히 흘러나오는 반주에 나는 옅게 눈동자를 떨 수밖에 없었다. 그건 익숙한 반주와 사회자가 말했던 제목 때문이었다.

'Bruno Mars의 just the way you are'은 평소 내가 즐겨듣던 음악 중 하나였다. 그래서 그 노래가사가 어떤지, 어떤 의미인지 알고 듣고 또 들었기에 나에게 할 두 번째 고백으로 이 노래를 선택한 최지훈의 마음 역시 알 수 있었다. 나지막하게 흘러나오는 최지훈의 목소리에, 나도 모르게 숨을 멈출 수밖에 없었다.

—Oh her eyes, her eyes.

앞에서 세 번째 줄에 앉아 있었기에 무대 위에서, 수많은 아이들을 빠르게 하나둘씩 훑고 지나가는 최지훈의 눈동자가 적어도 나에게는 또렷하게 보였다. 그리고 일순간 멈춘 눈동자가 나를 향해 있는 건 기분 탓만은 아니었다.

단연 돋보일 정도로 길고 뾰족한 토끼 귀를 하고 있었으니, 입에 대었던 마이크를 살짝 떼어내 작게 웃음을 터트리는 최지훈의 모습에 나는 두 손을 모아 움켜쥐었고, 최지훈은 작은 숨과 함께 느리게 흘러나오는 노래에 맞춰 입술을 열었다.

—Make the stars look like they're not shining.

나를 바라보면서, 내 눈을 마주하면서 최지훈은 노래했다. 내가 생각했던 것보다 훨씬 더 멋진 모습으로, 걱정했던 내가 우습게 보일 정도로 완벽하게.

Her hair, her hair

그녀의 머리카락

Falls perfectly without her trying

그녀가 의도치 않아도 완벽히 흘러내려요

She's so beautiful, And I tell her every day

그녀는 너무 아름다워요, 난 매일 그녀에게 말하죠

Yeah I know, I know

알아요

When I compliment her, She won't believe me

내가 그녀를 칭찬해도 그녀는 날 믿지 않는 걸

And its so, its so

그것은 너무나 슬퍼요

Sad to think she don't see what I see

그녀가 내가 보는 것을 못 본다고 생각하니 슬퍼요

But every time she asks me do I look okay, I say

하지만 그녀가 매번 자기 모습이 괜찮냐고 나에게 물어볼 때면 난 말하죠

When I see your face

내가 당신의 얼굴을 볼 때

There's not a thing that I would change

단 한 가지도 바꾸고 싶은 게 없어요

Cause you're amazing

당신은 놀랍거든요

Just the way you are

당신 그대로도

And when you smile

당신이 웃을 때

The whole world stops and stares for awhile

전 세계가 멈추고 한동안 빤히 쳐다보죠

Cause girl you're amazing

왜냐하면 당신은 놀랍거든요

Just the way you are

그저 당신 모습 그대로도

Her lips, her lips

그녀의 입술

I could kiss them all day if she'd let me

그녀가 허락하면 매일 입맞춤할 텐데

Her laugh, her laugh

그녀의 웃음

She hates but I think its so sexy

그녀는 싫어하지만 난 섹시하다고 생각해요

She's so beautiful

그녀는 너무나 아름다워요

And I tell her every day

그리고 난 매일 그녀에게 말하죠

Oh you know, you know, you know

당신은 알죠

I'd never ask you to change

내가 당신에게 바뀌길 요구하지 않을 거란 걸

If perfect is what you're searching for

완벽함이 당신이 찾는 거라면

Then just stay the same

그저 똑같이 남아줘요

So don't even bother asking

물어볼 필요도 없이

If you look okay, You know I say

당신이 당신 괜찮냐고 나에게 물어보면 난 말하죠

When I see your face

내가 당신의 얼굴을 볼 때

There's not a thing that I would change

단 한 가지도 바꾸고 싶은 게 없어요

Cause you're amazing

당신은 놀랍거든요

Just the way you are

당신 그대로도

The way you are

당신 모습 그대로

The way you are

당신 모습 그대로

Cause girl you're amazing

당신은 놀라워요

Just the way you are

그저 당신 모습 그대로도

노래가 끝날 동안, 나는 좀처럼 눈을 깜빡일 수도 그렇다고 맘 편히 노래를 들을 수도 없었다. 질리도록 듣고 들었던 노래가 이상하게 최지훈이 불렀단 이유만으로 커다란 두근거림으로 다가와 내 심장을 괴롭혔다.

가사를 쓴 게 최지훈이라고 말해도 될 정도로, 노래를 듣는 내내 평소 보였던 모습들이 떠오르는 걸로 모자라 최지훈 역시 제 얘기를 하듯 나에게 노래했다. 어떤 부분은 애절하게, 어떤 부분은 달콤하게, 또 어떤 부분은 속삭이듯이. 변덕스러운 목소리는 있는 그대로 내 귀로 파고 들어와 나를 떨리게 만들었다.

지금 이 순간, 다른 누군가가 내 모습을 보고 감동했냐고 묻는다면 나는 꼼짝없이 고개를 끄덕이며 그렇다고 말할지도 모른다.

무대가 끝나고, 다른 아이들에 비해 더 큰 박수소리와 터져 나오는 함성에 뒤늦게 정신이 들었다. 가람이는 연신 박수를 치며 '최지훈 멋있다'라는 소리를 크게 내질렀다. 그리고 얼떨떨함에 쉽사리 눈조차 깜빡이지 못하고 앉아 있는 내 팔을 툭툭 치며 물었다.

"너한테 하는 말 같은데."

그 말에 나는 작게 입술을 깨물 수밖에 없었다. 최지훈 뒤로 두개의 무대가 더 남아 있었지만 어떤 정신으로 앉아 있었던 건지 잘 기억나질 않았다. 축제의 마지막이었던 무대가 끝이 나고, 의자를 교실에다가 가져다 놓으라는 방송에 자리에서 일어나자 타이밍 좋게 최지훈에게 전화가 왔다.

—어디야.

전화를 받자마자 하는 소리가 어디라니, 그 물음에 또 괜스레 심장이 뛰기 시작했다.

"…운동장."

—중앙 현관으로 와.

"의자, 가져다 놔야 하는데."

—그건 김가람 시키고 그냥 좀 와.

"……."

—알았지? 빨리 와.

일방적으로 끊어버린 통화에 핸드폰을 주머니 안으로 밀어 넣으며 한숨을 내뱉자 옆에 서 있던 가람이가 눈치 빠르게 '최지훈이야?' 하고 묻는다. 그 말에 내가 옅게 고개를 끄덕이자 가람이가 내 의자까지 제 왼손에 들며 말했다.

"빨리 가봐."

"어?"

"최지훈이 오라고 전화한 거 아니야?"

"어, 응……."

"가보라니까, 최지훈 안달 났겠다."

가람이는 뭐가 그렇게 즐거운지 웃으며 양손에 제 의자와 내 의자를 들고 먼저 걸음을 옮겼다. 그 모습을 멍하니 가만히 바라보고 있자, 몇 걸음 채 가지 않아 가람이가 뒤돌아 나에게 말했다.

"가방 챙겨 놓을 테니까 느긋하게 와."

가람이의 말에 나는 고맙다는 말과 함께 최지훈이 말했던 중앙 현관으로 걸었다. 아니, 뛰었다. 운동화 밑바닥에 엉키는 모래도 이상하게 오늘따라 가볍기만 했다.

중앙 현관에 도착하자 의자를 들고 교실로 향하는 수많은 인파들 틈 사이로 서 있는 최지훈이 보였다. 그 역시 새빨간 트레이닝복을 입은 나를 단번에 알아보았다. 그리고 넓은 보폭으로 나에게 다가와 웃으며 물었다.

"나 좀 틀렸는데, 들었어?"

"…아니."

그런 건, 알 수 없었다. 박자를 놓쳤든, 어느 부분의 음이 맞지 않았든. 니가 들으라고 했던 가사는, 하나도 틀리지 않았으니까.

"노래 고르느라 연습 시간이 얼마 없었어."

"……."

"아, 잘할 수 있었는데."

최지훈은 설핏 인상을 구기며 아쉬운 듯 말했지만 나는 지금 이 순간 그런 최지훈에게 그 어떤 위로도 건네줄 수 없었다. 멍청하게, 최지훈을 바라보는 일밖에 할 수 없었다.

최지훈은 나를 데리고 학교 옥상으로 향했다. 수많은 계단을 밟고 올라갈수록 인적이 하나둘씩 보이지 않게 되었고, 옥상으로 향하는 마지막 층을 올라갈 땐 최지훈은 내 손을 잡고 있었다.

더 이상 올라갈 층이 보이지 않는 곳까지 도달하고 나서야 우리를 반긴 건 커다란 자물쇠가 걸린 문이었다. 그 모습에 내가 당황스러운 표정을 짓자 최지훈이 주머니 안에서 열쇠를 꺼내들어 자랑스럽게 닫혀져 있던 자물쇠를 열었다.

함부로 출입을 할 수 없는 공간의 열쇠는 어디서 구한 건지 궁금해 묻자 최지훈이 3학년 선배에게 부탁해 오늘 하루만 받아두었다고 말했다. 마치, 오늘 무슨 일이 있어도 이곳에 와야 하는 사람처럼 말이다.

옥상은 생각보다 넓고 광활했다. 문이 열림과 동시에 불어오는 바람에 제멋대로 머리카락이 허공에 흐트러진다. 최지훈은 그런 나를 데리고 옥상을 걸어 난간 앞까지 천천히 걸어갔다. 확 트인 공간에 바람은 방금 전보다 더 거세게 나에게 다가왔고 아직 축제의 열기가 채 식지 않은 조명들이 밤하늘 위로 뿌옇게 흩어지고 있었다.

천천히 아래를 내려다보자 등 뒤로 최지훈이 다가서는 게 느껴졌다. 내 어깨 위로 팔을 두르고 허리를 숙여 포근하게 내 몸에 기대어 안는다.

후으…….

작게 흐르는 최지훈의 숨소리를 들으며 하나둘씩 흩어지는 아이들과 최지훈이 방금 전까지 서서 노래를 불렀던 무대를 바라보았다.

"어때."

"……."

"내가 저기서 너한테 노래했다고."

내 시선이 무대에 향해 있는 걸 안 건지 최지훈이 내 귓가 가까이 자랑스럽게 속삭였다. 앞에서 볼 땐 최지훈밖에 보이지 않아 알지 못했는데, 위에서 내려다보니 새삼 저 넓은 무대 위에서 홀로 서서 노래를 불렀던 최지훈이 순간 대단하게만 느껴졌다.

오로지 자신에게 주목된 수십 개의 조명들과 그 앞으로 끝없이 펼쳐진 수많은 아이들의 시선에 부끄럽진 않았을까, 떨리진 않았을까. 조심스럽게 고개를 돌려 최지훈을 바라보며 물었다.

"안 떨렸어?"

내 물음에 최지훈은 푸스스 웃으며 나지막하게 대답했다.

"너한테 말한다고 생각하고 부르니까 하나도 안 떨렸어."

그리고 최지훈은 하나도 안 떨렸다고 말했다.

내가 말했잖아, 두 번째 고백이라고.

그래서 최지훈의 노래가 그렇게 애절하게 나에게 와 닿았나보다. 다른 아이들은 최지훈의 노래에 설렜을지 모르겠지만 나는 아니었다. 노래가 끝나는 내내, 자꾸만 최지훈이 나에게 했던 말들이 떠올라 속이 울렁거렸다.

영어 잘해? 알아듣지?

몇 번이고 나에게 물었던 말들과, 가사를 잘 들으라고 했던 말. 그리고 오로지 그 노래가 나한테 하는 말이라고 했던 것까지도.

안타깝게도 나는 최지훈에게 말했던 것처럼 영어를 잘하는 편이었고, 덕분에 최지훈이 불렀던 노래 가사들을 하나도 빠짐없이 알아들을 수 있었다. 그래서 노래를 듣는 내내 자꾸만 최지훈이 머릿속에 떠올라 심장이 두근거렸다. 떨렸다. 울고 싶었다.

"마음 같아선 작사를 하고 싶었는데 내가 그럴 능력은 안 되고."

"……."

"그냥 비슷하게, 내가 너한테 하고 싶은 말 찾다보니까 그 노래가 딱이더라고."

그녀의 머리카락, 그녀가 의도하지 않아도 완벽하게 흘러내려요. 그녀는 너무 아름다워요, 난 매일 그녀에게 말하죠. 알아요, 내가 그녀를 칭찬해도 그녀는 날 믿지 않는 걸, 그것은 너무나 슬퍼요. 그녀가 내가 보는 것을 못 본다고 생각하니 슬퍼요. 난 말하죠. 당신의 얼굴을 보면 내가 바꿀 것은 하나도 없어요. 당신은 놀라우니까요. 그저 당신의 모습 그대로가요. 당신이 미소 지으면 잠시 동안 온 세상이 멈추고 하나가 돼요. 왜냐하면 당신은 놀라우니까요. 그저 당신의 모습 그대로가요.

"……."

최지훈이 무대 위에서 불렀던 노래는 절절하기 짝이 없었다. 최지훈은 노래를 정하느라고 연습한 기간은 며칠 되지 않는다고 말했다. 조금의 시간만 더 있었더라면 좀 더 잘 부를 수 있었을 거라고 했지만 내 생각은 아니었다.

연습을 더했든, 하지 못했든 간에 최지훈이 부른 그 노래는 똑같은 느낌으로 나에게 다가왔을 거다. 지금처럼, 떨려서 아무 말도 하지 못하게 만들었을 거다.

"잘 들었어?"

작은 웃음소리와 함께 묻는 최지훈의 목소리에 옅은 한숨과 함께 고개를 끄덕였다. 너무나도 잘 들어서, 잘 들려서, 떨려서 그게 더 문제였다. 그러자 최지훈이 더욱더 내 목을 끌어안으며 나에게 속삭였다.

"또 불러줄까?"

내 귓가에서 나지막이 흐르는 그 목소리에 두어 번 눈을 깜빡인 뒤, 대답 대신 또 한 번 작게 고개를 끄덕였다. 다시 한 번 더 듣고 싶었다. 확인해보고 싶었다. 최지훈이 어떤 마음으로 나에게 그런 노래를 부른 건지. 그리고 난, 그 노래를 들으며 어떤 감정들을 느꼈는지. 자세히 알고 싶어졌다.

최지훈은 내 대답에 목에 감았던 팔을 푸르고 내 손목을 잡은 뒤 난간 밑으로 주저앉았다. 덩달아 최지훈을 따라 딱딱한 시멘트 바닥에 앉게 된 내가 어리둥절한 표정을 짓자 최지훈의 커다란 손이 내 머리로 와 제 어깨로 끌어당겼다.

"오늘 수고했으니까, 기대어 있어."

"……."

"자장가처럼 불러줄게."

그 말에 내가 짧게 웃음을 터트리자 최지훈이 작게 '흠, 흠' 하며 목을 풀었다. 그리고 흘러나오는 부드러운 목소리에 나는 그의 어깨에 기대어 살며시 입술을 깨물어야만 했다. 말할 때와는 다른 목소리로 최지훈은 나에게 노래를 부르고 있었다. 어둡지만 차갑지 않은 밤하늘 아래, 우리 둘은 그렇게 서로에게 기대어 앉아 있었다.

이곳에는 아이들의 환호성도, 조잘거림도 존재하지 않는다. 그저 마이크 없이 크지 않은 목소리로 노래를 부르는 최지훈과, 그 노래를 가만히 듣고 있는 내가 존재할 뿐이었다. 단둘이 남겨진 공간에서 그는 내가 특별하게 느껴질 만한 모든 것들을 아낌없이 쏟아내고 있었다. 열쇠가 있어야지만 들어올 수 있는 학교 옥상에서, 단 하나의 관객이 되어 오로지 나를 위해서만 불러주는 노래를 듣는다. 지금 이 순간만큼은 난 최지훈의 노래를 가장 가까이에서 들을 수 있는 유일한 사람이었다.

"…and when you smile, the whole world stops and stares for a while."

편안한 의자도 아닌 딱딱한 바닥에 앉아 있었지만 이상하게 푹신한 침대에 누운 것처럼 몸이 편안하기만 했다. 오늘 하루 힘들었던 순간들을 뒤로한 채 무거워진 눈꺼풀을 내려 감고 나른해진 숨을 편히 내쉬며 최지훈의 노래를 들었다.

"…cause girl you're amazing. just the way you are……."

달콤한 음성과 함께 최지훈의 옅은 움직임이 느껴졌고 얼마가지 않아 내 뺨 위로 최지훈의 숨이 닿았다. 지속적으로 닿는 숨결에 무거워진 눈꺼풀을 느리게 밀어 올리자 눈 앞 가까이 최지훈의 얼굴이 보였다.

의아함에 느리게 두어 번 눈을 깜빡이자 이번에는 턱 밑으로 최지훈의 손이 닿았다. 부드럽게 내 입술 밑을 쓰다듬다가, 느리게 눈동자를 굴려 하나도 빠짐없이 내 얼굴 곳곳을 눈에 담는다.

"her lips, her lips……."

점점 작아지는 목소리, 그리고 어느덧 날 바라보던 최지훈이 눈이 천천히 아래로 내려갔다.

"Lips."

그 말을 끝으로 최지훈이 고개를 틀어, 내 입술에 입을 맞췄다.

순간 놀라 나도 모르게 숨을 멈췄고, 입술 표면을 부드럽게 핥는 최지훈의 혀에 결국에는 파르르 떨리던 눈꺼풀을 내려 감으며 꾹 다물고 있던 입술에 힘을 풀었다. 그러자 최지훈이 기다렸다는 듯이 벌어진 입술 틈 사이로 숨과 함께 밀려들어왔다.

최지훈은 내 입속에서 헤엄치는 물고기처럼 부드럽게 유영했다. 이곳저곳에 닿는 느낌에 내가 옅게 몸을 떨자, 그가 내 팔을 어루만져주며 좀 더 느리게 속도를 늦추곤 했다.

최지훈과 나의 첫 키스는 그렇게 이루어졌다. 축제의 열기가 채 식지 않은 늦은 밤, 옥상 위, 난간 밑에서. 서로에게 기대어 입을 맞췄다. 포근하게 불어오는 미적지근한 바람은 계절의 한 장처럼 와 닿았고, 우리 둘 사이에 엉켜 늘어지곤 했다. 가까이에서 느껴지는 최지훈의 숨과 떨림 그리고 최지훈의 품 안에서 닿으면 데일 듯한 온기를 느끼며 나는 조금 더 입을 벌렸다.

지금 이 순간 우리를 감싸고 있는 것들은 전부 차갑지도, 따뜻하지도 않는 미묘한 것들뿐이었다. 어느 것 하나 정해지지 않은 17살의 나이와 제법 잘 어울릴 만큼, 가벼워 보일 수 있으나 쉽지만은 않은 감정이었다.

얼마나 시간이 지난 건지 알 수 없을 정도로 시간에 무감각해지고 나서야 서로의 입술이 조심스럽게 떨어졌다.

하아…….

작은 숨을 토해내며 감고 있던 눈꺼풀을 밀어 올리자 최지훈아 부드럽게 웃으며 다시 한 번 내 입술 위로 짧게 입맞춤해주었다. 턱 밑에 자리 잡았던 엄지를 세워 반질거리는 입술을 문지르며 나를 향해 작게 입술을 열었다.

“I could kiss them all day if she’d let me.”

그녀가 허락한다면 매일 입을 맞출 텐데. 의도한 것처럼 흘러나오는 노래 가사에, 순간 곡을 정하기 위해 꽤 오랜 시간을 투자했다는 최지훈의 말이 떠올랐다. 가사에 맞춰 지금 이 상황 역시 의도한 걸까. 그렇다면, 그 노래를 들으며 떨려할 내 모습까지도 예상했을까.

“재희야.”

부드럽게 흘러나오는 내 이름에 순간 심장이 크게 떨렸다. 오로지 날 바라보는 시선에, 노래보다 더 달콤한 목소리에.

“이제 좀, 허락해줘라.”

그리고 숨김없이 쏟아지는 고백들, 모두 다… 너는 의도한 걸까.

“진짜 남자 친구 하게 해줘.”

제멋대로 떨리는 눈동자를 내릴 수도 없었다. 내 감정을 드러내는 것만 같아 매번 피해 왔던 일도 지금은 하지 않았다. 아니, 할 수 없었다. 최지훈은 단 몇 마디의 노래와 말로 날 떨리게 했으며 더 이상 밀어낼 수 없게 만들었다. 졌다, 최지훈이 이겼다. 더 이상, 나는… 이렇게까지 내 심장 가까이 다가오는 최지훈을 밀어낼 수 없다.

"…좋아."

골백번 숨기려고 했던 감정, 널 보며 부정했던 마음. 지금 네 고백은 그동안 쌓아 왔던 모든 것이 무너지는 신호탄이었다.

"좋아해, 널."

네가, 이겼어. 너는 지금 이 순간, 내 인생에 평생 잊지 못할 장면을 만들어준 유일한 남자로 나에게 기억될 거야. 오랜 시간이 지나도 쉽사리 잊히지 않을 만큼, 커다란 한 방이었어. 내 대답에 얼떨떨해 하는 최지훈을 바라보며 옅게 웃었다. 지금 이 감정의 정의를 내릴 수 없다. 그저 시작은 관심이었다. 떨렸다,이제는.

"지훈아, 내가 너 많이 좋아해."

얼굴을 보는 것만으로도 두근거렸다.

"그러니까 이제 내가 널 감수해볼게."

넌 나와는 달리 너무나도 빛이 나서, 내가 너에게 다가가는 길은 아주 멀었어. 그리고 난 뛰었어, 너에게 닿기 위해서.

하지만 그때의 난 실수를 한 게 분명하다. 그토록 아름답기만 했던 순간은 아직도 내 가슴에 미련으로 남아 지금도 이따금씩 머릿속에 떠오르며 나를 힘들게 만들곤 했다.

빠르게 흘러가는 시간들에 기대어 잊으려고 해봐도 최지훈만 생각하면 뿌예진 기억들이 또렷해졌다. 그리고 매번 그 기억들이 떠오를 때마다 나는 그 순간에 머물렀던 17살의 나에게 질문을 던지곤 했다.

그때의 넌 꼭 최지훈에게 상처를 줘야 했던 거야? 최지훈을 두르고 있는 모든 걸 감수하기로 했으면서 왜 그러지 못했던 거야. 좋아한다는 말, 하지 않았으면 좋았잖아. 친구로 남았더라면 지금처럼 되진 않았잖아.

미련처럼 자꾸만 흘러내리는 조잡한 감정들에 나는 매 순간 최지훈에게 죄인이 되어야만 했다.

잊으면 쉬울까, 너의 기억을 지운다면 내 조악한 마음이 조금은 편해질 수 있을까.

시간이 지날수록 무거워지는 죄책감에 기억을 도려내보려고 해도 쉽지 않다.

정말 너는, 내 인생에 평생 잊지 못할 장면을 만들어준 유일한 남자로 여전히 내 머릿속에 담겨 사라지지 않고 있다. 두근거림과 그리고 그보다 더 가슴 아픈 죄책감으로.

봄이 만개한 5월의 밤하늘을 바라볼 때면 나는 항상 최지훈을 생각한다. 축제의 열기가 채 식지 않은 늦은 밤, 옥상 위, 난간 밑에서. 서로에게 기대어 앉아 있던 그 순간을.

그때의 너에게 말해주지 못했지만 내 첫 고백의 상대는 너였어, 그 순간에 했던 내 고백은 틀리지 않았어. 그냥, 한 소리가 아니야. 믿어 줘, 널… 아프게 할 생각은 없었어. 내 순수했던 고백이 너에겐 지워지지 않을 악몽이 되었겠지만 그래도, 그때의 난 정말 진심이었다는 걸 알아줘.

사랑해, 지훈아.

그렇게 말해줄걸, 난 아직도 그 말을 너에게 해주지 못한 게 미련이 남아.

첫사랑과 이어지는 사람들은 도대체 몇 명이나 될까. 통계학적으로 보면 아주 희박한 확률이다. 그 희박한 확률을 깨고 이뤄진 사람들은 과연 행복할까, 그렇다면 이뤄지지 않은 사람들은 불행할까.

하지만 그들이 불행하다고 보기에는 많은 사람들이 첫사랑과의 재회에 실패하고, 그 기억들을 잊지 못해 가슴에 품고 산다. 불행했다면 첫사랑이라는 짐을 결단코 한평생 짊어지고 갈 수 없을 거다.

그들은 불행하지 않다. 오히려 이뤄진 사람들보다 더 행복할지도 모른다. 아련했던 첫사랑의 기억은 시간이 흘러감에 따라 변질되고 환상이 현실이 되었을 때 오는 괴리감은 어쩌면 견디기 힘든 것일 수도 있다.

그래서 성인이 된 후에 첫사랑을 만나게 된 사람들은 우스갯소리로 차라리 만나지 않는 게 좋았을 법했다는 말들을 늘어놓곤 한다. 자신의 가슴속 피어 있던 지고지순한 기억들은 변질된 시간에 변질된 상대로 하여금 둔탁해지기 때문이다.

그러니까, 첫사랑은 이뤄지지 않는 게 정답이다. 왜냐하면 그 편이 더 아름답기 때문이다. 내가 기억하는 그 사람의 모든 것은 오로지 내게 유리하게 조작되어 아름다울 수밖에 없는 모습을 하고 있다. 가질 수 없기에 더더욱 아름답고, 되돌아갈 수 없는 순간이기에 미련이 남는 것이며 그럼에도 불구하고 여전히 사랑하고 있다는 사실에 찬란하기만 한 거다.

깨질 듯한 두통에 잠들었던 게 몇 시간 전일까, 푸스스 잠이 덜 깬 눈으로 핸드폰 시간을 확인했을 땐 어느덧 저녁 11시에 가까워지고 있었다. 무의식적으로 메시지함에 들어가 온 문자들이 있나 확인하고, 아무것도 도착해 있지 않다는 사실에 안도해 하며 다시금 무거운 눈꺼풀을 감았다.

하지만 얼마 가지 않아 시끄럽게 울어대는 핸드폰 벨소리에 다시 눈을 떠 핸드폰을 잡았다. 액정 위로 가득히 떠오른 익숙한 글자들을 담는다.

[애인님]

유치찬란한 문구가 이제는 어느 정도 익숙해졌다.

"응… 촬영 끝났어?"

어젯밤 친구 하나가 유학을 가게 되는 바람에 아이들끼리 모여 아침까지 술을 마신 터라 생기 하나 없는 목소리가 쭉쭉 갈라져 제멋대로 흘러나온다.

아, 아.

뒤늦게 목을 가다듬으며 베개에 얼굴을 문질렀다. 수면에 잠긴 목소리에 짐작했는지 핸드폰 너머로 잠깐의 정적이 내려앉았다가 깨어졌다.

―다 잤어, 덜 잤어?

그 말에 '다 잤어'라고 말하며 억지로 몸을 반쯤 일으켜 세웠다.

"촬영, 끝났냐구."

―어, 지금 너 오피스텔로 가고 있어.

졸린 눈을 억지로 비비며 길게 하품을 하다가, 집으로 오고 있다는 말에 절로 안 떠지던 눈이 휘둥그레졌다.

촬영 서울에서 한 거 아니었어?

내 물음에 금세 또 태연하게 '응'이란다.

"벌써? 얼마나 걸리는데."

―한… 30분.

그것도 차가 막히니까 30분이지, 원래 10분 정도 넉넉잡아 말을 하는 성격을 잘 알고 있기에 실제 도착 예정 시간은 20분도 채 안 남은 것이었다. 서둘러 헝클어진 머리카락을 쓸어 넘기며 다급하게 침대에 내려와 어두운 방 안에 불부터 켰다.

"아… 미리 전화 좀 해주지, 나 아무것도 준비 안 했는데."

—화장 안 해도 예쁘니까 그냥 나와.

"그래도……."

말끝을 흐리며 화장대로 다가가 얼굴을 확인했다.

내가 못살아.

얼굴이 붓다 못해 어제까지만 해도 없던 트러블 몇 개가 이마 위에 도드라져 있다. 피곤하면 불쑥 나타나곤 했는데, 그러고 보니 요즘 들어 잠이 부족하긴 했다. 친구 문제와 부모님의 성화 그리고 한 달 뒤면 있을 대학 졸업식까지. 마음이 뒤숭숭해 친구들과 만났다 하면 술이었다.

"아… 머리야."

숙취로 지끈거리는 이마를 덮으며 앓는 소리를 내자 수화기 너머로 걱정스러운 목소리가 들려온다.

—어제 술 많이 마셨어?

"응… 유정이 내일 출국한다고 해서 아침까지 마셨지."

—피곤하면 집에서 보고.

"아니야, 괜찮아. 그러다가 괜히 다른 사람들 보면 좀 그래."

—친구라고 하면 되잖아.

"그래도 여자 혼자 사는 집이잖아. 안 그래도 여기 오피스텔, 어디에 누가 사는지 다 아는데."

피곤해 하는 날 생각해 하는 말이겠지만 차라리 안 보면 안 봤지, 집에 들어오는 건 위험성이 다분했다. 문제는 바로 우리 집 바로 옆에 사는 여자였다. 36살이라는 적지 않은 나이에 결혼보다야 직장이 더 좋다며 떠들고 다니는 그녀는 유난히 참견하길 좋아하는 성격이었다.

며칠 전에는 쓰레기 버리러 나갔다가 마주쳤는데 혼자 사는데 봉투가 크다면서 참견을 하더니, 얼마 전에는 엘리베이터에서 밤에 왜 그렇게 통화를 많이 하냐는 말까지 했었다.

남자 친구랑 통화하는 거야?

그 물음에 겉으로는 웃었지만 순간 등 안쪽이 서늘해지는 것을 느꼈다. 방음이 잘 안 되는 걸 생각해 되도록이면 조용하게 통화하는 편인데, 그걸 다 들었다고 하니 눈앞이 아찔해졌다.

―오지 말라니까 더 가고 싶어진다.

"안 된다니까, 거기다가 너 모자 쓰는 것도 싫어하잖아."

―늦은 시간이라 괜찮을 거 같은데.

"늦은 시간이라 더 위험한 거야. 야심한 시각에 여자 혼자 사는 집에 유명 연예인이 들락날락한다는 사실을 알아봐."

누가 봐도 다 아는 얼굴인데 모자는 또 갑갑해서 싫다고 하고. 그래도 날 만날 때면 억지로라도 쓰곤 했는데 요즘 또 소홀해지기 시작한다. 이게 다 누굴 위해서인데… 정작 본인은 신경조차 안 쓴다. 이러다가 스캔들이라도 나면 어쩌려고, 이 생각만 하면 괜스레 또 한숨만 밀려나온다.

―밥 먹자, 배고파.

"…알았어. 그래도 샤워는 하게 최대한 느리게 와, 알았지?"

―네, 네.

"그럼 이따가 도착하기 5분 전에 전화해."

―밖에 춥다. 또 멋 낸다고 짧게 입지 말고 트레이닝복 입어.

"네, 네."

그 말을 하면서 바싹 메말라 있는 콧잔등을 손등으로 문질렀다. 얼마 전에 걸렸던 감기가 다 나은 것 같았는데, 아직도 좀 남아 있는 듯 보였다. 작년에도 추웠던 것 같은데 어째 해가 가면 갈수록 더더욱 영하로 떨어지는 것만 같았다. 도대체 언제쯤 따뜻해질까, 아직 찬바람에 시도 때도 없이 눈까지 내려 봄이라는 계절이 까마득하게 멀게만 느껴진다.

평소 샤워기만 틀었다 하면 기본 30분은 잡아먹는 샤워 시간을 20분이나 단축해 재빨리 화장실에서 나왔다. 문을 열자마자 기다렸다는 듯이 밀려들어오는 차가운 공기에 순간 몸 전체에 소름이 돋는다.

"으, 추워……."

잔뜩 어깨를 웅크리고 화장대에 앉자 시끄럽게 울리는 벨소리에 나도 모르게 표정이 굳었다. 벌써 도착한 건가, 초조함에 입술을 깨물며 침대 위로 버려두었던 핸드폰을 움켜쥐자 불행 중 다행으로 다른 인물의 이름이 액정 위로 떠오른다.

"응, 가람아."

—어디야, 나와. 술이나 먹게.

"…왜 또 술이야?"

—너 나 헤어진 거 몰라? 아오, 이래서 어린애들은 만나면 안 돼. 난 연상을 만나야 하나봐.

이 시간대에 가람이에게서 전화가 오면 백이면 백, 실연에 관한 얘기였다. 군대를 제대한 지 얼마 되지도 않아 22살짜리 여자애를 만나더니, 한 달도 못 가 헤어졌다. 그러고 보니 군대에 있을 때에도 여자 친구가 여럿 바뀌었던 것 같다.

폭넓은 인간관계 덕분에 휴가를 명분으로 나왔다 하면 이곳저곳 술자리에 나가더니 다시 입대를 할 때엔 꼭 여자 친구 하나씩은 만들고 들어갔었는데, 얼마 가지 못하고 헤어지고 다음 휴가 때 나오면 또 다른 여자와 만나는 식의 반복이었다.

고등학교 땐 몰랐는데 가람이는 연애를 할 때 한곳에 오래 정착하지 못하는 스타일인 것만 같았다. 바람기가 다분한 걸까, 생각해보면 그건 또 아니다. 여자 친구와 사귈 땐 일절 다른 여자와 만나지도 않았으며 헤어진 다음에도 그 여자를 잊지 못해 다시 만나는 경우도 종종 있었으니 이번에도 그러지 않을까 생각한다.

"말은, 그러면서 다시 만날 거잖아."

—아니라니까, 완전 끝냈다고.

"이번엔 진짜야?"

—어, 완전 쫑이야. The End, 그러니까 빨리 나와.

헤어지는 일이 한두 번이 아니었기에 그럴 때마다 가람이의 술 상대는 내가 되어야만 했다. 같은 고등학교를 졸업한 걸로도 모자라 같은 대학교, 같은 과로 진학해 어찌 보면 가람이가 대학교에서 만난 다른 동성 친구들보다 나를 편해 하는 게 없지 않아 있었다.

나 역시 평소 같았으면 함께한 시간을 생각해 당장에 가람이가 있는 곳으로 가 분풀이를 들어줬겠지만 안타깝게도 오늘은 그 상대가 되어줄 수 없었다.

"혼자 있어?"

—어, 아니 애들 좀 있지. 영철이랑 종석이.

"그럼 미안하지만 오늘은 다른 애들이랑 마셔. 나 약속 있어."

—이 늦은 밤에 누구랑… 아씨, 너 애인 만나러 가지.

역시나도 눈치 하난 빠르다. 머리에 올려두었던 젖은 수건을 내리며 미안함이 잔뜩 묻어나는 목소리로 말했다.

"미안… 방금 연락 왔어."

—와, 이재희 배신자. 넌 징하지도 않냐, 아직도 사귀게. 벌써 몇 년이야, 그 시간이면 강산이 변하고 애를 낳았으면 벌써 유치원 다닐 나이겠다.

주절주절 끝없이 말을 토해내는 가람이의 목소리에는 여린 취기가 젖어 있었다.

—지겹지도 않냐, 언제까지 사귀려고 그래?

그 물음에 작게 웃음을 터트리며 입술을 열었다.

"니가 길게 못 만나는 거지."

—그러다가 결혼까지 가겠다? 자고로 남자는 이 사람, 저 사람 만나 봐야 그게 다 나중에 경험이 되는 건데 넌…….

"지금 니 말, 만나면 그대로 다 전해줄게."

—야, 야. 안 돼. 나 욕먹는단 말야!! 안 그래도 맨날 너 데리고 술 마시지 말라고 그러는데, 이런 말까지 했다는 거 알면 나 죽이려고 할 거야.

가람이는 잔뜩 겁을 먹은 사람처럼 오한이 느껴지는 목소리로 말했다.

너 알잖아, 나 고등학교 때부터 나보다 키 큰 사람한테 약한 거.

그 말에 나는 느리게 고개를 끄덕이며 어깨에 핸드폰을 가져가 로션을 발랐다.

—잘 만나고 오고, 뭐하면 만나서 같이 와. 나 학교 앞 술집에서 마시고 있으니까.

"안 돼, 애들이랑 같이 있다며. 걔네한테 뭐라고 하게."

—진짜 잘났다, 증말. 우리 재희 대단한 남자 친구 사귀어, 엉?

"나 옷 입어야 돼. 이따가 연락할게."

—알았어. 니 남자 친구한테도 전해라, 안 본 지 좀 됐는데 같이 술이나 먹자고.

"응, 너도 조금만 마시고 집에 들어가."

통화를 마치고 어깨에 기대어 있던 핸드폰을 떼어내 시간을 확인했다.

11시 20분, 차가 많이 막히나.

아직까지 연락이 없다는 것에 안도하며 재빨리 준비를 했다. 늦은 시간이라 옆집 여자에게 괜한 소리를 듣고 싶지 않아 드라이기 대신 수건으로 물기를 닦아낸 뒤 옷장으로 가 간단한 트레이닝복과 점퍼를 입었다.

준비를 다 마치고 전신거울 앞에 서서 마지막 점검을 하는데, 추레해 보이는 모습에 화장이라도 할까 하다가 괜히 피부 위에 난 트러블이 마음에 걸려 그만두기로 한다.

애초부터 딱 잘라 트레이닝복 입으라고 했으니까 괜찮고, 점퍼도 뭐… 괜찮고. 괜스레 오래된 연애에 너무나도 편해지는 건 아닐까 생각했지만 고등학교 땐 이보다 더한 것도 많이 보였으니 애써 괜찮다며 내 자신을 위로했다.

준비를 다 마쳤음에도 불구하고 연락이 오지 않아 결국에는 핸드폰을 들어 전화를 걸었다. 몇 번의 연결음을 끝으로 비교적 빨리 전화를 받는 모습에 의아해 하며 입술을 열었다.

"어디야?"

—준비는.

"다했지. 연락 없어서 전화했어, 차 많이 밀려?"

서울 중심가에 위치한 오피스텔이었기에 시간과 상관없이 늘 차가 즐비해있는 도로사정을 생각해 말한 건데, 의외의 말이 수화기 너머로 흘러나온다.

—아까 도착했어.

"……."

—나와.

그 말에 끊어진 핸드폰을 내려다보며 작게 한숨을 내쉬었다. 매번 이런 식이다. 내 시간은 끔찍이도 생각해주면서 정작 자신의 시간은 신경 쓰지 않는다. 처음에는 배려라고 생각했는데 이제 와 생각해보면 그건 희생에 더 가까웠다.

안 그래도 촬영 때문에 피곤할 텐데 늦은 시간 꼭 날 보러 오는 일이나, 평소 대학생인 내 시간에 더 맞춰주는 거나. 지금처럼 빨리 집으로 돌아가자고 싶을 텐데도 묵묵히 내가 준비를 할 때까지 말없이 기다려주는 모습들. 이럴 줄 알았으면 오늘은 보지 말자고 할 걸 그랬나, 어제 술기운에 전화해 보고 싶다고 칭얼거렸던 게 아무래도 문제였던 것 같다.

되도록 빨리 만나고 집에 보내야겠다는 생각에 서둘러 현관으로 가 신발을 신었다. 엘리베이터를 타고 간신히 1층에 도착하고 나서야 오피스텔 앞, 비상등을 켜고 서 있는 낯익은 외제차 한 대가 눈에 보였다. 배기구에 흘러나오는 새하얀 연기에 괜스레 오래 기다리게 한 것만 같아 서둘러 발걸음을 옮겨 앞좌석 문을 열고 차에 올랐다.

"미안, 오래 기다렸지."

푸욱.

눈가를 죽이며 미안한 마음에 말한 건데 짙게 코팅된 창문 덕분에 어두워 얼굴이 잘 보이지 않는다. 살며시 인상을 구기며 운전석 쪽으로 몸을 돌리자 대뜸 커다란 손이 나에게 다가와 내 머리카락을 헤집는다.

"머리."

"……."

"제대로 말리고 나오지."

안 그래도 늦은 밤이라 영하로 떨어진 기온에 머리를 말리고 나오지 않은 게 마음에 걸렸는지 아직 축축하게 젖어 있는 머리카락을 불만스럽게 만지작거린다. 그래도 틀어놓은 히터 덕분에 차 안은 바깥보다 따뜻했고 보나마나 차를 타고 이곳저곳 이동하며 뭘 먹을지에 대해 고민을 할 게 뻔했기 때문에 젖은 머리카락도 그때쯤이면 다 마를 것이 분명했다.

그래도 내 걱정에 아직도 떨어지지 않는 손길이 좋아 푸스스 웃으며 손을 뻗어 내 머리카락에 닿아 있는 손을 잡았다.

"빨리 가자, 배고프다며."

"뭐 먹을래?"

"또 시작됐네, 음식 고민. 내 대답 알고 있잖아."

"아, 사람 없는 곳?"

"응."

그러자 내가 잡고 있던 손을 놓으며 잠겨 있던 브레이크를 풀은 뒤, 다시금 내 손을 잡으며 말을 한다.

"사람 많아도 되니까 맛있는 거 먹자."

그러면서 조심스레 내 손가락 사이로 손가락을 밀어 넣는다. 그럼 난 또 마주 잡은 손등 위로 손가락을 톡톡 두드리며 한 손으로 운전을 하고 있는 모습을 빤히 바라본다. 처음에는 위험하게만 느껴졌는데, 이제는 제법 능숙하게 내 손을 잡고도 운전을 곧 잘한다.

운전면허도 그랬다, 20살 되자마자 바쁜 스케줄에 기어코 면허 학원을 다니더니 따자마자 바로 또 차를 사 나를 태우고 다녔다. 벌써 면허를 딴지도 5년이 다 되어가지만 차는 오로지 나를 만날 때만 타고 움직였기에 실력이 느는 데까지는 많은 시간이 걸렸던 것 같다.

운전에 열중하고 있는 옆모습을 가만히 바라보다가 시선을 내려 마주 잡고 있는 손을 바라본다. 따뜻한 온기, 손가락 사이마다 맞추어져있는 긴 손가락. 답답하지도, 그렇다고 해서 느슨하지도 않은 적당한 힘.

아주 오래전, 내가 가장 견디기 힘들었던 순간에 나에게 뻗어주었던 손. 작게 숨을 내뱉으며 시선을 올려 얼굴을 바라보자 새빨간 신호등에 굴러가던 바퀴가 느리게 숨을 죽인다.

"왜 그렇게 쳐다봐."

"아니, 그냥."

의아함에 설핏 구겨지는 얼굴에 나는 또 작게 웃는다. 고등학교 1학년 때부터 지금까지, 줄곧 내 손을 잡아주었던 사람.

"…민호야."

내 남자 친구.

"나 아직도 좋아?"

갑작스러운 내 물음에 이번에는 민호가 짧게 웃음을 터트린다. 식상한 질문이어서, 아니면 어이없어서 그런 걸까. 웃음의 의중을 알아차릴 수 없어 작게 인상을 구기자 파랗게 변한 신호에 민호의 얼굴 위로 푸른 그림자가 진다.

"좋은데."

"……."

"이상하게, 아직도 좋아."

그리고 멈추었던 차는 다시금 부드럽게 굴러 속도를 높인다. 나는 그 말에 몸을 돌려 앞을 향해 편히 앉았다. 작게 숨을 토해내며 나른해진 눈을 감자, 마주 잡고 있던 손이 조금은 강하게 내 손을 꽉 잡는다. 그럼 난 또 웃으며 그 손등 위로 손가락을 톡톡 두드리며 화답한다. 말을 대신해 고맙다는 표현을 하는 거다.

난 지금도 그래, 어렸던 나에게 구원이 되었던 손을 잡는 게 좋아. 가까운 거리에서 보는 네 얼굴이 좋아.

"나도 아직 좋아해."

우리는, 7년째 연애 중이다.

평소와 마찬가지로 오늘도 뭘 먹게 될지 논쟁 아닌 논쟁을 펼칠 줄 알았는데 날 기다리는 동안 식당을 생각해 놨는지 차가 멈춰선 곳은 이태원에 있는 한 이탈리아 전문 음식점이었다.

로세토라는 고급스러운 스펠링이 적혀 있는 간판을 가만히 바라보다가 내 눈이 향한 곳은 역시나도 가게 외벽을 가득 채우고 있는 커다란 창문이었다. 제법 맛있는 집이라고 소문이라도 나 있는 건지 늦은 시간임에도 불구하고 곳곳에 사람들이 앉아서 식사를 하고 있는 모습이 여럿 보인다. 그 모습에 작게 한숨을 내뱉으며 이제 막 시동을 끈 민호를 향해 입술을 열었다.

"사람 많잖아."

"뭐 어때. 여기 맛있어."

"…맛있는 게 중요한 게 아니라 사람들이 많다고."

민호의 인기가 날이 갈수록 높아지면서 내가 가장 무서워하게 된 건 역시나도 사람들의 시선이었다. 고등학교 때부터 평범한 학생이었던 나와 달리 민호는 오래전부터 꾸준히 작품 활동을 해왔기에 이제는 흥행 보증수표라는 타이틀이 아쉽지 않을 정도로 인기가 많아 평소 촬영이 아니더라도 해외로 나가는 일이 허다했다.

그러니 내가 지금처럼 사람들의 시선을 의식해 꺼려 하는 것도 어찌 보면 당연한 것이었다. 얼굴만 봤다 하면 누구인지 다 아는데, 그 옆에 떡하니 여자가 있으니. 혹시라도 안 좋은 소문이라도 날까 조심스러워지는 거다. 고등학교 때부터 난 민호와 하는 모든 일들을 자연스레 비밀로 숨겨야만 했다. 만나는 곳도 좁은 차 안 아니면, 새벽에 가끔 오는 음식점 정도가 전부였다.

잠깐 동안의 정적이 흐르고, 침묵으로 내려앉은 차 내부의 공기가 무겁기만 하다. 민호는 생각이 많아진 내 얼굴을 바라보며 작게 한숨을 내쉬었고 마주 잡은 손을 꼭 움켜쥐며 입술을 열었다.

"방 따로 있어."

"……."

"아는 형이 하는 가게야, 이번에 오픈해서 들른다고 했었고. 그냥 가면 돼. 사람들 안 보이는 데서 먹을 거야."

그리고 민호는 내가 그것들을 불편하게 생각한다는 걸 잘 안다. 정작 자신은 신경 쓰지 않는 부분들을 내가 걱정하는 것도, 내가 민호에게 짐이 되기 싫어하는 것도.

따로 방이 있다는 말을 듣고 나서야 차에서 내려 안으로 들어갔다. 민호의 말대로 카운터에 서 있던 남자가 익숙하게 안쪽 방으로 우리 둘을 안내했다. 외부와 단절된 공간에 들어가 자리에 앉자 남자가 나를 주의 깊게 바라보는 게 느껴졌다.

"여자 친구 맞지?"

민호를 바라보며 묻는 말에 반사적으로 아니라고 하려고 했지만 그보다 고개를 끄덕이는 민호가 더 빨랐다. 남자는 '오호' 아리송한 감탄사를 내뱉으며 나에게 손을 뻗어 악수를 청했다.

"반가워요, 민호한테 여자 친구 있다는 소리 듣긴 했는데 얼굴 보는 건 처음이네."

"아, 안녕하세요. 이재희라고 합니다."

"얘기 많이 들었어요, 얼굴 한번 보여달라고 그렇게 말했는데 보여주질 않아서 가상 인물인 줄 알았는데 진짜로 보니 신기하네."

남자는 그 말을 하며 또다시 물끄러미 내 얼굴을 하나둘씩 뜯어보았다. 이럴 줄 알았으면 화장이라도 하고 나올 걸 그랬나, 괜스레 거울 앞에서 트러블 하나로 갈등했던 내가 원망스러워진다.

남자는 정말로 말로만 듣던 존재가 눈앞에 있다는 게 신기했는지 악수를 마친 뒤에도 끈질기게 내 얼굴을 바라보고 있었다. 그 일방적인 시선에 불편해 테이블 밑으로 보이지 않게 민호의 발을 툭툭 치자, 그제야 메뉴판을 보고 있던 민호가 고개를 들어 알아서 주문을 했다.

주문을 받은 남자가 나가자마자 참고 있던 숨을 몰아쉬며 머리카락을 쓸어 넘겼다. 그리고 고개를 들었을 때, 내 원망 섞인 시선은 태연하게 메뉴판을 바라보고 있는 민호에게로 가 있었다.

"여자 친구라고 말했어?"

"응. 오래전부터 알던 형이라."

"괜찮은 거야?"

"상관없어. 어디 가서 말하고 다닐 사람도 아니고."

"그럼 말이라도 미리 해주던가. 이게 뭐야, 화장도 안 하고 나왔는데."

노골적인 시선에 얼굴이 발개진 걸로 모자라 민망해 쥐구멍이라도 숨고 싶었다. 억울함에 잔뜩 표정을 찡그리자 메뉴판을 바라보고 있던 민호가 손을 뻗어 내 얼굴에 가져다대었다. 엄지손가락을 세우고, 천천히 열이 오른뺨 위로 문지르며 느리게 말한다.

"맨얼굴이 예뻐서 하지 말라고 한 건데."

"……."

"걱정 마, 지금 예뻐."

잔뜩 성이 난 어린애를 달래는 듯 스스럼없이 흘러나온 다정한 말투에 내가 멍하니 있자 민호가 손을 떼 보고 있던 메뉴판을 내려놓으며 파스타를 가리켰다.

"이것도 먹을래?"

"……."

"왜, 싫어?"

그 말에 대답 대신 입술을 꾹 깨물었다. 민호가 가리킨 파스타가 뭔지 그런 건 눈에 들어오지도 않았다. 이상했다. 이제는 익숙해졌다고 생각했는데 아직도 이런 식으로 튀어나오는 민호의 말 한 마디에 가끔 떨리곤 했다.

평소 내 입맛을 잘 알고 있었던 민호가 주문한 음식은 기본기에 충실에 클래식한 토마토 스파게티와 포테이토 피자, 샐러드였다. 자그마한 테이블 위로 먹기 좋게 나열되어 있는 음식들을 가만히 보다가 민호가 건네주는 피자 한 조각을 받아먹었다.

"내일 병원 가는 날이지."

"아, 응… 벌써 그러네."

"잊고 있었어?"

"어? 어… 응."

내 대답에 가만히 내려앉아 있던 민호의 표정이 심각해진다. 중요한 걸 잊고 있었던 내 모습에 채찍질을 하는 것만 같아 서둘러 입술을 열었다.

"요즘 좀, 정신이 없어서 그래."

핑계처럼 말을 했지만 통할 리 없었다.

"같이 가줄까?"

한 달에 세 번, 상담과 약을 처방 받기 위해 가는 병원에 민호는 늘 나보다 더 신경을 쓰곤 했다. 같이라… 내가 가지고 있는 병명에 대해 편견을 갖고 있진 않았지만 그곳에 민호가 발을 붙일 생각을 하니 절로 거부감이 든다.

"아니, 됐어. 괜히 같이 갔다가 무슨 소리 들으려고."

"왜?"
"너 알아보는 사람 있으면 어떡해."
"뭐 어때. 알아보면 보는 거지."
"내가 싫어서 그래."
"뭐가 그렇게 싫은데."
한숨과 함께 민호를 향해 입술을 열었다.
"배우 이민호가, 정신과 상담 받으러 왔다는 소리 들을까봐 그래."
내 말에 민호가 옅게 인상을 구겼다.
"그게 뭐 어때서."
"싫어, 나 때문에 괜히 받지 않아도 될 오해 받지 마."
아직 우리나라에선 정신과에 대해 너그러운 편이 아니니까.
나는 고집처럼 부릅뜬 눈으로 민호를 바라보았다. 그 시선에 언제나 지는 건 민호였다.
"알았어. 그럼 다녀와서 연락해."
"응."
한숨처럼 쏟아진 말에 나는 오히려 안도의 웃음을 지었다. 그리곤 다시 멈춰있던 식사를 이어나갔다. 민호가 건네준 피자를 하나 더 먹고, 접시 위로 먹기 좋게 스파게티를 덜어 내 옮겨준 걸 또 한입.
그러다가 변덕처럼 속이 안 좋아져 음식물을 씹기 위해 움직이던 턱을 멈추고 무작정 물을 마셨다. 숙취가 덜 깼나, 속이 울렁거리다 못해 얌전했던 머리가 또 깨질듯 아프다.
"요즘 무슨 일 있어?"
"응? 아, 왜?"
"그냥. 표정이 안 좋아 보여서. 병원 가는 날짜도 까먹고."

"……."

"요즘 보니까 술도 많이 마시는 거 같던데."

뼈가 있는 말에 괜스레 표면적인 웃음을 짓게 된다. 아니라고 부정할 수도 없는 게 요즘 매일 매일이 술이었다. 하루는 졸업을 앞두고 있다는 핑계로 마시고 또 하루는 누가 취직을 한 기념으로, 또 어제는 유학을 간다는 친구와 마셨다. 안 그래도 술을 잘 마시는 편이 아니라 평소 잘 마시지 않는데 요즘 들어 횟수가 늘긴 했다.

평소 같았으면 적당히 핑계를 두고 빠졌을 법도 한데 그것도 아니었다.

왜 그러지…….

무거운 한숨을 내뱉으며 이제와 생각해보니 그 이유는 다름 아닌 나에게 있었다.

"졸업 앞두고 있어서 그런가봐. 기분이 좀 그래."

어느 남자 친구가 술을 밥 먹듯이 마시는 여자 친구를 좋아할까 싶지만서도 지금 시기에 술만큼 또 어울리는 것도 없었다. 아이들과 만나 술을 마시는 순간만큼은 무겁게 내려앉아 있던 생각의 짐을 잠깐이나마 내려놓을 수 있으니까.

3학년 때 1년 동안 휴학을 했기에 작년에 벌써 졸업한 동기들은 지금 전부 다 회사에 취직을 하거나 유학을 가거나, 그것도 아니면 디자이너 밑으로 들어가 일하든지 식의 제 살길을 찾아 나가고 있는데 나 혼자만 아직 학생의 신분을 벗지 못한 데다 아직 더 공부를 하고 싶은 마음이 컸다.

어느 것 하나 보장되어 있지 않는 장래, 한 살 한 살 먹어갈수록 느껴지는 초조함. 주변에서 모두 그럴싸한 일들을 하고 있었기에 내가 불안해 하는 건 어찌 보면 당연한 거였다. 그것도 아주 가까운 거리에 민호가 있으니 더더욱 그랬다.

사람이 어린 나이에 얼마만큼 성공할 수 있는가에 대한 우수 사례를 보는 것처럼 민호의 인생은 탄탄대로, 아우토반 그 자체였다. 고등학교 때부터 지금까지 연기 하나로 막힘없이 달려와 특기자 전형으로 명문대 문턱을 너무나도 쉽게 넘었다. 지금은 25살 어린 나이로 다른 사람들이 오르기 힘든 궤도에 도달해 서 있었고, 난 여전히 공부를 하는 학생이었다. 아니, 이제 한 달 뒤면 학생도 아니지만.

"졸업하면 뭐할 건데."

주변에서 나에게 가장 많이들 묻는 말이 민호의 입에서 흘러나오자 또 속이 울렁거리기 시작한다.

하아…….

작게 숨을 내몰아쉬며 머리카락을 쓸어 넘겼다.

"글쎄… 난 취업보다야 공부 더하고 싶은데."

"뭐, 유학?"

"유학은 무슨, 그냥 국내에 있는 대학원 정도지. 대학원도 내가 알아서 가야 되고. 우리 엄마 알잖아, 나 20살 딱 찍은 순간부터 일절 용돈 끊으신 거."

독립심을 키워야 한다는 명목 아래 대학교에 입학한 순간부터 나에게 지원해주셨던 건 학교 근처에서 자취를 하기 위해 얻은 오피스텔 관리비와 학비, 식비가 전부였다. 나머지 과제를 하기 위한 재료들이나 소소하게 들어가는 돈 같은 건 지금까지 내가 다 알아서 해결해왔다.

물론 대학원을 간다고 말한다면 학비 정도야 내주시겠지만 이제는 내가 부모님의 돈을 받기엔 짐이 되는 것 같아 불편했다. 부모님이 원했던 독립심이라는 게 바로 이런 걸까, 어렸을 땐 생각도 하지 않고 손부터 벌렸을 텐데 이제는 그럴 바엔 차라리 학교를 안 가고 말겠다는 고집이 생겼다.

"의상 쪽은 외국이 더 괜찮지 않나."

민호가 들고 있던 나이프를 내려놓더니 한 손으로 턱을 괴 나를 가만히 바라보았다. 보통은 민호와의 대화에서 학교 얘기를 잘하는 편은 아니었다. 민호와 난 서 있는 위치 자체가 달랐기에 말한다고 해서 느껴지는 건 공감보다야 괴리감이었고, 그래서 기피했던 것들 중 하나였는데 이상하게 오늘은 이유 없이 민호에게 모두 다 얘기하고 싶어진다.

고민이니까, 아직 깨지 않은 숙취를 핑계 삼아 술술 내뱉어도 괜찮을 것만 같은 생각이 들었다.

"그렇긴 하지. 내 친구들 중에서도 유학 간 애들 몇 명 있어."

"가고 싶기는 해?"

"응, 뭘?"

"유학."

"…가고 싶기야 하지."

유학을 생각해보지 않은 건 아니지만 문제는 가기 위해서 내가 감수해야 할 부분이 너무 많다는 것이었다. 금전적인 문제도 그랬고 어학연수에, 대학교 입학과 졸업까지… 기본 5년은 타지에서 홀로 보내야할 텐데 그 생각만 하면 좀처럼 엄두가 나지 않는다.

괜스레 앞으로의 일들에 대해 생각을 하니 입맛이 떨어져 포크를 내려놓자 민호가 작게 숨을 내뱉으며 손을 뻗어 내가 내려두었던 포크를 들어 다시금 내 손에 쥐어주었다.

"그럼 좀 알아봐, 어디가 좋은지."

"……."

"내가 보내줄게, 유학."

갑작스러운 발언에 내가 들고 있던 포크를 떨어뜨리자, 이번에도 또 내 손에 쥐어주며 나에게 말한다.

"가서 하고 싶은 공부 해. 돈 걱정 말고."

그 말에 너무나도 놀라 민호가 쥐어주었던 포크를 잡을 힘도 들어가지 않는다. 지금 내가 얼떨떨한 건 민호의 입에서 유학 얘기가 나왔다는 거다. 다른 누구도 아니고, 민호에게서 말이다.

"너 지금, 이 말… 되게 쉽게 하는 거 알아?"

"공부하고 싶다며, 국내보다야 외국이 더 배울 것도 많고."

"……."

"어머니한테 말하는 거 좀 그러면 내가 이참에 인사드리면서 말하고."

"아니, 그게… 민호야."

"……."

"너 괜찮아?"

지금 내 기분이 이상한 건 우리 부모님도 관여하지 않았던 유학 문제를 민호가 거론해 지원을 해주겠다고 말한 것 때문만은 아니다.

그래, 돈 잘 버는 남자 친구로서 그 정도의 말은 해줄 수 있겠지. 문제는 그곳에서 내가 할애하게 될 5년이라는 시간을 민호가 아무렇지도 않게 얘기를 했다는 거다. 내가 얼떨떨한 얼굴로 민호를 바라보자 민호가 작게 웃음을 터트리며 입술을 열었다.

"난 기다릴 수 있는데 니가 문제지."

"……."

"가서 딴 놈이랑 눈 맞고 안 오면 어떡해."

내 생각과 달리 민호는 오히려 나를 불안하게 생각하고 있었다. 고등학교 때부터 지금까지 단 한 번도 떨어져 지내본 적 없었기에 기분이 이상했다.

"너도 알지, 내가 너 많이 좋아하는 거."

그 말에 나는 또 가만히 고개를 끄덕였다. 너무나도 잘 알고 있어서 더더욱 지금 이 상황이 당황스러운 것이었다. 그런 민호를 두고 외국으로 나가는 건, 정말 생각해보지 않았으니까. 갑작스러운 상황에 결론을 내리지 못한 채 작게 한숨을 내뱉자 민호가 입술을 열어 한 마디 했다.

"아니면 유학 가기 전에 약혼이라도 하던가."

"…뭐, 뭐? 약혼?"

"왜 그렇게 놀래."

놀란 내 눈이 휘둥그레지자 민호가 부드럽게 웃는다. 안 그래도 복잡한 머릿속에 그보다 더한 무게의 충격이 가해진다. 그건 유학과 별다를 바 없는 두 글자로 이루어진 단어였지만 어쩌면 그것과는 범접할 수도, 비교할 수조차 없는 더 큰 문제이기도 했다. 25살인 내가 듣기에는 아직 버겁고, 다른 사람의 얘기처럼 멀게만 느껴지던 단어.

"재희야."

내 이름을 부르는 민호의 목소리가 가끔 사무치게 두려울 때가 있곤 했다. 아무렇지도 않은 말투로, 덤덤하게.

"우리 7년째야, 벌써."

"……."

"난 충분하다고 생각하는데."

내가 생각치도 못했던 말을 내뱉을 때가 종종 있곤 했다. 그리고 그때마다 나는 결국에, 어찌 되었든 민호가 말한 대로 움직이곤 했다. 달콤하게 파고드는 목소리에 홀렸다고 해도 좋을 만큼.

"어때, 넌."

민호의 말은 어딘가 모르게 내 심장을 잡고 흔드는 알 수 없는 힘을 가지고 있다. 그 말에 흔들리지 않았다면 거짓말이다. 한때 지금처럼 민호와 계속 사귀게 된다면 언제가 될지 모르는 결혼식에 내 옆에 서 있는 건 아마도 민호일거라고 막연하게 생각한 적이 있긴 했었다.

하지만 시기가 이상했다. 아직 나에게 결혼이나 약혼은 멀기만 한 이야기였고, 낯설기만 했다. 그런데 웃기게도 7년이라는 횟수에 또 수긍이 가긴 했다. 오래, 만나기는 했다 나와 민호가.

"너… 연기 활동은 어떻게 하고."

내가 약혼이라는 단어에 거부감을 느끼는 건 비단 내가 아직 그럴 준비가 되어 있지 않다는 이기심 때문만은 아니었다. 민호는 나처럼 일반인이 아니었다. 하루에도 수십 번, TV만 틀었다 하면 민호의 얼굴을 메인으로 한 CF가 몇 개씩은 나오고 영화관에 가면 민호의 이름을 걸고 개봉한 영화들이 있기도 하다.

대중과 언론들에게 스포트라이트를 받고 사는 민호에게 있어 약혼이라는 타이틀은 어딘가 모르게 위험해 보이고 어울리지 않았다.

"지금이랑 달라지는 거 없어, 약혼한다고 바로 결혼으로 가는 것도 아니고. 지금처럼 비밀로 할 생각이야, 부모님이랑 소속사한테만 말하고."

"……."

"편하게 생각해. 난 하고 싶다는 거지, 무조건 하자는 건 아니니까. 근데 나도 불안해서 그냥은 너 못 보낸다는 거지."

민호가 지금 말하고자 하는 건 충분히 알아들었다. 유학을 보내주는 대신에, 담보로 약혼을 하자는 건데. 내가 걱정하는 바와 달리 지금 사귀는 것처럼 모든 건 비밀로 할 거고 그렇게 된다면 민호의 연기 활동에도 아무런 지장이 가지 않을 거다.

그래, 어쩌면. 같은 공간이 아닌 외국에 내가 나가 있게 된다면 민호 입장에선 손가락 사이에 끼워진 반지만으로는 안심할 순 없을 거다.

"진지하게 한번 생각해봐."

"……."

"유학이랑 약혼. 결정되면 전화해 주고."

하나로의 문제로도 벅찬데, 거기에 약혼이라는 어마어마한 무게의 단어까지 달라붙으니 고민의 깊이가 더욱 짙어진다. 덕분에 안 그래도 속이 안 좋아 없던 입맛이 완전히 말라버렸다.

작은 한숨과 함께 들고 있던 포크를 내려놓자 민호가 설핏 인상을 구기며 속이 많이 안 좋냐고 묻는다. 그 말에 아무렇게나 고개를 끄덕였고 민호도 냅킨을 뽑아 손끝을 문지르며 식사를 그만두었다. 테이블 위에는 먹지 않아 아직 많은 양의 음식이 차려져 있었지만 지금 그런 게 눈에 들어올 리 없었다.

"그래도 가는 쪽으로 생각해봐."

"……."

"너 간 사이에 나 군대라도 다녀오게."

군대라는 단어에 나는 또 작게 인상을 구기며 민호를 바라보았다. 정말… 민호는 아무렇지도 않게 힘든 이야기들을 잘 꺼낸다.

다음 날, 아침 일찍 일어나 병원을 다녀온 뒤 민호에게 연락을 하고 또다시 잠이 들었다. 저녁 8시쯤, 배고픔에 눈을 뜨자 타이밍 좋게 가람이에게 연락이 왔다. 가람이는 칭얼대는 목소리로 속이 쓰려 얼큰하게 먹고 싶다며 당장에 학교 앞 해장국집으로 나오라고 졸랐다. 때마침 배도 고프기도 했고, 어제 바람도 맞췄고. 겸사겸사 알았다며 전화를 끊은 뒤 대충 모자를 눌러쓰고 밖으로 나섰다.

가람이와는 같은 대학교에 지원해 운 좋게 같은 과에 나란히 입학했다. 고등학교 때부터 디자인 전공을 했지만 가람이와 함께 의상디자인과에 가게 될 거란 생각은 입시를 하면서 알게 된 것이었다. 나는 단순히 옷을 만드는 것에 흥미를 가지고 있었고, 가람이는 옷 자체를 그냥 좋아했다.

그러다보니 자연스레 같은 학교 같은 과에 지원하게 돼 지금까지도 함께 붙어 있다. 2년 동안, 가람이가 군대 갔을 때만 빼고. 군대 생각에 또 민호가 떠올라 '하아' 작게 숨을 내몰아 쉬자 내 앞에 앉아 이마를 꾹꾹 짓누르고 있던 가람이가 인상을 구기며 나에게 물었다.

"넌 또 왜 한숨이야?"

"아니야, 그냥."

"아… 머리 깨질 거 같아."

어제 얼마나 마신 건지 테이블 위로 얼굴을 대 아무렇게나 늘어져 있는 모습에서 술 냄새가 물씬 풍겨져오는 것만 같았다. 걱정스레 손을 뻗어 그런 가람이의 머리를 두어 번 쓰다듬어주었다. 괜찮아? 약 먹었어? 내 말에 가람이는 도리도리, 고개를 내저을 뿐이었다.

주문했던 콩나물 해장국이 나오자 맛있는 냄새에 구미가 당겼는지 그제야 가람이가 축 늘어져 있던 허리를 펴 숟가락을 들었다. 배는 고팠는지 뜨거운데 제법 잘 먹는다. 나 역시 잠으로 인해 건너뛴 식사의 간격이 꽤 컸기에 비교적 맛있게 밥을 먹을 수 있었다.

뜨거운 해장국에 밥까지 넣어 말아 먹는 가람이를 보며 웃다가, 아무런 생각 없이 시선을 올려 바로 앞에 펼쳐진 커다란 TV를 보는데 화면 가득히 차오른 얼굴에 순간 나도 모르게 사레가 들려 기침을 했다.

"콜록, 콜록……!"

"왜 그래? 매워?"

커다란 내 기침소리에 고개를 처박고 식사에 열중하고 있던 가람이가 놀란 표정으로 날 바라보았다. 그리고 등 뒤로 흘러나오는 익숙한 목소리에 고개를 돌려 TV를 확인한 뒤, 이내 혀를 차며 자리에서 일어나 내 등을 두드려주었다.

"야, 너 또 그러냐."

"가람, 아… 나 물, 콜록! 물, 좀 줘."

코끝이 찡하다 못해 벌써 눈물까지 가득 머금은 눈동자가 뜨겁기만 했다. 가람이가 따라준 물을 다 비우고 나서야 어느 정도 기침이 멎자 가람이가 제법 짜증스러운 표정으로 걸음을 옮겨 향한 곳은 가게 중앙에 위치한 TV 앞이었다.

한산한 시간대가 아님에도 불구하고 서빙을 하다가도 멈춰서 드라마에 푹 빠져 있는 아주머니들 사이를 파고 들어가 리모컨을 들고 채널을 돌렸고, 그와 동시에 아주머니들의 거친 반발이 곳곳에서 튀어나왔다.

"아니, 학생. 잘 보고 있는 드라마를 왜 돌려!"

"아, 뉴스 좀 봅시다. 뉴스를 봐야지 무슨 드라마야."

"한참 재밌는데 왜 그래, 정말."

"아, 전 8시 뉴스를 꼭 봐야 하는 사람이라서요. 저 나가면 마저들 보세요."

이곳저곳에서 날아와 꽂히는 온갖 따가운 시선을 감수하며 가람이가 다시금 자리로 와 앉았다.

"아, 저년은 도대체 누가 돈 주고 쓰는 거야. 연기도 더럽게 못하는구만. 이번에 코도 세웠나봐, 얼굴 완전 변했는데."

그런 소리를 하며 잔뜩 인상을 구기고 있는 가람이의 표정에 살며시 입술을 깨물었다.

가람이가 아주머니들의 원성을 들으면서까지 채널을 돌린 건 오로지 나 때문이었다. 고등학교 때부터, 줄곧 나에게 두려움으로 자리 잡고 있는 여자. 이제는 제법 유명세를 타 TV를 틀었다 하면 이곳저곳에서 얼굴을 내비치고 있었다.

이번에 새로 시작한 드라마가 제법 시청률이 좋아 예능프로그램에서도 심심치 않게 그녀의 얼굴을 볼 수 있었고, 그와 비례하게 나는 더더욱 TV를 보지 않게 되었으며 한 알을 먹던 안정제를 두세 알씩 먹어야만 했다.

얼굴을 보고, 최율이라는 이름을 떠올리는 것만으로도 아직도 가슴이 떨리다 못해 손까지 바들거린다. 가람이는 꼭 움켜쥐고 있는 내 손을 본 건지 '후으' 농도 짙은 한숨과 함께 입술을 열었다.

"괜찮아?"

"어… 응. 아, 목 진짜 아프다."

"고질병이다, 진짜. 도대체 그건 언제 고쳐진대? 너 병원은 다녀왔어? 오늘 병원 가는 날이잖아."

그 말에 나는 느리게 고개를 끄덕였다.

"병원에서는 뭐래?"

"…뭐, 맨날 똑같지."

"니 생각에 달렸다고 하지? 그럼 의사 말대로 신경 좀 쓰지 말고 편하게 살던가."

"……."

"이제 좀, 그만 아파해."

가람은 이런 내 모습에 이골이 난 건지, 한숨을 푹푹 내쉬며 질책했다. 오랜 시간 내 옆에 있었기에 그녀가 나에게 어떤 의미인지 누구보다 잘 알고 있는 가람이었다. 내가 그녀의 얼굴만 봤다 하면 놀라 딸꾹질을 하거나, 지금처럼 사레에 들려 눈물 빠지게 기침을 하는 모습들을 수도 없이 봐왔던 것도 가람이다.

"너가 잘못한 거 아니라니까, 저년이 우리가 생각했던 것보다 훨씬 더 미친년이었고, 최지훈은 거기에 잘못 걸린 거고. 넌 아무런 죄 없다고, 알았어?"

그 말에 난 또 대답 대신 입술을 꾹 짓눌렀다.

"죄책감 갖지 마. 너 지금 민호랑 잘 사귀고 있잖아."

"…응."

"민호가 너한테 얼마나 잘하냐, 내가 예전부터 그랬지? 최지훈보다야 민호가 낫다고. 잘생겼지, 키 크지, 잘나가지, 돈 잘 벌지. 남잔 돈 잘 벌면 다 되는……."

구구절절, 민호에 대한 예찬을 늘어놓는 가람이의 모습에 애써 따가운 목을 가다듬으며 고개를 들었다. 오늘 가람이를 만난 데에는 단지 밥을 먹기 위해서만은 아니었다. 제일 친한 친구였기에, 내가 유일하게 남들에게 말하지 못하는 고민들을 가람이에게는 말할 수 있다.

"가람아."

"어, 왜."

"나 민호가 약혼하재."

"그래, 그래서 약혼도 하고 결ㅎ… 뭐?"

"……."

"너 지금 뭐라고 했어?"

"민호가 약혼하자고 그랬다고."

반쯤 넋이 나가 있는 가람이의 표정은 어느 정도 예상한 것이었다. 나도 민호에게 그 얘기를 들었을 때, 어쩌면 지금의 가람이와 똑같은 얼굴을 하고 있었는지도 모른다.

"넌 어떻게 생각해?"

내 물음에 가람이의 얼굴이 순간 새파래졌다.

가람이가 처음 내뱉은 말은 '너 미쳤어?'였다. 그다음은 물론 말하지 않아도 잔소리가 그득한 것들뿐이었다. 내가 방청소를 안 했을 때 엄마가 급습해 들어와 늘어놓는 말처럼, 얼이 빠질 정도의 빠르고 높은 음색이었다.

"이재희, 너 미쳤냐고! 무슨 약혼이야, 너 지금 25살이다?"

"알아, 나도."

"근데 새파랗게 어린 애가 무슨 결혼이냐고!"

"약혼,이라니까."

"어쨌든! 난 내 주변에 나보다 빨리 결혼하는 건 용납할 수 없어."

"…약혼이라구."

"어쨌든……!!"

가람이의 머릿속에는 약혼은 곧 결혼이라는 인식이 박혀 있는 것만 같았다. 약혼을 하더라도 마음이 변하면 없던 일처럼 될 수도 있는 거고, 그 문제는 서로의 사정으로 인해 얼마든지 조율될 수 있는 것이었지만 나 역시 약혼이 결혼으로 가기 위한 전 단계라는 것은 부정할 수 없었다.

그래도 어제처럼 낯설게만 느껴지는 것도 아니었다. 어찌 되었든 우리 둘은 별다른 문제없이 7년 동안 잘 만나왔고 이대로만 간다면 결국엔 민호와 결혼을 하게 될지도 모를 일이었다. 민호 역시 그것을 염두에 두어 나에게 약혼을 하자는 말을 꺼낸 거고, 그건 어느 정도 민호에게도 나와 결혼할 마음이 있다는 것이기도 했다.

하지만 정작 내 앞에 있는 가람이는 잘 먹던 해장국도 버려둔 채 나를 바라보며 상처받은 아이처럼 애달프게 인상을 찡그리고 있었다. 그 이유가 자기보다 먼저 결혼하는 건 용납할 수 없기 때문만은 아닌 것 같았다.

"너 진짜 이렇게 결혼할 거야?"

"…그러니까, 약혼이라니까."

"너 아직 어린 거 알지? 너네 부모님 알아?"

"몰라, 아직. 민호랑도 어제 얘기한 거야."

"와씨, 내가 맨날 너한테 징하게 오래 사귄다고 안 질리냐고 말했던 거 농담 아니다? 진짜 이대로 남자 하나 만나보고 결혼할래?"

방금 전까지만 해도 민호만 한 사람은 없다고 할 땐 언제고, 이제 와 또 말을 바꾼다. 함께한 시간이 길었기에 지금 내 고백이 가람이에게 어떤 여파로 와 닿을지 대충 예상은 갔다. 매번 조심성이 없어 잔실수가 많았던 내 옆에 엄마처럼 달라붙어 챙겨주었던 것도 가람이었다.

민호에게도 하지 못했던 말들을 가람이에게는 할 수 있었고, 이성 친구긴 했지만 남녀의 감정을 떠나서 우리에게는 정말 피라도 나눠 갖은 것처럼 두터운 남매애가 있었다. 그래서 지금 가람이가 이렇게 잔뜩 눈가를 죽이고, 득달같이 달려드는 것도 이해가 가지 않는 건 아니었다. 기분이, 이상할 거다. 어제의 나처럼 말이다.

"재희야, 이참에 나랑 결혼할까?"

"……."

"응? 차라리 나랑 할래?"

왜 이래, 진짜.
절로 한숨이 흘러나온다.
"장난하자는 거 아니고, 진짜 진지하게. 어떤지 묻는 거야."
"아… 이재희가 이민호랑 약혼이라."
가람이는 깊은 한숨과 함께 주머니 안쪽에서 담배를 꺼내 들어 입에 하나 물었다. 그리고 고개를 젖혀 멍하니 시퍼렇게 밝기만 한 조명등을 올려다보더니 불을 붙인 뒤 나를 향해 다시금 고개를 내렸다. 희멀건 연기를 한 모금 내뱉으며 머리를 긁적인다. 그리고서는 방금 전과 달리 진지한 얼굴로 말했다.
"너네 오래 사귄 건 알았지만 막상 약혼 얘기 나오니까 기분 이상하긴 하다. 이렇게 될 줄은 꿈에도 몰랐는데."
"……."
"너네 둘이, 좋아서 사귄 거 아니잖아."
가람이가 석연치 않게 생각하는 부분이 이거였나. 나는 느리게 고개를 끄덕였다. 처음 시작은, 서로 좋아서가 아니었지.
"그래서, 넌 지금 어떤데?"
"뭐가?"
"그냥, 니 생각. 너 민호 사랑하긴 해?"
"……."
"약혼할 만큼, 결혼까지 가도 좋을 만큼."
가람이의 물음에 난 또 묵묵히 고개를 한 번 끄덕였다. 그러다가 문득 또 생각에 잠겼다. 사랑이라… 너무 오랫동안 당연하게 붙어 있어서 그 감정을 제대로 헤아려 본 적이 없었다. 민호는 그동안 줄곧 내 옆에서 버팀목처럼 있어 주었고, 나는 그런 민호의 등 뒤에 서 있던 게 전부다. 사랑이라…

나는 옅게 웃으며 입술을 열었다.

"그럼, 싫어하는 데 어떻게 지금까지 붙어 있겠어?"

"그건 그런데. 민호는 바쁘고, 넌 학교 다니느라 정신없었고. 니네가 보통 연애하는 사람들처럼 매일 만난 것도 아니잖아, 막상 연애하는 애들처럼 만난 건 2년 되나."

적나라하게 드러난 숫자에 딱히 반박을 할 수가 없었다. 우리가 매일 만나는 연인은 아니었지만 그렇다고 해서 우리가 만나온 시간이 달라지는 건 아니었다. 비록 우리가 사랑으로 처음 시작한 건 아니지만 그보다 더한 희생으로 이루어진 관계다. 7년 전 민호가 날 지켜줬던 것처럼, 나 역시 지금 민호의 마음이 다치지 않도록 지켜줘야 할 때이다.

"가끔 보면 민호랑 넌 의리로 사귀는 거 같아. 그리고 또, 민호도 남자 친구보다야 친오빠 같은 느낌이고. 우리 재희, 이거 챙겨줘. 저거 챙겨줘. 맨날 걱정에, 어제도 나한테 전화 왔었다. 너 요즘 술 많이 먹는 것 같다고."

"나 때문에 그렇지, 뭐. 내가 민호… 그렇게 만든 거니까."

"알긴 알아?"

"그래. 잘 알고 있다, 왜?"

장난스러운 내 말투에 가람이가 설핏 웃으며 물었다.

"근데 의외네, 민호가 그런 얘길 먼저 했다는 게. 걔 배우 생활 어떻게 하려고 약혼 얘길 꺼내? 한창 잘나가고 있는데, 소속사에서는 허락 떨어진 거야?"

"내가 좋다고 말하면 소속사에 알아서 말하겠대. 비공개로 하는 거고 지금처럼 그냥, 비밀로 가는 거야."

가람이는 묵직해 보이는 담배 연기를 내뱉으며 작은 목소리로 입술을 열었다.

“근데 만약에 약혼한다고 치고 나중에 사람들이 그 사실 알면 뒤집어지겠다. 스캔들 한 번 난 적 없는 이민호가 갑자기 결혼 발표를 하더니 그 상대가 7년 넘게 사귀고 있던 여자 친구고, 그 여자와 약혼을 했다는 소식을 들으면 얼마나 뒤통수 맞은 느낌이겠어?”

가람이의 말에 나는 무의식적으로 동조해 고개를 끄덕였다. 엊그제만 해도 함께 술을 마셨던 동기들 중 3명이 민호의 팬이었다. 핸드폰 바탕 화면에 얼굴까지 저장해두고 우리 자기라고 웃고 떠드는 아이들을 볼 때면 문득 내가 민호와 사귀고 있다는 사이인 게 무서워지곤 했다.

아이들을 비롯해 다른 사람들이 알게 되면 내가 과연 그 시선들을 견뎌낼 수 있을까, 알 수 없었다.

“그건 그렇고, 어쩌다가 그 얘기 나온 건데? 그냥 뜬금없이 나오진 않았을 거 아니야.”

“아, 그게… 민호가 나 유학 보내준대.”

그 말에 가람이 안 그래도 큰 눈을 더 크게 뜨며 들고 있던 담배를 재떨이에 아무렇게나 비벼 껐다.

“뭐? 유학?”

“그러다가 약혼 얘기 나온 거야. 그냥 보내긴 좀, 그렇다고.”

그건 또 무슨 소리냐며 바득바득 따질 줄 알았던 내 예상과 달리, 유학이라는 단어에 방금 전까지만 해도 심각했던 가람이의 얼굴이 금세 밝아졌다.

“와, 이재희. 복 터졌네, 진짜. 어느 애인이 유학을 보내주냐?”

“아직 결정 안 했어.”

“왜 결정을 안 해, 당연히 가야지. 보내준다는데 거절을 왜 해, 그 좋은 기회를. 한국에는 뭐 볼 것도 없을 거 같고, 나도 안 그래도 졸업하고 유학 갈 생각인데 잘됐네. 너 있는 대로 가면 되겠다. 어디로 갈 거야, 미국? 영국? 프랑스?"

기다렸다는 듯이 줄줄이 흘러나오는 온갖 나라들에 내가 고개를 내저었다.

"아직 생각 안 해봤어."

"왜 안 해, 빨랑 해. 난 개인적으로 영국이 좋던데, 같은 데로 가자. 응?"

벌써 가람이의 머릿속에 나는 유학을 위해 출국을 며칠 앞두고 있는 학생으로 자리 잡은 듯 보였다.

"아무튼 유학 가. 먼저 가서 길 좀 닦아놓고 있어, 엉?"

"…그럼 나 약혼은?"

"까짓것 유학 보내준다는데 해, 그냥. 약혼이 별거야? 그리고 너 이제 와서 민호 말고 다른 남자 만날 거야? 아니잖아."

"……."

"민호만 한 애 없다니까."

도대체 왜… 고민을 털어놓으려고 상담을 한 건데 머리가 더 복잡해지는지 모르겠다. 혼자서 생각할 시간이 필요할 것 같아 가람이와 헤어지고 집으로 향했다.

민호는 천천히 생각해보라고 말은 했지만 그렇다고 해서 내가 시간적 여유가 많은 건 아니었다. 되도록이면 졸업식 전에 모든 걸 확실히 하고 싶어졌다. 그냥 다 포기하고 예정대로 국내에 있는 대학원에 들어갈지, 아니면 능력 좋은 남자 친구 손을 빌려 유학을 가 돈 걱정 안 하고 하고 싶은 공부를 마음껏 할지.

약혼, 약혼이라… 느리게 손가락을 펼쳐 네 번째 손가락에 끼워져 있는 반지를 가만히 바라보았다. 우리 엄만 뭐라고 할까, 아빠는 입버릇처럼 빨리 시집가 손주 좀 보자는 식의 말을 하곤 했는데, 좋아하시려나. 아직 민호가 내 남자 친구 인 것도 까마득하게 모르시는데 허락은 해주실까.

그때였다. 시끄럽게 울려 퍼지는 벨소리에 쭉 펼치고 있던 손가락이 놀라 짧게 경련한다.

"뭐야, 놀래라."

나도 모르게 깊게 생각을 하고 있었는지 갑작스러운 소리에 놀라 심장이 쿵쿵거렸다. 침대 위에 올려두었던 핸드폰을 들자 조금 의외인 인물의 이름이 액정 위로 둥실 떠오른다.

김연수 교수님.

3학년 때 전공 수업을 가리키시던 교수님이었는데 국내에 꽤 영향력 있는 스타일리스트 중 한 명이었다.

"여보세요."

—어, 그래. 재희야.

"안녕하세요, 교수님. 잘 지내셨어요?"

—나야 뭐 항상 정신없지, 넌 요즘 잘 지내고 있고?

"네. 저도 늘 그렇죠, 뭐."

오랜만에 듣는 교수님의 목소리는 여전히 혈기가 넘쳐흘렀다. 교수님과는 3학년 때부터 알게 된 사이었는데, 내가 디자인한 옷들을 늘 잘했다고 칭찬해주신 분이었다. 간간이 방학 때마다 교수님은 나에게 단기적으로 할 수 있는 코디 일을 시켜 주셨는데 가수와 연기자를 상대로 세 번 정도 일을 한 적 있었다.

—재희야, 부탁 좀 하자.

"네? 무슨 부탁이요?"

—지금 일하던 코디 하나가 갑자기 사고가 나서 자리를 비웠는데 며칠 동

안만 도와주면 안 될까? 조교가 곧 졸업이라기에 생각나 전화했는데 다른 일 하고 있으면 어쩔 수 없고.

안 그래도 머리가 복잡해 며칠 동안은 집에서 생각을 정리하려고 했는데 워낙 도움을 많이 주셨던 교수님이라, 그 손길을 쉽사리 거절할 수 없었다. 하는 수 없이 작게 숨을 내몰아쉬며 '시간 괜찮아요'라고 말하자 그녀가 화색이 도는 목소리로 나에게 고맙다며 다행이라고 안도했다.

"며칠 동안 하면 돼요?"

—일주일만 해주면 돼. 대신 맡아주기로 한 사람이 해외로 잠깐 나가서 일주일 후에 오거든. 이쪽 일 해봐서 알지? 의상 준비는 우리가 할 거고, 넌 그냥 아침에 회사에 들러서 옷 들고 가져가서 입혀주고 촬영하는 내내 옷 갈아입히고 보정해주면 돼.

"네. 해봐서 잘 알고 있어요."

—아, 진짜 살았다… 고마워, 웬만하면 그냥 다른 애들 코디하고 있는 애 쓰겠는데 애가 워낙 예민해야지.

"누군데요?"

—너도 알 거야, 요즘 한창 잘나가는 애 있잖아. 드라마에…….

그때였다.

딩동.

집 안 전체를 울리는 커다란 벨소리에 나도 모르게 수화기를 떼 문 쪽을 바라보았다.

퀵서비스입니다.

그 목소리에 재빠르게 현관으로 다가가 문을 열고 박스 하나를 건네받았다. 누가 보낸 걸까 궁금하면서도 작게 들려오는 목소리에 서둘러 떨어뜨려 놓았던 핸드폰을 귓가에 가져가자 여전히 교수님이 쉴 새 없이 말들을 늘어놓고 있었다.

—어린 게 왜 이렇게 싸가지가 없는지, 이쪽 업계에서는 두 손 두 발 다 들었다니까.

그 대단한 인물이 누군지 듣지 못했지만 굳이 다시 말해달라고 할 필요성을 느끼지 못했다. 얼굴이야 일하면서 보게 될 거고, 원래 TV를 잘 보지 않았기에 이름을 말한다고 한들 내가 알 리도 없었다.

"저… 교수님. 언제부터 나가면 돼요?"

—아, 내일부터. 너 아직 학교 앞 오피스텔에서 살고 있지?

"네."

—그래, 그럼 내가 내일 아침 8시에 태우러 갈게.

얼떨결에 교수님과 약속을 하고 전화를 마치자 온몸에 힘이 쭉 빠진다.

그래도 좀 여유가 있을 줄 알았는데, 급하긴 급한가 보다.

갑작스럽게 생긴 스케줄을 떠올리며 목 언저리를 손으로 주물렀다. 침대로 가 다리 위로 박스를 올린 채 내려다보았다.

보내는 사람, 이민호.

그 이름에 조심스레 박스를 뜯어보자 안에는 고급스러워 보이는 차가 세 종류나 들어 있었다. 녹차, 오미자, 모과차. 친절하게 겉에 설명까지 적혀 있었기에 이 차들이 어디에 좋은지 쉽사리 알 수 있었다.

숙취에 탁월한 효과. 그 문장에 나는 인상을 찡그리며 작게 한숨을 내몰아쉬었다.

내가 진짜, 못살아.

아침에 못 일어나면 어쩌나 싶어 1분 간격으로 맞춰둔 알람이 무려 8개나 된다. 방학이라 나태해진 몸은 역시나도 바로 일어나지 못하고 7번째 알람이 울리고 나서야 간신히 눈을 뜰 수 있었다. 아직 해가 뜨지 않아 퍼렇기만 한 창문을 바라보며 화장실로 가 샤워부터 했다. 씻으면 잠이라도 깰 줄 알았는데, 따뜻한 물에 몇 분 동안은 욕조에 앉아서 졸았던 것 같다.

그녀는 사업을 하는 사람답게 시간 약속에 있어 냉정하다 못해 철저했다. 정확히 8시 정각에 전화가 오더니 내려가자 전에 보았던 새하얀 차는 어디 갔는지 잘빠진 블랙 세단 하나가 떡하니 서 있었다. 차에 오르고, 그녀는 이동하는 내내 요즘 수완이 좋지 않다면서 혀를 찼지만 새 차 냄새가 물씬 풍겨져 오는 내부에 그다지 신빙성이 가진 않았다.

차로 30분을 가 도착한 곳은 여의도에 있는 방송국이었다. 그녀는 나에게 미리 준비해둔 여섯 벌의 옷을 건네주며 복사해 두었던 대본까지 건네주었다. 어디 신에선 이 옷을 입어야 하며, 어디에선 이걸 입어야 한다며 일러주는 말에 고개를 끄덕이며 너무 걱정하지 말라고 말을 했다.

그녀와 함께 차에서 내린 뒤 내가 코디를 맡게 될 연기자가 있는 대기실로 향했다. 그녀는 가는 내내 줄곧 아무런 말이 없더니, 이내 대기실 앞에 멈춰서 심호흡을 하더니 뒤돌아 나에게 당부의 말을 했다.

"미리 말해두는 건데, 얘 성격 되게 안 좋아. 남자 새끼가 까칠한 걸로 모자라 좀 틱틱대야지, 그것 때문에 그만둔 애들도 수두룩하고."

"……."

"여기 관계자들도 얘 누나 때문에 함부로 못 대해. 그러니까, 너도 얘가 무슨 말하던지 간에 신경 쓰지 말고 네 할 일만 하면 돼. 알았지?"

어젯밤 통화에서 들었던 성격이 괴팍하다는 말에 당연히 맡게 될 연기자가 여자라고 생각했는데, 남자였나 보다. 그러고 보니 내가 들고 있던 옷들 역시 전부 다 남자 셔츠에 정장들뿐이었다. 당부를 하는 그녀의 말에 애써 고개를 끄덕이며 알았다고 했지만 이쯤 되면 괜스레 걱정이 밀려오는 건 어쩔 수 없는 일이었다.

얼마나 성격이 막무가내이기에 이렇게 말을 하는 걸까.

작은 심호흡과 함께 대기실 문 위를 두드리고 손잡이를 잡고 여는 모습에 나 역시 크게 숨을 들이마시며 걸음을 옮겼다.

"안녕하세요, 오늘부터 일주일간 코디 맡아줄 애예요."

인사해, 재희야.

그 말에 문 앞에 서 있는 매니저에게 인사를 한 뒤 시선을 옮겨 뒤돌아 앉아 있는 남자를 바라보았다. 그리고 작게 마른침을 삼키며 고개를 숙여 인사를 했다.

"안녕하세요, 이재희라고 합니다. 잘 부탁드립니다."

그리고 내가 내뱉은 인사에 그 남자의 고개가 삐딱하게 옆으로 꺾였다. 이상하다는 듯이, 잘못 들은 건 아닌가 싶은 태도로. 그리고 이내 고개를 돌려 나를 바라봤을 때, 마주한 얼굴에 나는 일순간 아무런 말도 할 수 없었다.

온몸이 굳었다. 날 바라보는 시선에, 익숙한 얼굴에. 소름이 돋는 걸로 모자라 움직일 수조차 없었다.

최율 때문에 TV를 등한시하면서도 가끔 가다가 드라마를 챙겨보기 위해 TV를 틀곤 했는데 그 이유는 모두 다 최지훈 때문이었다. 첫사랑이었기에 궁금했다. 넌 잘 살고 있는지, 얼굴은 변하지 않았는지. 고등학교 2학년쯤 무렵, 본격적으로 방송에 연기자로 발을 들여놓았기에 졸업을 한 뒤에도 별다른 어려움 없이 최지훈의 얼굴은 TV에서 볼 수 있었다.

오래전부터 집에 홀로 앉아 연기를 하고 있는 최지훈을 마주할 때마다 항상 생각하곤 했었다.

다시 널 마주하게 되는 상황이 오면 나는 무슨 말을 해야 하나, 어떤 표정을 지어야 할까. 첫마디는 뭐가 좋을까. 미안해라고 말해야 하나, 아니면…….

"……."

보고 싶었다고 말해야 하나. 그것도 아니면, 나와 민호처럼 아직도 최율과 사귀냐는 말을 해야 할까.

"……."

하지만 내 예상과 달리 입은 쉽사리 움직여지지 않았다. 역시나도, TV가 아닌 실제로 마주하는 네 얼굴에 아무런 말도 할 수가 없었다. 할 수 있을 리 없었다.

5년 만에, 마주하는 최지훈이었다.

10. 재회

“지훈아, 인사 좀 해라. 뻘쭘해 하잖아.”

아무런 말도 없이 날 가만히 바라보고만 있는 최지훈의 태도에 옆에 서 있던 매니저가 어색하게 웃으며 나에게 말을 건넸다.

“미안, 원래 성격이 좀 그래.”

그 말에 나는 더더욱 입술을 구기며 최지훈을 바라보는 시선에 힘을 실었다. 원래 내가 알고 있던 최지훈은 남들에게 트집잡힐 만한 말이나 행동을 보이지 않던 인물이었다. 적어도, 마지막으로 보았던 내 기억 속 최지훈은 그랬다.

“누가.”

“…….”

“누가 내 코디를 해?”

차갑게 내려앉은 목소리에 나도 모르게 손가락 끝이 작게 떨렸다. 나에게 파고들은 이질감은 그것뿐만이 아니었다. 날 바라보는 눈빛이나 더 이상 웃지 않는 입술. 삐딱하게 앉은 채 좀처럼 일어날 기미조차 보이지 않는 태도. 그로 인해 적막으로 내려앉은 공간 안은 점점 더 무겁게 변질되어 가고 있었다.
"너도 알잖아, 미영이 어제 집에 가다가 교통 사고 난 거."
"그걸 누가 몰라?"
"……."
"왜 재가 내 코디를 하냐고 묻잖아, 지금."
최지훈은 지금 이 상황이 마음이 들지 않았는지 눈썹을 구기며 제법 신경질적인 말투로 말했다. 그 날카로운 말 한 마디에 매니저의 웃던 입가가 숨을 죽였고, 최지훈을 바라보던 내 눈동자는 한 움큼 크게 떨렸다.
그리고 지금 이 순간, 내 머릿속을 빼곡히 가득 채운 건 왜라는 의문과 그 이유였다. 왜 최지훈이 나를 향해 저렇게 적대심을 품고 말을 하는 것이며, 그 이유는 무엇 때문일까. 그리고 해답은 너무나도 쉽게 내 머릿속에 새하얀 물감을 부어 잡다한 생각들을 잠재웠다.
최지훈이 나를 미워할 만한 이유는 충분했다. 우리가 이별했던 7년 전, 그때 그 순간에 최지훈은 내 손을 잡고 절박한 얼굴로 나를 놓지 못한 채 울고 있었다.
처음이었다, 최지훈이 내게 그런 얼굴을 보인 건. 아무런 떨림 없이 건조하기만 했던 내 손을 꼭 잡고 자꾸만 왜라고 물었었다.
왜, 왜… 왜.
염기에 젖어 자꾸만 흐려지는 눈동자에도 최지훈은 꿋꿋이 내 앞에 서서 내 손을 잡고 있었다. 놓칠까봐, 혹시라도 내가 그 손을 뿌리칠까봐 어린 아이처럼 왜라고 물으며, 긴 시간 울고만 있었다.
"왜, 아는 사이야?"
최지훈이 내뱉은 말과 우리 둘 사이에 흐르는 기류가 어딘가 모르게 이상했는지 매니저가 나와 최지훈을 번갈아 바라보며 물었고 그건 교수님도 마찬가지였다.

"너 지훈이 아니?"

그 물음에 얌전했던 어깨가 놀란 듯 짧게 떨렸다. 힘없이 벌어진 입술로 고등학교 친구라고 말을 할까 하다가, 친구라는 단어가 마음에 걸려 아무런 말도 내뱉지 못하고 다시금 입술을 꾹 짓눌렀다. 그러자 의자에 가만히 앉아 있던 최지훈이 삐딱하게 한쪽으로 몸을 기울이며 짧게 웃음을 터트렸다.

"나랑 고등학교 때 사귀었던 애야."

그 말에 눈동자가 크게 한 번 떨렸다가…….

"이제 이해가? 이 상황이 얼마나 껄끄러운지."

또 그 말에, 가슴속 어딘가가 꽉 죄여오는 것만 같았다. 갑작스럽게 드러난 우리 둘 사이의 관계에 매니저와 교수님은 제법 놀랐는지 당황스러운 표정을 짓고 있었다. 매니저 입장에서 본다면 내 등장이 곱게 보이지 않았을 테고 교수님은 그것도 알지 못한 채 나를 이곳에 데려와 억지로 밀어붙인 거나 마찬가지였다.

하지만 그건 내 문제이기도 했다. 어제 교수님이 전화로 말했던 이름을 제대로 들었더라면 난 아마도 이 일을 쉽게 받아들이지 못하고 고민했을 거다. 만나고는 싶었지만, 한편으론 만나게 된다면 어떤 상황이 펼쳐질까 무섭기도 했다. 그리고 역시나 우리의 재회는 내가 생각했던 것처럼 비참하기만 하다.

"아, 그럼… 코디 바꿔줄게요. 미안해요, 재희가 아무런 말도 안 해서 몰랐네."

교수님은 애써 당황스러운 얼굴 위로 미소를 그리며 최지훈에게 사과의 말을 건넸다. 이번 사건으로 인해 안 그래도 까탈스러운 최지훈에게 제대로 찍힌 거나 마찬가지일 거다, 그것도 아주 좋지 않은 방향으로. 괜스레 나 하나 때문에 곤란해 하는 교수님의 모습에 마음이 불편해져 꾹 짓누르고 있던 입술을 열어 말했다.

"제 잘못이에요, 제가… 한다고 한 거잖아요."

그리고 시선을 옮겨 여전히 차가운 시선으로 날 바라보고 있는 최지훈을 향해 말했다.

"미안해, 니가 아직도 나… 그렇게 미워하고 있을지 몰랐어."

내 말에 최지훈은 살며시 한쪽 눈썹을 구기더니 이내 고개를 숙이며 시큰하게 웃었다.

"미워하고 있을지 몰랐다."

내가 한 말을 작게 뇌까리는 최지훈의 목소리에 순간 팔 안쪽에 작게 소름이 돋았다. 애써 흐르던 웃음을 죽이고, 고개를 든 최지훈의 입술이 향한 건 내가 아닌 매니저였다.

"시간 얼마나 남았어."

"어, 어… 지금 옷 갈아입고 가봐야지, 안 그래도 스태프가 10분 뒤에 오라고 말했었는데."

서둘러 손목에 채워진 시계를 내려다보며 매니저가 말하자, 최지훈은 작게 숨을 내뱉으며 앉아 있던 자리에서 일어났다.

"그럼 옷 갈아입게 다들 나가."

여전히 무겁게 내려앉은 목소리에 매니저의 시선이 나에게 향했고, 교수님은 내 손에 들려 있던 옷과 대본을 받아들며 나를 대신해 대기실 안쪽에 비치된 행거에 옷을 걸어놔 주었다. 그리고 돌아왔을 때엔 교수님의 손은 내 손목을 잡고 있었다. 나가자, 이미 문을 열고 나가 복도 쪽에 서 있던 매니저가 우리를 위해 문고리를 잡고 있는 상태였다.

한 걸음, 두 걸음. 끌려가다시피 문 밖으로 걸어가고 있는데 등 뒤로 들려오는 최지훈의 목소리에 순간 발걸음이 뚝 멈추고 말았다.

"야."

그리고 앞을 향해 있던 고개를 뒤로 돌렸을 땐.

"넌 거기 있어."

최지훈은 여전히 날 바라보며 알 수 없는 표정을 짓고 있었다. 내 손목을 잡고 있던 교수님의 손이 얼떨결에 놓아져버렸다. 그건 멈춰서 있는 나를 향해 다가오는 최지훈 때문이었다. 한 걸음, 두 걸음. 나와는 비교조차 되지 않은 넓은 보폭으로 금세 내게로 다가왔다. 닿을 듯, 가까운 거리에서가 되고 나서야 걸음을 멈추고 팔을 뻗어 반쯤 열려 있던 문을 밀어 닫는다.

쾅!!

커다란 소리와 함께 문이 닫히자 버튼을 눌러 잠그기까지 했다. 오로지 이 공간 안에는 최지훈과 나, 단둘만이 남게 되었다.

"미워하고 있을지 몰랐다라."

최지훈은 나지막이 내가 했던 그 말들을 짙은 한숨처럼 내뱉었다. 조금만 움직여도 닿을 수 있을 만한 거리에 최지훈이 서 있었다. 머리부터 발끝까지, 나를 뒤덮고 있는 최지훈의 그림자에 천천히 고개를 위로 올리자 나를 내려다보고 있는 최지훈을 마주할 수 있었다.

살며시 구겨진 눈썹, 숨 막힐 정도로 가까이에서 느껴지는 체향. 적나라하게 귓가에 달라붙는 숨소리. 누구의 것인지 알 수 없는, 심장 박동 수.

"……."

최지훈은 천천히 눈동자를 움직여 나를 꽤 오랜 시간 바라보더니, 이내 허리를 숙여 점점 더 가까이 나에게 다가왔다. 뒷걸음질 쳐봤자 그와 비례하게 다가왔고, 어느새 등 뒤로 차가운 문이 느껴지자 난 더 이상 도망칠 곳이 없다는 걸 알았다.

문에 닿아 있던 손을 아래로 쓸어내리며, 최지훈은 내 어깨에 아슬아슬하게 다가왔다. 닿을지도 모른다는 생각에 떨고 있는 나를 비웃기라도 하는 듯이 최지훈의 손은 결단코 나에게 닿지 않는 선상에서 천천히 내 몸을 훑으며 내려갔다. 최지훈의 입술은 어느덧 내 어깨 위, 귓가 가까이 닿아 있었다.

"옷 줘."

적나라하게 쏟아지는 숨소리엔 미약한 웃음도 함께였다.

"코디라고 했잖아, 옷 달라고."

최지훈은 그 말을 끝으로 미련 없이 나에게 멀어졌다. 방금 전, 숨이 닿았던 귓가는 발갛게 과열된 걸로도 모자라 따갑기까지 했다.

하아…….

참았던 숨을 토해내며 애써 침착해지려 손을 꼭 움켜쥐었다.

내 반응이 재미있는 걸까, 멀리서 들려오는 최지훈의 작은 휘파람소리에 날뛰던 심장이 뒤틀리다 못해 뭉개지는 기분이 들었다.

이런 만남을 예상하지 못한 건 아니었지만, 이렇게 가지고 놀 필요도 없는 거잖아.

지금 당장 문을 박차고 나가고 싶었지만 난처했던 교수님의 얼굴을 떠올리자니 그럴 수도 없었다. 최지훈 역시 지금 내 행동을 예상하지 못했던 건지도 모른다. 도망갈 줄 알았는데, 아무렇지도 않게 다가와 대본을 보며 행거에 걸린 옷들을 뒤적이고 있는 모습 말이다.

형광펜으로 표시해둔 옷을 체크하고 옷을 꺼내 최지훈에게 다가가 내밀자, 최지훈의 표정이 순간 알싸하게 변했다.

받아.

내 말에 최지훈은 짧게 웃음을 터트리며 입술을 열었다.

"너 지금 나랑 장난해?"

"옷 달라며."

"아, 옷 달라고 해서 가져와주셨다?"

비꼬는 식의 불순한 말투에도 불구하고 나는 흔들림 없이 옷을 든 채 최지훈을 바라보고 있었다. 최지훈이 내뱉는 차가운 말들 속에는 어딘가 모르게 내가 자신에게서 도망가길 원하는 것만 같은 느낌이 숨겨져 있다. 마치 자기는 밀어낼 수 없으니, 내가 멀어지길 원하는 것처럼.

"그래, 그럼 한번 입혀도 줘봐."

제발 내게서 멀어져 달라고 속삭이는 간절한 부탁처럼. 내 귓가에는 최지훈이 지금 내뱉는 날카로운 말들이, 그렇게 들려왔다.

하지만 나는 최지훈이 원하는 것처럼 할 수가 없었다. 그건 내가 맡고 있는 일에 대한 책임감 때문만도 아니었고, 한번 해보자는 식의 포부도 아니었다.

지훈아, 나는 그냥… 네가, 보고 싶었어. 가끔씩 생각도 났어. 그리고 그건 그리워할수록 내겐 악몽 같기만 했어. 자꾸만 네가 나를 바라보며 울었던 마지막 모습이 생각나서, 몇 번이고 나를 원망하고 질책하기도 했어.

그렇게 끝을 내는 게 아니었는데, 그때의 난 네 기분 같은 건 생각하지도 못했어. 그냥 버거웠어, 니가. 감당할 수가 없었어. 그래서 나는, 아직도 너를 보면 떨리고 미안하고 보고 싶었기에 밀어낼 수가 없어.

이미 한 번, 7년 전에 내가 널 밀어냈던 순간이 오랜 시간 나에게 죄책감이었기에 나는 이제 두 번 다시 최지훈을 밀어낼 수가 없다.

나는 한 치의 망설임도 없이 들고 있던 옷을 소파에 걸쳐 놓은 채 손을 뻗어 최지훈의 셔츠의 단추를 풀었다.

하나, 둘. 셋.

오로지 단추에 집중하고 있었기에 최지훈이 어떤 얼굴을 하고 있는지 볼 순 없었다. 내려앉은 침묵 속에서 네 번째 단추까지 풀었을 때, 내 손목을 잡은 건 다름 아닌 최지훈의 손이었다.

"씨발, 진짜……."

"……."

"하지 마."

제지당한 손에 느리게 고개를 들어 올리자 잔뜩 일그러져 있는 최지훈의 얼굴이 보였다. 화가 난 것 같은데, 그에 비해 내 손목을 잡고 있는 손에는 아무런 힘이 실려 있지 않았다. 조심스러웠다. 그리고 작은 한숨과 함께, 최지훈이 내 손목을 놓으며 신경질적으로 손을 들어 구겨진 눈썹 위로 문질렀다.

"뒤돌아서 있어."

그 말을 하면서 소파 위로 손을 뻗어 의상을 집는 최지훈의 손길은 어딘가 모르게 지쳐 보였다. 가만히 그런 최지훈을 바라보다가 마저 단추를 푸르고 상의를 벗는 모습에 서둘러 고개를 돌렸다. 이상했다. 더 이상, 재미있지가 않은 표정이다.

옷을 갈아입은 뒤 문을 열고 나가자, 그곳에는 여전히 심각한 얼굴을 한 매니저와 교수님이 서 있었다. 최지훈은 매니저와 함께 세트장이 있는 스튜디오로 향했고 남겨진 나는 교수님과 때아닌 심각한 얘기를 나눠야만 했다.

"정말이야? 최지훈이랑 사귀었던 사이였어? 그런데 왜 어제 거절 안했어, 난 그런 줄도 모르고……."

교수님은 더 이상의 사적인 얘기는 나에게 묻지 않았다. 그저 오늘 딱 하루만 일해 줄 수 있냐고 물었고, 나는 아무렇지도 않은 얼굴로 고개를 끄덕였다.

교수님은 편치 않은 얼굴로 돌아갔다. 남겨진 내 걱정에 그런 걸 수도 있지만 아무리 생각해도 나와 최지훈이 연인 관계였다는 사실이 꽤 충격적이기도 할 거다. 어쩌면 어제 전화로도 모자라 대기실 앞에서까지 신랄하게 비판했던 순간을 미안하게 생각하고 있을지도 모른다.

교수님이 간 것을 확인하고 복도에서 마주친 스태프들에게 길을 물어 내가 향한 곳은 스튜디오였다. 이미 촬영을 시작해 정숙하기만 한 분위기에 가만히 주변을 둘러보자, 카메라 뒤쪽에 서 있는 매니저가 보였다. 조심스레 그곳으로 다가서자 매니저가 나를 발견하고 어색하게 웃었다.

"지훈이 촬영 들어갔어."

"아… 네."

그 말에 세트장을 바라보자 소파에 앉아 연기를 하고 있는 최지훈이 보였다. 연기를 하는 최지훈을 가까이에서 처음 보는 것이었기에 신기해 내가 가만히 그 모습을 바라보고 있자 옆에 서 있던 매니저가 '흠, 흠' 짧게 헛기침을 하며 나를 데리고 뒤쪽으로 향했다.

"연수 씨 말로는 내일 다른 애 보내준다는데, 얘기 들었지?"

"네, 얘기했어요."

"그래, 미안하다. 오늘만 수고 좀 해줘."

교수님이나 매니저나 뭐가 그렇게 미안한 건지 자꾸만 들려오는 불편한 단어에 어색하게 웃는 것도 이제는 힘에 부친다. 할 말이 끝났음에도 불구하고 매니저는 자꾸만 나를 바라보며 어색한 분위기를 이끌어가고 있었다.

"지훈이랑은 고등학교 때 사귀었었다고?"

교수님과 달리 매니저는 나와 최지훈 사이의 사적인 부분을 궁금해 하는 듯 보였다.

"네. 고등학교… 1학년 때요."

"아, 그래… 아까 그 얘기 듣고 좀 놀라긴 했다만, 난 지훈이가 고등학교 때 만난 여자는 최율밖에 없는 줄 알았거든."

"…최율이요?"

매니저의 입에서 흘러나온 이름에 순간 나도 모르게 눈꺼풀이 옅게 떨렸다. 만약 가람이가 있었더라면 득달같이 이 상황을 중재해줬겠지만, 안타깝게도 지금 이 곳에 있는 건 아무것도 알지 못하는 매니저뿐이었다.

"그래, 너도 알지? 최율이 지훈이보다 한 살 많으니까 학교도 같이 다녔겠고."

"……."

"걔 학교 다닐 때에도 지금이랑 얼굴 똑같았어? 요즘 보니까 성형했다고 말 많던데."

나와 그녀가 친한 선후배의 관계라고 생각이라도 하는지, 매니저는 제법 궁금한 얼굴로 나에게 그녀에 대해 묻고 있었다. 그 말들을 가만히 듣고 있는데 자꾸만 속이 울렁거리며 현기증이 밀려왔다.

또 시작이다. 대기실 가방 속에 있는 약을 떠올리며 애써 태연한 척 눈을 깜빡이며 서 있자, 신명나게 그녀에 대한 얘기를 늘어놓던 매니저가 이내 푸욱 한숨을 내쉬며 골치 아픈 표정을 지었다.

"안 그래도 며칠 전에 예능 프로그램 나가서 자기가 지훈이랑 고등학교 때 사귀었단 소릴 해가지고 난리 났었잖아. 우리 측에선 아니라고 발뺌은 했는데, 인터넷에 같은 학교 다녔던 애들이 진짜라고 하는 바람에 씨알도 안 먹히더라고."

"……."

"보통은 그런 얘기하려면 사전에 연락 주고받고 양해 구하고 해야 되는 거 아니야? 뭐 요즘 우리 지훈이가 한창 잘나가고 있으니 그 인기에 좀 기대어 스포트라이트 좀 받고 싶었나본데, 우리 쪽에서는 완전 손해지. 그나마 과거에 사귀었던 사이라 다행이긴 한데."

시시콜콜, 이슈거리를 떠들어대는 기자처럼 줄줄이 흘러나온 말들에 내가 놀란 건 딱 하나였다.

"지금은 안 사귀어요?"

놀란 듯 묻는 내 질문에 떠들어대던 매니저가 하던 말을 끊고 팔짱을 끼며 말했다.

"내가 알기로는 고등학교 졸업하기 전에 헤어진 걸로 아는데. 뭐, 서로 바쁘니까 그럴 수도 있지."

워낙 연예계 이슈거리 같은 건 관심을 두지 않아 최근에 그런 기사가 터졌던 것도 알지 못했는데, 그보다 더 놀라운 건 최지훈이 학교를 다니고 있을 때 그녀와 헤어졌다는 사실이었다.

나와는 1학년 때 헤어졌고, 그 이후부터는 최지훈과의 사이가 멀어졌기에 오로지 내가 최지훈의 소식을 들을 수 있었던 건 반 아이들이 떠들어대는 대화 속에서였다.

2학년 가을쯤, 끈질긴 구애 끝에 그녀가 최지훈과 사귀게 되었다는 소문을 들었던 것 같다. 3학년 때부터는 최지훈 역시 연기 활동으로 인해 학교를 잘 나오지 않았던 터라 소식조차 들을 수 없었는데 그쯤에 헤어졌다니.

그녀와 최지훈의 이별에 내가 놀란 건 상대가 다른 누구도 아니고 최율이었기 때문이다. 최지훈과 내가 사귀게 된 걸 알았을 때 그녀가 나에게서 최지훈을 빼앗기 위해 보였던 행동이나 나에게 했던 짓들을 떠올려 본다면 그녀는 결단코 최지훈과 헤어질 수 없는 인물이었다.

그녀가 최지훈을 향해 보였던 집착으로 인해 나는 지금까지 지긋지긋한 약들에 기대어 살고 있을 정도인데, 헤어졌단다.

온갖 잡다하게 늘어져 있는 생각들에 시간이 어떻게 흘러갔는지 기억조차 나지 않는다. 촬영 중간 중간 의상을 꼼꼼히 체크했었어야 했는데 제대로 하지도 못했다. 잠깐의 휴식으로 인해 대기실로 향하면서도 매니저는 내 실수를 이해한다는 듯이 말했다.

너도 불편하지, 그래도 오늘 하루만 좀 부탁한다.

위로의 말도 잊지 않는다.

대기실에 도착하니 최지훈은 소파에 편히 앉아 핸드폰을 만지작거리고 있었다. 단절된 대화와 침묵으로 무장되어 있는 공간에 의문을 품고 있는 사람은 그 누구도 없었다. 매니저는 잠깐 나가서 마실 것 좀 사온다는 말로 자리를 비웠고 공간은 더더욱 무거워져만 갔다. 그때였다. 등 뒤로 울려 퍼지는 익숙한 벨소리에 소리가 나는 쪽으로 고개를 돌렸다.

"아, 핸드폰."

아까 촬영 도중에 몇 번 대기실에 왔다간 적이 있었는데 그때 핸드폰을 대기실 어딘가에 올려둔 모양이다. 주머니 안에 있어야 할 핸드폰이 최지훈이 앉아 있는 소파 앞, 테이블 위에서 요란하게 울리고 있었다.

그 소리에 반응한 건 나 혼자가 아니었다. 최지훈 역시 자신의 앞에서 울리는 핸드폰을 바라보았고, 내가 다가가 손을 뻗기도 전에 먼저 내 핸드폰을 움켜쥐었다. 그 모습에 순간 온몸에 긴장감이 서린다.

이상하게 밀려오는 불안감에 초조한 시선이 닿았을 땐, 최지훈은 시끄럽게 울려 퍼지는 내 핸드폰을 손에 든 채 가만히 바라보고만 있었다. 그리고 얼마 가지 않아 이내 짧게 웃음을 터트리며 입술을 열었다.

"애인님이라……."

나지막하게 흐르는 최지훈의 목소리에 나도 모르게 작게 인상을 구길 수밖에 없었다.

하필이면, 지금 온 전화가…….

"이거 이민호지."

왜, 민호에게서일까.

아니라고 말을 하고 싶었지만 민호를 생각하면 그 말도 쉽사리 흘러나오지 않았다.

"너네 둘, 아직 사겨?"

그 물음에도, 대답할 수가 없었다. 최지훈은 손에 들린 내 핸드폰을 마치 제 것처럼 움켜쥔 채 내 대답을 기다리고 있었다.

"이민호한테는 말했어? 내 코디 한다고."

말을 할 수 있을 리, 없었다. 내가 최지훈과 헤어지고 민호와 사귀게 되면서 자연스레 둘 사이 역시 함께 멀어졌다. 그랬기에 최지훈은 그 누구보다 내가 지금 이 상황을 난처해 하고 있다는 것을 잘 알고 있다. 그럼에도 불구하고, 최지훈은.

"나 이거 받아?"

내 핸드폰을 든 채, 나를 향해 묻는다.

"말아."

재미있다는 얼굴로, 나에게 묻고 있었다. 그리고 여전히 내 귓가에는 최지훈의 손에 들린 핸드폰이 위태롭게 울리고 있었다.

"…받지 마."

나도 모르게 흘러나온 목소리에 최지훈은 한쪽 눈썹을 구기며 입술을 열었다.

"그래? 그럼 내가 이거 안 받으면 넌 나한테 뭐해줄 건데."

말도 안 되는 발언에 인상을 구겼다가도, 여전히 울고 있는 벨소리에 힘이 빠졌다. 나에게 한 전화에서 내가 아닌 최지훈의 목소리를 듣는 민호의 기분은 어떨까. 그것만 생각한다면 최지훈이 지금 무슨 말을 한다고 하더라도 다 들어줄 수 있을 것만 같았다.

초조하게 최지훈 손에서 울고 있는 핸드폰을 바라보던 중 이내 길게 늘어지는 시간에 음성사서함으로 넘어갔는지 줄기차게 울던 핸드폰이 일순간 고요해진다. 잠깐이나마 둘 사이에 침묵이 흘렀고, 최지훈의 손에 들린 핸드폰은 더 이상 나에게 위협이 되지 않았다.

그 사실을 인지한 나는 서둘러 손을 뻗어 핸드폰을 가져가려고 했지만 그보다 팔을 뒤로 빼는 최지훈의 행동이 더 빨랐다.

"아직 끝난 게 아니지. 보통 남자들은 어떤지 알아?"

잠깐 사이에 차오른 숨에 내가 입술을 꾹 짓누르자 최지훈이 들고 있던 핸드폰을 흔들며 말했다.

"한 번 해서 안 받으면, 두 번째는 더 안달 나."

그리고 보란 듯이 다시금 울리는 핸드폰 벨소리에.

"내가 그랬거든."

순간 아주 오래전, 최지훈이 전화를 받지 않았던 나에게 했던 말들이 떠올랐다. 민호와 함께 있던 중, 배터리가 나가 집에 도착하고 나서야 핸드폰 전원을 켰을 때 도착해 있던 최지훈의 문자는 온통 초조한 것들뿐이었다.

그랬기에, 더더욱 이 전화는 최지훈이 받으면 안 되는 것이었다. 민호 역시 그때의 최지훈과 똑같은 기분을 느끼게 될지도 모른다.

"원하는 게 뭔데?"

"벌써 끝이야?"

"뭐가?"

"포기가 빠르네, 재미없게."

최지훈은 내 대답에 흥미가 떨어졌는지 제법 아쉽다는 얼굴로 나를 바라보며 입술을 열었다.

"솔직하게 말하자면, 원하는 거 없어."

나지막이 시선을 내려 핸드폰 액정 위로 떠오른 유치한 글자를 가만히 바라본다.

"그냥 전화 받아서 너랑 같이 있다고."

"……."

"그 얘기하고 싶어, 나."

그리고 다시금 시선을 올려 나를 바라봤을 때, 정말 최지훈은 울리고 있는 전화를 받을 것만 같은 표정을 하고 있었다.

만약 이 전화를 최지훈이 받는다면 민호가 무슨 생각을 할까, 어떤 말을 할까. 그럼 난 또, 어떤 식으로 이 상황을 설명해야 하지.

"하지 마."

"……."

"하지 마… 지훈아."

오래전, 나를 위해 최지훈을 등졌던 민호였기에 그 이상으로 민호를 힘들게 하고 싶지 않았다. 이미 날 지키기 위해 친구까지 버렸던 민호다. 절박하게 최지훈의 이름을 말하는 내 목소리에, 순간 최지훈의 눈썹이 힘없이 풀어졌다.

"민호한테 그러지 마."

최지훈은 그저 민호를 친구 애인에게 눈독을 들인 걸로 모자라 빼앗아간 놈이라고 생각할지도 모르지만, 사실은 그게 아니다.

그땐 그럴 수밖에 없었어. 너에게 헤어지자고 말한 것도, 민호가 친구 애인을 빼앗은 꼬리표를 달면서까지 자처해 내 옆에 있어준 것도.

갑작스러운 이별이었기에 너에게 7년 전 그날은 온통 이해할 수 없는 것들뿐이었겠지만 그때의 나와 민호는 그것이 최선이라고 생각했었어. 최율이 나에게 어떤 짓을 했는지 너만은 까마득하게 몰랐으면 했으니까.

"그래도 친구였잖아."

민호가 너와 멀어지기로 마음먹었던 건, 오로지 나 때문이야.

"제발, 부탁할게."

내가 너무 힘이 없어서 그래. 다, 나 때문이야. 네 원망의 화살은 민호가 아니라 나에게 오는 게 맞아. 그러니까 나한테 화내, 나한테 욕 해. 그때의 너를 괴롭게 했던 건 민호가 아니라 나였잖아.

"이민호가 그렇게 중요해?"

그런데 너는 왜.

"제발이라… 씨발, 진짜."

왜 그렇게 상처받은 표정을 하고 있는 건데. 날 미워하면 되는 일인데, 왜 네가 그렇게 아픈 얼굴을 하고 있는 거야.

울리던 전화는 다시 한 번 숨을 멈췄다가 또다시 울리는 것을 반복했다. 정말 받을 때까지 할 작정인지, 지속되어가는 불안감에 이제는 머리가 어지러웠다.

잠깐의 침묵, 내려앉은 무게에 오로지 우리 둘 사이를 파고드는 건 시끄럽게 울고 있는 벨소리가 전부였다. 그 잠깐의 시간 동안 무슨 생각을 한 건지 얼마 가지 않아 가만히 앉아 있던 최지훈이 생각을 마친 듯한 얼굴로 자리에서 일어나 핸드폰 배터리를 분리한 뒤, 미련 없이 소파 위로 두 개가 된 핸드폰을 내던졌다.

"봤지, 지금 내가 너 살려준 거야."

소리가 멎자 신기하게도 지그시 머리를 짓눌렀던 두통이 느슨해졌다. 더 이상 울리지 않는 핸드폰에 안도의 숨이 절로 흘러나왔지만.

"그러니까 이제 내 마음대로 해도 되지?"

그것이 끝이 아니었다. 그 말을 끝으로 일어선 최지훈은 단숨에 내 손목을 낚아챘고, 데려간 곳은 다름 아닌 소파 위였다. 과도한 힘에 눌려 아무렇게나 소파 위로 내던져진 나는 그야말로 순식간에 벌어진 일에 정신이 없었다.

얼굴 위로 드리우는 최지훈의 그림자에 시야 앞으로 헝클어진 머리카락을 거둬내고 싶었지만, 손목을 꽉 짓누르고 있는 최지훈 때문에 그럴 수도 없었다.

"사람 왜 이렇게 빡치게 만들어? 어?"

"지훈아, 이것 좀……."

"제멋대로 찾아온 걸로 모자라 내 앞에서 이민호를 감싸?"

"지훈아."

"내가 그 새끼, 어떻게 생각하는지 잘 알면서! 니가 그래!"

나에게 원망을 담아 소리를 내질렀음에도 불구하고 최지훈의 표정은 어딘가 모르게 시원해 보이지가 않았다. 아팠다. 어린아이처럼 잔뜩 얼굴을 구긴 채 금방이라도 울 듯한 얼굴. 나는 이 비슷한 얼굴을 본 적이 있었다. 아주 오래전, 우리가 이별했던 순간의 최지훈이 지금과 비슷했다.

거친 숨이 쏟아져 나오는 걸 가까운 거리에서 받아들이면서도 이상하게 자꾸만 가슴 한쪽이 울렁거렸다. 입술을 깨물었다가, 그럼에도 불구하고 화가 가라앉지 않는지 작게 욕을 뇌까리는 최지훈의 모습에 좀처럼 눈을 뗄 수가 없었다.

괴롭다. 울 것만 같은 네 얼굴이 모두 다 나 때문인 것만 같아서, 괴로웠다.

"…미안해."

“뭐가 그렇게 미안한데.”
“그냥, 전부 다.”
“…….”
“고등학교 때부터, 지금까지… 다 미안해.”
내가 너에게 먼저 한 고백도 그렇고, 그걸 끝까지 이어나가지 못한 것도 미안해. 울면서 날 붙잡았던 네 손을 뿌리친 것도 미안하고, 그걸로도 모자라 민호와의 관계마저도 망가뜨려서 미안해.
그래. 니 말대로 제멋대로 찾아와 나 때문에 악몽이었을 네 고등학교의 기억들을 억지로 떠올리게 만든 것도 미안. 내가 잘못했어, 지훈아.
“그걸 아는 애가, 지금 이딴 식으로 나한테 굴어?”
“지훈아, 아파…….”
“말로만 미안하다고 하면 다야?”
“잠깐, 손 좀… 놓고 말해.”
위에서 짓누르는 힘에 손이 발갛다 못해 새하얗게 질려 있었다.
많이 화난 걸까, 화나겠지. 그래도, 원래는 안 이랬는데. 예전에 한 번 내 손목 잡았다가 빨갛게 부은 거 보고 어쩔 줄 몰라 했잖아, 너. 그다음부터는 내 손이나 손목 하나 잡는 것도 조심스러워했잖아.
예전과 달리 너무나도 변해버린 최지훈의 모습에 자꾸만 서글픈 감정들이 파도처럼 휘몰아쳐 가슴 한구석, 어딘가를 무너뜨리고 있었다.
“그만, 아프다고. 손 좀 놔!”
“아픈 거 나도 알아.”
“진짜, 너… 왜 이래.”
“…….”
“고등학교 땐, 안 이랬잖아.”

간절하게 쏟아진 내 말이 최지훈의 어딘가를 자극한 게 틀림없다. 그렇지 않고서야 최지훈이 방금 전보다 더 구겨진 얼굴로, 내 손목을 더 세게 짓누를 순 없을 거다.

"고등학교? 말 잘했네."

"지훈아… 좀……!"

"고등학교 때처럼, 그럼 너!"

바락 내질러진 목소리에, 그보다 더한 무게로 날 파고드는 짙은 숨소리에.

"그럼 너, 나 만날래?"

고통으로 얼룩져 있던 손목에 잠깐이나마, 힘이 빠지는 것이 느껴졌다.

"고등학교 때처럼."

"……."

"나 만나줄 수 있어?"

구겨져 있던 최지훈의 눈가 역시, 나를 향해 허물어졌다. 아프다, 괴롭다. 역시, 첫사랑은 마주치지 않는 게 정답이다. 한때 사랑했었던 사람이었기에 내 앞에서 자꾸만 차가울 정도로 견고해졌다가 또 너무나도 쉽게 무너지는 모습을 바라보는 게 견딜 수가 없었다.

7년이라는 긴 시간 동안 어떻게 감정이 변하지 않고 살아갈 수 있을까. 하지만 웃기게도, 지금 이곳에 있는 최지훈과 내 감정은 그때와 마찬가지로 변함없는 그대로였다.

만나보니까 알겠어. 그리움이 아닌 실제로 널 마주하니 알겠어. 나는 아직, 널 잊지 못했나봐. 그리고 너 역시 날 잊지 못했나보다.

시간이 지나면 변할 줄 알았다. 교복을 벗으면 어른이 되는 건 줄 알았다. 감정 같은 건 원하는 대로 제어하고, 이것저것 따져보며 이성보다야 현실적으로 모든 상황을 직면하게 될 줄 알았다. 하지만 난 아직 어른이 되지 못한 것 같다. 겉모습이 아닌 내면의 난 아직 교복을 입고 최지훈과 걸었던 등굣길을 그리워하는 17살에 불과했다.

긴 시간의 침묵이 흐르고, 서로가 무엇을 생각하고 있는지 알 수 없었지만 우리 둘의 눈동자는 제법 어딘가 모르게 닮아 있었다. 복잡하게 엉켜, 지금 이 순간에 대하여 생각하고 있을지도 모른다. 다른 현실적인 것들은 모두 다 배제하고 17살의 최지훈과 내가 마주 보고 있었다.

적막을 깬 건 우리 둘이 아니었다. 닫혀 있던 대기실 문을 열고 들어온 매니저가 놀란 얼굴로 소파에 포개어져 있는 우리를 목격했고, 제법 놀랐는지 서둘러 문을 닫는 소리가 공간 안을 가로지르며 울려 퍼졌다.

"지훈아, 지금 무슨… 너 지금, 뭐하는 거야!"

대기실에서, 그것도 곧 촬영에 들어가야 할 연기자가 소파에 여자와 엉켜 있는 모습은 누가 봐도 불순하기 짝이 없었다. 하지만 그보다 최지훈이 가장 먼저 느끼는 건 지금 당장 이 시간을 방해받았다는 조잡한 기분일 거다. 최지훈은 여전히 내 손목을 누른 채, 가만히 날 바라보다가 이내 시선을 틀어 문 쪽에 서 있는 매니저를 향해 제법 낮은 목소리로 말했다.

"나가."

"최지훈, 너 진짜……."

"나가라고 했어."

"……."

"걱정하는 일 같은 거 없으니까 나가."

최지훈의 말에 주춤거렸던 매니저가 아주 잠깐이나마 나를 바라보는 게 느껴졌다. 나와 최지훈이 과거에 사귀었던 전적이 있다는 것을 떠올리며 지금 이 상황이 적지 않게 위험하다고 생각할 테지만, 안타깝게도 내 네 번째 손가락에는 반지가 끼워져 있었다. 그래서 나와 최지훈은 서로의 감정과 달리 억지로 어른인 척 연기를 해야만 한다.

문이 닫히고, 관객이 떠난 뒤에도 우리 둘은 여전히 서로를 바라보는 일밖에 하지 않았다. 매니저가 염려했던 일 따윈, 일어나지 않았다.

얼마나 시간이 지났을까. 손목을 죄여오던 힘이 점점 희미해지고 떨어져 나갔을 때 최지훈은 자리에서 일어나 내 얼굴 위로 드리워진 그림자를 지우며 나를 향해 입술을 열었다.

"뭘 원하냐고 했지."

발갛게 부풀어 오른 손목을 쓰게 매만지며 가만히 그런 최지훈의 얼굴을 바라보았다.

"약속했던 대로 일주일 동안 나와서 일해."

최지훈이 나에게 내건 조건은, 정확히 일주일이었다.

"전화하면 바로 나오고, 내가 말하면 뭐든지 해. 내가 가라고 하면 가고, 오라고 하면 와."

"……."

"어려운 부탁 아니잖아, 적어도 니가 예전의 일을 미안하게 생각한다면. 그렇게 못 할 일도 아니지."

그 말에 작게 숨을 내뱉으며 욱신거리는 손목을 내려다보았다. 그래, 최지훈의 말대로 과거에 내가 아무것도 말하지 않은 채 갑작스럽게 이별을 고하면서 최지훈에게 상처 줬던 것에 비하면 그렇게 못할 일도 아니다. 일 이외의 시간마저도 최지훈에게 할애해야 할지도 모를 일이지만 그래 봤자 일주일이었다.

나 때문에 7년을 괴로워했을 최지훈을 위해 7일 정도는, 아무것도 아니었다.

"내 옆에서 한시라도 떨어지지 말고, 붙어 있으면서 생각해봐."

나는 늘 생각해왔어, 너와 멀어졌던 7년 내내. 줄 곧.

"내가 너 하나 때문에, 어떻게 변했나."

너는 어떻게 변했을까.

"사람이 이렇게도 변할 수 있구나."

아직도 내 생각은 하고 있을까. 나를 원망하고 있겠지, 미워하겠지.

"내가 그때 그랬으면 안 됐었구나."

어쩌면, 나 같은 건 잊었을지도 몰라. 하지만 신기하게도 넌, 나를 잊지 않았어. 괴로웠던 기억이었지만 날 놓지 않았어. 너는 긴 시간, 나를 잊는 대신 네가 변하는 쪽을 택했어.

그래서 난 예전과 달리 변한 네 모습을 보면서 고맙기도 하고 미안하기도 해. 그러니까, 늦었지만 이제라도 네가 원하는 거 바라는 거 내가 다 해줄 테니까. 그러니까… 지훈아.

"내 옆에서 뼈저리게 느껴봐."

제발, 내 앞에서 그렇게 아픈 표정은 짓지 말아줘. 이제 와 나를…….

"알겠어?"

나를… 흔들지 말아줘.

꿈을 꿨다. 그곳에는 오래전 낯익은 풍경들이 펼쳐져 있었다. 수업을 알리는 종소리가 울려 퍼지고 모두가 교실에 들어가 앉아 있는지 그곳에는 오로지 나 혼자만이 서 있었다. 길게 뻗어 있는 복도와 듬성듬성 열려져 있는 창문 사이로 흘러들어오는 바람. 그리고 그 속에서 나는 왜인지 모르게 울고 있었다.

교복 군데군데 피가 묻어 있었다. 어지러운 시야 너머로 끝없이 펼쳐져 있는 복도를 걸었다. 그곳에는 오로지 내 처량 맞은 발소리가 전부였다. 교실에도 들어가지 못하고, 그렇다고 해서 교무실에 가 다짜고짜 조퇴를 시켜달라고 말할 용기도 없었다. 갈 곳도 정해져 있지 않았기에 걸음에는 온갖 서러움이 묻어나 질척거리며 늘어지고 있었다.

얼마나 더 걸었을까, 바둑알 같은 알맹이가 징그럽게 잔뜩 박혀 있던 복도를 지나 계단을 밟고 올라가던 중 내 시야에 다른 누군가의 발이 보였다. 회색빛 복도 위로 새하얀 운동화를 신은 누군가가 서 있었다.

"이리 와."

내 앞으로 뻗어져 있는 그 손을 따라 천천히 고개를 들자 그곳에는 민호가 서 있었다. 눈물로 잔뜩 엉망이 된 나를 향해 손을 뻗어 주었다. 그리고 나는 민호가 내밀어준 손을 꼭 잡았다. 민호는 그런 내 손을 잡고, 나를 제 품에 가두어 한가득 끌어안아주었다. 그래서 나는 더 울었던 건지도 모른다. 포근하기 만한 체온에, 내 얼굴을 가리기에 충분한 두 팔에.

"내가 숨겨줄게."

위로 가득한 말들이 모두 다 날 위한 것들뿐이라서. 그래서 그날의 난 서럽게 누군가의 품에서 큰소리를 내며 울었던 건지도 모른다. 내가 가장 힘들었던 순간에, 유일하게 나에게 손을 뻗어준 사람. 민호는 늘 그랬다. 장난처럼 시작한 내기에 넘기기 힘든 점수를 불렀음에도 불구하고 보란 듯이 점수를 넘겨와 하나뿐인 소원을 나를 위해 썼었다.

"나 소원."

내가 가장 힘들었던 순간에 또다시 날 위해 손을 내밀어주었다.

"최지훈 말고, 나한테 와."

그게 설령, 오랜 시간 알고 지내왔던 하나뿐인 친구를 잃는 일이라고 해도.

"내가 지켜줄게."

그때의 민호에게 망설임 같은 건 보이지 않았었다.

눈을 떴다. 예기치 못한 순간에 찾아온 기억이었던 터라 눈동자 위로 묽은 액체가 가득했다. 손을 들어 눅눅해진 눈가를 닦아낸 뒤 작게 숨을 내몰아쉬었다. 왜 하필 지금 이 순간에 그때의 일이 떠오른 걸까. 이미 지나간 일들이 불청객처럼 찾아온 건 꽤 간만이었다.

마치 작당이라도 한 듯 시기 역시 불순했다. 마치 잠깐이나마 최지훈을 바라보며 흔들렸던 나를 채찍질하려는 듯이 말이다.

때마침 울려 퍼지는 벨소리에 몽롱하던 정신이 깬다. 얼마나 잔 거지. 늦은 시간까지 지속된 촬영에 저녁 10시가 넘어서야 집에 도착할 수 있었다. 오자마자 제대로 씻지도 못하고 침대에 누워 잠들었던 것 같은데 피곤하긴 했던 건지 제대로 된 기억이 없다.

아직 화장기가 남아 있는 얼굴을 문지르며 손을 뻗어 울고 있는 핸드폰을 움켜쥐었다. 그리고 발신자를 확인한 순간 나는 지그시 입술을 깨물 수밖에 없었다. 액정 위로 떠오른 애인님이라는 글자가 오늘따라 왜 이렇게 슬퍼 보이는지 알 수 없었다.

"아, 응… 민호야."

—왜 이렇게 통화가 어려워.

"……."

—무슨 일 있어?

아까 대기실에서 그 일이 있고 난 뒤, 최지훈이 촬영을 하는 틈을 타 복도 계단으로 가 민호와 잠깐의 통화를 했었다. 친구와 만나 영화를 보느라 전화를 받지 못했다는 내 거짓말에도 민호는 별다른 의심 없이 내 말을 믿어주었다.

밥은 먹었나 해서, 문자 답장도 없고.

그 말에 뒤늦게 핸드폰을 떼 문자를 확인했었다. 네 건의 메시지, 나는 또 입술을 깨물어야만 했다.

"일은 무슨, 아니야. 그냥 좀 피곤한가봐. 아까 집에 오자마자 잠들었었어."

—술 마셨어?

"안 마셨어, 술 때문에 그런 거 아니야."

이럴 줄 알았으면 술 얘긴 하지 말 걸 그랬다. 워낙 생각 없이 그냥 말했던 건데 민호가 지금처럼 그 사소한 일들 하나까지 신경 쓰고 있는 줄 알았더라면 아마 난 얘기를 하지 않았을 거다.

민호와의 대화 내내 왜인지 모르게 자꾸만 가슴이 답답했다. 목소리를 듣는 것도, 오늘 있었던 일들을 전부 다 거짓으로 꾸며내는 것도 불편하기만 하다. 그건 비단 방금 전 꾸었던 꿈 때문만은 아니었다.

지금 내가 느끼는 감정들에 굳이 이유를 찾는다면 오늘 만났던 최지훈의 영향이 가장 컸다. 과거, 내 기억에 머물러 있던 최지훈이 현실이 되어 나와 마주한 게 가장 큰 이유다. 내가 비록 최지훈에게 지울 수 없는 죄책감을 갖고 있었다 하더라도, 한평생 만나지 말고 그 미안함을 안고 살아가는 게 더 나았을지도 모른다. 그러니까, 나는 지금…….

"민호야."

—어, 왜.

선택을 해야만 했다. 더 이상 흔들리지 않도록, 변하지 않도록.

"우리… 약혼하자."

오랜 시간, 날 위해 모든 걸 희생하고 내 옆에 있어준 건 민호였으니까.

"내일 집에 가서 상황 좀 보고, 다음 주쯤에 엄마 아빠한테 말할게."

난 그때의 민호를, 배신할 수 없다. 말하면서도 자꾸만 눈물이 나올 것만 같아 목이 아팠다. 서글펐다. 왜 그런 건지는, 알 수 없었다.

—충분히 생각해본 거야?

"응."

—유학은.

"…그것도, 알아볼게."

—그래, 그럼.

"……."

—부모님께 말씀드려. 나도 준비할게.

민호는 역시나 갑작스러운 내 결정에도 왜냐는 식의 물음은 하지 않는다. 내 선택에 대해 놀라거나 기뻐하는 내색도 없다. 그만큼 우리의 약혼은 어쩌면 당연한 것이었다. 지금까지 함께 걸어왔기에, 그 이후의 길 역시 함께 갈 거라고 생각하고 있는 거다.

민호에게는 내일부터 목동에 있는 집으로 가 지낼 거라 연락을 잘 받지 못할 수도 있다고 거짓말을 했다. 촬영 끝나고 집으로 찾아가겠다는 민호의 말에도 다음 주에 말하면 오라는 식으로 상황을 미뤘다.

"알잖아, 나 그동안 집에도 잘 안 가고 학교 다니느라 얼굴도 제대로 안 비친 거. 가서 제대로 딸 노릇 좀 해야지."

그제야 내 말 뜻을 알아들었는지 민호는 별다른 말없이 알았다고 했다. 그렇게 통화는 끝이 났다. 불 꺼진 액정 위를 보면서도 가슴이 시원하지가 않았다. 결정을 하면 후련해질 줄 알았는데, 아니었다.

내일 촬영은 아침 9시부터, 아직 방영 날짜만 잡혀 있었고 제작 단계에 있는 드라마였기에 그렇게 팍팍한 스케줄은 아니었지만 최지훈이 주연으로 들어가 있었기에 분량이 많아 지금이라도 푹 자두지 않으면 내일 역시 고단할 게 뻔했다.

그때였다. 밀려오는 졸음에 무거운 눈꺼풀을 내려 감고 잠이 들려는 찰나, 핸드폰이 또다시 시끄럽게 울리기 시작한다.

민호인 걸까.

핸드폰을 쥐고 통화 버튼을 누르려고 하는데 액정 위를 가득 채운 건 다름 아닌 최지훈의 이름이었다.

아까 촬영이 끝나고 번호를 주면서 무조건 한 번 이내에 전화를 받으라고 말했던 최지훈의 말이 떠오르면서 생각할 새도 없이 무작정 통화 버튼부터 눌렀다.

"어… 아, 여보세요."

당황한 기색이 그대로 드러났는지 엉망으로 꼬여버린 말투에 수화기 너머로 잠깐이나마 아무런 대답이 없었다. 무겁기만 했던 눈꺼풀 역시 지금 이 순간 가볍기만 했다. 두어 번 눈을 깜빡이다가 여전히 대답이 없는 수화기에 또다시 '여보세요' 하자 그제야 최지훈이 입술을 연다.

—지금 어디야.

"어디긴, 집…이지."

누워 있던 몸을 일으켜 헝클어진 머리카락을 쓸어 넘겼다.

지금이 몇 시지.

걸음을 옮겨 어둠으로 가득 차 있던 방의 불을 켜자 파랗게 뜬 형광등에 가장 먼저 내 시선이 향한 건 벽에 걸린 시계였다. 새벽 2시에 가까워지는 시간.

—그래? 그럼 나와, 지금.

그런데 최지훈은 너무나도 당연하게, 지금 이 시간에 나에게 나올 것을 요구하고 있었다.

—위치는 문자로 보낼 테니까 알아서 찾아오고.

가겠다는 말을 하지 않았음에도 불구하고 최지훈의 목소리는 태연하기 짝이 없었다. 당황스러움에 아무런 말도 하지 못하고 가만히 목소리를 듣고만 있자 최지훈이 '왜 대답이 없어?' 한다. 그 말에 애써 입술을 깨물며 알았다고 말했다.

—한 시간 내로 와.

이제는 시간 제약까지, 그걸로도 모자라 제 할 말만 하고 뚝 끊는다.

하아.

통화를 마친 뒤 머리를 쓸어 넘기며 작게 인상을 찡그렸다. 이 시간에 어딜 오라는 걸까, 무슨 용건으로. 그 생각을 하는데, 순간 문득 최지훈이 했던 말이 머릿속에 떠올랐다.

전화하면 바로 나오고, 내가 하라면 모든지 해. 내가 가라고 하면 가고, 오라고 하면 와.

그리고 얼마 가지 않아 알림음과 함께 도착한 메시지에 적혀진 주소를 바라보던 나는 더더욱 인상을 찡그릴 수밖에 없었다.

[서울 종로구 평창동 596—45]

아무리 봐도, 이건 집주소였다.

일단은 화장실로 가 세수를 했다. 정신이라도 차릴 겸 일부러 차가운 물

로 얼굴을 씻어냈지만 그럼에도 불구하고 여전히 귓가에 선명하기만 한 최지훈의 목소리에 지금 이 모든 게 꿈은 아니라는 것을 알 수 있었다.

하나둘씩 올라가는 미터기의 숫자와 창문 밖 빠르게 스쳐 지나가는 풍경과 한산한 도로 위, 최지훈에게 가까워지고 있는 이 순간의 모든 것들이 피부 위로 낯설게 와 닿아 좀처럼 편히 앉아 있을 수도 없었다.

목적지에 도착했다는 말에 택시에서 내린 뒤, 하늘 위로 드높게 뻗어 있는 담벼락을 가만히 바라보았다. 짙게 내려앉은 어둠 속, 내 몸집보다 몇 배는 더 돼 보이는 대문에 겁을 먹었다가 이내 손을 뻗어 초인종을 꾹 눌렀다. 적막을 깨고 울려 퍼지는 소리와 함께 그 어떠한 말 대신 굳게 닫혀 있던 문이 둔탁한 소음과 함께 비스듬히 열렸다.

조심스레 걸음을 내딛어 안으로 들어가는 내내 넓은 내부에 놀라면서도 한편으로는 스며드는 이질감에 눈동자를 떨었다. 여기에 혼자 사는 걸까, 오래전 시험을 핑계 삼아 갔었던 최지훈의 집과는 많이 다른 모습이다.

잔디 사이에 길게 뻗어 있는 길을 밟고 지나가 도달한 현관 앞에 선 뒤, 눈앞에 보이는 또 다른 초인종에 옅은 심호흡과 함께 손을 뻗자 벨을 누르기도 전에 문이 거칠게 열렸다.

"늦지 말랬지."

문을 열고 마주한 최지훈은 나를 향해 한쪽 눈썹을 구긴 채, 꽤 날이 선 말투로 말했다. 마치 내가 오는 시간 내내 시계를 바라보며 흐르는 바늘을 하나둘씩 세었던 사람처럼 말이다.

"아, 미안… 세수도 안 하고 자서. 좀 씻고 오느라."

"……."

"정말이야, 일부러… 늦은 거 아니야."

성난 야수처럼 이빨을 세우고 으르렁대고 있는 최지훈의 모습에 사실인

이야기도 핑계처럼 흘러 나왔다. 역시나도 예상했던 대로 최지훈은 내가 한 말들에 의심을 품고 있는지 눈동자를 움직여 내 얼굴을 살폈다.

"다음부터는 말로 안 끝나."

"……."

"들어와."

내 흔들림 없는 표정이 최지훈에게 의심을 지운 건지, 아니면 이제 그런 건 중요하지 않은지 최지훈은 일그러져 있던 얼굴을 풀은 채 문을 막고 서 있던 몸을 비켜 나에게 길을 내어주었다.

그 틈 사이를 지나 현관 안으로 들어가자 나를 두고 먼저 걸음을 옮기는 최지훈의 슬리퍼 소리가 공간 안에 메아리처럼 울려 퍼졌다. 뒤늦게 신발을 벗고 최지훈이 걸어갔던 길을 따라 걷다가, 이내 눈앞에 펼쳐진 광활한 공간에 걸음이 제멋대로 느려졌다.

외부와 마찬가지로 내부 역시 나에게는 이질감을 안겨주기 충분했다. TV 속 드라마에나 나올 법한 풍경들이 눈앞에 펼쳐져 있었다. 경비가 삼엄한 아파트에 살고 있는 민호와 달리 최지훈의 집은 과하다 싶을 정도로 컸고, 벽마다 늘어서 있는 방문 또한 많았다. 거기에 그치지 않고 2층으로 이어져 있는 계단까지.

혼자 지내기에는 넓은 공간에 살며시 입술을 깨물며 시선을 옮겨 거실 한 가운데, 소파에 앉아 TV를 바라보고 있는 최지훈을 향해 입술을 열었다.

"…혼자 있어?"

다른 누군가가 함께 살고 있진 않을까 하는 마음에 물었던 건데, 내 물음에 최지훈은 짧게 웃음을 터트리며 나지막이 대답했다.

"왜, 다른 여자라도 있길 바라?"

가시가 있는 말에 옅게 눈가를 구겼다가, 그래도 혹시나 하는 마음에 집

안 구석구석을 훑었지만 귀에 닿는 건 오로지 적막함이 전부였다.
"나 혼자 살아."
최지훈의 말대로, 이곳엔 우리 둘뿐이었다.
넓은 공간에 비해 안을 채우고 있는 가구들은 간소하기 짝이 없었다. 필요한 물건들만 딱딱, 제 자리에 서 있는 듯한 기분. 벽에 걸린 TV, 그 앞에 놓인 소파와 탁자가 드넓은 거실을 이루고 있는 전부였다. 화려하긴 하지만 사람다운 냄새가 나지 않는 것들로만 이루어진 공간 속, 홀로 앉아 있는 최지훈의 뒷모습이 어딘가 모르게 외로워 보였다.
주황빛으로 숨죽여 켜져 있는 조명 때문에 공간은 밝다는 느낌보다는 어둡다는 느낌이 더 선명했다. 그 내려앉은 적막 속, 작은 음량으로 혼자 떠들어대고 있는 TV가 애처로워 보였다.
옅은 한숨과 함께 멈춰 있던 걸음을 옮겨 최지훈이 앉아 있는 소파 뒤로 천천히 다가가자 아까는 보이지 않았던 탁자 위, 빼곡히 늘어서 있는 맥주 캔들이 눈에 들어왔다. 반 정도는 이미 다 마신 건지 구겨져 있었고, 반 정도는 아직 멀쩡한 상태였다. 그리고 아직 더 마실 생각인지 최지훈의 손에는 제법 가벼워 보이는 맥주 캔 하나가 들려 있었다.
"잠이 안 와."
틀어놓은 TV를 가만히 바라보며, 손에 들린 맥주를 한 모금 마신 최지훈은 다시금 느리게 입술을 열었다.
"아마도."
또다시 맥주 한 모금을 들이켜면서.
"너 때문인 것 같아."
무의미하게 틀어놓은 TV를 보면서. 그렇게 최지훈은 나를 바라보지 않은 채, 나를 향한 적나라한 말들만 속삭이고 있었다. 그리고 마주하지 않았음에도 불구하고 내 심장은 고작 그 몇 마디 말들에 희미하게 떨리고 있었다.

후으.

제법 무거워 보이는 한숨을 내뱉으며 최지훈이 고개를 뒤로 젖혀 나를 바라보았고, 마주한 최지훈의 눈동자는 어딘가 모르게 깊고 어둡기만 했다.

"그래서 불렀어."

"……."

"정말 너 때문인가, 확인 좀 해보려고."

한쪽 눈썹을 구긴 채, 최지훈은 나를 바라보며 알 수 없는 표정을 짓고 있었다. 무엇을 확인하고 싶었는지 내 얼굴을 꽤 오랜 시간 바라보던 최지훈은 이내 구겼던 눈썹을 펴며 한숨처럼 입술을 열었다.

"그런데."

아무런 힘이 실려 있지 않은 목소리로, 마치. 자신도 어떻게 할 수 없다는 듯이.

"진짜 너 때문인 거 같아."

최지훈의 목소리는 모든 걸 포기한 사람처럼 힘없이 나약하기만 했고 일그러져 있었다. 나를 향한 시선 역시, 딱딱했던 아까와 달리 유연하게 풀어져 안락하기만 하다.

억지로 숨을 고르게 내쉬고, 머금으며 나는 다시 한 번 흐트러진 감정들을 쌓기 위해 안간힘을 썼다. 그건 최지훈도 마찬가지일지도 모른다. 고개를 앞으로 당겨 나에게 뒷모습을 보인 최지훈은 곧바로 손에 들고 있던 맥주를 단숨에 들이켰다.

가벼워진 맥주 캔을 반쯤 구긴 뒤 내려놓으며 팔을 뻗어 또 다른 맥주 캔을 집어 든다. 그 모습에 나도 모르게 살며시 인상을 구기며 서둘러 입술을 열었다.

"너 내일 촬영 9시부터야."

내 목소리에 최지훈이 슬쩍 고개를 돌려 나를 바라보는 게 느껴졌다. 하지만 그것도 잠깐이었다. 최지훈은 짧게 웃음을 터트리며 내게 '알아'라고 말한 뒤 보란 듯이 들고 있던 맥주를 따 한 모금 마셨다. 그 모습에 또 걱정이 돼 초조하게 최지훈을 바라보며 말했다.

"조금이라도 자야지. 안 피곤해?"

"연기는 내가 하지, 니가 하는 거 아니잖아."

"…알아서 해, 신경 쓰지 마."

내 걱정 따윈 안중에도 없는 건지 최지훈은 여전히 미지근한 목소리로 대답했다. 하지만 그런다고 걱정을 안 할 수도 없는 노릇이었다. 당장에 내일이 촬영인데 벌써 비워져 있는 맥주 캔이 6개다.

하지 말라고 해도 말을 들을 것 같진 않고, 그렇다고 해서 가만히 지켜볼 수도 없었다. 그리고 그 순간, 내 눈에 들어온 건 아직 반 정도 남아 있는 아직 따지 않은 맥주 캔들이었다.

그걸로 생각은 끝이었다. 나는 다짜고짜 걸음을 옮겨 최지훈 옆으로 가 앉아 팔을 뻗어 맥주 캔을 집어 들었다. 말릴 새도 없이 캔을 따고, 무작정 입으로 가져가 크게 세 모금을 연달아 마셨다.

"너 지금 뭐하는 거야?"

입술에 가져다 대었던 맥주 캔이 떨어지기가 무섭게 최지훈의 손이 내 손목을 낚아챘다. 덕분에 손에 들려 있던 술이 한 움큼, 크게 흔들렸다. 내가 술을 마실 줄은 꿈에도 몰랐는지 잔뜩 인상을 구긴 채 나를 보며 제법 날이 선 목소리로 말한다.

"뭐하는 거냐고, 지금. 안 내려놔?"

“왜, 너 계속 마실 거잖아. 그럼 나도 같이 마셔.”
“진짜, 이게.”
“나도 술 마실 줄 알아. 같이 먹으면 되겠네.”
자기는 마시면서.
내가 마시는 건 싫은지 최지훈의 표정은 누가 봐도 심란하다 못해 거칠게 엉켜 있었다. 그 표정에 나는 더욱더 들고 있던 맥주 캔에 힘을 더하며 절대로 흔들리지 않을 것 같은 얼굴로 최지훈을 마주했다. 그러자 가만히 나를 바라보던 최지훈이 한쪽 눈썹을 구기며 입술을 열었다.
“알아?”
그리고 작게 웃음을 터트리며, 혀를 내어 젖어 있는 입술 표면을 느리게 훑는다.
“그럼 남자 혼자 있는 집에 와서 술을 마신다는 게 어떤 의미인지도 알겠네.”
그 목소리에 순간 고집스레 맥주 캔을 잡고 있던 손이 미세하게 떨렸다. 날 향한 짙은 시선에, 여유롭게 웃고 있는 최지훈의 모습은 어딘가 모르게 위험해 보였다. 내가 아무런 대답을 하지 못하자, 최지훈은 내가 겁을 먹었다는 것을 인지했는지 제 눈빛에 더욱더 힘을 실어 나에게 말했다.
“마시지 마.”
“…….”
“알겠어?”
마치 연기라도 해, 나를 겁주려는 것처럼 말이다. 하지만 여기에 흔들릴 거였으면 애초부터 난 이곳에 오지 않았을 거다. 늦은 시간, 남자 홀로 살고 있는 집에 찾아오는 대범한 짓도 하지 않았을 거야.
나는 내가 겁을 먹지 않았다는 것을 증명해내기 위해 대답 대신 들고 있던 술을 한 모금 마셨고, 그 모습에 최지훈의 손이 또 한 번 내 손목을 움켜쥐며 신경질적으로 말했다.

"아, 진짜 이게."

방금 전 지었던 무서운 표정과 말들은 어디 갔는지, 걱정에 일그러진 얼굴로 날 바라본다. 그 모습에 나는 또 확신할 수 있었다. 최지훈은 지금 날 걱정하고 있다. 어떻게 해볼 거라는 말들 따위는 그저 겁을 주기 위한 표면적인 것들이다.

"나 너 안 무서워, 무서웠음 애초에 여길 안 왔지."

"……."

"같이 마실 거야, 아님 그만 마실래."

그리고 점점 더 구겨지는 최지훈의 표정에, 나는 순간 내가 이겼다는 생각을 했다. 탁자 위로 널려져 있는 술은 뒤로하고 어서 빨리 침대로 가 내일을 위해 잠에 들었으면 했다. 그리고 난 당연히 최지훈이 알았다고 말할 줄 알았다. 그만 마실게, 그렇게 말할 줄 알았는데.

"그래, 그럼."

나를 바라보던 최지훈의 표정이 순간 흥미롭게 변하더니, 나를 향해 작게 속삭인다.

"누가 이기는지 한번 해볼래?"

마치 재미있다는 듯이, 내 도발에 물러서는 게 아니라 기꺼이 다가와 오히려 나를 자극하고 있었다.

"모를까봐 하는 말인데, 나 주량 세. 이 정도론 안 취한다고."

최지훈은 자신에 찬 표정으로 넌지시 탁자 위에 늘어서 있는 술들을 곁눈질로 바라보았다. 최지훈의 말대로, 지금의 최지훈은 전혀 취한 사람처럼 보이진 않았다. 그 흔한 술내음도 느껴지지 않았으며 여전히 흔들림 없는 시선으로 나를 바라보고 있는 걸로도 모자라.

“봐줄 때 그만해.”

승자만이 가질 수 있는 여유까지 내 앞에서 부리고 있었다. 왜인지 모르게 최지훈의 말 한 마디, 한 마디가 나에게 자극이 돼 괜한 아집을 불러일으켰다. 남자와 여자의 주량 차이는 어쩔 수 없이 존재하겠지만 서도, 누군가는 그랬다.

“술은 정신력으로 마신다는 거 몰라?”

“…….”

“해, 나도 안 져.”

대책 없는 내 말에 최지훈은 눈썹을 살짝 구기며 날 골치 아픈 표정으로 바라보았다. 한 치의 흔들림 없이 그런 최지훈을 마주하고 있는 내 모습에 이내 구겼던 눈가에 힘을 풀며 재미있다는 듯이 말한다.

“그래, 그럼. 그냥 마시기 심심하니까, 진실게임이라도 할까.”

최지훈은 크게 숨을 내뱉으며, 내 뒤로 팔을 뻗어 소파 위로 올렸다. 고등학교 때처럼 어깨에 올리진 않았지만 그 비슷해 보이는 행동이었다.

“번갈아 가면서 질문 주고받고, 말하기 싫으면 마시고.”

그냥 마주 보고 누가 이기냐는 식으로 죽어라 마시는 게 아니라, 서로에게 질문을 던져 말하지 못하는 사람이 술을 마시자는 식이다. 그러다가 끝까지 버티는 사람이 이기는 거고. 최지훈이 말한 룰은 겉으로 보기엔 대학교 때 술자리에서 많이들 했던 게임에 지나지 않았지만 그 단순한 게임을 우리 둘이 하게 된다면 결단코 가볍지만은 않을 거다.

말하지 않았기에 우리의 17살은 모든 게 다 오해투성이였다. 최지훈이 알지 못하는 이면의 것들이 많았고, 난 그걸 최지훈에게 보이지 않으려 매정한 여자인 척 굴었어야만 했다. 핸드폰 번호 역시 바꾸었기에 어느 순간 자연스레 우리는 멀어져 있었다.

그때 그 시절, 말할 수 없었던 비밀. 네가 다칠까봐 솔직하게 고백을 하는 대신 홀로 수도 없이 걸어 잠가 절대로 꺼내지 않을 거라 다짐했던 상자들.

"안 취하려면 열심히 대답해야 될걸."

그리고 최지훈은 지금 이 순간, 술을 무기 삼아 그 모든 걸 알고 싶어 하는 듯 보였다.

싫다고 말은 했지만 먹힐 리 없었다. 최지훈은 막무가내로 자리에서 일어나 주방으로 향했고 다시금 걸어와 소파에 앉았을 땐, 언더락 잔 두 개와 보기에도 제법 값이 나가 보이는 양주를 들고 있었다.

"이걸로 해."

그 말이 떨어지기가 무섭게 내가 당황스러운 표정을 짓자, 최지훈은 여유로운 웃음을 지으며 마개 표면에 둘러져 있는 껍질을 벗겨내며 입술을 열었다.

"시간 없잖아, 빨리 끝내야지."

"……."

"내가 너보다 더 먹고 시작하는 거니까 너무 억울하게 생각하진 말고."

안 그래도 억울하다고 말을 하려고 했는데, 탁자 위에 늘어서 있는 맥주캔들을 생각해 본다면 그다지 불리한 상황도 아니었다. 굳게 닫혀져 있던 마개를 열고 준비해두었던 잔에 술을 따르자, 확 풍겨오는 내음에 순간 겁이 났다. 하지만 이제 와 그만둘 수도 없는 노릇이었다.

그래, 한번 해보자.

나는 입술을 깨물며 소파에 앉는 최지훈을 바라보았다.

"질문, 누가 먼저 할래."

"내가."

"그래, 해."

최지훈은 옅은 웃음을 지으며 소파에 팔을 받히고 턱을 괴 나를 향해 앉았다. 어디 한번 해보라는 식이다. 그 모습에 나는 가장 먼저 제일 궁금했던 질문을 내던졌다.

"그 선배랑, 왜 사귀었어?"

내 질문에 최지훈은 짧게 웃음을 터트리며 고민할 새도 없이 대답했다.

"너 때문에."

그 말에.

"너 한번 잊어보려고 사귀었었어."

최지훈을 바라보고 있던 눈동자가 한 움큼 크게 흔들렸다. 태연하게, 아무렇지도 않게 내뱉어지는 말들이었지만 그 무게는 결단코 내겐 가볍지 않았다. 믿고 싶지 않았는데, 너무나도 적나라하게 내 앞에서 쏟아진 거라 머리가 새하얘졌다.

"그럼……."

"질문 끝, 내 차례."

"……."

"넌 그때, 왜 나한테 헤어지자고 한 거야?"

더 묻고 싶은 것이 있었는데 딱 잘라 자신의 차례라며 내던진 질문에 순간 입술이 멈추었다. 내가 가장 기피하고 싶었던 질문, 왜. 왜 헤어진 거냐고.

그때 그 순간에 헤어지자고 말했던 나에게 최지훈은 지금처럼 왜냐는 물음만 나에게 했었다. 그때 듣지 못했기에 최지훈은 어쩌면 그 말이 제일 궁금할지 모르겠지만 시간이 흘렀다고 해서 필사적으로 숨겨왔던 그 말을 내가 할 수 있을 리 없었다. 나는 이 사실을 네가 영영 몰랐으면 해. 아픈 건, 나 하나로 족하다.

"마실게."

"이거 독한 건데."

"알아, 마신다고."

손을 뻗어 탁자 위에 놓인 잔을 들자 최지훈이 짙은 눈썹을 구기며 나를 바라보았다. 그리고 잔을 기울여 입술에 가져다대자, 가만히 있던 최지훈의 손이 다가와 내 손목을 잡았다.

"씨발, 그냥 대답 좀 하면 어디가 덧나?"

"……."

"7년 동안 가장 듣고 싶었던 말인데, 그거 하나 나한테 못 해줘?"

잔뜩 일그러진 최지훈의 목소리와 얼굴에, 하마터면 사실대로 말을 할 뻔했지만 애써 그런 최지훈을 외면한 채 잔에 담겨져 있는 술을 마셨다. 그리고 담겨 있던 술이 바닥을 드러낼 때쯤, 옅은 한숨과 함께 날 잡고 있던 최지훈의 손이 힘없이 떨어져나갔다.

"진짜, 재미없네."

"…나 질문."

"……."

"그럼 그 선배랑 헤어진 것도, 나 때문이야?"

내 물음에 최지훈은 구겼던 눈썹을 피지도 않은 채, 이번에도 별다른 고민도 없이 너무나도 쉽게 대답을 했다.

"어."

흔들리지 않는 눈동자로, 정말. 너무나도 쉽게.

"너 때문이야."

최지훈은 내가 가장 떨려할 말들을, 아무렇지도 않게 꺼내고 있었다.

"만나도 너 자꾸 생각나서 헤어졌어. 내 차례, 나랑 헤어진 게. 이민호 때문이야?"

최지훈은 곧바로 나에게 질문을 던졌고 그 질문에 잠깐 동안 망설이다 대답했다.

"…그건, 아니야."

"그럼 뭐야, 내가 싫어져서 헤어지자고 한 건 아니……."

"내 차례잖아."

"아, 빨리해."

"아직도 그 선배랑 연락해?"

"어, 해."

"……."

"덤으로 말하자면, 만나기도 해."

그 말에 순간 심장이 뚝 하고 멎는다.

"이민호랑 좋아서 사귄 거야?"

"……."

"대답 빨리 안 해?"

"…좋아서, 사귀었어."

"……."

그렇게 대답하는데, 순간 목에 무언가가 걸린 것처럼 꽉 죄여왔다. 사실이 아니었지만, 그냥… 아직도 최율과 만나고 있다는 최지훈의 말에 그렇게 답하고 싶었다. 화가 났으니까, 내가 지금 이렇게 된 데에는, 우리가 헤어진 데에는…….

"그럼… 넌 그 선배랑 만나서, 뭐하는데?"

최율이 가장 커다란 비중을 차지하고 있었으니까.

"밥도 먹고 얘기도 하고. 남들 만나서 노는 거랑 똑같지, 뭐."

하지만 넌 아무것도 알지 못하기 때문에, 아직도 최율과 만나고 허물없이 지내고 있구나. 그 생각만 하면 목 안에서 무언가가 걸려 답답하기만 했다.

"넌 이민호 어디가 그렇게 좋았는데."

"그냥, 다."

"……."

"……."

잠깐의 정적이 흐르고, 다시금 입술을 열어 최지훈이 내게 한 질문은 역시나도, 그때 그 순간에 관한 것이었다.

"그러니까, 내가 싫어져서 헤어지자고 한 건 아닌 거지."

"…그래."

"그럼 왜, 헤어지자고 한……."

"넌, 왜."

"……."

"왜. 그냥 사귀었던 사이라면서, 아직도 그 선배 만나?"

밀려오는 조잡한 감정들에 차마 견디지 못해 묻자, 최지훈은 설핏 한쪽 눈썹을 구기며 오히려 나에게 반문했다.

"그럼 넌 왜 이민호 만나는데?"

그 말에…….

"왜 아직도 만나고 있어."

나는 아무런 말을 할 수가 없었다. 좋아하니까, 그 말을 하면 그만인데. 이상하게 그 말이 입에서 나오질 않았다.

"너 이민호 사랑하긴 해?"

그리고 난 바보같이, 그 물음에 역시나도 아무런 말도 하지 못했다. 왼쪽에 끼워져 있는 반지가 무색할 만큼 이상하게 '응'이라는 그 쉬운 말 한 마디가 나오지 않았다. 잠깐의 침묵이 흐르고, 최지훈은 그 침묵을 무기 삼아 나에게 물었다.

"너 그럼, 내가 다시 너 하나 좋다고 들이대면."

비겁하게, 아무런 말도 하지 못하는 나에게.

"흔들릴 것 같아?"

역시나도 대답하지 못할 말을 던진다.

아무런 대답을 하지 못하는 날 가만히 바라보던 최지훈은 이내 옅은 한숨을 내뱉으며 묵묵히 잔에 술을 따라 마셨다. 아마도 내가 하지 못한 대답에 마셔야 할 술을 대신해 마시는 것만 같았다.

그 이후로도 몇 번의 질문이 오갔다. 어떤 질문들에는 최지훈이 대답을 대신해 술을 마셨고, 또 어떤 대답에는 내가 술을 마셨다. 몇 차례 지독한 술이 목 뒤로 넘어갔는지 기억나지 않았다. 그냥 우리는 서로에게 물었고, 정작 알고 싶었던 대답들은 피했다. 말이 진실게임이었지, 정작 진실들은 숨겨둔 채 뒤로 물러서 숨기만 했다.

"……."

눈을 떴다. 울리지 않은 핸드폰 알람소리에 이상하게 생각하며 버릇처럼 핸드폰을 찾기 위해 손을 더듬어 침대를 헤집었다. 보통은 오른쪽 베개 옆에 두고 자는 편인데, 이상하게 손끝에 걸리는 건 핸드폰이 아닌 따뜻한 무언가였다.

"……."

이상함에 억지로 내려앉아 있던 눈꺼풀을 밀어 올리자 창문을 통해 들어오는 눈부신 햇살에 절로 눈가가 찌푸려졌다. 그리고 기다렸다는 듯이 밀려오는 두통에 손을 들어 이마를 꾹 짓눌렀다.

아, 머리야.

애써 고통을 억누르며 감고 있던 눈을 뜨자 가장 먼저 보이는 건.

"…미친, 이재희."

아무것도 입지 않은 채 눈을 감고 얌전하게 잠들어 있는 최지훈이었다.

11. 트러블

그다음부턴 모든 것이 빨랐다. 침대에서 몸을 일으키는 것도, 상황을 파악하기 위해 주변을 둘러보는 것도. 그리고 낯선 풍경에 침대 옆 탁자 위에 놓인 시계를 본 순간, 손으로 입을 틀어막으며 비명이 나오려는걸 간신히 막아냈다. 7시 40분, 9시가 촬영이었다.

일단은, 침대에서 내려와 내 몸부터 둘러보았다. 그리고 기가 막히게도 내 옷은 어디 갔는지 최지훈의 것으로 추정되는 커다란 티셔츠가 대신 입혀져 있었다. 그것도 모자라 침대에 누워 있는 최지훈은 이불 위로 아무것도 입고 있지 않은 상태였다.

두통 속 희미하게 기억나는 건 최지훈과 술을 마셨던 건데, 그 이후로 얼마나 더 마신 건지 필름이 나간 걸로 모자라 아예 기억 자체가 잘려 나가 있었다. 생각해 내기 위해 안간힘을 쓸수록 또렷해지는 건 머리를 찌를 듯이 짓누르는 통증이 전부였다.

어제 그렇게 마시는 게 아니었는데, 잘 마시지도 못하는 술을 오기 삼아

들이마셨던 게 문제였다. 정신력은 무슨, 낯선 집에 처음 온 걸로도 모자라 눈을 뜬 게 기억조차 나지 않는 침대 위에서라니. 분명 술은 거실에서 마셨는데 왜 내가 최지훈과 같이 한 침대에 누워 있는 거냐고.

"최지훈, 지훈아."

"……."

"최지훈!!"

결국에는 떠오르지 않는 것들을 억지로 기억해내는 것보다 목격자에게 묻는 쪽을 택했다. 다짜고짜 침대 위로 올라가 무릎으로 기어 잠들어 있는 최지훈을 흔들어 깨웠다.

좀, 일어나봐!

한가로운 아침 시간에는 어울리지 않는 목소리에 깊게 내려앉아 있던 최지훈의 눈꺼풀이 느리게 위로 올라갔다.

"너, 너 나 어제 건드렸어?"

"…무슨 소리야."

"너랑 나, 어제 무슨 일 있었냐고!"

최지훈은 잔뜩 인상을 찌푸리며, 곧 울 듯한 내 모습을 가만히 바라보았다.

"진짜, 내가 못살아. 이거 어떻게 된 거야."

자책으로 울먹이는 내 목소리에 가만히 날 바라보고 있던 최지훈이 이내 아무렇지도 않게 입술을 열어 말했다.

"일은 무슨, 왜 난리야. 아침부터."

"너, 너 어제……!!"

"차근차근 말해. 소리는 지르지 말고."

놀라 어쩔 줄 몰라 하는 나와 달리 최지훈은 태평하기 짝이 없었다. 높기만 한 내 목소리가 듣기 힘들었는지 열게 귓가를 매만지며 덜덜 떨고 있는 내 손 위로 제 손을 올린다. 그리고 진정시키려는 듯 꾹 누르며 아직 잠이 덜 깬 얼굴로 나를 바라보았다.

"너, 너… 어제."

"어, 나 어제 뭐."

"나 건드렸냐고!!"

그리고 또다시 올라간 내 목소리에 최지훈이 한쪽 눈가를 구기며 입술을 열었다.

"그건 또 무슨 소리야."

"내 옷, 내 옷 어쨌어! 넌 왜 다 벗고 있는데!"

"야, 똑바로 봐. 이게 다 벗은 거냐? 바지 입은 거 안 보여?"

내 말에 인상을 팩 구기며 덮고 있던 이불을 거두는데, 나체일 거라 생각했던 나와 달리 최지훈은 바지를 입은 채였다.

"…그럼, 위엔 왜 벗고 있어?"

"나 원래 열이 많아서 벗고 자."

"…건드린 거 아니야?"

"아, 진짜. 건들긴 누가 뭘 건드려. 건드렸으면 억울하지도 않지, 내가 어제 너 때문에 얼마나 개고생을 했는데."

"…그건 또 무슨 소리야?"

힘없이 풀어진 내 표정에 최지훈은 오히려 짜증으로 얼룩이진 얼굴로 나를 향해 말했다.

"기억 안 나지, 안 날 만도 해. 그만 마시라고 해도 계속 마시더니, 여자애가 고집은."

"무슨, 소리냐고."

"어제 내 옷에 거하게 쏟아낸 건 기억 안 나나봐."
"…뭐? 내가, 뭘 했어?"
"토."
"……."
"오바이트했다고."
그 말에 힘껏 구기고 있던 눈가가 느슨해지면, 기가 막히게도 드문드문 사라졌던 기억이 어렴풋하게 떠오른다. 차라리 기억나지 않았으면 좋았을 법한 영상 속 나는 어딘가 모르게 윙윙 울리는 공간에 들어가 있었다. 시원하게 쏟아지는 물소리, 작게 욕을 뇌까리며 정신 좀 차려보라는 최지훈의 목소리. 그리고 또…….
"…진짜, 내가 못살아."
울렁거리는 속에 거하게 쏟아냈던 것 같은데, 그게 화장실 변기가… 아니었나 보다. 순간 욱신거리며 아파져오는 통증에 굽혔던 다리를 쭉 펴자 시퍼런 멍이 곳곳에 드러나 있었다. 기억 속 나는 자꾸만 어딘지도 모를 곳에 부딪쳤고 그 결과로 온몸에 훈장처럼 멍을 달고 있었다.
그때마다 최지훈은 나를 붙잡고 다치지 않도록 잡아주었던 걸로 모자라 안았던 것 같기도 하고. 취했으면 얌전히 안겨 있을 것이지, 나는 또 발악 아닌 발악을 했던 것 같고.
최지훈의 온몸 곳곳에 길쭉하게 나 있는 손톱 자국에, 나는 조심스레 엉망이 된 내 손톱을 가만히 내려다보았다.
"가만히 있으라고 하면 가만히 좀 있지 계속 발버둥 치고, 넘어지고, 다치고, 깨지고."
"……."
"진짜, 무슨 여자애가……."

어제의 기억이 최지훈에게 꽤 좋지 않았는지 인상을 잔뜩 구긴 채 말하는 모습에 이쯤 되면 미안하다고 말해도 모자를 판이다. 기억도 안 나면 모르는 척이라도 할 텐데, 최지훈의 말에 자꾸만 하나둘씩 떠오르는 형상들에 점점 더 내 표정은 우울해져만 갔다.

그러다가 문득 시선에 닿는 귀여운 캐릭터가 그려져 있는 티셔츠에, 순간 머릿속이 거대한 무언가가 내리친 것처럼 멍해졌다.

“…너 봤어?”

“뭘.”

“내, 내 안에. 다 봤냐고.”

귀여운 캐릭터가 주름에 꾸욱 짓눌러지도록 움켜쥐며 말을 하자, 최지훈이 어이없다는 얼굴로 나를 바라보았다.

“그럼 옷 갈아입히는데 보지, 안 봐?”

“너, 진짜……!”

“걱정하지 마. 정신없어서 제대로 보지도 못했어.”

제대로 보지 못했다는 말에 내가 눈가를 찡그리자, 순간 나를 바라보던 최지훈의 눈썹이 옅게 구겨졌다.

“야, 너 표정 안 펴?”

“…지금 내 표정이 뭐 어떤데.”

“변태새끼처럼 보고 있잖아.”

잘 아네, 변태새끼. 오랜만에 듣는다.

“그렇게 보지 마. 어? 못 봤다고. 제대로 봤으면 억울하지도 않지.”

“너, 진짜…….”

“술을 괜히 마셨나, 짜증나게 기억도 잘 안 나네.”

정말 제대로 본 건 아닌지, 최지훈은 술로 인해 어렴풋하기만 한 어제의 그 일을 안타깝다는 식으로 말했지만 그런다고 해서 최지훈이 내 옷을 벗기고 내 몸을 봤다는 건 변하지 않는 사실이었다. 이런 상황까지 몰고 온 내 자신이 원망스러워 손으로 머리를 아무렇게나 헝클어뜨렸다.

어린 나이도 아니고 다 큰 성인이 남자에게 몸을 보였다는 사실에 민망함과 수치심을 느끼는 건 당연한 것이었지만, 지금 이 상황에서 그런 감정들 따윈 사치에 불과했다. 당장에 시계에 떠오른 숫자가 8시에 가까워지고 있었다. 일분일초가 아까운 이 시점에서, 더 이상 침대 위에서 한가롭게 앉아 대화를 주고받을 시간이 없었다.

"너 빨리 일어나서 준비해."

일단은 무작정 침대에서 내려가는 게 먼저였다. 발이 바닥에 닿자마자 깨질 듯 쑤셔오는 두통에 살짝 인상을 찡그렸다가 다시금 눈동자를 굴려 주변을 둘러보자 최지훈이 설핏 눈썹을 구기며 입술을 열었다.

"너 지금 뭐해?"

"뭐하긴, 옷 찾잖아. 내 꺼 어디 있어?"

"어디 가?"

"너 옷 가지러, 회사에 들러서 옷 픽업해 와야 된단 말이야."

정신없이 움직이는 나와 달리 최지훈은 여전히 침대헤드에 몸을 기대어 앉아 나를 가만히 바라보고 있었다. 아무리 둘러보아도 옷으로 추정되는 그 어떤 것도 보이지 않자 서둘러 고개를 들어 최지훈에게 다급하게 물었다.

"내 옷, 내 꺼 어디 있냐고."

"…드레스 룸에."

그 말을 듣자마자 무작정 침실로 나가 드넓은 공간을 무작정 휘젓고 다녔다. 문이란 문은 다 열고 다니다가, 마지막 제일 안쪽에 있는 방문을 열고 빠르게 눈동자가 공간 안에 빼곡히 들어서 있는 옷들을 훑는다. 그리고 한쪽 옷걸이에 걸려 있는 내 옷을 발견하고 다가가 손을 뻗자, 축축한 물기가 고스란히 손바닥 안에 느껴졌다.

"마를 리가 있나."

등 뒤로 들려오는 목소리에 고개를 돌리자, 어느새 티셔츠를 입고 팔짱을 낀 채 문에 기대어 서 있는 최지훈이 보였다.

하아.

깊은 한숨을 내뱉으며 옷에서 손을 떼 입술을 열었다.

"바지는, 바지도 안 말랐어?"

"그건 아직 세탁기 안에 있을걸."

그 말에 몸 전체에 잔뜩 뭉쳐져 있던 긴장이 한순간에 허무하게 빠진다. 입고 온 옷들 전부 물에 젖어 있다고 하니, 이보다 더 참혹한 현실이 또 어디에 있을까. 살며시 벌어져 있던 입술을 꾹 깨물자 최지훈이 끼고 있던 팔을 푸르며 내게 말했다.

"옷은 그냥 매니저한테 가져오라고 할 테니까 천천히 나와. 내가 적당히 알아서 둘러대줄 테니까."

최지훈의 말대로 알아서 둘러대면 될 일이긴 했다. 늦잠을 잤거나, 몸이 안 좋다거나. 둘러댈 수 있는 핑계거리는 찾고자 한다면 많을 테지만 내가 껄끄러운 건 그런 얘기가 나왔을 때 오롯이 내가 아닌 최지훈도 함께 연관지어 생각할 게 뻔했기 때문이다.

지금 이 상황에서 내가 내 할 일을 제대로 해내지 못한다면 그건 과거에 최지훈과의 사이가 껄끄러워 피하는 무책임한 사람으로 비춰질 거고 그건 나 역시도 원치 않았다.

"내 코트는 멀쩡하지? 오자마자 벗었으니까 그건 무사할 거 아니야."

그런 식의 동정을 받을 바엔, 지금 난 무슨 짓을 해서라도 내 할 일을 해내야만 했다. 최지훈은 내 말이 이해가 가지 않는 듯 설핏 인상을 구겼지만 그보다 걸음을 옮겨 거실로 향하는 내 행동이 더 빨랐다.

다행히도 코트는 커다란 소파 위에 곱게 접혀져 있었다. 캐릭터가 그려져 있는 티셔츠 위로 무작정 코트를 입고 단추를 하나둘씩 잠그자, 뒤늦게 거실로 나온 최지훈이 내 모습에 다가와 내 손목을 붙잡았다.

"너 지금 뭐해, 미쳤어?"

"왜, 나 신경 쓰지 말고 너도 준비해. 나 알아서 갈 테니까."

"밑에 아무것도 안 입은 건 생각 안 하지. 내 말 못 들었어? 천천히 나오라고."

"바로 택시 탈 거니까 신경 쓰지 마."

"아니면 오늘 하루 그냥 쉬어, 너 없어도 나 알아서 하니까."

"신경 쓰지 말라고."

"진짜, 신경이 어떻게 안 쓰여, 이렇게 입고 밖엘 나간다는데!"

바락 내지른 소리에 놀라 순간 제멋대로 눈동자가 떨렸다. 최지훈은 놀란 듯한 내 모습에 구겨진 눈썹을 필 생각도 하지 못한 채 작게 욕을 뇌까렸다. 힘주어 잡았던 손목을 느슨하게 풀며 한숨과 함께 방금 전보다는 한결 차분해진 목소리로 말한다.

"왜 이렇게 대책 없이 굴어."

"…싫으니까."

"뭐?"

"너 때문에 제대로 일 못한단 소리 듣기 싫으니까 그런다고!"

그리고 이번에는 내가 지른 소리에, 최지훈이 놀란 듯 구겼던 눈썹을 느슨하게 풀었다. 우리가 사귀었던 사이였다는 이유 하나만으로 이해 받는 게 싫으니까.

"그러니까 내가 할 거야."

단호하게 멈춰 있는 내 눈동자를 본 건지, 날 마주하고 있던 최지훈의 표정이 알싸하게 변했다. 그리고 옅은 한숨과 함께 잡고 있던 손을 놓으며 최지훈이 제 머리를 아무렇게나 헝클어뜨렸다.

"진짜, 고집은."

"……."

"기다려."

그 말을 끝으로 최지훈은 걸음을 옮겨 어디론가 사라졌고, 다시금 거실로 나와 내게 다가왔을 때 손에는 잘 접혀져 있는 작은 무언가 들려 있었다. 의아함에 내가 묻기도 전에 최지훈이 불쑥 내 앞으로 옷을 내밀었다.

"이거라도 입어."

내가 의아했던 이유는 최지훈의 손에 들린 옷이 한눈에 봐도 남자의 것은 아니었기 때문이다. 건네받은 옷을 펼치자, 나도 모르게 표정이 굳어졌다. 치마였다, 그것도 엄청 여성스러운. 이런 식의 옷이 어울릴만한 사람은 내 머릿속에 딱 한 명이었다.

"…누구 거야?"

"말하면 안 입을래?"

그리고 왜인지 모르게 지금 이 순간, 어제 최지훈이 했던 말이 불현듯 머릿속을 스치고 지나갔다. 최율과 아직도 연락을 한다는 것과, 가끔씩 만나기도 한다는 말들.

"그냥 입어."

어쩌면, 그 선배의 것일지도 모른다는 생각이 들었다.

상황은 언제나 불가피하게 흘러가기 마련이다. 지금이 그랬다. 왠지 모르게 그 선배의 것일지도 모른다는 생각에 입기 싫으면서도 자꾸만 흘러가는 시간에 어쩔 수 없이 치마를 입었다.

내가 옷을 입는 사이에 방으로 가 옷을 갈아입은 최지훈은 무작정 나를 데리고 차에 태웠다. 따로 움직이는 게 훨씬 합리적인 걸 알았기에 혼자 택시를 타겠다고 말했지만, 최지훈은 그런 내 말을 무시하며 빠르게 차를 몰았다.

불행 중 다행으로 회사와 최지훈이 가는 미용실은 같은 압구정인 걸로도 모자라 제법 가까운 곳에 위치해 있었다. 왜 빨리 안 오는 거냐며 전화로 닦달하는 매니저 덕분에 최지훈은 나를 먼저 내려다주고 미용실로 향했다.

회사에 들어가 여섯 벌이나 되는 옷을 들고 나오자, 최지훈에게서 미용실 위치가 적힌 문자가 하나 와 있었다. 주소를 따라 곧바로 미용실로 향하자, 가장 먼저 마주한 건 역시나도 시계를 내려다보며 초조해 하는 매니저였다.

"어, 재희 왔구나."

"안녕하세요, 늦어서 죄송합니다."

내 인사에 매니저가 설핏 인상을 구기며 한 걸음 더 가까이 다가와 나를 가만히 바라보았다.

"…너 어제 술 마셨어?"

"네?"

"지훈이도 아침부터 술 냄새 풍기더니, 너까지 술 냄새 풍기고."

내게 가까이 고개를 들이대는 매니저의 행동에 서둘러 벌리고 있던 입을 꾹 다물자, 매니저의 의심스러운 눈동자가 천천히 아래로 향했다. 그리고 시선이 고정된 곳은, 누가 봐도 남자의 것으로 추정되는 커다란 티셔츠였다.

"어, 그 옷… 어디서 많이 본 것 같은데."

혹시라도 내가 지금 입고 있는 옷이 최지훈이 평소 즐겨 입던 옷인 걸까. 매니저가 수상한 눈빛으로 티셔츠를 바라보더니 이내 시선을 올려 눈가를 구긴 채 내 얼굴을 바라보았다. 들킨 걸까, 들킨 건 아니겠지.

"혹시 너희 둘, 어제 같이 있었어?"

들켰다.

그래도 사람이 그냥 죽으라는 법은 없나보다. 내가 언제부터 이렇게 거짓말을 잘했는지 내 자신을 되돌아볼 정도였다. 매니저의 수상한 시선은 내가 대답이 늦어지면 늦어질수록 확신이 될 거고, 그 생각에 무작정 아무렇게나 말했다.

"아, 저… 어제 남자 친구랑 있었어요."

"…뭐?"

"저 남자 친구, 있어요."

그리고 왼손을 들어 올리며 어색하게 웃었다. 매니저는 네 번째 손가락에 끼워져 있는 반지를 보더니 이내 굳어져 있던 표정을 풀며 한결 가벼워진 얼굴로 나를 마주했다.

남자 친구 있었어?

그 말에 나는 작게 고개를 끄덕이며 안도의 숨과 함께 입술을 열었다.

"죄송해요. 옷이라도 잘 입고 와야 하는데, 어제 집에 못 들어갈 사정이 있어서……."

"아, 미안하긴. 한창 좋을 때지, 뭐."

매니저는 금세 자신의 머릿속에 피어올랐던 의심과 오해들을 깨끗하게 지운 얼굴로 시원하게 웃었다. 분명 나와 최지훈을 연관 지어 생각했을 테지만, 남자 친구가 있다는 나의 말에 안심을 한 모양이다.

고비를 넘기고 한결 가벼운 숨을 내뱉으며 저 멀리 앉아 있는 최지훈을 바라보았다. 늦긴 했는지, 최지훈 하나에 네 명의 스태프가 달라붙어 있었다. 두 명은 드라이기로 젖은 머리를 말리고, 두 명은 메이크업을 하고 있었다. 매니저는 초조하게 그 모습을 가만히 지켜보다가 이내 고개를 돌려 내가 들고 있던 옷들을 대신 받아 차에 싣기 위해 움직였다.

시끄럽게 울리던 드라이기가 꺼지고, 얼굴 위로 닿아 있던 손들이 잠깐 멈춘 틈을 타 앉아 있던 최지훈의 고개가 뒤로 향했다.

"이리 와."

내가 온 걸 알고 있었는지 날 바라보며 말하는 목소리에 하는 수 없이 걸음을 옮겨 옆으로 다가갔다.

지훈 씨, 앞 좀 봐주세요.

메이크업을 하고 있던 여자의 부탁에 나에게 향해 있던 최지훈의 고개가 다시금 앞으로 돌려졌지만 여전히 입술은 내게 와 있었다.

"안 들켰네. 운도 좋아."

대화도 다 들은 건지, 한쪽 입꼬리를 올려 웃으며 말하는 최지훈의 입술은 어딘가 모르게 아쉬워 보였다.

"집에 가서 옷 갈아입고 와."

"…신경 쓰지 말라니까."

"신경 쓰이니까 말하는 거잖아, 지금."

내 말에 짜증이 났는지 순간 최지훈의 눈썹이 거칠게 내려앉았고 덕분에 화장을 하던 그녀의 손이 잠깐 동안 멈추었다.

후으.

작게 한숨을 내뱉으며 최지훈이 애써 표정을 펴자, 그제야 얼굴 위로 멈추었던 손이 다시금 바삐 움직였다.

"옷이라도 사다 바쳐야지 말 들을래?"

쓸데없이 부리는 최지훈의 고집에 나 역시 답답하기만 했다. 촬영 중간중간에 메이크업도 봐줘야 하고, 옷도 체크해서 입혀야 되고. 내가 없으면 대신해줄 사람도 없으면서 끝까지 저런 식이다.

"지훈 씨가 이렇게 신경 쓰는 거 처음 보네, 누구예요?"

"아, 코디예요."

내 대답에 최지훈의 얼굴 위로 섬세하게 손을 움직이던 그녀가 힐끗 내 옷을 짧게 훑더니 이내 웃으며 말했다.

"옷이 얇긴 하네. 오늘 날씨 춥다던데."

"것 봐, 이제 알아듣겠어?"

"…괜찮다니까."

그녀의 말에 힘을 입었는지 감고 있던 눈을 떠 나를 바라보는 최지훈의 눈동자가 매섭기만 하다. 바지가 없어 맨다리에 치마를 입긴 했어도 어차피 스튜디오 촬영이라 그렇게 추울 것 같진 않고, 결국엔 내 고집을 꺾지 못한 최지훈은 짙은 한숨을 끝으로 그 어떠한 말도 하지 않았다.

하지만 상황이라는 건 늘 문제가 많다. 메이크업을 끝내고 차로 이동을 하던 중, 매니저에게 전화가 걸려왔고 통화를 마친 매니저의 입에서 흘러나온 말들은 내가 전혀 예상하지 못한 것들이었다. 장소 협찬에 문제가 생겨 내일 있을 야외 촬영을 오늘 먼저 한다는 것이었다.

상황이 이럴수록 기세등등해지는 건 최지훈이었다. 촬영지에 도착하고 스태프들이 준비를 하고 있는 틈을 타 나에게 와 한다는 소리가 '거봐'였다. 그다음은 내 말 들으랬지, 그리고 또 이제 어쩔 거야. 그 물음에 나는 옅게 인상을 구기며 아무렇지도 않은 표정을 했다. 평소 추위에 약해 겨울을 끔찍이도 싫어하는 주제에, 뻔뻔하게 괜찮다는 말을 했다.

하지만 괜찮을 리 없었다. 미용실의 그녀가 말했던 것처럼 오늘 날씨는 작당이라도 한 듯 매섭고 오한이 돌 정도로 추웠다. 거친 바람에 매가리 없이 머리카락이 휘날리는 걸로도 모자라 계절 감각 없는 치마까지 눈치 없이 나풀거렸다.

자꾸만 나는 NG에 만족하지 못하는 감독도, 카메라 앞에 서 있는 연기자들도 모두가 나를 괴롭히려 작정을 한 것만 같았다. 오들오들 떨리는 치열을 진정시키기 위해 억지로 턱에 힘을 주자 저 멀리 서 있던 최지훈이 내게 다가왔다.

"너 지금 춥지."

"……."

"여기서 청승 떨지 말고 차에 들어가 있어."

그 말에 푸욱 떨구고 있던 시선이 날카롭게 올라갔다. 청승이라. 최지훈의 눈에는 내 지금 모습이 그런 구질구질한 모습으로밖에 보이지 않는 걸까. 나는 작게 한숨을 내뱉으며 최지훈을 향해 입술을 열었다.

"넌 일하면서 왜 이렇게 나한테 신경 써?"

"……."

"너 할 거 해, 난 이게 내 일이니까 추워도 이러고 있는 거야."

어느 누가 보았더라면 직업 정신이 투철한 사람이라고 봐주었겠지만 최지훈은 아니었다. 내 말에 짧게 웃음을 터트리더니, 웃음이 사라진 입가에는 제법 묵직한 무게감이 실려 있었다.

"일이라고 했어, 지금?"

"……."

"그럼 이건 어쩔 건데. 난 지금 니가 자꾸만 눈에 밟혀. 바람 한 번 불 때마다 니 치마가 들쑥날쑥하는 것도 신경 쓰이고, 추워죽겠단 표정으로 서 있는 것도 자꾸 거슬려."

구겨진 인상만큼이나 최지훈은 지금 이 상황이 몹시 짜증이 나는 듯 보였다. 나에게 와 화풀이라도 해야 직성이 풀리겠는지, 말을 할 때마다 감정이 실려 있어 그 목소리를 듣는 내내 내가 느끼는 건 아이러니하게도 미안함이었다.

"자꾸 NG 나는 거 보면 알지."

"……."

"니가, 지금."

카메라 앞에 서 있으면서도 최지훈의 시선이 자꾸만 나에게 닿는 듯한 느낌은 기분 탓이 아니었나보다. 그러니까, 최지훈은 지금 나에게…….

"내가 일 못하게 만들잖아."

자꾸만 내가 신경 쓰여서, 연기조차 제대로 하지 못하고 있다고 말하고 있었다. 그리고 이런 상황을 최지훈 본인마저도 예상하지 못한 게 틀림없다. 내가 고작 자신의 눈에 닿아 있는 곳에 서 있다는 사실 하나에, 집중하지 못하고 자꾸만 실수를 연발하는 자신을 보며 아마 짜증이 났을 거다.

"이건 어쩔 거냐고, 어?"

그래서 지금 나한테 화내는 거지.

"옷 갈아입고 오라니까 싫다고 하고, 들어가 있는 것도 싫고. 넌 도대체 좋은 게 뭔데?"

신경질적으로 말하는 최지훈의 목소리는 어딘가 모르게 지쳐 있었다. 어제 마신 술이 깨지 않아서도 아니고, 자꾸만 늘어가는 NG에 맥이 빠진 것도 아니다. 그냥, 최지훈은 자꾸만 내가 신경 쓰이는 것뿐이었다. 그래서 화를 내는 거다. 꼭 마치 내가 지금까지 지켜왔던 최지훈의 무언가에 거대한 스크래치를 낸 것처럼.

"너 자꾸 이렇게 굴 거면 내일부터 나오지 마."

자신의 치부를 건드렸다는 것처럼 지금의 최지훈은 어딘가 모르게 상처

받은 이상한 표정을 짓고 있었다. 지금 내가 최지훈에게 미안해 해야 하는 걸까, 정작 자신이 한시라도 떨어지지 말고 붙어 있으라고 말했으면서 오히려 나에게 화를 낸다. 신경 쓰지 말라는 말이 목구멍 앞까지 차올랐다가도, 구겨져 있는 최지훈의 얼굴에 다시금 안으로 그 말들이 밀려들어갔다.

"…알았어, 들어가 있을게."

"……."

"그 대신 내가 해야 될 거 있으면 나한테 와, 혼자 하지 말고."

그래도 드라마 내에선 주연인데, 혼자 움직이는 모습은 결단코 보고 싶지 않았다. 내 말에 대답도 하지 않은 채 최지훈은 등을 돌려 다시금 카메라 앞으로 다가섰고, 잠깐 동안 이어지던 휴식 역시 끝이 났다. 여배우와 함께 나란히 서 있는 최지훈의 모습을 가만히 바라보다 하는 수 없이 뒤돌아 서 벤으로 걸음을 옮겼다. 어제 술을 마실 때만 해도 그렇게 자신만만하던 최지훈이 이런 모습을 보이게 될 줄이야… 꿈에도 몰랐었다. 연기에 관해서 최지훈은 그만큼 자신감이 차 있었다. 아무리 피곤해도, 술 따위 마셨더라도 카메라 앞에만 서면 자동적으로 자신이 맡은 역할에 흡수되는 제 모습에 그동안 자부심을 갖고 있었을지도 모른다.

하지만 오늘은 달랐다. 스튜디오에서 촬영했을 때와 달리 오늘따라 유난히 최지훈의 시선은 상대 배우가 아닌 내 쪽으로 향해 있었다. 왜일까 생각하다가, 최지훈이 했던 말들을 떠올리다가… 훤히 드러나 있는 다리에 힘없이 나풀거렸던 치마를 떠올리며 나는 입술을 꾹 짓눌렀다.

"배 안 고프냐?"

다른 곳으로 이동을 하는 차안에서 울려 퍼지는 목소리에 힐끗, 창밖에 두었던 시선을 옮겨 최지훈을 바라보았다.

"…괜찮은데."

"어제 그렇게 게워냈는데 괜찮을 리가."

최지훈이 시큰하게 웃으며 내 대답을 비꼬았다. 그 말에 나는 대답 대신 황급히 눈동자를 굴려 운전을 하고 있는 매니저를 바라보았다. 그다지 먼 거리는 아니었지만 틀어놓은 음악에 목소리가 묻혀 대화가 들리지 않는 모양이다.

"자꾸 그 얘기 할래?"

"뭐라도 먹으란 소리야."

"……."

"지금 가는 촬영장이 음식점이니까 거기서 뭐 좀 먹어."

내가 아닌 여전히 대본을 내려다보며 말하는 최지훈의 목소리에 기분이 이상했다.

"…넌 안 먹어?"

어제 술을 나 혼자 마셨던 것도 아니고, 어찌 보면 지금 배가 고픈 건 내가 아니라 최지훈일지도 모른다. 그걸로도 모자라 술에 취한 나를 끌어다가 화장실에서 씻기고, 내 옷까지 빨고. 내가 잠든 사이에 체력을 소비했을 최지훈을 떠올리면 밥 생각이 날 법도 했다. 하지만 최지훈은 내 말에 시큰둥한 표정으로 나지막이 입술을 열었다.

"술 올라와서 별로."

"……."

"안 그래도 이따가 키스신 있는데 걱정이네."

정확히, 최지훈의 입에서 흘러나온 키스신이라는 말에 내 눈동자가 옅게 흔들렸다.

"술 냄새 나는 남자랑 키스하면 기분 별로잖아."

태연하게 대본의 다음 장을 넘기던 최지훈이 이내 시선을 올려 나를 바라보았다.

"안 그래?"

그러면서, 나에게 묻는다.

"넌 어떤데."

"……."

"술 냄새 나는 남자랑 키스하면 좋아, 싫어?"

그 질문에 옅게 인상을 구겼다.

"…그걸, 왜 나한테 물어?"

"이민호랑 안 해봤어?"

"민호가 여기서 왜 나와?"

"둘이 사귀잖아. 술도 마셨을 거고."

"……."

"같이 자기도 하잖아, 그 나이 때면."

수위가 높은 발언에 순간 얼굴이 달아오르면서도, 또 아무렇지도 않게 그런 얘기들을 나에게 하는 최지훈의 모습에 가슴 한편이 아팠다. 그런 내 표정에 최지훈은 오히려 즐거운 듯한 표정을 하고 있었다. 마치, 재미있다는 듯이. 내 반응들을 즐기며 속으로 웃고 있을지도 모른다.

"그럼 넌 술만 마시면 여자랑 자?"

남자들끼리의 대화가 아닌, 여자와 남자 사이에서 주고받는 대화치고는 무리가 있지만 먼저 시작한 건 최지훈이었다. 위험한 발언을 먼저 했으니, 내가 지금 내뱉은 말은 어느 정도 합당한 것이었다. 한 방 먹여줄 심산으로 내뱉은 말이었지만 그럼에도 불구하고 내가 속이 상하는 건…….

"어."

최지훈은 내 말에 놀란 기색 따윈 하나도 없다는 거였다.

"어제처럼. 단둘이 있을 땐, 그래."

내가 아닌, 종이 속 나열되어 있는 글자들을 읽으며 마치 대본에 적혀진 말들을 그대로 보고 읽는 것처럼.

"그런데 어제는 아무 일도 없었어."

"……."

"신기하지."

아무렇지도 않게 내게 그런 말들을 한다. 그러면서, 또 아무렇지도 않게 웃는다. 결단코 내뱉은 말은 청렴하지 않은데, 이상하게 해맑게 웃는 최지훈의 얼굴에 내 기분은 아래로 뚝 꺼졌다. 까마득한 어둠 속으로 뚝 하고 떨어졌다. 이제야 알겠다. 니가 나에게 한 말, 가까이에서 붙어서 보라고 했던 말이 무슨 의미인지. 너는 17살 때와 달리 너무나도 많이 변해 있었다. 그리고 최지훈을 그렇게 만든 건. 아마, 그때 그 순간에 내가 건넸던 우리의 이별 때문일지도 모른다.

최지훈과의 대화는 롤러코스터를 타는 것만큼 들쑥날쑥했다. 어쩔 땐 17살 순간처럼 날 걱정하다가도, 어느 순간엔 흘러간 시간만큼이나 변해버린 낯선 모습을 보여주기도 했다. 그 모습에 내가 느끼는 건 오로지 죄책감뿐이었다. 이제와 달라지지 않을 후회, 나와의 이별에 상처받았을 너를 떠올리는 그런 조잡한 후회들.

촬영지로 사용될 레스토랑에 도착을 하고 울렁이는 속에 화장실로 가 세수를 했다. 게워낼 것도 없는데 이상하게 자꾸만 속이 메스꺼워 몇 번이고 입안을 물로 헹궈내야만 했다. 알싸하게 술내음이 올라올수록 그와 비례하게 최지훈이 했던 말들이 떠올랐다. 입술을 꾹 다물며 거울에 비친 물방울이 뚝뚝 떨어지는 얼굴을 가만히 바라보았다.

"재희야, 어디 갔었어? 한참 찾았네."

화장실에서 나오자 내부에 차례차례 펼쳐지는 여러 장비들 틈 속에서 매니저가 나에게 걸어와 말을 건넸다.

"지훈이가 너 좀 뭐라도 먹이라는데, 여기서 뭐 먹을래? 안쪽 방에서 먹으면 되는데."

"아, 괜찮아요. 속이 좀 안 좋아서… 지훈이 옷이랑 메이크업 봐주고 차에 좀 가 있을게요."

"어, 왜. 어디 아파?"

"입맛이 없어서요. 먹으면 잠만 오고, 안 먹는 게 나을 것 같아요."

"…그래, 그럼. 혹시라도 모르니까 차 안에 빵 있어. 나중에 배고프면 그거라도 먹어."

"네."

매니저는 제법 아쉬운 표정으로 말을 했지만 최지훈처럼 고집스레 나에게 먹을 것을 강요하진 않았다. 옷을 갈아입고 있을 최지훈을 위해 도로변에 주차되어 있는 차로 걸음을 옮기던 중, 스태프들이 나누는 대화를 의도치 않게 들을 수 있었다. 그리고 그 속에서 흘러나온 익숙한 이름에 걸어가던 발이 뚝 하고 멈추고 말았다.

"들었어? 지금 옆 가게에 영화배우 이민호 와 있대."

"뭐, 이런 낮 시간에 무슨. 진짜야?"

"그래, 거기 사장이 배우들이랑 인맥 좋다나봐. 그중 하나겠지."

이민호. 그 이름에 순간 나는 내 귀를 의심할 수밖에 없었다. 얌전하던 심장이 빠르게 뛰면서 무작정 문을 밀고 나가 주변을 둘러보았다. 익숙한 거리, 익숙한 풍경들에 심장은 더더욱 불규칙하게 뛰었다.

왜 몰랐을까, 차 안에서 주고받았던 대화에 반쯤 정신을 놓고 있었던 건지 창밖의 풍경을 보면서도 낯이 익다는 생각을 하지 못했었다. 민호와 자주 오던 이태원 거리, 그것으로도 모자라 촬영지는 민호가 아는 형이 운영하고 있는 가게 바로 옆이었다. 거기다가, 지금 민호가 그곳에 와 있다.

일단은 무작정 발걸음을 옮겨 차 문을 열고 안으로 들어갔다. 문을 닫으면서도 뛰는 가슴이 진정되지 않아 크게 숨을 내뱉고 들이마시는 걸 반복했다. 그런 내 모습이 이상했는지 옷을 다 갈아입은 최지훈이 손목의 달린 단추를 잠그며 옅게 인상을 구겼다.

"왜 그래, 못 볼 거 봤어?"

"…아, 그게 아무것도 아니야."

"뭔데, 또 속 안 좋아?"

차에서 내리자마자 화장실에 간 나를 염두에 두어 한 발언이었지만 지금은 그런 말 같은 건 들리지 않았다. 핸드폰을 움켜쥐고 메시지함에 들어갔지만 차마 민호에게 할 말들이 생각나지 않아 손가락이 허공에 멈추었다. 그러다가 이내 차분하게 하나둘씩 타자를 꾹꾹 눌렀다.

지금, 어디야?

그렇게 문자를 보내고 난 뒤에 작게 한숨을 내몰아 쉬었다. 일단은 확인이 필요했다. 다른 사람들이 나누는 대화가 아닌, 진짜 민호에게서 어디인지를 들어야 실감이 날 것만 같았다.

"속 안 좋냐고 묻잖아, 지금."

"그런 거, 아니야."

내 말에 의아한 듯, 최지훈이 눈썹을 구겼다.

"그런데 얼굴이 왜 이렇게 하얘. 완전 질렸어, 너."

"……."

"왜, 누가 너한테 뭐라고 했어?"

"그런 거 아니라구."

"그럼 말을 해, 사람 짜증나게 자꾸 헛소리하게 만들지 말고."

최지훈은 인상을 구긴 채 날 가만히 바라보다가, 역시나도 내가 아무런 대답이 없자 작게 욕을 뇌까리며 차문을 열고 가게 문 쪽에 서 있던 매니저를 불렀다.

"형, 얘 왜 이래?"

"어, 뭐가?"

"얘가 얼굴이 질려선, 이상하잖아."

"몸이 안 좋아서 그런가보지, 속도 안 좋은가봐. 밥도 못 먹겠대."

매니저는 날 바라보며 측은한 표정을 지었지만 최지훈은 여전히 인상을 구긴 채 어딘가 모르게 미심쩍은 시선으로 날 바라보았다. 시끄러운 주변이 이상했는지 최지훈이 창문 밖으로 시선을 옮기며 매니저에게 물었다.

"왜 이렇게 시끄러워?"

"아, 옆 가게에 이민호 와 있대."

"…뭐?"

"영화배우 이민호 있잖아, 너랑 같은 고등학교 나온. 어, 재희도 알겠네. 이민호 알지? 학교 같이 다녔으면 몇 번 봤을 텐데."

매니저는 최지훈이 이민호와 같은 학교에 나온걸 알고 있는지 거기에 나까지 끼워 맞춰 떠들어대고 있었다. 그 말에 내리고 있던 시선을 올려 최지훈을 바라보자, 최지훈의 표정이 어딘가 모르게 흥미롭게 변해 있었다.

"아, 그래."

나를 바라보면서.

"이민호가 와 있어?"

지금 내가 왜 이런지, 이제야 알겠다는 얼굴이다.

"점심시간 몇 시까지지?"

"대략… 40분 정도 남았네. 너도 들어가서 식사라도 해. 다른 배우들 다 먹고 있어."

"그래, 밥 먹자. 배고프네."

최지훈은 연기라도 하듯 허기진 사람처럼 배를 쓸어내렸다. 분명 방금 전까지만 해도 생각 없다고 말했으면서, 없던 식욕이 갑자기 생겨난 데에는 그만한 이유가 있는 듯 보였다.

"근데 여기 말고, 옆 가게 가서 먹을래."

그리고 그 말과 동시에, 짧게 울리며 도착한 문자.

"이재희, 너도 가."

그때 왔었던 레스토랑에 와 있다는 민호의 말이 쓰여 있었다.

꾹, 힘주어 핸드폰을 누르며 최지훈을 바라보았다. 내 시선에 최지훈은 뻔뻔하게 '왜?'라고 물었다. 몰라서 묻는 걸까, 나는 작게 입술을 깨물었다.

"나 안 먹어."

"그럼 그냥 같이 가, 나 혼자 먹을 테니까."

"…너 지금 일부러 나한테 이러는 거지?"

"……."

"내가 난처해 할 거 뻔히 다 알면서, 지금 이러는 거잖아."

"어."

"……."

"맞아. 나 너 지금 난처하게 하는 거야."

그 말에, 제멋대로 최지훈의 모습이 흔들려 보였다. 매니저는 우리 둘의 대화가 이상해 보였는지 미묘한 표정을 짓고 있었지만 문을 닫는 최지훈의 행동에 그 모습은 얼마 가지 않아 시야에서 사라졌다.

쾅!

커다란 소음과 함께 단둘이 남겨진 공간 안에 무섭게 울려 퍼졌다. 그리고 마주한 최지훈은 어딘가 모르게 위태로워 보였다.

"그럼 이렇게 하자."

최지훈은 나를 바라보며 어린아이처럼 순박하게 웃었다.

"이민호 갈 때까지, 나 이 차 안에서 못 나가게 해봐."

또다, 이런 식으로 최지훈이 나를 가지고 노는 건.

"그럼 안 갈게."

나를 재미있다는 듯이 바라보고 있는 거 말이다.

최지훈은 내가 어떻게 나올 것인지 제법 궁금한 사람처럼 내 앞에서 팔짱을 낀 채 앉아 있었다. 어떻게 하면 날 골탕 먹일 수 있는지 매순간 머리가 돌아가고 있는 것만 같았다. 답장이 없는 내가 이상했는지 민호에게서 또 한 번 문자가 왔다.

그건 왜 물어?

갑자기 어디인지 물었던 내가 궁금한 듯 보였다. 그 문자에 꾹 핸드폰을 움켜쥐며 최지훈을 바라보았다.

"한번 해보라고."

"……."

"하기 싫어? 그냥 나갈래?"

최지훈은 나에게 큰 아량을 베풀고 있는 것처럼 뻔뻔하게 말했다. 지금 당장 이 곳에서 나간다면야 민호를 만나는 것은 별반 어렵지 않을 테고, 아마 최지훈과 함께 있는 내 모습에 당황스러워할 테지.

목동에 있는 줄로만 알았던 내가 누가 봐도 남자의 것이라고 생각되는 커다란 티셔츠에, 취향과도 거리가 먼 치마를 입고 있는 걸 본다면 과연 무슨 생각을 할까. 그것만 생각하면 괜스레 눈가가 뜨거워지곤 했다. 민호에게, 차마 그런 기분을 느끼게 할 수가 없었다.

"시간 간다."

참을성 없는 듯한 말투에 절로 심장이 불안정하게 뛰었다. 문 쪽에 앉아 있는 건 최지훈이었고, 당장에 마음만 먹었다 하면 내 손을 잡고 나가는 일은 최지훈에게 그다지 어렵지 않은 일 일거다.

"…뭘, 해주길 바라는데?"

"그걸 왜 나한테 물어."

"……."

"니가 알아서 할 문제지."

냉정한 말투에 또 마음이 다친 것처럼 아팠다. 안 그래도 민호의 생각만으로 버거운데, 최지훈을 어떻게 해야 붙잡아둘 수 있을까 생각하는 건 내게 힘든 과제였다. 초조함에 꾹 입술을 짓누르며 무슨 생각이라도 떠올리려 애를 썼지만 그럴수록 머릿속은 새하얀 도화지처럼, 아무것도 그려지지 않았다.

"정 생각 안 나면 내가 하고."

"무슨……."

그 말을 제대로 이해하기도 전에 최지훈이 내 손목을 붙잡고 잡아당긴 건 순식간이었다. 너무나도 갑작스럽게 벌어진 일이라 아무런 저항 없이 난 최지훈이 잡아당기는 대로 끌려갔고 어느덧 정신을 차려보니 내 눈에 가득 찬 건 다름 아닌 최지훈의 얼굴이었다. 그다음은, 입술.

"……!"

벌어진 입술 틈 사이로 밀려들어오는 느낌에, 서둘러 뿌리치기 위해 손을 움직였지만 거세게 짓누르는 힘에 움직이던 손이 뚝 하고 멈췄다. 뺨 위로 닿는 뜨거운 숨에 눈동자가 떨린다. 밀착되어 있던 입술을 작게 떨어뜨리는 적나라한 소리가 귓가에 웅웅 울렸다.

당황스러움에 멍청하게 눈을 뜨고 있는 날 보지도 않은 채, 윗입술을 머금고 아랫입술을 핥으며 다시금 내 입안으로 최지훈이 밀려들어왔다.

뜨겁다. 알싸했다. 도대체, 지금 뭘 하고 있는지 기억나질 않았다. 머릿속이 새하얘져, 지금 이 순간 날 지배하고 있는 건 오로지 몸 안에 퍼져 있는 감각들뿐이었다. 내 손목을 힘주어 잡고 있는 강렬한 힘, 느릴 정도로 태연하게 입안 곳곳을 훑고 지나가는 느낌에 움찔거려 숨조차 제대로 내쉴 수가 없었다.

하지만 최지훈은 아니었다. 뺨에 닿는 최지훈의 숨은 안락하다 못해 태연하기까지 했다. 마치 내 입안을 제 집처럼 들락날락했던 사람처럼, 곳곳을 누비며 끈적하게 쓸어 올렸다. 그와 동시에 돋아나는 소름에 힘주어 손을 꼭 움켜쥐자 감고 있던 눈꺼풀을 밀어 올리며 최지훈이 나를 바라보았다. 떨리는 내 눈동자를 보았을까, 최지훈이 작게 눈으로 웃었다.

최지훈의 입술은 금방 찾아온 것처럼 또 금세 멀어졌다. 멀쩡한 두 다리에 발버둥이라도 쳐야 한다는 생각을 할 무렵, 최지훈은 뜨거운 온기와 함께 내 입안에서 빠져나왔다.

후으.

가까운 거리에서 마주한 얼굴에 서로의 입술 사이에서는 낮 뜨거운 숨이 오고 갔다.

"너, 너……."

말끝을 흐리며 잔뜩 표정을 구긴 내 앞에서, 최지훈은 느리게 눈동자를 굴리며 나지막하게 나에게 속삭였다.

"어때, 술 냄새 나는 남자랑 키스하니까."

그 말에 순간 아까 최지훈이 내게 했던 말들이 떠오른다.

"좋아, 싫어?"

그리고 최지훈은 지금 이 순간 보란 듯이, 아까 물었던 대답의 답을 듣고 싶은 듯 보였다. 덜덜 떨리는 입술에 힘주어 꾹 짓누르자, 최지훈이 재미있다는 듯이 숨죽여 끅끅 웃었다.

"어, 대답 좀 해봐. 좋냐고, 싫냐고."

"……."

"상대 배우한테 물어볼 순 없잖아. 좋았냐고, 난 좋았으면 좋겠는데."

기분이, 이상했다.

"넌 어땠어, 재희야?"

더 이상 내가 알고 있던 최지훈은 남아 있지 않는 것만 같았다.

내가 알고 있던 최지훈은 이런 식으로 나를 가지고 놀았던 인물이 아니었다. 지금처럼 내 허락도 없이 이런 식으로 입을 맞추고, 덜덜 떨고 있는 날 재미있다는 듯 바라보지도 않는다.

내 기억 속 최지훈은 언제나 나에게 있어선 모든 것이 조심스러웠으며, 바보같이 다정하기만 했다. 자꾸만 밀려오는 낯선 감각에 최지훈을 마주하고 있음에도 불구하고 그럴싸하게 닮은 모조품을 바라보고 있는 기분이 들었다.

왜 이렇게 변했을까, 도대체 나와 멀어진 뒤의 너의 17살은 어땠을까. 지금처럼 그때의 모습은 남아 있지 않을 정도로, 그때의 모습을 전부 지워버릴 정도로. 나와의 헤어짐이 너에겐 그토록 괴로웠던 걸까.

"대답 안 해?"

최지훈은 여전히 내 손목을 움켜잡은 채 나를 바라보고 있었다. 나는 크게 숨을 내몰아쉬며 힘주어 최지훈이 잡고 있던 손부터 뿌리쳤다. 떨어져나간 손에 발갛게 부풀어 오른 손목을 감싸고 문지르며 손등으로 누구의 것인지 알 수 없는 타액을 꾹 짓눌렀다.

재미있지, 지금 날 가지고 노는 게 즐겁지, 너. 내가 널 미워하고, 벌벌 떨길 바라겠지만 안타깝게도 난 널 미워하지 않아.

"…좋았어."

니가 변한 것도, 니가 날 미워하는 것도 다 나 때문인 거 알아. 그러니까 난 이제부터 조금의 책임감을 가지고, 지금의 너를 피하지 않고 마주할거야.

"난 좋았는데, 니 상대 배우는 어떨진 모르겠다."

그렇게 하다 보면, 어쩌면.

"키스 잘하네."

"……."

"나쁘지 않았어."

만날 수 있지 않을까. 내가 기억하고 있던 너를, 어쩌면. 다시 만나게 될 수 있지 않을까.

흔들림 없이 바라보는 내 시선에 최지훈이 작게 눈가를 구기며 인상을 썼다. 날 뜯어보는 눈동자가 갑작스러운 내 변화에 꽤 놀란 듯 보였지만 그런 건 아무래도 좋았다. 날 어떻게 생각하든, 바라보든. 이제 나에게 그런 건 그다지 중요한 게 아니었다.

"또 할 거야?"

"뭘?"

"키스."

"……."

"연습할 상대가 필요한 거 아니었어?"
"너……."
"그런데, 연습은 초보들이나 하는 거 아니야?"
"……."
"너 그동안 키스 안 해봤어? 다른 여자들이랑 해봤을 거 아니야."
커다란 심호흡과 함께 말했다.
"아니면, 나랑 하고 싶어서 그랬어?"
내 말에 안 그래도 구겨져 있던 눈썹이 한 뼘 더 내려앉더니, 이내 최지훈이 시큰하게 웃음을 터트리며 고개를 뒤로 젖혔다.
하하.
공간 안을 커다랗게 울려 퍼지는 목소리에 뻔뻔하게 굳히고 있었던 내 표정이 조금은 흐트러졌다.
"재미있네."
"……."
"재미있다, 너."
다시금 고개를 젖혀 앞으로 향했을 때, 최지훈은 어딘가 모르게 즐거운 얼굴을 하고 있었다. 억지로 꾸며낸 듯한 표정이 아닌, 정말 말 그대로 즐거운 표정.
"생각 바꿨나봐?"
"뭘?"
"이에는 이, 눈에는 눈이라는 거지, 지금."
"……."
"나한테 들이대기로 마음먹었어?"
기분 좋게 웃으면서 말을 하는데, 순간 뻔뻔하게 굴자고 마음먹었던 것과 달리 당황해 좀처럼 입이 떨어지지 않았다. 최지훈은 또 한 번 짧게 웃음을 터트리더니 반쯤 접힌 눈가로 날 바라보며 손을 뻗어 내 오른쪽 뺨을 가볍게 매만졌다.

"나야 좋지."

"……."

"들이대봐, 좀."

처음이라고 해도 좋다, 날 보면서 이렇게 웃는 최지훈의 모습을 보는 건.

"아직도 너한테만큼은 쉬워, 내가."

달콤하게 흘러나온 음색마저도, 어딘가 모르게 내가 그리워했던 17살의 최지훈과 닮아 있었다. 최지훈은 잠깐 동안 닿아 있던 내 얼굴에서 손을 떼 팔을 뻗어 크게 기지개를 켠 뒤 문을 열고 밖으로 나갔다. 그와 동시에 터지는 함성들에 조심스레 창문으로 다가가 커튼을 반쯤 쳐내자 짙게 코팅된 창문 너머로는 벌써부터 수많은 사람들이 모여 인산인해를 이루고 있었다.

그 속에 홀로 서 있는 최지훈은 왜인지 모르게 기분이 좋아 보였다. 적당히 손을 들어 인사도 해주고, 종이를 건네는 사람들에게 사인도 해주었다. 이리저리 터지는 셔터 소리에도 짜증은커녕 기분 좋은 얼굴이다. 어제만 해도 방송국 밖에서 기다리고 있던 팬들에게 그 흔한 인사조차 건네지 않았던 최지훈과는 사뭇 다른 모습이었다.

그때였다. 가게 안에 있던 민호가 나왔는지 밖은 더욱더 소란스러워졌다. 다급하게 눈동자로 최지훈을 찾자 타이밍 좋게 안으로 들어갔는지 보이지 않는다. 한 끗 차이로 마주치지 않은 둘을 바라보며 작게 안도의 숨을 내몰아쉬었다. 민호는 가게에서 나와 핸드폰을 내려다보며 길가에 주차되어 있던 차로 곧장 향했다. 그리고 때마침 울리는 핸드폰 벨소리에 창밖을 바라보던 시선을 거두고 의자에 놓여 있던 핸드폰을 움켜쥐었다. 발신자는 보지 않아도 누군지 알 수 있었다.

"…여보세요."

―왜 답장이 없어. 사람 걱정되게.

소리가 잠잠해진 틈을 타 전화를 받자 차분하게 흘러나오는 민호의 목소리에 작게 숨을 내뱉으며 입술을 열었다.

"아, 그냥. 엄마랑 같이 밥 먹느라 핸드폰을 못 봤어."

고작 얼마 떨어져 있지 않은 거리에 있으면서도, 아무렇지도 않게 거짓말을 하는 내 모습이 순간 낯설게만 느껴졌다.

―밥은 잘 먹었어?

"…응."

―근데 아까 왜 물은 거야. 어디 있냐고.

"아… 내 친구가 이태원에 너 와 있다고 문자해서. 알잖아, 내 친구 중에 니 팬 많은 거."

―그럼 오라고 하지. 밥이라도 사게.

"내가 너랑 사귀는 거 알면 기절할걸."

내 말에 수화기 너머로 민호가 짧게 웃음을 터트렸지만 나는 웃을 수 없었다. 최지훈으로 인해 민호에게 숨길 수밖에 없는 사실들이 미안했지만, 고작 일주일이면 이것도 끝이었다.

일주일 뒤면, 엄마 아빠에게 약혼에 대해 말도 할 거고. 차근차근 유학 준비도 하고, 다시 네 옆으로 돌아가 지금 미안하게 생각했던 것만큼 최선을 다할게. 당장은 아니더라도 시간이 지난 뒤, 솔직하게 지금 있었던 일들 역시 하나도 빠짐없이 말도 할게. 나에게 최지훈이 어떤 의미인지 잘 알고 있는 민호라면 분명… 지금의 날 이해해 줄 거다.

―보고 싶다.

"……."

—지금 갈까?

이해해 줄 거지, 민호야. 지금이 아니면 난 평생 최지훈을 떠올리며 미안함에 잊을 수도 없었을 테니까. 너는 날, 이해해 줄 거지.

"다음 주에 보기로 했잖아."

—잠깐도 안 돼?

"……."

—매정하네.

그러니까, 지금 내가 이러는 거. 모두 다 이해해 줘야 돼, 알았지.

—나 내일 외국 나가.

"어디로?"

—런던. 화보 촬영하러.

"언제 오는데?"

—3일 뒤에.

"……."

—이래도 진짜 안 볼 거야?

"…미안해."

—비싸네, 이재희.

민호는 작게 웃으며 장난처럼 말했지만 그 말에 내 표정은 점점 더 내려앉았다. 마음 같아선 잠깐이라도 얼굴을 보고 싶었지만 목동에 있다고 거짓말을 했기에 그럴 수도 없었다.

"조금만 참아, 일주일이잖아."

—응, 올 때 선물 사올게. 로밍해갈 거니까 연락은 계속하고.

"알았어."

—대답은 잘해.

왜 볼 수 없는 거냐고 물을 만도 한데, 민호는 내 말이라면 무조건적으로 믿고 따르는 버릇을 가지고 있다. 의심 같은 것도 안 했기에 자연스레 왜냐고도 묻지 않는다. 통화를 마치고 난 뒤, 가시지 않는 여운에 아직 온기가 남아 있는 핸드폰을 꼭 움켜쥐었다.

레스토랑 내에서 촬영이 끝나고 길거리에서 여러 신을 찍은 뒤, 마지막으로 향한 곳은 경기도에 위치한 전망 좋은 별장이었다. 워낙 촬영 자체가 대본의 흐름과 상관없이 제멋대로 이뤄졌기에 새삼 매번 다른 장면에서 감정을 잡고 연기를 하는 최지훈이 대단하게 느껴졌다.

까만 밤하늘 아래, 전망 좋은 풍경이 커다란 베란다 창문 너머로 그림처럼 펼쳐져 있는 거실이 키스신 장소였다. 극중 피아노 전공인 여배우가 거실 한쪽에 비치되어 있는 거대한 그랜드 피아노를 치고 있고, 그런 여자에게 다가가 최지훈이 입을 맞추는 신이었다.

차례차례, 대본을 훑던 나는 입을 맞춘다는 글자에 마른침을 삼키며 다음 장을 넘겼고, '소파로 가 서로에게 입을 맞추며 옷을 벗긴다'라는 구절에 옅게 인상을 찡그렸다.

"옷도 벗겨?"

내 물음에 지금 막 가글을 마친 최지훈이 손등으로 입술을 훔치며 내 손에 들려 있는 대본을 쏙 빼갔다.

"그러네. 옷도 벗기네."

내가 보고 있던 대본을 확인하고 살며시 눈가를 구겼다가, 다시금 나에게 대본을 건네주며 웃는다.

"옷 하난 내가 잘 벗기는데."

"……."

"왜, 걱정돼?"
"뭐가?"
"내가 다른 여자랑 키스하는 거."
"내가, 그걸 왜 걱정해?"
애써 인상을 찡그리며 아니라고 대답했지만 다시 내 눈이 대본으로 향했을 땐 아무래도 기분이 이상했다. 입을 맞춘다는 거야 그렇다고 쳐도, 옷까지 벗긴다니. 요즘 아무리 드라마 내에서 수위가 높아졌다고는 하나 25살짜리 남자애가 소화해야 하기엔 너무 과하지 않나 싶다. 이미 준비를 다 마친 건지 긴 생머리를 늘어뜨리고 피아노 앞에 앉아 있는 여배우의 모습을 가만히 바라보고 있자, 최지훈이 걸음을 옮기며 스치듯 나에게 말했다.
"한 번에 끝낼게."
그 말을 끝으로 카메라가 둘러싸인 공간으로 들어가는 모습에 들고 있던 대본을 내리며 피아노 앞쪽으로 다가가 서 있는 최지훈을 바라보았다. 괜스레, 기분이 초조해졌다.

큐 사인이 떨어지자마자 여자는 피아노 건반 위로 올린 손가락을 부드럽게 움직였다. 그 옆에 서서 여자를 바라보고 있는 최지훈은 사랑에 빠진 듯한 남자의 모습 그 자체였다. 다정하다 못해 여자를 바라보는 따뜻한 눈빛에 기분이 이상했고, 손을 뻗어 피아노를 치고 있던 여자의 턱을 들어 올려 입을 맞추는 최지훈의 모습에 제멋대로 눈동자가 떨렸다.
최지훈은 능수능란하게 여배우에게 입을 맞췄다. 내리쬐는 조명 덕분에 턱을 움직이는 모습까지 적나라하게 눈에 담겼다. 거센 키스에 못 이겨 여

자의 얼굴이 자꾸만 뒤로 밀리자 손을 뻗어 머리를 조심스레 감싸며 제 쪽으로 더욱더 끌어당긴다. 숨 쉴 수 있는 틈조차 주지 않는 저돌적인 입맞춤에 질척한 음성까지 전부 다 귓가에 와 닿았다.

내 대본에는 그저 입을 맞춘다고 적혀 있던 것이 전부였기에 지금 연기하는 최지훈의 모습은 오로지 자신의 버릇과도 같은 것이었다. 키스를 할 때 최지훈은 저런 식이구나, 저렇게… 작은 틈조차 주지 않는구나. 순간 차 안에서 나에게 입을 맞췄던 최지훈의 모습이 떠올라 시선을 마주하지 못하고 잠깐 동안 아래로 내려갔다.

정말 최지훈은 한 번에 끝낼 생각이었는지, 완벽할 정도로 연기를 해나가고 있었다. 잠깐 벌어진 입술에 여자가 참았던 숨을 내몰아 쉬자, 여자의 손목을 잡고 소파로 가 다시 한 번 입을 맞췄다.

방금 전보다 부드럽게 키스하며 커다란 손이 천천히 여자가 입고 있던 옷을 벗겨나갔다. 최지훈의 손길로 인해 새하얀 살결이 드러나는 모습을 보면서 감독에게로 시선을 옮겼다. OK 사인을 주었으면 했지만, 안타깝게도 감독이 내뱉은 말은 NG였다.

"아, 진짜……."

마음먹은 대로 되지 않아 화가 난 건지 NG 소리에 순간 몰입을 하고 있던 최지훈이 입술을 떼며 거친 숨을 내몰아쉬었다. 저도 모르게 튀어나온 최지훈의 말에 여자가 제법 난처한 표정을 지었다. 최지훈은 애써 구겨져 있던 표정을 펴며 여자의 허리에 감겨 있던 손을 풀어내 감독을 바라보았다. 왜 NG가 난 건지 이해할 수 없다는 표정이다.

"지훈이는 좋았는데 선아가 너무 굳었어."

"아, 죄송해요……."

"팔 좀 신경 써, 나무토막처럼 딱딱하게 굳어서는. 왜 이렇게 겁을 먹었어?"

감독이 분위기를 풀어줄 요량으로 말을 하자, 최지훈이 굳었던 표정을 펴며 소파에 앉아 있는 그녀를 향해 웃으며 말을 건넸다.

"누나 떨려요?"

"아니, 그게 좀. 아… 왜 이러지, 괜히 긴장되네."

애써 흐트러지는 머리카락을 넘기며 여자가 어쩔 줄 몰라 하자 최지훈이 손을 뻗어 그런 그녀의 머리카락을 대신 넘겨주었다.

"편하게 해요, 안 잡아먹으니까."

그 말에 여자의 뺨은 자연스레 붉어졌다. 그 뒤로 세 번의 촬영이 더 있었지만 안타깝게도 모두 다 NG였고, 매번 이유는 같았다. 여자 쪽이 너무 부자연스럽다는 지적에 그때마다 최지훈은 그녀에게 간간이 스킨십을 하며 분위기를 풀어내주었고, 그럴수록 그녀의 실수는 더욱더 심해졌다.

결국에는 잠깐의 휴식을 갖자는 감독의 말에 카메라 밖으로 빠져나온 최지훈은 손을 얼굴에 가져가 턱을 움직이며 인상을 구겼다.

아, 땅겨.

그 모습에 작게 숨을 토해내며 최지훈을 따라 벤으로 향했다.

별장 외곽에 주차되어 있던 차에 오르자마자 의자에 앉아 편히 기대어 앉아 있는 최지훈의 모습에 한쪽에 치워두었던 메이크업 박스를 가져와 옆에 앉았다. 박스를 열어 파우더를 꺼내 최지훈의 얼굴 위로 두드리자, 눈을 감고 있던 최지훈이 나를 바라보며 설핏 웃었다.

"너 안 피곤하냐?"

"피곤하긴 한데, 참을 만해."

"어쩌냐, 촬영 길어질 거 같은데."

말은 그렇게 했지만 무거워지는 눈꺼풀을 숨길 순 없었다. 그런 내 모습에 최지훈은 옅게 인상을 구기며 핸드폰 위로 떠오른 시간을 확인했다. 벌써 시간은 10시에 가까워지는데 OK 사인이 도무지 떨어지지 않으니 답답할 노릇이다. 이 장면 이후에 3개의 신까지 더 남아 있어 지금처럼 한 장면에서 시간이 지체된다면 촬영이 언제 끝날지도 미지수였다.

"그 여자 배우, 왜 저렇게 떨어? 이런 거, 한두 번 해본 것도 아닐 텐데."

"그걸 내가 어떻게 알아."

내 질문에 금세 또 짜증이 났는지 제법 날이 선 말투로 말한다.

"달래라도 줘야 빨리 끝날 것 같아서 봐줬더니, 그럴수록 더해."

후으.

깊은 한숨을 내뱉으며 말을 하는데 그건 나도 공감하는 바였다. 긴장했다는 말로 자꾸만 NG를 낼 때마다 최지훈은 그녀를 위해 짜증 한 번 안 부리고 계속 신경을 써주었었다. 남자와의 이런 장면에 부끄러워할 수도 있겠지만 그녀는 일반인이 아닌 배우였다. 이 한 장면을 찍기 위해 달라붙어 있는 스태프들도 한둘이 아니었고 프로라면 당연히 제 마음을 가다듬고 연기를 제대로 해내야 할 텐데, 그녀는 그러지 못하고 있었다.

"입안 헐겠네."

아니, 어쩌면. 일부러 그러지 않는 것일 수도 있다. 그동안 그녀는 드라마보다야 영화에서 많이 활동했었고, 연기력 하나는 인정받고 있는 배우였다. 노출 수위가 심한 영화에까지 출연해 어린 나이에 쉽사리 할 수 없었던 어려운 연기를 해내었다는 극찬을 받기도 했던 그녀가 고작 키스신 하나에 실수 연발이라니.

"이상해."

내 말에 살살, 제 턱을 매만지던 최지훈이 나를 바라보며 한쪽 눈썹을 구겼다.

"뭐가?"
"연기로 따지면 너보다 선배인데, 키스신 하나에 저렇게 떠는 게 이해가 안 가."
"긴장된다잖아."
"떨려서 그러기엔 계속 실수잖아."
"그런가."
"일부러 NG 내는 거 아니야?"
"그런가보지, 그럼."
최지훈은 나와 달리 별로 미적지근한 반응을 보이며 고개를 끄덕거렸다. 그 반응이 괜스레 얄미워 얼굴 위를 두드리던 파우더를 꾹 누르자, 최지훈이 설핏 웃으며 나를 바라보았다.
"너 지금 화났어?"
"내가 뭘?"
"화내는 거 같잖아, 꼭."
그 말에 내가 아무런 대답을 하지 않자, 최지훈이 기대어 있던 몸을 세워 내 쪽으로 돌려 앉았다.
"일부러라고 해도 어쩔 수 없어. 호흡이 맞아야 빨리 끝나지, 나 하나 잘하면 뭐해."
"그럼, 계속해?"
"어."
"……."
"난 한 번에 끝내려고 했는데 저쪽에서 안 도와주네."
그러면서 피곤한 듯 목 언저리에 손을 가져가 고개를 돌리며 문을 연다.
피곤하면 여기서 좀 자고 있어.

그 말에 푸욱 한숨을 내쉬며 나 역시 최지훈을 따라 차에서 내렸다. 같이 일하는 입장에서 누군 쉬고, 누군 일하고. 그건 아닌 것 같아 함께 따라나선 것이었는데 별장 안으로 걸어가는 내내 자꾸만 그 여자가 쉽사리 머릿속에서 떠나질 않았다.

"제발 이번엔 빨리 끝났음 좋겠다."

"그러게."

한숨처럼 말하는 내 목소리를 들은 건지 최지훈이 응답한다. 그 말에 궁금해서 물었다.

"그런데, 왜 일부러 그러는 거야?"

"나랑 하고 싶었나보지."

이번에도 역시나 심드렁한 목소리다. 마치 이런 일들이 빈번하게 일어났던 것처럼, 놀라지도 않는다. 그 말에 나는 콧잔등을 찡그리며 입술을 열었다.

"한심하다, 진짜."

"뭐가?"

"왜 자기 만족을 연기하면서 찾아? 그렇게 키스하고 싶었음 따로 너한테 들이대던가."

"뭐?"

"내 말 틀렸어? 빨리 끝내면 다들 좋은 거 뻔히 알면서 일부러 자꾸 NG 내고. 다정하게 굴어주지 마, 어차피 그 여자. 만족할 때까지 NG 낼 거 같으니까."

자꾸만 밀려오는 피로에 화가 난 목소리로 말을 하자, 최지훈이 가던 걸음을 멈춰서 나를 빤히 바라보았다. 그 시선에 나 역시 걸음을 멈춰서 최지훈을 올려다보았다.

"왜?"

내 물음에 최지훈이 반쯤 벌어져 있던 입술로 웃으며 말했다.
"아니, 그냥. 귀여워서."
"……."
"꼭 질투하는 거 같잖아. 나 그거 좋아하는 거 너도 알지."
좋아한다니, 그 말에 순간 고등학교 때가 떠올라 뜨끈한 기운이 위로 올라왔다.
"여, 여러 사람 고생시키니까 하는 소리지."
"……."
"너도 피곤할 거 아니야. 어제 잠도 제대로 못 잤을 텐데, 그 여자 괜히 너랑 스킨십하고 싶어서 일부러……."
그때였다. 앞으로 길게 늘어져 있는 그림자에 이상함을 느껴 눈동자를 굴리자 내 앞에는 다름 아닌, 그녀가 서 있었다.
"……."
순간 당황스러움에 벌어져 있던 입술을 꾹 짓누르며 마른침을 삼켰다.
다 들은 걸까, 다 들었겠지.
언제부터 서 있었던 건진 알 수 없지만 묘하게 구겨져 있는 그녀의 표정을 보면 알 수 있었다.
어떡하지.
난처함에 절로 표정이 제멋대로 흔들리자 순간 옆에 서 있던 최지훈이 내 손목을 잡더니 나를 끌어다가 제 등 뒤로 데려갔다. 순식간에 벌어진 일에 당황스러우면서도 눈앞에 가득 찬 최지훈의 등에 나도 모르게 손으로 최지훈의 옷깃을 꼭 움켜쥐었다.
"누나, 여긴 웬일이에요."
"아, 그게… 그냥, 너한테 미안해서 인사라도 하려고."

"……."

"너 혼자 있는 줄 알았어."

그녀의 목소리가 등 뒤에 있는 나를 염두에 두고 한 말처럼 들려왔다. 그리고… 역시나도.

"누구야? 못 보던 애네."

나를 신경 쓰고 있는 게 분명하다. 최지훈의 등 뒤에 숨어 있어 그녀가 지금 어떤 얼굴로 말을 하고 있는지 알 순 없었지만 보이지 않아 가슴이 더 두근거렸다.

어쩌지, 온통 머릿속에는 그 생각뿐이었는데.

순간 내 손목을 꼭 움켜잡아주는 최지훈의 손길에 떨리던 마음이 조금은 진정된다. 마치 떨지 말라는 듯이, 걱정 말라는 듯이. 그리고 떨어져나가는 최지훈의 손은 어딘가 모르게 듬직해 보였다.

"코디요."

"바뀐 거야? 저번에 보던 애가 아니네."

"며칠만 일하는 거예요."

"아, 그렇구나… 그런데 며칠 안 됐는데 친한가봐, 말 되게 편하게 하네."

나를 노린 듯한 발언에 잡고 있던 최지훈의 옷깃을 좀 더 움켜쥐자, 앞에서 있던 최지훈의 옅은 웃음소리가 내 귓가로 다가와 파고들었다.

"그걸 다 들었어요?"

두 손을 주머니 안쪽으로 밀어 넣으며 한쪽으로 고개를 기울였다.

"누나 귀 좋은가 봐요. 난 남이 하는 말 잘 안 들리던데."

그리고 내뱉은 최지훈의 말은 잔뜩 가시가 박혀 있었다. 같은 여자의 입장으로서 저런 말을 듣는다면 분명 가슴에 스크래치 하나 정도는 생길 법한 발언이다.

그녀는 곧 촬영이 시작된다는 말로 먼저 화재를 돌렸다. 지기 싫은 성격인 걸까, NG를 내서 미안하다면서 위로해준 덕분에 이번에는 실수를 안 할 것 같다는 말을 한다. 그것 역시 내 귓가에는 나를 견제한 발언처럼 들려왔다.

그녀는 그 말을 끝으로 먼저 별장 안으로 들어갔다. 바닥에 깔린 자갈소리가 더 이상 들리지 않고 나서야 나는 꼭 움켜쥐고 있던 옷깃을 놓을 수 있었다.

하아…….

작게 숨을 내뱉으며 푹 숙이고 있던 고개를 들어 올리자 최지훈이 고개를 튼 채 나를 내려다보고 있었다.

"잘한다, 진짜."

"……."

"저거 이제 어쩔 거야?"

최지훈 역시 그녀가 우리 둘의 대화를 다 들었을 거라 생각했는지 골치 아픈 표정으로 나를 바라보았다. 그 표정에 애써 입술을 꾹 짓누르며 입술을 열었다.

"미안, 괜히 나 때문에… 내가 조심성이 없었어."

"뭐가 미안해?"

"나 때문에 니 입장, 난처해졌잖아."

내 말에 최지훈은 짧게 웃음을 터트리며 어이없다는 듯이 말했다.

"내 입장이 아니라 니가 문제지. 여자들 질투하는 거 몰라서 물어?"

최지훈이 골치 아픈 표정을 한 건, 나 때문이었을까. 지금 최지훈은 그렇게 말하고 있었다. 자기가 문제가 아니라, 내가 문제라고. 그녀의 눈에 찍힌 게 문제라는 거다.

"너 이제 고생한다."

그게 내가 뒤에서 그녀를 비난했던 것 때문인지, 아니면 최지훈과 다정히 말을 나눠서인지는 잘 모르겠지만서도.

다시 재개한 촬영에서 그녀는 보란 듯이 단 한 번에 키스신을 마쳤다. 감독은 OK 사인을 보내며 그녀에게 박수를 보냈지만 내 눈에는 적어도 그녀는 진작 이 장면을 아무런 거리낌 없이 소화해낼 수 있는 인물이었다.

막혀있던 문제가 뚫렸으니, 그다음은 진행이 빨랐다. 기다림에 지친 다른 연기자들은 어서 빨리 끝내자는 생각으로 연기에 임했고 덕분에 12시가 되기 전에 촬영을 마칠 수 있었다.

수고했다는 말과 함께 인사를 나누고 있는 배우와 스태프들을 가만히 바라보다가 순간 최지훈과 눈이 마주치고 말았다. 손을 뻗어 나에게 손짓을 하는 모습에 가만히 서 있던 다리를 움직여 최지훈에게 걸어가려고 할 때였다.

"…아!"

순간 어깨를 치고 지나가는 누군가로 인해 발이 한 움큼 뒤로 밀려났다. 하마터면 넘어질 뻔한 상황에 놀라 고개를 들자 그곳에는 이선아, 그녀가 서 있었다. 예상치 못한 부딪힘이었기에 당황스러움과 아픔이 함께 밀려왔지만 놀란 게 더 컸다. 좁은 길목도 아니었고, 넓기만 한 공간 안에서 그녀가 내 어깨를 부딪힐 만한 이유는 그 어디에도 없었기 때문이다.

"아, 미안."

"……."

"모르고 쳤네."

그녀는 한쪽 입꼬리를 올리며 내게 그 말을 내던진 뒤 태연하게 다시 걸음을 옮겼다. 순간 최지훈이 했던 말들이 떠오르면서 부딪혔던 어깨가 알싸하게 진동했다.

여자들 질투하는 거 몰라서 물어? 너 이제 고생한다.

진짜, 최지훈의 말대로 될 것만 같다.

나는 태어날 때부터 여자들과 친화적이지 못한 성격을 갖고 있는 걸까, 가만히 생각해보면 딱히 그런 것 같지도 않다. 내가 이렇게 여자들에게 미움을 받기 시작한 시점에는 아이러니하게도 모두 다 최지훈이 껴 있었다.

고등학교 때는 한 살 선배인 최율이 문제더니, 지금은 상대 배우인 이선아가 그랬다. 문제는 둘 중 하나였다. 내가 여자들에게 미움을 받고 살 팔자거나, 최지훈이 여자를 끌어당기는 매력이 출중한 마성의 남자거나. 그때나 지금이나 최지훈은 내가 감당할 수 있는 크기의 남자가 아니었다.

오전부터 있을 촬영에 방송국에 도착하자마자 방문한 대기실에는 그녀와 최지훈이 함께 서 있었다. 즐거운 대화를 나누고 있었는지 내가 문을 열자마자 둘 사이에 오가던 대화가 뚝 멈춘다. 그 모습에 나는 잠깐 동안 눈치 없는 사람이 된 듯한 기분을 느껴야만 했다.

"어, 안녕하세요. 이제 오나 봐요?"

이선아는 생긋 웃으며 자신이 가장 자신 있어 하는 얼굴로 나에게 인사했다. 그 인사에 얼떨결에 고개를 숙여 인사를 한 뒤, 걸음을 옮겨 들고 있던 옷들을 행거에 차례차례 걸어두었다.

안녕하세요…라. 어제는 분명 나에게 반말을 했던 걸로 기억하는데.

"옷이 많네, 혼자 온 거예요?"

"아, 네."

"무거웠겠다. 보통은 차로 함께 오지 않아?"

나에게 소외감이라도 느끼게 해주고 싶었던 건지, 그녀는 눈가를 푹 죽이며 최지훈을 향해 내가 불쌍하다는 듯이 말했다. 그러자 최지훈이 나를 대신해 그녀에게 대답을 해주었다.
"그러게, 나도 그게 좋은데. 내가 데리러 간다고 했는데 극구 싫다 그러네."
"……."
"나보다 택시가 더 편하대, 서러워서. 누나 같아도 기분 별로일 거 같지?"
웃으며 묻는 최지훈의 말에 하마터면 견고하게 쌓아 있던 그녀의 얼굴이 한순간에 무너질 뻔했다. 하지만 그녀는 배우였다. 이런 말들에 흔들렸다면 그녀는 지금 이 자리에 서 있을 수 없었을 거다.
"그러게, 지훈이랑 같이 차 타고 오지 그랬어요."
나에게 묻는 그녀의 목소리에 옷을 마저 다 걸고 몸을 돌려 그녀를 마주했다.
"전 남자 차 얻어 타는 거 별로 안 좋아해요."
"……."
"선아 씨는 좋아하나봐요."
이어지는 내 말에, 그녀의 고운 이마 위로 두꺼운 선 하나가 쭉 그어졌다. 최지훈이 짧게 웃음을 터트리자, 그녀는 애써 주름진 이마를 펴며 메이크업을 수정해야 한다는 핑계로 가야 한다고 말을 했다.
그리고 또 보란 듯이 어제 일을 사죄하며 나중에 밥 한번 먹자는 말을 꺼낸다.
내가 너무 시간을 끌어서 미안해서 그래.
괜찮다는 최지훈의 말에도 그녀는 꿋꿋했고 결국에 최지훈의 입에서 알았다는 말이 나오는 걸 듣고 나서야 대기실을 나섰다.
그녀가 나간 것을 확인하고 나서야 최지훈은 꾹 참고 있던 입술을 늘어뜨리며 큰소리를 내 웃었다.

하하.

뭐가 그렇게 웃긴지 고개를 젖혀가며 죽겠단 표정을 한다.

"아, 진짜 웃겨. 너 완전 세게 나간다?"

내가 한 말이 웃겼던 걸까, 딱히 한 방 먹이려고 한 말은 아니었는데 그녀에게 제법 잘 먹혀들어갔나 보다.

"저거 슬슬 긁네."

어느덧 나에게 다가와 메이크업 대에 앉은 최지훈이 웃던 입가도 죽인 채 심란한 얼굴을 했다.

"뭐가?"

"너한테."

"……."

"니 속을 이렇게 박박 긁잖아."

그러면서 장난스럽게 손가락을 세워 내 팔 위를 살살 긁는다. 최지훈의 눈에도 우리 둘 사이에 엉켜 있는 미묘한 기운이 느껴졌나 보다.

"너야말로 저렇게 대해도 돼?"

"나중에 적당한 말로 구슬려주면 또 좋아해."

"……."

"그거 내 전문."

어떤 달콤한 말로 그녀를 녹일지 알 수 없었지만 그것에 있어서는 자신만만한 듯 보였다. 이미 토라졌던 여자들을 말로 풀어낸 전적이 여럿 있는지 최지훈의 말과 표정은 어딘가 모르게 믿음이 갔다.

그래, 그러고 보니 말 하나는 정말 잘했던 것 같기도 하다. 거기에 나도 꽤 여러 번 당했던 것 같기도 하고.

"내가 보이는 데 있으면 이렇게라도 해주는데, 없으면 나도 못 도와준다."

걱정하는 듯한 말들에 나는 희미하게 웃었다.

"걱정 마, 나 미움 받는 거 익숙해."

"……."

"너무 당해서, 이제 이 정도는 아무것도 아니야."

지금과 같은 상황이 덤덤하게 느껴질 정도로 나는 이미 고등학교 때 여자가 갖고 있는 질투에 대하여 이골이 난 상태였다. 그녀가 어떤 식으로 나에게 제 감정들을 표출할진 알 수 없었지만 적어도 최율에게 당했던 것만큼은 아닐 거라 생각한다.

너무나도 태연하게 흘러나온 내 말에 놀란 건 최지훈이었다. 장난스럽게 내 팔 위로 움직이던 손을 뚝 하고 멈추더니, 인상을 구긴 채 나를 바라보며 묻는다.

"왜, 언제. 누가 널 그렇게 괴롭혔는데?"

그 말에 대답을 하는 대신 가방 속에 넣어두었던 대본을 꺼내 들어 옷을 체크했다.

이거 입어.

첫 촬영 때 쓰일 옷을 꺼내 건네주자, 최지훈의 표정이 알싸하게 변했다.

옷을 입은 뒤, 촬영에 들어간 최지훈을 뒤에서 바라보다가 문득 최지훈의 뒤로 펼쳐져 있는 커다란 세트장에 시선이 갔다.

이런 건 도대체 어떻게 만드는 걸까.

하루는 실제 집처럼 느껴지는 공간이 되었다가도 또 하루는 정말 일반적인 회사 안에 있는 사무실처럼 꾸며 놓은 공간에 절로 감탄이 흘렀다.

세세한 소품들부터, 내가 그동안 보았던 드라마 속 장면들이 거의 대부분 스튜디오 세트장이라고 하니 새삼 방송이라는 건 대단하다는 생각이 들었다.

"지훈이 보고 있어요?"

"아……."

순간 뒤에서 들려오는 목소리에 고개를 돌리자 그곳에는 이제 막 촬영에 들어갈 참인지 아까와 다른 옷을 입고 있는 그녀가 서 있었다.

"연기 잘하죠, 지훈이."

"아, 네. 그러네요."

"보통 코디들은 연기 들어가면 몰래 뒤에서 졸거나, 앉아서 쉬거나 하는데. 그쪽은 아닌가봐."

솔직하게 최지훈이 아닌 세트장을 보고 있었다 말하려 했지만 그래봤자 달라지는 게 뭐가 있을까 하는 생각이 든다. 그녀는 이미 나에게 좋지 않은 인식을 색안경처럼 끼고 있었고, 그건 날 향한 말투를 보면 알 수 있었다. 다른 코디들이라는 운을 떼며 말하는 그녀는 줄곧 최지훈 옆에 서성이며 있는 나를 안 좋게 생각하는 게 분명했다.

"돈 받고 일하는 건데, 제대로 해야 저도 마음이 편해서요."

"지훈이랑 친해?"

"네?"

"지훈이랑 친하냐고."

뜬금없이 흘러나온 말로도 모자라 반말까지. 아까 최지훈 앞에선 그렇게 예쁘게 웃더니 내 앞에서는 내려앉은 얼굴 그대로 서슴없이 내비친다.

"그건 왜요?"

"아니, 그냥. 친해 보여서."

"우리 둘, 그렇게 친한 거 아니에요."

"……."

"선아 씨 눈에만 그렇게 보이는 걸 거예요, 아마."

틀린 게 하나 없는 말이었지만 그녀의 자존심에 스크래치를 내기에는 충분한 발언이었을 거다. 결과적으로 그녀는 몹시 기분이 상했다는 듯한 표정을 내 앞에서 짓고 있었다. 태연하기 짝이 없는 내 얼굴에 화가 났는지, 그녀는 한쪽 입꼬리를 올리며 옅게 웃음을 흘렸다.

"아, 그래?"

"……."

"갑자기 시원한 아메리카노가 마시고 싶네."

그녀는 더운 듯 한 손으로는 얼굴 위로 손부채질을 하며 옆에 서 있는 스태프에게 웃으며 말을 건넸다.

"커피 마실래요? 지훈이 코디가 쏜다고 하네."

"어, 정말요?"

"무슨, 제가 언제……."

"난 아메리카노 부탁해요."

"……."

"여기 스태프들 인원 수 보면 몇 개 사와야 하는지 알겠죠?"

그녀는 뻔뻔스럽게 그렇게 웃으며 주변 스태프들까지 불러 모았다. 고맙다고 말하는 사람들의 말들에 이제 와 내뺄 수도 없는 노릇이었다. 하는 수 없이 작게 숨을 내몰아 쉬며 천천히 스튜디오 안을 가득 채운 스태프들과 배우들의 수를 세자 그녀가 기분 좋은 웃음을 지으며 내게 말했다.

"아, 그리고 여기에 없는 연기자들 모를까봐 말하는 건데 14명이예요."

그리고 그 쓸데없는 친절함에, 나는 하나둘씩 세던 숫자에 14을 더해야만 했다.

그녀는 내게 최율과 다를 바 없는 여자들 중 하나였다. 나를 어떻게 하면 최지훈 옆에서 떨어뜨려 놓을까, 괴롭힐까 궁리를 하는 것처럼. 억울하지만 방금 건 내가 한 방 먹었다.

방송국 1층에 위치한 커피 전문점으로 향하면서도 발걸음이 화에 못 이겨 짓눌러진다. 화가 나는 게 당연했다. 과거에도 그랬고, 지금도 그렇고. 나는 언제나 그녀들에게 당하기만 하는 미련한 역할밖에 되지 못하고 있었다.

카운터에 가서 아메리카노 51개라는 숫자를 말하면서도 스스로가 민망해져 죽을 것만 같았다. 커피가 그만하니 가격도 만만치 않았다. 쓰지 않아도 될 돈을 썼다는 기분에 잠깐 동안 울적했다가, 그냥 애들과 만나 술 몇 번 안 마신 셈 치자며 나 자신을 위로했다.

꽤 오랜 시간 가만히 테이블에 앉아 시간을 보내다가 울리는 진동 벨에 카운터로 다가서니 보기만 해도 어마어마한 개수의 커피들이 줄을 서 있었다. 4개씩 묶음이 되어 있는 커피들을 하나둘씩 건네주는 점원도 민망했고, 그걸 받고 있는 나도 기분이 좋진 않았다.

"혼자 다 들고 가실 수 있으세요?"

"몇 번 왔다 갔다 하죠, 뭐."

"정 그러시면 저희가 옮겨드릴까요? 몇 층이세요?"

"아, 아니에요. 제가 그냥 할게요. 신경 써주셔서 감사합니다."

제 일처럼 생각해 도와주려는 마음은 고맙지만 방송국 내에 딱 하나 있는 커피집이다 보니 손님도 그만큼 많았다. 내가 주문한 커피를 만드는 사이, 길게 밀려 있는 줄이 멋쩍어 혼자 하겠다고 말하자 점원이 제법 걱정스런 표정을 지었다.

양 손가락에 최대한 걸 수 있을 만큼 커피를 걸고, 엘리베이터로 향했다. 아직 남아 있는 커피들도 꽤 있으니 적어도 다섯 번 정도는 내려갔다 와야 할 것만 같았다. 문이 열리고, 사람들이 빠져나가는 것을 확인하고 나서야 엘리베이터에 타기 위해 걸음을 옮기자 순간 날 부르는 이름에 발이 뚝 하고 멈췄다.

"어, 이재희."

소리가 난 쪽으로 고개를 돌리자, 그곳에는 다름 아닌 가람이가 서 있었다.

"너 왜 여기 있어?"

내가 묻고 싶은 말이었다. 타려고 했던 엘리베이터의 문이 닫히고, 가람이와 단둘이 남겨진 상황에 제멋대로 심장이 빠르게 뛰었다.

"어, 그게……."

"이건 또 뭐야?"

가람이는 설핏 인상을 구기며 내 손에 들려 있는 무수한 커피들을 내려다보았다.

어쩌지.

온갖 잡다한 생각들이 머릿속에 흐트러지면서 아무것도 생각나지 않았다. 그래도 계속 대답을 하지 않는다면 수상하게 생각할 게 뻔해 일단은 웃으며 입술을 열었다.

"나, 잠깐 여기에 일 좀 도와주러."

"무슨 일?"

"아, 그게 김연수 교수님이 부탁한 일 좀 하려고."

"김연수? 뭐, 코디?"

나와 같은 학교에 다니고 있던 가람이었기에 교수님이 어떤 일을 하시는지 잘 알고 있던 가람이는 곧바로 나에게 또 질문을 던졌다.

"누구 코디."

"아, 그거 말고. 다른 거. 방송국 스태프 같은 거 해주고 있어."

"언제부터?"
"한… 삼 일 전."
"아, 어쩐지. 너 요즘 연락 잘 안 된다더니 이거 때문이었어?"
"어? 어, 응."
"근데 뭐하러 이런 일을 해, 민호도 알아?"
민호라는 말에 나는 또 다급하게 고개를 내저으며 입술을 열었다.
"아니, 민호 몰라! 말 안 했어."
"…뭐야, 너 왜 이렇게 놀래?"
"아, 민호가 알면 좀 그래서. 안 그래도 집에서 쉬라고 했거든."
"그럴 만도 하지, 민호가 너 일하는 거 좀 싫어하냐."
가람이는 이내 혀를 쯧쯧 차며, 손을 뻗어 내 손가락에 주렁주렁 매달려 있는 커피를 반이나 대신 가져가 주었다.
"넌, 여기 무슨 일이야?"
"나 삼촌이 여기 예능 PD로 일하거든. 오랜만에 얼굴 좀 볼까 해서 왔더니, 널 여기서 다 만나네."
"아… 이제 가려고?"
"어, 가야지."
간다는 말에 안도의 숨이 흘렀다가.
"너 이거 옮겨주고."
또 그 말에 숨이 턱 하고 막혔다.
"아니야, 나 혼자 할 수 있어."
"혼자는 무슨, 여자애가. 땀 좀 봐라, 힘들어 죽으려고 하는구만."
"……."
"어디야, 몇 층?"

엘리베이터 버튼을 꾹 누르며 묻는 가람이의 말에 순간 머릿속이 새하얘졌다. 분명 가람이와 함께 간다면 최지훈과 마주칠 테고, 그럼 내가 지금 하고 있는 일이 최지훈의 코디인 걸 알게 될 게 뻔했다. 그걸 안 가람이가 날 이해해주며 민호에게까지 입을 다물어줄지 미지수였다. 어찌 되었든 가장 안전한 방법은 아예 최지훈과 마주치게 하지 않는 것뿐.

"괜찮다니까, 나 혼자 할 수 있어."

"왜, 내가 도와준다니까. 무슨 일을 이런 식으로 시켜, 여자애한테 이 많은 걸 다 들게 하고. 세상 야박하네."

가람이는 잔뜩 인상을 찡그리며 이런 일을 나 혼자 하게 시킨 사람들을 욕했다.

어쩌지.

초조하게 눈동자를 굴리며 생각해봐도 가람이를 돌려보낼 핑계가 도무지 생각나지 않았다.

어쩌지, 어떻게 해야 돼. 어뜩하냐고.

아무리 생각해도 나오지 않는 답에 어쩔 줄 몰라 하고 있는데…….

"야!"

뒤에서 들려오는 목소리에 고개를 돌리자 그곳에는 이제 막 도착한 엘리베이터에서 내린 최지훈이 험악할 정도로 인상을 구긴 채 나에게 다가오고 있었다.

"너 누가 이딴 거 하래, 누가 시켰어?"

큰 보폭으로 단숨에 나에게 다가와 내 손에 들려 있는 커피들을 신경질적으로 빼앗더니, 매서울 정도로 사납게 말을 한다.

화가 난 걸까, 누가 말한 거지.

한창 촬영을 하고 있어야 할 최지훈의 등장은 나에게 당황스럽다 못해 놀라울 정도였다.

"…최지훈?"

그리고 그건 지금 여기에 있는 가람이한테도 꽤 놀라운 일일 거다.

"니네 둘이, 왜 같이 있어?"

벙찐 표정으로 묻는 가람이의 말에 날 바라보고 있던 최지훈의 시선이 그제야 가람이에게 닿았고, 둘 사이에는 잠깐 동안 침묵이 흘렀다. 그리고 그 사이에 있는 난 그 어떠한 말도 할 수 없었다.

"니네 지금 뭐냐니까?"

가람이는 제법 당황했는지 안 그래도 큰 눈을 한 뼘 더 크게 뜬 채 나에게 묻고 있었다. 그런 가람이를 본 최지훈은 짧게 웃음을 터트리며 입술을 열었다.

"그럼 넌 뭔데, 지금."

"……."

"왜 이재희랑 같이 있어?"

뭐 때문에 화가 난 건지는 몰라도 아무런 죄 없는 가람이에게까지 곱지 않은 말투로 말을 한다. 일단, 자리를 피하는 게 먼저였다. 방송국 로비에 이런 식으로 서 있기에는 오고 가는 사람들도 많았고 그만큼 보는 눈도 많았다.

애써 두 사람을 데리고 비상구 계단으로 간 뒤 문을 닫고 나서야 한숨이 절로 나왔다. 도대체 이 상황을, 어떻게 설명해야 하는 걸까.

"이게 뭐야, 너랑 왜 최지훈이 같이 있어?"

"내 코디니까 같이 있지."

"뭐?"
"귀 안 들려? 내 코디로 있다고, 지금."
진짜… 안 그래도 좋게 상황을 굴려서 말해도 모자를 판에 완전 돌직구도 저런 돌직구가 없다. 나는 애써 최지훈을 노려보던 시선을 거두고 어이없어 하는 가람이를 바라보았다. 말이든, 죽이든 일단은 내뱉어야만 했다.
"그게… 가람아, 내가 설명할게."
"…너 지금 아주 잘 말해야 될 거다."
"……."
"민호, 이거 알아?"
가람이는 제법 화가 난 얼굴로 나에게 내가 가장 곤란해 하는 질문을 내던졌다. 내가 민호를 길게 만나 왔던 만큼, 가람이도 민호를 믿고 의지하는 면이 없지 않아 있었다. 그런 내가 민호를 두고 과거에 만났던 최지훈과 있으니 이 상황이 곱게 보이지 않겠지.
더군다나 가람이는 내 첫사랑이 최지훈인 것도 이미 다 알고 있었다. 내가 어떤 이유에서 최지훈을 좋아했던 감정을 정리하지 못한 채 밀어냈는지도, 그랬기에 여전히 잊지 못해 하는 것도. 전부 다.
그러니 지금 이 상황이 가람이의 눈에는 불순하게 보이는 게 당연했다. 그래서 위험한 거다. 모두 다 알고 있는 가람이의 눈에 최지훈과 붙어 있는 난 너무나도 불안정했기 때문이다.
"이민호가 알 리가 있나."
"……."
"알 뻔한 적은 많았는데, 내가 몇 번 봐줬어."
그 말에 날 바라보고 있던 가람이가 최지훈을 향해 시선을 옮기며 물었다.

"너도, 알고 있어? 재희, 민호랑 사귀고 있는 거?"
"어."
"……."
"근데, 그게 뭐?"
태연하게 내뱉은 최지훈의 말에 가람이가 어이없다는 듯이 짧게 웃음을 터트렸다. 둘이 나누는 대화보다야 내가 말을 하는 게 나을 것 같아 최지훈과 가람이 사이를 막아섰다.
"가람아, 내가 말할게."
"진짜, 너……."
"일주일뿐이야, 교수님이 부탁한 일이었는데 최지훈인 줄은 몰랐어."
"……."
"정말이야. 나 너한테 거짓말한 적 없는 거 알지. 민호한테 말해 봤자 상황이… 너도 알잖아. 그래서 말 안 했어. 그냥, 일주일뿐이니까……."
차근차근 정리해서 말해도 가람이의 마음을 돌릴 수 없을 판에, 나오는 말이라고는 전부 설득력 없는 것들뿐이었다. 말끝을 흐리며 답답함에 입술을 꾹 깨물자 가람이가 '후읏' 크게 숨을 내몰아 쉬며 나보다 더 복잡한 표정을 지었다.
"너 일단, 나중에 얘기해."
"……."
"민호 모른다니까 지금은 나도 그냥 넘어가는데, 얘기 들어보고 이해 안 가면 민호한테 말할 줄 알아."
제법 무서워 보이는 가람이의 말에 대답 대신 고개를 끄덕이자, 옆에 서 있던 최지훈이 한쪽 눈썹을 구기며 입술을 열었다.
"얘기 다 끝났어?"

"……."

"그럼 내 차례."

그 말을 끝으로 최지훈의 손이 내 어깨를 잡더니 가람이 쪽을 향해 서 있던 내 몸을 제 쪽으로 돌려세웠다.

"너 이거 누가 시켰어?"

그리고 내 눈앞에 보란 듯이 커피를 들어 올리며 묻는다.

"대답 안 해?"

사납게 내려앉은 최지훈의 목소리에 나도 모르게 순간 눈동자가 떨렸다. 도대체 지금 최지훈이 뭐 때문에 화가 나고, 나에게 묻는 건지 이해할 수 없었다. 고작 커피 하나에 화가 났다고 하기엔 이건 정말 말 그대로 커피일 뿐이었다. 누가 시켰던 간에, 내가 한다고 했던 간에. 결과는 똑같을 뿐이다.

"시켜서 한 거 아니야, 내가 산다고 했어."

"니가?"

"……."

"자발적으로?"

"……."

"웃기지도 않는 소릴 하고 있네, 지금."

어이없다는 듯이 웃음을 흘리는 최지훈의 모습은 어딘가 모르게 무섭기까지 했다. 지금처럼 화가 난 모습은 처음 보는 것이었기에 내 반응은 어쩌면 당연했다. 겁에 질려서, 아무런 말도 할 수가 없었다.

"이선아가 시켰어?"

"……."

"이선아가 너보고 사오라고 시켰냐고."

그 말에 옅게 인상을 찡그리며 꾹 다물고 있던 입술을 힘주어 열었다.

"누가 사오라고 한 게 중요해? 이미 샀고, 그냥 이건 기분 좋게 나눠주면 그만인데 왜 이렇게 화를 내?"

"화가 안 나게 생겼어, 지금? 뭐가 그만이야, 이딴 걸 니가 왜 해. 내 옆에 붙어 있으랬지, 누가 커피 심부름하랬어?!"

팍!!

공간을 크게 울리는 최지훈의 목소리와 함께 최지훈의 손에 들려 있던 커피가 벽에 부딪혀 바닥에 뒹굴었다. 그렇게 내게 소리를 지르고도 아직 화가 가라앉지 않았는지 최지훈은 크게 폐부를 들썩이며 입술을 짓눌렀다.

내가 무슨 말을 한다고 하더라도, 최지훈은 그 여자가 내게 이런 일을 시킨 거라고 확신하고 있는 듯 보였다. 나와는 떨어져 있어 모를 줄 알았는데 아니었다.

하지만 난 그때와 마찬가지로, 지금도 사실을 말하는 걸 두려워한다. 피해 받는 걸 끔찍이도 싫어하면서도, 한편으론 너에게까지 그 영향이 갈까 봐 차라리 나 홀로 받아내는 쪽을 택한다.

그때도 그랬었어, 나한테 최율이 했던 짓을 너도 보게 될까봐 두려워 매정하게 돌아섰어. 그래서 난 그때부터 말하는 대신 참고 억누르는 것에 익숙해져 있어. 니가 사실을 알게 돼 아파할까봐, 그냥 꾹 참는 거야.

"니가 뭐라고 하든 간에, 이미 샀으니까. 이건 그냥 스태프들이랑 연기자들 가져다줄 거야."

"뭐?"

"니 이미지에도 나쁠 거 없잖아, 그것도 싫으면 그냥 니가 샀다 해. 난 상관없으니까."

"너 지금 내가 왜 화가 난지 모르지."

"알아, 근데 그게 뭐?"

"……."

"내가 말했잖아, 이미 샀다고. 그 말이 무슨 뜻인지 몰라? 니가 아무리 화내도 달리질 게 없다는 소리야."

내 말에 최지훈은 제법 알싸한 표정을 지었다. 짧게 웃기도 하며, 다시금 무서울 정도로 표정이 가라앉기도 했다. 그러다가도 아직 내 손에 남아 있는 커피가 마음에 걸렸는지 옅게 한숨을 내뱉으며 다가와 내 손에 들린 커피를 대신해 든다. 그리고 먼저 걸음을 옮겨 문을 연 최지훈이 뒤돌아 나를 바라보았다.

"너한테 이딴 짓 하는 거, 한 번만 제대로 걸려봐."

"……."

"그땐 가만히 안 있어."

그리고 닫힌 문에, 남겨진 나와 가람이는 한동안 움직일 수 없었다.

계단에서 나와 가람이와 함께 커피 전문점으로 가 최지훈이 던진 커피를 다시 샀다. 그리고 스튜디오로 향했을 땐, 내 손가락과 가람이의 손가락에는 주렁주렁 여러 개의 커피가 들려 있었다.

덕분에 잠깐의 휴식 시간이 주어졌고, 가람이와 하나둘씩 커피를 나눠주다가 마주한 최지훈은 너무나도 뻔뻔하게 웃고 있었다. 마치 방금 전 나에게 화를 냈던 최지훈은 거짓말처럼, 마치 연기를 하듯이 기분 좋게 웃고 있다.

그래도 아예 손해를 본 건 아니었다. 커피를 건네받은 스태프들은 저마다 고맙다는 말을 했으며 최지훈에 대한 칭찬까지 늘어놓았다. 매번 팬들이 보내준 서포터에 도시락 같은 것도 얻어먹는데 코디까지 나서서 커피를 돌리니, 이미지가 안 좋아지려야 안 좋아질 수가 없을 거다.

최지훈에 대해 좋은 말들을 듣자 신기하게도 밉게만 느껴졌던 그녀가 그다지 밉지가 않았다. 오히려 고마워해야 하는 걸까, 이런 생각 한 적 없었는데 덕분에 모두가 즐거운 상황이 되어 있었다.

잠깐의 휴식이 끝이 나고, 다시 촬영에 들어간 최지훈의 모습을 확인하고 매니저에게 양해를 구해 가람이와 대기실로 향했다. 문을 닫고, 소파에 앉은 가람이는 잠깐 동안 넋이 나간 것처럼 멍한 표정을 짓고 있었다.

"최지훈, 쟤 성격 왜 저러냐? 옛날에도 더럽긴 했지만 지금은 완전 더 심한데."

아까 계단에서 마주했던 최지훈의 모습이 가람이에게 제법 충격적이었는지 아직도 믿기지 않는다는 얼굴이다.

그러게.

나는 작게 한숨을 내몰아 쉬며 가만히 손끝을 내려다보았다.

"시간이 변하긴 변했나 보다."

"…그런가."

"하긴, 시간 앞에 안 변할 사람이 어디 있어. 쟤도 사람인데."

가람이는 제법 긴 시간을 살아온 늙은이처럼 세월아, 네월아 하는 목소리로 태평하게 말했지만 최지훈이 변한 데에 큰 몫을 차지하고 있던 난 차마 아무런 말도 할 수 없었다. 그때였다. 노크도 없이 대기실 문이 벌컥 열리더니, 문을 열고 들어온 건 이선아였다.

"…어머, 사람이 있었네. 난 그것도 모르고……."

내 옆에 앉아 있는 가람이를 본건지 굳히고 있던 얼굴을 애써 펴며 수줍게 웃는다.

"고맙다는 말 전하려고 왔어요, 잘 마실게요."

꼭 마치, 내게 무슨 할 말이 있어 온 건데 가람이 때문에 다른 핑계를 대는 것처럼 그녀의 말은 어딘가 모르게 어색하기 그지없었다. 그 말을 끝으로 거침없이 문을 열었던 것과 달리 조용히 문을 닫고 나가는 모습에 가람이 짧게 웃음을 터트리며 입술을 열었다.

"저건 또 어디서 굴러 들어온 여우야?"

그 말에 나 역시 웃으며 대답했다.

"그러니까 말이야."

지금 이 순간만큼은, 아무 생각 없이 웃을 수 있었다.

가람이에게는 모든 걸 솔직하게 털어놓았다. 내 얘기를 다 듣고 난 뒤 가람이는 더욱더 난해한 표정을 하고 있었다. 그도 그럴 만한 게, 나는 최지훈 옆에 무슨 목적을 원해 옆에 있는 게 아니었기 때문이다.

그동안 갖고 있었던 죄책감이나 미련 같은 것들을 최지훈 옆에서 조금이라도 덜어내고 싶은 것이었다. 일주일 후에 부모님께 말씀드려 민호와 약혼을 한다는 얘기와 유학도 갈 거라는 말에 가람은 '후욱' 한숨을 내뱉으며 심란한 표정으로 나를 바라보았다.

"나도 몰랐는데 최지훈이 그때 너랑 헤어진 게 좀 충격이긴 했나 보다."

"……."

"그래서 성격도 저렇게 변한 거 아니야. 안 그래도 싸가지 없었는데 더 없어졌네."

완전 무서워지고.

가람이는 혀를 차며 툴툴 댔다.

"그래서 안 그래도 미안해 하고 있던 니가, 최지훈 저런 모습에 더 미안함을 느꼈을 테고."

"……."

"너 진짜, 자원봉사 하냐?"

그 말에 나는 살며시 인상을 찡그리며 입술을 열었다.

"왜 말이 그렇게 돼?"

"내 말이 틀렸어? 그때 너랑 최지훈이 헤어진 것도 100% 니 잘못 아니라고 내가 말했지."

"……."

"최율이 너한테 최지훈 몰래, 최지훈 걸고 협박질해서 그런 거였잖아. 넌 진짜 답답하게 예나 지금이나 왜 그렇게 걜 신경 써, 어? 넌 피해자라니까? 니가 지금 뭐 때문에 안 다녀도 될 병원까지 다녀가면서 약을 먹고 사는데, 이제 와서 그런 최지훈 옆에서 코디라니. 이게 자원봉사가 아니면 뭐야? 오늘 보니까 성격도 더러워졌구만."

가람이가 흥분해 나에게 혼을 내듯이 말을 하는 것도 이해가 가지 않는 건 아니다. 하지만 그 말이 전적으로 다 맞는 것도 아니었다.

"그래도 밑도 끝도 없이 아무런 설명도 안 하고 헤어지자고 말했던 건… 내 잘못이 맞아."

"……."

"그러니까, 다… 오해 때문에 그런 거니까. 그냥 눈 감고 넘어가줘. 어차피 이제 며칠 안 남았어. 민호한테는 내가 나중에 시간 좀 지나면 말할 테니까."

내 말에 가람이가 또 한 번 '푸욱' 한숨을 내쉬더니 마지못해 알았다며 고개를 끄덕였다. 안 그래도 남의 연애사에 끼어들기 뭐했다며 뒤늦게나마 가람이가 솔직하게 고백했다.

"민호한테 말하는 내 입장도 생각해봐라, 생각만 해도 아찔하다."

"고마워."

그때였다. 두어 번, 문을 두드리는 노크소리에 고개를 돌리자 문을 열고 들어온 건 매니저였다. 옷 수정 좀 부탁한다는 말에 서둘러 자리에서 일어나 가람이에게 기다리라고 말한 뒤, 매니저를 따라나섰다.

옷을 수정해준 뒤, 곧바로 다음 신 촬영으로 넘어가기 위해 준비를 하고 있는 최지훈의 모습을 가만히 바라보다가 뒤늦게 매니저에게 죄송하다고 말했다. 원래는 이곳에 서서 수시로 봐줬어야 하는 건데, 가람이가 와 있어 그러지 못했던 나를 매니저는 별반 대수롭지 않게 생각하며 괜찮다고 말했다.

그래도 앞으로 일을 하려면 가람이를 돌려보내야겠다는 생각을 하며 대기실로 가기 위해 걸음을 옮기자, 순간 앞을 막아서는 그림자에 고개를 들었다.

"어디 가나 봐요?"

이제는 지긋지긋할 지경이었다. 이런 식으로 말을 걸어오는 것도, 웃으면서 말을 건네는 것도.

"아까 지훈이 밑층으로 내려갔던데, 별 얘기 없었어요?"

그녀는 도대체 뭐가 문젠 건지, 계속 나를 들들 볶다 못해 성가시게 만들고 있었다.

후읍.

크게 숨을 내몰아 쉬며 입술을 열었다.

"왜요, 그쪽이 시켰다고 내가 말했을까봐요?"

"설마, 말했다고 한들 지훈이가 나한테 뭘 어쩌겠어요."

"……."

"앞으로 계속 연기를 해야 하는 내 말을 믿겠어요, 며칠 일 하고 말 그쪽 말을 믿겠어요?"

그녀가 한 말은 틀릴 것 하나 없었다. 나는 며칠 일하고 그만둘 사람이고, 그녀는 드라마가 종영되는 내내 최지훈과 호흡을 맞춰야 할 인물이었다. 아무런 말도 못하는 내 모습에 힘입었는지, 그녀는 긴 손가락을 하나 세워 내 눈 앞에 가져다 놓았다.

"예를 들어서."

그리고서는 웃으며 곧게 세우고 있던 손가락으로 내 이마를 툭 하고 밀어냈다.

"내가 이렇게 너 친다고 해서 지훈이가 어떻게 못한다는 거야, 알아들어?"

꼭 마치, 벌레를 치우는 것처럼. 손이 닿았던 이마가 뜨끈해지면서 안에서 치고 올라오는 감정들에 애써 호흡을 가다듬으며 말했다.

"저한테 왜 이러세요?"

"그럼 넌 왜 지훈이한테 내 뒷얘길 그딴 식으로 해?"

"……."

"일부러 그랬다는 증거 있어?"

역시나도 그날 있었던 일이 문제였다. 얘기해 봤자 달라질 것 하나 없는 상황들에 진이 빠져 시선을 틀자, 때마침 카메라 너머로 소파에 앉아 대본을 보고 있던 최지훈과 순간 눈이 마주쳤다. 그 모습에 놀라 나도 모르게 먼저 시선을 피했다. 언제부터 보고 있었던 걸까, 설마. 내 이마를 밀친 그녀의 모습도 본 건 아닐까.

곧 촬영을 재개한다는 스태프의 말에 내 앞에 서 있던 그녀가 나를 스쳐 지나갔다. 점점 더 멀어지는 구두소리에도 날뛰던 심장이 가라앉질 않는다. 아주 잠깐 동안 마주쳤던 최지훈의 시선과 계단에서 나에게 했던 최지훈의 말들이 또렷하게 생각났다.

너한테 이딴 짓 하는 거 한번만 걸려봐. 그땐 나도 가만히 안 있어.

무서운 그 말들이 자꾸만 귓가에 웅웅거렸다.

하지만 다행스럽게도, 별다른 일은 일어나지 않았다. 혹시라도 무슨 일이 생기지 않을까 싶어 가람이가 있는 대기실로 가지도 못한 채 서 있었지만 시간이 흐를수록 마음속 불안감은 곧 침착하게 내려앉았다.

기분 탓이었나, 다행이다. 못 봤나봐.

그런 안이한 생각을 하며 홀로 안도하고 있는데 순간 스튜디오 안이 술렁거리기 시작했다.

뒤에서 들려오는 조잡한 소리에 촬영을 하고 있던 감독이 컷을 외치며 신경질적으로 뒤를 돌아봤다.

"왜 이렇게 시끄러워, 지금 촬영하는 거 안 보여?"

"아니, 그게 저……."

"뭔데?"

"누가 왔는데요."

"누구?"

의자에 기대어 앉아 있던 감독이 스태프의 말에 몸을 일으켜 소리가 나는 쪽을 바라보았고, 내 시선 역시 그쪽으로 향했다. 그리고 점점 더 가까이 들려오는 경쾌한 구두 소리에, 앞을 가로막고 있던 스태프들이 몸을 비켰고 그 순간 마주한 건 다름 아닌.

"……."

최지훈의 누나, 최지연이었다.

그녀의 등장에 놀란 건 나뿐만이 아니었다. 스튜디오 안을 가득 메우고 있던 사람들 모두가 그녀의 예상치 못한 등장에 놀라다 못해 얼떨떨한 표정을 지었다. 어느덧 스튜디오 안으로 들어와 감독 앞에 선 그녀는 기분 좋게 웃으며 입술을 열었다.

"장 감독님, 그동안 안녕하셨어요?"
"아니, 지연 씨가 여긴 웬일이야."
"아, 마침 이 앞을 지나가고 있어서요. 지훈이도 볼 겸 오랜만에 감독님도 뵙고 싶어서 들렀어요."
그녀의 말에 감독은 '허허' 웃으며 흐뭇한 얼굴로 바라보았다. 확실히 여배우의 포스는 무시할 수가 없었다. 옛날에도 그녀의 인지도는 높았지만 이제는 국민 여배우라고 말할 수 있을 정도로 인기가 많았다. 길가는 어느 남자를 붙잡고 좋아하는 여자배우가 누구냐고 물어본다면 거의 대부분의 남자들이 최지연을 입에 올릴 만큼 모든 남자들의 이상형이기도 했다.
학벌에, 미모에, 연기에. 어느 것 하나 대한민국 최고라고 말해도 손색이 없을 정도로 모든 걸 갖추고 있던 그녀가 영화 촬영지도 아닌 방송국 스튜디오에 돌연 듯 나타났으니, 모두가 놀라 하는 건 어찌 보면 당연한 것이었다.
하지만 그게 다가 아니었다. 순간 문 뒤로 몰려 들어오는 사람들에 손에는 수북한 음료수와 고급스러워 보이는 빵들이 한가득 들려 있었다.
"그냥 오기 좀 뭐해서 간식거리 좀 사왔는데, 잠깐 드시고 하세요."
"아니, 뭘 이런 걸 다 준비해왔어. 그냥 와도 고마운데."
"제 동생이 폐 끼치고 있는데 누나가 어떻게 그래요."
웃으며 말하는 그녀의 말에, 순간 교수님이 했던 말이 머릿속에 떠올랐다.
여기 관계자들도 얘 누나 때문에 함부로 못 대해.
그땐 별로 실감이 잘 나지 않았는데 지금 이런 상황을 눈으로 확인하니 알 수 있을 것 같다. 그녀의 말 한 마디, 표정 하나까지도 무시할 수 없을 정도로 그녀가 서 있는 위치의 파급력은 이쪽 세계에선 어마어마한 듯 보였다.
"선아 씨도 오랜만이네."

“아, 안녕하세요.”

감독이 자리를 옮기자 그녀의 시선은 자연스레 세트장 안쪽에 서 있는 이선아에게 향했다. 마치, 기다렸다는 듯이 의도적으로. 그녀가 아는 척을 안 했더라면 계속 모르는 척할 생각이었는지 그녀에게로 다가서는 이선아의 표정은 어딘가 모르게 어두워져 있었다.

“왜, 내가 먼저 아는 척해서 기분 나빠?”

“네? 아니, 전혀요. 무슨 말씀을 그렇게 하세요. 서운해요.”

“아니, 표정이 안 좋기에. 억지로 웃는 것 같기도 하고.”

그녀의 말에 이선아는 아니라며 손사래를 쳤지만 그녀는 시종일관 웃는 얼굴로 그런 이선아에게 계속 질문을 던졌다.

“우리 지훈이랑 같이 연기하기 힘들지?”

“아뇨, 지훈이가 선배님 동생이라서 그런지 워낙 연기를 잘해서 오히려 제가 더 배우고 있어요.”

“그렇게 말해주니까 기분은 좋네. 고마워.”

서로 웃으며 주고받는 대화였지만 표면적인 겉모습뿐이라는 인상이 아주 강했다. 둘 사이의 대화를 지켜보는 것만으로도 기가 빨리는 것 같아 대기실로 가려고 했지만, 그러지 못했다.

“어, 너.”

고개를 돌린 그녀의 시선이 향한 곳은 다름 아닌 나였다.

“재희, 맞지. 그치.”

“아, 저기 그게… 안녕하세요.”

그녀는 방금 전, 이선아와 대화를 주고받았을 때와는 확연하게 다른 얼굴로 나를 보며 기분 좋게 웃고 있었다. 그것으로도 모자라 한걸음에 내게 다가와 다짜고짜 내 손을 꼭 잡고 들뜬 얼굴로 물었다.

"니가 여기 왜 있어? 몇 년 만이지, 와. 기억도 잘 안 나네."
"지금 잠깐, 지훈이 코디 일 해주고 있어요."
"어머, 그래? 지훈이는 왜 그런 걸 말을 안 해, 내가 너 얼마나 보고 싶어 했는데."
그녀는 고등학교 때 딱 한 번 본 내 얼굴을 기억하는 걸로도 모자라 내 이름까지 확실하게 알고 있었다. 횟수로 따지자면 7년은 더 됐는데, 그녀의 기억력이 좋은 건지 아니면 그때의 내가 그녀의 인상에 강하게 박혔던 건지 알 수 없었다.
"둘이, 아는 사이예요?"
뒤늦게 이쪽으로 다가온 이선아가 굳은 표정으로 나와 그녀를 번갈아 보며 물었고, 그 물음에 그녀는 내 손을 꼭 움켜쥐며 말했다.
"그럼, 우리 지훈이가 처음 집에 데려온 여잔데. 내가 모를 리가."
"네?"
"재희랑 지훈이, 같은 고등학교 다녔어. 몰랐구나, 넌."
순간 그 말을 들을 이선아의 표정이 딱딱하게 굳어지면서 나를 바라보는 눈동자가 어딘가 모르게 위태롭게 흔들린다.
"이제 알았으면 앞으로 우리 재희도 신경 좀 써줘."
"……."
"내가 정말 좋아하는 애거든."
그 말에, 이선아의 얼굴이 순간 새파래졌다. 지금 이 순간 우위는 더 이상 그녀가 아니었다. 지금 이곳에서 그녀의 머리 꼭대기에 서 있는 건 다름 아닌 최지연이었다. 나이도 그랬고, 경력도 그랬다. 출현한 작품수도 비교도 할 수 없을 거고, 괜히 그녀의 눈에 안 좋게 비췄다간 자신에게 득이 될 게 없다고 생각했는지 이선아는 애써 굳어져 있던 표정을 펴며 나에게 친절하게 말했다.

"어머, 재희 씨. 내가 그걸 몰랐네. 미리 말이라도 해주지 그랬어, 지훈이랑 아는 사이라고."

"……."

"선배님도 예뻐하는 동생이라니… 앞으로 저도 더 신경 써줘야겠어요."

한눈에 봐도 경직되어 있는 그녀의 미소는 불안해 보일 정도였다. 애써 그 말을 내뱉고 그녀는 잠깐 메이크업 좀 고치고 오겠다며 자리를 피했다. 그리고 이미 상황이 다 정리가 된 후에야 느릿느릿, 최지훈이 이쪽으로 걸어왔다.

"너 왜 말 안 했어?"

"뭘?"

"재희, 니 코디하고 있다며."

"그걸 왜 너한테 말해?"

"이게, 진짜."

그녀는 평소 버릇처럼 최지훈의 머리 위로 손을 올렸다가, 순간 이 곳이 집 안이 아닌 스튜디오 안이라는 것을 깨달았는지 황급히 손을 내리고 주변을 둘러보았다. 그리고 '하아' 작게 숨을 내몰아쉬며 나를 향해 웃으며 물었다.

"재희야, 지훈이 대기실이 어디니?"

그 눈부신 미소에, 나는 곧장 앞장서 그녀를 데리고 대기실로 향할 수밖에 없었다.

대기실에 도착하자마자 그녀의 손이 최지훈의 머리를 거하게 한 대 쳤다.

아, 왜 때려!

본능처럼 흘러나온 말이 버릇없게 느껴졌는지 또 한 번 그 고운 손이 머리를 거세게 후려친다.

너 아까 뭐라고 했어, 누나보고 너? 너?

한 박자, 한 글자마다 퍽, 퍽.

다 큰 남매가 큰소리를 내며 싸우는 모습을 가만히 바라보다가 순간 잊고 있었던 무언가가 떠올라 고개를 돌렸다.

아, 맞다. 가람이.

아까 최지훈의 메이크업을 수정해 주기 위해 대기실을 나서면서 기다리라고 했는데 그러고도 몇 시간이 지나 있었다. 아무런 연락이 없기에 집으로 돌아간 줄 알았는데, 소파에 누워 곤히 잠들어 있는 모습에 절로 한숨이 흘러나왔다.

"가람아, 일어나봐."

"아… 뭐야, 벌써 왔어?"

벌써라니, 두 시간이나 지났는데.

"근데, 왜 이렇게 시끄러워?"

"아니, 그게……."

"어, 뭐야… 잠이 덜 깼나."

"……."

"저기, 최지연 아니야?"

잠으로 얼룩이진 눈을 비비며 말한 가람이의 목소리에, 순간 최지훈을 향해 가격을 하던 그녀의 손이 뚝 하고 멈춘다. 그리고 마주한 가람이의 모습에 놀랐는지 커다란 눈을 동그랗게 뜬 채 서둘러 흐트러진 머리카락을 정리하며 발개진 손을 뒤로 숨겼다. 아무도 없을 줄 알았는데, 그게 아니었던 거다.

"어, 안녕하세요. 지훈이 누나예요."

"맙소사, 진짜 최지연이예요?"

"네, 네? 아… 네."

"나 실물 처음 봐, 누나!"

그리고 잠이 덜 깨서였는지, 아니면 너무 좋아서였는지 몰라도 가람이가 소파에서 일어나 가장 먼저 한 건 두 팔 벌려 달려가 무작정 그녀를 껴안는 것이었다.

일이 어떻게 굴러가는지 모르겠다. 힘주어 꼭 끌어안은 가람이의 행동에 당황스러웠는지 그녀는 어쩔 줄 몰라 하는 표정을 지었고, 간신히 나와 최지훈이 말리고 나서야 가람이는 감격한 얼굴로 그녀에게서 떨어진 뒤 다시 한 번 그녀를 마주했다.

"제가 진짜 군대에 있을 때 누나 때문에 버텼거든요."

그 말에 신기하게도. 방금 전까지만 해도 당황스러움이 가득했던 그녀의 얼굴 위로 잔잔한 미소가 번졌다.

"그랬어요?"

여배우 포스가 물씬 풍기는, 화보에서 볼 법한 웃음이었다.

간신히 가람이를 진정시키고 나서야 우리 넷은 소파에 마주 보고 앉을 수 있었다. 최지훈과 최지연, 나와 가람이. 하지만 대화를 주고받는 건 오로지 그녀와 가람이 단둘뿐이었다.

"혹시, 아이돌 가수예요?"

"어, 아니요. 그냥 학생이에요."

의상 디자인학과답게 평소 옷에 관심이 많았던 가람이의 옷차림은 내가 보기에 평범한 것이었지만 그녀의 눈에는 아니었다보다. 끼고 있는 악세사리도 많고, 패션처럼 머리도 주기적으로 염색을 했기에 지금은 샛노란 금발이었다.

"아, 전 또… 죄송해요, 제가 그런 걸 잘 몰라서. 방송국에 있기에 전 가수인 줄 알고."

"아니에요, 저야 영광이죠. 제가 전공이 이쪽이라… 평소 옷에 관심이 좀 많아요. 되게 정신없죠."

뭐가 그리도 좋은지 '셀셀' 해맑게 웃으며 말하는 가람이의 모습에 그녀가 손으로 입가를 가리며 조심스레 말했다.

"아니, 얼굴이."

"……."

"너무 귀여워서. 아이돌 가수인 줄 알았는데."

이건 또, 무슨 소리야.

정확히 그 말에 나와 최지훈의 표정이 뭐 씹은 표정처럼 변했다. 안타깝게도 이 시간이 계속되었으면 좋았겠지만 요란하게 울리는 핸드폰 벨소리에 가람이가 자리에서 일어나 대기실 밖으로 나가 전화를 받았다. 그리고 잠깐 사이에 끝이 난 통화에 잔뜩 풀이 죽은 얼굴로 들어와 나에게 말을 했다.

"아, 재희야. 나 가봐야겠다."

"왜? 무슨 일 있어?"

"아니, 엄마야. 나 때문에 서울 올라오셨는데 저녁 약속한 걸 깜빡했네."

"늦지 말고 빨리 가봐. 연락할게."

"어, 어. 그래. 최지훈 너도 나중에 한번 제대로 보자."

"시간 나면."

애써 가람이가 건네준 인사에 쌀쌀 맞게 구는 최지훈을 힐끗 노려보았다. 꼭 이런 것만 고등학교 때와 똑같다. 하지만 가람이에게 있어 최지훈의 반응은 지극히 당연한 거였는지 별 대수롭지 않은 표정으로 시선을 옮겨 그녀를 바라보았다.

"누나, 저 먼저 가볼게요."

"어, 벌써 가요?"

"네, 가봐야죠. 만나서 너무 영광이었어요. 최고예요. 제가 군대에 있었던 1년 9개월을 오로지 누나 사진 하나로 버텼다는 것만 알아주세요."

양손 다 엄지까지 치켜세우며 최고라고 말을 한 가람이는 90도 가까이 정중하게 그녀에게 인사를 한 뒤, 대기실을 나갔다. 떠들어대던 가람이가 사라지자 금세 대기실 안은 적막이 흘렀다. 하지만 그것도 얼마가지 못했다. 가람이가 나간 대기실 문을 빤히 바라보던 그녀가 고개를 돌려 나를 향해 제법 흥미로운 얼굴로 물었다.

"쟤 누구니?"

"아, 제 친구요."

"25살?"

"네."

"웬일이야."

"……."

"완전 귀엽네."

뭐라,구요.

하마터면 그 말이 입 밖으로 튀어나올 뻔했다. 나는 애써 입술을 꾹 누르며 웃음으로 그녀를 바라보았지만 이미 그녀의 눈에는 관심이 한가득 밀려나오고 있었다.

"야, 최지훈. 너도 쟤 알아?"

"누구?"

"방금 나간 애 있잖아. 이름이 뭐라고?"

"김가람이요."

"가람이, 가람이래. 너도 알아?"

날 향해 이름을 묻고, 다시금 최지훈을 바라보며 웃는다. 즐거운 듯한 템포 올라간 그녀의 목소리에 옆에 앉아 있던 최지훈이 설핏 인상을 구기며 입술을 열었다.

"야, 최지연. 너 노망났어?"

"뭐, 뭐?"

최지훈의 갑작스러운 발언에 당황스러웠는지 그녀가 말을 더듬었고, 최지훈은 그런 그녀를 향해 짙은 눈썹을 내리며 진중한 표정을 지었다. 마치, 오빠가 철없는 여동생을 바라보며 말을 하는 것처럼.

"너 지금 몇 살이야?"

"내 나이는 왜 묻는데?"

"쟤 25살이야."

"……."

"적당히 들떠, 보기 안 좋으니까."

냉정하게 내뱉는 말에, 내심 어딘가가 찔렸는지 그녀는 저도 모르게 구기고 있던 얼굴을 펴며 애써 태연하게 대답했다.

"누가 관심 있대? 그냥 물어보는 거야."

"그래? 그럼 더 재미있는 거 말해줄까?"

"뭘?"

"쟤 누나만 넷이야."

그 말에 애써 피고 있던 그녀의 얼굴 위로 자그마한 균열이 일어난다.

"재미있지?"

웃으며 말하는 최지훈의 목소리에, 그녀의 어딘가가 무너진 듯 보였다. 눈동자에 드리웠던 관심마저 처참하게 내려앉았다.

"나 갈래, 재미없어."

그녀는 최지훈의 발언에 제법 심통이 났는지 어깨에 걸치고 있던 핸드백

끈을 쭈욱 잡아당기며 자리에서 일어났다. 그 모습에 여전히 소파에 앉아 있던 최지훈이 눈으로 그녀의 뒤를 좇았다.

"또 어디 이상한 데 싸돌아다니지 말고 집에 바로 가라."

"이게 진짜, 봐주니까 누나한테 자꾸 헛소리 할래?"

그녀는 최지훈의 발언에 참고 있던 인내가 무너졌는지 뒤돌아서 안 그래도 구겨져 있던 얼굴 위로 주름 하나를 더 만들어냈다. 그러다가 문득 여배우에게 주름은 치명적이라는 사실을 인지했는지 억지로 얼굴을 풀며 고르게 숨을 내쉰다.

"내가 미쳤지, 이딴 것도 동생이라고."

억울한 일이라도 있는 건지, 그녀는 한숨을 푹푹 내쉬며 말끔한 새하얀 손을 올려 부채질을 하더니 이내 시선을 옮겨 나를 바라보았다. 그리고 언제 그랬냐는 듯이 웃으며 나에게 입술을 열었다.

"재희도 나중에 보자, 꼭."

"네."

"아니다. 그냥 연락처 알려줘. 내가 연락할게."

그녀는 오랜만에 본 내가 정말 반가웠는지, 이곳이 아닌 사적인 공간에서도 나와의 만남을 이어 나가고 싶어 하는 듯 보였다. 하지만 무작정 번호를 알려주기에는 그녀는 최지훈의 누나였고, 과거와 달리 지금의 난 최지훈과 그 어떤 관계도 아니었기에 섣부르게 그녀에게 번호를 알려줄 수가 없었다.

망설이는 내 모습에 그녀는 의아한 표정을 지었고, 그 모습에 나는 초조하게 눈동자를 굴려 최지훈을 바라보았다. 하지만 최지훈은 나와 눈이 마주쳤음에도 불구하고 못 본 척, 시선을 딴 곳으로 돌렸다. 지금 이 상황을 중재하고 싶은 마음이 최지훈에게는 없는 듯 보였다.

하는 수 없이 그녀가 내민 핸드폰을 건네받아 11자리의 번호를 꾹꾹 눌러 담았다. 그녀는 내 번호를 확인하고 웃으며 다음번에 저녁이나 함께 먹자고 말을 했다. 웃는 얼굴에 곤란한 표정을 지을 수 없어 나 역시 어색하게 웃으며 알았다고 말을 해야만 했다.

그녀가 나가고, 단둘이 남게 된 대기실은 어딘가 모르게 황량하기만 했다. 시끄럽게 떠들어 대던 두 명이 사라졌으니 당연한 결과였지만 둘이 사라지고 나서야 할 수 있는 말은 분명 존재했다.

"가람이 누나 넷인 거, 기억하고 있었어?"

가람이가 고등학교 때 딱 한 번 말했던 가족사를 최지훈이 지금까지 기억하고 있는 건 아무리 생각해도 의외였다.

가람이, 싫어하는 줄 알았는데.

싫어한다면 기억할 수 없었던 것들을 최지훈은 아직까지도 선명하게 기억하고 있었다.

내 말에 핸드폰을 내려다보며 액정을 두드리고 있던 최지훈이 슬쩍 시선을 올려 나를 바라보더니, 이내 다시금 시선을 내려 나지막이 대답했다.

"그랬나."

"……."

"생각해 보니 그랬던 것 같기도 하네."

거짓말, 일부러 기억하고 있었으면서.

겉으로 내색하진 않았지만 최지훈은 내가 생각하는 것만큼 가람이를 싫어하지 않는 듯 보였다. 분명 아까 가람이와의 만남도, 어쩌면 최지훈에게 반가웠을지도 모른다.

나도 모르게 왠지 그런 최지훈의 모습이 기특하게 느껴져 걸음을 옮겨 최지훈의 옆으로 가 앉았다. 옆자리 비어 있던 소파가 푹 꺼지자, 그제야 핸드폰을 누르고 있던 최지훈이 고개를 들어 나를 바라보았다. 눈이 마주쳤고, 옆자리에 내가 와 앉아 있다는 것을 안 최지훈이 핸드폰을 내리며 설핏 웃음을 터트렸다.
"뭐야, 너 왜 안 하던 짓 하냐?"
"내가 뭘?"
"내 옆에 와서 앉는 거."
"……."
"보통 안 그러잖아."
그 말에 딱히 할 말을 찾지 못해 입술을 꾹 다물자, 최지훈 역시 아무런 말이 없다. 잠깐의 침묵이 우리 둘 사이에 엉켰고, 최지훈은 작은 숨과 함께 가까운 거리에서 가만히 날 바라보고 있었다. 그러다가 문득 내려두었던 최지훈의 손이 올라와 내 눈동자 위, 이마에 닿는다. 손가락이 아니라, 손바닥이.
뜨거운 온기가 이마 위를 꾹 누르는데, 순간 이선아가 손가락을 세워 밀었던 장면이 머릿속을 스쳐 지나갔다. 내 이마를 바라보며 진중하게 내려가 있는 눈썹에 눈동자가 떨렸다.
"…너 봤어?"
나의 물음에 이마 위를 짓누르고 있던 손이 조심스레 떨어졌고, 이번에는 엄지손가락 하나가 정확하게 이선아가 밀쳐냈던 부위를 문질렀다.
"한 번만 더 걸리면 내가 가만 안 있는다고 했지."
내 이마에 그녀의 손가락이 닿았던 표시라도 나 있는 걸까, 그렇지 않고서야 정확하게 기분 나쁜 감각이 선명했던 부분에 정확히 최지훈의 손이 닿을 리 없었다. 그것도 아니면, 정말. 그녀의 손이 닿았던 짧은 순간을 몇 번이고 떠올리고 떠올려서 지금까지도 기억하고 있다는 것으로밖에 생각할 수 없었다.
"너희 누나, 니가 부른 거야?"

그리고 지금 이 순간, 왜 머릿속에 최지연이 떠오르는지 알 수 없었다.

그렇잖아.

그냥 지나가는 길에 들렀다고 하기엔 타이밍이 절묘했다. 적절한 순간에 나타나 내 앞에서 보기 좋게 기세등등했던 이선아를 짓눌러주었다. 떨리는 눈동자로 묻자 최지훈이 이마에 닿았던 손을 내리며 작게 웃었다.

"어."

"뭐라고, 말했는데?"

"와서 좀 밟아달라고."

"……."

"그렇게 얘기했지."

그리고 최지훈은 지금 내 앞에서, 고작 나를 위해 자신의 누나를 부른 거라 말하고 있었다.

"솔직히 말하면 내가 어떻게 할 순 없고. 나보다 나이도 많지, 선배지, 같이 계속 촬영도 해야 하는데 껄끄럽지."

"그런다고, 니네 누나를 불러?"

"뭐, 어때. 이럴 때 가족 안 쓰면 언제 써?"

오히려 뻔뻔하게 나에게 되묻는 최지훈의 말에 당황스러워 말문이 막힌다. 갑작스레 알게 된 사건의 내막에 얼떨떨하다 못해 자신의 누나를 이용한 걸 너무나도 당연하게 생각하는 최지훈이 어이없기도 했다.

어쩐지, 그녀가 나갈 때 투덜거렸던 이유를 이제야 알 것 같기도 하다. 자기 딴에는 동생의 부탁이랍시고 먹을 것까지 사오면서 상황을 구제해 줬는데 도움을 받은 것치곤 최지훈의 태도는 냉랭하기만 했기 때문이다.

이렇게까지 할 필요가 있었을까, 나 하나 때문에 제3자의 사람까지 불러왔다고 하니 마음이 불편하기만 하다. 답답함에 작게 인상을 구기며 크게 숨을 내뱉자 순간 내 미간 사이로 최지훈의 손가락 하나가 닿았다.

꾹, 꾹 누르다가도 또 구겨져 있는 미간 사이를 느슨하게 밀어올리기도 하고. 최지훈을 바라보는 나와 달리, 오로지 구겨진 내 눈썹 사이를 바라보면서. 자기 역시, 짙은 눈썹을 심란한 듯 푹 구기면서.

"우리 애기, 오빠가 하지 말랬지."

아주 오래전, 나에게 했던 말을 최지훈은 지금 이 순간 너무나도 자연스레 내 앞에서 꺼내 들고 있었다. 그 말은 최지훈의 입에서 습관처럼 혹은 오래된 기억의 한 자락처럼 나를 향해 흘러나왔고, 그 순간 내 심장은 푹 하고 아래로 떨어졌다. 최지훈이 아무 생각 없이 내뱉은 말과 행동에.

"몇 번을 말해."

"……."

"인상 좀 쓰지 마."

코끝이 찡해져, 얼마나 참았는지 모른다.

넌 아무 생각 없이 내뱉은 말일 텐데, 왜 난. 나 혼자, 왜. 그 말들 속에서 고등학교 때의 최지훈을 보았던 건지 알 수 없었다. 그 모습이 왜 이렇게 반가운 건지, 난 또 왜 그 모습에 울고 싶은 건지. 정말 알 수 없었다.

〈다음 권에 계속〉

줄리엣의 로맨스를 위하여 1

지은이 | 안테
초판1쇄 펴냄 | 2015년 03월 19일

발행인 | 성열관

펴낸곳 | 도서출판 어울마당
출판등록 / 2009년 1월 23일 제 313-2009-12호
주소 / 서울시 마포구 서교동 395-64 회산빌딩 3층 302호
TEL / 02-337-0120
FAX / 02-337-0140
E-mail / 5ullim@hanmail.net

ISBN 979-11-85041-03-2 (04810)
ISBN 979-11-85041-02-5 (SET)

값 13,000원

내 인생에 한 번쯤 있었을 로미오를 기억하시나요?

서투른 열일곱,

봄을 알리는 벚나무 아래에서
눈부시게 쏟아지는 설렘으로 만난 세 명의 로미오.
첫 마주침, 첫 인연, 첫사랑이었지만 결국 이뤄질 수 없었던 지훈과
7년의 시간을 재희를 위해 할애하며 버팀목이 되어주었던 민호.
그 누구보다 재희의 마음을 이해하고 좋아했던 가람.

이들의 만남은 행운일까, 비극일까.

우리는 과연 운명이 될 수 있을까.

값 13,00

9 791185 041032
ISBN 979-11-85041-
ISBN 979-11-85041-